파트너
Partner

파트너 2

초판 1쇄 찍은 날 | 2018년 09월 27일
초판 1쇄 펴낸 날 | 2018년 10월 04일

지은이 | 송명순
펴낸이 | 서경석

편 집 책 임 | 조윤희
편   집 | 이예진
디 자 인 | 고성희

펴 낸 곳 | 도서출판 청어람
등록번호 | 제387-1999-000006호
등록일자 | 1999. 5. 31
어람번호 | 제11-0092호

주소 | 경기도 부천시 부일로 483번길 40 서경B/D 3F (우) 14640
전화 | 032-656-4452 팩스 | 032-656-4453
http://www.chungeoram.com
E—mail | chungeorambook@daum.net

ⓒ 송명순, 2018

ISBN 979-11-04-91822-3 04810
ISBN 979-11-04-91820-9 (SET)

2

파트너

송명순 장편소설

도서출판
청람

◆ 목차 ◆

제12장.
여학생 납치 사건

블랙팀.

블랙팀에 들어오자마자 도준은 "다 했냐?"라고 물으며 유하에게 다가왔다.

"반 정도 봤는데 나온 건 없습니다. 하지만 이 자료만으로는 잘 모르겠습니다. 일단 상습이 아닌 애들과 남자애들은 분리했습니다. 날씨는 확인 안 했습니다. 그건 확실하지 않은 것 같아서요."

유하는 검토한 파일을 가리켰다. 도준은 고개를 끄덕이며 그녀가 남겨둔 나머지 반을 자기 책상으로 가지고 갔다.

"들어가."

"네?"

"오늘은 일찍 퇴근하라고. 이 반은 내가 볼 테니까."

"아닙니다. 같이 보고 빨리 끝내야죠."

유하는 도준이 가지고 간 서류를 도로 되찾아오려 했지만, 그가 손을 약하게 톡 때려서 그럴 수가 없었다.

"내가 볼 테니까 넌 들어가. 나야 퇴근해도 혼자니까 여기 있든 집에 있든 상관없지만, 넌 아니잖아. 남녀 사이는 볼 수 있을 때 부지런히 봐 둬야 해. 여기서 더 바빠지면 보고 싶어도 못 본다? 민승후가 누구야? 대한민국에서 제일 바쁜 연예인 아니야?"

태석이 도준에게 이미 이것저것 말한 덕에 유하는 개인 신상에 관해 특별히 설명하지 않아도 됐다.

이렇게 배려해 주는 것 보니 엄청나게 좋은 파트너다.

유하는 아주 단순하게도 자기 혼자 이 많은 서류 다 보게 했다며 투덜거렸던 건 싹 잊어버리고 말았다.

"싹 다 들어가. 일찍 들어갈 수 있을 때 들어가야지."

태석의 퇴근 명령에 유하와 주영, 그리고 찬우의 얼굴에 웃음꽃이 피어났다.

"마음 변하기 전에 빨리 나가! 셋 셀 동안 안 나가면 일 시킨다? 하나!"

태석의 카운트다운이 시작되자 유하와 주영, 그리고 찬우는 서둘러 인사를 한 후 빛의 속도로 뛰어서 블랙팀 안에서 사라졌다.

"쟤들 달리기에 엄청난 재능을 보이네요?"

도준은 후배들이 사라진 문을 보며 재미있다는 얼굴로 큭큭큭 웃었다.

"평소에는 평범한데 가끔 괴력을 발휘해서 나도 살짝 놀랄 때가 있지. 지금처럼."

태석의 농담에 도준의 입에선 더 큰 웃음이 터졌다.

"집이다!"

집에 도착한 승후는 대본을 테이블에 툭 던지고는 주방으로 가 냉장고에서 물을 꺼내 마셨다.

"유하 퇴근하면 뭘 먹지?"

그리고 콧노래를 부르며 다시 거실로 걸어 나오다가 갑자기 우뚝 멈추고 주위를 두리번거렸다.

"뭘까? 내 집인데도 낯선 것 같은 이 사늘한 공기는?"

승후는 장난처럼 말하며 주위를 두리번거렸다.

침실부터 손님 방, 각종 운동 기구들이 있는 방과 욕실을 둘러본 승후는 고개를 갸웃하며 서재 문을 열었다. 그리고 그의 눈이 매섭게 일그러졌다.

"누가 서재에 들어온 것 같은데."

책상을 여기저기 둘러보던 승후는 이런 결론을 내렸다.

팬이란 이름 뒤에 숨은 스토커가 집에 들어왔나? 아니면 빈집털이범?

그게 뭐든 이 책상에 앉은 게 분명하다. 책상 위 물건들과 의자가 미세하게 움직였다. 누군가 의자 앉아서 책상에서 뭔 짓을 하고 다시 원래대로 해놓은 게 분명했다. 하지만 문제는 승후가 그런 걸 눈치 못 챌 만큼 무딘 성격 아니라는 것이다.

승후는 허락받지 않은 사람이 자기 물건을 만진 것은 단번에 알아챌 정도로 예민한 성격이었다. 그래서 형은 그걸 늘 걱정했었다.

"너 거기서 잘못 넘어가면 병이다? 무시할 건 그냥 무시해. 흘려야 할 것들은 흘리라고."

지금까지는 형의 이 말을 기억하며 모든 걸 흘리고 살았는데, 이젠 아니다. 이상한 예감이 들면 확인해 봐야 한다. 그게 유하에게 짐이 되지 않는 길이기도 했다.

승후는 의자와 책상을 잠깐 물끄러미 보다가 휴대폰을 꺼내 들었다.

"어이, 매니저! 집에 누가 들어온 것 같아. 낯선 사람이 내 서재에서, 내 의자에 앉아, 내 컴퓨터를 만졌어. 네가 좀 알아봐. 부탁해."

매니저와 통화한 후 승후는 책상을 보며 길게 한숨을 토해냈다.

"이번에는 누구야? 누가 내 뒤통수를 치는 거야?"

순간 승후의 얼굴에 얼음처럼 차갑고 서늘한 표정이 떠올랐다.

"지현아, 웃는 거야. 절대로 얼굴 찌푸리지 마. 항상 웃고 좋고 예쁜 말만 해. 우리 지현이는 그게 더 어울려."

어린 시절 지후는 승후만 보면 이런 말을 했었다. 승후가 못마땅해 조금이라도 얼굴을 일그러뜨리면, 형은 바로 안 된다며 고개를 저었다. 그런 표정은 너에게는 안 어울린다고.

철은 없지만 늘 해맑은 동생. 지후가 승후에게 원하는 동생의 이미지는 그런 이미지였다. 그래서 그렇게 살았다. 밝고, 해맑게, 늘 즐겁게, 그리고 늘 행복하게. 하지만, 그것도 우주의 사건 이후 그것들에 조금씩 균열이 가기 시작했다. 그리고 지금 승후는 자신을 둘러싼 모두를 의심하고 있었다.

〈나 퇴근. 지금 집으로 가고 있어.〉

차갑게 일그러져 서재를 죽 둘러보던 승후의 표정이 유하의 이 문자에 다시 밝아졌다.

"맞다! 맛난 음식!"

승후는 잊고 있었던 걸 떠올리고는 후다닥 밖으로 뛰어나갔다.

가는 햇빛조차도 들어오지 않을 정도로 두꺼운 커튼으로 꼭꼭 틀어 막은 어두운 방.

한 남자가 컴퓨터 화면을 보고 있었다.

"장나경. 이 아이를 데리고 와 달라? 우리 의뢰인이 이번에는 이상하네. 지금까지는 이런 적이 없었는데. 도대체 이 애가 뭐기에 콕 집어서 데리고 와 달라고 했을까? 그것도 가격을 두 배나 제시해 가면서?"

남자는 화면 속 나경이 사진을 응시하며 낄낄 소름 돋는 웃음을 흘렸다.

"하긴 저 큰 두 눈에 공포가 가득 차면 예쁘긴 하겠어."

남자는 손을 뻗어 손가락으로 나경이의 얼굴을 쓰다듬었다.

"기다려."

식탁에 포장해 온 음식들을 풀어놓은 승후는 현관문이 열리는 소리가 들리자 빠르게 달려갔다.

"왔어? 딱 맞춰서 왔네. 나도 막 들어왔……."

유하는 승후가 말을 다 끝내기도 전에 다다다 달려와 그를 와락 끌어안았다.

"뭐지? 이렇게 정열적으로 달려오면 나 설레는데. 밥도 안 먹이고 침대로 뛰어 들어가면 어쩌려고 이렇게 자극하는 거야?"

말은 이렇게 했지만, 사실은 좋다. 승후는 빙긋 웃으며 유하를 꼭 끌어안았다.

"일은 다 끝냈어?"

"아니. 반 했고 반 남았는데, 선배가 나머지 하겠다고 들어가래. 연인 사이는 자주 만나야 한다면서."

"그분 마음에 들어. 내가 언제 식사 대접하겠다고 해."

"왜?"

"잘 보여야지. 우리가 얼마나 자주 만나는지는 그분 손에 달린 것 같은데. 철철 흐르는 내 매력으로 녹여놓을게."

"상대는 남잔데? 그 매력 안 통하지 않을까?"

"걱정 마. 내 매력은 남녀공용이거든."

너무 자신만만하니까 농담이 농담 같지가 않다. 유하는 못 말린다는 얼굴로 승후의 가슴을 가볍게 톡 치고는 그를 놓아주려고 했다. 하지만 승후는 그런 유하를 벽으로 밀어붙이고 벽과 자기 사이에 그녀를 가두었다.

"책임져. 건강한 남자를 흔들었으면 책임은 져야지."

"어떻게 책임지면 되는데? 이렇게?"

유하는 승후의 옷을 움켜잡고 까치발을 들어 그의 입술에 입을 맞췄다.

"내가 애냐? 뽀뽀 한 번에 모든 게 해결되게?"

"음…… 그럼 어떻게 해줘야 하나? 말해봐. 승후 씨는 내가 어떻게 해줬으면 좋겠어?"

승후의 목에 팔을 두르며 유하는 짙은 미소를 머금었다.

"대답 먼저. 배고파?"

유하의 허리에 팔을 두른 승후는 그녀의 몸을 자신에게 바짝 끌어당겼다.

"어떤 분이 간식을 엄청 많이 기부했거든요. 아니, 협찬인가? 아니다. 기부다. 그래서 아직 배가 안 고파."

음악은 흐르지 않지만 마치 음악이 흐르는 것처럼, 리듬에 맞추듯 몸을 움직인 승후는 유하를 침실로 이끌고 있었다.

"간식을 기부한 어떤 분이 대가를 바란다면 들어주나?"

"그거 뇌물이었어? 그러면 안 되는데. 나 수갑 차는 것 보고 싶은 거구나?"

"그러니까 약점인 거지. 나 너 약점 잡은 거야."

"약점이라……."

유하는 생각하는 척하다가 히죽 웃었다.

"그럼 애인 약점 잡은 스타님, 뭘 원하십니까?"

유하는 감았던 팔을 풀고는 승후의 멱살을 잡고 아래로 끌어당겼다.

"키스."

"키스만?"

"설마."

누가 먼저랄 것 없이 둘은 동시에 입을 맞췄다. 입술과 입술이 겹쳐지고, 호흡과 호흡이 섞였다.

둘은 지금 이 순간이 얼마나 고마운지 알고 있었다. 사랑하는 사람을 잃어버릴 뻔했던 그날을 똑똑히 기억하니까. 사랑하는 이와 함께하는 지금 이 시각, 둘은 행복했다.

행복. 이 글자 왜에 다른 무엇이 필요할까?

필요 없다. 행복, 이 글자 안에 모든 게 다 담겨 있으니까.

그들이 지나가는 그 길로 옷이 하나씩 벗겨져 바닥에 떨어졌다.

"으악!"

침대에 걸려 유하가 넘어지고, 그 위로 승후도 넘어진다. 그 순간 키스와 즐거운 웃음소리가 뒤엉켜 흘렀다.

침대 위, 마지막으로 둘을 속박했던 옷들을 다 벗어 던진 그들은 서로를 원하는 마음을 가득 담아 키스를 나누었다.

승후의 입술이 목을 타고 내려가고, 유하의 입에서는 간지러움에 웃음이 터졌다. 그런데도 그를 밀어내지는 않았다. 아니, 그의 입술을, 그의 손길을, 그의 향기를 온몸으로 느끼고 있었다. 입술이 쇄골을 지나 봉긋 솟은 가슴에 머무른다.

"하……"

유하의 입에서 뜨거운 숨이 흘렀다. 예상할 수 있는 느낌이다. 아니, 이미 몸은 승후의 사랑이 가득한 그 순간을 향해 내달리고 있었다.

키스하고 싶다. 승후의 까만 눈동자를 보고, 그의 입술을 느끼고 싶다. 이런 생각을 하면서 유하가 승후의 머리를 헝클자 그의 입술이 목을 타고 올라와 귓가에 머물렀다.

"사랑해."

승후의 나지막한 음성이 귓가에 들리자 유하는 빙긋 미소를 머금었다.

승후의 고백 때문일까, 아니면 몸이 그와 함께 행복한 순간 기억하고 떠올리기 때문일까?

유하는 몸이 뜨거워졌다. 호흡도 가빠져 거칠어졌다.

"사랑해."

승후의 고백에 유하는 그를 꼭 끌어안았다.

"나도."

씻고 늦은 저녁을 먹은 유하는, 승후와 거실 소파에 나란히 앉아서 대본을 보았다.

"이게 마지막 대본이구나. 드라마도 이젠 끝이네? 드라마 끝나도 당분간은 아주 바쁘겠다. 스케줄 많지?"

"인터뷰 몇 개 하고, 중국 팬 미팅도 있을 것 같고, 화보 촬영도 있고."

"드라마가 끝나도 쉬지도 못하고. 연예인 그거 만만치 않구나?"

"그래도 드라마처럼 바쁘지는 않아. 드라마는 방송 시간을 맞춰야 하니까 많이 바빴잖아."

"내 남자 그동안 고생했어요."

유하는 빙긋 웃으며 승후의 머리를 헝클었다.

"내 여자는 계속 고생하네?"

어깨에 팔을 둘러 유하를 끌어안은 승후는 그녀의 손에 있는 대본을 빼앗아 테이블에 던졌다.

"나 연예인 그만할까?"

"갑자기 흥미가 떨어지는구나? 하긴 원해서 돌아온 게 아니니까. 일 년이 잡히는 거 보겠다고 억지로 돌아온 거니 당연히 그럴 수밖에."

"그것도 그런데, 내가 연예인 생활을 계속하면 나 때문에 유하 네가 크게 곤혹을 치를 것 같단 예감이 들어서."

"예감? 괜한 불안감이야. 나 때문에 승후 씨가 위험해지면 모를까 승후 씨 때문에 내가 그럴 일은 없지. 난 승후 씨의 세계와 내 세계가 너무 다른 것 같아서 그게 불안해. 승후 씨는 계속 밝고 행복한 곳에서 맑게 살았으면 좋겠어."

승후는 감싸 안던 팔을 풀고 유하 쪽으로 몸을 틀었다.

"나 요즘 느낌이 이상해. 아무래도 내 주위에 무슨 일이 일어나는 것 같아. 만약 어떤 일이 일어난다면, 내가 민승후이기 때문에 파장이 클 거야. 난 그때 네가 나 때문에 이런저런 구설에 오르내릴까 봐 불안해."

처음에는 일 년이가 박우주인 충격이 아직 가시지 않아서라 생각했었다. 하지만 승후는 곧 그게 아니라는 걸 깨달았다. 무슨 일이 일어나고 있는 건 분명하다. 슬금슬금 눈치 못 챌 정도로 천천히 움직이고 있어서 아직 그게 무엇인지 모르겠지만, 승후는 이번에 터질 일이 결코 작은 일은 아니라는 걸 느끼고 있었다.

"그냥 느낌일 뿐이야. 불안한 마음은 다들 가지고 살아. 그런데 그런 일이 다 일어나는 건 아니잖아. 승후 씨도 그렇게 생각해."

"그랬으면 좋겠지만……."

승후는 영 안심이 안 되는지 불안한 기색을 감추지 못했다.

"걱정하지 마세요! 나 유능한 경찰이야. 승후 씨 때문에 난처해질 일 없어."

유능한 경찰인 우리 형도 죽었잖아!

승후는 목까지 차오른 말을 삼켜야 했다.

"그럼 그 괴담 수사 안 하면 안 돼? 그냥 괴담이라 여기고 넘어가면 좋겠는데."

승후는 요즘 어딘가 등골이 서늘한 게, 누군가 계속 자신을 지켜보는 듯해 기분 그리고 자꾸 괴담이 마음에 걸렸다.

"괴담이 신경이 쓰여?"

"느낌이 안 좋아."

"조심해서 할게."

예민한 사람이라 예민하게 반응하는 거라 생각한 유하는 자꾸 신경이 쓰였지만 그냥 넘겼다. 이미 수사가 시작된 거라 중간에 방향을 틀어서 손을 놓을 수가 없어서가 제일 큰 이유였다.

"그래. 알았어. 다만 진짜 조심해. 거듭 조심해야 한다는 거 잊지 마. 알았지?"

"넵!"

유하는 힘차게 대답하고 히죽 웃음을 흘렸다.

"이건 내 생각인데, 이번 범인은 아이들 가까이 있는 사람이 아닐까?"

느낌이 안 좋다고 하면서 또 자기 생각을 말해 버린 승후다. 수사에 도움이 될 수 있겠지만, 오히려 해를 끼칠 가능성도 있었다. 그렇다고 머릿속에 맴도는 생각을 억지로 모른 척할 수는 없었다.

"아이들 가까이 있다고?"

"응. 가출 청소년을 담당하는 경찰이나 시민 단체, 아니면, 선생 같은 사람. 특정한 아이들에 관한 정보가 빠르게 들어와야 하잖아. 그 아이에 대해 관찰도 해야 할 테고. 그러기 위해서는 아이들과 가까이 있어야 하지 않을까 하는 생각이 들어."

선생! 맞다! 그걸 놓쳤다!

경찰이나 가출 청소년을 돕는 시민 단체까지는 생각했지만, 선생까지는 생각 못 했었는데, 승후의 말에 유하는 자신이 놓친 부분을 깨달았다.

선생도 충분히 가능성이 있었다. 아니, 어쩌면 제일 가능성이 큰 인물이다. 마음만 먹으면, 경찰이나 시민 단체 등등, 가출 청소년들을 담당하는 곳 어디로든 연결할 수 있을 테니까.

스승의 가면을 쓴 납치범이라……. 그런데 이 남자 뭐지? 어째서 경찰도 아닌 인물이 이런 생각을 하지?

승후가 던진 힌트를 받고 난 후, 놀라움에 잠깐 좋아했던 유하는 곧 고개를 갸웃했다.

"그런데 승후 씨, 어떻게 그런 생각을 했어? 우리 경찰도 선생까지는 생각 못 했는데……."

유하의 질문에 승후는 빙긋 미소를 머금었다.

"형은 참 여러 가지 이유로 내 존재가 세상에 알려지는 걸 싫어했어. 블랙팀이라 내가 위험해지기 때문이라는 게 제일 큰 이유겠지만, 사실 다른 이유도 있었거든."

"무슨 이유."

"지금의 난, 형이 처음부터 세팅해서 만들어놓은 사람이야. 형은 내가 해야 할 행동을 물론, 내 생각조차 정해놓고 그대로 하길 원했거든. 난 형이 제일 좋았고, 형만 따라 할 수 있다면 아무 상관없었기 때문에, 형이 하라는 대로 했어. 그래서 밝고 해맑은 민지현이 탄생한 거야. 그 민지현을 바탕에 깔고 지금의 민승후가 있는 거고."

"승후 씨가 지후 선배를 아주 좋아하는 건 알고 있었지."

"그래서 잊고 있었어. 지금까지 아무 생각 없이 그저 해맑은, 민지후의 동생 민지현으로 살아서, 사실은 잊고 있었거든. 내가 얼마나 예민한 사람인지."

"무슨 말을 하는 거야?"

유하는 굳은 얼굴로 몸을 틀어 승후와 마주 보았다.

"형이 가끔 나에게 사건에 관해 물어봤을 때, 그때 알았어야 했는데. 나 형이 왜 그랬는지 요즘 들어서 알게 됐어. 형은 내 이 예민한 감각을 수사에 이용하고 있었던 것 같아. 그때 난 아무 생각이 없었으니까, 형이 물으면 가볍게 대답하곤 잊어버렸거든. 그게 얼마나 위험한지 몰랐어. 난 반은 장난삼아 말한 거고, 형도 그렇게 생각할 거라 여겼지."

지후는 촉이 무척 남다른 사람으로, 머리 좋은 사람이 느낌까지 예민해서 범인을 곧잘 찾아내곤 했었다.

"선배, 선배는 하룻밤 자면 답이 딱 나오는 것 같아. 어떻게 그럴 수 있지?"

꽉 막혀서 답답했던 사건이 있을 때, 다음 날이면 지후는 거짓말처럼 작은 돌파구 하나를 찾아오곤 했었다. 유하는 지후가 어떻게 그런 생각을 할 수 있었는지, 아니, 어떻게 그런 생각이 가능했는지 궁금했다. 그래서 진지하게 물었다. 그때 지후는 픽 웃을 뿐 아무런 대답도 없었다.

만약 지후가 내놓았던 작은 돌파구가 승후의 생각이었다면?

'가만, 일 년이가 경찰일지도 모른다고 말을 한 것이 민승후고, 여학생 괴담을 나에게 얘기해 준 것도 민승후잖아. 내가 괴담을 수사한다는 것도 단번에 알아차렸고. 설마 지금까지 무당은 지후 선배가 아니라 민승후였어?'

유하는 생각은 이렇게 했지만, 마음속으로 '에이, 설마!' 하고 믿지 않았다. 아니, 믿지 않으려 했다.

"어쨌거나 이번 사건은 기분이 안 좋아. 너 하고 나, 우리 둘 다. 이렇게 불안한 건 처음이야."

"알았어. 조심할게."

유하는 싱긋 웃으며 승후에게 다가가 입술에 가볍게 입을 맞췄다.

"이 남자 두루두루 쓸모가 많네? 지후 선배처럼 가끔 이용해도 되나?"

유하는 어두워진 분위기를 바꾸려고 일부러 아주 밝게 말했다.

"내 소원 하나 들어주면 이용하게 해주지."

"무슨 소원?"

"음……, 그건 나중에. 생각해 보고 나중에 대답할게."

승후는 받은 걸 돌려주기라도 하듯, 유하의 입술에 가볍게 키스를 하고는 빙긋 웃었다.

"엄마, 지금 도장에서 나왔어요."

택견 도장에서 나온 나경은 엄마인 미수와 통화를 하면서 버스 정류장을 향해 걸어갔다.

[우리 나경이 힘들겠네. 내가 갈 걸 그랬어.]

사실 미수가 나경이를 계속 도장에 데리고 왔다가, 커피숍 같은 곳에서 시간을 보내고 끝나면 데리고 갔었다. 그런 미수에게 오늘부터 혼자 다니겠다고 절대로 나오지 말라고 한 게 나경이었다. 엄마가 자신을 기다리고 있다고 생각하면 온 신경이 기다리는 엄마한테 가서, 택견은 집중을 못 한다는 이유를 들어서 못 나오게 했었다.

[불안해. 요즘 세상이 얼마나 험한데. 다시 도장에 가 있어. 엄마가 갈게.]

"엄마, 조금만 가면 정류장이잖아요. 괜찮아요. 혼자 갈 수 있어요."

[하지만 나경아…….]

"그럼 버스 정류장에서 기다리세요. 버스 문이 딱 열릴 때 엄마가 눈에 보이면, 기분 좋을 것 같아요."

[그럴까? 그럴래?]

"네."

[그럼, 오늘 외식할까? 때마침 아빠도 집에 일찍 왔는데.]

"진짜요?"

[뭐 먹을래?]

"음, 갈비!"

[알았어. 아빠랑 나가서 기다릴 테니까, 우리 딸 조심해서 빨리 와?]

"네!"

통화를 끝낸 나경은 빙긋 웃으며 정류장을 향해 빠르게 걸어갔다.

톡, 톡, 톡, 가벼운 발걸음으로 걸어가고 있던 그때, 나경은 누군가 자신을 따라오는 것 같은 서늘한 느낌에 우뚝 멈추고 뒤를 돌아보았다.

없다. 아무도 없다.

뭐지? 잘못 들었나?

고개를 갸웃한 나경은 다시 가볍게 정류장으로 걸어갔다. 그렇게 얼마 동안 갔을까. 역시나 누군가 자신을 따라오는 듯한 느낌이 들었다.

"나경아, 위험하다 싶으면 일단 뛰어서 널 도와줄 곳으로 들어가. 편의점이나 슈퍼, 여러 가게가 좋겠지? 그리고 곧장 이 아빠한테 전화하는 거야. 너 혼자 판단하고 안전하다 생각하면 안 돼. 느낌이 안 좋으면 곧장 이 아빠한테 전화하는 거야."

저번에 아빠가 경고하듯 했던 말이 기억이 난 나경은 그대로 뛰기 시작했다. 그리고 제일 먼저 보이는 슈퍼에 뛰어 들어갔다.

"학생, 무슨 일이야?"

아이가 사색이 돼서 뛰어오자 슈퍼 아저씨는 흠칫 놀라며 물었다.

"누, 누가 따라오는 것 같아서요."

"그래?"

슈퍼 아저씨가 밖을 살피는 사이 아빠에게 전화하려던 나경은 다급하게 달려와 슈퍼 안을 살피는 사람을 확인한 순간 속에서 치밀어 오르는 화를 막을 수가 없었다.

"야! 정시빈!"

마음 같아선 한 대 때리고 싶다. 슈퍼 밖으로 나간 나경은 시빈을 향해 버럭 소리를 지르며 그를 매섭게 노려보았다.

"갑자기 뛰니까 무슨 일 있나 싶어서······."

"너 여기 왜 왔어?"

"네가····· 여기····· 택견······."

우물쭈물 기어들어 가는 소리로 말하던 시빈은 나경과 눈도 못 마주치고 시선을 아래로 떨어뜨렸다.

"너 때문에 뭐야?"

"미안해."

상황을 대충 짐작한 슈퍼 주인은 하하 웃으며 "여자를 놀라게 하면 쓰나?" 하고 말하며 다시 가게 안으로 들어갔다.

"너 때문에 아저씨 놀라셨으니까 들어가서 음료수 하나라도 사 와! 죄송하잖아!"

"알았어."

시빈은 후다닥 들어가 주스 두 개를 산 뒤에 슈퍼 주인에게 죄송하다고 사과를 했다. 그리고 밖으로 나와 나경이에게 주스를 내밀었다.

"미안해."

"내가 아빠 불렀으면 너 죽었어. 알아?"

"미안해."

주스를 받아든 나경은 천천히 정류장을 향해 걸어갔다.

"간 떨어질 뻔했네."

"진짜 미안해."

시빈의 거듭된 사과에도 나경의 찌푸려진 얼굴은 펴질 줄을 몰랐다. 버스를 타고 집으로 갈 때까지 계속……

'오호! 이 시간에 끝난단 말이지?'

나경과 시빈이 저만치 멀어진 후, 검은 옷에 모자를 푹 눌러 쓴 남자가 모습을 드러냈다.

'잘하면 오늘 데려갈 수도 있었는데, 엄청 아쉽네. 저놈만 아니었으면 오늘 작업해도 됐을 텐데.'

남자는 저 멀리, 나경의 옆에서 거듭 미안하다고 사과하고 있는 시빈을 보았다.

'저놈만 처리하면 되겠네.'

남자의 입가에 서늘한 미소가 번진 것은 나경과 시빈이 사라진 이후였다.

블랙팀. 오전 회의.

"선생이 범인일 확률이라……."

도준은 작게 중얼거리며 손가락으로 책상을 톡톡톡 두드렸다.

"선생이 범인이면 상습 가출 청소년 정도는 쉽게 알 수 있을 것 같아서요."

유하는 용의자를 좁히는 과정에서 예상 직업으로 선생을 입에 올렸다.

"아무리 선생이라 해도 마음대로 학생 개인 신상을 열람할 수 없을 거야. 비교적 알기 쉬운 게 자기가 다니는 학교 학생일 것 같은데, 그러면 위험부담이 크지 않을까?"

찬우의 말에 주영도 동의한다는 표정으로 고개를 끄덕였다.

"그 선생이 봉사라는 이름으로 여기저기 시민 단체에 발을 담그고 있다면 가능하지. 게다가 선생이라면 여러 학교에 인맥도 많을 테니까."

도준은 유하의 말에 힘을 실었다.

"문제는 아이들을 납치해서 무슨 짓을 하는지 모른다는 거야. 명확하지가 않아. 살해가 목적일까? 롤리타 콤플렉스 범인의 성적 판타지? 아니면 감금한 상태에 불법 성매매가 목적인가?"

"목적이 뭐든 다루기 쉽기 때문일 가능성이 높다는 게 제일 큰 이유일 겁니다."

태석의 말을 주영이 받았다.

"괴담이 돈 것이 2년, 그럼 범행도 최소 2년. 그 2년 동안 몇 명의 아이들이 납치당한 건지 짐작할 수 없다는 게 가장 큰 문제야. 일단 신고된 명단에서는 특별한 걸 찾지 못했어. 애초에 불가능한 거지. 우리가 공식적으로 확인한 건 현시은뿐이니까, 피해자들의 외향적인 공통점 같은 걸 찾기엔 자료가 턱없이 부족해."

도준의 말을 들으며 유하와 주영, 그리고 찬우는 동시에 한숨을 푹 내쉬었다.

"일단 여기서 이럴 게 아니라 나가보자고. 자료가 없어서 수사 방향도 너무 광범위해. 블랙팀 한 명씩 찢어진다. 도준이는 시은이 가족들을 만나보고, 주영과 찬우, 그리고 유하는 각자 구역을 정해서 가출 청소년을 돕는 시민 단체나 쉼터를 찾아다니면서, 2년 사이에 자주 들락거리던 여학생인데 갑자기 안 보이는 애가 있는지 알아봐. 난 학교 쪽을 파볼 테니까."

"넵."

태석의 명령에 블랙팀은 동시에 대답하고는 자리에서 일어났다. 그리고 회의실을 나왔다.

"선무당!"

"네."

유하가 자기 자리에서 준비하고 나가려고 할 때 도준이 그녀를 불러 세웠다.

"침착해."

"네?"

도준이 뜬금없이 꺼낸 말에 유하는 고개를 갸웃했다.

"중간에 분명히 무언가를 느낄 수 있어. 하지만 정확하게 공식적으로 확인되기 전까지는 그냥 네 촉일 뿐이야. 앞뒤 안 보고 무작정 뛰어들지 말란 말이야. 네 그 행동이 블랙팀 전체를 위험에 빠뜨릴 수 있다는 걸 명심해."

"네."

걱정해서 하는 말이지만 잔소리로 들린다. 유하는 대충 대답하고는 나가려 했다.

"잘 들어. 넌 팀장 라인이야. 매 순간 머리를 굴려. 감정 빼고, 이성으로만 생각해. 거듭 생각하고 또 생각해서 그게 맞다는 결론이 나면, 그때 움직여. 네 무모한 행동이 널 가장 위험하게 만든다는 사실을 명심하고."

"선배는 제가 많이 불안하신가 봐요?"

"일 년이 사건, 결과가 좋았다고 과정이 좋은 건 아니야. 네 목숨을 내던진 상태에서 범인을 체포하는 건 바보 같은 짓이거든. 네가 죽어서 피해자가 산다는 보장이 있다면 모를까, 그건 너도 피해자도 둘 다 죽을 확률이 높잖아. 팀장이 뒤에서 하나하나 꼼꼼하게 준비하지 않았더라면 넌 죽었어."

"알고 있습니다."

유하의 얼굴이 아래로 떨어지자 도준의 입가에 미소가 떠올랐다.

"내가 널 선무당이라고 부른 진짜 이유는 네 촉이 남달라서가 아니라, 그런 미숙함 때문이야. 그 미숙함이 널 포함해 네 주위 모두를 위험에 빠뜨릴 수 있어."

"네."

"그럼 됐어. 가."

꾸벅 인사를 한 유하는 도망치듯 블랙팀을 빠져나왔다.

"앞날이 갑갑하겠다."

주차장으로 가는 길. 유하의 입에서는 한숨이 길게 흘러나왔다.

"너답지 않게 잔소리야?"

유하가 나간 후 태석은 도준에게로 다가오며 물었다.

"또다시 아까운 놈을 잃을 순 없으니까요. 범죄 없는 사회도 좋지만, 살리는 게 더 이득이 될 놈은 무슨 짓을 해서든 살려야죠."

"하긴. 요즘 블랙팀으로 끌어당길 만한 후배가 없어서 골치가 아프긴 해. 저놈 중 한 명이라도 잘못되면, 상상만 해도 갑갑하다."

"블랙팀에 다시 발을 들이는 게 아니었어. 어쩌자고 블랙팀 미래까지 생각해야 하는 건지."

도준은 태석을 원망을 담아 노려보다가 "일하러 갑니다!"라고 말하며 블랙팀에서 나가 버렸다.

"블랙팀 미래가 아니라, 이 사회의 미래가 걱정되는 거겠지. 뭐가 어떻게 잘못되었기에, 미친놈들이 도처에서 출몰하는지 모르겠다."

태석은 한숨을 푹 내쉬며 고개를 절레절레 흔들었다.

"시은이요? 자기와 비슷한 놈과 살고 있겠죠. 가출할 때마다 남자가 있었어요. 그 남자와 헤어지면 다시 기어들어 오고. 우리가 자기를 어떻게 키웠는데, 얼굴에 똥칠이나 하고. 확 파양해 버리고 싶은 거, 꾹꾹 눌러서 참고 있는 거니까, 자꾸 찾아오지 마세요."

'쓰레기 같은 인간들.'

아이가 아니라 자신들 체면이 깎이는 걸 더 걱정한다. 현시은 양부모의 싸늘한 태도에 도준은 속으로 욕설을 내뱉었다.

"저희가 조사하기엔 납치일 가능성이……."

"아니라니까요!"

시은의 엄마는 발끈하며 날카롭게 목소리를 높였다.

"늘 그랬어요! 늘 그렇게 가출을 밥 먹듯 해서 우리를 나쁜 부모로 만들었다고요! 시은이 방 좀 가보세요. 우리는 최선을 다해서 애를 잘 키워보려고 노력했단 말이에요! 나는 혹여나 학대한다는 소리 들을까 싶어, 애한테 손도 안 댔어요!"

억울해하는 시은 엄마의 표정에는 아이를 걱정하는 마음 같은 건 조금도 없었다.

"그렇게 전부 해줬는데, 온갖 사고를 다 치고 다녔죠. 이래서 머리 검은 짐승을 거두면 안 된다고 하는 거예요. 자기를 위해 그렇게 희생한 우리에게 어떻게 이럴 수 있어요?"

이 사람들에게는 더 나올 것 없다.

부모라는 사람과 더 대화했다가는 험한 말이 튀어나올 것 같단 생각이 든 도준은 방 좀 보겠다고 하고는 시은의 방으로 들어갔다.

"이래서 자격이 되는 인간들이 입양해야 하는 거야."

방으로 들어선 직후, 도준은 혀를 쯧쯧 차며 나지막하게 이 말을 중얼거렸다.

"글쎄요, 워낙 애들이 들락날락해서."

유하와 주영, 그리고 찬우는 각자 구역을 정해서 가출 청소년들을 주로 돕는 단체들을 털기 시작했다. 그리고 세 명 모두 비슷한 말을 듣는 중이었다.

"그래도 자주 보이는 애들이 있을 텐데요. 불우한 가정환경이라 집보다 여기가 더 편한 애들 말이에요."

"글쎄요. 특별히 기억나는 애들은 없는데요."

모두 말을 맞춘 모양이다. 경찰이 물어보면 이 말을 하자며 맞추지 않고서야 이럴 수는 없다. 가는 곳마다 똑같은 말만 되풀이해서 듣다 보니, 유하의 마음속에는 이런 의심까지 자리 잡았다.

"그럼 뭔가 생각나는 애들이 있으면 전화 주시겠습니까?"

명함을 주고 나오는 일을 반복하다 보니, 순간 이렇게 해서 잡을 수는 있을까 하는 불안감이 밀려온다.

"내가 뭔 짓을 한 거냐?"

앞이 꽉꽉 막혀 버린 탓일까. 속까지 꽉 막혀 버린 탓에, 답답함에 미치기 직전까지 도달한 유하는, 근처 편의점에서 콜라 하나를 사 벌컥벌컥 마셨다.

"진짜 오래간만에 땀나게 발로 뛰는 것 같다."

사실 블랙팀은 맨땅에 헤딩하는 것 같은 막막한 수사는 잘 안 하는 팀이었다. 방대한 자료를 바탕에 깔고 이리저리 분석해서 수사 방향을 잡는 게 보통인데, 지금처럼 아무것도 없이, 그저 범죄 가능성 한 가지만 보고 무리하게 수사를 진행하는 건 블랙팀 스타일이 아니었다. 다시 말해 자신이 일을 만들었다는 뜻이었다. 그것도 머리에 김 날 정도로 엄청나게 답답한 사건으로.

유하는 자신이 생각해도 너무 웃긴 것 같아 하하하 웃음을 터뜨리고 말았다.

"내가 미쳤지. 돌았던 게 분명해."

자신이 직접 물어온 사건이라 불평 한마디 할 수 없는 처지인 유하는 남은 콜라를 들이켜며 끓어오르는 짜증을 꾹꾹 눌러야만 했다.

"어, 나야."

촬영 중간, 대본을 보던 승후는 어디선가에서 걸려온 전화를 받고 한쪽 구석으로 향했다.

"우리 집에 들락거리는 사람이야 정해져 있지. 의심이 가는 인물이라면, 비밀번호가 바뀌면 귀신같이 알아내는 팬이란 가면을 쓴 스토커 정도."

승후는 슬쩍 바쁘게 움직이는 스태프들을 훑어보았다.

"새로 생긴 시선이 아닐 수도 있어. 예전부터 있던 시선이었는데, 요즘 들어 느낀 것 수도 있다는 말이야. 나한테 일이 많았잖아. 그 때문에 내 주위 사람 모두를 의심하기 시작했더니, 그때부터 시선이 느껴져."

차갑게 미간을 일그러뜨렸던 승후는 일하는 스태프 한 명과 눈이 마주치자 평소처럼 밝게 미소를 머금었다.

"그전에도 조금씩 물건들이 움직여 있곤 했어. 하지만 지금까지는 그냥 대수롭지 않게 생각했어. 하지만 아무래도 의심을 해 봐야 할 것 같아. 누구도 믿을 수 없어. 그러니까 다른 사람 끼워 넣지 말고 네가 직접 해."

"승후 씨 촬영 들어갑니다!"

"네!"

휴식이 끝났음을 알리는 목소리가 들리고 화사하게 웃으며 대답한 승후는 촬영장에 복귀하기 전에 마지막으로 나지막하게 말했다.

"내 주위에 또 한 명의 일 년이가 있을 가능성이 있어. 그놈이 내 뒤통수를 칠 준비를 하고 있으면, 이번에는 진짜 큰일이 터질지도 몰라."

블랙팀, 늦은 밤.

온종일 허탕만 친 주영과 찬우, 그리고 유하는 유일하게 드러난 사건, 현시은과 관련된 자료에서 자신들이 놓친 부분이 있나 하는 마음에 다시 파일을 파기 시작했다.

"그런데 팀장하고 도준 선배 좀 이상하지 않아?"

찬우의 말처럼 두 사람이 이상한 건 맞았다. 좀이 아니라 많이 이상해서, 사실 유하도 자꾸 신경이 거슬렸었다.

"두 사람 다른 사건 파는 거 아닐까? 분위기가 그래."

주영은 잔뜩 의심하는 눈으로 태석의 방을 살폈다. 통유리로 된 탓에 태석의 방은 안이 훤히 다 보였고, 심각하게 대화 중인 태석과 도준의 표정이 그대로 유하와 주영, 그리고 찬우의 눈에 들어왔다.

"냄새가 나. 분명히 뭔가 있어. 수상해."

찬우는 태석과 도준을 날카롭게 노려보며 책상에 있는 커피를 들어 한 모금 마셨다.

찬우 말이 맞았다. 두 사람은 진짜 수상했다. 겉으로 보면, 괴담 사건은 주영과 찬우 그리고 유하에게 모두 넘기고, 태석과 도준은 이 사건에 별 관심이 없어 보였다. 지금 두 사람의 관심은 다른 곳에 있었다.

"헤드 사건 아닐까요? 팀장이 도준 선배를 불러올린 게 헤드 사건 때문이잖아요."

"우리를 빼고 둘만 수사하고 있다고? 말도 안 돼."

찬우는 그건 배신이라는 얼굴로 심각하게 대화 중인 태석과 도준을 매섭게 노려보았다.

"말이 되지. 헤드는 언제 어디서 어떤 모습으로 튀어나올지 몰라. 다시 말해, 아주 위험한 놈이야. 팀장과 도준 선배는 확실한 뭔가를 찾을 동안 그 위험을 최소화하고 싶은 거야."

두 사람을 봐온 시간이 길어서일까. 주영은 단번에 태석과 도준의 마음을 알아차렸다.

"그런데 헤드 말이에요. 좀 이상하지 않아요? 사실 그 사건 좀 찾아봤었는데, 죽은 나충식, 진짜 헤드로는 적합하지 않았어요. 헤드는 고학력에 깔끔하고 정교하며 세밀한 느낌인데, 죽은 나충식은 저학력에 감정적이고 여러 면에서 좀 어수선한 성격인 것 같았거든요. 그런 사람이 어떻게 헤드가 될 수 있어요?"

유하의 질문에 주영이 입을 열었다.

"그놈이 살인을 한 건 맞아. 범행 현장에 그놈 DNA가 잔뜩 묻어 있었으니까. 그래서 팀장과 도준이 생각하는 건 나충식이 꼭두각시일 가능성이야. 진짜 헤드는 따로 있고, 꼭두각시가 살인을 하는 거지."

"그게 가능해요? 계획하는 인간 따로 실행하는 인간 따로. 그 관계가 어떻게 가능하지?"

이번에는 찬우가 갸웃하며 질문을 했다.

"꼭두각시란 설이 힘을 얻으려면 그 미스터리를 풀어야 해. 어떻게 그게 가능했는지, 과연 그게 가능한 건지."

"그러니까 그 뒤에 있는 진짜를 잡지 못하면, 헤드 꼭두각시만 보게 된다는 거네요?"

유하가 핵심을 콕 집어내자, 주영은 소리 없이 고개를 끄덕이는 것으로 대답을 대신했다.

"뭐가 이렇게 복잡해?"

"그 사건이 원래 그래. 단순하지가 않아."

주영은 현시은 사건 파일로 시선을 돌리며 나지막하게 한숨을 토해냈다.

"죽기 6개월 전부터 나충식의 행적이 모호해."

톡, 톡, 톡. 손가락으로 태석의 책상을 두드리던 도준은 도통 모르겠다는 얼굴로 고개를 저었다.

"나충식은 사는 것 자체가 불만이었잖아. 그런 나충식이 살인범으로 넘어갔는데도 그 계기가 명확하지가 않아. 뭔가 이유가 있을 텐데, 그걸 모르겠어."

"원래대로라면 '충동을 조절하지 못한 묻지 마 살인.' 이게 맞는 건데, 세밀하고 계획적이란 말입니다. 아무리 생각해도 나충식과 계획 살인은 맞지 않아."

"그래서 더 모르겠다는 거다. 진짜 헤드랑 꼭두각시랑 연결고리가 없어. 차이가 너무 나. 피해자를 관찰하고 지켜본 것 같은데, 나충식은 그 과정에서 열 내다 지가 먼저 짜증으로 죽을 놈이란 말이야."

"그럼 치밀하고 세밀한 과정은 헤드가 하고, 살인은 꼭두각시가 하겠군요. 역할 분담이 그렇게 될 가능성이 커요."

"그럼 헤드가 그렇게 하는 진짜 목적이야. 뭐지? 도대체 뭘 노리고 그렇게 하는 거지? 그렇게까지 해서 헤드가 얻는 게 뭘까?"

다시 벽에 막혔다. 도준은 깊게 한숨을 토해내며 유리 밖 블랙팀으로 시선을 돌렸다. 그리고 각자의 자리에서 열심히 파일을 들여다보고 있는 팀원들을 보며 빙긋 미소를 머금었다.

"이상하죠? 내가 키운 녀석들도 아닌데, 팀원들을 보면 괜히 뿌듯해져요."

"직접 키운 난 어떻겠냐?"

"에이, 그건 아니죠. 팀장이 아니라 그 부모님이 키운 건데, 자격도 없으면서 숟가락 얹지 마세요."

"블랙팀 형사로 당당하게 서게 한 건 나지!"

"블랙팀 형사로 당당하게 선 건 저 녀석들 스스로 한 거고."

"죽는다!"

복잡한 사건을 잠시 잊기라도 하듯, 가볍게 농담을 주고받은 태석과 도준은 동시에 하하 웃음을 터뜨렸다.

　"며칠만 촬영하면 끝이야."
　며칠 밤샘 촬영을 해야겠지만, 일단 끝이 바로 코앞까지 왔다는 생각에 승후의 얼굴에서는 미소가 떠나지 않았다.
　[끝이 보이기는 하네? 난 잠깐 있었는데도 섭섭한데, 승후 씨는 엄청 섭섭하겠다.]
　승후는 쉬는 시간 틈틈이 유하와 통화 중이었다. 정훈이 누군 연애 안 해봤냐며 꼭 그렇게 티를 내야 하느냐며 놀려댔지만, 승후는 깔끔하게 한 귀로 흘렸다.
　"섭섭한 마음이 없는 건 아닌데, 시원한 마음이 더 커. 정말 이 작품은 말도 많고 탈도 많다. 촬영하면서 여러 사건이 한꺼번에 터진 작품은 또 처음이야."
　[그중 제일은 날 만난 거겠지?]
　"그게 가장 큰 사건이지. 내 인생 최고의 행운인데."
　[그런 아부 듣기 좋아.]
　킥킥킥 웃는 소리에 승후의 입에서도 웃음이 새어 나왔다.
　"오늘은 퇴근 안 해?"
　[새벽에 잠깐 들어가서 자고 나와야지.]
　"어디로 들어갈 거야? 내 집, 내 방, 내 침대?"
　승후는 주위를 휙 둘러본 후에 휴대폰에 입을 바짝 대고 작게 속삭였다.
　[내 집, 내 방, 내 침대. 주인도 없는 집에 가서 뭘 해?]
　"주인 없는 집에서 섹시한 포즈로 사진 한 장 찍어서 보내봐. 까만 밤 하얗게 불태우는 중간중간, 짜증 날 때마다 보게."
　[어떤 섹시를 원하는 건데? 샤워 후, 승후 씨 셔츠 하나만 달랑 걸치

고 한쪽 어깨를 드러낸 상태에서 침대에 기대앉아 한쪽 다리를 올린 사진?]

너무 구체적이라 상상을 안 할 수가 없다. 승후는 괴로움에 작은 신음을 토해냈다.

[아니면 샤워 후, 문으로 몸을 반쯤 가리고 한쪽 어깨 한쪽 가슴 한쪽 다리만 내놓고 찍은 사진?]

"아오, 미치겠다, 진짜."

당장 달려가고 싶은 마음으로, 끓어오르는 열을 어쩌지 못하고 있을 때 짠 하고 막 도착한 스턴트팀이 한둘씩 눈에 보였다.

"빨리 나 좀 식혀. 아버님 오셨어. 너랑 통화한 뒤에 흥분 상태면 내가 뭐가 돼?"

승후가 다급하게 말하자, 휴대폰 너머 유하가 까르르 웃음을 터뜨렸다.

"웃을 일 아니라니까!"

[애국가 불러봐. 그럼 안 가라앉나?]

"애국가로 될 일이 아니야."

승후는 잇새로 말하며 계속 스턴트팀을 살폈다.

[나 명품 핸드백 하나 사줘.]

"사주면 들기는 해?"

[아, 맞다. 그걸 생각 못 했다. 내가 핸드백 들 일이 없지? 그럼 뭘 사다 달라고 해야 하지? 음, 차를 바꿔달라고 해야 하나?]

"좋아. 스포츠카 사줄까? 아니다. 내 차 줄게. 스포츠카 늘씬하게 잘빠진 거 있어. 그거 가지고 추격전하면 백 퍼센트 네가 이겨."

[그거 외국 거지? 몇 억 하는 그거? 그걸로 어떻게 추격전을 해? 잘못해서 박기라도 하면, 상상만 해도 살 떨려. 오, 진짜 순간 소름 돋았어.]

하하하. 승후는 크게 웃음을 터뜨리고 말았다. 그 순간 주위 스태프들의 시선이 모두 그에게로 쏟아졌다.

"죄송합니다."

사과는 빠르고 정확하게. 허리를 굽혀 꾸벅 사과한 승후는 웃음기 가득한 목소리로 말했다.

"선택 탁월했네. 끓었던 열이 웃으면서 싹 가라앉았어."

[내 남자, 일 열심히 해서 돈 많이 벌어와요! 그래서 나 맛있는 거 많이 사줘야 해.]

"결국, 먹을 거야? 이 여자 엄청 소박하네."

[그 대신 많이 먹거든. 움직이는 양이 많아서 배가 안 차면 민승후를 먹을 수도 있어.]

"다시 시작하지 말자? 아버님 들어오셨어. 이번에 흥분하면 수습 불가능이야."

[아차! 이젠 끊어야지. 나 퇴근합니다. 바로 잘 거니까 새벽에 전화하면 죽는다?]

"네. 푹 주무세요!"

승후는 하하 웃으며 통화를 끝냈다. 그사이 촬영장에 도착한 민석이 모두와 인사하면서 승후에게로 다가왔다.

"내 딸이냐?"

"네. 아버님 따님이세요."

말을 하면서도 승후의 입가에 머물러 있는 웃음기가 사라지지 않자, 민석의 얼굴에도 미소가 떠올랐다.

"걔가 애교가 별로 없어. 여성스러운 거랑 거리가 아주 멀거든. 그런 애를 왜 사귀는 거야? 내 딸이지만, 나도 가끔 이해가 안 되는데."

"대신 제가 애교가 넘치잖아요. 꽃같이 예쁘고."

승후는 양손으로 자기 얼굴에 꽃받침을 하고는 빠르게 눈을 두어 번 깜박였다.

"그러네. 대신 네가 애교가 넘치네. 꽃같이 예쁘고."

소름 돋아 진저리를 쳐야 마땅한데 어울린다. 민석은 말이 끝나기가 무섭게 크게 하하 웃음을 터뜨렸다.

"아버님, 저 언제 집에 초대해 주실 거예요?"

"초대는 무슨! 네가 인사 와야지, 녀석아!"

"아! 맞다. 그게 순서지?"

승후는 몰랐던 사실을 안 것처럼 손뼉을 탁 쳤다.

"사실대로 말해. 너 아이큐 모자라지?"

"왜 이러세요? 학교 때 공부 엄청 잘했는데."

"인사 올 때 생활기록부 가지고 와라?"

"헉! 그건 좀 치사한 거죠."

"맞네. 아이큐 모자라는 거."

민석은 혀를 쯧쯧 차며 고개를 옆으로 흔들고는 스턴트팀이 몸을 풀고 있는 곳으로 향했다.

"저 아이큐 모자라면 반대하실 거예요? 말씀해 보세요. 반대하실 예정이에요?"

승후는 쪼르르 민석을 따라가며 팔에 팔짱을 끼며 꼭 끌어안았다.

"아이큐 모자라면 당연히……."

민석은 배실 거리며 웃고 승후는 보며 가볍게 픽 웃었다.

"집에 데려다놓고 우리 유하 내조하라고 하겠지? 민승후가 시킨 일은 아주 잘한다는 걸 내가 알지."

"역시, 아버님 최고!"

승후는 긴 몸을 구겨서 민석의 어깨에 머리를 기댔다.

"징그러워!"

"아잉, 아버님, 징그럽다니요. 귀여운 거죠."

민석이 밀어내려 하자, 승후는 코맹맹이 소리로 애교를 부렸다.

승후의 그런 모습에 주위 스태프들이 낄낄 웃음을 터뜨렸지만, 그는 그딴 건 전혀 신경을 안 쓴다는 얼굴로 열심히 애교 부리는 것에만 집중했다. 아주 열심히.

주위를 울리는 발소리가 퍼지자 어둠 속에서 공포에 떨고 있는 가느다란 흐느낌이 들린다.

"잘 지냈어?"

잘 봐야 십대 후반의 여자아이. 여자아이는 구석에 쪼그리고 앉아 바들바들 떨었다.

"불쌍한 것. 잘 알지? 지금 너에겐 나뿐이야. 널 걱정하고 사랑해 주는 사람은 나 말고는 아무도 없어. 아무도."

여자아이는 남자의 손이 머리에 닿자 몸을 잔뜩 움츠렸다.

"나만 믿으면 돼. 말 잘 들으면, 우리 좀 더 오래오래 행복하게 잘 살 수 있어."

남자는 여자아이의 머리를 쓸어내렸다.

"알아. 내가 자주 못 와서 너도 외로울 거야. 그래서 생각해 봤는데, 친구를 만들어줄게. 기다려. 네 친구가 곧 올 거야. 그럼 안 심심하겠다. 그렇지?"

후, 후, 후, 후.

음산한 웃음소리가 어둠을 뚫고 주위를 울렸다.

제13장.
함정에 빠진 민승후 I

"엄청 놀랐다니까요! 그 순간 괴담이 머릿속에 스치면서 식은땀이 흘렀어요."

유하가 늦게 집에 도착하자 나경은 잠잘 생각도 안 하고, 밥 먹는 그녀 앞에 앉아서 그동안 밀린 이야기를 조잘거렸다.

"한 대 때리지 그랬어?"

"주먹이 올라갈 뻔했어요."

"나 같았으면 화내기 전에 주먹 먼저 올라갔을걸?"

유하의 이 말에 나경은 갑자기 까르륵 웃음을 터뜨렸다.

"뭐야? 이 기분 나쁜 웃음은?"

"사실 엄마가 이미 말씀하신 거예요. 네 언니 같았으면, 한 대 때리고 시작했을 거야."

나경은 엄마 흉내 내듯 말하고는 다시 까르륵 웃었다.

"다음에 또 놀라게 하면 그땐 한 대 때려. 내가 책임질게."

"네."

나경은 힘차게 대답했다.

아이가 많이 변했다. 늘 주눅 들어 있었는데, 조금씩 밝아지더니 요즘 부쩍 잘 웃는다. 어머니 말씀으로는 자다 악몽을 꾸며 깨는 횟수도 조금씩 줄어든다고 하고, 이제는 진짜 안심해도 되겠다는 생각에, 유하는 흐뭇하게 웃으며 방실거리고 있는 나경을 보았다.

"언니, 승후 오빠가 촬영장에 놀러 오라고 했는데, 나 진짜 가도 돼요?"

"응. 아빠한테 물어보고 가. 요즘 밤샘 촬영 한다고 하니까, 가기 전에 꼭 허락은 받고."

"네. 그렇게 할게요. 언니, 불고기 맛있어요."

나경은 불고기를 유하 앞에 놓아주었다.

뭐가 그리 좋은 걸까?

나경의 얼굴에 웃음이 사라지지 않는다. 누가 뭐라 해도 나경은 유하가 가장 좋은 모양이다. 하긴 제일 믿고 의지하는 사람일 테니까.

미수는 그런 나경이 흐뭇하기도 하고 대견하기도 해서 빙긋 웃었다.

"막둥아."

하지만 그냥 이대로 둘 수는 없었다.

"12시 넘었는데 안 자? 너 내일 학교 가야 해. 방학이면 언니 잘 때까지 놀라고 할 텐데. 어쩌니? 내일 일찍 일어나야 하잖아. 오늘은 그만 자. 잠 안 자면 내일 피곤해."

미수는 어쩔 수 없다는 표정으로 아이에게 자야 한다고 알렸다.

"아! 맞다."

언니와 더 있고 싶은 마음을 그대로 드러내는 나경의 표정에 유하는 싱긋 웃었다.

"방학하면 언니랑 놀이동산 놀러 가자. 하루 시간 낼게."

"진짜죠?"

"진짜."

나경은 새끼손가락을 앞으로 내밀었다. 약속하라는 뜻이었다. 나경은 유하가 손가락까지 걸고 약속한 다음에서야 자겠다며 방으로 들어갔다.

"귀엽고 애교 많은 딸 갖는 게 평소 소원이더니, 엄마 소원 풀이했네?"

유하는 미수에게 놀리듯 말하고는 젓가락으로 밥을 집어 먹었다.

"그러게. 내가 요즘 막둥이 챙기는 재미로 살아. 이래서 늦둥이에 빠지면 약도 없다고 하는 건가 봐? 해숙이도 나경이가 예뻐 죽어. 나경이 간식은 해숙이 담당이야."

성찬의 아내이자 유하의 절친한 친구인 수현의 엄마 이해숙은 사실 미수와 오랜 친구 사이였다. 처음 해숙과 성찬이 만났고, 후에 그들이 유하의 부모님을 이어주신 거다. 그 덕에 지금은 같은 아파트에서 복도 하나를 두고 마주 보고 살고 있었다.

"나경이 너무 구속하지만 마세요. 두 엄마의 과한 애정 때문에 애가 숨 막혀 할 수 있어."

"적당히 알아서 해. 너 키우면서 산전수전 공중전까지 다 겪은 나거든! 여자애 한 명 키우는 게 남자애 여러 명 키우는 집보다 더 힘들었으면 말 다했지."

"그 정도까지는 아니었네."

"그 정도 이상이었어. 요즘 나경이 키우면서 진짜 여자애를 키운다는 게 어떤 느낌인지 알았을 정도인데, 말해 뭐 해?"

"대신 어디 내놓아도 걱정 없었잖아."

"걱정이 더 됐지. 죽도록 패서 병원에 입원시킬까 봐!"

미수의 눈이 사납게 변하자, 슬쩍 시선을 피한 유하는 젓가락을 내려놓고 숟가락을 들고 밥을 크게 한 숟가락 떠서 먹었다.

입안 가득 밥을 넣은 유하 때문에 웃음이 터진 미수는, 호호 웃으며 물컵을 딸 앞에 놓아주었다.

"사실 나경이가 너랑 성격이 비슷하게 변했으면 좋겠어. 지금도 여성스럽고 좋은데 밖에 내놓기엔 좀 불안해. 세상이 그리 밝지 않잖아."

미수의 얼굴에서 지금까지 밝았던 표정이 사라지더니 곧 걱정이 떠오른다. 미수는 나경이가 듣지 못하게 작게 속삭이듯 말했다.

"조금만 톡 건드려도 깨질 것 같아서 걱정돼."

"개인마다 성격이 다른데 나랑 비슷할 순 없지."

"나도 너랑 똑같아지는 건 싫고, 그건 재앙이지."

분위기 좋다가 꼭 이런다. 유하가 얼굴을 일그러뜨리자, 미수는 더 험악하게 일그러뜨렸다. 단번에 미수의 카리스마에 눌려버린 그녀는 바로 꼬랑지를 팍 내려서 히죽 웃음을 흘렸다.

"그래서요? 뭐가 걱정인데?"

"나경이의 기본 성격은 존중하지만, 조금만, 아주 조금만 네 성격을 닮았으면 좋겠다는 거지. 안 된다는 걸 알면서도 자꾸 욕심이 생겨."

"나경이가 변할지 어떨지는 모르겠지만, 일단 나랑 똑같이 대해줘. 엄마 나경이 너무 조심스럽게 대해. 말투 자체가 달라지는 것 같아."

"넌 워낙 정신없어서 이 계집애 저 계집애 그러면서 키웠잖아. 하지만 나경이는 상처받을 것 같아. 사실 너 키울 때 여성스러운 수현이 보면서 해숙이가 부럽긴 했었는데, 막상 나경이를 키우다 보니까, 애가 밖에 있으면 불안해."

유하는 미수가 무슨 말을 하는지 알 것 같았다. 하긴 나경이는 여린 느낌이 강해서 어머니가 어떻게 대해야 할지 갈피를 못 잡을 수 있었다. 여자애를 키웠다 해도 유하는 동네 웬만한 사내애들보다 더 거칠었다. 그래서 계속 친구인 해숙의 도움을 받았을 수도 있었다. 상대적으로 수현이가 나경이와 비슷하니까.

"날 잡고 나경이랑 대화 좀 해봐요. 나경이도 엄마가 나한테 하는 걸 봤으니까, 어떻게 해달라고 얘기할 거야. 그런 건 직접 대화로 풀어. 배려한다고 숨기면 오해할 수도 있으니까."

"그래. 그래야겠다."

"그리고 나경이 나 못지않게 씩씩해. 너무 여리게만 보지 마요."

"알았어. 어서 먹고 자."

고민이 조금은 해결이 되었는지, 미수의 얼굴에 미소가 떠올랐다. 그런 어머니를 보며 유하도 빙긋 미소를 머금었다.

톡, 톡, 톡.

손가락으로 책상 두드리는 소리가 공포 영화의 한 장면처럼 무섭게 들리는 회의실 안 블랙팀은 모두 화면을 응시하고 있었다. 화면 속에는 검은 모자를 푹 눌러쓴 남자가 몸을 반쯤 숨긴 채 누군가를 보고 있었다.

위에서 찍힌 CCTV라 얼굴 확인은 제대로 되지 않는다. 범인은 본능적으로 CCTV를 피했거나, 여러 차례 관찰해서 CCTV에 얼굴이 잡히지 않는 위치를 파악했을 가능성이 높았다.

"결국, 이 아이가 우리가 확인한 두 번째 피해자라는 소리네?"

느릿하게 말한 도준은 이마와 미간에 깊은 주름이 생길 정도로 심하게 얼굴을 일그러뜨렸다.

화가 났다는 증거다. 아니, 도준만이 아니었다. 블랙팀 모두가 범인을 향한 깊은 분노를 감추지 못했다.

"간에 무슨 짓을 하면 저럴 수 있는 거지? 정말 이해가 안 돼."

찬우는 긴장한 듯 잔뜩 표정이 잔뜩 굳어 있었다.

"저 새끼 잡아다가 간에 무슨 짓을 했는지 물어보자고."

짜증이 치미는지 주영은 다 먹은 커피의 종이컵을 신경질적으로 구겼다.

"팀장, 저 쓰레기 잡으면 딱 10분만 카메라 꺼주세요. 그 10분 안에 내가 죽여 버릴 테니까."

원한에 의한 살인. 얼마나 원한이 깊으면 살인까지 할 수 있는 걸까?

많은 범죄를 봐왔지만, 미친 살인마도 아닌 사람이, 원한만으로 사람을 죽일 수 있다는 게 사실 이해가 되지 않았다. 유하 자신은 살의를 품을 정도의 원한을 느낀 적이 없으니까. 하지만 요즘 유하는 그 살의가 자주 치밀었다. 첫 번째는 승후가 납치됐을 때고, 그 두 번째가 바로 지금 이 순간이었다.

저 새끼 꼭 내 손으로 죽인다.

화면 속 범인을 노려보는 유하의 눈에 걷잡을 수 없는 분노가 타올랐다.

나경이가 다니는 중학교.

"주말 잘 보내고, 사고 치지 말고."

담임의 짧은 종례에 시빈은 빛의 속도로 가방을 챙겨 교실 밖으로 튀어나왔다.

오늘은 기필코 나경이에게 맛있는 걸 사줘야지. 이렇게 다짐한 시빈은 발걸음도 가볍게 나경의 반으로 달려가려 했다.

"시빈아!"

하지만 체육 선생님인 범준이 자신을 부른 탓에 어쩔 도리 없이 잡히고 말았다.

"네."

이 중요한 순간에 체육이 왜 부르는 거지?

시빈은 범준의 부름이 이상하게 반갑지 않았다.

"너 우리 반 소희 알지? 너랑 같은 동네라고 하던데."

"네."

"그럼 소희 좀 도와주라. 소희가 어제 학원 끝나고 집에 가다가 발목을 삐끗했어. 우리 반에는 소희랑 같은 방향이 없으니까, 네가 대신 도와줘."

"저 집으로 곧장 안 가는데요?"

"곧장 가! 친구가 어려움에 부닥쳤으면 도와줘야지!"

시빈은 나경이 반과 범준을 번갈아 가면서 보다가 풀이 폭죽은 얼굴로 어깨를 아래로 떨어뜨렸다.

"네."

오늘은 나경이를 만날 수 없나 보다. 택견 도장 가는 날이라 저녁에 끝날 텐데. 그럼 혼자 집에 가기 무서울 텐데.

시빈은 걱정스러운 마음에 나경의 반에서 시선을 떼지 못했다.

"뭐 해? 소희 기다려."

"네."

범준의 거듭되는 재촉에 시빈은 어쩔 수 없이 소희의 반으로 향했다.

'오늘 넌 그냥 집에 가는 거야. 나경이를 혼자 남겨두고.'

슬쩍 시빈을 내려다보는 범준의 눈에 서늘함이 번뜩였다.

택견 도장이 멀리 보이는 곳.

범준은 택견 도장 문을 확인하는 중간중간 시계를 들여다봤다.

왜 이렇게 늦지? 오늘은 도장 빠지는 건가?

범준은 겨우 정시빈을 떨어뜨렸다. 사고를 위장해 소희의 발을 다치게 하고, 억지로 소희를 시빈에게 떠안겼다. 그렇게 시간이 생긴 거다.

─장나경의 부모는 아이에게 애착이 강하기로 소문이 난 분들이라, 그 아이는 위험부담이 큽니다.

메일을 받은 후, 나경이에 대해 좀 더 알아본 범준은 어렵겠다는 생각에 이런 메일을 보냈다. 그랬더니 상대는 가격을 올리면서까지 장나경을 고집했다.

저 애가 그렇게 특별한가?

특별한 기준이 없고 그저 날짜만 잘 맞추면 상관없었던 의뢰인이었다. 지난 1년 동안 단 한 번도 없었던 일이라, 범준도 나경이 어떤 아이인지, 도대체 무슨 매력이 있어서 의뢰인이 콕 집었는지 무척 궁금했다.

'데리고 와보면 알겠지. 다른 애들과 뭐가 다른지.'

택견 도장을 보는 범준의 눈이 서늘하게 반짝였다.

얼마 후, 택견 도장으로 승용차가 한 대 도착하더니, 조수석에서 후드 티셔츠를 입은 여자애가 옷에 달린 모자를 쓴 채 내려서, 2층에 있는 도장으로 올라가기 위해 계단을 향해 뛰었다.

"나경아!"

차 안에서 남자의 음성이 들리고, 건물로 조금 들어가던 나경이 뒤를 돌아보았다.

"아빠 일 가야 하니까, 올 때 조심해서 와. 정류장에 엄마가 나오겠다고 하니까, 끝나면 바로 전화하고. 아빠 간다?"

나경의 아빠는 뭐가 그리 급한지 혼자 다다다 말하고는 바로 사라졌다. 그리고 곧 나경 역시 도장 안으로 모습을 감췄다.

"딸 얼굴 볼 수 있는 마지막 기회인데, 너무 급하게 가네. 하긴 애정이 있을 턱이 없지. 불쌍해서 같이 사는 것뿐일 테니까."

범준의 입에서 흐흐흐 음산한 웃음이 터져 나왔다.

"나경이 너 곧장 가. 중간에 딴 곳으로 빠지면 혼난다?"

사범의 경고를 들으며 나경은 밖으로 나왔다.

후드 티셔츠에 달린 모자를 쓰고 이어폰을 귀에 꽂은 나경은 휴대폰으로 음악을 틀었다.

뭐가 그리 신나는지 흥얼흥얼 콧노래까지 부른다. 범행이 쉬워졌다는 생각에 순간 범준의 입가엔 미소가 번졌다.

범준은 제가 미리 봐둔 곳으로 나경이 이동할 때까지 조용히 뒤를 따랐다.

주위에 사람도 없다. 동네 작은 슈퍼까지 한참 남았고, 범행 장소로 찍어놓은 곳 가로등도 이미 망가뜨려 놓았다. 준비가 끝났으니 오늘 무슨 일이 있더라도 데리고 가야 했다. 오늘이 아니면 또 언제 기회가 생길지 모르니까.

나경이가 미리 봐둔 그 장소에 다다르자 범준은 빠르게 달려가 마취제가 묻은 손수건으로 아이의 입을 막았다.

"읍!"

발버둥 치는 아이를 뒤에서 꽉 끌어안은 범준은 나경이의 귓가에 속삭였다.

"가자."

순간 아이가 발로 범준의 발등을 강하게 내려찍었다. 예상치도 못한 고통에 팔에 힘이 풀렸고, 나경은 그렇게 범준의 품에서 벗어났다.

"어딜 가려고 했는데?"

몇 걸음 앞으로 간 나경은 더 도망가지 않고 휙 돌았다. 그리고 후드티셔츠에 달린 모자를 벗으며 차갑게 비웃듯 씩 미소를 머금었다.

"나 데리고 어디 가려고?"

"너⋯⋯."

나경이가 아니다.

뭔가 잘못됐다는 생각이 뇌리에 스치자, 서늘한 기운이 등줄기를 타고 올라왔다.

"어이, 홍 순경, 말을 제대로 해야지. 나경이 데리고 어디 가려고 했는데?"

어둠 속에서 한둘씩 사람들이 튀어나오고, 범준의 머리에 "철썩" 하는 소리와 함께 둔탁한 쇳덩어리가 닿았다.

"감히 내 동생에게 손댈 생각을 한 것 보면, 죽을 각오 한 거지? 안 했으면 지금 해. 너 내 손에 뒤졌어, 새끼야!"

분노로 험악하게 얼굴을 일그러뜨린 유하가 범준의 눈앞에 나타났다.

◖

며칠 전. 나경이로부터 택견 도장 앞에서 시빈과 있었던 일을 들었던 날.

"뒤에서 누군가 자꾸 따라오는 거예요. 그런데 뒤돌아보면 없고, 또 돌아보면 없고. 얼마나 무서웠다고요. 그래서 슈퍼로 막 뛰어들어 갔어요. 아빠께서 조금만 느낌이 이상해도 그러라고 했거든요."

나경의 수다를 들으며 젓가락으로 밥을 먹던 유하는 물을 마시는 척하며 슬쩍 동생의 얼굴빛을 살폈다. 그저 해맑게 그날 있었던 일을 조잘조잘 떠드는 거다. 다른 느낌은 없었다.

진짜 시빈이 따라온 걸까? 아니면 다른 무언가가 또 있는 건가?

"발소리가 어땠는데?"

유하는 장난스럽고 가벼운 음색으로 물었다.

"그냥 느릿했어요."

"조심스럽게 살금살금 오다가 딱 멈춘다거나 그런 게 아니라, 일정한 속도로 느릿하게 걸었단 말이지?"

나경이는 생각에 잠겼다가 고개를 끄덕였다.

그 발소리는 절대로 시빈이 아니었다. 시빈이라면 유하가 말한 것처럼 살금살금 뒤를 밟다가 나경이가 뒤돌아보면 후다닥 몸을 숨길 테니까.

똑같은 속도로 느릿하게 걷는다는 건 지나가는 사람처럼 무심하게 접근하다가 갑자기 범죄자로 돌변하는, 다시 말해 범행을 여러 번 반복해서 한 납치범일 확률이 높았다. 물론 아니길 바라지만. 유하는 가능성이 실제 범죄로 이어지는 걸 자주 봐온 사람이었다. 그래서 이번 일도 그냥 넘길 수가 없었다.

"내 동생 무서웠겠네."

유하는 아무 일도 아니라는 듯 환하게 웃음을 머금었다.

"엄청 놀랐다니까요! 그 순간 괴담이 머릿속에 스치면서 식은땀이 흘렀어요."

괴담에 등장하는 범인인지, 다른 어떤 놈인지는 모르겠지만, 어떤 놈이 나경이를 노리고 있다. 아니, 그럴 가능성이 크다.

입매는 빙긋 웃었지만, 유하의 눈빛은 차갑게 빛났다.

다음 날, 유하는 나경이가 말한 그날 전후로, 택견 도장에서 정류장까지 CCTV를 모두 털어서 가지고 왔다. 그리고 그걸 일일이 하나하나 확인하기 시작했다. 몇 시간 그렇게 꼼짝도 하지 않고 확인에 확인을 거듭하던 유하는 기어코 문제의 장면을 찾아냈다.

바로 검은 옷의 남자를…….

블랙팀 회의 시간. 유하는 찾아낸 CCTV 영상을 화면에 띄웠다.

"그러니까 이날, 이 새끼가 나경이 뒤를 밟았단 말이야?"

당황한 마음 때문일까. 찬우는 평소보다 목소리가 높았다.

나경이는 유하의 동생만은 아니었다. 블랙팀 모두의 아이라 해야 옳았다. 그런 나경이에게 범죄의 그림자가 뒤따르고 있으니, 마치 자기 가족 일처럼 불안해하고 긴장하는 건 당연했다.

"분명해요."

"만약 진짜 이날 이놈이 나경이 뒤를 밟았더라면 납치도 가능했을 텐데?"

"납치 못 했을 거예요. 요즘 나경이 뒤를 지키는 놈이 한 명 있어요. 정시빈이라고, 나경이와 같은 학교인데, 나경이가 택견 도장 시간을 옮기면서 그 녀석이 늘 따라다닌 모양이에요. 범인이 초짜가 아닌 이상, 그걸 모를 리가 없을 테고, 그 녀석을 해결하지 못하는 한, 납치는 사실 불가능하죠."

주영의 질문에 유하는 침착하게 대답했다.

"나경이는 왜 시간을 옮겼어? 내 기억으로는 이전 타임인 것 같은데?"

찬우는 원래 나경이가 택견 도장에 가는 시간을 기억해 냈다.

"그 시간에 비슷한 또래 남자애들이 많았다고 하더라고요. 학교 끝나고 바로니까, 그 시간은 학생들이 대부분이었을 테고, 여자애들보다 남자애들이 더 많았대요. 나경이가 너무 불편해서, 사범인 내 친구가 시간을 옮기라고 한 모양이에요. 나경이가 다니는 시간에는 여자 회사원들이 많으니까, 불편하지 않을 거라고."

"그래서 늦게 끝나게 된 거구나."

"엄마가 계속 따라다녔는데, 나경이가 익숙해지면서 혼자 다니겠다고 했대요. 엄마가 자기 때문에 몇 시간 동안 주위를 배회하고 다니는 게 싫었던 것 같아요. 끝나는 시간에 맞춰서 데리러 오는 것도 마찬가지고. 결국 나경이 뜻대로 혼자 다니게 됐는데, 그 뒤로 시빈이가 나경이 뒤를 지킨 것 같아요."

"정시빈, 그 녀석 때문에 범인이 계속 타이밍만 보고 있었다는 거네. 너 걔한테 잘해야겠다. 동생 지켜준 정의의 용사잖아."

가만히 화면만 보며 유하의 설명을 듣던 도준은 시선을 그녀에게로 돌리며 말했다.

"그래서 우리 동생 옆에 있는 거 허락해 주려고요."

가볍게 농담을 던진 유하는 웃는 모습과는 어울리지 않게 긴 한숨을 토해냈다.

"심각하게 홈스쿨링하면 어떨까 고민 중이에요. 엄마 이 사실 알면, 같이 등교해서, 수업까지 같이 받겠다고 나설 수도 있어요. 우리 엄마는 충분히 그러고도 남을 분이죠."

"조유하 어머니 다시 중학생으로 돌아가겠다고 하시기 전에 범인을 잡자."

태석이 입을 열자, 블랙팀 모두 느긋하게 의자에 기대 있던 자세를 고쳐서 허리를 꼿꼿하게 펴고 앉았다.

"의견들 내봐."

"문제는 범인이 언제 계획을 실행할지 모른다는 것입니다. 범인이 누군지도 모르는 상황에서 나경이를 보호하는 것 말고는 다른 방법이 없는 것 같습니다."

평소에는 입에서 나오는 말 중 반이 농담이고 장난이었던 찬우도 이번만큼은 심각했다. 당연히 그럴 것이 나경이가 걸린 이상 가벼운 농담 같은 건 할 수 없었다.

"만약에 정시빈이 나경이 납치에 가장 큰 걸림돌이라면, 분명히 제거하려 들 것 같습니다. 아니면 정시빈이 나경이에게 붙지 않는 날로 잡겠죠."

"그러기 위해서는 가까이서 둘을 지켜봐야 한다는 뜻인데……."

주영의 말을 받은 도준은 미간을 잔뜩 찌푸리며 생각에 잠겼다. 도준이 생각에 잠기면 꼭 나오는 버릇이 있었다. 손가락으로 책상을 톡톡 두드리는 행동이 바로 그거였다.

톡, 톡, 톡, 조용한 가운에 카운트다운처럼 소리가 들리고 얼마 안 있어 도준이 입을 열었다.

"부업 하나 합시다. 학교 앞에서 코 묻은 돈 좀 벌자고요. 때마침 날도 더우니 들고 다니는 빙수 같은 거 있잖습니까? 얼음을 갈아서 컵에 담고 간단하게 시럽 같은 걸 뿌려주는 빙수요. 별로 어려운 일은 아닌 것 같은데, 그걸로 잠복하죠? 블랙팀에서 나경이에게 얼굴 안 팔린 인간은 나밖에 없는 것 같으니, 잠복은 내가 하겠습니다."

도준의 제안에 태석은 좋은 생각이라는 표정으로 고개를 끄덕였다.

"그럼 저랑, 찬우, 그리고 유하는 도장 근처에서 잠복하겠습니다. 저렇게 CCTV에 잡혔을 정도면 오래 안 끌 겁니다."

"OK. 그럼 도준이는 나경이 주위로 수상한 사람이 있는지, 나경이가 1주일에 두 번 도장 간다니까, 그날에 시빈이 따라가는지 아니면 따로 움직이는지 잘 살펴. 그리고 주영, 찬우, 유하는 도장 근처에서 잠복하면서 범인이 나타나는지 보고. 시빈이 나경이와 떨어지면, 그날 범인이 움직일 확률이 높다. 그때 나경이는 절대로 도장에 보내지 말고, 여경

중 나경이와 비슷한 사람으로 추려서 대역을 시켜. 함정 파서 잡자고."

"넵."

"잘 들어. 나경이는 우리 블랙팀의 아이야. 과거는 잊고, 앞으로는 티 없이 맑고 깨끗하게, 그리고 행복하게 잘 살게 해야 한다. 나경이에게 나쁜 뜻을 품고 접근하는 놈은 무조건 잡아 죽인다. 그런 생각으로 이 번 작전에 임할 것. 움직여!"

"넵!"

태석의 명령에 똑같이 대답한 블랙팀은 각자 맡은 역할에 따라 동시에 움직였다.

"아저씨 딸기 시럽이요."

하교 시간, 아이들이 몰린 곳, 도준은 열심히 얼음을 갈아 시럽 빙수를 만들었다.

"나경아, 내가 사줄게. 뭐 먹을래?"

정시빈, 이놈이 바로 그놈이다.

도준은 나경이 뒤를 졸졸졸 따라오며 방실방실 웃는 시빈의 얼굴을 확인하고 자신도 모르게 빙긋 미소를 머금었다.

"내가 사 먹을 거야. 왜 내가 너한테 얻어먹어? 아저씨 딸기요."

"나 용돈 받았어."

"네 용돈이지 내 용돈은 아니지."

도준이 딸기 시럽 빙수를 만들어 건네주자, 나경이는 받는 것과 동시에 돈을 지불하고는 먼저 걸어갔다.

"나경아 같이 가!"

시빈은 빙수와 나경이를 번갈아 가면서 보다가, 빙수를 포기하고 나경이를 따라갔다.

'귀여운 녀석. 더울 텐데, 먹을 걸 포기하고 좋아하는 애를 따라가네.'

도준은 나경이와 시빈을 힐끔 보며 나지막하게 웃음을 흘렸다.

"내일 도장 가지?"

"너 따라오지 마! 우리 언니가, 네가 또 놀라게 하면, 때려도 좋다고 했어!"

나경이는 우뚝 멈춰서 시빈을 노려보았다.

"밤엔 위험하단 말이야. 괴담도 밤에 혼자 다니는 여자애들이 납치되잖아."

"넌 학원 안 가?"

"그날 학원 없어. 그래서 괜찮아."

"나 기다리는 시간에 집에 가서 공부해."

"너 기다리면서 공부해. 설마 몇 시간 동안 멍하니 도장만 보겠어? 수학도 하고 영어도 하고 다 해."

나경이는 어이없다는 얼굴로 보다가 고개를 절레절레 흔들며 걸었다.

"나 그거 먹으면 안 돼? 맛있겠다."

빙수를 만들면서 온 신경은 나경이와 시빈이 쪽으로 향해 있던 도준은, 빙수를 달라는 시빈을 향해 나경이가 어떻게 반응하는지 보고 싶어서 고개를 돌렸다.

안 된다고 할 줄 알았더니, 나경이는 인상을 찌푸리면서도 들고 있던 시럽 빙수를 내밀었다.

'조유하가 왜 나경이를 자기 부모님께 맡겼는지 알겠군.'

과거의 악몽을 조금씩 이겨내고 있는 듯한 나경의 모습에 도준의 입가에 환한 미소가 번졌다.

다음 날. 나경이 도장 가는 날.

여전히 학교 앞에서 시럽 빙수를 팔던 도준은 시빈이 나경이 아닌 다른 여자애를 부축하고 나오자 굳은 얼굴로 눈을 찌푸렸다.

"정시빈 오늘 따로 움직입니다. 다시 확인합니다. 정시빈 오늘 나경이와 따로 움직입니다."

도준은 빠르게 보고하고는 나경을 찾기 시작했다.

[알겠다. 한찬우와 홍 순경이 나경이 집 근처에 있으니 보내겠다. 황 형사는 나경이가 집으로 가는 걸 확인하고 바로 이쪽으로 합류하라.]

"네. 알겠습니다."

도준은 바로 정리하기 시작했다.

"아저씨 빙수 안 팔아요?"

"아저씨가 갑자기 일이 생겼네? 미안해."

빙수를 사러 오는 학생들을 돌려보내면서 도준은 나경이가 모습을 드러낼 때까지 정리를 계속했다.

얼마 후, 나경이 모습을 드러냈다. 나경은 항상 옆에 있던 녀석이 없어서 허전한지, 기운이 쭉 빠져서 터덜터덜 걸어서 집으로 향했다.

"나경이 확인했습니다. 아파트 입구까지 따라갑니다."

도준은 나경과 멀찍이 거리를 둔 채 이동식 빙수 카트를 몰며 천천히 뒤를 따랐다. 그리고 나경이 아파트로 들어가자 찬우에게서 나경이가 집에 도착했다는 보고가 올 때까지 기다렸다.

"다녀왔습니다."

학교에서 돌아온 나경은 블랙팀 찬우가 자신과 비슷한 키와 비슷한 머리를 한 여자와 함께 거실에 있자 움찔 놀랐다.

"나경아."

불안한 듯 손톱을 물어뜯으며 거실을 서성이던 미수가 달려와 나경을 와락 끌어안았다.

설마 언니한테 무슨 일이 있나? 나쁜 놈들이 또 언니 납치했나?

나경은 무슨 일이냐는 표정으로, 엄마와 비슷하게 불안하고 어두운 얼굴의 아빠를 보았다.

"나경이 집에 도착했습니다. 다시 확인합니다. 나경이 지금 막 집에 도착했습니다."

보고를 마친 찬우는 심각한 얼굴로 민석을 보았다.

"나경이는 엄마하고 집에 있고, 조 감독님께서 가짜 나경이를 차로 택견 도장까지 데려다주셨으면 합니다."

가짜 나경이?

나경이는 그제야 찬우와 함께 온 저 여자가 자신의 대역이라는 걸 깨달았다.

"그놈이 속아줄까요?"

"그러길 바라야죠. 일단 그놈이 괴담에 나온 그 범인이라면, 그리고 진짜 나경이가 목표라면, 꼭 잡아서 어째서 나경이를 찍었는지 그 이유를 알아내야죠."

"그놈 단독 범행이 아니라 조직이나 공범이 있다면, 큰일이잖습니까?"

"그래서 이번에 꼭 잡아야 한다는 겁니다. 나경이 안전이 걸린 문제니까요."

"유하는요? 유하는 지금 어디 있습니까?"

"현장에서 잠복 중입니다. 잘 참고 있긴 한데, 언제 터질지 몰라 불안한 상태이긴 합니다. 따님을 아시잖습니까? 눈이 뒤집혔습니다. 그 새끼 죽인다며, 카메라 꺼달라는 부탁까지 하더라고요."

괴담이란다. 그게 그냥 괴담이 아니라 실제 일어나는 일이라는 건가?

무섭고 불안해서 두근두근 심장이 뛴다.

"저희가 어떻게 하면 될지……."

"믿어주시면 됩니다. 나경이 옷 좀 내주세요. 우리 경찰이 갈아입어야 해서요."

엄마는 황급히 대답하고 나경의 방으로 가려 했다.

"저기……."

조용히 상황을 지켜보던 나경이 입을 연 것은 엄마의 품에서 벗어난 직후였다.

"그러니까 누가 절 납치하려는 거죠? 괴담이 여학생 납치니까."

"그래. 맞아. 하지만 걱정 마. 너희 언니랑 우리 블랙팀이 그놈 꼭 잡을 거니까."

찬우는 미소를 머금으며, 아이가 불안해하지 않게 배려했다.

"아빠가 택견 도장까지 나 데려다주는 거예요?"

"응. 너희 아버지 모습이 보여야 너라고 믿을 것 같아서."

"그럼, 아빠가 택견 도장 안까지 나 데려다주면 어때요? 아빠가 택견 도장에 나를 데려다줬는데도 말 안 하고 얼굴까지 가리고 있으면, 범인이 이상하게 생각할 거예요. 그러니까 내가 직접 가고 아빠가 택견 도장 안까지 나 데려다주면 되잖아요."

무섭고 두렵지만, 나경은 이번 기회에 조금이라도 언니에게 도움이 되고 싶은 마음이 컸다. 언니를 믿으니까, 용기를 내보겠다는 생각도 할 수 있었다.

"너 미쳤어? 언니가 미친년이니까, 이젠 동생까지 따라가려고 그러는 거야?"

미수는 공포에 사로잡힌 얼굴로 찬우를 보며 거칠게 고개를 저었다.

"안 돼! 유하 그년이야 세상 무서운 거 없는 년이니까 괜찮아. 탁 까놓고 말해, 유하 그년은 아빠랑 싸워도 이기는 년이야. 그런데 나경이 너는 안 돼! 미끼든 낚싯대든 그건 유하 하나로 끝내고, 나경이는 미끼든 낚싯대든 다 안 돼! 허락 못 해!"

"그래. 그건 안 되는 거야. 어머님 말씀 맞아. 유하도 그거 허락 안 해. 너 이런 말 한 거 알면 유하 거품 물고 쓰러져."

찬우는 조용조용 타이르듯 말하고는 미수에게 빨리 나경이 옷 좀 달라고 말했다.

"하지만 범인이 안 속으면 어떻게 해요? 오늘 범인 못 잡으면, 나 계속 불안해해야 하고, 그런 놈들이면 엄마가 내 옆에 24시간 붙어 있어도 소용없는 거잖아요. 아빠가 나 매일 등하교 시켜주는 것도 사실상 불가능하고. 나 그렇게 사는 거 싫어요. 하루하루 불안한 건 이젠 안 하고 싶어. 엄마랑 아빠랑 언니랑 행복하게 살고 싶어요. 그러기 위해서는 그놈 잡아야 하는 거잖아요. 안 그래요?"

"이게 진짜로 미쳤나!"

미수는 진심으로 화를 내며 나경의 등을 있는 힘을 다해 세게 내려쳤다. 짝 하는 소리가 경쾌하게 들리고, 엄마한테서 처음으로 맞은 나경은 아픔도 잊고 놀란 상태 그대로 굳어버렸다.

"너 맞을 줄 알았다. 엄마 병원에 입원하는 것 보고 싶지 않으면 가만있어. 어른들 일이야. 아이는 나서지 마. 너 여기서 더 하면 아빠 진짜 화내? 엄마 불안해하시니까, 엄마 안심시켜 드리고 있어. 알았지?"

나경은 진심을 화가 나서서 씩씩 거친 숨을 내쉬는 미수를 보았다.

"누가 자매 아니랄까 봐, 언니랑 동생이 똑같이 내 속을 팍팍 긁어! 가서 네가 자주 입던 후드 티셔츠 가지고 와!"

화난 엄마를 대신해 나경은 고개를 푹 떨어뜨리고 방으로 갔다. 그리고 도장 갈 때마다 입고 다니던 후드 티셔츠를 가지고 와 여자 경찰에게 내밀었다.

"사과도 하고!"

"죄송합니다."

엄마의 매서운 목소리에 기가 팍 죽은 나경은 찬우에게 꾸벅 고개를 숙였다. 아이의 사과에 찬우의 입가에 부드러운 미소가 떠올랐다.

☾

현재, 여학생 연쇄 납치 사건 범인 연범준 체포 후, 블랙팀 조사실.

블랙팀은 장나경 납치 미수로 현장에서 체포된 범준을 조사하면서 앞서 현시은 사건과 아직 밝혀지지 않은 납치 사건들에 대해서도 함께 추궁하기 시작했다.

"연범준, 중학교 체육 교사. 너 같은 새끼가 어떻게 교사일 수 있지?"

도준과 찬우가 연범준의 집을 수색하는 동안, 주영은 들어오겠다는 유하를 반강제적으로 막고, 홀로 범준과 마주 보고 앉았다.

"난 그저 길에서 나경이를 만나서 반가웠을 뿐이야?"

얼굴에 뭘 깔면 뻔뻔하게 저런 거짓말을 할 수 있는 거지?

먹히지 않을 걸 알면서도 얼굴색 하나 안 변하고 거짓말을 하는 범준 때문에 주영은 기가 막혀 헛웃음을 몇 번 터뜨렸다.

"어떻게 나경인 줄 알았지? 교복을 입은 것도 아니고, 얼굴을 확인한 것도 아닌데?"

"아! 그게 있었지? 그 생각을 못 했네?"

지금 이놈에게는 이 순간이 그저 재미난 놀이인가 보다. 순간 욱한 마음에 주먹을 꽉 움켜쥐던 주영은 최대한 마음을 가다듬었다. 여기서 터지면 바로 아웃이라는 걸 알기 때문이었다.

"애들 어디 있어? 그동안 납치한 애들 있을 것 아니야?"

"그런 애들 없어. 나경이가 처음이거든."

"현시은, 이 애도 네 짓이라는 거 이미 알고 있어. 말해. 애들 납치해서 뭐 했어?"

"증거 있어? 증거 있으면 꺼내. 하지만 여기 블랙팀에 그 증거가 있을 턱이 없지."

조금의 흔들림도 없다. 그렇다면 접근할 방법은 딱 하나, 바로 나경이 납치 사건뿐이었다.

"나경이 왜 납치하려 했어? 이건 증거 있어. 네가 나경이 입을 막았던 수면 마취제가 묻은 손수건이 있지. 그러면 충분할 거야. 그렇지?"

"그러네. 그거면 충분하겠네."

"너 나경이 납치해서 무슨 짓 하려 했어?"

주영은 최대한 감정을 제어하려 애썼다. 이런 놈은 조금이라도 먼저 흔들리는 쪽이 기 싸움에서 진다는 걸 잘 알고 있기 때문이었다.

"집에서나 사회에서 관심 없는 애들이야. 뭐가 문제지? 내가 잡히지만 않았더라면, 그런 애들이 사라졌는지도 모르잖아. 관심 밖의 애들을 데려다, 관심을 가지는 사람들에게 넘기는 게 뭐가 문제인데?"

납치해서 다른 사람에게 넘긴다는 말에 주영은 몇 초 말없이 범준의 얼굴만 보았다.

만약 이 말이 사실이라면, 파장이 어디까지 튈지 아무도 알 수 없었다. 연범준이 공급처라면 수요처는 따로 있을 테고, 최소 한 군데 이상일 테니, 줄줄이 사탕처럼 어디까지 엮어서 끌려 나올지는 아무도 모른다는 뜻이었다.

"그러니까 그걸 말하라고. 애들을 납치해 넘겨준 사람들을!"

"그럼 부탁을 해야지. 이렇게 협박을 하면, 무서워서 내가 입을 열고 싶어도 열 수가 없잖아. 안 그래?"

씩 웃는 범준의 모습에 순간 주영의 마음에 살의가 끓었다.

진짜 카메라 끄고 한 대 패고 시작해?

정말 선택의 기로에 서게 하는 새끼다. 유하나 찬우 같았으면 바로 카메라부터 돌렸을 텐데, 이제는 그럴 수도 없는 자신이 주영은 무척 안타까웠다.

"일단 나경이부터 하자. 나경이 왜 납치하려고 했어? 이유가 있었을 것 아니야? 나경이 납치해서 뭐하려고 했어?"

범준은 여유롭게 웃으며 의자에 등을 기댔다.

"정상참작 해줘. 내가 입만 벙긋하면 이 블랙팀은 대어를 잡게 되거든. 그러니까 나 정상참작 해줘."

"미친 새끼."

주영은 콧방귀를 뀌며 비웃음을 흘렸다.

"톱스타. 민승후."

범준의 입에서 예상 밖의 이름이 튀어나오자, 주영도 밖에서 이 장면을 지켜보던 유하와 태석도 바짝 긴장했다.

"민승후 정도면 가능하지?"

문이 거칠게 열리고 유하는 안으로 들어와 범준의 멱살을 잡았다.

"이 새끼 지금 뭐라는 거야? 누구?"

"민승후. 나경이 데리고 오라는 사람이 민승후야. 민승후가 딱 그 나이 때의 애들을 참 좋아하거든. 나경이 앞에 이미 세 명이나 데려다줬는데, 그 애들이 어떻게 됐을지는 말 안 해도 알겠지? 그 증거 줄게. 그러니까 나 정상참작 해줘."

사람이 너무 놀라면 정신이 영혼이 가출해 버린 것처럼 멍해진다. 딱 그 상태가 된 유하는 잡았던 멱살을 놓고는 턱, 턱, 뒷걸음질 쳤다.

"놔! 놓으란 말이에요! 저 새끼 죽일 거야! 내 손으로 꼭 저 새끼 죽일 거라고!"

주영의 손에 끌려 나온 유하는 다시 조사실로 들어가려고 발버둥 쳤다. 하지만 주영이 너무 꽉 움켜잡고 있어서 뜻대로 하지 못한 채 씩씩 거친 숨만 내쉬었다.

"일단 진정해."

"저 새끼 민승후한테 죄를 뒤집어씌울 생각이에요! 선배도 승후 씨 알잖아요! 승후 씨가 어디 그럴 사람이에요?"

유하는 주영의 손에서 벗어나며 날카롭게 소리 질렀다.

"일단 연범준 진술이 그런 이상 우리는 조사를 해야 해. 알잖아."

"나랑 사귀는 사람이기 전에, 민승후, 아니, 민지현은 지후 선배 동생이야! 지후 선배 동생이 그럴 리가 없잖아!"

"유하야, 냉정하게……."

"냉정하게? 어떻게 냉정할 수 있어? 내 남자가 미친 변태 성욕자에 살인범이 되기 직전인데! 지후 선배의 동생 민지현이 또다시 사이코패스 범죄자들의 표적이 된 거나 마찬가지인데! 지금 내가 어떻게 냉정할 수 있냐고!"

유하는 거칠게 씩씩거리다가 이내 눈에 눈물이 차올랐다. 그러고는 나지막하게 욕설을 흘리며 뒤돌아 어딘가로 사라져 버렸다.

"아이고, 두야."

주영은 지근거리는 머리를 꾹꾹 누르며 다시 조사실로 들어갔다.

"민승후라고 했나?"

주영이 유하를 끌고 나간 사이, 태석이 주영이 앉았던 자리에 앉아 범준을 조사했다.

"응. 민승후. 난 거짓말은 하지 않아. 내가 민승후라고 하면 민승후가 맞아."

"반말하지 마. 여기가 어디라고 반말이야? 네놈은 내가 너랑 반말 틀 급으로 보이냐?"

소리를 크게 내거나 하지는 않지만, 조용히 말하는 것만으로도 사람을 찍어 누르는 것 같다. 태석의 차가운 표정과 음색에 지금까지 실실 잘만 웃던 범준의 얼굴에 미소가 사라졌다.

"진짜 민승후가 맞아?"

"흠, 맞아…… 요. 내가 애들을 납치하면, 상대가 날짜와 장소를 지정해서 알려줍니다. 그리고 정해진 날짜와 장소에 가면 차가 있는데 꼭 트렁크를 열어놓죠. 내 일은 애들을 재워서 트렁크에 실으면 끝나요."

"그 다음엔?"

"그 뒤에 차 주인이 와서 그 차를 몰고 가거든요. 처음에는 차 엄청 좋다고만 생각했었는데, 얼마 전 세 번째 여자애들 데려다줄 때 살짝 그 차 주인이 누군지 지켜봤습니다. 분명히 그 차에 민승후가 탔어요. 내 컴퓨터 보세요. 민승후에게 받은 메일 아직도 있으니까."

"너 같은 사이코 납치범 말을 왜 믿어야 하지? 네가 민승후 명성을 이용하려는 걸 수도 있는데."

"정말 속고만 살았나? 내 고객 중에 들으면 기겁할 사람들 많아요.

애들 데려다 감금하고 그러는 거 외국에서나 있는 줄 알죠? 우리나라에
도 많습니다.”

“뭐?”

“TV에 나와서 사회 인자한 지도층 흉내 내는 그런 인간 중에 사이코
변태 새끼들도 꽤 있단 말입니다. 아시겠습니까? 민승후는 뭐 다른 줄
아십니까? 돈 있겠다, 힘 있겠다, 마음만 먹으면 뭔들 못할까?”

“그러니까 장나경을 민승후가 데리고 오라고 한 게 맞는다고?”

“분명하다니까요. 내가 장나경은 안 된다고 했더니, 돈을 올려주면서
까지 장나경에게 목을 매더라고. 그래서 나경이 걔는 특별한 뭔가가 있
는 건가 했다니까요.”

“장나경을 데리고 와 달라고 한 사람이 진짜 민승후라고?”

“네, 맞아요. 내가 미치지 않고서야 내 학교 학생에게 손대겠어요? 그
게 위험부담이 얼마나 큰지 내가 더 잘 아는데?”

태석은 잠깐 범준을 보다가 일어나 밖으로 나왔다. 그리고 하프 미러
로 조사실 안을 보고 있던 주영과 눈이 마주쳤다.

“정말일까요?”

“지후가 그렇게 죽고, 그 충격으로 잠자고 있던 범죄 성향이 터졌다
면 가능하겠지.”

“하지만…….”

“용의자야. 지후 동생 민지현이나 조유하의 남자 민승후가 아닌, 범
죄 용의자다.”

“하지만 팀장…….”

“우리는 블랙팀이야. 친분에 휘둘리면, 블랙팀 자격 없다. 지금부터
민승후, 아니, 민지현은 범죄 용의자 이상도 이하도 아니다. 알겠냐?”

주영은 무서울 정도로 차가운 태석의 표정에 어쩔 수 없이 고개를 떨
어뜨렸다. 하긴, 태석의 말이 맞다. 지금부터 민승후, 아니, 민지현은 범
죄 용의자일 뿐이다. 그것 외에 다른 건 필요 없었다. 오히려 민승후의

다른 조건들이 그에게는 더 불리할 뿐이었다.

냉정하게 범죄 용의자로만 봐야 한다. 민승후가 죄가 없다는 가정을 바닥에 깐다면, 그게 승후에게 더 이득이 될 테니까.

"네. 알겠습니다."

태석은 주영에게 들어가 보라고 한 뒤 나지막하게 한숨을 토해냈다.

연범준의 집.

집 수색에 나선 도준과 찬우는 컴퓨터와 증거가 될 만한 것들을 찾다가 상자 하나를 발견했다. 그리고 그 상자를 연 순간 두 사람의 표정이 서늘하게 일그러졌다.

증거였다. 연범준이 여학생들을 납치한 증거.

트렁크에 실린 여자애들 사진이었는데, 나중에 여러 용도로 쓸 생각이었는지, 차 번호판까지 같이 찍혀 있었다.

"총 열세 명이네요? 2년 사이 열세 명이라. 이 애들이 지금 어떻게 됐을지 상상하는 것도 끔찍하네."

찬우는 미간을 잔뜩 일그러뜨리며 사진을 한 장 한 장 살폈다. 그러다가 마지막 세 장의 사진에 딱 멈춰서 가늘게 손을 떨었다.

"왜? 무슨 일이야?"

갑자기 찬우가 이상해지자 도준은 어깨를 툭 치며 물었다.

"선배……, 이거…….."

똑같은 번호판인 세 장의 사진. 도준은 이걸 왜 보라는 건지 몰라 고개를 갸웃했다.

"아는 차야?"

"이거…… 이거……, 민승후 찹니다."

"뭐?"

도준은 찬우가 손에서 사진을 빼앗아 한 장 한 장 자세히 살폈다.

"정말 이게 민승후 차야?"

"네. 이 차 타고 유하 보러 몇 번 와서 압니다. 이거 민승후 차 분명합니다."

"도대체 뭐가 어떻게 돌아가고 있는 거야?"

민승후라면 조유하의 애인이기 전에 민지후의 동생, 민지현이다. 그래서 더 충격이 컸다. 찬우 자신이 아는 민지현이라면 이런 범죄와는 털끝만큼도 연결될 리가 없으니까.

"이거 누명이에요. 절대로 아닙니다. 민승후가 이럴 리가 없잖아요."

가늘게 떨리는 찬우의 음성을 들으며 도준은 사진을 증거물로 챙긴 뒤 차갑게 말했다.

"지금부터 민승후는 그저 용의자일 뿐이다."

느낌이 좋지 않다. 민승후를 둘러싸고 뭔가 안 좋은 일이 벌어지고 있는 게 분명했다.

"선배! 상대는 민승후입니다. 아니, 지후 선배 동생 민지현이라고요! 민지현이 이런 더러운 사건에 연결될 리가 없잖습니까?"

"없긴 왜 없어? 같은 블랙팀 동료라도 이런 사건에 연관된 정황이 드러나면, 일단 의심부터 해야 하는 게 우리 일이야! 동료의 동생이 뭐가 그리 대단하다고, 아니라고 못 박고 시작해? 정황이 드러나면, 무조건 용의 선상에 올리고 시작한다. 그 어떤 것에도 예외는 없어! 알아?"

도준은 소리 지르며 찬우를 매섭게 노려보았다.

"하지만 선배……."

"그딴 정신 상태로는 블랙팀에 못 있어. 당장 다른 곳으로 가! 블랙팀에 그런 나약한 놈 필요 없어!"

찬우를 무섭게 야단친 도준은 곧장 그 자리에서 벗어났다. 그러고는 찬우가 보이지 않는 곳까지 와서야 나지막하게 한숨을 토해냈다.

'지후야, 동생 좀 도와줘야겠다. 잘못되면 민지현 인생이 여기서 끝날 수도 있을 것 같아.'

도준은 처음으로 죽은 지후에게 도움을 요청했다.

화가 나서 뛰어나온 유하는 그대로 블랙팀 자기 자리로 돌아가 털썩 주저앉았다.

어떻게 해야 하는 걸까? 줄 올림어디서, 무엇을, 어떻게 해야 하는 건지, 좀처럼 감이 오지 않았다.

〈바빠? 난 밤새웠더니 지금 눈이 시뻘겋게 충혈 됐어.〉

이런 문자와 함께, 승후는 우는 표정을 한 사진을 전송했다.

〈ㅋㅋㅋ 조금만 참고 열심히 해. 아자! 아자!〉

문자는 최대한 밝게 찍어 보냈지만, 얼굴빛은 어둡다. 유하는 깊게 한숨을 토해내며 휴대폰을 책상 위로 툭 던졌다.

딩동, 딩동, 딩동.

문자 오는 소리가 들린다. 유하는 의자에 머리와 몸을 기댄 채로 눈을 감고 휴대폰은 보지 않았다. 눈으로 보지 않아도 승후가 보냈다는 걸 알기에, 차마 확인할 수가 없었다.

"지후 선배, 나 어떻게 해야 해요? 뭘 어떻게 해야 하는 건데요? 아니다. 의심부터 해야 하는 거죠? 진술이 있고, 증거도 있다고 하니, 일단 용의자가 확실하니까?"

유하의 입에서는 또다시 깊은 한숨이 터졌다.

답답해 미치겠는데, 길이 보이지 않았고, 머릿속이 백지장처럼 하얗게 변해서 딱 바보가 되어버린 것 같은 기분이었다. 누가 결말은 이렇게 정해졌으니 안심하라고 알려주면 좋으련만. 한 치 앞도 안 보이는 이 현실이 유하의 숨통을 꽉 틀어쥐고 있어 괴롭고 힘들었다.

"사랑하는 사람이 살인범일지도 모른다는 설정은 너무한 거다. 난 그거 끔찍해서 싫은데. 자기 손으로 사랑하는 사람 손목에 수갑을 채워야 하는 거잖아요. 그건 진짜 아니다."

늦은 시간, 담당했던 사건이 매일 제자리걸음을 할 때, 머릿속을 비워보자 하는 생각으로, 추리 스릴러 영화 한 편을 다운받아 블랙팀에서 본 적이 있었다.

영화에서 형사인 주인공 남자가 사랑했던 여자가 살인범일지도 모른다는 가능성이 제기되자, 주인공 남자가 괴로워하는 장면이 있었다. 그때 그 영화를 보며 유하가 한 말이었다.

"난 저 상황이라면 차라리 내 손으로 직접 할 거야. 다른 사람 손에 사랑하는 사람이 체포되는 것은 보고 싶진 않아."

그때 지후는 이렇게 말했었다.

"내 손으로 직접……."

감았던 눈을 뜬 유하는 다시 깊게 한숨을 내쉬며 자리에서 일어났다.

"그래. 내가 해야 해. 체포해도 내가 해. 다른 사람 손 빌리는 건 아니야."

마지막 촬영이 한창인 촬영장.

유하에게 계속 문자를 찍어 보내던 승후는 답이 없자 휴대폰을 두 손으로 잡고는 의도적으로 바들바들 떨었다.

"뭐지? 어째서 답이 없는 거지? 내가 싫어졌나?"

"바쁜데 자꾸 문자하면 당연히 싫죠."

윤석은 혀를 쯧쯧 차며 고개를 흔들었다.

"오병주, 설마 너도 그렇게 생각하는 건 아니지?"

"나 같으면 바로 인연 끊었습니다. 너무 질척거리는 건 매력이 떨어지거든요."

너는 제발 다른 말을 해달라며, 부탁하는 눈빛을 마구 쏘아대던 승후는 병주의 냉정한 말투에 바로 "끙" 하는 신음을 흘리며 윤석과 병주를 번갈아 노려보았다.

"너희 누구 편이야? 내 옆에 있는 한 너희는 내 편이어야지! 나 이러면 섭섭해?"

"철 좀 드셔야겠습니다."

병주가 얼굴색 하나 변하지 않고 냉정하게 말하자, 승후는 어깨 축 늘어뜨리며 한숨을 푹 내쉬었다.

"진짜 내가 그렇게 철이 없나? 어쩌지? 우리 유하가 나 싫다고 하면 안 되는데……"

작게 혀를 차며 고개를 절레절레 흔들던 병주와 윤석은 승후가 갑자기 "아! 맞다!" 하며 밝은 얼굴로 손뼉을 치자 움찔 놀라며 뒤로 한 걸음 물러났다.

"나 한 시간 정도 남았지? 때마침 다음 촬영장으로 이동하는 길에 경찰청이 있잖아. 잠깐 들러서 간다고 한들 누가 뭐래? 지나가는 길인데?"

이동하는 길은 아니지. 한 20분 정도 돌아서 가는 길이지.

말이 목까지 찼지만 할 수는 없다. 병주와 윤석은 서로 마주보며 어색하게 하하하 웃음을 흘릴 뿐이었다.

"내 차 집에 있는데, 누가 좀 가지고 와."

이번 신이 끝나면 촬영장을 옮겨야 했다. 그러는 사이 한 시간 정도 틈이 생긴 거다. 승후가 매니저인 윤석과 병주를 보며 말하자, 가기 싫은지 두 사람은 서로 눈치를 보았다.

"오병주!"

"가라시면 가겠습니다만, 저는 보디가드라……"

자신이 생각해도 변명 같은지 병주는 말을 채 끝내지도 못하고 윤석을 보았다.

"송윤석?"

"형님, 차는 떨려서 운전 못 하겠어요. 만약 사고라도 나면……"

윤석은 정말 싫은지 우는 소리를 내다가 지금은 자신밖에 갈 사람이 없다는 걸 알고는 곧 체념하고 말았다.

"갔다가 올게요."

"부탁해?"

승후는 마지못해 터덜터덜 가는 윤석을 보며 피식 웃음을 터뜨렸다. 그렇게 윤석이 촬영장에서 사라지고, 코디부터 개인 스텝들도 저마다 해야 할 일로 바쁘게 움직이자, 승후는 병주와 둘만 남게 되었다.

"어떻게 됐어?"

승후는 계속 장난스럽게 미소를 머금은 채 일하는 촬영 스태프들을 보며 나지막하게 물었다.

연기 잘하는 스타 배우라는 말이 딱 맞다. 승후는 차가워진 목소리와는 반대로 표정은 조금도 바뀌지 않았다. 덕분에, 표정 없이 무덤덤했던 병주의 얼굴에 어이없고 기막히다는 표정이 떠올랐다.

"지난 1년간 네가 없는 시간에 네 컴퓨터를 쓴 경우가 몇 번 있었어. 아 참! 한 포털 사이트는 네가 가입하지도 않았는데, 가입해 이용한 흔적이 있는데, 그게 최근까지 계속 접속한 기록이 있더라?"

승후의 미간이 일그러지자 병주는 조금 더 가까이 그에게 붙었다.

"지현이 너 신기 있지? 이건 또 어떻게 알았대?"

일 년이가 박우주였다는 걸 안 그날, 승후는 병주에게 제일 먼저 자신이 직접 가입한 사이트들을 알려주었다. 여기 외에 다른 곳에 가입되어 있는 게 있다면 그건 범죄에 이용되었을 가능성이 크기 때문이었다.

"난 박우주가 내 이름으로 무슨 짓을 했을 것 같아서 그런 건데……."

승후는 만약 내가 박우주라면 제일 접근하기 쉬운 상대인 지후와 자신을 범행에 이용할 거라 생각했다.

"정작 박우주는 이용할 생각이 없었던 모양인데, 딴 놈들은 생각이 달랐다는 거네? 우리 민승후, 이번 건은 긴장 좀 해야 할 것 같다?"

"그러니까. 어떤 놈이 내 이름으로 나쁜 짓을 해도, 난 모른다는 거잖아?"

"내 생각에도 좋은 용도로 쓰인 건 아닌 것 같아. 이거 수사 의뢰해야 해. 만에 하나 범죄에 이용한 거면, 꼼짝없이 네가 다 뒤집어쓰게 생겼어."

"그놈이 어떤 메일을 누구와 주고받았는지 알 수 있어?"

자연스럽게 물을 마시는 척한 승후는 무심하게 병주를 힐끔 보고는 다시 촬영 스태프들에게로 시선을 돌렸다.

"일단 메일함은 지워졌어. 다만 자주 이용하는 메일 주소는 알아냈지."

"대충 알만하네. 작정하고 내게 뒤집어씌운 인간인데, 증거가 될 만한 걸 남겨둘 턱이 없지."

"네 짐작이 맞아. 그거 정상적인 메일 주소가 아니야. 비공식적으로 해도 상관없지만, 그렇다면 다 불법으로 해야 해. 민승후가 불법과 연결된 게 드러나면 너만 다치는 거 아니야. 조 형사님도 다쳐. 그러니까 합법적으로 해."

병주는 무관심한 듯한 표정으로 주위를 살피면서, 입모양 변화 없이 아주 작은 소리로 말했다.

"매니저들과 내 개인 스태프들이 가장 유력하지?"

"지난 1년간 네 옆을 지켰던 스태프들. 그들이 가장 유력한 용의자야."

"어이없네. 이제는 아무도 못 믿을 것 같아."

"믿지 마. 내가 보기에도 네 옆에 있는 인간 중 믿을 놈 한 놈도 없어. 다 널 이용할 생각만 하는 놈들뿐이야."

"나 대신 작업 좀 해."

"나 그거 반대야. 내가 나서서 좋을 것 없어. 나랑 연결되는 거, 너에게는 마이너스야. 네 옆에 믿을 놈이 하나도 없어서 일단 내가 들어오긴 했는데, 나중에 말 나오기 딱 좋아."

"그래도 좀 해. 만약 내 주위 어떤 놈이 날 범죄에 이용한 거면, 블랙팀은 안 돼. 유하는 더더욱 연결되면 안 되고. 지금부터 하나부터 열까지 네가 다 해. 차라리 너랑 연결되는 게 나아. 블랙팀은 절대로 안 돼."

"일단 우리 애들이 하나씩 붙었으니까 두고 보자고. 어떤 놈인지 곧 꼬리가 잡히겠지."

병주는 바지 주머니에 손을 찔러 넣으며 승후에게로 시선을 돌렸다.

"너무 날카로워지지는 마라. 그러다 사고 칠라."

병주의 말에 승후의 표정이 급하게 어두워졌다.

"처음부터 이랬어야 했어. 형 말대로 너무 해맑게 산 탓에 이런 일이 일어난 거야."

"정훈이가 너 많이 걱정해. 나도 많이 걱정되고."

"어떤 새끼인지 잡으면 일단 내 앞에 먼저 데리고 와. 죽일지 살릴지는 그놈 본 이후에 내가 결정할 테니까."

승후의 눈이 차갑게 일그러졌다. 그 순간 병주의 얼굴에는 걱정이 떠올랐다.

늘 밝고 맑았던 친구다. 하지만 그런 이 친구가 잠깐씩 차가워지거나 무서워지면 꼭 사건이 일어난다. 그러기에 병주는 지금의 승후가 걱정스러웠다.

"그거 내 대사야. 내 대사 마음대로 가져다 쓰지 마."

병주는 승후의 코디가 옷을 들고 다급하게 뛰어오는 걸 확인한 다음 흘리듯 말하고는 무심하게 뒤로 빠졌다.

승후의 입에서 웃음이 터진 건 병주가 뒤로 빠진 뒤였다.

"일단 민승후 데리고 와. 참고인 조사는 해야지."

태석의 말에 유하는 물론 주영과 찬우까지 얼굴색이 어두웠다.

"누가 갈래? 주영이가 갈래, 아니면 찬우가 갈래?"

"제가…… 가겠습니다. 제가 가요."

유하가 나서자 주영과 찬우의 얼굴에는 놀란 표정이 스쳤다.

"만약 승후 씨 손목에 수갑을 채워야 한다면, 내가 직접 채울 겁니다. 선배 누구도 안 됩니다. 제가 직접 합니다."

"참고인이야. 협조 요청만 해. 일단 아무것도 확실한 건 없어. 사이버팀에서 연범준에게 메일 보낸 인간들 털고 있으니까, 곧 결과 나오겠지. 판단은 그때 해도 돼. 그러니까 벌써 최악을 생각하지 마."

유하의 마음을 조금이라도 가볍게 하려고 주영이 나섰지만, 그녀의 표정은 조금도 풀리지 않았다. 아니, 오히려 더 어두워져만 갔다.

"가서 민승후 데리고 오겠습니다."

유하는 수첩을 들고 일어섰다. 그리고 무거운 마음으로 걸음을 떼던 그 순간 유하의 휴대폰에 문자 알림음이 울렸다.

〈조금 있다가 경찰청에 잠깐 들를게. 간식 준비했으니까 기다려.〉

문자 내용을 확인한 유하는 무겁게 한숨을 내뱉으며 책상에 휴대폰을 던지듯 툭 내려놓았다.

"조금 있으면 온대요. 그때 데리고 들어오겠습니다."

긴장이 풀린 걸까. 유하는 들고 있던 수첩 또한 휴대폰처럼 던지듯 툭 책상에 내려놓고는 의자에 털썩 주저앉고 말았다.

윤석이 가지고 온 차를 타고 장소 이동 중 잠깐 들리고자, 혼자 경찰청으로 온 승후는, 유하에게 나오라는 문자를 보낸 후 콧노래를 부르며 즐거운 마음으로 그녀를 기다리고 있었다.

"어? 웬일로 일찍 내려왔어? 문 앞에서 나 올 때까지 기다리고 있었지? 사실대로 말해봐. 내가 그렇게 보고 싶었어?"

장난스럽게 말을 하던 승후는, 유하의 어두운 표정을 읽고 곧 무슨 일이 일어났음을 깨달았다.

"뭐야? 무슨 일인데?"

"나랑 블랙팀에 올라가면 안 되나? 아니, 올라가야 해. 시간이 없어도 올라가 주라."

승후의 얼굴에서 미소가 사라진 건 그가 유하의 눈에서 아픔을 읽은 다음이었다.

"알았어, 올라가자."

승후가 더 묻지도 않고 발을 떼자 유하는 그런 그의 팔을 잡았다.

"변호사 불러. 승후 씨 담당 변호사 있잖아. 그 사람 불러."

승후는 얼굴 가득 걱정을 담고 있는 유하를 보며 부드럽게 빙긋 웃었다. 그리고 잡은 팔을 자연스럽게 풀었다.

"아니야. 괜찮아. 그러니까 내 걱정은 하지 마."

"상황이……."

"그만."

승후는 유하가 무슨 말을 하기 전에 그 입을 막았다. 겉으로 보면 유하는 담당 형사로, 조사를 시작하기 전에 범인에게 어떤 말이든 하면, 그 뒤는 불 보듯 뻔했다. 자신 때문에 유하가 징계를 먹게 된다면, 견딜 수 없을 것 같았다. 아니, 견딜 수 없었다. 그러니까 안 듣는 편이 맞다는 게 지금 이 순간 승후가 할 수 있는 유일한 선택이었다.

"지금부터 조유하는 용의자 민승후, 아니, 민지현을 데리고 가는 형사야. 어떤 사적인 감정도 안 돼. 그건 내가 바라는 게 아니야."

유하는 아무 말 없이 고개를 아래로 떨어뜨렸다.

"갑시다, 조유하 형사님."

승후는 싱긋 웃고는 앞장섰다.

경찰청 안으로 들어가는 길. 마음은 지옥 그 자체였지만, 승후는 끝까지 미소를 잃지 않았다. 아니, 그럴 수가 없었다. 자신의 얼굴이 미소가 사라지면, 뒤에 있는 유하가 많이 아파할 것을 아니까.

'괜찮아. 괜찮을 거야.'

간절한 마음으로 빌 듯 승후는 마음속으로 끊임없이 괜찮다는 말을 중얼거렸다.

경찰청.

"조 형사?"

남자는 지나가는 승후를 그냥 흘리고 유하를 잡았다.

"안녕하세요? 여긴 어쩐 일로?"

"나야 일 때문이지. 바빠?"

"저희야 늘 그렇죠."

"그럼 나중에 시간 나면 나 좀 도와줘."

"그럼요, 도와드려야죠. 지금 맡은 사건 잠잠해지면 찾아뵐게요."

"그래. 그럼 수고?"

"네."

유하가 꾸벅 인사를 할 때까지 싱긋 웃던 남자는 그녀가 조금 멀어지자 서늘하게 눈을 빛냈다.

'일이 드디어 터진 모양이네.'

남자의 입에서 작은 웃음이 터진 것은 유하와 승후가 엘리베이터를 타고 사라진 다음이었다.

블랙팀 조사실, 민승후.

"지금은 그저 참고인입니다."

부드럽게 말을 꺼내는 도준을 보며 승후는 빙긋 미소를 머금었다.

"괜찮습니다. 용의자든 참고인이든 다 괜찮아요."

"민승후 씨 오래전부터 알고 있었어요. 지후……."

"잠깐."

도준이 승후의 마음을 편안하게 하려고 지후 이야기부터 시작했지만, 그걸 미리 알아차린 승후는 그런 그를 막았다.

"괜찮아요. 다른 용의자들처럼 그렇게 대해주시면 됩니다. 특별대우 바라지 않습니다."

"그럼 본론으로 들어가죠."

도준은 승후 앞에 나경이의 사진을 내놓았다.

"이 아이를 아십니까?"

"알죠. 나경이. 조민석 무술 감독님의 따님이죠."

"어제 범인 한 명을 체포했습니다. 여학생들을 납치해 팔아넘기는 놈인데, 그 범인이 이상한 진술을 했습니다. 민승후 씨가 장나경, 이 아이를 납치해 데리고 와달라고 했다는 겁니다."

"그랬군요."

좀, 아니, 많이 황당하고 당황한 탓일까?

승후는 자신도 모르게 허허 헛웃음을 터뜨렸다.

"그 범인 진술이 나경이 앞에 세 명이나 데려다줬다고 했습니다. 그리고 이건 그 증거고."

도준은 승후 앞에 세 장의 사진을 꺼내놓았다.

"범인 집을 수색하다가 이런 사진을 발견했습니다. 우린 이 사진 속에 있는 차가 민승후 씨 소유의 차량으로 알고 있는데 맞습니까?"

"네. 맞습니다. 내 차 번호가 맞네요."

놀라야 마땅한 순간인데, 승후는 전혀 놀라지 않았다. 마치 이 일을 알고 있었던 사람처럼 담담하기만 했다.

"지금 그 표정 민승후 씨에게 꽤 불리할 것 같네요. 놀란 마음을 감추기 위한 연기인지, 아니면 거금을 주고 여학생들 납치를 사주한 범인인지, 판단이 필요할 것 같습니다."

승후는 픽 웃음을 흘리고는 사진 중 하나를 집어 들었다.

"별로 놀랄 일이 아니기 때문이에요. 이런 일이라고는 생각 못 했지만, 내 주위로 어떤 일이 벌어졌다는 건 알고 있었습니다."

"알고 있었다고요?"

"아마 인터넷으로 주문을 받았다면, 주문한 메일 주소 또한 제 명의일 겁니다. 사실 오늘 제가 몰랐던 메일 주소가 있다는 걸 알게 됐어요.

그 주소로 어떤 일이 벌어졌는지 파악하려고 했는데, 형사님들이 한 발빨랐네요."

"저희는 적합한 의심을 합니다. 그 메일 진짜 모르는 주소입니까? 아니면, 알고도 모르는 척하는 겁니까?"

승후는 픽 웃으며 자신이 그대로 비치는 유리를 보았다. 저 건너에 유하가 있다. 걱정하면서, 아파하고 불안해하면서 보고 있을 것이다.

"글쎄요. 지금 이 상황에서 제가 아무리 아니라고 말한다고 아닌 게될까요? 진실은 여기 블랙팀 형사님이 알아내셔야죠."

여기까지 말한 뒤에 다시 도준을 본 승후는 여전히 빙긋 웃고 있었다.

"내가 할 수 있는 대답은 간단합니다. 차는 내 매니저들이라면 모두몰았을 겁니다. 저는 자주 차를 가져다 달라고 하고, 매니저가 차를 주차해 놓으면, 가서 몰고 가죠. 오늘도 그랬고."

"메일은 어떻게 설명하실 겁니까?"

"메일도 마찬가지예요. 우리 집 번호는 저뿐만 아니라, 매니저들도 모두 알고 있습니다. 마음만 먹으면 누구든 드나들 수 있죠. 저는 자주 집을 비우고, 차도 늘 주차장에 세워져 있으니까요. 그리고 제 개인 신상은 회사 식구라면 모두 다 알고 있습니다. 비밀이 없죠. 그게 유명인의비애니까요."

"지금 그 변명 그렇게 신뢰가 가진 않군요. 좀 더 확실한 증거를 대셔야 할 겁니다. 그 정도는 혐의를 벗기엔 충분치 않습니다."

"설명하는 겁니다. 저도 지금 하는 이 말이 제 혐의를 벗길 거라 생각하지 않습니다."

"나온 증거만으로 승후 씨는 지금 엄청 불리합니다. 그건 아시죠?"

"체포하세요. 다만 내일이면 드라마 촬영이 끝납니다. 그리고 다음 날이면 드라마도 마지막 방송이고요. 저는 개인이기 전에 드라마를 이끌어가는 주인공입니다. 그리고 이 드라마에는 많은 사람의 생활이 걸려 있습니다."

"기사를 막아달라는 말씀입니까?"

"언론을 통제해 주셨으면 하는 겁니다. 저 때문에 방송까지 난리가 나면 안 되잖아요. 그리고 저는 지금 촬영하러 가야 해서요. 내일 마지막 촬영하고 바로 오겠습니다. 조사는 그때부터 다시 시작하셨으면 좋겠네요."

"그럽시다."

"배려해 주셔서 감사합니다."

승후는 자리에서 일어나 꾸벅 인사를 했다.

"민승후잖아요. 움직이면 어디로 향하는지, 숨은 몇 번이나 쉬었는지까지 기사로 올라오는 바로 그 민승후. 도망도 마음대로 갈 수 없다는 거 잘 아니까."

"그런 생각은 애초에 안 합니다. 만약 도망가야 할 정도의 죄를 지었다면, 차라리 죽겠죠. 그게 더 깔끔하니까."

"그 말 언제 인터뷰로 했었던 같은데. 맞죠?"

"예전에 누명 쓰고 도망 다니는 영화를 한 편 찍었는데, 그때 똑같은 말을 했었죠."

승후는 가볍게 말하며 빙긋 웃었다. 그러자 굳게 닫혔던 문이 열리고, 굳은 얼굴의 유하가 들어왔다.

"난 나갈게. 조 형사가 안내해."

둘 만의 시간이 필요하다는 걸 느낀 도준은 유하의 어깨를 툭툭 치고는 밖으로 나갔다.

"간식은 못 먹겠다. 범인이 준 거 먹으면, 그거 뇌물이잖아."

승후의 입장에서는 웃으라고 한 농담인데, 유하의 얼굴은 더욱더 어두워졌다.

"나경이는 괜찮아?"

승후의 물음에 유하는 아무 말 없이 고개를 끄덕였다.

"놀랐겠다."

"괜찮아."

"그래도 당분간 학교는 보내지 마. 이번 사건 마무리될 때까지."

"안 그래도 그렇게 할 거야. 나경이 납치 사주한 인물이 아직 안 잡혀서."

"……그래야지. 난 가야겠다."

승후는 유하를 몇 초 가만히 보다가 손으로 문을 가리켰다.

"내가 꼭 밝혀낼 거야. 그리고 내 남자에게 이런 더러운 누명을 씌운 놈을 꼭 찾아서 죽여 버릴 거야. 절대로 가만 안 둬. 절대로!"

유하의 말에 승후는 또다시 몇 초 가만히 보기만 했다.

"왜?"

든든하다거나, 믿는다거나, 그런 말이라도 해주면 좋으련만. 승후의 표정은 그게 아니었다. 오히려 마음에 안 드는지 얼굴이 잔뜩 일그러져 있었다.

"내가 뭐 잘못한 거야?"

"지금부터 나 믿지 마. 유하 네가 믿는 건 딱 하나, 증거뿐이어야 해. 그 증거가 모두 날 가리키면, 네 손으로 직접 체포해. 봐주지 마. 망설이지도 말고. 그게 너에게 내가 원하는 딱 하나의 소원이야."

"승후 씨."

승후의 입에서 예상 밖의 말이 흘러나오자, 유하의 얼굴에는 당혹감이 떠올랐다.

"설마…… 포기한 거야? 다 포기한 건 아니지?"

"아니야. 다만 넌 형사로서 네 일을 하라는 거야. 형사로서 내가 범인이라는 판단이 서면, 체포해. 그게 네 일이잖아. 그리고 너 나한테 소원 하나 들어줘야 해. 그러니까 이 소원 들어줘. 이건 꼭 들어주라. 예전에는 안 들어줬으니까, 이건 들어줘. 응?"

소원이란 말에 유하는 고개를 아래로 떨어뜨리고 말았다.

이 남자의 소원은 늘 이렇다. 마지막 말을 하는 건데, 그 마지막 말을 늘 이렇게 유하를 위해 한다. 예전에도 지금도……

"이번에는 꼭 들어줄 거라 믿어."

승후의 마지막 말에 유하의 눈에선 결국 뚝 눈물이 떨어지고 말았다.

"그놈이 잡혔다고요?"

[민승후가 지금 블랙팀 안에 있는 것으로 봐서 그런 것 같아.]

촬영 장비를 옮기느라 바쁜 현장. 휴대폰을 들고 있던 남자의 눈이 날카롭게 빛났다.

"그럼 어떻게 하죠? 제가 어떻게 해야 하는 건지 알려주세요."

[당황하지 마. 우리는 철저하게 이날을 대비해 왔잖아.]

상대의 말에 남자는 "아! 그렇지?" 하고 말하며 나지막하게 웃었다.

[곧 블랙팀이 민승후를 정식으로 소환해 조사할 거야. 장나경 납치 사건에서 납치를 사주한 용의자로.]

"네. 그렇겠네요."

[조사를 받고 돌아오면, 민승후는 많이 괴롭겠지? 자기가 한 짓이 얼마나 엄청난 범죄인지 그제야 깨달은 거니까.]

"당연히 괴롭겠죠. 후회도 될 테고?"

남자의 입가에 서늘한 미소가 떠올랐다.

[그렇게 되면, 이번 여학생 괴담이 사실은 헤드의 작품이라는 것을 아는 사람은 아무도 없어. 사람들은 민승후 이름만 기억할 테니까.]

"네. 무슨 말씀인지 아주 잘 알겠습니다."

통화의 마지막. 은밀한 두 사람의 대화는 음산한 웃음으로 끝났다.

제14장.
함정에 빠진 민승후 Ⅱ

병주는 쭉 촬영장을 둘러보다가 한쪽 구석에서 통화하고 있는 한 사람을 발견하고는 살짝 미간을 찌푸렸다.

[아무래도 우리가 가장 유력한 용의자로 생각한 그놈이 맞는 것 같아.]

블랙팀에서 있었던 일들을 전해 들은 병주는 그제야 놈이 승후에게 어떤 짓을 했는지 알게 되었다. 놈이 승후에게 죄를 뒤집어씌웠다. 겉으로 승후는, 최소 세 명의 여학생들을 납치, 감금, 더 나아가 살인까지 했을지도 모를 범죄의 용의자가 되어 있었다.

전혀 어울리지 않는 죄목으로 승후는 지금 미친 변태 살인마가 되어 버린 거다.

[그나마 천운인 건 이 사건 담당이 블랙팀이라는 거야. 다른 형사들 같았으면 꼼짝없이 놈의 뜻대로 됐을 텐데, 블랙팀은 일단 아닐 가능성도 열어두고 있어.]

승후와 통화하던 병주는 용의자로 의심하고 있는 상대와 눈이 마주

치자 빙긋 미소를 지어 보였다.

"이상해. 저놈 혼자서 그걸 다 했다고 보기엔 뭔가 안 맞아. 저런 새끼는 절대로 머리가 될 수 없어. 밑에 꼬랑지라면 모를까."

나쁜 놈들에 대해서는 병주도 웬만큼 알고 있었다. 게다가 승후를 노리는 놈은 사이코패스, 다시 말해 미친 새끼였다. 그런데 병주의 눈에 저놈은 절대로 혼자 스스로 미친 새끼가 될 수는 없었다. 누가 옆에서 등 떠민다면 모를까.

[머리는 따로 있어. 내 예감이 맞는다면, 이거 예전에 형한테서 들은 적이 있는 놈이야.]

"네 형이 무슨 말을 했었는데?"

[헤드. 꼭두각시를 내세워 살인하는 미친 살인마.]

헤드. 이 이름, 들은 기억이 난다. 자세한 건 모르지만, 나쁜 짓은 모조리 다 한 그런 나쁜 놈들도 미친 새끼라고 말했던 연쇄살인마. 맞다. 분명히 그 연쇄살인마 이름이 헤드였다.

그런데 그 헤드는 죽었다고 들었는데…….

"잠깐 내가 알기로는 그거 아닌데?"

[네가 아는 건 이거겠지. 사람을 죽여 머리와 몸을 따로 분리해 유기하는 연쇄살인마. 그때 체포 과정에 죽었지?]

"맞아. 그거."

[그런데 실제로는 죽은 범인이 꼭두각시였다는 거야. 진짜 머리는 따로 있었고. 그때 범인이 죽어서 진짜 헤드의 존재는 영원히 묻어버린 거지. 그게 블랙팀 안에서 비공식적으로 내놓은 결론이었대.]

"그럼 그놈이 저놈을 조종하고 있는 거라고?"

[느낌은 그런데 확실하지가 않아. 일단 지금은 시신 자체가 없고, 죽은 애들이 세 명으로 추정되긴 한데, 그 애들로 뭘 했는지는 전혀 짐작이 안 가. 진짜로 그놈인지도 확실치가 않고.]

"전혀 다르잖아. 그 사건이랑 지금은."

[꼭두각시의 조건이 맞아. 어수룩하고 시키면 시키는 대로 잘하는 인물. 조종하기 딱 좋은 스타일. 게다가 불우한 어린 시절까지. 그게 아니면, 그놈 머리로는 절대로 여기까지 대비 못 해. 날 철저하게 미친 변태 새끼로 만들었잖아.]

병주는 상대가 의심하지 않게 계속 여기저기 두리번거리며 주위를 살피는 척했다.

"어떻게 할까? 네 주위에 애들 좀 붙일까? 저놈이 너에게 무슨 짓을 할지 모르잖아."

[일단 두고 보자. 곧 정체를 드러내겠지. 블랙팀이 정식으로 수사를 진행한다면, 저놈도 대비해야 할 테니까.]

"조심해. 저 새끼 느낌 안 좋아."

[알아.]

승후와 통화를 끝낸 병주는 용의자와 다시 눈이 마주치자 빙긋 웃었다. 그러고는 휴대폰을 꺼내 문자를 찍어 보냈다.

〈어떤 새끼 뒷조사 좀 해야겠다. 어린 시절부터 지금까지 가정환경, 만나는 사람들, 자주 가는 단골가게까지 털 수 있는 건 다 털어와. 특히 만나는 사람들은 먼지 한 올까지 탈탈 털어.〉

블랙팀 회의실.

"민승후 개인 스태프 중 범인이 있을 겁니다. 제 생각에는 매니저들을 조사해 봐야 하지 않을까 하는 생각이 드는데요."

찬우는 용의 선상에서 승후를 완전히 빼버렸다.

"민승후가 거짓말을 하는 경우도 배제해서는 안 된다고 봅니다. 모든 증거가 민승후를 범인으로 찍고 있어요. 그런 상황에 민승후를 빼고 다른 사람을 의심하는 건 옳지 않습니다."

도준은 찬우가 한 말의 허점을 정확하게 집어냈다.

"그게 이상합니다. 모든 증거가 민승후를 가리킨다는 게. 민승후, 우리도 잘 알잖아요. 걔 머리 좋습니다. 범죄에 자기 메일에 자기 차를 쓰는 미친놈이 어디 있어요? 조금만 머리를 굴리면 알 일인데, 설마 민승후가 멍청하게 그 짓을 했겠습니까?"

주영은 엄청나게 답답하다는 얼굴로 말했다.

"그걸 노린 걸 수도 있습니다. 머리가 좋으니 역으로 우리 뒤통수를 친 걸 수도 있어요. 민승후 머리 좋은 거 여기 있는 사람 다 알죠. 그리고 여기 있는 사람들 스타일도 다 알고. 우리 생각을 예측한 걸 수도 있습니다."

도준이 또다시 반박하고 나서자 주영은 앞에 놓인 물을 벌컥벌컥 마셨다.

"유하는?"

"네?"

조용히 팀원들이 하는 말을 듣던 태석이 아무 말 없이 아래만 보고 있는 유하를 불렀다.

"너도 생각이 있을 거 아니야. 말해."

"그게……."

유하는 쉽게 말을 꺼내지 못하고 망설이다가 한숨을 힘든지 푹 내쉰 후에야 입을 열었다.

"첫 번째 용의자로 민승후를 조사해야 한다고 봅니다. 다른 용의자가 나오지 않는 한, 유일한 용의자이기도 하고요."

"야! 조유하!"

놀란 찬우가 눈이 휘둥그레져서 소리를 버럭 질렀다.

"모든 증거가 민승후를 가리킨 이상, 이번 사건의 용의자는 민승후가 맞습니다."

유하의 말에 태석의 입가에 미소가 번졌다.

"용의자가 우리와 가까운 인물이라 해서 무조건 아니라고 믿어줄 수는 없다. 다만 억울한 사람이 나오지 않게 철저하게 조사하는 게 우리

역할임을 잊지 마라. 지금부터 민승후는 이번 사건의 첫 번째 용의자
다."

태석의 이 말에 주영과 찬우 그리고 유하의 입에선 동시에 깊은 한숨
이 터졌다.

"다만 우리는 민승후가 누명을 썼을 가능성도 배제하지 않는다. 수사
는 양쪽으로 한다. 주영과 찬우는 민승후 개인 스태프 중 민승후에게
누명을 씌우고 범행을 저지를 가능성이 있는 인물을 조사해서 알리바
이를 체크해."

"네!"

"도준과 유하는 민승후 알리바이 조사해서 조금이라도 미심쩍은 부
분이 있는지, 또 만약 진짜 민승후가 여학생들을 데리고 있다면, 어디
에 감금한 건지 등, 지난 1년간 민승후 행적을 탈탈 털기 시작한다. 난,
연범준이 여학생들을 납치해 전해줬다는 다른 놈들에 대해 조사한다.
자! 모두 움직여!"

"넵!"

주영과 찬우, 그리고 유하가 수첩을 챙겨 나가고, 도준은 그 뒤를 따
라 나가다 말고 우뚝 멈춰 태석을 보았다.

잠깐의 시선 교환.

태석이 약하게 고개를 끄덕이자, 도준도 똑같이 고개를 끄덕이고는
그렇게 블랙팀에서 사라졌다.

"설마……."

현장에 도착한 승후는 제일 먼저 민석에게 자신이 지금 나경이 납치
사건의 용의자임을 밝혔다.

"설마가 사실입니다."

당장 멱살을 잡고 죽일 놈 살릴 놈 이러면서 욕을 퍼부어도 모자랄
상황. 하지만 민석은 걱정스럽다는 얼굴로 승후를 보았다.

"유하가 많이 힘들 겁니다."

"난 승후 네가 더 걱정이다. 네 형 생각이 맞았던 거지. 너에겐 연예인이 위험한 직업이었던 거야."

"이런 일이 벌어진 다음에서야 형이 왜 그렇게 반대했는지 알겠어요. 차라리 그때 형 따라서 경찰이 되든지, 아니면 예정대로 유학을 가버렸다면, 이런 일도 없었을 텐데, 오늘 진짜 후회가 되네요."

"앞으로 어쩔 생각이야?"

"블랙팀이 진짜 범인을 밝혀내지 못한다면, 저는 꼼짝없이 나경이 납치 사주와 세 명의 여자애들을 납치, 감금, 더 나아가 살인했을지도 모를 범인이 되는 겁니다. 만약 그때가 되면, 아버님께서 유하를 다독여주세요. 그리고 이 말도 전해주세요."

"뭘?"

"최선을 다한 거 안다고, 그것만으로도 충분하니까, 너무 마음 아파하지 말라고. 이렇게 돼서 정말 미안하다고."

민석은 아무 말 없이 고개를 끄덕이며, 힘내라는 뜻으로 승후의 어깨를 톡톡 다독였다.

"나경이는……."

나경이 사건의 용의자이고 보니 그 아이의 안부를 묻는 것도 죄송스럽다. 그런 승후의 마음을 느낀 걸까. 민석은 그를 향해 부드러운 미소를 지어 보였다.

"괜찮아. 나경이가 쓸데없는 말을 해서 아내가 화가 좀 났거든. 애교 부리며 엄마 화 풀어주느라 정신없어. 지금은 엄마 챙기느라 딴생각 안 하니까, 너무 걱정 마."

"다행이에요."

"촬영 괜찮겠어?"

"열심히 해야죠. 어쩌면 마지막 작품이 될 수도 있는데."

승후는 촬영장을 쭉 둘러보며 빙긋 웃었다.

"더는 못할 가능성도 있다고 하니 더 열심히 연기하지 못한 게 아쉬워요. 계속 어쩔 수 없이 하는 게 연기고, 연예인 생활이라 생각했었는데, 마음 못 잡고 계속 갈팡질팡한 그 시간이 마음에 걸려요."

"우리 블랙팀을 믿어보자. 내 딸이 있어서가 아니라, 이 대한민국 땅에서 제일 유능한 형사들 아니냐?"

"감독님."

아버님에서 감독님으로 호칭이 바뀌자 민석은 불안하다는 얼굴로 얼굴을 찌푸렸다.

"뭐야? 왜 이래?"

"그거 시켜줘요. 유하가 모델인 그 영화."

"그거 그냥 농담으로 한 말이지."

"이번에 누명 벗으면 그 농담, 진담으로 만들어줘요. 하인수 감독님께서는 생각 있으신 것 같으니까, 감독님만 결정하시면 돼요. 열심히 하겠습니다! 누명을 벗으면, 상으로 그 배역 주세요?"

승후의 말에 잠깐 그를 보던 민석이 빙긋 미소를 머금었다.

"좋다. 누명만 벗어. 그럼 영화가 됐든, 드라마가 됐든, 하 감독 생각 있다고 하면, 유하를 모델로 배역 하나 만들어서 너 줄게."

"넵."

승후는 웃고 있었지만, 민석은 마음 가득 걱정이 차올랐다. 어쩌면 누명을 못 벗을 수도 있겠다. 승후의 마음속에 이런 생각이 담겨 있는 것 같은 느낌이 들어, 좌절의 끝에서 승후가 무슨 선택을 할지, 아주 많이 걱정되었다.

그렇게 촬영이 시작되었다. 그리고 승후는 마지막이라 생각하고 최선을 다했다. 밤새도록 촬영이 계속되고, 스태프들 모두가 지쳤지만, 승후는 끝까지 활기차게 연기에 임했다. 그리고 진짜 마지막 연기를 끝냈을 때, 고생했다며 좋아하는 스태프들 사이에서 고개를 떨어뜨린 승후는, 처음으로 눈물을 보이고 말았다.

"아이고, 죽겠다."

밤새도록 지방과 지방을 오가며 발이 팅팅 붓도록 돌아다닌 찬우와 주영은 수첩을 책상에 던지며 앓는 소리를 내뱉었다.

"아이고, 머리야."

범준이 진술한 날짜를 바탕으로 그날 민승후 스케줄을 교차 확인하고, 덩달아 그의 개인 재산에서 아이들을 감금할 만한 건물이 있는지도 함께 조사하던 유하와 도준도 앓는 소리를 내긴 마찬가지였다.

"도준과 유하, 어떻게 됐어?"

팀원들이 앓는 소리를 내든 말든 태석이 곧장 회의를 시작하자, 여기저기서 너무하다는 불평이 쏟아졌다.

"곧 민승후가 올 텐데, 뭐라도 우리가 내놓을 게 있어야 하는 거 아니야?"

태석의 날카로운 고함에 블랙팀은 모두 자세를 고쳐 잡고 수첩을 폈다.

"연범준이 민승후에게 메일을 받았다고 한 그날들, 민승후가 스케줄을 한 날도 있고 안 한 날도 있어요. 가장 최근 나경이 납치 사주한 메일을 보낸 날은 알리바이가 확인됐습니다. 메일 발신 장소가 바로 민승후 집 컴퓨터였는데, 그날 그 시간에 민승후는 다른 곳에 있었습니다."

유하는 사진 노트북으로 동영상 하나를 틀어서 회의실 TV 화면에 띄웠다.

"어?"

찬우는 화면에 나오는 자기 모습에 눈이 휘둥그레졌다.

화면에는 범행에 사용된 차를 탄 민승후가 보였고, 그 옆으로 유하와, 차 앞 유리창에서 장난치는 찬우가 보였다.

"저거 그날이잖아! 민승후가 간식 사 온 날! 우리 일찍 퇴근했었는데?"

찬우는 거봐라는 얼굴로 태석과 도준을 번갈아 가면서 보았다.

"분명히 이 시간에 민승후는 우리와 함께 있었습니다. 이전 시간에는 계속 촬영장에 있었고요. 그래서 일단 나경이 납치 사주 메일은 민승후가 보낸 게 아니라는 결론을 내렸습니다."

말하는 유하의 얼굴에도 안도감이 번졌다. 나경이 사건만큼은 민승후가 누명을 벗을 가능성이 보였기 때문이었다.

"공범이 있을 가능성도 있습니다. 단독 범행이라면 설명 안 되는 부분들이 공범이 있다면 설명이 됩니다. 정말 공범이 존재한다면 제시된 민승후의 알리바이는 증거가 될 수 없습니다."

좋았던 것도 잠시, 도준은 좋은 분위기에 찬물을 확 끼얹었다. 적합한 이의 제기라는 걸 알면서도 유하와 찬우는 이런 말을 하는 도준이 원망스럽다는 얼굴로 그를 보았다.

"스케줄로 범행할 수 없었던 시간에는 공범이 대신 범행을 했을 수도 있다?"

태석은 도준의 말을 다시 한 번 확인했고, 도준 그렇다는 얼굴로 고개를 끄덕였다.

"그러면 우리가 민승후에게 진짜 공범이 존재하는 건지도 함께 조사해야 한다는 뜻이라는 거네?"

"네."

도준이 입을 열 때마다 유하의 심장은 아래로 툭툭 떨어졌다. 이대로 진짜 승후가 용의자로 확정될까 봐 겁이 날 지경이었다.

"민승후 개인 스태프들 조사는?"

"민승후 개인 스태프들은 한 명 빼고는 특별한 게 없었습니다. 다들 평범한 가정환경에서 자랐고, 무난하게 사회생활을 하는 인물들이었습니다. 범죄랑 연결될 가능성 전혀 없어 보였습니다."

"한 명 빼고? 그 한 명이 누군데?"

불만에 가득하다는 얼굴로 입을 삐죽 내민 찬우는 퉁명스럽게 말을 했다. 하지만 태석은 그런 찬우는 신경도 안 쓴다는 얼굴로 매섭게 한 부분을 콕 집어냈다.

"송윤석."

주영은 사진 한 장을 태석에게 내밀었다.

"민승후 매니저로 1년 반 정도 있었다고 합니다. 어머니는 열한 살 때 돌아가셨고, 아버지 손에 컸는데, 그 아버지가 알코올 중독자였어요. 술에 취하면 송윤석에게 자주 폭력을 썼다고 합니다."

"가정폭력이라……."

태석은 윤석의 사진을 집어 들었다.

"가정폭력이라는 불우한 환경에서 자랐다고 해서 다 범죄를 저지르는 건 아니야. 그것만으로 이 사람을 범인으로 의심할 수 없어. 겉으로 보자면 이 사람보다 민승후가 더 유력한 용의자야."

윤석의 사진을 내려놓은 태석은 주영과 찬우를 더 확실한 증거를 내놓으라는 표정으로 보았다.

"하지만 조사는 해봐야 한다고 봅니다. 이 사람이 민승후 밑으로 들어간 때와 범행이 일어난 그 시기가 어느 정도 일치합니다. 게다가 이 사람은 민승후의 모든 걸 관리하는 사람입니다. 집에도 자주 드나들죠. 의심할 만한 조건을 갖춘 건 사실입니다."

주영은 밀리지 않겠다는 표정으로 태석과 도준, 두 사람을 동시에 보며 말했다.

"그건 의심이야. 의심은 증거가 될 수 없어. 증거는 모두 민승후에게 있다. 우리가 그걸 뒤집으려면, 이 사람이 민승후를 함정 빠뜨렸다는 증거가 있어야 해. 너희 그 증거 가지고 왔어?"

태석의 날카로운 질문에 할 말이 없어진 주영과 찬우는 고개를 떨어뜨리고 말았다.

"문제는 이 사람 기본 성격이야. 단독 범죄가 가능한 성격인지를 확인해야 하는데, 조유하 너 이 사람 봤지? 성격 어때?"

도준의 질문에 유하는 굳은 얼굴로 한숨을 푹 내쉬었다.

"말해. 가까이에서 본 네가 더 잘 알 것 아니야?"

찬우는 희망으로 반짝반짝 빛나는 눈으로 유하를 보았다.

"그게……, 단독 범죄를 할 만한 성향은 아닙니다."

유하의 입에서 예상 밖의 말이 튀어나오자 주영과 찬우는 세상을 다 잃은 것 같은 얼굴로 그녀를 보았다.

너 왜 이래?

주영과 찬우는 분명 눈으로 이 말을 하고 있었다.

"명령을 받아 그걸 수행하는 건 충분히 가능한 일이지만, 단독으로 계획을 세워서 실행에 옮기는 스타일은 아닙니다. 말하자면 말 잘 듣는 부하 같은 이미지예요."

유하는 자기 자신이 승후를 진짜 범인으로 몰고 있다는 알고 있었다. 하지만 이럴 수밖에 없었다. 이건 승후가 원하는 거였다. 진짜 조유하 형사로 이 사건을 조사하는 것. 이게 승후의 소원이었다. 그래서 유하는 지금 자기 일을 하고 있었다. 승후가 바라는 대로…….

유하는 지금 무서웠다. 진짜 자기 손으로 승후를 체포해야 하는 날이 올까 봐.

승후는 송윤석과 오병주를 제외한 모든 스태프를 보낸 후, 블랙팀이 있는 경찰청으로 향했다.

"형님."

운전하던 윤석의 걱정 가득한 목소리에도 승후는 잠자듯 두 눈을 감고 있을 뿐이었다.

"이렇게 가시면 안 돼요. 사장님께 말씀드려 대책을 세우셔야 합니다."

말이 없다. 아니, 말할 기운도 없을 것이다. 며칠 밤을 꼬박 새워서 촬영했기에, 평소 같으면 바로 집으로 가 쓰러져 자든지, 아니면 탈진으로 병원에 입원하고도 남았을 스케줄이었다. 더군다나 승후는 지금 몸 상태가 좋지 못했다. 아니, 큰 부상 중이라 해야 옳았다. 아직 부상 정도가 심각한데, 어쩔 수 없이 촬영을 강행했다는 걸 드라마 스태프 중 모르는 사람이 없었다.

"안 되면, 내일 마지막 방송은 보고 가세요. 쫑파티에 주인공이 안 오시면 어떻게 해요?"

윤석의 말에 승후는 아무 대꾸도 없었다. 깊은 잠에 빠져 들리지 않는 사람처럼 보였다.

"조 형사님은 지금 뭐 하시는지 모르겠어요. 설마 진짜 형님이 범인이라 생각하고 있는 거예요? 조 형사님이 어쩜 이럴 수가……"

"그만. 시끄러워. 조용히 가자."

승후의 이 말에 윤석은 답이 없었다.

달리는 차 안.

운전하는 윤석이나 조수석에서 밖만 보는 병주는 굳은 표정으로 침묵할 수밖에 없었다. 블랙팀으로 가기 전, 마지막 힘을 비축해 놓으려는 듯, 계속 눈을 감고 있는 승후를 위해, 짧은 시간만이라도 그가 쉴 수 있게 해주었다.

경찰청에 도착하니 도준과 주영이 승후를 기다리고 있었다.

"약속 지켜주셔서 감사합니다."

도준은 먼저 승후에게 다가오며 말했다.

"저야말로 배려해 주셔서 감사합니다."

도준에게 고개를 숙여 인사한 승후는 혹시나 유하가 보고 있지 않나 하는 마음에 주위를 살폈다.

승후가 유하를 사랑하는 연인으로 볼 수 있는 시간은 지금뿐이었다. 그냥 이대로 블랙팀에 들어가면 유하와는 형사와 용의자로 마주하게 될 것이기 때문이었다.

"유하는 블랙팀에 있습니다."

승후의 행동이 유하를 찾는 것임을 안 도준이 빙긋 웃으며 부드럽게 말했다.

"아! 네."

"그럼 가시죠."

도준이 안을 가리키자 승후는 윤석과 병주에게로 시선을 돌렸다.

"가 있어. 끝나면 연락할게."

"싫어요! 형님 옆에서 안 떨어질 겁니다. 저들에 형님께 무슨 짓을 할지 제가 어떻게 압니까? 저는 형님 옆을 지키는 게 일이에요! 형님은 최선을 다해 협조하고 있어요. 그럼 저들도 배려하는 게 있어야죠. 조사하는 곳 안까지는 못 들어가더라도 근처라도 지키게 해주세요. 안 그러면 형 혼자 못 들어갑니다. 당장 사장님께 전화할 겁니다!"

윤석이 승후를 잡고 놓아주지 않아 도준과 주영은 난처하다는 얼굴로 서로를 보았다.

"가. 여기 블랙팀이야. 안에 유하가 있는데 무슨 걱정이라고 그래?"

"조 형사님이 있으면 뭐 합니까? 이 상황에 도움이 하나도 안 되잖습니까?"

"오병주, 이놈 데리고 가."

"네."

병주가 윤석을 데리고 가려 하자, 윤석은 승후의 팔을 꽉 끌어안았다.

"절대로 안 돼요. 저도 가요. 형님 혼자는 안 돼요. 못 간다고요!"

윤석이 끝까지 버티자 도준은 어쩔 수 없다는 표정으로 어딘가로 전화를 걸었다. 그리고 알았으니 둘 중 한 사람만 들어오라고 하며 앞장섰다.

"제가 가요. 병주 형님은 제가 상황 봐가면서 전화할게요. 혹시 상황이 이상하게 돌아가면 바로 사장님께 연락해 주세요. 변호사에게도."

"그래. 알았어."

윤석은 병주에게 빠르게 이것저것 말하며 승후를 따라 경찰청으로 들어갔다.

"형님, 제가 밖을 지킬 겁니다. 저들이 조금이라도 이상한 짓 하면 소리 지르세요. 제가 달려갈게요."

작게 속삭이듯, 그리고 아주 진지하게 말하는 윤석 덕분일까, 아니면, 유하가 안에 있기 때문일까. 승후의 입가에 편안한 미소가 번졌다.

블랙팀 조사실, 용의자 민승후.

"이 상황이 얼마나 심각한지 알고 계시죠? 아니라는 확실한 알리바이가 없는 이상 민승후 씨는 지금 꼼짝없이 용의자입니다."

유하는 안의 상황에 온 신경을 집중한 채 도준과 승후를 지켜보았다.

승후가 빙긋 웃는다.

'웃지 마. 왜 웃어? 승후 씨 지금 연기할 상황 아니야. 당황스러우면 당황하고 있다는 티를 내란 말이야!'

저런 여유로움이 자신에게 얼마나 불리한지 모르는 모양이다. 유하는 불안한 마음에 자신의 손톱을 톡톡 물어뜯었다.

"범행이 일어난 시간과 제 알리바이를 대조해 보면 되지 않겠습니까?"

"이리 당당하게 나오시는 걸 보면 당연히 알리바이는 성립되겠죠? 그걸 증명해 줄 사람도 많을 테고. 최근 사건만 해도, 나경이 납치 지시 메일 보낸 날, 그 시간에 바로 이곳 경찰청에 있었죠. 바로 블랙팀이 그 증인이죠. 아닙니까?"

도준이 메일 보낸 시간이 표시된 서류를 승후 앞에 놓자, 승후는 그 서류를 보며 픽 웃음을 흘렸다.

"그러네요. 이날, 이 시간에, 바로 여기 있었네요, 제가."

"공범 누굽니까? 밖에 있는 저 사람, 함께 있겠다고 바득바득 우기던

저 사람이 공범입니까?"

"참 재미있는 발상이네요. 공범이요? 형사님 머릿속에는 제가 범인인 겁니까? 범인이 아닌 가능성 같은 건 애초에 검토하지 않을 거네요?"

"민승후, 난 너 같은 놈들을 아주 잘 알아. 겉으로는 선한 사람 흉내 내면서 뒤로는 온갖 나쁜 짓은 다 하거든. 미친 사이코패스 같은 놈. 민지후, 네 형은 그런 네 본 모습을 아주 잘 알았다. 그래서 널 하나하나 체크했을 거야. 네가 딴짓 못 하게."

"그렇게 생각하니, 또 그러네요."

승후의 행동 하나하나가 도준을 자극하고 있었다. 도준의 의심을 부추기고, 그 의심은 승후의 이미지를 한쪽으로 몰아가고 있었다. 바로 사이코패스 연쇄살인마로.

"톱스타라는 이점을 이용해서 기부와 봉사 같은 것으로 선한 가면을 쓰고, 뒤로는 온갖 더러운 짓을 하는 너 같은 놈, 나 한두 번 본 거 아니야. 너 애들 데려다가 무슨 짓 했어? 그 애들 어디 있는지 빨리 말해!"

도준이 승후를 사이코패스 범인으로 대하자 유하는 기겁하며 안으로 뛰어 들어가려 했다. 그러자 태석이 주영을 시켜 그녀를 막아서게 했다.

"팀장!"

"가만있어!"

"민승후를 저렇게 다룰 순 없어요! 민승후가 왜 촬영 종료와 동시에 여기로 왔겠어요? 우리를 위해, 우리를 도와주기 위해, 최대한 협조한 거잖아요! 그런 사람을 어떻게 저렇게 다뤄!"

"왜 못 다뤄! 민승후는 최소 세 명의 여자애들을 납치, 감금, 더 나아가 살해했을지도 모르는 범인이야! 아니라는 면죄부는 누가 주는 건데? 스스로 왔다고 해서 범행 사실이 없어지는 게 아니라는 거 몰라서 이래?"

날카롭게 화를 내는 유하와 무섭게 고함을 지르는 태석. 두 사람의 기가 동시에 부딪쳤다.

안에서는 도준에 의해, 사이코패스 연쇄살인마로 확정된 채로 승후에 관한 조사가 진행되고, 밖에서는 태석의 의해 유하는 손이 묶여서 사랑하는 사람을 위해서는 어떤 것도 할 수 없게 되어버린 것이다.

"어떻게, 팀장이, 바로 블랙팀 이태석이, 한 사람 인생을 나락으로 떨어뜨리는데, 이 정도로 차가울 수 있어요? 팀장 이런 사람이었어요? 99개가 다 민승후를 가리켜도, 아닐 가능성이 하나라도 있다면, 100개가 채워지기 전까지는 범인이 아니잖아요. 지금까지 그랬잖아! 블랙팀 이태석 팀장은 지금까지 그렇게 우리를 이끌었다고요!"

"정신 차려! 지금은 모든 증거가 민승후를 가리키고 있어! 보이는 증거 말고 또 뭐가 필요한데?"

"증거 원하시죠? 내가 찾아올게요, 그 증거! 그러니까 기다려요. 범인도 찾아오고, 팀장 얼굴에 사직서도 던져 줄 테니까!"

유하는 조사실 문을 걷어차 버리고 밖으로 나왔다. 한참을 씩씩 거친 숨을 내쉬며 가다 보니, 불안하듯 왔다 갔다 거리는 윤석이 눈에 보였다.

"조 형사님……."

희망을 바라는 눈빛에 유하는 시선을 피했다. 그리고 서둘러 자리를 벗어났다.

"조 형사! 유하야!"

찬우가 뒤를 따라오다 윤석을 발견하고 꾸벅 인사를 한 뒤에 서둘러 유하를 따라 사라졌다.

유하와 찬우가 사라진 후, 불안하게 눈동자를 굴리던 윤석의 얼굴에 차가운 미소가 떠올랐다. 그리고 어딘가로 전화를 걸었다.

"조유하 형사 열받아서 펄쩍펄쩍 뛰고 난리가 났습니다."

윤석은 나지막하게 낄낄낄 웃음이 흘렸다.

[잘됐네. 곧 온 세상이 민승후로 떠들썩할 테고, 민승후가 죄를 뒤집어쓸 동안 우리는 잠시만 조용히 있으면 돼.]

"네, 알겠습니다. 그런데 그 아인 어떻게 합니까?"

[나경이?]

"네."

[잠깐만 그렇게 두자고. 기회는 또 있을 테니. 이번에는 우리가 직접 데리고 와야겠어. 잠깐 사이에 아이가 귀해졌으니, 우리가 직접 데리고 와줘야지.]

"그렇게 마음에 드십니까?"

[나경이는 사람을 잡아끄는 묘한 매력이 있어. 조유하, 그년만 아니었으면, 이런 고생 안 하고 쉽게 내 품에 들어왔을 텐데. 거듭 생각해도 역시 영 거슬려, 조유하.]

"명이 긴 것 같습니다. 일 년이 손에 끝날 줄 알았더니."

[편안하게 세상에서 멀어져 있는 그놈에게 가르쳐 주자고. 일을 마무리하는 법에 대해.]

"네."

[조유하, 그 어미 성격이 꽤 재미있던데, 벌써 기대가 돼. 나경이 데리고 오는 날, 그 어미와도 재미있는 시간 좀 보내야겠지?]

상대가 음산하게 낄낄낄 웃음을 흘리자 윤석의 입에서 나지막한 웃음이 터졌다.

"뭐요? 승후가 나경이 납치를 사주한 용의자라고요? 그런 미친 멍멍이 같은 소리가 어디 있어요?"

모든 촬영이 끝나고 집에 들어온 민석은 미수에게 지금 유하와 승후에게 무슨 일이 벌어지고 있는지 말해주었다.

"똥통에 빠져 죽을 놈! 그놈이 우리 나경이 납치하라고 시켰지? 급살 맞아 죽을 놈! 아우! 열 받아!"

범인이 금쪽같은 막내딸 나경이 납치 사주에, 승후에게 입에 담지 못할 누명까지 씌우자, 미수는 미친놈이 미친 짓을 한다며 펄쩍펄쩍 뛰었다. 아니, 온갖 죽을 놈을 다 붙이는 중이었다.

"앞으로 넘어졌는데 뒤가 깨져 죽을 놈! 어디 할 짓이 없어서 우리 천사 같은 승후에게 그런 짓을 해? 짜증 나. 열 받고 짜증 나고 화나! 마른하늘에 벼락 맞아 죽을 놈!"

"애들이 걱정이야. 지금 많이 힘들 텐데."

"유하가 꼭 범인 잡을 거예요. 자기 남자 누명도 못 벗기면 형사 짓 그만해야지."

딸이 꼭 해결할 걸 믿어 의심치 않는다. 하지만 속에서 천 불이 끓어오르는 건 어쩔 수 없는 감정이었다. 아주 잠깐 거친 숨을 내쉰 미수는 인내가 한계에 다다르자 포효하는 호랑이처럼 엄청난 괴성을 질러댔다.

"온몸에 있는 털 다 뽑으면 죽을 만큼 괴로울까? 아니, 이놈 살 껍데기 확 벗겨내 죽여 버릴까?"

미수가 이를 바드득 갈며 한 이 말이 백 퍼센트 진심임을 알기에 민석은 몸을 움츠리며 뒤로 한 걸음 물러났다.

조사는 밤을 꼬박 새워서 진행되었다. 그러는 동안 드라마는 마지막 방송을 했고, 승후가 용의자 신분으로 다시 블랙팀 조사를 받게 된 게 하루하고도 반나절이 흘러가고 있었다.

시계를 보며 초조하게 상황을 지켜보던 윤석은 사람들이 지나갈 때마다 불안한 표정으로 무언가 말 좀 해달라는 식으로 보았다. 하지만 형사들은 별다른 말이 없었다. 그냥 지금 조사 중이라는 대답만 할 뿐이었다.

형사들 표정이 그리 좋지 않다. 그렇다는 건 승후가 아직은 잘 버티고 있다는 뜻이다. 윤석은 주위를 살피며 다시 전화를 걸었다.

[어떻게 됐어?]

"아직입니다."

[그리 쉽게는 안 끝나겠지.]

"안의 상황을 알 수가 없어서 답답합니다."

[안이야 예상할 수 있어. 형사는 같은 걸 계속 물어볼 거야. 민승후는 같은 대답을 계속하고 있을 테고. 둘 중 먼저 무너지는 쪽이 이기는 거지.]

"그런데 조 형사가 어제 나가서 아직 안 들어왔습니다."

[조 형사야 할 일은 하나지. 민승후의 무죄를 밝혀내는 것. 증거 없이는 안 된다는 걸 아주 잘 알거든. 자기가 아무리 무죄라고 소리쳐 봤자, 증거 앞에서는 찍소리도 못하니까.]

웃기지도 않는데, 남자는 말하다 말고 갑자기 킥 웃음을 흘렸다.

[좋은 생각이 났어. 시간을 끌어봤자 상황만 불안해지지. 기자들에게 떡밥 좀 던져 줘. 주위에서 난리가 나면, 블랙팀 형사들이 민승후를 봐주고 싶어도 봐줄 수가 없을 테니까.]

"아! 네."

[우리가 블랙팀을 슬쩍슬쩍 밀어주자고. 그래야 생각하기 전에 빨리 빨리 움직이지. 그 팀은 생각하기 시작하면 골치 아프거든.]

"네. 알겠습니다. 그렇게 하죠."

통화를 끝낸 윤석은 지시에 따라 움직이기 시작했다. 그는 일부러 경찰청 로비에서 서성거리며 걱정 가득한 얼굴로 한숨을 푹푹 내쉬었다.

경찰청은 사회부 기사들이 상주하고 있을 것이다. 그 기자 중 한 사람이라도 민승후가 블랙팀 안에 있다는 사실을 알기만 하게 되면, 일은 알아서 술술 잘 굴러가게 테니, 일단 기자로 추정되는 사람이 나타날 때까지 주위를 살폈다.

그렇게 얼마를 있었을까. '나 기자!' 하고 얼굴에 써놓은 듯한 사람이 나타나자, 윤석은 병주에게 전화를 걸었다.

"형, 아무래도 사장님께 보고를 드려야 할 것 같아요."

[왜? 상황이 안 좋아?]

"안 좋은 정도가 아니에요. 블랙팀은 지금 승후 형을 범인이라 딱 찍었다니까요. 상식적으로 생각해서, 승후 형이 미치지 않고서야 여자애를 납치하겠어요?"

내가 하는 말 좀 들어보세요! 이런 느낌으로 윤석의 목소리는 점점 더 커졌다.

"내가 보기엔 이거 그냥 넘어갈 일이 아니에요. 블랙팀은 지금 납치에 강간, 그리고 살인까지 생각하고 있단 말이에요. 납치당한 아이들이 세 명인가 네 명이래요."

기자가 눈이 휘둥그레져서 어딘가로 후다닥 뛰어가자 윤석의 입가에 미소가 번졌다.

"아니다. 답답해서 그랬어요. 좀 더 지켜볼게요."

[그래. 아무래도 안 될 것 같으면 바로 연락해. 사장님께 달려갈 테니까.]

"네, 알겠습니다."

통화를 끝낸 윤석의 입에서는 아주 작게 웃음을 터졌다.

승후가 조사실 안으로 들어오고 두 번의 밤이 지났다. 그리고 새벽, 아니, 이른 아침이라 해야 옳은 그 시작, 대한민국은 민승후 사건으로 인해 대혼란 상태에 빠져들었다.

─연쇄살인마 민승후?

어디서 새어 나갔는지는 모르겠지만, 인터넷 사회면 연예면 할 것 없이 기사들은 민승후로 도배를 한 상태였다. 기사는 승후가 지금 블랙팀에서 최소 세 명의 여학생들을 납치, 강간, 더 나아가 살해했을지도 모를 범죄로 조사받고 있다는 내용이었다.

"수사 중이라 아직 밝혀진 건 아무것도 없습니다. 확실하게 밝혀진 게 있으면 그때 브리핑하겠습니다."

경찰 관계자들은 모두 앵무새처럼 똑같은 말만 되풀이하고 있지만, 정작 블랙팀은 입을 꾹 다문 채 아무 말도 하지 않았다.

조사실 안.

며칠 사이 까칠해진 승후가 도준이 보여준 인터넷 기사들을 읽었다.

"너희 형은 지금 이 상황을 예상했을지도 모르겠다. 네 형이 그렇게 기 쓰고 널 연예계에서 빼내려 할 때는 그만한 이유가 있을 거라는 생각 안 해봤어?"

"내가 앞날을 보는 초능력이 있는 것도 아니고, 이런 생각을 했겠습니까?"

"우리가 널 믿어준다고 해도, 세상이 널 외면할 수도 있어. 이번 일로 네가 뭘 잃게 될지는 아무도 몰라."

"많은 걸 잃는다 해도 상관없어요. 유하만 내 곁을 지켜준다면."

"미친놈."

도준의 말에 승후는 빙긋 미소를 머금었다.

"민승후."

"네?"

"가도 좋다."

"네."

"고생했어."

"네."

"그리고…… 행운을 빈다."

"감사합니다."

그렇게 승후는 조사실에서 나왔다. 그리고 천천히 윤석이 기다리고 있는 곳으로 걸어갔다.

"승후 형님!"

승후가 순간 휘청거리자 윤석은 달려와 그의 팔을 붙잡으며 부축을 했다.

"여기 계속 있었어? 힘들겠네. 그래도 고마워."

승후는 힘겹게 웃으며 윤석의 어깨를 툭툭 두드렸다.

"밖에 기자들이 바글바글합니다."

"괜찮아. 가자."

승후는 길게 한숨을 내뱉은 후 굳은 표정으로 발을 뗐다.

"후폭풍이 만만치 않을 겁니다."

도준은 멀어져 가는 승후를 보며 걱정스럽게 말했다.

"민승후잖아. 저 이름값을 믿어보자고."

믿어보자고 말은 했지만, 걱정이 되는 건 어쩔 수 없다. 태석은 나지막하게 한숨을 토해냈다.

"사실일까요?"

"보면 알겠지."

"만약 사실이면 어떻게 되는 겁니까?"

"그것도 닥치면 생각해 보자고. 지금은 아무것도 모르는 거니까."

"한 가지만 더, 진짜 괜찮은 겁니까? 위험하지 않을까요?"

"위험할 거야. 우리 생각이 맞는다면 더 위험하겠지. 그걸 모두 감수하면서 그런 결정을 내린 건 저 녀석이야."

도준은 한숨을 내쉬며 손을 바지에 찔러 넣었다.

"저 녀석 꼭 지후 같습니다. 말투나 표정, 그리고 웃는 모습까지, 죽은 지후를 똑 닮았습니다."

"그러니 저 녀석은 꼭 구해내야겠지. 지후를 못 구했으니, 저 녀석만큼은 꼭."

태석이 뒤돌아 천천히 걸어가자, 도준은 그런 그를 따르며 걱정스럽게 물었다.

"우리는 괜찮겠습니까?"

"난 이미 각오했어. 그놈한테 죽을 각오. 결과가 어떻게 되던, 지후 그놈이 우리를 살려주겠냐? 곱게 죽여주면 고맙다고 절할 생각이야."

"지후 전에 조유하가 먼저 죽일 겁니다. 난 벌써 조 형사가 내 목을 조르는 환상까지 보여요."

도준의 말에, 심각한 말만 쏟아내던 태석의 입에서 풋 웃음이 터져 나왔다.

"민승후 씨, 세 명의 여학생을 납치 감금 살해한 용의자로 조사받으신 것 맞습니까?"

"민승후 씨, 지금 심경이 어떠신가요?"

"일각에서는 블랙팀의 표적 수사라고 하던데, 민승후 씨 생각은 어떻습니까?"

쏟아지는 질문을 뚫고 차에 오른 승후는, 차가 출발하는 것을 확인한 뒤, 머리를 의자에 기댄 채 눈을 감았다.

"고생하셨습니다."

운전하던 병주의 목소리가 들렸지만, 대답할 힘도 없었던 승후는 그냥 머리를 기댄 그 상태 그대로 고개를 끄덕일 뿐이었다.

"어디로 모실까요? 댁에는 지금 기자들이 꽉 차있을 텐데."

"오피스텔은 어떨까요? 오피스텔은 기자들에게 알려지지 않아서 쉬기에 적당할 거예요. 본가에도 지금쯤이면 기자들이 버글버글할 겁니다."

윤석이 말한 오피스텔은 승후가 아무도 몰래 편히 쉬고 싶을 때를 위해 마련해 놓은 집이었다. 공개적으로 알려진 집들은 이미 기자들이 꽉 차있을 테니, 조금이라도 편히 쉬기 위해서는 알려지지 않은 집, 오피스텔로 가는 게 맞았다.

"그래, 그럼. 그렇게 하자."

윤석의 제안에 동의한 승후는 곧장 잠에 빠졌다. 그리고 잠시 후, 차 안에는 음악 소리 없이 승후의 고른 숨소리만 들렸다.

"어!"

잠을 자던 승후가 흠칫 놀라더니, 진동으로 거칠게 떨고 있는 휴대폰을 내려다봤다.

"응, 유하야."

잠을 자면서도 미간을 일그러뜨리고 있던 승후였는데, 전화를 건 상대가 유하라는 걸 확인하자마자 그의 얼굴에 미소가 번졌다.

"괜찮아. 넌? 넌 괜찮아? 설마 나 때문에 팀장 들이박은 건 아니겠지?"

[당연히 박았지. 어떻게 승후 씨를 의심할 수 있어?]

"증거가 있으니 의심하는 건 당연한 거지. 형사 조유하로 일하라니까, 계속 내 여자 조유하로 있었던 거야?"

[둘 다! 형사 조유하도 민승후는 절대로 범인이 아니래!]

"말은 참 잘해요."

하하하 웃고는 있지만, 힘은 없다. 승후는 그만큼 지금 피곤한 상태였다.

[걱정 마. 내가 승후 씨 꼭 지켜줄게. 나 믿지?]

"그래. 꼭 지켜줘. 나 내 애인 믿어."

[어디야?]

"지금 집에 가는 중. 곧 도착해. 가서 샤워 먼저 하고 자야지."

유하는 잠깐 말이 없었다. 걱정하고 있다는 뜻이었다.

"괜찮아. 나 잘 견딜 수 있어. 걱정 마."

[진짜 괜찮은 거 맞아?]

"진짜 괜찮아. 안 괜찮으면 안 괜찮다고 말하지. 그러니까 조 형사님은 제발 일이나 하세요? 블랙팀 지금 정신없잖아?"

[알았어. 믿을게. 믿고 있을게.]

"믿어. 나 진짜 괜찮으니까."

승후는 거듭 괜찮다는 말을 하고는 통화를 끝냈다. 그리고 다시 눈을 감았다.

"조 형사님이죠? 계속 자리에 없었습니다. 형님이 있는 수모 없는 수모 다 당할 때, 조 형사님은 밖에 나가서 며칠 동안 들어오지도 않았다고요."

불만이 하늘을 찌른다.

"시끄러워. 누명 벗기려고 나갔겠지. 지금도 나 때문에 힘들게 뛰어다니는 중이고. 네가 뭘 안다고 그래?"

"하지만 이럴 때는 옆에 있어야 하는 거잖아요!"

"유하가 내 옆에서 걱정만 하면 누명은 저절로 벗겨져? 윤석아, 생각 좀 하자?"

승후가 날카롭게 말하자, 윤석은 바로 기가 팍 죽었다. 하지만 곧 다시 평소 송윤석의 모습으로 돌아왔다.

"형님, 제가 옆에 있겠습니다. 지금 형님 너무 피곤한 상태라 혼자 있으면 안 됩니다."

"아니야. 가. 너도 나랑 똑같이 밤새웠을 거잖아. 나 혼자 있어도 되니까, 너도 집에 가서 쉬어."

"하지만 형님……."

"혼자 있고 싶어. 누구도 따라붙지 마. 귀찮아."

오피스텔이 저만치 보일 때, 승후는 혼자 있겠다는 말을 강조했다.

"네."

기운이 쫙 빠지는 듯 윤석이 힘없이 대답하자, 운전하던 병주가 위로 차원에서 그의 어깨를 톡톡톡 두드려 주었다.

오피스텔로 들어온 승후는 휴대폰을 테이블에 던지고는 소파에 몸을 맡겼다. 그리고 잠깐 눈을 감았다.

그렇게 얼마나 있었을까? 잠깐 잠이 들었던 것도 같다.

승후는 깊게 한숨을 토해내며 욕실로 들어갔다.

따뜻한 물줄기에 피곤했던 몸을 씻고, 편안한 차림으로 욕실에서 나온 승후는, 머리를 털며 냉장고 문을 열어 물을 꺼냈다.

"컥!"

그 순간 누군가 뒤에서 긴 끈으로 승후의 목을 감아 졸랐다. 괴로움에 발버둥 치던 승후는 그대로 뒤로 밀고가 있는 힘껏 벽에 부딪혔다. 충격에 잠깐 끈이 느슨해진 틈을 타 괴한의 손에서 벗어난 승후는 뒤돌아 그의 정체를 확인했다.

"송윤석!"

큭, 큭, 큭. 윤석의 입에서 서늘한 웃음이 터졌다.

"어떻게 네가……."

아무리 예상을 했다고 해서 충격이 덜한 건 아니었다. 눈으로 직접 확인하는 건 예상하는 것과는 아주 많이 달랐다.

다시 복귀하고 몇 개월 뒤에 윤석이 매니저로 왔었다. 그리고 지금까지 윤석은 승후의 모든 것을 담당하고 처리하는 손과 발이었다. 그렇게 믿었던 사람인데, 현실은 자신에게 죄를 뒤집어씌우고, 더 나아가 죽이려고까지 한다.

어째서 내 주위에는 저런 놈들만 있는 거지?

우주에 이어 두 번째다. 눈으로 직접 윤석을 확인한 승후는 다시 한번 더 절망에 휩싸였다.

"조용히 죽으면 돼. 그럼 끝나."

"왜 날 죽이겠다는 건데? 죽이고 싶을 정도로 내가 미운 그 이유가 도대체…… 뭐야?"

승후의 음성에는 아픔이 묻어 있었다. 살고 싶어서, 살기 위해서 하는 말이 아니라, 아파하는 목소리다.

"아파? 어디가 얼마나 아픈 거야? 바보야! 이런 몸으로 출근은 왜

해? 아프다고 전화하면, 내가 너 자를까 봐 억지로 출근했어?"

순간 떠오르는 하나의 기억에 윤석은 우뚝 멈췄다.

언제였는지 기억도 나지 않는 그날, 아침부터 열이 좀 있었다. 이 정도 아픈 건 그냥 멀쩡한 것으로 치자. 늘 이렇게 생각하던 윤석이라 이마에 승후의 손이 올라오자 움찔 놀랐었다.

씨발, 왜 이럴 때 그 기억이 떠오르는 거야?

윤석은 마음을 다잡기 위해 한 발 한 발 천천히 승후에게로 다가갔다.

"말해봐. 내가 왜 죽어야만 하는지."

승후는 윤석이 한 발 다가오면 한 발 뒤로 물러났다.

"네가 자살을 해야, 영원히 사이코패스 살인마로 남을 테니까."

윤석은 가지고 온 끈을 양손에 단단히 감고 승후에게로 천천히 다가왔다.

"왜 나야? 어째서 난데?"

"처음부터 네가 싫었어. 너만 보면 구역질이 났거든. 그래서야. 그래서 그랬어."

허탈하다. 복귀 후 지금까지 믿고 의지하던 사람에게서 듣는 소리가 싫다는 것과 구역질이 난다는 말이라니. 승후는 갑자기 자기 삶이 아주 많이 초라하게 느껴졌다.

"몰랐네. 진짜 몰랐어."

입은 하하하 웃음을 흘리는데 눈에는 눈물이 맺힌다. 그런 승후의 모습에 윤석의 얼굴이 험악하게 일그러졌다.

"그러니까 죽어! 연쇄살인마 민승후로 죽어!"

"그게 가능할까? 조유하가 널 못 찾아낼 것 같아? 도대체 왜 이렇게까지 하는 건데? 내 옆에 유하가 있는 걸 알면서, 도대체 왜 그 위험을 감수하겠다는 건데? 너 그 정도로 생각이 없어?"

"심증은 있으나 물증은 없지. 층 CCTV도 이미 망가뜨려 놓았어. 내가 널 죽였다는 물증이 없는 한, 아무리 블랙팀이라 해도 체포 못 해."

답답하다는 표정이다. 아니, 안타까워하는 건가?

순간 이렇게 생각하던 윤석은 다시 마음을 고쳐먹었다. 저건 비웃는 표정이다. 한심하다고 비웃고 있는 거다.

"그럼 한 가지만 알자. 그 애들 어떻게 됐어? 설마 다 죽었어? 아니지? 너 그런 애 아니잖아. 내가 아는 윤석이는 그렇게……."

"시끄러워!"

설득하려는 거다. 민승후, 저 인간은 사람 마음을 이리저리 움직이는 데는 도가 튼 인간이니까.

윤석은 승후의 말을 중간에 잘랐다.

"다 죽었어! 내가 다 죽였다고!"

"설마…… 세 명 다?"

"세 명뿐이라고 누가 그래?"

"세 명이 아니면, 몇 명인데? 도대체 몇 명이나……."

"곧 죽을 건데, 알아서 뭐 해?"

크윽, 윤석은 평소 그답지 않게 음산하게 웃음을 흘렸다. 그러고는 무서운 속도로 승후에게 달려들었다.

"네 손에는 절대로 안 죽어. 아니, 못 죽어!"

목을 졸라 죽이려는 자와 살기 위해 빠져나가려는 자의 싸움이다. 조금의 양보도 없었던 몸싸움이 잠시 멈춘 건, 승후가 근처에 있는 장식용 꽃병을 집어 들어 윤석을 내려친 다음이었다.

"안 죽어. 내가 이렇게 멀쩡하고 괜찮은 한, 넌 절대로 나 죽일 수 없어."

"이 새끼!"

윤석은 나지막하게 욕설을 내뱉으며 다시 승후에게로 달려들었다. 예상대로 역시 힘에서는 윤석이 위다. 그리고 싸우는 기술에서도 마찬가지였다. 순간 승후가 중심을 잃어 넘어지자, 윤석은 그 틈을 놓치지 않고 그가 일어나지 못하게 위에 올라탔다.

"난 절대 안 죽어. 네가 뭔 짓을 해도 난 괜찮을 거야. 그러니까 제발 포기하고 자수해."

승후는 목을 조르려 하는 윤석의 손목을 움켜잡고 더는 다가오지 못하게 힘으로 막았다.

"시끄러워! 죽어! 죽으라고!"

윤석은 눈에 핏대까지 세우다 날카롭게 소리를 질렀다.

"네 손에는 절대로 안 죽는다고 했잖아!"

승후는 윤석을 옆으로 던지고는 일어섰다. 그리고 콜록콜록 기침을 토해내며 힘겹게 물었다.

"윤석아, 너 도대체 애들 몇 명이나 죽였니?"

"죽는 이 순간에 그게 궁금해?"

"그래. 그게 궁금해. 그러니까 말해! 몇 명이나 죽였어? 날 몇 명이나 죽인 살인마로 만들 생각이었냐고!"

"여섯 명. 널 여자애 여섯을 죽인 살인마로 만들 생각이었지. 이제 됐어? 궁금한 것 없어?"

윤석은 씩 웃으며 끈을 양손에 단단히 감았다.

"여섯? 여섯이나 죽이는데 시체가 없다? 나 안 믿어. 그걸 어떻게 믿어?"

"왜 없겠어? 눈에 안 보이는 데 있지. 너 죽으면 시체가 나올 거야. 걱정하지 마."

"내가 말했지! 절대로 안 죽는다고!"

승후는 근처에 잡을 수 있는 것 중 아무거나 집어 던지고는 현관을 향해 뛰었다. 하지만 윤석은 곧장 그를 따라잡았다. 그리고 들고 있던 끈으로 다시 목을 졸랐다.

"유하야……."

괴로움에 더 버티지 못하고 그대로 무릎을 꿇은 승후는 가늘게 유하를 불렀다.

"조유하는 여기에 없어. 너 못 구해줘."

윤석은 킥킥킥 웃음을 흘리며 승후의 귓가에 속삭였다.

쾅!

"송윤석 이 개새끼!"

문이 벽에 부딪치는 거친 소리와 함께 유하가 달려와 윤석을 향해 주먹을 날렸다. 그 충격으로 승후는 윤석의 손에서 벗어나 콜록콜록 거칠게 기침을 하며 뒤로 물러났다. 그러자 찬우가 앞을 막아서고 주영과 도준, 그리고 태석이 그를 지나 앞으로 나갔다.

"너 이 새끼 내 손에 죽었어!"

승후의 눈에 유하가 싸우는 모습이 보였다.

윤석이 신음조차 내지 못한 채 발길질 한 번에 나가떨어졌지만, 유하는 윤석의 멱살을 잡아 일으켜 세워 몇 차례 주먹을 휘둘렀다. 계속 맞던 윤석이 몸을 가누고 조금이라도 저항을 할라치면, 복부에 날카로운 발길질이 이어졌다.

저건 범인을 체포하기 위한 싸움이 아니었다. 유하는 지금 죽여도 상관없다는 마음으로 싸우고 있었다.

"유하야."

블랙팀 누구라도 말려주면 좋으련만. 팀장인 태석도, 파트너인 도준도, 그리고 주영과 찬우조차도 폭주하는 유하를 막지 않았다.

"유하야! 조유하! 그만!"

유하가 윤석의 멱살을 잡고 주먹을 높이 쳐든 그 순간, 현 상황을 인지한 승후가 그녀의 폭주를 막았다.

"그만해. 너 형사잖아. 범인을 잡아야지, 그러다 죽이겠어."

주먹이 부들부들 떨린다.

"병원 가야 할 것 같아. 보호자, 나 안 데리고 갈 거야?"

유하가 어쩔 수 없이 윤석을 놓아주자 주영이 달려와 수갑을 채웠다.

"민승후!"

분노가 승후에게 옮겨진 듯, 유하는 무섭게 다가와 그의 멱살을 잡고 벽에 밀어 붙었다.

"또다시 이런 작전 짜면, 그땐 내 손에 죽어!"

"나 지켜준다며? 조유하 믿으니까 이런 짓도 하는 거지."

분위기를 바꾸기 위해 승후는 빙긋 웃었다. 하지만 유하의 얼굴은 더욱더 험악하게 일그러졌다. 그리고 이번에는 분노가 태석과 도준에게로 향했다.

"승후 씨 데리고 병원에 가야 하니까 지금은 그냥 넘어가는데, 청에서 보자고요. 계급장 떼고, 팀장하고 도준 선배 이참에 죽여 버리려니까."

유하는 병원으로 가기 위해 승후를 데리고 나오면서 끝까지 태석과 도준을 노려보았다. 진심으로 죽이고 싶은 마음을 꾹꾹 눌러 담은 눈빛으로……

☾

며칠 전, 승후가 첫 번째 조사를 받던 그날.

"누명입니다! 민승후가 그런 짓을 했을 리가 없잖아요!"

유하, 주영, 찬우, 이 세 명의 생각은 확고했다. 민승후는 절대로 그럴 리가 없다. 사실 태석과 도준도 생각은 마찬가지였다. 문제는 그걸 어떻게 증명할 방법이었다. 승후의 혐의를 벗기려면 그에 합당한 증거가 있어야 하는데, 지금은 그 증거가 없었다.

어떻게 해야 하나 머리만 굴리고 있을 때, 태석의 휴대폰이 울렸다.

"블랙팀 이태석입니다."

[저 민승후입니다. 사적인 전화 받는 것처럼 하고 제 쪽으로 좀 와주

실 수 있습니까? 지금 주차장에 있습니다.]

"그래. 아빠 오늘도 못 들어가. 어쩌지?"

태석은 아이에게 전화 온 것처럼 받으며 슬쩍 블랙팀을 빠져나왔다. 그리고 곧장 주차장으로 향했다.

"어쩐 일이야. 유하가 아니라 날 부른 것 보면 보통 일은 아닌 것 같은데."

태석이 다급하게 묻자 승후는 그에게 작은 인형 하나를 내밀었다.

"이게 뭐야? 내 딸 가져다주라고?"

생각지도 못한 태석의 농담에 승후는 픽 웃음을 흘렸다.

"이거 몰카입니다. 언제부터인가 자꾸 잔 흠집이 생겨서 뒷부분을 감시하기 위해 몰카를 달았어요. 큰 흠집은 아니고, 극성팬이지 싶어서 지금까지는 확인 안 하고 넘겼거든요. 트렁크에 여자애들이 있었다면, 누가 트렁크 문을 열었는지, 확인 가능할 겁니다."

승후는 오른쪽 끝에 바깥쪽을 향해 비스듬하게 놓여 있는 작은 인형을 가리켰다. 인형은 태석에게 준 인형과 세트로 보였다.

"위치가 잘하면 트렁크를 열고 아이를 꺼내는 범인의 모습이 보일 수도 있겠네?"

승후는 아무 말 없이 고개를 끄덕였다.

"확인하고, 전화 줄게."

"네. 그런데 일단 이건 유하는 몰랐으면 합니다."

"왜?"

"이걸로 혐의를 벗을 수 있으면 좋지만, 혹시나 아니면 실망이 클 테니까요."

"알았어. 확인하고 확실해지면 연락해 줄게."

"네."

승후가 가고 태석은 곧장 카메라를 확인했다. 범준과 범인이 접촉해 아이를 건네받은 날짜와 인형 카메라에 찍힌 날짜를 대조해 해당 시기에 무슨 일이 있었는지 확인했다.

"찾았습니까?"

태석은 블랙팀 중 유일하게 도준에게만 이 사실을 알렸다.

"앞선 두 차례는 지워졌고, 마지막 범행만 있어. 그런데 아이를 안아서 다른 차에 옮기는 모습이긴 한데, 확실하게 사람이라는 증거는 아니야. 교묘하게 범인 모습만 보이네."

도준은 화면을 자세히 확인하다가 살짝 미간을 일그러뜨렸다.

"저게 머리카락인 것 같긴 한데, 그러네요. 확실하지는 않네요?"

태석은 한숨을 토해내며 승후에게 전화를 걸었다.

[네. 민승후입니다.]

"아무래도 이걸로는 증거가 부족해. 아이를 옮기는 장면이 확실하게 안 찍혔어."

[범인은 나왔죠? 제 예상대로라면 송윤석, 바로 내 매니저 맞을 것 같은데요.]

"그래. 하지만 정확하지가 않아. 증거로는 조금 부족해. 몇 달 동안 트렁크를 연 사람이 송윤석밖에 없어서 정황으로는 그놈이 맞는데 확실한 건 없어."

[그래요? 어쩔 수 없죠. 그래도 좀 기대를 걸었는데 아쉽네요.]

"우리가 발 벗고 뛰고 있으니까 증거 찾을게. 걱정 마."

[그러지 말고 잡으면 어때요? 함정 수사, 그거 블랙팀 특기라면서요?]

"함정 수사?"

태석이 함정 수사란 말을 입에 올리자 도준은 움찔 놀랐다. 그러고는 입모양으로 스피커폰으로 돌리라고 말했다.

[제가 다시 조사받으러 가잖아요. 그때 함정을 파면 안 될까요? 제 생각으로는, 이렇게까지 범인으로 몰았을 때는 다 이유가 있을 것 같아요. 말했다시피, 저는 도망가느니 차라리 죽겠다고 인터뷰한 사람이에요. 절 자살로 위장해 죽일 가능성은 없는 걸까요?]

태석이 스피커폰으로 돌리자 승후가 하는 말이 그대로 태석과 도준에게로 전달되었다.

"충분히 가능성 있습니다. 민승후가 자신이 연쇄살인마라는 유서 한장 달랑 써놓고 자살한다면, 바로 수사는 종료될 테니까요. 위에서 사건 덮으라고 압박하면, 우리야 어쩔 도리가 없죠. 겉으로는 덮어야 하니까."

"안 돼. 위험부담이 너무 커. 수사에 민간인을 끌어들일 수는 없어."

태석은 단호하게 안 된다고 거절했다.

[어차피 저는 범인이에요. 블랙팀이 누명 못 벗기면 꼼짝없이 범인이 된다고요. 그러니까 누명 벗으려는 겁니다. 내 손으로 직접.]

"어떻게 벗겠다는 겁니까?"

도준도 이건 안 된다고 생각하면서도 일단 승후의 머릿속에 있는 작전을 들어보기로 했다. 사실 도준은 민승후, 아니, 민지현이 꽤 영특한 건 이미 지후를 통해 알고 있었다. 예전에 지후가 동생과 통화할 때, 도준도 옆에서 통화 내용을 들어 알고 있었기 때문이었다.

"야, 너 어떻게 알았어? 그거 우리가 맡는다고 발표 안 했는데?"
"에이, 척 하면 착 하고 나오지. 딱 블랙팀 사건인데? 그런데 그거 내 생각에는 범인이……."

지후는 자신은 죄가 없다는 걸 확실히 보여주기 위해 동생 입에서 사건에 관한 이야기가 나오면 바로 스피커폰으로 돌렸다. 그리고 승후의 엉뚱한 상상력에 뒤통수를 맞고 당황할 때가 많았다.

도준은 이번에도 승후의 엉뚱한 상상력이 또 뒤통수를 때릴 거라 그렇게 생각했다.

[그놈 저 죽이려 할 가능성 있습니다. 그럼 그때 잡죠. 나 죽이려 할 때.]

"미끼가 되겠다고? 조유하 가만 안 있어. 그 성질 모르는 것 같은데, 그런 작전 입에 올리면, 나랑 도준이 죽이기 전에 너 먼저 죽여."

[그러니까 모르게 해야죠. 당일에 알려주면 되잖아요.]

"승후 씨, 아니, 승후야, 지후 동생이니까, 내가 승후라고 할게. 괜찮지?"

[네. 그럼 저도 도준 형이라 부를게요.]

자기가 뭔 말을 했는지 아는 걸까. 승후는 해맑게 웃음을 터뜨렸다.

"너 잘못하면 죽어. 우리가 조금 늦어도 죽는다고. 알아?"

[그러니까 여기저기 몰카 설치하세요. 도청도 하고. 우리 집에 그거 다는 거 내가 허락할게요.]

"그놈이 우리 생각대로 움직인다는 보장이 없어."

[언론을 이용하면 놈도 움직이겠죠. 내가 살인마로 떠들썩하게 기사가 나면, 그놈도 그걸 확실하게 하기 위해 절 죽이려 할 거예요. 자살을 가장해서.]

골치가 아픈지 태석은 관자놀이를 꾹꾹 누르며 말했다.

"확실하지 않아. 불확실한 작전에 경찰 인력이 투입될 수는 없어. 상부에서 허락 안 해준다고. 더군다나 네가 용의자인 이상 더더욱."

[블랙팀만 오세요. 나머지 장비는 제가 알아서 합니다.]

"뭐?"

[내 매니저 중에 오병주라고 있습니다. 사실 그 녀석이 내 친구입니다. 공식적으로 매니저로 이름이 안 올라 있어서 모르셨을 거예요. 장비는 그 친구가 모두 준비할 겁니다.]

태석과 도준은 잠시 시선을 맞추며 눈빛으로 의견을 주고받았다. 그리고 잠시 후, 나지막하게 한숨을 토해낸 태석이 입을 열었다.

"좋다. 하지만 조금만 위험해도 작전은 바로 엎는다. 첫째도 안전, 둘째도 안전이야. 알았어?"

[네. 알겠습니다, 팀장.]

남은 심란해 죽겠는데, 이놈은 지나치게 해맑다. 짜증으로 태석의 얼굴이 일그러졌다. 그 순간 도준의 입에서는 긴 한숨이 터졌다.

승후가 촬영 끝내고 온 날.

"증거 원하시죠? 내가 찾아올게요, 그 증거! 그러니까 기다려요. 범인도 찾아오고, 팀장 얼굴에 사직서도 던져 줄 테니까!"

유하는 조사실 문을 걷어차 버리고 밖으로 나왔다. 그리고 곧장 차에 올랐다.

"뭐야? 선배는 왜 따라와?"

"잠깐만 기다려. 말은 나중에 해."

찬우는 차에 오르자마자, 싸울 듯 날카로운 유하의 입을 일단 막아놓고선, 휴대폰을 꺼내 태석에게로 전화를 걸었다.

"유하랑 차 안에 도착했습니다, 팀장."

[지금 곧장 불러주는 주소로 향한다. 이 오피스텔은 민승후 소유지만, 기자들에게는 알려지지 않은 곳이야. 민승후는 조사받은 뒤에 이쪽으로 갈 테니까, 너희는 미리 가서 준비해 둬.]

"무슨 준비를요?"

[가면 오병주라고 있을 거다. 그 사람이 카메라와 도청 일체를 준비해 놓았다고 하니까, 너희는 가서 설치해. 지금부터 진짜 범인을 잡는다. 그 오피스텔은 범인을 잡을 무대다.]

꼭 듣지 않아도 무슨 작전인지 알겠다.

"팀장, 민승후 데리고 지금 무슨 짓 하는 겁니까?"

유하의 음성이 아까보다 더 사나워졌다.

[내가 짠 작전이야. 나라고.]

휴대폰에서 승후의 음성이 나왔다.

[미안해. 하지만 이렇게 해서라도 증거를 확보하지 못하면, 나 꼼짝없이 범인이잖아. 그럼 내 인생 완전히 시궁창에 처박히는 건데, 나 그거

싫어. 그러니까 네가 나 지켜줘. 나 너 믿어. 믿으니까 이런 짓도 하는 거야.]

"승후 씨……."

[내가 괜찮다고 하면, 오지 마. 그건 진짜 괜찮은 거니까. 내가 유하 네 이름을 부르면, 그땐 달려와 줘. 기다리고 있을게.]

"진짜 왜!"

유하는 손이 벌겋게 달아오를 때까지 핸들을 내려치고 또 내려쳤다.

"말해. 이 작전 누구누구 작품이야?"

유하의 눈빛이 서늘해지자 찬우는 소리 없이 난 아니라고 말하며 고개를 저었다.

"주영 선배는?"

[팀장이랑 내 작품이다.]

도준의 말에 유하의 눈이 차갑게 일그러졌다.

"팀장, 도준 선배, 그리고 민승후, 그쪽 셋, 이 작전 끝나고 봐. 셋 다 내 손에 죽었어!"

유하의 눈에 살의가 번뜩이는 순간 찬우는 안전띠를 움켜쥐며 문에 바짝 붙었다. 그녀가 누구든 진짜 죽일 것만 같아서.

오피스텔 구석구석 눈에 띄지 않는 곳에 카메라와 도청 장치를 설치한 유하는, 바로 옆 오피스텔로 가서 화면을 확인하고 또 확인했다.

"그런데 이젠 좀 무서워지려 해. 어떻게 알고 옆 오피스텔은 사놓은 거야?"

찬우는 병주를 힐끔 보며 유하에게 나지막하게 말했다.

"승후 직업과 내 직업상 밝은 곳에서 해맑게 만날 수 없어요. 그래서 만남의 장소가 필요했습니다. 다행인 건, 여기가 승후 친구 집이라는 사실을 송윤석이 모른다는 겁니다. 하긴, 내가 승후 친구인지도 모르는 놈이니까."

대단히 귀가 밝은 사람이다. 병주는 찬우의 말을 귀신같이 알아듣고는 대답을 했다.

"준비가 끝났으니, 결전의 순간이 오길 기다리면 돼요."

떨리는 마음을 가다듬기 위해 길게 한숨을 토해냈다.

"가보겠습니다. 저는 이만 빠지는 게 블랙팀과 승후에게 좋을 겁니다."

"감사합니다. 이거 준비하시느라 힘드셨을 텐데."

"블랙팀이 위에서부터 차례대로 허락받고 움직이는 것보다 우리 쪽이 행동하는 게 더 쉽습니다. 우리 쪽이야 돈만 있으면 뭐든 가능하니까."

병주는 가볍게 웃으며 손을 내밀었다.

"승후 잘 부탁합니다. 조 형사님을 믿으니까, 마음 놓고 저는 빠지겠습니다."

"네. 믿어주세요. 꼭 지키겠습니다."

유하는 병주가 내민 손을 잡았다.

"승후 살린 후에 둘만 봅시다. 형사님께 드릴 것도 있고."

"뭘……."

"승후 살리고 나서요. 나 같은 부류 아시잖습니까? 형사님이 못 뚫는 것, 나는 뚫을 수 있을 때가 많잖아요. 형사님께 나 같은 놈, 꽤 도움이 될 겁니다."

마지막으로 병주가 잘 부탁한다는 말을 하고 사라지고, 유하는 불안한 듯 심하게 떨리는 눈으로 화면을 보았다.

"괜찮아. 이렇게 보고 있잖아. 놈은 민승후 털끝도 못 건드려. 내가 장담할게."

찬우가 힘을 불어넣어 주었지만, 유하의 표정은 영 밝아지지 않았다. 솔직하게 말해, 밝아질 수가 없었다. 아니, 시간이 지나가면서, 유하의 표정은 불안감으로 더욱더 어두워져만 갔다.

민승후의 오피스텔 옆 오병주의 오피스텔.

블랙팀은 화면을 응시한 채 조금도 눈을 돌리지 않았다. 행여나 놓치는 부분이 있을까 싶은 마음에 움직일 수가 없었다.

소파에 잠시 있던 승후가 욕실로 들어가면서 윗옷을 벗자, 심각하게 화면을 보면 찬우가 휙 휘파람을 불었다.

"남자 몸을 보고 섹시하다고 느낀 건 이번이 처음이다?"

살얼음판 같은 분위기를 바꾸려는 의도로 한 말이었는데, 유하의 사늘한 눈빛에 찬우는 곧 "죄송합니다."라고 말하고 고개를 푹 숙였다.

승후가 욕실로 들어가고, 얼마 안 있어 송윤석이 집으로 들어오자 블랙팀은 모두 바짝 긴장했다. 욕실에서 나온 승후가 송윤석이 들어오는 것도 모르고 냉장고에서 물을 꺼내 마셨다. 유하는 불안해 머리를 한 움큼 쥐어뜯었다. 이내 몸싸움이 벌어지고, 유하는 곧장 뛰어가려 했다.

"기다려. 빠져나왔어."

주영의 말에 유하는 다시 화면을 보았다. 승후와 윤석의 대화가 이어진다. 승후가 지금 윤석에게 진술을 받아내고 있었다. 애들을 죽였다는 진술을.

"가야 해요. 더는 위험해요!"

[안 죽어. 내가 이렇게 멀쩡하고 괜찮은 한, 넌 절대로 나 죽일 수 없어.]

괜찮다는 승후의 말에 유하는 우뚝 멈췄다. 이건 송윤석에게 하는 말이 아니었다. 이 장면을 보고 있을 유하에게 하는 말이었다.

곧 윤석과 승후의 몸싸움이 벌어졌다. 승후는 또 위험해졌고, 유하는 다시 뛰어가려 했다.

[난 절대 안 죽어. 네가 뭔 짓을 해도 난 괜찮을 거야. 그러니까 제발 포기하고 자수해.]

목을 조르려는 윤석의 손을 막으며 승후가 또다시 유하에게 괜찮다는 말을 한다. 그녀는 이번에도 뛰어가지 못했다. 하지만 얼굴에는 저러다 진짜 잘못될 수도 있겠다는 생각에, 점점 공포가 번지고 있었다.

[윤석아, 너 도대체 애들 몇 명이나 죽였니?]

[죽는 이 순간에 그게 궁금해?]

[그래. 그게 궁금해. 그러니까 말해! 몇 명이나 죽였어? 날 몇 명이나 죽인 살인마로 만들 생각이었냐고!]

[여섯 명. 널 여자애 여섯 죽인 살인마로 만들 생각이었지. 이제 됐어? 궁금한 것 없어?]

[여섯? 여섯이나 죽이는데 시체가 없다? 나 안 믿어. 그걸 어떻게 믿어?]

[왜 없겠어? 눈에 안 보이는 데 있지. 너 죽으면 시체가 나올 거야. 걱정 마.]

[내가 말했지! 절대로 안 죽는다고!]

승후가 현관을 향해 뛰었다. 때가 됐다는 걸 느낀 유하는 바로 뛰어 나갔다.

[유하야…….]

유하가 현관에 다다랐을 때 그녀를 부르는 승후의 목소리가 들렸다.

쾅!

문을 연 유하는 거칠게 문을 차고는 안으로 뛰어 들어갔다.

"송윤석 이 개새끼야!"

제15장.
헤드 그리고 꼭두각시

얼마나 잤는지 모르겠다. 유하와 병원에 도착해 입원하자마자 잠이 든 승후는 스르륵 눈을 떠 주위를 살폈다.

"일어났냐?"

병주의 목소리에 몸을 일으킨 승후는 다시 이리저리 살피며 유하를 찾았다.

"조유하 형사 지금 경찰청에 있을 거다. 송윤석 사건 마무리해야지."

"아, 그렇지."

그 생각을 못 했다. 자기 상황이 마무리됐다고 유하 일도 끝났다 생각했다. 승후는 가볍게 웃음을 터뜨렸다.

"자. 기사."

"그사이에 무슨 기사야? 얼마나 됐다고?"

기사를 확인한 승후는 블랙팀이 일 처리 하나는 엄청나게 빠르다고 감탄했다.

송윤석이 체포된 그 순간, 블랙팀은 곧장 범인이 민승후의 매니저라는 사실을 발표했다. 송윤석이 고의로 민승후를 함정에 빠뜨렸다는 것과, 승후를 살해하고 자살로 꾸미려 했다는 점도 함께 기사화된 것 보면, 초고속으로 일을 처리한 모양이었다.

"팬들 난리 났다. 널 죽이려 했다는 것까지 기사로 다뤄져서, 송윤석 사형 안 시키면, 폭동이라도 일으킬 태세야."

"이럴 땐 팬들이 힘이 되지."

승후가 가볍게 픽 웃자, 병주도 덩달아서 가볍게 미소 지었다.

"너 좋아할 때가 아닌 듯싶어. 조 형사, 아무래도 널 갈아 마실 생각인 것 같은데? 끝까지 너 노려보다가 결국 전화받고 갔어. 가면서 한마디 하더라."

"뭐랬는데?"

"깨어나면 죽었어."

병주가 주먹까지 내보이자, 승후는 유하의 살벌한 표정이 상상이 되는 것 같아 순간 움찔하고 말았다.

"애교를 부리든, 아양을 떨든, 몸으로 유혹하든, 살 방법을 찾아야할 것 같다. 잘하면 정말 뼈마디 다 부러뜨리고도 남을 것 같아."

"그러니까."

죽음이 바로 코앞까지 온 것처럼 갑자기 어두워지는 승후의 표정에 병주는 크게 하하 웃고 말았다.

"이렇게 또 하나가 지나갔구나."

"이젠 이런 건 아무것도 아닌가 보다?"

"가볍게 넘겨야 해. 이런 건 심각해지면 끝이야."

이게 공포가 되면 아무것도 할 수가 없다. 그걸 알기에 승후는 이번 일도 재수 없었던 하루라 생각하고 넘기려 했다.

"사실 지금까지는 조 형사랑 잘못 만난 건 아닌가 하는 생각을 했었어. 조 형사 아니면 네가 이렇게 위험해졌을까, 조 형사만 안 만났더라면, 네 인생이 지금보다 훨씬 편안하지 않았을까 하고 생각했었거든."

"말도 안 되는 소리를 하고 있어."

"끝까지 들어! 그런데 자는 너 가만히 보다가 갑자기 이런 생각이 들더라. 조 형사가 아니었으면 넌 꼼짝없이 살인마로 죽었을 거야. 조 형사가 아니었으면 넌 끝까지 일 년이 손에 놀아났을 테고."

"알아."

"주위 사람들을 의심해야 하는 게 좀 안타깝지만, 이번 일로 널 둘러싼 나쁜 기운들을 쳐 낼 수 있어서 다행이라 생각해."

"나도 그렇게 생각해. 유하 때문에 이것저것 말려든 게 아니라, 원래부터 내 주위에 있었던 놈들이잖아. 이번 일로 배운 게 많아."

"설마 무슨 일이 또 있을까 싶긴 한데, 그래도 혹시 모르니까 대비 좀 하자? 진짜로 송윤석 뒤에 헤드가 있다면, 이번 일 그냥 안 넘겨. 알지?"

승후는 대답 없이 고개를 끄덕였다.

"믿을 만한 놈으로 한 명 붙일 테니까 그리 알아. 나한테 목숨을 빚진 놈이야. 지금은 그놈이 최선인 것 같다."

"그냥 네가 계속해 주면……, 안 되지. 알아. 나도."

자신이 생각해도 말도 안 된다는 걸 알기에 승후는 대화를 하다가 중간에 병주와 눈이 마주치자 바로 말을 바꿨다.

"밖에 그놈 세워뒀어."

"알았어."

"급한 일만 처리해 놓고 다시 올게."

"넵."

승후는 가는 병주를 향해 밝게 방긋 웃었다.

"웃지 마! 정들어."

병주는 퉁명스럽게 말하며 픽 웃음을 흘리고 병실에서 나갔다.

"에고, 내 애인은 언제 오려나."

혼자 남은 병실. 승후는 휴대폰을 확인하며, 블랙팀에서 길길이 뛰고 있을 유하를 생각했다.

송윤석을 조사하기 전, 블랙팀은 모두 모여 녹음된 파일을 듣고 있었다.

[조유하 형사 열받아서 펄쩍펄쩍 뛰고 난리가 났습니다.]

[네, 알겠습니다. 그런데 그 아이는 어떻게 합니까?]

[네.]

[그렇게 마음에 드십니까?]

[명이 긴 것 같습니다. 일 년이 손에 끝날 줄 알았더니.]

[네.]

여기까지가 첫 번째 파일이었다.

[아직입니다.]

[안의 상황을 알 수가 없어서 답답합니다.]

[그런데 조 형사가 어제 나가서 아직 안 들어왔습니다.]

[아!]

[네. 알겠습니다. 그렇게 하죠.]

여기까지가 두 번째 파일이었다.

승후가 조사받을 동안 송윤석이 있었던 곳에는 CCTV가 없었다. 일부로 CCTV를 설치하지 않았다고 봐야 옳았다. 왜냐하면, 감시카메라가 없으면, 사람들은 일단 안심하고 하지 않아도 될 말이나 행동들을 많이 하기 때문이었다.

그렇다고 아무것도 없는 건 아니었다. 대신 그곳에는 도청장치가 있었다. 도청기 너머에서 들리는 작은 소리가 단서가 돼, 범인을 옭아매는 데 중요한 역할을 하기도 했다.

"송윤석을 조종하는 놈이 있군요?"

주영의 말에 태석은 고개를 끄덕였다.

"여기서 말한 그 아이는 나경이를 뜻하는 것 같습니다. 그러면 송윤석을 조종하는 그놈이 나경이를 알고 있다는 뜻도 됩니다."

"찬우 말이 맞다. 내가 듣기에도 송윤석이 말한 그 아이는 나경이야. 문제는 이들이 나경이를 왜 찍었는지 그걸 알아야 한다는 거다. 분명히 나경이를 찍은 이유가 있어."

"몇 가지 가설이 있습니다."

태석의 말이 끝나고 유하가 입을 열었다.

"첫 번째, 처음부터 송윤석은 장나경이 누구인지 알고 있었습니다. 나경이 사건 때 바로 그 지역에 있었으니까요. 그때 찍었을 수도 있습니다. 두 번째, 내가 나경이를 동생으로 데려다놓았기 때문입니다. 블랙팀 조유하의 동생. 이것만으로도 충분히 표적이 될 만합니다."

"마지막으로 송윤석을 조종하는 그놈이 나경이를 알고 있을 경우입니다. '그렇게 마음에 드십니까?' 송윤석이 분명히 이렇게 말했습니다. 그 말은 그놈이 나경이에 관해 잘 알고 있다는 뜻도 됩니다."

유하의 말이 끝나자 도준이 바로 입을 열었다.

"문제는 송윤석을 조종하는 놈이 누구냐다. 짐작해 보면, 송윤석은 일방적으로 명령을 받는 느낌이다. 동등한 위치가 아니야. 다시 말해, 그놈과 송윤석은 상하 관계로 송윤석이 믿고 의지하는 인물이다."

"일단 송윤석보다 지능이 높을 것으로 추정됩니다. 그때그때 보고받는 것만으로 명령을 내리려면, 상황 판단이 빨라야 가능합니다."

태석에 이어 주영이 말하자, 블랙팀들은 모두 인정한다는 표정으로 고개를 끄덕였다.

"총 여섯 명의 피해자가 있다 했습니다. 사체가 여섯 구나 있는데, 단 한 구도 발견되지 않았다면, 철저하게 숨겼던가, 확실하게 제거했다는 뜻입니다. 이 정도면 상당히 치밀한 놈입니다. 그리고 초짜도 아니에요."

유하의 말에 모두 잠깐 침묵에 휩싸였다. 지금 유하와 주영, 그리고 찬우 머릿속에는 한 이름이 떠올라 있었다. 하지만 모두 그걸 입 밖으로 꺼내는 걸 주저하고 있었다. 그저 태석과 도준의 눈치만 살필 뿐이었다.

"헤드. 지금 우리는 송윤석 뒤에 헤드가 있다고 추정한다. 맞나?"

태석의 질문에 대답은 하지 않았지만, 이 침묵이 맞는다는 뜻을 담고 있음을 모두 알고 있었다.

"헤드. 송윤석 뒤에 헤드가 있을 가능성이 있습니다."

그때 조사실 안에서, 승후는 충격적인 말을 태석과 도준에게 던졌다.

"그걸 승후 네가 어떻게 알아?"

"송윤석은 절대로 스스로 이런 범행을 저지를 놈이 아닙니다. 그럴 배짱이 없어요. 지난 1년 반 동안 그놈을 겪은 사람은 접니다. 그놈이 스스로 뭘 할 수 있는 능력이 있는 놈이었다면, 분명히 저는 경계했을 겁니다. 하지만 지금까지 송윤석은 그저 말 잘 듣는 동생 같은 이미지였어요. 절대로 스스로 계획하고 행동하는 놈은 못 돼요."

"다른 공범이 있을 수도 있는데, 왜 헤드지?"

"지후 형이 전에 말했던 게 기억이 나서요. 헤드가 계획하고 꼭두각시가 실천한다. 송윤석은 꼭두각시로 최적입니다. 그러니까 당연히 송윤석을 움직이는 놈은 헤드겠죠."

승후는 이미 이 답을 가지고 블랙팀으로 왔다. 블랙팀은 송윤석과 헤드를 연결하지도 못했는데, 승후는 이미 헤드와 송윤석을 연결한 거다.

태석과 도준은 그때 승후를 보고 알았다. 지후가 왜 동생에게 모든 걸 털어놓았는지를.

"송윤석 뒤에 헤드가 있다 해도, 단서는 전혀 없다. 송윤석과 통화한 번호는 대포폰이야. 추적이 불가능하단 뜻이야."

태석의 말에 유하와 찬우는 동시에 "에고." 하는 신음을 흘렸다.

"다만 우리는 이미 한차례 헤드를 상대한 경험이 있습니다. 나충식과 송윤석. 이들의 교집합이 있을 겁니다. 그걸 찾으면 헤드가 보일 겁니다."

도준의 말에 주영과 찬우, 그리고 유하는 고개를 끄덕였다.

또다시 침묵이 흐른다. 태석은 생각에 잠겼다. 어떻게 하는 것이 최선인지 그걸 판단하는 중이라는 걸 블랙팀은 알고 있었다. 그리고 지금 상황에서 딱 맞는 방법을 찾을 것이다. 태석은 늘 그래왔으니까.

"지금부터 우리는 겉으로 송윤석을 수사한다. 하지만 목표는 헤드다. 다만, 헤드는 우리가 아닌, 우리의 가족을 노리는 놈이다. 절대로 우리가 헤드를 수사하는 게 밖으로 나가선 안 된다. 나가는 즉시, 우리의 가족이 죽는다."

"넵."

"그래서 송윤석도 단독 범행으로 수사한다. 공범은 애초에 없다. 명심해라. 송윤석 단독 범행이다. 송윤석의 공범, 헤드는 여기 블랙팀 회의실 안에서만 입에 올린다. 알겠냐?"

"넵."

"자! 시작하자!"

태석의 말에 모두 동시에 자리에서 일어났다.

"내가 들어가요!"

이놈만큼은 절대 선배들에게 맡길 수 없다. 분노로 이글이글 타오르는 유하의 눈빛은 꼭 터지기 직전의 시한폭탄이었다. 절대 물러서지 않을 것 같은 유하의 태도에 도준, 주영, 찬우는 난감하다는 표정으로 태석을 응시했다.

"손 안 댈 자신 있으면 들어가."

들어가겠다고 강하게 밀어붙이던 유하는 태석의 말에 깔끔하게 정리되었다. 욱하고 속에서 화가 치밀면, 카메라 돌릴 가능성 백 퍼센트이니, 손 안 댈 자신 같은 게 없는 건 당연했다.

"일단 있어. 시간은 많아. 천천히 해."

유하는 결국 승후를 죽이려 한 놈을 지켜봐야만 했다. 속에서 천 불이 끓었지만, 어쩔 도리가 없었다. 지금 유하의 상태로는 냉정하게 송윤석을 상대할 수 없기 때문이었다.

"계급장은 송윤석 처리하고 떼고."

미리 선수를 친다.

"꼭 떼고 만다! 계급장!"

이를 바드득 갈며, 유하의 얼굴이 못마땅하다는 듯 일그러졌다. 그러자 태석의 얼굴에는 반대로 미소가 번졌다.

"참 무서운 세상이야?"

들어오자마자 이렇게 말한 찬우는 방실방실 웃으며 걸어와 의자에 앉았다.

"민승후 삶도 참 힘든 것 같아? 몇 년 동안 형처럼 믿고 의지하던 인물이 일 년이였는데, 이제는 1년 넘게 손발이 되던 매니저가 자기에게 살인자 누명을 씌우려고 했으니까. 민승후 말이야. 너무 착한 걸까? 운이 나쁜 걸까?"

"무슨 짓이야? 설마 내 죄책감을 자극하겠다는 건가?"

윤석은 차갑게 씩 웃으며 의자 등을 기댔다.

"물어보는 거잖아. 왜 하필 민승후였는지, 그게 알고 싶어서."

"기분이 나빴어."

"왜? 민승후가 사실은 성격이 더러워? 그렇게 안 보이던데?"

찬우는 이게 더 흥미롭다는 듯 눈을 반짝였다.

"너무 해맑아서."

"에이, 그런 이유로 누명을 씌운다는 건 좀 설득력이 없는데, 다른 이유 없어?"

"사랑받고 자란 티가 너무 나거든."

"그건 그렇지. 민승후가 귀여운 막냇동생 같은 이미지긴 해? 그래서 그랬어? 그런 나쁜 누명을 씌우려 한 거야?"

"그런 일은 내 이름으로 할 순 없잖아. 게다가 다른 사람보다는 접근하기 편하고."

"개인 신상이 다 오픈되어 있으니까?"

윤석은 대답 없이 고개를 끄덕였다.

"하긴 적당한 먹잇감이긴 하네. 그래서 민승후가 선택된 거구나? 접근하기 쉬워서?"

"응."

"그런데 이건 개인적인 질문인데, 양심의 가책 같은 건 안 느꼈어? 여자애들은 몰라서 그랬다 쳐도, 민승후는 너한테 엄청 잘해주는 사람이었잖아."

"말했잖아. 너무 해맑아서 싫었다고. 내 눈에 위선자 같았거든."

"내 눈에는 아니던데, 네 눈에는 그렇게 보였나 봐? 지금도 그렇게 생각해? 설마 우리가 모르는 민승후는 엄청 이상한 사람이야?"

윤석은 찬우의 질문에 슬쩍 시선을 피했다.

처음은 위선자라 생각했는지 모르겠지만, 지금은 다르다. 윤석의 행동에서 그걸 읽은 찬우는 더 짙게 미소를 머금었다.

"민승후 왜 죽이려 했어?"

"왜 자꾸 민승후에 관한 것들만 물어보지? 진짜는 여학생들 아니야?"

"알잖아. 우리가 왜 이러는지. 밖은 지금 시끌시끌해. 우리가 조금만 삐딱해도 경찰청에서 폭탄이 터질 수도 있어. 사람들이 기억하는 건 여학생들이 아니라 민승후지. 그러니까 일단 원하는 답을 줘야 하잖아?"

대충 찬우가 무슨 말을 하는지 알겠다는 얼굴로 윤석은 픽 웃음을 터뜨렸다.

"자살로 꾸미려 했어. 그래야 사건이 종료될 테니까."

"진짜 우리를 너무 물로 봤네. 우리가 널 몰랐을 거라 그리 생각했어? 우리가 그렇게 바본가?"

"증거 없잖아. 내가 여학생들을 죽였다는 증거. 그래서 민승후 살인미수만 파는 거 아니야? 난 그렇게 생각하는데?"

"에이, 증거는 있지."

찬우는 노트북에서 민승후 집에서 찍은 동영상 하나를 재생했다.

"설마 우리가 우연히 그곳에 갔다고 여긴 거야?"

자신이 승후를 죽이려 했던 장면이 그대로 담긴 동영상을 보며 윤석의 눈가가 가늘게 떨렸다. 승후를 죽이려 한 게 문제가 아니었다. 승후의 질문에 답을 했던 것들이 문제였다. 이 동영상에는 자신이 여섯 명의 여자애들을 죽였다는 진술이 담겨 있기 때문이었다.

"불법 어쩌고저쩌고할 생각은 하지 마. 민승후의 적극 협조가 있었으니까. 이거 우리가 설치한 게 아니라, 민승후가 자기 집에 쥐새끼가 있는 것 같아서, 그걸 잡겠다며 설치한 쥐덫이거든."

"썅."

윤석의 입에서 작은 욕설이 터져 나오자 찬우는 키득 웃음을 터뜨렸다.

"민승후가 너무 해맑아서 싫다고 했지? 몰랐나 보네. 민승후, 아니, 민지현, 여기 이 블랙팀 형사의 동생이야. 모든 걸 의심하고 또 의심하는 게 생활인 사람의 동생이었다고. 그런 사람이 자기 주위에 쥐새끼가 돌아다니면서 병균을 뿌리고 다니는데, 모를 거라 생각했어?"

찬우는 동영상 하나를 더 틀어주었다. 그 동영상에는 윤석이 트렁크에서 무언가를 꺼내는 동영상이었다.

"이 날짜는, 연범준이 납치해서 데려다준 여학생, 즉 세 번째 피해자를 너한테 넘겨주던 날이야. 그날 이 차를 운전한 건 민승후만이 아니다. 송윤석, 바로 너도 운전했지. 그리고 트렁크를 연 것은 너뿐이고.

이 동영상에, 네가 여자애를 옮기는 장면이 직접 찍히지 않았다고 해서, 죄를 입증 못 하는 게 아니라는 뜻이다. 이 두 동영상으로 넌 절대로 도 망 못 가."

"역시 진작 죽었어야 했어. 너무 질질 끌어서 이 지경이 된 거야."

윤석의 얼굴이 험악하게 일그러지자 찬우의 얼굴에는 더 짙은 미소 가 번졌다.

"그래. 이렇게 나와야 쓰레기 새끼지."

찬우는 웃고 있는 얼굴로 전혀 어울리지 않는 말을 했다.

"자, 이제 본론으로 들어가자. 죽은 여자애들이 총 몇 명이야?"

"동영상 봐서 알고 있잖아. 뭘 물어?"

"그래도 네가 직접 말해야지. 민승후가 진술을 받았다고 하면, 블랙 팀 꼴이 뭐가 돼? 그러니까 진술은 블랙팀이 받은 거야. 지금. 자, 말할 까? 죽인 애들이 총 몇 명이야?"

"여섯."

"셋은 연범준한테 주문했다고 치자, 나머지 셋은?"

"길에서 직접 납치했어."

"오! 직접?"

"그래. 직접."

"그래, 그건 그렇다 치고. 그럼 시체는 어디 있어?"

찬우가 계속 가볍게 질문하자 윤석의 눈이 살짝 일그러졌다.

"왜 그렇게 가볍지? 너 지금 이 상황이 웃긴가 보다?"

"난 이미 너한테서 받아야 할 진술을 다 받았거든. 심각할 이유 뭐 있나?"

"민승후가 메인이 아닐 텐데? 메인은 죽은 여섯 명의 여자애들 아니 야?"

"아니지. 민승후가 메인이지. 사람들은 그렇게 생각할 테니까."

"여기 블랙팀도 썩었네."

윤석은 하하 헛웃음을 흘렸다.

"그것도 아니지. 난 널 위에다 '조사에 전혀 협조하지 않았다.'로 보고할 생각이야. 그래야 괘씸죄가 붙거든."

"허, 이게 네 스타일인가 보네. 그렇지?"

"난 나쁜 놈들은 동정받아선 안 된다고 여기거든. 정상참작? 그 말을 제일 싫어해. 죽은 애들이 어디서 묻혀 있는지는 지금 말하지 마. 시간은 많고, 죽은 애들은 계속 그곳에 있을 거고, 지나간 시간만큼 넌 죽여 마땅한 놈이 되는 거거든."

찬우는 작게 말하고는 킥 웃음을 흘렸다.

"목 탄다. 피곤한데 커피나 한잔할까? 잠깐 쉬고 있어. 지금까지 달리한 것 없지만, 한 거 있다 치고, 좀 쉬어."

찬우는 킥킥킥 웃으며 조사실을 나갔다.

"뭐, 저런 새끼가 다 있어?"

윤석의 입에서 이런 말이 나온 건 찬우가 사라진 후였다.

찬우는 다른 블랙팀과 눈이 마주치자 손가락으로 브이를 만들었다.

"야, 진짜 한 대 때리고 싶게 말하는 건 우리 찬우를 당해낼 자가 없다."

주영은 고개를 절레절레 흔들었다.

"그런데 이게 먹힐까요?"

찬우는 걱정된다는 표정으로 태석을 보았다.

"저 녀석 지금 패닉 상태야."

그저 빙긋 웃기만 하는 태석 대신 도준이 입을 열었다.

"헤드가 뒤에 있다면, 이럴 때 이렇게 말하라는 지시까지 내렸겠지. 송윤석이 말 잘 듣는 꼭두각시라면, 이런 변수에는 대처 못 할 가능성이 높아. 그러니 정상적인 방법은 안 돼."

도준은 당황하는 윤석을 보며 큭큭 웃음을 흘렸다.

"찬우가 뒤통수를 때렸다면, 이제는 험악한 분위기 좀 만들자. 조유하 들어가. 들어가서 하고 싶은 대로 해. 단 송윤석에게는 손대지 마. 알지?"

"넵!"

유하는 거수경례를 하고 심호흡을 했다. 그리고 굳게 닫힌 문을 열었다.

들어오자마자 곧장 카메라부터 돌린 유하는 바지에 손을 찔러 넣으며 윤석을 향해 뚜벅뚜벅 걸어갔다.

"사랑하는 민승후는 어쩌고 여기 있는 거야?"

윤석이 비아냥거렸지만, 유하는 그런 말쯤은 별로 신경 안 쓴다는 얼굴로 빙긋 웃었다.

"지금부터 내가 뭔 짓을 하든, 그건 없었던 일이야. 이미 녹화도 중지했어. 그래도 혹시 모르니까 카메라를 돌린 거지."

"마음대로 해."

윤석이 하하 소리 내 비웃자, 유하는 노트북에서 무언가를 찾아 재생을 눌렀다.

[애들 어떻게 했어? 애들한테 뭔 짓 했어, 새끼야!]

도준의 목소리가 노트북을 뚫고 밖으로 나왔다.

[난 아닙니다. 난…… 범인이…… 아니라고요.]

마지막 날인가 보다. 승후는 이미 한계에 다다른 듯싶었다. 바로 무너져 자신이 범인이라고 자백한다 해도 하나도 이상하지 않을 정도로 심하게 흔들리고 있었다.

[그럼 누가 그랬어? 너 널 함정에 빠뜨린 놈 알고 있지? 너한테 이런 누명 씌운 놈 알고 있을 것 아니야?]

[그게 무슨…….]

놀란 듯 승후의 음성이 떨렸다.

[너 이거 왜 달았어? 뭔가 이상해서 달았던 거지? 누군가 널 사칭해서 이상한 짓 하는 것 같아서, 그놈 잡으려 달았던 거지?]

악마의 속삭임이다. 승후에게 도준은 딱 그렇게 속삭이고 있었다.

[자, 여기 이 동영상을 봐. 네 차 뒤에 있는 인형, 그거 네가 직접 달아둔 카메라잖아. 누가 만지는 것 같아서, 누군지 잡겠다고 네가 달아 놓았다며? 혹시 몰라서 얼굴이라도 확인하기 위해서. 이날 여자애 한 명이 네 트렁크에 실려 있었어. 그리고 그 트렁크를 연 것은 이놈 한 명 뿐이고.]

[아닙니다. 윤석이는 범인이 아니에요. 그 사진이 잘못된 거예요. 그럴 리가 없어요.]

승후는 거칠게 고개를 저었다.

[우리는 범인이 아닙니다! 믿어주세요! 우리는 아무것도 몰라요! 진짜 아무것도 몰라요!]

우리라는 단어에 얼마나 많은 것이 포함되는지 모를 윤석이 아니었다. 범인으로 오해받는 억울한 상황, 보통 사람들은 내가 먼저이고 내 억울함을 푸는 게 우선이라 무조건 다른 이를 걸고넘어졌겠지만, 승후는 아니었다. 승후만은 우리 안에 모두 넣고 끝까지 함께 부인했다.

[제 모든 걸 걸고 맹세합니다. 우리는 절대로 그런 짓 안 했습니다!]

승후의 목소리가 떨리고 있다. 윤석도 느낄 수 있었다. 승후가 도준에게 진심으로 애원하고 있다는 것을.

더 보고 싶지 않다. 윤석은 신경질적으로 노트북을 덮었다.

"쌍. 끝까지 사람 열받게 하네."

이 말을 흘리는 윤석의 목소리도 가늘게 떨었다.

"민승후는 이 동영상을 보고 자신이 쥐새끼를 잡기 위해 놓아둔 덫에 네가 걸렸다는 걸 알았어. 그런데도 끝까지 넌 아니라고 잡아뗐지. 민승후는 널 믿었을 거야. 네가 자기를 죽이려 한다는 것도 모르고, 널 믿고, 감쌌던 거야. 그런데 넌 어떻게 했지? 그 사람의 믿음에 네가 돌려준 게 뭐야?"

유하는 책상을 발로 차 한쪽으로 밀어버렸다.

"난 널 죽일 수도 있었어. 그걸 막은 게 민승후라는 것은 너도 잘 알 거야."

"그래서 뭐? 그래서 내가 감사하다는 인사라도 하라고?"

조금씩 감정이 흔들리는 것을 느낀 유하는 윤석의 멱살을 잡았다.

"너 같은 놈을 조금이라도 형량을 줄여보겠다고, 자수하게 만들 생각이었데! 너 같은 쓰레기를 그래도 동생이라 여기고 끝까지 챙겼어!"

멱살을 잡은 손이 부르르 떨린다. 분노로 일그러진 표정의 유하는 윤석을 놓아주고는 책상으로 걸어가 그 위에 있던 노트북을 집어 들었다. 그리고 윤석을 향해 던졌다.

자신을 향해 노트북이 날아오자 윤석은 눈을 질끈 감았다. 얼굴 바로 옆으로 물건이 날아가는 느낌이 들더니 곧 퍽 하는 둔탁한 소리와 함께 노트북이 박살 나는 소리가 들린다. 윤석은 눈을 떠 뒤를 돌아 박살 난 노트북을 보고는 유하에게로 시선을 돌렸다.

"순순히 협조하지 마. 계속 입 다물어. 그래야 우리 오래오래 보지. 난 너랑 조금이라도 더 길게 있고 싶으니까, 입 꾹 다물고 있어. 알아들어?"

유하는 윤석에게 바짝 다가가 귓가에 아주 나지막하게 속삭였다. 그리고 마지막으로 윤석의 볼을 손바닥으로 톡톡 약하게 치고는 그대로 방을 나갔다.

거칠게 내쉬는 숨소리가 방 안을 울린다. 윤석의 떨리는 눈동자가 노트북과 책상을 번갈아 가면서 보고 있을 때, 한 손에 커피를 든 찬우가 콧노래를 부르며 들어오다가 엉망이 된 조사실의 풍경에 "휙!" 휘파람을 불었다.

"우와! 우리 조유하답네. 그래도 간단하게 해먹었다? 노트북 한 대, 책상 하나. 오! 송윤석 넌 멀쩡하다? 야! 우리 유하 인내심 짱!"

찬우는 카메라와 책상을 원래대로 해놓고 박살 난 노트북을 책상 위에 올렸다.

"난 네가 반 토막이 날 줄 알았더니, 죄 없는 이 녀석만 박살 났잖아. 안타까워라."

노트북을 어루만지며 찬우는 장난스럽게 우는 목소리를 냈다.

"블랙팀이 이렇게 사이코들이라는 거 남들은 알아?"

"사이코들을 상대하는데, 우리라고 멀쩡할까? 사이코는 사이코로 잡는 거야. 멀쩡한 사람들이 사이코를 어떻게 잡아?"

"시체 있는 곳 알려줄게."

"에이, 그러지 말지? 난 이것도 좋은데. 재미있잖아. 난 조유하가 폭주하는 게 좋더라. 볼거리가 많거든. 민승후를 납치했기 때문에 개죽음을 당한 그놈처럼."

"시체 있는 곳 알려준다니까!"

윤석이 다급하게 소리를 지르자, 찬우는 방긋 웃으며 느긋하게 커피를 마셨다.

"그럴래? 그래, 그럼."

블랙팀 내, 자신의 의자에 등을 기대며 긴 한숨을 토해낸 유하는 책상 위, 화사하게 웃고 있는 승후의 사진을 보며 또다시 한숨을 내뱉었다.

"어째 한숨이 깊다?"

도준은 부드럽게 미소를 머금으며 다가와 책상에 걸터앉았다.

"내 사람들이 바깥에 있으면 불안해서 싫어요. 내가 보는 세상이 너무 어두워. 그게 그들을 불행하게 할까 봐 무섭기도 하고요. 내 사람들이 살기엔 이 세상이 너무 무서운 것 같아요. 마음이 이렇게 불안하다는 것은, 내가 지켜야 할 게 너무 많다는 뜻이죠?"

"그렇지. 지켜야 할 게 많을 때가 가장 불안하지. 그래도 아직은 이

세상이 살 만하잖아? 그런 생각 안 들어?"

"선배는 그 엄청난 일을 겪고도 아직 이 세상이 살 만해요?"

심장에 못 하나를 박아 넣는 말인데도, 도준은 아픈 내색 없이 빙긋 웃었다.

"내가 있잖아. 유하 네가 있고, 우리가 있으니까. 적어도 우리가 살아서 사이코 같은 놈을 하나씩 잡을 때마다, 세상은 조금씩 살 만해지지 않겠어?"

"난 내가 그 사이코들과 뭐가 다른지 모르겠어요. 어쩔 때는 내가 그들과 똑같다는 생각이 들어요. 점점점 감정이 무뎌질 때. 그들에게 너무 잔인해지는 날 느낄 때. 처음 경찰 대학에 입학했을 땐, 정의로운 사회구현, 이러면서 꿈도 컸었는데……."

"그 마음 때문에 우리는 미친 사이코가 될 수 없는 거야. 블랙팀이 다루는 사건들이 사람 미치게 하기 딱 좋지만, 우리가 미치지 않고 버티는 건, 아파하고 자책하는 그 마음 때문이거든."

"아파하고 자책하는 마음이라."

"골치 아프게 고민하지 말고 민승후에게나 가봐. 기다리고 있는 거 아니야?"

어두웠던 표정이 사라지더니, 유하의 얼굴에 미소가 떠올랐다.

"선배, 그 동영상 선배가 찍자고 했다면서요?"

송윤석에게 보여준 승후와 도준의 동영상을 가리키는 말이다. 도준은 빙긋 웃으며 고개를 끄덕였다.

"그거 승후 씨 걱정해서 찍은 거죠?"

적어도 민승후가 널 잡기 위해 함정을 판 건 아니다. 도준은 송윤석에게 이 생각을 심어주고 싶었을 것이다. 송윤석이 승후에게 분노를 품게 되면 그만큼 위험해지니까.

"승후가 평소 송윤석에게 잘했으면, 통할 거라고 생각했지. 엄청 잘한 모양이야. 그 동영상 보여줄 때 송윤석 표정이 제일 많이 흔들렸으니까."

"감사합니다."

"감사는 무슨. 내 평생 민승후에게 연기 지도를 받을 날이 또 언제 있겠어? 잠입수사? 맡겨만 줘. 자신 있어!"

도준의 장난에 유하는 크게 웃고 말았다.

"가! 민승후 눈 빠질라."

"넵."

유하는 짧게 대답하고는 꾸벅 인사를 했다. 그리고 내일 뵙겠다는 말을 끝으로 블랙팀을 나왔다.

똑똑똑.

리모컨으로 이리저리 채널을 돌리던 승후는 노크 소리에 TV를 껐다.

"왔어?"

스르륵 문이 열리고, 병실로 들어서는 유하를 보며 승후의 입가에는 화사한 미소가 번졌다.

"환자 노릇은 할 만해?"

"대충. 내일이나 모레 퇴원하려고. 피곤하고 힘들기도 해서 일단 입원은 했는데, 답답해. 집에 가서 쉴래."

"쫑파티는 언제야?"

유하는 다가와 승후와 마주 보며 침대에 걸터앉았다.

"글쎄요. 나 때문에 드라마가 너무 일이 많았잖아. 쫑파티를 해야 하는 건지도 모르겠어. 내가 스태프들 선물 하나씩 쫙 돌리고 끝내야 하는 건 아닐까?"

"시청률은 최고던데?"

"그래서 다행이야. 시청률까지 엉망이었으면, 딱 죽고 싶었을 텐데."

"본인은 죽고 싶었지? 난 죽이고 싶었거든!"

유하의 이 말에 승후의 얼굴에 미소가 사라지더니 이내 불안감이 떠올랐다.

"미안해."

"와! 내 남자가 이렇게 뒤통수를 치나? 도준 선배랑 죽이 참 잘 맞더라?"

"그 형님이…… 연기에 소질이 있더라고. 경찰 그만두면 이쪽으로 데뷔해도 되겠어."

승후는 분위기를 바꾸기 위해 가볍게 장난을 치면서 히히히 웃음을 흘렸다.

이걸 어떻게 죽여야 잘했다고 소문이 날까?

이렇게 생각하면서 유하는 계속 승후를 노려보았다.

"깜찍한 애교?"

승후는 자기 얼굴에 꽃받침을 하고는 눈을 두어 번 깜박였다.

"뭐 하는 짓이래?"

"귀여운 앙탈?"

그 상태 그대로 몸을 흔들며 우는 소리를 내는 승후의 모습에 유하는 기겁하며 벌떡 일어났다.

"섹시한 유혹?"

한쪽 어깨가 보이게 옷을 내린 승후는 자기 입술을 핥으며 윙크를 했다.

"어디 못된 것만 배워서!"

유하는 베개를 집어 들어 승후를 때리기 시작했다.

"야! 야! 애인님! 나 환자야! 환자라고!"

승후는 다급하게 말하며 이리저리 몸을 피했다.

"환자 같은 소리 하네! 너 한 번만 더 우리 일이 끼어들어! 그때는 진짜 죽는다?"

"너무하잖아! 그렇게 안 보이지만, 내가 한 살이나 위인데? 너는 좀 심하지 않아?"

"욕 안 나온 걸 다행이라 여겨!"

잠깐 발끈하던 승후는 유하가 사납게 소리치자 바로 꼬랑지를 내렸다.

"네. 절대로 안 끼어들겠습니다."

"왜 지후 선배가 유학 못 보내 안달했는지 이제야 알겠네. 또 이러면 죽어!"

"넵."

승후는 짧게 대답하고는 히죽 웃음을 흘렸다.

"자자. 나 피곤해. 너도 알다시피, 며칠 밤 꼴딱 새우고 드라마 촬영했지, 또 며칠 블랙팀 조사실 안에서 새우잠 자면서 범죄 드라마 한 편 찍었지, 정말 피곤해 죽겠어. 와서 자자. 응?"

자기 옆자리를 톡톡 치며 달콤하게 유혹하는 승후 때문에 더 화낼 수 없게 된 유하는 결국 그의 뜻대로 침대에 올랐다.

"좋다."

유하를 꼭 끌어안으며 침대에 누운 승후는 만족감에 빙긋 미소를 머금었다. 그러고는 진짜 많이 피곤했는지 그 상태 그대로 잠이 들었다.

승후가 편안하게 잠든 걸 확인한 뒤, 유하도 잠이 들 때까지 그리 긴 시간이 걸리지 않았다.

늦은 밤.

뚜벅, 뚜벅, 계단을 내려오는 소리에 소녀는 구석으로 가 웅크리고 앉았다. 캄캄했던 공간에 밝은 빛이 켜지고, 끼익 소름 돋는 소리가 들리더니 문이 열렸다.

"예린아."

남자가 자기 이름을 부르자 예린을 바들바들 떨면서 얼굴을 두 무릎에 묻었다.

"윤석이가 못된 경찰들에게 잡혔어."

남자는 예린의 머리를 쓰다듬었다.

"그래서 내가 마음이 아파."

말하는 것과 반대로 예린을 보는 남자의 얼굴에는 미소가 번졌다.

"우리 예린이는 오래오래 나랑 같이 있자? 지금처럼 말만 잘 들으면, 우리는 아주 오랫동안 함께할 수 있어. 곧 나경이도 올 테니까, 그때까지 외로워도 참을 수 있지?"

예린은 얼굴을 들어 두려움에 가득 찬 얼굴로 남자를 보았다.

"대답해야지?"

"……네. 선…… 생님."

─민승후. 그는 과연 누구인가? 그는 진짜 피해자인 걸까?

유하가 잠시 나간 사이, 승후는 병원 침대에 걸터앉아 휴대폰으로 자신의 기사를 검색해 읽고 있었다.

연예인의 신상이 범죄에 이용되는 사건이 벌어져 문제라는 기사들이 쏟아지는 가운데 군데군데 이런 기사가 보인다. 기사에는 민승후가 공범일 가능성을 제기하고 있었고, 말도 안 된다고, 이따위 쓰레기 기사는 쓰지 말라는 댓글 중간에 충분히 가능한 일 아니냐는 댓글도 보였다.

이미 예상했던 반응이었다. 그리고 이런 반응 신경 쓰지 않겠다고 다짐도 했었다. 하지만 막상 이런 기사와 댓글들을 보니 속이 쓰린 건 승후도 어쩔 도리가 없었다. 내가 이 정도의 믿음밖에 주지 않았던 걸까 하는 자괴감이 들었기 때문이었다.

휴.

숨이 턱 하고 막힌다. 깊게 한숨을 내뱉어도 봤지만, 크게 효과는 없다.

묵직한 머리가 조금은 맑아질까 하는 마음에 승후는 들고 있던 휴대폰을 침대 위로 가볍게 툭 던진 후에, 양쪽 관자놀이를 꾹 눌렀다.

"뭐가 많이 안 좋아?"

때마침 병실로 돌아온 유하가 승후의 어두운 표정의 읽고는 걱정스럽게 물었다.

"아니야. 그냥 충분히 뜰 수 있는 기사가 난 것뿐이야."

애써 밝게 웃으려 한다. 하긴 이렇게 억지로라도 웃지 않으면 안 될테지. 연달아 두 번씩이나 가까운 사람에게서 배신을 당한 거니까.

유하는 조금이라도 힘이 되길 바라는 마음에서, 승후의 옆에 앉으며 손을 잡았다.

"지나갈 거야."

"그렇게 생각하고 있어. 걱정 마."

승후는 잡힌 손을 빼 유하의 어깨를 감쌌다.

"출근하셔야죠?"

"사건이 아직 끝난 게 아니라서 쉴 수가 없네."

유하는 손을 올려 앞으로 흘러내린 승후의 머리를 살짝살짝 뒤로 넘겼다.

"당분간 아무 생각 말고 쉬어."

알았다는 대답과 함께 승후는 유하를 끌어당겨 품에 안았다.

"조심해."

"알았어. 그런데 조심은 내가 아니라 범인이 해야지. 잘못 걸리면 죽음이니까."

가볍게 농담을 하면서 유하는 승후를 꼭 끌어안았다.

"그래도 조심하고 또 조심해. 다치지 말고."

"알았어요. 잔소리는."

유하는 승후의 품에서 빠져나오면서 입술에 가볍게 입을 맞췄다.

"전화할게."

양손을 동시에 흔들며 유하는 승후를 남겨두고 출근길에 올랐다.

[학교에 도착하니까 온통 민승후 사건 이야기만 하더라.]

연범준 납치 미수 사건 이후 나경은 학교에 못 가고 있었다. 연범준에게 납치를 사주한 범인이 잡히지 않았기 때문이었다.

[불과 얼마 전까지는 연범준 그놈 이야기뿐이었는데.]

체육교사였던 연범준이 여학생 실종 괴담의 범인이라는 엄청난 충격은, 민승후 사건이 터지면서 모두의 기억에서 사라져 버렸다.

[너 언제 등교할 수 있어? 아직 범인 못 잡아서 안 돼?]

나경이가 학교에 못 가고 있자 시빈은 등교 직후부터 보고하듯 꼬박꼬박 전화를 했다. 학교에 도착했다. 지금 쉬는 시간이다. 점심 먹고 있다. 집에 간다. 등등. 핑곗거리가 없으면 만들어서라도 하루에 열 통 넘게 전화하고 있었다.

"어쩔 수 없지. 언니가 절대 학교 가지 말라고 했어. 부모님도 학교가 안전하지 않다고 판단하셨는지, 당분간 집에만 있으래. 그래도 아빠 계시면 잠깐씩 산책하러 나가. 알잖아. 우리 아빠 엄청 유명한 무술 감독인 거."

[그렇지만 집에만 있어야 하는 거 힘들잖아. 답답하지?]

걱정 가득한 시빈의 목소리에 나경은 빙긋 웃었다. 언제부터인지 모르겠지만, 시빈을 보며 웃는 날이 많아졌다. 그렇다고 과거의 기억이 사라진 건 아니었다. 평생 기억 속에 남는다는 것도 알고 있었다. 하지만 그 또한 이겨낼 것이다. 이젠 나를 지켜주는 가족이 있어서 안심이라는 걸 연범준 사건을 통해 강하게 알게 되었기 때문이었다.

"괜찮아. 엄마랑 이모랑 매일 심심하지 않게 놀아주고, 수현 언니도 비행 없을 땐 많이 놀아줘."

엄마, 아빠, 언니가 생겼다. 거기에 엄마 같은 해숙 이모와 아빠 같은 성찬 아저씨, 그리고 또 한 명의 언니가 생겼다. 불과 얼마 전까지는 불쌍한 어린 소녀였다는 게 믿어지지 않을 만큼 많은 게 변해서, 나경은 혼자 있을 때면 허벅지나 볼을 꼬집어보곤 했다. 이 현실이 믿어지지 않아서.

유하는 자기 때문에 네가 위험해진 것 같아 미안하다고 했는데, 나경의 생각은 달랐다. 나경은 나를 보호해 주는 가족이 있다는 게 얼마나 든든하고 안심되는지 이제야 겨우 알아가는 중이었다.

연범준이 납치하려는 걸 알았을 때도 그랬다. 두려움보다는 안도감이 먼저 들었다.

언니가 먼저 알고 나를 이렇게 보호해 주는구나. 안심이다. 이런 생각에 나경은 별로 무섭지 않았었다.

[하긴 우리 엄마도 불안해하시더라. 우리 엄마 연범준이 연쇄 납치 사건 범인인 거 안 다음에 유학 카드 꺼내놓으셨어. 무서워서 어디 학교 보내겠냐고 그러시면서.]

"시빈이 너 유학 가? 축하해."

말은 무심한 척했지만, 사실은 신경이 쓰인다. 매일 앞에서 알짱거렸는데, 사라진다고 생각하니까 서운한 느낌이 들기도 했다.

[아니야! 절대 아니야! 울 엄마 말이 그렇다는 거지. 연범준이 우리 학교에 있었다는 게 충격이었나 봐.]

시빈이 강하게 반응하자, 나경은 그런 그가 웃겨 피식 웃음을 흘렸다.

[네가 나 구박해도 꿋꿋하게 붙어 있을 거야. 두고 봐.]

"엄마가 너 오래."

나경이는 책꽂이에 꽂힌 문제집을 꺼내며 무뚝뚝하게 말했다.

[나, 나? 왜, 왜? 나 야단치신다고 해? 너 귀찮게 한다고?]

"고맙다고 맛있는 거 사주신대."

[뭐가 고마워?]

"연범준, 너 아니었으면 나 벌써 납치했을 거래. 내가 너 때문에 놀라서 슈퍼로 뛰어간 그날, 사실은 연범준이 뒤에 있었대."

[대박! 진짜? 헐! 소름!]

"그래서 나도 너한테 고마워. 네 의도는 아니겠지만 지켜준 거잖아."

[그럼 나 친구로 점수 좀 딴 거다?]

시빈의 해맑은 음성에 순간적으로 웃음이 터졌지만, 나경은 입을 꾹 다물고 터지려는 웃음을 참아냈다.

"언니가 너 괜찮은 애 같대. 비리비리하게 생긴 게 좀 흠이지만."

[야! 그건 아니지! 나 운동 잘한다니까?]

"못 봤는데 어떻게 알아?"

[그러니까 네가 다니는 택견 도장에 같이 다닌다고. 그럼 볼 기회 있잖아. 우리 엄마도 택견 배우라고 했어. 이미 부모님 허락도 받았는데, 나경이 네가 허락하지 않아서 아직 못 다니고 있는 거야.]

"사범님께 말할게."

[뭐?]

"사범님께 너 다닌다고 말할게. 같은 시간에 같이 온다고."

[야! 너 진짜지? 진심이지? 무르기 없기다?]

"끊어. 너 공부할 동안 나도 공부해야 하니까. 학생이니 시험은 봐야지."

새침하게 말한 나경은 시빈의 대답은 듣지도 않고 뚝 전화를 끊었다. 그리고 풋 참았던 웃음을 터뜨렸다.

"아니야. 공부해야 해. 곧 시험이잖아."

겨우 산만해진 정신을 가다듬고 문제집을 편 나경은 '띠링' 하고 문자음이 울리자 휴대폰을 확인했다.

"진짜 할 일 없다."

처음엔 한심하다는 듯 혀를 쯧쯧 찬 나경은 곧 피식 웃고 말았다.

〈기말고사 대비 요점 정리 중이니까 기다려. 장나경 성적은 내가 책임진다!〉

"나충식과 송윤석의 교집합이 없다."

톡, 톡, 톡. 또다시 도준의 카운트가 시작된다. 이건 깊게 생각하고 있다는 뜻임을 알기에 유하는 그의 생각이 끝날 때까지 조용히 입을 다물고 있었다.

"진짜 없는 거 맞아?"

"불우한 가정환경. 이게 교집합이라면 교집합인데, 이걸로 묶기엔 범위가 너무 넓어서요. 범위를 조금 줄여야 할 것 같아요. 가령 도움받은 단체가 같다든지."

"그런 말 하는 것 보니까 그것도 아닌가 보네."

"그렇죠. 그런데 헤드는 어떻게 꼭두각시를 자기 마음대로 움직일 수 있는 걸까요? 약점을 잡아서 협박한다고 보기엔, 절대적인 신뢰를 바탕에 깔고 있는 듯한 느낌이에요."

"하긴 그렇지. 누군가의 약점을 잡아서 이어지는 관계는 오래가지 못하니까."

"송윤석만 보더라도, 백 퍼센트 자기가 범행을 저질렀다고 말하잖아요. 헤드의 존재를 철저하게 숨기는 게 이상해요."

"헤드를 숨겨준다는 건 단순 공범으로는 안 되지. 숨겨야 하는 이유가 있으면 모를까. 가령 가족이나 연인 같은."

"헤드가 여자? 그러면 어느 정도 가능하겠지만, 상하 관계잖아요. 명령하고 명령을 받는 관계. 그럼 남자일 가능성이 높지 않을까요?"

다시 톡, 톡, 톡 카운트가 시작되고, 유하와 도준 사이에는 또다시 침묵이 흘렀다.

아무리 생각해도 답이 안 나온다. 이렇게 꽉 막힌 사건은 오래간만인 것 같다는 생각을 하며, 유하는 한숨을 토해냈다.

"개 같은 놈."

이른 아침, 윤석이 사체를 유기했다고 말해준 장소로 갔던 찬우와 주영은 동시에 거친 욕설을 내뱉으며 블랙팀으로 들어왔다.

"왜요? 없어요?"

"아니, 있어!"

찬우는 날카롭게 소리를 지르며 입고 있던 재킷을 책상에 집어 던졌다.

"보기 힘들 정도로 훼손되어 있어요?"

"여섯 구의 토막 사체가 한 구덩이에 모두 엉켜 있어."

주영은 서 있기도 힘든지 무기력하게 의자에 털썩 주저앉았다.

"네?"

"그나마 부패 정도가 다르다는 게 다행이야. 부패가 다 똑같았으면, 엄청 힘들 뻔했어."

최근 들어 일어난 사건 중 단연 최고다. 주영은 자기 머리가 저절로 양옆으로 흔들리는 걸 알고 있었지만, 그걸 막을 힘이, 아니, 막을 수가 없었다.

"처음 사체를 찾았을 때, 모두 입을 떡 벌리고 아무것도 못 하더라고. 어디서부터 어떻게 해야 할지 판단이 안 섰겠지. 송윤석, 헤드, 이 두 사이코가 애들에게 뭔 짓을 했을지 상상하는 것도 겁난다."

찬우는 큰 한숨을 내뱉으며 자기 책상에 걸터앉았다.

"뭐 단서 될 만한 건 없어요? 헤드를 추정할 만한 단서 같은 거요. 가령 직업이라든지……."

"시체를 다룬 솜씨가 예사롭지가 않대."

주영의 말에 유하는 눈이 휘둥그레졌다.

"잠깐 전문가의 숨결이 느껴진다는 거죠?"

"응. 그냥 마구잡이로 자른 게 아니래. 적어도 인체해부도가 머릿속에 있는 놈이래."

"설마 헤드가 의사?"

"의사를 포함해서 살아 있는 인간과 시체를 다루는 모두가 용의 선상에 올라. 아니다. 수의학을 공부한 사람도 용의 선상에 올려야 해. 그들도 가능하니까."

이미 알고 있었는지 도준은 담담하게 말하며 긴 다리를 꼬았다.

"나충식 때도 똑같았어. 분명히 나충식은 그런 정교함이 있을 리가 없는데, 현장 DNA는 나충식으로 도배가 되어 있었거든. 그래서 팀장하고 내가 살짝 미쳤지. 범인은 범인인데 앞뒤가 안 맞아서."

"그럼 토막은 헤드가 냈다는 거네요? 꼭두각시가 아니라."

"그렇게 생각하고 있어. 헤드는 가장 중요한 걸 하고 뒤처리는 꼭두각시가 다 한다. 그게 팀장하고 내 생각이었거든."

"뭐 이런 개······."

자신도 모르게 욕설을 내뱉던 유하는 욕 할 가치도 없는 놈이라는 생각에 목까지 차오른 말을 삼켰다.

"연범준이 데려다준 세 명 외에 다른 세 명의 미스터리를 풀어야 헤드가 보일 수도 있을 것 같은데."

이렇게 중얼거리던 유하는 갑자기 짜증이 끝까지 차오르는 느낌에 머리를 벅벅 긁었다.

"범위가 너무 넓으니까 어디부터 손대야 할지도 모르겠고."

찬우도 짜증이 끓는지 머리를 움켜쥐며 어쩔 줄 몰라했다.

바람이나 쐬자. 유하는 더 있으면, 머리가 터져 버릴 것 같단 생각에 자리에서 일어났다.

"나 좀 나갔다 옵니다."

"어디가? 나도 가."

"죽을래요?"

찬우가 따라나서려 하자 유하는 험악하게 인상을 구겼다.

"치사하게. 나 데리고 가면 지구가 멸망해? 너 또 민승후 만나러 가는 거지? 가서 19금 찍을 생각인 거 맞지?"

"19금을 찍든 29금 찍든 따라오지 마! 선배 따라오면 될 일도 안 돼!"

"안 가! 안 가! 치사하다! 잘 먹고 잘살아라!"

단단히 삐친 찬우는 입으로 침 뱉는 소리를 내며 크게 콧방귀를 뀌었다.

"나 진짜 궁금해서 하는 말인데, 이 정도로 싸우면 나중에 연애하는 게 순서 아니냐?"

도준은 유하와 찬우를 가리키며 진심으로 궁금하다는 표정으로 주영에게 물었다.

"이 둘은 일부러 싸우는 거거든."

하지만 대답은 어디서 나왔는지는 모르겠지만 갑자기 나타난 태석이 했다. 태석은 유하와 찬우를 재미난 만담 커플 보듯 그리 응시하며 킥킥 웃음을 흘렸다.

"일부러요?"

"신경 쓰지 마. 이게 이 녀석들의 스트레스 해소법이야. 유하는 갈 곳 있으면 빨리 가고, 도준이 넌 나랑 나가고, 주영이랑 찬우는 알아서 일하고. 빨리 움직여. 답답해!"

태석의 말에 유하는 찬우에게 혀를 삐죽 내밀고는 후다닥 밖으로 뛰어나갔다.

강남의 고급 클럽.

"오! 여기 물 가려서 받는 걸로 유명한 곳인데, 오병주 씨가 여기 사장님인 줄 몰랐어요. 어떻게 하면 젊은 나이에 이런 곳 사장이 되죠? 조직에 몸담으면 되나?"

병주가 운영하는 클럽에 온 유하는 사무실 안으로 둘러보며 소파에 앉았다.

"아버지가 조직 회장이면 이럴 수 있어요."

"네?"

"유하 씨 머릿속에 있는 조직 중 가장 큰 조직, 그 조직의 회장이 내 아버지입니다."

"그 회장 아들이 둘인 것으로 알고 있는데, 다 나이가 오십대잖아요.

분명히 그렇게 기억하는데요?"

"겉으로 저는 어머니 한 분밖에 없어요. 성도 어머니 성을 따랐고. 지저분한 가족사입니다."

"아!"

대충 알겠다는 듯 유하가 고개를 끄덕이고 있을 때 비서가 차를 가지고 와 그녀의 앞에 내려놓고 나갔다.

"이것 때문에 오시라고 했어요."

병주는 서류 하나를 유하에게 건넸다.

"뭐예요?"

"송윤석이 태어나서 지금까지 만났던 인간들. 최대한 긁었어요. 못긁은 부분은 어쩔 수 없고."

"와! 대단하네. 난 발로 뛸 생각 하니 캄캄했었는데, 감사합니다."

유하는 휘파람을 불며 서류를 한 장씩 넘겼다.

"송윤석 데이터가 별로 없더라고요."

"그럴 거라 생각했어요. 그런 놈들은 공통으로 사교성이 별로 없으니까."

"송윤석이 경찰청에서 전화한 번호 있잖아요."

"번호가 두 개인데 하나는 병주 씨고, 하나는 대포폰이라 도움이 안 돼요."

"그 휴대폰을 판 놈을 찾았습니다."

순간 멈칫. 웃는 얼굴 그대로 멈춰서 병주를 가만히 보던 유하는 얼마 안 있어 "우와!" 하는 감탄사를 내뱉었다.

"나 순간 설렜어요."

"애인 잘 두셨어요. 그 애인 아니면 나 같은 보물 못 만났을 거잖아요."

"그러니까요. 내 애인이 여러 면에서 쓸모가 많네."

"좀 못마땅해도 버리지 마세요? 그러면 이 보물도 계속 이용할 수 있습니다."

"보물이 마음에 드니 애인은 옵션으로?"

"그래도 상관없고."

유하와 병주는 동시에 웃음을 터뜨렸다.

"일단 찾아가 보세요. 나오는 건 별로 없을 테지만. 얘기해 뒀으니까 협조 잘할 겁니다."

병주는 주소와 연락처를 유하에게 넘겨주었다.

주소를 받아 주머니에 넣고 서류를 집어 든 유하는 몇 초 생각에 잠 겼다가 입을 열었다.

"승후 씨 좀 잘 부탁합니다. 아무래도 믿을 사람이 없어서요."

"보디가드는 걱정 마세요. 녀석이 싫다고 해도 내가 붙일 테니까."

"네. 가야겠어요. 잠깐 빠져나왔거든요."

"조심해서 가세요. 헤드인지 뭔지 이놈 잡은 뒤에 우리 술 한잔해야 죠?"

"내가 살게요. 내 능력에 맞춰서. 승후 씨랑 병주 씨 능력에 맞출 자 신은 없으니까."

"나는 어떤 술이든 상관없습니다. 다 잘 마셔요. 하지만 우리 승후는 좀 다를 텐데?"

"왜요? 소주 못 마셔요?"

"소주도 마시긴 하는데 즐기진 않죠. 주로 맥주를 마시지. 술도 약하 고."

"재미없는 인간."

"그렇죠? 유하 씨는 나랑 통한다니까!"

병주가 하이파이브를 하자는 듯 손을 내밀자 유하는 그걸 받아서 손 을 쳤다.

"갈게요."

인사하고 나온 유하는 클럽 입구에서 멈춰서 건물을 올려다보았다.

오병주 이 사람, 자신의 배경이 승후에게 해가 될까 봐 늘 몰래 숨어서 만난 모양이다.

친구가 힘들 땐 제일 먼저 달려가 도와주고, 자기 때문에 친구가 난처해지면, 바로 모르는 척 돌아서 주는 사람. 신변의 위협을 느낀 그때, 승후가 왜 이 사람을 불렀는지, 잠깐 본 거지만 유하는 아주 잘 알 것 같았다.

"민승후, 다른 사람들은 몰라도 친구는 잘 사귄 모양이네."

병주를 만난 후 바로 경찰청으로 온 유하는 눈에 확 띄는 남자가 입구를 서성이고 있는 걸 보게 되었다. 푹 눌러쓴 야구모자에 검은색 마스크를 한 남자는, 가렸으나 안 가리만 못하다는 생각이 들 정도로 눈에 확 띄게 화사했다.

"민지현 씨!"

유하는 승후라는 예명 대신 본명으로 불렀다. 지나가는 사람들이 혹시 연예인 아닌가 하는 시선으로 힐끔거리고 있어서 차마 승후라는 이름으로 부를 수가 없었다.

"지금 병원에 있어야 할 때 아닌가요?"

"답답해서. 병원은 나에게는 감옥이야. 자유가 없어."

밉지 않게 입을 삐죽인 승후는 곧 헤헤 웃음을 흘렸다.

"따라와."

"왜? 으슥한 곳에 가서 때리려고?"

자기가 잘못한 건 아나 보다. 승후는 잔뜩 경계하며 뒤로 한 걸음 물러났다.

"민승후 여기 있다고 광고하고 싶지 않으면 따라오세요?"

유하는 주먹으로 승후의 어깨를 가볍게 툭 치고는 앞장서서 걸었다.

몇 분 후, 유하가 승후를 데리고 도착한 곳은 인적이 드문 경찰청 건물 뒤편이었다.

"잠깐 얼굴만 보러 온 거야. 병주가 너 다녀갔다고 하니까 이쯤 도착할 것 같아서 와본 거란 말이야."

유하는 한숨을 내쉬며 한심하다는 표정으로 보자 승후는 배시시 웃으며 말했다.

"죽을 뻔했던 사람이 너무 잘 돌아다니는 거 아니야?"

"목에 멍든 것 빼고는 멀쩡해."

"납치, 고문, 수술, 혼수상태, 누명 그리고 살인미수, 이렇게 나열하니까 남 일 같지? 다 본인 일이거든요?"

"진짜 멀쩡하다니까요? 할 일도 없고 해서 잠깐 얼굴이나 보자 하는 생각으로 온 거란 말이야. 이렇게까지 심하게 야단맞을 줄 몰랐어."

승후는 뚱한 표정으로 고개를 푹 숙였다.

"걱정되니까. 송윤석 배후가 아직 안 잡혔잖아. 헤드인지 아니면 다른 어떤 놈인지 모르지만."

"병주가 붙인 사람이 그림자처럼 따라다니고 있어."

"그래도 걱정돼. 승후 씨가 더 위험해질까 봐 불안하고."

유하의 말에 승후는 다가와 그녀를 꼭 끌어안았다.

"나 괜찮아. 진짜. 내 걱정은 말고 우리 조 형사님은 나쁜 놈 잡을 생각이나 하세요."

"안전하다는 생각이 들 때까지만 밖에 돌아다니지 마."

"애인 잠깐 보러 왔다가 야단만 맞네."

승후는 킥 웃으며 유하의 이마에 입을 맞췄다.

"이렇게 불안해하니 일 다 그만두고 조유하만 보고 살까?"

장난스럽게 말한 승후는 이번에는 유하의 입술에 가볍게 입을 맞췄다.

"진짜 그랬으면 좋겠어. 그냥 주머니에 넣고 다닐까?"

"주머니 어디 있어? 쏙 들어가면 돼?"

승후는 유하 옷에 달린 주머니 모두에 손을 집어넣었다.

"안 들어가잖아. 여기는 들어가려나?"

허리쯤에 있던 승후의 손이 면티 안으로 들어와 맨살에 닿자 유하는 흠칫 놀라며 그를 밀었다. 그리고 빠르게 주위를 살폈다.

"미쳤어! 여기도 기자들 많아! 스캔들 터지고 싶어?"

유하는 감정을 담아 주먹으로 승후의 가슴을 조금 세게 툭 쳤다.

"바라지 않는다는 말은 못 하겠네. 난 온 세상에 내 애인 자랑하고 싶거든."

"난 싫습니다. 난 민승후 팬클럽 감당할 수 없어. 최소 경찰청 폭탄 투하겠지."

생각만 해도 소름 돋아 유하는 몸을 부르르 떨었다.

"마음대로 데이트도 못 해, 마음대로 만나러 오지도 못해. 에고, 사는 게 사는 것 같지 않아."

승후는 일부러 과장해서 크게 한숨을 토해냈다.

"지금 당장 병원에 가서 병실에 딱 붙어 있으세요. 아셨죠?

"갈게. 진짜 밖에 안 돌아다니고 얌전히 집에만 있을게."

병원은 싫다더니 기어코 퇴원하려나 보다. 유하는 아무 말 없이 가만히 승후를 올려다보았다.

"병원에 있을 필요 없어서 그래. 허락해 주는 거지?"

커다란 큰 눈에 불쌍함을 가득 담고 꼬리 팍 내리고 낑낑대는 강아지 같다. 이건 허락 안 해주면 죄짓는 기분이 들게 하는 비주얼이었다. 이 남자 잘생긴 얼굴과 엄청난 연기력을 참 잘도 써먹는다. 도저히 이길 수 없겠다는 생각이 든 순간 유하의 입에서는 하하 웃음이 터졌다.

"허락했다? 그럼 난 집에서 얌전히 기다리고 있을 테니, 시간 나면 틈틈이 면회 오세요?"

유하의 볼에 짧은 입맞춤을 남긴 승후는 발걸음도 가볍게 통통통 뛰어서 주차장으로 향했다.

경찰청 로비.

"할머니, 무슨 일로 블랙팀에 오셨는지 말씀해 주셔야 해요."

"내 손녀가 실종됐다고 했잖아."

승후를 돌려보내고 경찰청 안으로 들어온 유하는 허리가 90도로 굽은 노파가 로비를 지키는 제복 경찰을 잡고 애원하는 장면을 보게 되었다.

"그건 지역 경찰서로 가서 실종신고를 하셔야죠. 블랙팀은 실종된 손녀 찾아주는 경찰이 아니에요."

"단순 가출이라고 기다려 보란 말만 한단 말이야."

"그럼 기다리세요. 경찰이 찾아줄 겁니다."

"벌써 석 달째야. 이렇게 오래 아무 소식이 없는 것 보면 뭔 일이 난 게 분명하다니까! 블랙팀인지 하는 그 경찰 좀 만나게 해 줘. 내가 부탁해 볼 테니."

"할머니, 블랙팀은 실종자 찾아주는 경찰이 아니라니까요!"

"강 순경!"

강 순경이 속 터져 죽기 직전일 때 유하는 빙긋 웃으면서 다가갔다.

"조 형사님!"

구세주를 만난 듯 강 순경의 얼굴에 안도감이 흘렀다.

"무슨 일인데?"

"손녀가 가출했는데, 블랙팀을 만나게 해달라고 해요."

유하는 강 순경에게 내가 맡겠다고 말하고는 반쯤 앉아서 할머니와 시선을 맞추었다.

"할머니, 왜 블랙팀 찾으세요?"

"아가씨가 형사야?"

"네. 그러니까 말씀하세요. 왜 블랙팀을 찾으세요?"

할머니는 애원하는 눈빛으로 유하를 보았다.

"나 블랙팀 좀 만나게 해줘."

“말씀하세요. 제가 블랙팀 소속이에요.”

“아가씨가 블랙팀이야? 진짜?”

할머니는 강 순경을 올려다보며 정말이냐는 눈빛으로 물었다.

“네. 여기 이분이 블랙팀 조유하 경위님이세요. 말씀하세요.”

강 순경의 확인해 주자 할머니는 “감사합니다.”를 연달아서 하더니, 유하의 팔을 움켜잡았다.

“내 손녀 좀 찾아줘. 내 손녀가 갑자기 사라졌어.”

“가출한 건가요?”

“가출은 무슨! 그래. 부모랑 살 때는 가출 한두 번씩 했지만, 나랑 살면서는 한 번도 안 했어. 아니야. 가출 아니야. 누가 데리고 간 거야!”

“가출 신고는 하셨어요?”

“했지. 그런데 망할 경찰이 기다리란 말만 해!”

“손녀 이름이 뭐예요?”

“예린이.”

할머니는 주머니에서 사진 한 장을 꺼내 유하에게 내밀었다.

“신예린. 내 손녀 이름이야. 얘가 바로 내 손녀고.”

사진을 받아든 유하는 할머니 옆에서 밝게 웃는 사진 속 예린이를 내려다보았다.

“손녀가 예쁘네요.”

“형사 아가씨, 우리 애 좀 찾아줘.”

할머니가 간곡하게 애원하자 유하는 빙긋 미소를 머금었다.

“실종은 저희 담당이 아니에요. 제가 실종 팀으로 연결해 드릴 테니까, 잠시만 기다리세요?”

유하는 주머니에서 휴대폰을 꺼냈다. 실종 팀에 예린이 사건을 부탁하기 위해서였다.

“아니, 블랙팀이 찾아줘. 블랙팀이 우리나라에서 제일 잘하는 형사들만 있다며?”

할머니는 휴대폰을 든 유하의 팔을 잡았다. 지금 할머니 머릿속에는 TV에 나오는 대단한 형사들이 손녀를 찾았으면 하는 마음 하나뿐인 듯 깊었다.

"실종만 전문으로 하는 팀이 여기에 있어요. 실종자 찾는 건 우리보다 그 팀이 더 잘해요."

"블랙팀이 찾아줘. 우리 손녀 엄청 불쌍해. 부모 같지 않은 부모 만나 고생하다가 겨우 적응하고 사는데……."

할머니의 눈에 눈물이 고이자 유하는 알았다고 고개를 끄덕이며 할머니의 손을 잡았다.

"제가 찾을게요. 제가 예린이 찾아볼게요. 그러니까 마음 편하게 계세요. 예린이 잘 있을 거예요."

"고마워. 고마워. 진짜 고마워."

할머니는 고맙다는 말을 거듭하며 계속 고개를 숙이고 또 숙였다.

"너희는 절대로 나 못 잡아. 너희가 날고 기는 블랙팀이라 해도, 절대로 난 잡을 수 없어."

송윤석 사건을 검색하던 남자의 입에서 낮은 웃음이 터졌다.

똑똑똑. 노크 소리가 들리고, 머리를 단정하게 묶은 여자 한 명이 문을 열었다.

"선생님, 나경이가 왔는데요?"

"오! 그래요? 들어오라고 하세요."

여자가 나간 뒤, 나경이가 빙긋 웃으며 문을 열고 들어와 인사했다.

"안녕하세요, 선생님?"

"그래. 나경이 왔구나? 앉아."

나경이가 들어와 앉자 문 앞에서 미수가 허리를 굽혀 인사하며 잘 부탁한다고 말하고는 문을 닫았다. 그렇게 나경이와 단둘이 남게 되자 남자의 입가에 짙은 미소가 번졌다.

"요즘 어떻게 지내? 별일 없었어?"

"네. 별일 없었어요. 아주 잘 지내요. 꿈도 잘 안 꾸고 괜찮아요."

수사가 진행되고 있는 사건은 입에 담으면 안 된다. 특히 블랙팀 사건은 더더욱. 나경이가 이 사실을 아는 모양이다. 나경이는 납치당할 뻔했던 이야기를 쏙 뺐다.

'영특하네. 역시 아주 영특해.'

남자는 이렇게 생각하며 나경이를 가만히 보았다.

"참! 옆 반 남자애가 좋아한다고 고백했다고 했잖아요. 요즘 그 애랑 꽤 친해졌어요."

"생각도 못 한 발전인데? 그 애가 뭐가 특별한지 말해줄 수 있어?"

"그냥 그렇게 됐어요."

나경이는 대충 얼버무리고는 히죽 웃었다.

"학교는 재미있어?"

"사실 기말시험이에요. 잘 봐야 하는데, 걱정이에요."

"지금까지 노력했으면 결과는 좋을 거야."

"그게…… 결과 안 좋을 거예요. 지금 학교 빠지고 있기도 하고, 여러 일도 있었고."

"지금 학교 안 가?"

"시험 보기 전날은 가려고요."

"그래? 열심히 해."

남자가 "파이팅!" 하고 말하며 주먹을 불끈 쥐자, 나경이도 똑같이 따라 했다.

"부모님은 잘해주셔?"

"네. 엄마 아빠가 계셔서 좋아요."

"언니는? 싫고?"

"아니에요. 언니가 제일 좋죠. 나한테 엄마 아빠를 나눠줬는데. 사실 언니가 너무 바쁘고, 또 위험해 보여서 걱정이에요."

나경이는 해맑게 웃다가 곧 침울해졌다.

"조 형사가 있는 그 팀이 원래 많이 바빠. 아마 경찰 중 제일 바쁜 팀일걸?"

"선생님은 언니랑 가끔 경찰청에서 만나요?"

"요즘 내가 블랙팀에 안 불려가서 모르겠네? 블랙팀에 내가 필요하다는 건 나경이랑 비슷한 일을 겪은 애가 있다는 건데, 그런 일은 없어야 하겠지?"

남자의 말에 나경이는 다시 방긋 웃으며 고개를 끄덕였다.

"언니 어떻게 일하는지 보고 싶어요. 그때는 정신없어서 잘 못 봤어요."

"안 보는 게 좋을걸? 조 형사 성격 대단하다고 소문 자자해."

나경이는 하하 웃으며 책상 앞에 놓인 명패를 보았다.

의학박사, 정신건강의학과 서명기.

승후가 외출을 허락받고 나간 이후 하정은 계속 엘리베이터 쪽을 힐끔거렸다. 그가 빨리 돌아와 주길 바라는 마음에서였다.

"민승후 굿판이라도 벌여야 하는 거 아니야? 퇴원한 지 얼마나 됐다고 다시 입원해? 그것도 살인미수야. 민승후 올해부터 삼재인가?"

동료 간호사들의 농담에 하정의 표정이 사늘하게 굳었다.

다 조유하 그 형사 때문이었다. 그 형사와 엮인 이후로 계속 위험에 빠지고 있다. 하정은 모든 원망을 유하에게 떠넘겼다. 그리고 그런 생각이 들면 들수록 승후를 안전하게 지킬 사람은 자신뿐이라는 생각은 확고해져 갔다.

"저기 그런데, 그 소문 들었어요? 프로포폴 몇 개가 사라졌다던데?"

그렇게 민승후에 관해 이것저것 떠들던 간호사들이 갑자기 프로포폴로 화제를 바꾸자 하정의 얼굴에 긴장한 표정이 떠올랐다. 하지만 곧 마음을 가다듬은 그녀는 입가에 빙긋 미소를 머금으며 입을 열었다.

"어쩌다가 분실한 거 아닐까요? 바닥에 떨어졌다든지."

"다른 약물이라면 그런 가능성도 있겠거니 하겠지만, 프로포폴 이쪽은 병실에서 자주 쓰는 약물이 아니잖아. 없어졌다는 게 말이 안 되지. 환자들은 무슨 약이 어디에 있는지 잘 모를 테고, 의료진인가? 의료진 중에 중독된 사람이 있다는 소문은 들었어."

동료 간호사는 주위를 살피며 목소리를 최대한 낮춰 속삭였다.

"일단은 다들 쉬쉬하는 분위기이긴 한데, 이거 터질 날 얼마 안 남은 것 같아."

하루라도 빨리 움직여야 할 것 같다. 불안한 마음에 손에 땀이 차오르자, 하정은 바지에 슬쩍 땀을 닦아냈다. 그때 엘리베이터 문이 열리고 하정의 떨리는 마음을 안심시켜 주려는 듯 승후가 그곳에서 모습을 드러냈다.

'걱정 마. 내가 꼭 무사히 데리고 나갈게. 악마 같은 그 여자가 절대로 못 찾게 꼭꼭 잘 숨겨줄게.'

승후가 시선을 돌리는 척하며 눈을 마주쳤다. 다른 사람들 눈엔 그저 시선을 돌린 거겠지만, 하정은 알고 있었다. 승후가 사람들 눈을 속이기 위해 연기하고 있다는 것을. 그런 승후에게 하정은 밝게 웃어주었다. 점점 힘들어지지만 해낼 자신 있다고, 당신을 위해서 꼭 해낼 거라는 마음을 미소에 담아 승후에게로 전했다.

"결국은 허락받은 거야?"

승후의 뒤를 교수가 따라 내리자 하정의 얼굴에 불안함이 떠올랐다. 승후가 교수를 따로 이렇게 만날 땐 꼭 안 좋은 일이 생기기 때문이었다.

"네."

"승후 씨 고집도 만만치 않구나? 결국 허락을 받아낸 걸 보면?"

"사실 별로 다친 곳도 없고, 이건 불량 환자죠. 그런 환자는 병원에 있으면 안 돼요."

"이 기회에 푹 쉬라니까? 저번에 다친 것도 있고 해서 몸이 많이 상했을 텐데. 여기만큼 좋은 곳이 어디 있어? 의료진 상시 대기에, 밥 주지, 약 주지, 심심하면 이렇게 말벗도 되어 주지."

"그래도 저는 집이 좋습니다. 이젠 병원 냄새 지긋지긋해요. 그러니까 빨리 퇴원시켜 주세요! 이렇게 부탁합니다."

퇴원이란 말에 놀란 나머지 하정의 눈이 휘둥그레졌다.

'안 돼. 승후 씨, 안 돼! 조금만 기다리면 내가 승후 씨를 구할 수 있단 말이야!'

하정은 자신도 모르게 승후를 향해 한 발 걸어 나갔다. 그러자 승후를 지키는 경호원이 그녀에게 바짝 붙었다.

"왜?"

병주가 붙여준 경호원인 이예준은 승후보다 두 살 어렸다. 그 때문에 승후는 처음 만난 그날부터 동생 대하듯 예준에게 말을 놓았다. 병주가 신뢰하는 동생이면 승후가 믿고 의지해도 좋을 만큼 신분은 확실하기 때문이었다.

"간호사가 다가오려 해서 일단 붙은 겁니다. 형님께서 승후 형님께 다가오는 사람은 일단 경계하라는 명령을 하셨습니다."

승후는 고개를 돌려 예준이 말하는 간호사를 보았다.

"아! 저분? 괜찮아. 내 팬이시래. 저번에 함께 사진도 찍었어. 너무 그렇게 무섭게 굴지 마. 나에게 다가오는 팬들 다 경계하면 경호원 갑질 어쩌고저쩌고하면서 기사 뜬다?"

승후는 예준의 어깨를 툭툭 치고는 하정을 향해 고개를 까닥했다. 스타 민승후로서 최대한 예의를 차린 것이었다.

"오늘 당장 퇴원시켜 주세요. 우리 경호원, 사람 많은 곳에 오면 긴장한단 말이에요."

"알았어. 일단 검사한 거 좀 보고 괜찮으면 퇴원하자. 됐지?"

교수의 허락이 떨어지자 승후는 두 주먹을 불끈 쥐며 좋아했다.

하정은 옆에서 교수와 승후의 대화로 돌아가는 상황을 알게 되자 화가 났다.

'그 여자가 또 나랑 승후 씨 떨어뜨려 놓은 거야. 내가 승후 씨 옆에 있는 게 싫어서 억지로 퇴원하라고 협박한 거야. 용서 못 해. 용서 안 해!'

또다시 세워놓았던 계획이 모두 어그러지자, 하정은 강한 분노를 느꼈다. 그리고 그 분노는 유하에게로 향했다.

일단 예린이가 사라진 배경이라도 알아보자, 하는 마음으로 유하는 일단 할머니를 모시고 집으로 향했다.

습한 지하방. 문을 열자마자 밀려오는 쾌쾌한 곰팡이 냄새에 살짝 미간을 찌푸리던 유하는 곧 빙긋 웃으며 집 안으로 들어갔다.

"귀한 손님이 왔는데 집 안 꼴이 이래서."

수건으로 방을 닦아낸 할머니는 바닥을 두드리며 앉으라고 했다.

"여기서 할머니와 예린이 이렇게 둘이 사는 거예요?"

"이런 집에 살아도 늘 밝게 웃었지, 우리 예린이."

할머니는 예린이를 입에 올리며 억장이 무너지는지 가슴을 툭툭 쳤다.

"예린이 부모님은요?"

"말도 마. 있으나 마나 한 부모. 그 형편없는 위인들은 부모가 아니야. 낳기만 했을 뿐이지. 그것들이 어떻게 부모야?"

무슨 사연인지 할머니는 혀를 쯧쯧 차며 몸을 부르르 떨었다.

"예린이가 사라지기 전에 자주 가던 곳이 있었나요?"

"모르지. 나 같은 늙은이가 아이가 뭔 말을 한들 알아들을 수 있나? 뭐 살 것 있다고, 알 뭐라고 하던데, 그거 한다는 말을 여러 번 들은 기억은 있는데, 이 쓸모없는 늙은이!"

할머니가 손으로 자신의 머리를 때리자 당황한 유하는 할머니 손을 잡고는 빙긋 웃었다.

"제가 찾아볼게요."

유하는 방 안을 둘러보다 구석에 상을 하나 펴놓고 그 위에 책을 올려다 놓은 것을 보았다.

"저게 예린이 책상인가요?"

"그래. 저거야."

유하는 예린이 책상으로 가 이것저것 살피기 시작했다. 교과서, 공책, 그 나이대 여자애들이 읽을 만한 소설책들이 있었다.

"일기장 같은 게 있을 법도 한데……."

유하는 엎드려서 책상을 밑을 보았다. 그리고 저 구석에 상자가 하나 보이자 소리 없어 "앗싸!" 하고 좋아했다. 손을 뻗어 상자를 꺼내 뚜껑을 연 유하는 제일 위에 있는 일기장을 집어 들었다.

반쯤 써놓은 일기장이다. 그렇다면 이게 최근까지 쓰던 것일 수 있겠다고 생각한 유하는 제일 마지막 일기를 펴 읽어 내려갔다.

○○교도소.

태석과 도준이 찾은 곳은 일 년이, 아니, 박우주가 수감되어 있는 곳이었다.

[박우주가 잠깐 만나길 청합니다.]

처음 교도소에 측으로부터 이런 연락을 받은 건 승후가 용의자란 기사가 난 다음이었다. 박우주는 승후에 대해 아주 잘 아는 사람이니, 뭔가 잘못되었다는 말을 하려 한 게 아닐까 하고 생각한 태석은 그 연락을 그냥 넘겼다. 하지만 승후가 사실은 범인이 아니라는 기사가 났는데도 만나달라고 연락이 오자 태석은 도준과 함께 우주를 만나러 오게 되었다.

"오래간만입니다."

"그래. 몸은?"

"괜찮습니다."

우주는 한결 편안해 보이는 표정으로 빙긋 웃었다.

"무슨 일이야? 보자고 할 정도면 중요한 일인 것 같은데."

"승후는 괜찮습니까?"

"다행히 다치지는 않았어. 건강해. 그게 걱정돼서 만나자고 한 거야?"

"아니에요. 설마 그러겠어요?"

"그럼?"

"이번 사건 뒤에 헤드가 있습니다. 잡힌 놈은 꼭두각시고."

우주의 입에서 꼭두각시에 관한 야기가 나오자 태석은 흠칫 놀라고 말았다. 언론에는 송윤석 단독 범행이라고 발표했는데, 우주는 교도소에 들어앉아 있으면서, 이 사건의 숨은 진실을 알고 있기 때문이었다.

"블랙팀도 알고 있는 거죠?"

태석은 대답 없이 그냥 고개만 끄덕였다.

"헤드와 메일을 몇 번 주고받았는데, 헤드가 꼭두각시에 관해 얘기한 적이 있습니다."

우주의 입에서 꼭두각시에 관한 이야기가 나오자 태석은 흠칫 놀랐다.

"뭔데?"

"오랜 시간 공을 들이는 수족이 있다고. 그들이면 제이, 제삼의 일 년이가 될 수 있을 거라고."

"오랜 시간 공을 들였다고? 수족을 키우기 위해?"

우주의 말뜻은, 헤드가 자기와 함께 살인할 사이코패스 살인마를 오랜 시간 교육하고 있다는 거다.

사이코패스 살인마 학교라도 설립했다는 건가? 미쳐도 보통 미친놈이 아닌 모양이다. 태석은 기가 막히고 황당해 허허 어이없는 웃음만 흘렸다.

"저는 그렇게 이해했습니다. 확실하지는 않지만, 헤드는 오랜 시간 공을 들여 그들을 살인자로 키운 것 같습니다."

우주의 말에 벽에 기대 팔짱을 끼고 듣기만 하던 도준이 다가와 태석의 옆에 앉았다.

"그런데 왜 그걸 말해주는 거야? 말 안 해도 될 텐데?"

"블랙팀을 건드리는 건 괜찮습니다. 나 대신 유하를 죽여준다면 고맙죠. 하지만 승후는 안 됩니다. 내가 아니면 아무도 건드릴 수 없습니다. 누구도 민승후, 아니, 민지현을 건드릴 자격 없습니다."

"아직도 승후를 죽이려 해? 그게 가능하다고 여기는 거지?"

"말뜻을 이해 못 하시네요."

"말을 제대로 해. 빙글빙글 돌리지 말고. 그렇게 돌리면 네가 대단하게 느껴지나 본데, 넌 그냥 살인자야. 알아?"

우주는 피식 웃고는 의자에 등을 기댄 채 도준을 가만히 보았다.

"왜? 나도 죽이고 싶어?"

"지후를 아끼는 마음이 컸나 봅니다. 지현이를 많이 걱정하는 것 보면?"

"쓸데없는 말은 하지 말고."

"지후가 지현의 성격을 하나하나 치밀하게 만든 건, 바로 그 녀석이 우리 과이기 때문이에요."

우주의 말에 태석과 도운은 당황했다. 민승후가 사이코패스 연쇄살인마들과 같은 과이다. 이건 꿈에도 생각하지 못한 말이었기 때문이었다.

"미친 소리."

도운이 사납게 한 말에 우주는 빙긋 웃었다.

"믿든 안 믿든 그건 알아서 하세요. 하지만 기본은 같습니다. 승후는 우리와 같은 출발선에 있었어요. 그런데 기른 사람이 다른 거죠."

"설명해 봐."

우주의 말을 귀담아듣는 건 아니지만, 그래도 들어볼 필요는 있다고 태석은 생각했다. 그래서 우주에게 설명을 요구한 것이다.

"우리는 가족이 포기했지만, 승후의 가족은 끝까지 포기하지 않았습니다. 그리고 지금의 민승후를 만든 거죠. 승후를 가만히 보고 있으면, 꼭 그렇게 불가능한 것만은 아니었구나 하는 생각이 들어요. 그 아이는 성공한 사례가 될 테니까. 적어도 지금까지는."

"그래서 지금 네가 하고 싶은 말은 뭐야?"

태석의 질문에 우주는 더 짙은 미소를 머금었다.

"지금 승후는 딱 선 위에 있습니다. 선을 넘느냐 안 넘느냐에 따라 삶이 어떻게 바뀔지 아무도 모르죠."

"너, 지금 민승후를 의심하라는 말을 하는 거지?"

"의심하시게요?"

우주의 질문에 태석은 1초의 생각 없이 바로 대답했다.

"절대 안 해. 민승후는 절대로 너처럼 되지 않아."

"너무 믿으시네. 믿는 도끼에 발등 찍히면 어쩌려고?"

"너 같은 놈은 딱 한 명이면 족해."

우주는 끄윽끄윽 음산한 웃음을 흘리며 의자 등받이에 몸을 기댔다.

"나 같은 놈들에게 제일 위협이 되는 사람이 누굴 것 같아요? 블랙팀? 아니죠. 블랙팀 속이는 거 간단합니다. 지금도 블랙팀 주위엔 여러 일 년이가 있어요. 당신들만 모를 뿐이지."

"그럼 민승후를……."

"그들이 제일 무서워하는 게 바로 승후입니다. 자기들을 가장 잘 아는 민승후가 정리와 판단이 빠른 조유하와 만났습니다. 당연히 위협이 되죠. 위험하다고 판단이 되면 죽여야 하고. 그러니 민승후를 지키세요. 무슨 짓을 해서든."

"왜 민승후를 걱정하지? 너 승후 죽이려 했던 놈이야."

"내가 못 죽인 이상, 지현이는 못 건드립니다. 어쩔 수 없이 죽이려 했지만, 그 녀석에게 애정이 없는 건 아니니까요. 어떤 놈도 내 사람을 건드리는 건 용납 못 합니다. 내 사람은 나만 건드릴 수 있어요."

"미친놈."

도준은 날카롭게 욕설을 퍼붓고는 거칠게 문을 열고 밖으로 나가 버렸다.

"그냥 걱정된다고 하면 될 것을 말을 왜 그렇게 해?"

"미친 살인마잖아요. 미친 살인마가 하는 말이 다 그렇죠."

우주의 입에서 가벼운 웃음이 새어 나왔다.

"헤드에 대한 단서 없을까? 네 예감대로 승후가 많이 위험해졌어."

"글쎄요. 저도 잘 몰라요. 하지만 그때 느낀 건, 나만큼이나 경찰을 잘 안다는 거예요."

"설마 헤드가 경찰이라는 거야?"

"아니에요. 경찰의 느낌은 아니었는데, 연관은 있는 것 같았어요. 의학적 지식이 있으면 더 좋고."

"의학적 지식?"

"헤드는 토막 내는 걸 좋아해요. 인체해부도가 정확하게 머릿속에 있지 않고선 그런 방법은 잘 쓰지 않죠. 번거롭잖아요. 죽인 다음에 토막까지 내는 건. 아니면 엄청난 원한 때문이라든지."

"하긴."

꼭두각시에게 이것저것 지시할 때도 비슷한 느낌이긴 했다. 분명히 이쪽에 대해 잘 알고 있다. 경찰은 아니지만, 경찰들 행동 패턴을 아주 잘 아는 사람. 게다가 의료업 종사자. 헤드는 바로 이들 속에 있었다.

"민승후는? 안 왔지?"

"올 리가 없죠. 하늘을 내가 죽였는데. 그것뿐인가요? 자기 여자를 죽이려 했으니, 더 보고 싶지 않을 겁니다. 시간은 많으니까 기다리다 보면 언젠가는 한 번 오겠죠."

우주는 가장 밝게 웃었다. 그건 지금까지 태석이 우주를 봐 왔던 것 중 가장 밝은 미소였다.

　입원해서 지금까지 한 검사에 아무 이상 없다는 결과가 나오자 교수
는 승후의 퇴원을 허락했다. 그리고 지금 그는 답답한 병원 생활을 끝
내고 이렇게 자유를 얻게 되었다.

　"괜찮아요. 하나도 안 다쳤어요. 걱정 마세요."

　퇴원해서 집에 들어오며 어머니와 간단하게 통화를 하던 승후는, 들
고 있던 우편물을 테이블에 올려놓았다.

　"알았어요, 몸조심할게요."

　걱정하시는 어머니에게 조심하겠다는 말을 끝으로 통화를 끝낸 승후
는, 소파에 앉아 우편물을 하나하나 살폈다.

　"뭐야……, 이건……."

　승후는 눈에 띄는 편지를 보며 한동안 멈춰 있었다.

　－민승후 씨에게 헤드가.

　승후는 서둘러 편지를 뜯어보았다.

　－당신은 참 명이 긴 사람입니다. 그리고 짜증 날 정도로 상황 판단이
빠르죠.

　당신이 내 옆에 있어야 했는데, 그랬더라면 일이 훨씬 더 수월했을 텐
데, 그걸 생각하면 많이 아쉽습니다.

　당신이 어째서 지금의 모습으로 자란 걸까요?

　아무리 봐도 당신은 나랑 비슷한데, 어째서 그쪽에 있는 건지 이해가
안 됩니다.

　당신 형이 당신을 망쳤어요. 당신은 지금보다 훨씬 더 우월한 존재로
살 수도 있었는데, 안타깝게도 당신 형이, 지금처럼 하찮은 존재로 만들

어 버린 겁니다. 하지만 당신은 곧 깨닫게 될 겁니다. 당신의 본성을.

그리고 우리는 곧 만나게 될 겁니다. 저는 그때 우리가 같은 곳을 향해 가는 파트너로 만나길 바랍니다.

서로 적으로 만나면, 당신을 내가 직접 내 손으로 죽여야 하는데, 그건 너무 가슴 아플 것 같아요.

잘 생각하세요. 당신이 어느 쪽인지. 당신 본성이 어디와 가까운지를.

바들바들 손이 떨린다. 승후는 편지를 구겨 바닥에 집어 던졌다.

"이 새끼 지금 뭐라는 거야?"

승후의 얼굴이 서늘하게 일그러진 건 이 말이 흐른 다음이었다.

제16장.
갇혀 있는 피해자를 구하라!

신예린의 집에서 나와 차에 도착한 유하는, 일기장이 들어 있는 상자를 옆자리에 놓고는 출발한 생각도 안 하고 생각에 잠겨 있었다.

뭔가 찜찜하다. 자꾸 자신이 뭔가를 놓치고 있는 듯한 기분 때문에 짜증이 밀려왔다.

뭐지? 뭐가 자꾸 걸리는 거지?

이 느낌이 예린이 사건 때문인지, 아니면 헤드 사건 때문인지 모르겠지만, 뭔가가 목에 턱 걸려서 내려가지 않고 있는 건 사실이었다.

뭘까? 뭘 놓친 걸까?

답은 나오지 않고, 골치만 아프다.

가라앉지 않는 고통에 잠깐 등받이에 기대 눈을 감고 있던 유하는, 휴대폰을 꺼내서 어딘가로 전화를 걸었다.

[여보세요?]

"노민아니? 난 경찰청 블랙팀 조유하 형사야. 신예린 친구지?"

[네.]

"오늘 언니가 예린이 할머니를 뵙고 왔어. 그런데 할머니께서 예린이랑 제일 친한 친구가 너라고 하던데, 맞아?"

[네.]

"만날 수 있을까? 언니가 예린이에 관해 알고 싶은 것들이 있는데. 네가 있는 곳으로 갈게."

민아는 자기가 있는 위치와 만날 장소를 말하고는 통화를 끝냈다.

한 시간 뒤, 유하가 도착한 곳은 신예린과 친했다던 친구와 만나기로 한 커피숍이었다.

"네가 민아니?"

커피숍에서 예쁘게 교복을 입은 여자아이를 발견한 유하는 다가가 물었다.

"난 조유하 형사야."

유하가 경찰 신분증을 보여주자 민아는 일어나 꾸벅 인사를 했다.

"예린이 때문에 전화하셨다고요?"

"할머니께서 그러시는데, 예린이 집에 제일 많이 놀러 왔다고?"

"네."

유하는 아이가 좋아할 만한 과일 빙수와 커피를 시켰다. 그리고 주문한 것이 나올 때까지, 더워서 공부하기 힘들겠다는 둥, 방학이 언제냐는 둥, 이런저런 사적인 걸 물어보았다.

"이제 예린이가 가출할 만한 이유가 있는지 물어봐도 될까?"

주문한 게 나오고 유하는 본격적으로 질문하기 시작했다.

"할머니랑 살면서는 그럴 이유 없어졌어요. 예린이가 좋아했거든요."

"그렇구나. 그런데 그전에는 가출할 이유가 있었다는 거야?"

유하의 질문에 민아는 가볍게 한숨을 푹 내쉰 후에 입을 열었다.

"아빠랑 살 때는, 아빠랑 결혼한 그 아줌마가 예린이만 보면 화를 냈대요. 욕하고 들고 있던 물건도 집어 던지고. 아빠한테는 예린이를 엄청 나쁜 애로 만들고. 아빠는 밤에 들어오니까 아무것도 모르고 그 아줌

마 말만 믿는다고. 그러다 아기가 태어났는데, 아빠도 그 아이에게만 관심을 두고……."

"음, 그렇구나. 예린이가 힘들었겠네. 그래서 어떻게 됐어?"

"그래서 처음 가출했어요. 그러니까 아빠가 아이 키우기 힘들다고 엄마한테 보냈대요."

"그런데 엄마와도 관계가 좋지 않았나 봐?"

민아는 말하기 어려운지 숟가락으로 과일 빙수를 쿡쿡 찌르더니 한 1분에서 2분 정도 지난 뒤에 입을 열었다.

"엄마도 어떤 아저씨랑 살고 있는데, 그 아저씨가 엄마만 없으면 예린이를 만졌대요."

"아……, 예린이에게 그런 일이 있었던 거네."

더 듣지 않아도 된다. 고개를 끄덕이던 유하는 커피를 한 모금 마셨다.

"할머니랑 살면서는 좋아했어요. 단 한 번도 가출 같은 거 생각 안 했고요. 예린이가 가출할 리가 없어요. 사라지기 몇 달 전에는 할머니 생신이라고, 선물 사드린다며, 알바도 하겠다고 했는데……."

"알바? 어디서? 편의점 같은 곳에서?"

"아니에요. 마음 선생님께서 알바 시켜준다고 했대요."

마음 선생님. 예린이 일기장에 등장하는 사람이다.

"마음 선생님? 그 사람이 누군데?"

"상담해 주고, 얘기 들어주고, 맛있는 것도 사주고. 좋은 선생님이에요. 엄마 집에서 나오고 할머니랑 살게 됐지만, 예린이가 사실 좀 힘들어했거든요. 할머니가 엄마 집에서 살면서 있었던 일을 알면 많이 속상해하실 거라고, 말 안 하고 혼자 끙끙 앓았었는데, 내가 소개해 줬어요, 마음 선생님."

"넌 마음 선생님 어떻게 알아?"

"제가 사실 이전 학교에서 왕따를 당했어요. 그때 찾아가게 된 선생님이에요. 예린이같이 안 좋은 일 당한 애들 도와주는 봉사도 하는 선생님이라, 제가 부탁해서 예린이 소개해 줬거든요."

"마음 선생님 어디 가면 만날 수 있어?"

"병원에 있을 거예요."

"병원?"

"네. 형사님도 알 수 있을지도 모르는데?"

"뭐? 내가? 내가 마음 선생님을 알지도 모른다고?"

"네. 마음 선생님, 경찰하고도 일한다고 하던데요? 안 좋은 일 당한 우리 또래 여자애들이 있으면, 경찰들이 선생님께 연락한다고, 그러면 바로 달려간다고 했어요. 마음 선생님 이름이 서명기 선생님이에요."

민아 입에서 익숙한 이름이 흘러나오자 유하의 입가에 미소가 번졌다.

"그러네. 언니랑도 여러 번 일해본 선생님이네?"

"예린이 사라지고 마음 선생님도 많이 걱정했어요. 아는 경찰에게 여러 번 부탁했는데 아직 못 찾고 있다고. 블랙팀이면 많이 유명한 팀이죠? 큰 사건 해결하는?"

"네가 그렇게 알고 있으면 그런 거겠지?"

"예린이 찾아주세요. 저…… 처음으로 사귄 친구가 예린이에요. 예린이 아니었으면, 지금 학교에서도 왕따였을 거예요. 저한텐 참 소중한 친구예요."

민아의 간절한 부탁에 유하는 알겠다는 뜻으로 빙긋 웃으며 고개를 끄덕였다.

"뭐야?"

찬우는 유하가 상자를 하나 책상에 내려놓자 다가와 그 상자를 열었다.

"일기장?"

"신경 쓰지 마세요. 개인적으로 맡은 사건이니까."

"우리 후배님, 엄청 한가하신가 봐요? 개인적인 일도 맡고?"

"그래봤으면 소원이 없겠네요."

유하는 픽 웃고는 상자를 책상 한쪽으로 밀었다.

"팀장하고 도준 선배는 안 왔어요?"

"아직 안 오네. 왜?"

"송윤석 휴대폰으로 온 대포폰 번호 있잖아요, 그걸 판 놈을 찾았어."

"진짜? 어떻게? 그걸 어디서부터 털어야 하나 난감했었는데, 어떻게 알았어?"

"묻지 마요, 다치니까. 혼자라도 가야죠. 나 다시 나갑니다!"

"나도 가."

이번에도 또 찬우가 따라붙으려 하자, 유하는 한심하다는 얼굴로 그를 가만히 쳐다보았다.

"왜? 왜 자꾸 날 따라다니는데? 주영 선배랑 싸웠어요?"

"내가 너희들이야? 싸우게?"

책상에 앉아서 송윤석 사건 파일을 파던 주영이 못마땅하다는 표정으로 찬우를 노려보았다.

"그런데 찬우 선배 왜 자꾸 날 따라다니는데?"

"나랑 있으니까 재미없단다. 요즘 이상해. 자꾸 재미를 찾아. 봄도 아닌데, 봄바람이 부나?"

"골치가 아프니까 그렇죠. 일 년이에 이어 헤드까지. 나요, 숨이 턱턱 막혀. 나 좀 데리고 가라."

찬우가 본격적으로 칭얼거리자 유하는 고개를 절레절레 흔들면서 병주에게 받은 서류를 주영에게 주었다.

"이거 송윤석하고 알고 지내는 사람들 명단입니다. 사교성이 영 꽝이라 건질 게 있을지는 모르겠지만, 선배가 일단 봐주세요. 저는 대포폰

판매한 사람 만나고 오겠습니다."

"그래, 알았어. 넌 나갔다가 오더니 많이 건져 왔다?"

"애인을 잘 둔 덕이라고나 할까?"

주영을 보며 하하 웃음을 흘리던 유하는 다녀오겠다고 인사하고는 문을 향해 걸어갔다.

"난?"

"따라오든지 말든지."

허락이 떨어지자 찬우는 히히히 웃음을 흘리며 재빨리 유하를 따라 나섰다.

"안 그래도 오 사장님한테 전화받고 생각을 했는데, 떠오르는 게 없어요."

대충 예상은 했지만 역시나 단서는 없다. 찬우와 시선을 맞춘 유하는 헛걸음했다는 뜻의 눈빛을 주고받았다.

"대신, 확실하지 않은 기억이긴 한데, 생각난 사람은 있어요. 오 사장님이 기억에 남는 사람이 있는지를 물어봤었거든요. 대포폰과 전혀 어울리지 않을 것 같은 사람이요. 근데 그런 사람은 있었어요. 키 크고, 아직 어린놈이던데, 어색해하고 쭈뼛쭈뼛하며 들어왔죠. 그런데 그것 때문에 기억하는 건 아니고, 사실 그때 저도 일이 있어서 폰 팔고 곧 나갔어야 했었거든요. 그때 그 어린놈이 전화를 걸더라고요."

"뭐라고 말했는지 기억나세요?"

"말씀하신 그곳에서 휴대폰 샀습니다. 곧 들어가겠습니다."

어린놈이라고 하면 송윤석일 가능성이 크다. 유하는 송윤석 사진을 보여주었다.

"이놈이에요?"

"가만있자. 맞네. 이놈 맞아요."

송윤석이 헤드가 가지고 있는 대포폰을 샀다.

말씀하시는 그곳이라 말했으니, 헤드는 이곳을 알고 있다는 뜻이었다. 헤드가 직접 왔을 가능성이 적으니 나충식을 시켰을 것이다.

송윤석과 나충식, 이들의 교집합 안에 헤드가 있는 게 확실하다는 뜻인데…….

소득은 있으나 도움이 될지 어떨지는 모르는 상태.

유하와 찬우는 찝찝함을 안고 다시 경찰청으로 향했다.

찬우에게 먼저 들어가라고 하고 퇴원해 있는 승후를 보러 잠깐 들른 집, 유하는 소파에 길게 누워 잠이 든 그를 보게 되었다.

침대에 가서 편하게 자면 될 것을 왜 이렇게 자는 걸까?

승후를 깨우기 위해 다가가던 유하는 발에 무언가 걸리기에 집어 들었다.

편지였다. 그것도 헤드가 승후에게 보낸 편지. 잠깐 그 자리에 서서 편지를 읽던 유하는 살짝 미간을 일그러뜨리며 승후를 내려다보았다.

헤드는 전형적인 사이코패스 살인마다. 감정 같은 건 없는, 오직 머리만 있는 그런 살인마.

그런 살인마가 왜 승후에게 편지를 보낸 걸까?

흔들어보기 위해서? 뭘 흔들려는 거지?

지난 1년 반, 헤드는 송윤석를 통해 승후의 대한 자료를 조사했을 것이다. 다시 말해 헤드는 유하 자신보다 승후에 관해 더 잘 파악하고 있을 가능성이 컸다.

본성이라…….

헤드는 확신하고 있었다. 승후의 본성이 자기들과 가깝다는 것을.

"어? 언제 왔어?"

순간 깨어나 뒤척이던 승후가 유하를 발견하고 빙긋 웃자, 그녀의 입가에도 미소가 번졌다.

"지금, 잠깐 들렀어."

"나 깨우지."

승후는 일어나 앉으며 아직 덜 깬 잠을 쫓기 위해 눈을 비볐다.

"이 재미있는 걸 보고 있느라."

유하가 편지를 내밀자 승후는 황급히 그 편지를 구겨서 쓰레기통에 던졌다.

"안 돼. 이거 증거물인데, 이렇게 막 버리면 쓰나?"

쓰레기통에 있는 편지를 들어 예쁘게 펴서 접은 유하는 편지봉투와 함께 주머니에 집어넣었다.

"나 아니야. 절대로 아니야."

뭐가 무서운지 승후는 굳은 얼굴로 다급하게 말했다.

"알아. 승후 씨 그쪽 아닌 거 다 알아."

유하는 승후의 옆에 앉으며 손을 꼭 잡았다.

"헤드가 아무래도 승후 씨를 흔들 생각인 것 같아. 손발을 다 잘려서 승후 씨 찔러보는 것 같아."

유하의 부드러운 미소에 굳었던 승후의 얼굴에도 미소가 번졌다.

"걱정하지 마. 그런 놈이 아무리 흔들어도 흔들리지 않아. 난 그럴 수 없어. 민승후잖아. 조유하의 남자 민승후."

"기특한 내 남자."

양손으로 승후의 머리를 헝큰 유하는 몸을 조금 일으켜 이마에 입을 맞췄다.

"이거였네."

다시 승후의 손을 꼭 잡으며 유하는 소파에 등을 기댔다.

"뭐가?"

"오늘 계속 찜찜했거든. 내가 뭘 놓치고 있는 기분인데, 뭘 놓치고 있는 건지 몰랐어. 내가 개인적으로 맡은 사건 때문인지, 아니면 헤드 때문인지. 지금 보니 이거네. 헤드가 승후 씨에게 접근하고 있어서 계속 찜찜했던 거야. 역시 난 촉이 남달라?"

"개인적으로 맡은 사건?"

"응. 나경이 또래 여학생이 사라진 사건인데, 사건을 접수한 경찰들은 가출로 생각을 굳힌 것 같고, 할머니와 그 친구는 절대로 아니라고 하고."

"어렵네."

"뭐가 자꾸 머릿속을 맴도는데, 자료가 너무 없어서 아직 정확한 건 모르겠어."

"어떤 사건인데?"

"실종. 단순 실종은 아니야. 분명히 안 좋은 일인 것 같긴 한데, 어떤 쪽으로 안 좋은 건지도 모르겠고. 내가 아는 거라고는, 이혼한 부모와 살면서 안 좋은 일들을 많이 겪었다, 할머니랑 살면서 극복해 보려고 의사를 찾아가 상담을 받았다, 그리고 사라졌다. 이 정도."

"어렵네. 맨땅에 헤딩하는 기분이겠어?"

"응. 애는 참 기특한 것 같은데…… 할머니 걱정하실까 봐, 자기가 당한 일도, 의사를 만나는 일도 다 비밀로 했을 정도로 마음이 깊은 애인데."

"의사를 찾아가? 대단하네. 요즘 애들은 그런가?"

승후는 가볍게 풋 웃음을 흘렸다.

"친구가 상담받을 의사 선생님을 소개해 줬다는 거야. 그 친구는 전 학교에서 왕따를 당했는데, 그때부터 다녔나 봐."

"음, 친구를 통해 이미 자료를 습득한 상태구나. 그러면 그럴 수도. 그래도 보호자 몰래 다니기가 쉽지 않을 텐데? 대단하긴 하다."

"그런데 그 의사, 나도 아는 사람이더라고."

"어떻게?"

"서명기라고 정신건강의학과 박사지. 성폭행 여성을 위한 봉사 단체를 운명하기도 하고. 이름이 '사랑하는 마음'인가? 워낙 많은 케이스를 다뤄봐서 성폭행, 이쪽으로 거의 독보적이야. 신뢰도도 높고."

"아! 그래?"

"우리도 가끔 협조 요청해. 이 선생님이 거짓말도 귀신같이 잡아내거든. 나경이 상담 겸 진술받을 때도, 바쁜 거 뒤로하고 내려와 줬어."

"나경이도 그 사람이었구나?"

"지금도 나경이 담당 선생님이야. 나경이 병원 갈 때마다 엄마가 꼭 따라가는데, 사람 엄청 좋다고 하더라고."

승후는 "그렇구나." 하고 답하며 고개를 끄덕였다.

"가야겠다. 예쁘게 씻고 쉬고 있어요? 얼른 갔다가 일 빨리 끝나면 퇴근하고 올게!"

휴대폰으로 시간을 확인한 유하는 가기 싫어서 무거워진 몸을 억지로 일으켜 세웠다.

"이리로?"

"응. 이리로."

웃고는 싫지만, 꾹 참는 표정. 승후는 그런 표정으로 고개를 끄덕였다.

유하는 짧은 키스를 마지막으로 자리에서 일어났다. 그리고 양손을 흔들어 뒷걸음질로 현관을 향해 걸어가며 푹 쉬라는 말을 거듭 말했다.

그렇게 유하가 사라진 후, 밝게 웃던 승후의 얼굴이 굳어졌다.

[왜?]

휴대폰을 빼 들어 병주에게 전화를 건 승후는 퉁명스러운 친구의 말투에도 빙긋 미소를 머금었다.

"서명기, 정신과 의사야. '사랑하는 마음'이라고 민간 봉사 단체를 운영하는 모양이야. 경찰들에게 신뢰도가 높은 것 같고."

[이 새끼를 왜?]

"느낌이 안 좋아. 이 새끼라면 연결이 돼."

[무슨 연결?]

"헤드."

승후의 말에 병주는 전화를 끊지 않은 상태에서 밑에 있는 사람들에게 이것저것 지시를 했다.

"헤드, 이 새끼 드디어 꼬리가 잡혔어."

이 말을 하면서 승후의 얼굴이 서늘하게 일그러졌다.

"예린아."

명기는 부드럽게 웃으며 예린의 머리를 쓸어내렸다.

"조금만 참아. 곧 나경이 데리고 올게. 우리 예린이 친구가 생기는 거야. 어때? 좋지?"

"······네."

머리를 무릎에 묻은 채 바들바들 떨던 예린은 들릴 듯 말 듯 아주 작은 목소리로 대답했다.

"좀 어려울 수 있어. 나경이 언니가 형사거든. 조유하라고 블랙팀인데, 엄청 나빠! 그년이 우리 나경이를 빼돌렸어! 내가 어렵게 찾은 내 아이를!"

유하를 입에 올릴 땐 명기의 목소리가 점점 커졌다. 분노가 담겼기 때문이었다.

"예린아."

하지만 언제 그랬냐는 듯 예린을 부를 땐 다정하고 부드러웠다.

"그래도 걱정 마? 내가 꼭 우리 나경이 데리고 올게. 우리 예린이 나경이 오면 사이좋게 잘 지내야 해. 알았지?"

"네, 선생님."

예린의 대답에 명기의 얼굴엔 미소가 떠올랐다.

블랙팀 회의실.

다른 블랙팀은 회의가 한창일 때, 유하는 계속 편지 내용을 떠올려 보았다.

부드러운 말투. 친근하고 다정한 가면을 쓰고 있을 가능성이 크다. 감춰져 있는 강한 자기 우월의식.

알겠는 건 딱 여기까지다. 더는 모르겠다.

나지막하게 한숨을 내쉬던 유하의 귀에 도준의 음성이 들렸다.

"……의료업 종사자."

"네? 죄송합니다, 제가 다른 생각에 빠져 듣지 못했습니다. 다시 한 번만 말해주세요, 선배."

"오늘 박우주를 만나고 왔다. 박우주 말이, 경찰과 관련 있는 의료업 종사자가 헤드일 가능성이 크다고 했다."

도준의 말에 유하의 등을 타고 서늘한 기운이 스치고 지나갔다.

"사실 헤드가 민승후에게 이런 편지를 보냈습니다."

유하가 헤드의 편지를 꺼내놓자 블랙팀은 돌아가면서 그걸 읽었다.

"헤드가 민승후를 오랫동안 지켜보았다."

생각에 잠긴 도준은 그의 습관대로 손가락으로 톡톡 소리를 냈다.

"민승후에게 이런 편지를 보낸 것으로 봐서, 사람의 심리를 파악하는 분야가 아닐까 하는 생각을 했습니다. 가령 정신과 의사나 심리학자 같은 사람이요. 그런데 경찰과 관련이 있다면, 경찰이 자주 협조를 요청하는 정신과 의사나 심리학자라는 소리인데……."

유하의 이 말에 도준의 손가락 카운트 소리가 뚝 멈췄다.

"잠깐!"

유하의 말에 머릿속에 뭔가 스친 듯 주영은 책상을 탁 치며 부산스럽게 서류들을 찾기 시작했다.

"그러면 송윤석과 나충식도 연결고리가 있습니다. ○○의대 나눔 봉사 단체와 해가빛이 바로 그 연결고리입니다."

"해가빛?"

들어본 단체 이름에 태석의 눈빛이 서늘해졌다.

"어릴 적 부모님이 모두 죽은 나충식은 시골에서 친척 손에 키워졌습니다. 나충식이 자란 그곳에 자주 오던 봉사 단체가 바로 OO의대 나눔 봉사입니다. 그리고 송윤석이 자란 마을에 정기적으로 오는 봉사 단체가 해가빛이고요."

"둘의 연결고리가 뭔데?"

태석이 날카롭게 묻자, 주영은 서류를 태석에게 내밀었다.

"해가빛은 의료단체로 의료시설이 미흡한 시골을 돌면서 진료를 하는 민간단체입니다. 봉사에 참여하는 의사는 여러 과의 의사들인데, 그곳에 정신과 의사들이 있습니다. OO의대 나눔 봉사에서 소속되어 있던 의대생들이 의사가 돼서, 대부분이 해가빛으로 들어갔습니다. 나충식과 송윤석의 연결고리라면 이것밖에 없습니다."

"저희가 자문을 요청하는 의사들이 해가빛 출신들이 많습니다. 만약 이게 사실이라면, 나경이와도 연결고리가 생깁니다. 나경이 진술받을 때, 상담한 의사가 바로 해가빛 소속, 정신의학과 서명기입니다."

주영의 의견을 받아서 찬우가 이야기하자, 유하의 얼굴에 핏기가 사라지더니 험악하게 일그러졌다.

"경찰과 관련 있는 정신과 의사. 나경이! 송윤석! 나충식! 그리고 신예린!"

유하는 벌떡 일어나 밖으로 뛰어나갔다. 그리고 예린이의 일기장을 가지고 와 마지막 부분을 펴놓았다.

"오늘도 마음 선생님을 만났다. 선생님은 조금씩 나아지고 있다고 했지만, 난 아니다. 난 아직도 꿈을 꾼다. 그 악몽을. 씨, 언제쯤 그 악몽을 꾸지 않는 걸까? 정말 싫다. 할머니가 걱정하는 건 싫은데……."

"이게 뭐야?"

유하가 일기장 내용을 그대로 말하자, 찬우는 놀란 얼굴로 그녀를 보았다.

"이 일기장 주인인 신예린은 석 달 전에 사라졌습니다. 현재 담당 경찰들은 가출로 결론을 내린 상태고요. 하지만 할머니와 친구는 가출할 이유가 없다고 강하게 주장했습니다. 문제는 이 일기장에 등장하는 마음 선생님입니다. 마음 선생님은 바로 서명기를 뜻합니다."

"서명기? 나경이 사건 때 협조 요청한 그 정신과 의사?"

"네. 사랑하는 마음, 이 단체는 성폭행 여자들을 위한 봉사 단체로 서명기가 만든 곳입니다. 실제로 여기를 통해 많은 여자들이 서명기와 연결이 됐습니다. 만약, 서명기가 헤드가 맞는다면, 분명히 헤드의 피해 자들이 여기와 연결되어 있을 가능성이 큽니다."

유하의 말에 태석이 책상을 거칠게 내려치며 벌떡 일어났다.

"그러면 지금 우리가 헤드 그놈 손에 나경이를 가져다 바쳤다는 거야?"

태석의 고함에 유하는 바로 엄마인 미수에게 전화를 걸었다.

[따님이 웬일이셔? 전화를 다 하고?]

"나경이는? 엄마! 나경이는?"

[학교 갔어. 내일부터 시험이라고, 오늘은 학교에 가야 한다면서 갔지. 방과 후 하고 지금 끝날 시간인데, 끝나면…….]

"나경이를 학교에 보내면 어떻게 해? 내가 당분간 나경이 학교 보내지 말라고 했잖아!"

유하는 매섭게 소리를 지르고는 바로 뛰어나갔다. 통화 내용에 놀란 블랙팀도 그녀를 따라 뛰었다.

나경의 학교.

"나경아."

오늘 나경에게 방과 후 수업이 있는 날이라는 걸 알기에 명기는 끝나는 시간에 맞춰서 아이를 기다렸다.

"선생님!"

아무 의심 없이 방긋 웃으며 다가오는 나경이를 내려다보며 명기의 입가에 미소가 번졌다.

"근처에 일이 있어서 왔다가, 나경이가 끝나는 시간 같아서, 맛있는 거 사주려고 기다리고 있었지."

"와! 진짜요?"

"응. 뭐 먹고 싶어? 말만 해. 뭐든 다 사줄 테니."

"그런데 안 돼요. 엄마 기다려요. 끝나면 전화한다고 했거든요. 엄마가 저 데리러 오시거든요."

"내가 전화할게. 엄마한테 전화해서 간식 사 먹이고 집까지 데려다주겠다고 하면 허락하실 거야."

"진짜 선생님이 허락받아 주실 거예요?"

"그래. 차 저기 있어. 가자."

나경이는 잠깐 생각하다가 명기의 차가 있는 쪽으로 걸어갔다.

"뭐 먹을래?"

"음, 피자?"

"고작 피자? 더 비싼 것도 돼."

"피자면 돼요. 더 비싼 건 뭐가 있는지도 몰라요."

"나중에 사줘야겠네."

이런 대화가 오갈 동안 차가 주차된 곳까지 온 명기는 조수석 문을 열었다.

"타. 차에 타서 엄마에게 전화하자."

"네."

나경이는 가방을 벗고 품에 안았다. 그리고 차에 오르기 위해 한 발을 들었다. 그 순간 명기의 입가에 서늘한 미소가 번졌다.

'장나경, 드디어 내 품에 들어오는구나. 처음부터 이랬어야지. 처음부터 이렇게 됐어야 했어.'

명기가 밀려오는 기쁨으로 뛰는 심장을 주체하지 못하던 바로 그때, "나경아!" 하고 누군가 부르는 소리가 들렸다.

나경이는 발을 다시 내려놓고 소리가 나는 쪽으로 고개를 돌렸다. 그리고 곧 방긋 미소를 머금으며 자신을 부르는 사람에게로 뛰어갔다.

"오빠!"

"나경이 잘 지냈어?"

손을 올려 나경이의 머리를 쓰다듬는 사람은 바로 승후였다.

"네. 오빠는 어쩐 일이세요?"

"어쩐 일이긴, 이 오빠가 드디어 드라마를 끝냈잖아. 나경이랑 놀려고 왔지."

승후는 화사하게 웃으며 허리를 굽혀 나경이와 시선을 맞췄다.

"진짜요? 정말요? 뭐 하고 노는데요?"

"오늘은 일단 부모님, 나경이, 그리고 나, 이렇게 넷이서 데이트할까? 오빠가 근사한 레스토랑도 예약했는데."

"언니는요?"

"네 언니는 바빠. 아주 많이. 바쁜 사람은 일하라고 하고, 우리는 먹으러 가자."

"언니만 빼면 싫은데."

언니까지 챙기는 나경이가 귀여워 승후는 허리를 펴고 꼿꼿하게 서서 아이의 머리를 가볍게 헝클었다.

"언니는 바쁘잖아. 언니가 바쁘게 뛰어다닐수록 우리 나경이가 안전해지지 않을까?"

승후는 아이에게 말하면서 눈은 명기를 응시했다. 그리곤 '난 네가 누군지 알고 있어. 절대로 네 뜻대로는 안 돼.' 라고 명기를 향한 승후의 눈빛은 이 말을 담고 있었다.

"알았어요. 서운해도 어쩔 수 없죠."

"언니 대신 나경이가 맛있게 먹어. 그게 언니도 바라는 거야."

"네, 그럴게요."

침울했던 것도 잠시. 나경은 곧 생긋 웃으며 승후를 올려다보았다.

"경찰청 못 가봤지? 블랙팀이 조금 한가해지면, 간식 사 들고 경찰청에 가볼까? 견학시켜 달라고 해볼게."

"진짜요?"

이게 제일 좋은지 나경이의 입에서 짧은 비명이 터졌다.

"자, 이제 가자. 부모님 기다리시겠다."

"하지만 저는 선생님하고 약속이 있어요."

경찰청 견학 생각에 잠시 들떴던 나경은 명기와 약속했다는 것을 기억해 내고 뒤돌아 그를 보았다.

"선생님?"

"저 상담해 주시는 의사 선생님이에요."

'역시 헤드, 네가 진짜 의사였어. 저 선한 가면 속에 추악한 얼굴을 감추고 있었던 거야.'

서늘한 눈으로 명기를 바라본 승후는 앞으로 걸어가 나경이를 막고 섰다.

"나경이 부모님과의 약속입니다. 선생님께서 양해를 해주셨으면 좋겠습니다."

"그래야죠. 어쩔 수 없죠. 다음 기회도 있으니까."

"글쎄요. 다음이 있을까 모르겠네요. 나경이가 바빠서. 안녕히 가세요. 서명기 의사 선생님."

승후는 차갑게 씩 웃으며 그대로 돌아 나경이를 데리고 차가 있는 쪽으로 걸어갔다.

"쌍."

나지막하게 욕설을 내뱉으며 두 사람을 따라 몇 발 움직이던 명기는, 승후의 차에서 검은 양복을 입은 덩치 큰 남자가 내리자 움찔하며 뒤로 물러났다.

'너 이 새끼, 선택한 거네? 나랑 적이 되기로?'

나경이를 뒷좌석에 태우고 난 후, 조수석 문을 연 승후는 자신을 보는 명기의 눈빛 속에 담긴 말을 읽고는 더 짙게 미소를 머금었다.

'헤드, 처음부터 넌 내가 선택할 수준이 아니었어. 넌 그냥 쓰레기야. 냄새 고약하고 더러워서 보기만 해도 역겨운 쓰레기.'

"방과 후 하고 지금 끝날 시간인데, 끝나면 승후가 기다렸다가 데리고 오기로 했다는 말을 하려고 했는데, 불같이 화내면서 전화를 그냥 뚝 끊어버렸다니까!"

미수는 다시 생각해도 열받는지 자기 옷을 잡고 펄럭였다.

"유하가 성격이 좀 급하잖아요. 어머니께서 이해하세요."

"이해하는 것도 한두 번이지! 그 계집애는 누굴 닮아서 그러는 거야? 생각했더니 더 열받아."

미수는 뒷목을 잡으며 거칠게 씩씩 숨을 몰아쉬었다.

"제가 나중에 혼내줄게요. 어머니께 다시는 못 그러게."

승후의 화사한 미소 앞에 순간 마음이 스르륵 녹아버린 미수는 곧 빙긋 웃었다.

"내가 승후 너 때문에 참는다."

미수는 이렇게 말한 뒤에 옆에서 가만히 보고 있는 나경이의 볼을 살짝 감쌌다.

"둘째 따님, 너까지 엄마 잡아먹으려고 하면 나 속상해? 언니는 절대로 닮지 마! 알았어?"

"네!"

나경이의 힘찬 대답이 만족스러운지 미수의 얼굴에는 더 밝은 미소가 번졌다.

"타세요. 아버님께서는 10분 정도면 도착하신대요. 저는 잠깐 유하랑 통화 좀 하고 탈게요."

"그래? 그럼 빨리 가자!"

미수와 나경이가 뒷좌석에 타자 승후는 문을 닫고 휴대폰을 꺼내 유하에게로 전화를 걸었다. 전화를 받지 않는다. 그 뒤로 승후는 그녀가 받을 때까지 계속 전화를 걸었다.

　도준과 유하, 주영과 찬우, 이렇게 차를 타고 나경이에게 향하는 길.
　"승후 씨, 나 바쁘니까…… 어?"
　자꾸 휴대폰이 울리자 어쩔 수 없이 받은 유하는 승후의 말에 머릿속이 새하얗게 변해서 순간 멍한 상태가 됐다.
　[나경이 나랑 있다고.]
　"나경이가 승후 씨랑 있다고?"
　유하의 말에 운전하던 도준이 길가로 차를 세웠다. 뒤따라오던 찬우와 주영도 길가에 차를 세웠다. 그들은 나경이가 승후랑 있다는 도준의 말에 유하가 있는 차로 이동해 뒤에 올라탔다.
　"정말 나경이가 승후 씨랑 있어?"
　[너 지금 나경이에게 오는 중이었지?]
　"응. 휴, 다행이다."
　유하는 긴 한숨을 내쉬며 긴장했던 마음을 풀었다.
　[다행은 아니야. 헤드, 그놈이 나경이 납치하려고 했어.]
　승후의 이 말에 유하는 휴대폰은 스피커로 바꾸었다.
　"다시 말해봐."
　[헤드, 서명기, 정신과 의사 말이야. 오늘 나경이 납치하려고 했어. 내가 조금만 늦었어도 큰일 났을 거야. 오늘 어머님께서 나경이를 데리러 갔었어도 큰일 났을 테고.]
　승후의 말에 블랙팀 모두의 입에서 작은 욕설이 흘렀다.
　[일단은 어머니와 나경이에게는 아무 말 안 했어. 지금 레스토랑에 갈 거야. 아버님도 그리로 오시라고 했고. 집은 좀 위험한 것 같아서 호텔 방 잡을 생각이야.]
　"고마워. 고마워, 진짜."
　[고맙긴.]

승후의 가볍게 하하 웃음을 흘리는 소리를 들으며 도준이 입을 열었다.

"이번에도 승후 네가 한발 빨랐네? 이상해. 헤드 사건은 우리가 자꾸 네 뒷북을 치는 느낌이야?"

[형이 말 안 했나요? 내가 원래 머리가 엄청 좋아요.]

"그래. 그 얘기 듣긴 했지. 그래도 신기한 건 신기한 거지. 우리도 빨리빨리 푸는 것으로 소문 자자한 인간들인데, 어떻게, 경찰도 아닌 네가 우리보다 빠른지, 엄청 궁금해."

진짜로 웃는 건지 아니면 웃음으로 때우려는 건지 모르겠지만, 승후는 계속 하하하 웃음을 흘렸다.

"아무튼, 고맙다. 우리가 놓친 것을 잘 잡아줬어. 역시 민지후 동생다워."

[블랙팀보다 내가 그들이 무슨 생각을 할지 더 잘 아니까요.]

승후의 말에 차 안에 있는 모두 놀라서 눈이 휘둥그레졌다.

"승후 씨, 무슨 말이 그래? 우리가 더 잘 알지 승후 씨가 어떻게 더 잘 알아? 편지는……."

[난 우리 형도 인정한 인물이거든. 아직도 모르는 거야? 내가 우리 형 히든카드였다는 거?]

"그래. 그건 그러네."

승후의 말에 유하는 물론 블랙팀 모두 인정한다는 뜻으로 고개를 끄덕였다.

[그러는 의미에서 블랙팀 회식 때 나 꼭 끼워주기예요? 나, 이 정도면 블랙팀 회식 때 낄 자격 충분한 거죠?]

회식 끼워달라는 말은 까먹지도 않는다. 긴장했던 마음이 풀리니 유하의 입에서 키득키득 웃음이 터졌다.

"내가 꼭 끼워주마. 됐지?"

[믿어도 돼요?]

"그래, 믿어! 꼭 끼워줄 테니까."

[언제 간식 사 들고 나경이랑 같이 갈게요. 그때 블랙팀 견학시켜 주세요!]

"알았어. 말만 해. 블랙팀에 폭탄이 떨어졌어도 너랑 나경이는 들여보내 줄 테니."

도준의 허락이 떨어지자 승후는 다급하게 나경이를 부르며 통화를 끝냈다. 잠깐의 정적. 모두의 입에서 안도의 웃음이 터진 건 몇 초 후였다.

다시 되돌아온 블랙팀원들에게 보고를 받은 태석은 무섭게 일그러진 얼굴로 잠깐 생각에 잠겼다. 그렇게 몇 분의 시간이 흐르고, 태석은 생각이 정리된 듯한 얼굴로 입을 열었다.

"아이들 신원이 나왔다. 이번에 발견된 아이들 속에 신예린 이 아이는 없다는 게 검시관 생각이다. 고로 우리는 신예린이 살아 있으며, 아직 헤드 손에 잡혀 있는 것으로 생각한다."

"넵!"

"도준이와 유하는, 지금부터 송윤석을 다시 조사해 헤드를 집중적으로 판다! 송윤석의 입을 열게 하는 게 목적이다. 수단과 방법 가리지 마. 범인보다 피해자의 구출이 우선이다."

"넵!"

"주영과 찬우는 이젠 헤드 사건의 피해자들과 서명기와의 연결고리를 찾아라. 헤드는 분명히 자신의 존재가 민승후에게 들켰다는 걸 알고 있을 거다. 하지만 결정적인 증거가 없다는 것 또한 알고 있다. 그러니까 무슨 짓을 해서든 찾아와. 나충식 사건 피해자들과 서명기, 아니, 헤드의 연결고리를!"

"넵!"

"한 시간이 늦으면, 그 한 시간만큼 예린이의 생사는 알 수 없게 되고, 하루가 늦으면 그 하루만큼 예린이는 죽음과 가까워질 거다. 헤드는 우리가 눈치챘다는 걸 안다. 그러면 헤드의 선택은 딱 하나뿐이다. 예린이를 죽이고 증거를 없애겠지. 그렇게 되면 우린 예린이도, 증거도 잃게 된다. 그래서 지금 이 시각부터, 우리의 첫 번째 목표는 아이의 구출이다."

"네."

"지금부터 발생한 모든 문제는 내가 책임진다. 그러니 수단과 방법을 가리지 말고 증거 찾아오고, 예린이 구출해 와!"

"넵!"

똑같이 대답한 블랙팀은 각자 맡은 일을 위해 동시에 움직였다.

모두 분위기 좋은 호텔 레스토랑에서 맛있는 식사를 하며 나경이의 애교 섞인 재롱에 행복한 웃음을 터뜨렸다. 그렇게 즐거운 식사가 끝나고 승후는 호텔 측과 말을 맞춰 이벤트에 당첨된 척하고 나경이와 미수를 VIP룸으로 안내했다.

"큰딸 대신 꽃 같은 제가 있으니까 많이 서운하시진 않죠?"

"무뚝뚝한 큰딸은 필요 없어. 꽃 같은 승후만 있으면 돼."

미수와 농담을 주고받은 뒤, 승후는 새 작품에 들어가는데 민석에게 의견 좀 구해야 한다며 VIP룸의 여러 방 중 가장 구석에 있는 곳으로 들어갔다. 만에 하나 미수나 나경이가 우연히 들을까 싶어서 일부러 거리가 가장 먼 곳에 있는 방으로 고른 것이다.

"죽일 놈."

아내와 딸 앞에서 느긋한 미소를 머금고 있던 민석은 방에 들어서자마자 욕설을 내뱉었다.

"일단 학교에는 연락해 두셔야겠어요. 서명기가 잡힐 때까지는 보내면 안 될 것 같아요."

"그래야지. 학교에는 내가 연락할게."

"그래서 말인데요, 저랑 같이 며칠 여행이나 다녀오시는 건 어때요? 나경이에게는 저번처럼 언니 일로 위험해져서 학교는 못 가니까 이참에 여행이나 다녀오자고 하면 될 것 같은데요. 한 2~3일 정도만 나갔다 들어오면 잡히지 않을까요?"

"아이들 엄마가 눈치챌 거야. 나경이는 몰라도 미수에겐 말해줘야지."

"그럼 아버님께서 어머님께 말씀하시는 동안 제가 비행기 알아볼게요. 가까운 일본이 어떨까 하는데요. 도쿄나 오사카로. 나경이가 좋아할 것 같아서요."

"그래. 그렇게라도 안 좋은 생각을 떨쳐 내야지. 호텔 방에만 있으면 괜히 무서운 생각만 들 테니까."

민석은 말하는 내내 답답한지 깊은 한숨을 토해냈다. 자꾸 안 좋은 일이 일어나는 것 같아 걱정되고 불안한 마음이 가슴을 꽉 막고 있는 듯한 기분이 들어서였다.

"저랑 함께 다니는 경호원만 믿으세요. 다른 사람은 제가 보냈다고 말해도 믿으시면 안 돼요. 예준이는 확실한 사람이니까, 믿으셔도 됩니다. 그래도 제일 안전한 방법은 아버님께서 어머님과 나경이 옆을 지키는 거겠지만요."

"세상이 어찌 되려고……."

민석은 골치가 아픈지 미간을 일그러뜨리며 깊은 한숨을 길게 내쉬었다. 그런 민석에게 전염이라도 된 것처럼 승후의 입에서도 긴 한숨을 흘러나왔다.

"어떡해. 그런 미친놈한테 우리 나경이를 맡겼었어!"

승후가 나경이에게 따로 이야기할 동안 민석은 아내에게 서명기가 헤드라는 연쇄살인마고 나경이를 납치하려 했다는 사실을 알려주었다. 미수는 그 말을 듣자마자 불안해서 어쩔 줄 몰라 했다. 지금까지 상담이라는 이유로 그런 놈과 나경이가 둘만 있었다는 게 끔찍하고 무서워서 몸까지 바들바들 떨었다.

"진정하고, 나경이에게는 저번처럼 유하가 위험한 사건을 맡아서 잠시 피하는 것으로 할 거야. 그러니까 모르는 척해. 알았지?"

"그래야죠. 아직 그 끔찍한 기억에서 못 벗어난 애에게 이번 일까지 겪게 하면 안 되죠."

미수는 빠르게 고개를 끄덕였다.

"되도록 친구들과 연락 못 하게 하고. 나경이가 어디 있는지 여러 사람이 알면, 그놈 귀에 들어갈 가능성이 높을 테니까, 우리 조심하자고."

"알았어요."

"승후가 잠깐 나가 있자고 하니까 그냥 여행 간다 생각하고 가자. 여기 있어봤자 호텔 방 안에서만 생활할 텐데, 그건 나경이에게도 좋지 않을 테니까."

"알았어요. 그렇게 할게요."

"늘 나랑 함께 다니고, 내 옆에 딱 붙어 있는 거야? 나경이에게도 단단히 일러주고."

"알았어요."

"나갔다 들어오면 유하가 그놈 잡았을 테니까 걱정하지 말고?"

미수는 불안하고 두려웠지만 애써 빙긋 웃으며 고개를 끄덕였다.

나충식 사건 첫 번째 피해자, 최인서.

"해가빛이요? 아니요. 그런 단체는 못 들었는데요."

"그럼 사랑하는 마음이라는 단체는요?"

"서명기란 이름을 들어보신 적 있으세요? 정신과 의사인데요."

최인서의 어머니는 역시 못 들었다는 표정으로 고개를 저었다.

"해가빛이요? 그런 이름 들어본 적은 없어요. 사랑하는 마음이라는 곳도 몰라요."

최인서가 다녔던 네일샵도 마찬가지였다. 최인서와 가장 친했던 직장 동료도 들어본 적이 없는 이름이라며 고개를 저었다.

"그럼 서명기란 이름은 들어보신 적 있으세요?"

"서명기라……, 글쎄요."

"마음 선생님이라고도 불렸는데요."

"마음 선생님이라……, 글쎄요, 그것도 못 들은 것 같은데요?"

서명기와 연결고리가 없어서 난감해하던 중 주영이 질문 하나를 더 했다.

"그럼 최인서 씨가 봉사 같은 거 다니신 적 있으세요?"

"네. 있어요. 장애인 시설이었는데, 거기에 한 달에 한 번 정도 봉사를 갔어요."

주영과 찬우는 곧장 최인서의 직장 동료가 알려준 장애인 시설로 향했다. 그리고 그곳 원장에게 최인서의 사진을 보여주었다.

"이분 알아요. 저희 시설에 한 달에 한두 번 정도 꾸준히 봉사하셨죠. 갑자기 안 오셔서 궁금해했었어요."

원장은 다행히 최인서를 알아보았다.

"혹시 이곳에 해가빛이나 사랑하는 마음에서 봉사 안 왔나요?"

"해가빛에서 정기적으로 우리 애들 검사해 줘요. 신체검사도 해주고, 마음 검사도 해주고."

"그럼 의사 중에 이 사람도 있었습니까?"

찬우는 서명기의 사진을 원장에게 보여주었다.

"네. 이 선생님 지금도 꾸준히 오시는데요? 거의 빠지지 않고 오세요."

이 새끼, 여기서 최인서를 찍은 거였어.

최인서와 서명기의 연결고리를 찾아낸 주영과 찬우는 밀려오는 기쁨을 최대한 누르고 다음 질문을 했다.

"혹시, 여기 학생들도 봉사 오나요?"

"그럼요. 요즘 봉사 점수 때문에 학생들이 많이 찾죠."

"해가빛에서 왔을 때도 학생들이 있었나요?"

"있었어요. 저희는 학생들이 꽤 많은 편이니까."

이렇게 되면 폭이 넓어진다. 연범준이 데려다준 세 명 외에 어디서 왔는지 모르는 세 명, 만약 서명기 환자가 아니라면, 이런 곳에서 선택했을 가능성도 있었다.

"해가빛이 이곳에 봉사 온 날짜를 알 수 있을까요?"

"그건 간단해요. 날짜가 딱 정해져 있거든요. 1년에 두 번, 5월 마지막 주 일요일, 11월 달 마지막 주 일요일이요."

이 단서를 바탕으로 주영과 찬우는 나충식 사건의 두 번째 피해자인 박혜승과 세 번째 피해자인 박차연의 가족과 친구 그리고 동료들에게 같은 걸 물었다. 그리고 셋 모두가 봉사를 갔었다는 공통점을 발견했다. 물론 다닌 곳들은 각각 다르지만, 해가빛이 정기적으로 온다는 것도, 그때마다 서명기도 빠지지 않고 꼭 왔다는 것도 알게 됐다.

나충식 사건의 피해자. 최인서, 박혜승, 박차연, 이들이 봉사활동을 하다가 서명기를 만났을 확률이 높아진 것이었다. 모든 사람이 좋은 마음으로 하는 봉사를, 서명기는 피해자를 고르는 수단으로 악용했다는 사실에 주영과 찬우는 절망했다.

"선배, 우리는 이 세상에 얼마나 많은 사이코들이 있는지 알고 있잖아요. 그런데도 왜 이렇게 마음이 쓰리죠?"

"나를 제외한 세상 모두를 의심해야 하는 현실이 아파서겠지."

찬우의 질문에 이렇게 대답한 주영은 긴 한숨을 내쉬었다.

블랙팀.

[내일 새벽에 도쿄로 여행 가요. 지금 여권 가지러 왔어요. 엄마랑 저번에 여권 만들었는데, 그 여권 개시해요!]

들뜬 나경이 목소리에 유하의 입가엔 빙긋 미소가 떠올랐다.

"재미있는 거 많아. 잘 놀다 와!"

[네. 언니도 나쁜 놈 꼭 잡아요!]

"알았어. 맛있는 거 많이 사 먹고, 사고 싶은 거 다 사고. 언니가 승후 오빠한테 말해둘 테니까."

[네! 엄마가 바꾸래요.]

나경은 크게 대답하고는 미수에게로 휴대폰을 넘겼다.

[우리는 걱정 말고, 일이나 열심히 해.]

"알았어. 나경이랑 엄마, 꼭 아빠랑 같이 다니고?"

[승후는? 승후랑 같이 다니면 안 돼? 아! 승후는 아빠같이 싸움 못 해서 불안하구나?]

미수의 장난에 유하의 입에선 낮은 웃음이 터졌다.

[너무 그렇게 정확하게 말씀하시면 제 마음이 아프죠.]

승후의 목소리가 들리고 유하의 입에선 웃음이 더 크게 흘렀다.

[일해. 오늘 밤에는 근사한 호텔에서 자고 내일 새벽에 도쿄로 출발한다!]

"재미있게 놀다 오세요!"

[알았어. 선물 많이 사 올게. 수고해, 딸~]

미수의 애교 담긴 말을 마지막으로 통화가 끝났다.

"승후가 나경이랑 부모님 모시고 일본 가?"

옆에서 조용히 통화를 듣고 있던 도준이 입을 열었다.

"여기 있으면 무서움만 커질 테니까요. 고맙죠. 난 언니가 돼서 빨리 범인 잡아준다는 말밖에 못하는데."

"그게 가장 중요한 거야. 나경이는 이미 세상이 얼마나 무서운지 알아. 그런 나경이에게 자기를 지켜주는 언니와 부모님이 있다는 건 큰 힘이니까. 나경이가 빠르게 회복되고 있는 것도 자기를 지켜주는 가족 때문일 거다."

"이 사실을 나중에라도 나경이가 알게 되면 또 힘들어할까 봐 걱정돼요."

"그때도 잘 극복할 거야. 가족이 있으니까. 물론 이번 경우엔 민승후가 적절한 때에 적절한 처방을 내리고 있으니 걱정할 것 없고. 불안하고 무섭다고 집에만 숨어 있는 것보다는, 살짝 비켜나 있는 것도 방법이긴 하지."

"하루라도 빨리 헤드를 잡아야 나경이가 재미있게 놀겠죠? 가요, 송윤석에게. 그놈 입 열어야죠."

유하는 자리에서 일어났다. 그리고 결전을 앞둔 장수처럼 굳은 표정으로 온 마음을 가득 담아 파이팅을 외쳤다.

서명기의 병원으로 향하던 주영과 찬우는 토막 난 여섯 구의 시체 중 실종된 현시은의 신원을 확인했다는 연락을 받았다.

블랙팀에서 첫 번째로 알아낸 괴담 사건의 피해자, 현시은.

예상은 했지만, 아니길 바랐는데. 직접 확인하고 보니, 유하는 심장이 찌릿하며 아팠다.

"안녕하세요?"

서명기의 병원, 진료실.

주영은 웃고 있는 저 얼굴에 당장 주먹을 날리고 싶은 걸 꾹 참았다.

"현시은, 신예린, 들어본 이름입니까?"

"현시은은 못 들어봤고, 예린이는 내가 아는 애네요. 가출 상태라고 들었습니다."

너무 뻔뻔한 명기의 태도에 주영의 얼굴이 험악하게 일그러졌다.

"가출 상태? 지금 그 입으로 가출 상태라고 했습니까?"

"그렇게 알고 있습니다. 경찰이 그렇게 결론을 냈더군요."

"경찰이?"

주영은 어이없는 마음에 하하 웃음을 터뜨렸다.

"블랙팀이 구출한 나경이는 적응 잘하고 있습니다. 그 애만 보면 대견해요. 그때 처음 봤을 때는 이 애가 현실을 받아들이고 적응하면서 살

수 있을까 걱정이 앞섰는데, 애가 참 강하더군요."

서명기가 나경이의 이름을 입에 올리자, 찬우는 참지 못하고 그의 멱살 잡았다.

"이 새끼가 지금 누굴 입에 올리는 거야! 너 이 새끼, 나경이 납치하려고 했지!"

"무슨 말씀이세요? 저 모르세요? 블랙팀하고 일 여러 번 했는데, 그런 절 못 믿으면, 제가 얼마나 섭섭하겠어요?"

"그때 너 일부러 왔지? 나경이 사건 때 일부러 와서 나경이 확인한 거 아니야?"

"요청하셨잖아요. 열다섯 살짜리 여자아이가 나쁜 일 당했으니 빨리 와서 도와달라고, 그때 분명히 요청하셨는데, 블랙팀에서."

"이 미친……."

"그만!"

분노로 찬우의 얼굴이 벌겋게 달아오르던 그때, 주영이 냉정하게 그를 저지했다. 어쩔 수 없이 서명기를 놓아준 찬우는 씩씩거리며, 진료실을 나가 버렸다.

"찾아낼 겁니다. 서명기, 당신이 헤드라는 증거를. 그때 우리 다시 뵙죠."

"무슨 말씀인지 모르겠지만, 다시는 뵙죠. 저는 경찰들이 협조 요청을 하면 아주 잘 도와주는, 경찰들의 친구니까."

"기다려요. 친구가 당신 손목에 수갑 채울 날이 머지않았으니까."

주영은 차갑게 말하고 진료실을 나왔다. 그리고 차까지 단숨에 와 휴대폰을 꺼내 들었다.

"도준 선배, 제발……, 송윤석 그 새끼 입 좀 열어주세요! 송윤석 그 새끼 죽여서라도 입 열게 해서, 헤드 이 미친놈 꼭 잡아야 합니다!"

블랙팀 조사실.

주영의 전화를 받은 도준은 두 눈을 감고 생각에 잠겼다. 그렇게 얼마간의 시간이 흐르고, 생각이 끝났는지, 도준은 미소 없이 굳은 얼굴로 눈을 떴다.

"조유하, 옷 벗을 각오할 수 있냐?"

"옷이야 늘 벗을 각오하고 있죠."

유하는 도준이 무슨 말을 할지 알고 있었다.

"내가 들어갈게요. 들어가서 저 새끼 입 열게 할게요."

"미안하다. 선배가 돼서 이런 일을 후배에게 떠넘기고."

"제일 적합한 사람이 나라는 거 선배보다 내가 더 잘 압니다. 민승후 사건 터졌을 때, 이미 옷 벗을 각오했어요. 내가 합니다. 내가 저 새끼 입 꼭 열게요."

유하는 입고 있던 재킷을 벗어 근처 의자에 던졌다.

"송윤석은 알코올 중독자인 아버지의 구타 속에 자랐어. 폭력에 대한 트라우마가 있을 거다. 저번에도 그 방법이 통했으니, 이번도 통할 가능성이 커. 저번보다 더 강하게 나가. 여차하면 때려야 해. 어디 한군데 부러뜨린다 생각하고, 아니, 죽인다 생각하고 주먹을 휘둘러. 그래야 송윤석의 공포가 극대화가 될 거다."

"네."

"절대로 조금도 망설여선 안 돼. 망설이는 눈빛이 조금이라도 보이면, 게임은 끝이야."

"네."

짧게 대답한 유하는 조사실로 들어가기 전 잠깐 눈을 감고 마음을 가다듬었다. 그리고 준비가 끝났다 생각되었을 때 눈을 떠 문손잡이를 잡았다.

"아자!"

블랙팀 조사실로 다시 불려온 윤석은 안으로 유하가 들어오자 반사적으로 몸을 움찔했다. 이런 윤석의 모습에 유하의 입가에 차가운 미소가 번졌다.

"반가운 얼굴 또 봐서 좋네."

천천히 걸어 송윤석이 있는 곳까지 간 유하는 그의 어깨를 팔을 올리고 허리를 굽혀 귓가에 속삭였다.

"너도 반갑지? 사실은 나 보고 싶었지? 그날 그렇게 끝나서 너무 아쉬웠어. 이번 시간은 온전히 내 것이니까, 우리 오래오래 행복하게 잘 지내보자. 알았지?"

"다, 다른 형사님 요청합니다."

"다른 형사는 없어. 내가 이 블랙팀에서 마지막이야. 선배들 엄청 바쁘거든. 그러니까 바쁜 사람들은 그냥 두고, 우리 둘이 오붓하게 시작해 볼까? 지금 이 순간부터, 네 대답은 정해져 있어. 내가 하는 질문에는 다 '모르겠습니다.' 이 답만 하는 거야."

"무, 무슨……"

예상 밖의 말이 유하의 입에서 튀어나오자 윤석의 얼굴이 조금씩 두려움으로 물들어갔다.

"한국말인데 못 알아들어? '모르겠습니다.' 이 말이 어렵나? 안 어렵잖아. 그럼 우리 연습해 볼까? 이름이 뭐야?"

"송윤…… 컥!"

윤석이 제 이름을 말하려 하자 유하는 그의 머리를 움켜잡고 거칠게 아래로 끌어 내렸다.

"모르겠습니다. 이 말만 하면 된다고 말했잖아."

그렇게 말하며 잠시 송윤석을 매섭게 노려보던 유하는 이내 "다시." 라고 그의 귀에 대고 속삭였다.

"모, 모르겠습니다."

원하는 대답이 윤석의 입에서 나오자 유하는 그를 놓아주고는 확인하듯 마지막으로 속삭였다.

"좋아. 아주 좋아. 자, 그럼 본 게임으로 들어가기다? 절대로 잊지 마, 우리 규칙."

유하는 윤석의 어깨를 가볍게 두어 번 톡톡 치고는 허리를 펴고 일어나 그의 주위를 뚜벅뚜벅 걸어 다녔다.

"윤석아, 우리 인연 참 깊지?"

"모, 모르겠습니다."

"그때는 네가 살인자라는 느낌도 안 들었는데, 어떻게 하면 그렇게 감쪽같이 속일 수 있어?"

"모, 모르겠습니다."

유하는 의자를 옆으로 빼고 책상을 밀 듯 걷어찼다. 책상이 날카로운 소리를 내며 저 구석으로 밀려났다. 유하는 윤석의 앞에 의자를 가져다놓았다. 그러고는 무릎이 닿을락 말락 한 거리에서 의자를 끌어당겨 앉았다.

"우리 사건 얘기해 볼까?"

"그때 다 말했습니……."

윤석이 다른 말을 하자 유하는 그가 앉아 있는 의자 다리를 걷어찼다. 의자가 휘청거렸지만, 다행히 중심을 잡은 윤석은 얼굴을 푹 숙인 채 그녀의 시선을 피했다.

"모르겠습니다. 시작한 지 몇 분 안 지났는데 벌써 잊었어?"

"모, 모르겠습니다."

"자, 이제 우리 공범 얘기를 좀 해볼까?"

"공범은 없……."

말을 하던 윤석은 유하의 입에서 작은 욕설이 흐르자 말을 꿀꺽 삼켰다.

"오늘 나경이가 납치당할 뻔했는데, 당연히 우리가 구했어. 우리를 너무 무시했던 거지. 너, 네 공범이 내 동생 노리는 거 알고 있었지?"

"아닙니다. 공범은 없……."

유하가 얼굴 한가득 미소를 머금은 채 멱살을 움켜잡고 끌어당기자 윤석의 눈이 두려움에 휘둥그레졌다.

"우리 규칙 또 까먹은 거야?"

"모, 모, 모, 모르겠습니다."

"예린이 어디 있니?"

"무, 무슨 말인지……."

"그 말은 아니지."

유하는 잡았던 멱살을 놓고는 일어서서 윤석이 앉아 있는 의자 등받이 부분을 걷어차 버렸다. 순간 의자가 휘청거리고 던져지듯 바닥에 쓰러진 윤석은 유하가 "의자 세우고 앉아." 하고 차갑게 말하자, 명령대로 쓰러진 의자를 세우고 앉았다.

"다시. 예린이 어디 있니?"

"나…… 난 잘 모르……."

"그렇지. 넌 몰라야지. 나도 네가 알고 있을 거라 생각 안 해."

윤석의 턱을 움켜잡고 위로 들어 올린 유하는 차갑게 씩 미소를 지었다.

"나 성질 지랄 같은 거 소문 돌았지? 내가 아무리 지랄을 떨어도 위에서 다 막아준다는 것도 너 알고 있을 거야. 오늘 내 목표는, 네 몸에 있는 뼈를 마디마디 다 부러뜨리는 거야."

다시 윤석의 멱살을 잡은 유하는, 그가 미처 준비하기도 전에 움직여, 벽이 있는 쪽으로 질질 끌고 갔다. 그리고 벽에 딱 붙였다.

"이 방은 카메라 사각지대라는 게 있어. 그리고 이 자리가 바로 사각지대고."

웅크린 채 벽에 바짝 붙어버린 윤석은 유하가 손으로 턱을 움켜잡자 움찔했다.

"다시. 예린이 어디 있니?"

윤석이 대답도 못 하고 바들바들 떨자, 유하는 작은 소리로 "소리 내면 죽어." 이렇게 속삭이며 주먹을 쳐들었다.

주먹이 자신에게 날아오자 윤석은 눈을 질끈 감았다.

퍽!

둔탁한 소리에 눈을 뜬 윤석은 자신의 얼굴 바로 옆에서 쓱 하고 앞으로 빠져나가는 손을 발견하고는 놀란 표정으로 시선을 따라가 보았다. 주먹으로 벽을 친 모양이다. 벽을 친 충격으로 유하의 손등에 피부가 짓이겨지고 피가 맺히자, 윤석은 웅크리고 있던 자세 그대로 털썩 주저앉고 말았다.

"다시, 예린이 어디에다가 숨겼어?"

서늘한 얼굴과 반대로 음성은 너무나도 부드럽다.

"나…… 모, 모르는……."

끓어오르는 화를 참는 듯 유하는 느릿하게 한숨을 내쉬었다.

"서명기 그놈이 헤드지?"

유하의 입에서 서명기의 이름이 흘러나오자 윤석의 눈이 휘둥그레졌다.

"그놈이 오늘 우리 나경이 납치하려고 했어. 그래서 지금 내가 기분이 엄청 나빠. 그리고 바로 그 서명기 때문에 지금 네가 내 화풀이 상대로 걸린 거고. 그러니까 너도 즐겨, 이 순간을."

서늘하게 킥 웃음을 흘린 유하는 윤석의 눈앞에서 혀로 다친 손에 흐르는 피를 핥았다.

"다시 물어볼게? 서명기가 예린이 어디에 가뒀어?"

"난……."

윤석이 바들바들 떨기만 할 뿐 말을 제대로 못 하자, 유하는 다친 그 손으로 그의 턱을 움켜잡았다.

"그래. 말하지 마. 넌 끝까지 모르니까 오늘 나랑 재미있게 놀기만 하는 거야. 좋지? 신나지? 나도 그래."

턱을 잡고 있던 손을 놓은 유하는 다치지 않은 손으로 윤석의 머리를 움켜잡았다. 그리고 다시 주먹을 쥐고 위로 쳐들었다.

"다 말하겠습니다! 다 말할게요!"

주먹이 이번에는 진짜 자기 얼굴로 날아오자, 윤석은 다급하게 말하고는 수갑 찬 손으로 자기 얼굴을 가렸다.

"내가 원하는 답은 아니지만, 들어는 볼게. 말해. 예린이 어디 있어?"

"별장이요!"

"뭐?"

"벼, 별장, 서명기 별장이요."

윤석이 가늘게 말하자 유하의 눈이 날카롭게 일그러졌다.

"제대로 말 안 해?"

"서, 서명기 별, 별장. 거, 거기에…… 있어요."

윤석이 말을 제대로 못 할 정도로 더듬자, 유하는 짜증이 오르는 듯한 얼굴로 천천히 머리를 돌리며 낮게 한숨을 내쉬었다.

"말하고 싶어도 내 앞에서는 말 못 하겠네."

유하는 다친 손으로 윤석의 어깨를 약하게 툭툭 친 후에 "잘해." 하고 말한 뒤 조사실을 나갔다.

유하가 나간 후, 머리를 움켜쥐는 윤석의 손은 가늘게 떨리고 있었다.

유하가 나가고, 종이컵 두 개를 들고 들어온 도준은 책상을 바로 해 놓고 의자를 제자리로 옮겼다. 그리고 윤석에게 앉으라고 한 뒤에 컵 하나를 윤석 앞에 내려놓았다.

"커피 마셔. 진정이 될 거야."

부드럽게 미소를 머금으며 커피를 한 모금 마신 도준은 다리를 꼬며 의자에 등을 기댔다.

"우리 팀에서 유하가 제일 성격이 강하지. 그렇게 왜 민승후를 건드려 유하를 자극해? 저 성질에 무슨 일이 벌어질 줄 알고?"

떨리는 손으로 컵을 들어 커피를 마신 윤석은 길게 한숨을 내쉬며 마음을 가다듬었다.

"예린이 어디 있는지 말하고, 서명기가 헤드인 거 진술한 뒤에 우리 시원하게 끝내자."

"어떻게 되는 건데요?"

"여기서 계속 버티면 다 네가 한 걸로 뒤집어쓰는 거고, 서명기가 헤드인 거 밝히면 헤드가 주도하고 넌 명령만 받은 거니까, 죄가 좀 가벼워지겠지. 사실 그럴 필요 없잖아? 너랑 서명기가 어떤 관계인지는 모르겠지만, 네가 서명기 죄를 뒤집어쓸 필요는 없어. 목숨을 구해주는 은혜를 입었다 해도, 그건 아니지."

"지금은 예린이가 어떻게 됐는지 몰라요. 살아 있는지 어떤지."

"네가 잡힐 때까지만 해도 예린이는 살아 있었던 거지?"

윤석은 고개를 끄덕였다.

"그럼 말해. 어디 있어? 일단 어디에 있는지만 말해."

"서명기 별장이요. 경기도에 있어요. 지은 지 얼마 안 됐습니다."

"다시. 더 정확하게."

"서명기 별장에 지하실이 있어요. 그 지하실에 예린이가 갇힌 방으로 가는 문이 있을 거예요. 예린이 거기 있어요."

윤석은 이 진술을 마지막으로 고개를 아래로 떨어뜨렸다.

태석과 도준, 그리고 유하가 다른 지원팀과 함께 도착한 서명기 별장.

[서명기 지금 병원에서 움직이지 않습니다.]

주영과 찬우는 서명기를 감시 중이었다.

[예린이 꼭 구해오세요. 소식 기다리고 있겠습니다.]

찬우의 간절한 마음이 담긴 목소리를 들으며 유하는 서명기 별장을 쭉 둘러보았다.

이런 새끼는 어째서 발에 차이는 게 돈인 거야?

넓은 마당이 있는 커다란 2층 주택. 서명기의 별장은 겉으로는 입 벌어지게 좋은 집이지만, 내부는 갇히면 절대 밖으로 나올 수 없는 감옥 같은 구조였다. 문을 따고 안으로 들어간 블랙팀은 윤석이 말한 대로 지하실로 가 감춰져 있는 문을 찾아냈다. 그리고 윤석이 알려준 방법대로 잠근 장치를 푼 뒤에 굳게 닫혔던 문을 열었다.

끼익!

날카로운 소리를 내며 문이 열리고, 유하는 밖에서 전기 스위치를 찾아 불을 켰다. 그리고 무릎에 얼굴을 묻은 채 구석에 쪼그리고 앉아 바들바들 떨고 있는 예린이를 발견했다.

"죽일 놈."

예린이는 공포감에 우는 소리조차 제대로 낼 수 없는 상태로 보였다.

그동안 아이가 감당했을 공포가 얼마나 컸을까?

아이를 본 순간 유하의 얼굴에 분노가 떠올랐다.

"조유하가 들어가."

"네."

남자 형사들은 밖에 있고, 명령을 받은 유하만이 예린의 이름을 부르며 천천히 다가갔다.

"예린아. 신예린, 맞지?"

낯선 여자의 음성에 예린은 천천히 고개를 들었다. 유하는 예린이와 조금 떨어진 곳에 한쪽 무릎을 꿇고 앉아 시선을 맞췄다.

"언니, 형사야. 경찰청 블랙팀 조유하 형사."

"조…… 유하? 진짜 조유하 형사예요?"

"응. 언니 딱 봐도 형사 같은데, 안 믿어져?"

유하는 최대한 부드럽게 말했다.

"나 구하러 온 거예요?"

"응. 너 구하러 왔어. 예린이 용감하게 잘 버텨줘서, 언니가 고마워. 이제 집에 가자."

무릎을 꿇은 그 상태로 유하는 조금 더 앞으로 다가갔다.

"언니…… 나경이 언니죠?"

예린이의 입에서 나경이 이름이 흘러나오자 유하는 흠칫 놀랐지만, 겉으로는 여전히 미소를 머금은 채 예린이를 보았다.

"그래. 나경이 언니. 우리 나경이 어떻게 알아?"

"서명기…… 그 사람이…… 곧 데리고 오겠다고…… 계속 말해서 알아요."

"그랬구나. 그래서 우리 나경이를 아는구나?"

유하는 나경이 한 말에 강한 의문이 생겼지만 일단 아이의 안정이 우선이란 생각에 질문들은 나중으로 미뤘다.

"나경이…… 괜찮아요?"

예린이의 질문에 유하의 입가에 더 밝은 미소가 번졌다.

"응. 괜찮아. 이제 예린이 너도 괜찮고."

유하는 예린이를 향해 손을 내밀었다.

"할머니가 기다리셔."

"우리 할머니 봤어요?"

"할머니께서 나를 직접 찾아오셨어. 너 좀 찾아달라고."

"할머니가요? 할머니가 나 찾았어요?"

"당연하지. 너 사라지고 한순간도 잊지 않으셨어. 너 그렇게 사랑해 주시는 할머니께 가자."

"나 할머니한테 갈 수 있는 거 맞죠?"

예린이의 맑은 눈에 눈물이 맺히다가 뚝뚝 떨어져 흘러내린다. 아이의 눈물을 차마 볼 수 없었던 형사들은 모두 고개를 푹 숙이고 말았다.

이 순간 모두 죄인이었다. 이 아이를 서명기라는 미친놈으로부터 지켜주지 못한 죄인.

"언니가 데려다줄게. 그러니까 이제 우리 할머니한테 가자?"

예린이는 고개를 끄덕이며, 유하를 향해 조금씩 조금씩 기어왔다. 그리고 유하의 품에 온전히 들어간 다음에서야 크게 울음을 터뜨렸다.

저녁 늦은 시간.

[신예린 구출했다! 다시 말한다! 신예린 구출했다. 용의자는 미성년자를 납치, 그리고 감금한 흉악범이다. 지금 당장 서명기 체포해! 그 새끼 손모가지에 수갑 채우고 끌고 와!]

서울 강남 고급 바.

경찰이 예린이 구출하던 그때 서명기는 고급 바에 앉아 지인들과 재미난 이야기꽃을 피우고 있었다. 주영과 찬우는 작게 욕설을 퍼부으면서도 서명기에게서 눈을 떼지 않고 있었다. 예린이 구출 소식만 들리면, 저 새끼 손목에 수갑을 채우겠다고 생각하면서.

드디어 예린이 구출 소식이 들려오고, 태석은 서명기 체포 명령을 내렸다.

"너 이 새끼 죽었어."

주영과 찬우는 서명기가 있는 곳으로 다가갔다.

"어? 블랙팀 김주영 형사님하고 한찬우 형사님이네요? 안녕하세요?"

나경이 사건 때 나경이를 진찰한 산부인과 여의사는 주영과 찬우를 알아보고 반갑게 인사를 건넸다.

"네, 맞습니다. 블랙팀 김주영 형사입니다. 하지만 안녕 못 합니다."

주영은 수갑을 빼 들어 명기의 손에 수갑을 채웠다.

"무슨 일이에요?"

당황한 사람들이 무슨 일이냐고 물었지만, 명기는 오히려 여유롭게 미소를 머금었다.

"서명기, 널 신예린 납치와 감금, 장나경 납치 미수, 여학생 여섯 명을 토막 살해한 혐의로 체포한다. 넌 묵비권을 행사할 수 있고, 변호사를 선임할 수 있다. 그리고 네가 한 진술이 법정에서 불리하게 작용할 수도 있다."

주영은 명기를 거칠게 일으켜 세우고는 귓가에 아주 작은 소리로 속삭였다.

"내가 말했지. 네 손에 수갑 채울 날이 머지않았다고? 나 약속 지켰다?"

제17장.
또 다른 꼭두각시

서명기의 별장.

이미 여러 대의 경찰차와 구급차가 사이렌을 울리면서 서 있고, 제복 경찰과 과학수사대, 그리고 블랙팀들이 정신없이 드나들었다.

유하는 얇은 담요로 예린이를 머리부터 씌워 감싸 안고는 구급차가 있는 쪽을 향해 걸어갔다.

"신예린 구출했다! 다시 말한다! 신예린 구출했다. 용의자는 미성년 자를 납치, 그리고 감금한 흉악범이다. 지금 당장 서명기 체포해! 그 새끼 손모가지에 수갑 채우고 끌고 와!"

[네! 알겠습니다!]

태석은 서명기를 미행 중인 주영과 찬우에게 예린이 구출 소식을 전하며 체포 명령을 내렸다.

주영과 찬우가 서명기를 체포할 때, 유하는 예린이를 데리고 구급차에 올랐다. 그리고 구조대가 예린이를 돌볼 수 있게 이동 침대에 아이를 눕혔다.

[너 이 새끼 죽었어.]

귀에 꽂힌 이어폰으로 주영과 찬우의 목소리를 들으면서도 유하는 예린에게 웃어주는 걸 잊지 않았다.

[서명기, 널 신예린 납치와 감금, 장나경 납치 미수 혐의로 체포한다. 넌 묵비권을 행사할 수 있고, 변호사를 선임할 수 있다. 그리고 네가 한 진술이 법정에서 불리하게 작용할 수도 있다.]

병원으로 향하는 길.

저항하지 않고 바로 수갑을 찰까? 저항해 인명피해가 발생하면 어떻게 하지?

유하는 불안한 마음에 톡톡 손톱을 물어뜯었다.

[내가 말했지. 네 손에 수갑 채울 날이 머지않았다고? 나 약속 지켰다?]

사이렌 소리와 함께 구급차가 병원에 도착할 때쯤, 이 말을 하는 주영의 목소리가 들렸다.

[서명기 이 개새끼 체포했습니다!]

구급차 문이 열리고 연락받은 의사들이 간호사들과 함께 예린이를 데리고 들어가기 위해 모습을 드러내던 그때, 찬우의 높은 고함이 들려왔다.

[블랙팀이 헤드를 잡았다!]

"야!"

찬우의 목소리에 기쁨의 함성을 지르던 유하는, 정신 나간 사람이라 생각하는 듯한 주변 이들의 시선에, 곧 히히, 하고 어색한 웃음을 흘렸다.

경찰의 연락을 받은 예린의 할머니가 병원으로 달려오시고, 이것저것 예린과 관련된 일을 처리한 유하가 블랙팀으로 복귀했을 땐 이미 태석과 도준이 서명기를 조사하기 시작한 다음이었다.

"왔어? 예린이는?"

"할머니 오시고 안정됐어요. 혹시 몰라서 일단 경찰들 앞에 세워놓고 오는 길이에요."

헤드는 꼭두각시를 조종하는 인물이었다. 나충식과 송윤석 말고도 꼭두각시가 더 있을 가능성이 있기에, 일단 예린이의 병실 앞에 경찰들을 배치해 놓은 것이다.

"어떻게 됐어요."

"눈빛 교환 중이야."

조사실 안에서 눈을 떼지 않으면서 주영은 덤덤하게 대답했다.

"저러다 둘 중 한 명 눈 맞는 건 아닐까?"

찬우의 농담에 주영과 유하의 눈빛이 싸늘해졌다.

"미안해."

뜸 들일 필요 없이 재빨리 사과한 찬우는 슬쩍 구석으로 도망가면서도 조사실 안에서 눈은 떼지 않았다.

"선배, 순순히 자백할 것 같지 않죠?"

유하는 주영을 보며 물었다.

"무슨 짓을 해서든 빠져나가려고 하겠지. 그리고 저런 놈을 어떻게든 잡아넣는 게 우리 일이고. 문제는 저 새끼가 어떤 방법으로 빠져나가려 하는 지야. 분명히 우리 뒤통수를 칠 준비를 하고 있는데, 저 새끼가 뒤에 숨긴 무기가 뭔지 그걸 모르겠단 말이야."

블랙팀 모두 서명기가 순순히 잡힌 걸 이상하게 생각하고 있었다. 송윤석이 잡힌 뒤, 도망갈 시간은 충분했다. 그런데도 이렇게 잡힌 건, 잡힌 것이 아니라 잡혀줬다고 봐야 옳았다.

무슨 꿍꿍일까?

자꾸 불안한 마음이 드는데, 이 마음이 어디에서 온 건지 몰라 더 불안했다.

얼마 후 태석이 입을 열자 유하는 서명기의 작은 표정 하나라도 놓치지 않기 위해 유리에 더욱 바짝 붙었다. 그리고 눈도 깜짝 안 하고 서명기만 살피기 시작했다.

블랙팀 조사실. 서명기.
태석과 도준은 말없이 서명기만 가만히 보며 시간을 보내고 있었다. 아니, 생각에 잠겨 있다고 해야 옳았다.
진짜 헤드를 만나게 되면 어떻게 될까? 죽지 않을 만큼 팰까? 아니면 진짜 죽일까?
태석과 도준은 그동안 수없이 상상하고 또 상상했었다. 하지만 막상 잡고 보니 이상하게 아무런 느낌이 없었다. 원망, 분노, 증오 같은 감정이 모두 어딘가로 숨어버린 것처럼, 이상할 정도로 덤덤하기만 했다.
"꼭두각시는 어떻게 조종한 거야? 협박인가? 무슨 협박을 어떻게 하면 나충식, 송윤석, 그들이 네 명령을 그대로 따르지?"
태석이 먼저 서명기에게 질문을 했다.
"그 질문에 답을 하면, 난 헤드다. 이렇게 진술하는 거죠?"
"이미 송윤석은 진술했고, 네 별장에서 뭐가 나올지는 네가 더 잘 알 테고, 예린이가 할 진술 또한 잘 알 테니, 말을 하든 말든 네 마음대로 해."
"나충식과 네 연결고리는 이미 찾았어. 그게 아니더라도, 송윤석이 우리 손에 있잖아. 그 입을 통해 뭐가 나올지는 네가 더 잘 알겠지?"
태석과 도준은 차례대로 말하며 서명기의 얼굴빛을 살폈다.
"난 할 말 없어요."
명기는 느긋하게 웃으며 의자에 등을 기댔다.
지금 서명기는 빠져나가기 위해 열심히 머리를 굴리고 있을 것이다. 어쩌면 이미 빠져나갈 구실 몇 개는 만들었을지도. 하지만, 무슨 짓을 해서라도 헤드 이놈을 세상 밖으로 내보내지 않는다!
태석과 도준의 눈빛에는 굳은 다짐이 담겨 있었다.

"그래, 하지 마. 나도 너랑 간단하게 끝낼 생각 없어. 우리 길게 보자고. 우리 할 말도, 할 일도 무궁무진하니까."

태석은 가볍게 말하고는 도준과 함께 조사실을 빠져나왔다.

"만만치 않겠네요?"

유하의 질문에 도준은 아무 말 없이 밖으로 나갔고 태석은 낮은 한숨을 내쉬었다.

"길게 봐. 저 새끼 입 안 열어. 저 입을 열면 죽는다는 걸 아주 잘 아는 녀석이거든."

태석의 말에 주영과 찬우, 그리고 유하는 동시에 고개를 끄덕였다.

그렇게 며칠 동안 블랙팀과 서명기의 신경전은 계속되었다. 서명기는 입 열 생각이 없었고, 블랙팀은 신예린 납치 사건에서 끝낸 생각이 없었기 때문에 조사는 조금도 앞으로 나아가지 않은 채 제자리걸음만 계속되었다.

그러는 사이 승후와 유하의 부모님 그리고 나경이가 2박 3일간의 도쿄 여행을 끝내고 돌아왔다.

"안녕하세요? 간식 배달 왔습니다!"

승후와 나경은 양손 가득 선물과 먹을 것들을 들고 공항에서 블랙팀 사무실로 곧장 왔다.

"나경이 왔어?"

서명기 때문에 골이 지근거렸던 블랙팀들은, 나경이 꾸벅 인사하자 모두 동시에 빙긋 미소를 머금었다.

"선물도 왔어요."

나경은 방긋 웃으며 손에 쥔 쇼핑백을 위로 들고 흔들었다.

"우리 나경이, 블랙팀에 들어와 본 소감이 어때?"

"좋아요. 엄청 신기해요!"

찬우의 질문에 나경이는 블랙팀 안을 두리번거리며 눈을 반짝였다.

"뭐야? 맛있는 거야? 나 오늘 신경 엄청 써서 배고픈데, 먹을 거 많아?"

"네. 제가 맛있는 거 많이 사 왔어요."

나경이가 들고 온 쇼핑백을 살피던 찬우는 음식이 하나하나 모습을 드러낼 때마다 연신 "오!" 하는 감탄사를 내뱉었다.

"어떻게 됐어요?"

찬우가 나경이를 담당할 동안 승후는 도준에게 다가와 명기에 관해 물었다.

"입 안 열 것 같아. 길게 봐야 해."

"나 한 번만 만나면 안 될까요?"

"안 돼. 너 편지 때문에 이러는 것 같은데, 그럴 필요 없어, 미친놈이 하는 말 같은 거 귀담아듣지 마."

"부탁해요. 딱 한 번만 보고 싶어요. 만나게 해주세요."

도준은 어떻게 할지 물어보는 눈빛으로 태석을 보았다. 생각에 잠겼던 태석이 고개를 끄덕이자, 도준이 이번에는 승후가 유하의 허락을 구했다. 어쩔 수 없다는 듯 유하도 허락하고, 태석과 도준은 승후만 데리고 서명기가 있는 블랙팀 조사실로 향했다.

"나경아, 여기 형사 아저씨들하고 잠깐 있을 수 있을까?"

유하는 부드럽게 나경의 머리를 쓰다듬으며 물었다.

"걱정 마세요. 승후 오빠한테 무슨 일 있는 거죠? 다른 형사 아저씨들이 승후 오빠 데리고 가는 것 보니까 그런 것 같아요."

"별일은 아니고, 저번에 승후 오빠한테 일 있었잖아. 기사 났었지?"

"네. 봤어요. 매니저가 오빠에게 나쁜 짓 한 거."

"그 일로 잠깐 물어볼 게 있어. 승후 씨가 피해자잖아."

"아! 그렇구나. 알았어요. 형사 아저씨들하고 놀고 있을게요. 언니, 다녀오세요."

유하는 주영과 찬우에게 나경을 부탁하고 블랙팀 조사실을 향해 뛰었다.

혼자 조사실로 들어간 승후는 명기와 마주 보는 자리에 앉았다.

"당신이 들어올 줄은 몰랐네요?"

갑작스러운 승후의 등장에 명기의 입가에 차가운 미소가 떠올랐다.

"편지 잘 받았어요."

"무슨 말인지 모르겠지만 잘 받았다니 다행이에요."

"내가 이런 말을 해도 당신은 무슨 뜻인지 모르겠지만, 그래도 말할게요. 헤드에게 하고 싶은 말이 있어서 온 거니까."

"난 헤드가 아니지만, 해봐요. 궁금하니 들어는 보죠."

"내가 다섯 살인가 여섯 살인가, 그때 강아지를 죽일 뻔했어요. 몇 달을 조르고 졸라서 샀는데, 그 강아지가 너무 짖었죠. 그냥 짖지 못하게 할 생각이었을 뿐인데, 그래서 목을 움켜쥔 것뿐인데, 강아지가 축 늘어지더라고요. 마치 죽은 것처럼. 그래서 난 강아지가 죽었다 생각했어요. 물론 곧 깨어났죠. 알고 보니 기절한 거더라고요."

"이런, 놀랐겠어요."

안타까워하는 표정, 저건 가식이다. 명기의 표정이 웬만한 개그보다 웃긴다는 생각에 승후의 입에서는 픽 웃음이 터졌다.

"엄마, 형, 강아지가 죽었어! 그래서 이젠 안 짖어! 지금도 기억해요. 내가 했던 이 말을."

"어머니께서 많이 당황하셨겠어요."

"형하고 엄마가 그 장면을 본 이후로 많은 게 달라졌어요."

"뭐가 달라졌죠?"

"귀여운 지현아, 그건 아픈 거야. 예쁜 지현아, 그건 슬픈 거야. 지현아, 그건 사랑하는 거야. 지현아, 그건 우는 거야. 지현아, 저 사람이 슬퍼하면 나도 슬퍼하거나 안타까워해야 하는 거야."

"그게 뭐죠?"

"당신은 모르죠, 이 말뜻을? 형과 어머니가 나에게 감정이라는 걸 하나하나 가르치기 시작한 겁니다. 지현아, 그건 불쌍하게 생각해야 해. 지현아, 그건 즐거워해야 해. 지현아, 그건 행복하다는 감정이야. 지현아, 그건 사랑이야. 지현아, 웃어! 아주 환하게 웃어! 지현아, 그 행동은 나쁜 거야. 지현아, 그 행동은 잘못된 거야."

잠깐 말을 멈춘 승후는, 억지로 미소는 머금고 있으나, 조금씩 굳어 가는 명기의 표정을 보고는 밝게 웃었다.

"어린 시절 나는 이렇게 수많은 감정을 어머니에게서, 그리고 형에게서 배웠습니다. 이후로는 쭉 형을 보고 그대로 컸어요. 형하고 똑같이 행동하고, 똑같이 생각하고, 똑같이 말하면서, 그렇게 형이 됐죠. 자랑스러운 내 형을 난 그대로 따라 한 겁니다."

명기의 얼굴에서 미소가 조금씩 사라지고 있었다. 그 장면을 목격한 승후는 자신이 무슨 말을 하는지 그가 다 알아들었다는 걸 확신했다.

"그렇다 해도 승후 씨는 형이 될 수 없어요. 민승후는 그냥 민승후이니까."

마지막 발악 같은 거다. 승후는 작게 풋 웃음을 흘리고는 입을 열었다.

"대신 즐거움과 행복을 알았죠. 마음이 아프다는 걸 알았고, 아파서 슬프다는 걸 깨달았으며, 심장이 찢어지는 느낌이 어떤 것인지도 알고 있습니다. 한 여자를 사랑하는 법을 알았고, 그 여자를 위해 매순간 내가 내리는 결정들이, 얼마나 소중하고 값진 건지도 알았습니다."

"……."

"헤드, 난 당신과 다릅니다. 난 계속 밝게 웃는 사람이고, 사랑하는 여자를 위해 내 목숨을 기쁘게 내놓는 남자이며, 인간 민승후, 아니, 민지현입니다. 감정, 이것이 내 가족이 나에게 준 선물이에요."

"가족이 준 선물?"

"네, 선물. 헤드, 당신은 죽었다 깨어나도 받지 못하는 바로 그 선물.

그래서 난 당신이 불쌍합니다. 아무도 당신에게 그걸 가르쳐 주는 사람이 없었을 테니까. 당신도 나처럼 자랄 수 있었을 텐데, 그 기회가 없었다는 게 너무 안타까워요."

"그게 뭐가 좋은 거라고? 감정이라는 거 느껴봤자 쓸모없는 건데?"

명기의 얼굴에 천천히 가면이 벗겨지고, 조금씩 헤드의 얼굴이 드러났다.

"그러니까 행복하지가 않잖아! 행복하지 않으니, 자꾸자꾸 짜릿함만 찾는 거지! 그 짜릿함이 즐거움이라 생각하고, 그 짜릿함이 행복이라 생각하면서, 넌 천천히 악마가 되어갔어! 한 대 때리는 것으로 맛보던 짜릿함을, 이제는 상처 내고 죽여도 느낄 수 없게 된 거야! 그래서 꼭두각시가 필요했어! 네가 이끄는 대로 자유자재로 움직이는 꼭두각시가!"

"시끄러워. 나 아니라고 했잖아!"

아니라고 하면서도 얼굴은 이미 자백한 거나 마찬가지로, 명기는 조금씩 이성을 잃어가고 있었다. 승후는 천천히 일어나 그를 내려다보았다.

"일 년이, 너, 그리고 미친 새끼들, 너희 덕분에 요즘은 내가 얼마나 사랑받고 자란 사람인지 알겠어. 내 가족이 아니었다면, 나도 너희처럼 자랐을 거잖아. 그런 생각을 하다 보면, 죽은 우리 형이 너무 보고 싶어. 지금의 날 만들어준 사람이거든. 너 같은 놈들에게는 죽었다 깨어나도 없는, 그런 사람."

우월하다는 건 이런 거야. 승후는 온몸으로 이렇게 말하고는 조사실 밖으로 나가려 했다.

"밖에 있는 경찰들은 헤드 절대로 못 잡아. 잡힌다 해도 빠져나갈 방법, 수십 가지는 만들 수 있어."

문을 향해 걷던 승후는 우뚝 멈춰서 뒤돌아 명기를 보았다.

"걱정 마. 밖에 있는 경찰들이라면 네놈이 헤드라는 걸 증명할 방법, 수백 가지는 찾을 수 있으니까."

승후는 차갑게 비웃고는 다시 문을 향해 몇 걸음 걸었다.

"넌 죽어. 헤드 손에. 헤드는 널 제일 먼저 죽이고 싶어 하니까."

또 우뚝 멈춰선 승후는 다시 뒤돌았다.

"자백하는 거야? 헤드라고?"

"헤드라면 그렇지 않을까 하고 예상하는 거지. 제일 눈에 거슬릴 테니까."

천천히 명기를 향해 다가간 승후는 허리를 굽혀 그의 귀에 입술을 바짝 대고, 오직 그에게만 들리게끔 아주 작은 소리로 속삭였다.

"너희들은 절대로 나 죽일 수 없어! 너희 손에 죽느니, 차라리 나 스스로 내 목을 그어버릴 거니까! 그전에⋯⋯."

말을 잠깐 멈춘 승후는 큭 하고 낮은 웃음을 흘리고는 허리를 폈다.

"블랙팀이 널 죽이지 않을까? 아! 알고 있겠지만, 확인 차 말해줄게. 그 블랙팀 안에 내 여자가 있어. 그리고 네가 나에게 협박하는 것을 저 밖에서 다 듣고 있겠지? 행운을 빌어. 서명기. 아니, 헤드."

승후는 큭 비웃음을 흘린 후에 뒤돌아 조사실 밖으로 나왔다. 그리고 자신과 헤드가 나눈 대화를 모두 지켜본 유하와 시선이 마주쳤다.

빙긋, 유하의 입가에 미소가 떠오른다. 그 모습에 승후의 입가에도 똑같은 미소가 떠올랐다.

승후와 나경이 떠난 후.

이번에는 도준 혼자 서명기를 상대하러 들어갔다.

"넌 어차피 이번에 못 빠져나가. 알잖아. 빠져나갈 수 없는 거."

"인정해요. 내가 지은 죄니 아주 잘 알고 있습니다."

순순히 죄를 인정한다. 도대체 무슨 생각인 거지? 저 머릿속에 뭐가 들은 거냐고?

명기의 생각과 행동을 예측할 수 없게 되자, 도준의 표정에도 긴장이 떠올랐다.

"하지만 저는 사랑을 한 것뿐이에요. 사랑하는 여자가 나쁜 일에 휘말린 것 같은 느낌인데, 보호해 주고 싶은 건 당연하잖아요. 그래서 별장에 데려다놓았어요. 그게 다예요."

"예린이만 인정하겠다는 거네?"

"그것 말고 또 뭐가 있죠? 내 생각에는 없는데?"

"뻔뻔하게 얼굴색 하나 안 변하네? 이건 인정해야겠어. 내 경찰 인생 중 이전과 이후 통틀어, 나쁜 놈 등급으로는 단연코 네가 톱이야."

"억울한데요? 난 사랑을 한 것뿐입니다. 순수한 사랑을 그런 식으로 매도하지는 말아주세요."

"순수한 사랑? 네 녀석이 예린이에게 한 짓이 그게 순수한 거야?"

감정을 먼저 터뜨리면 안 된다는 걸 알면서도 북받치는 화를 막을 도리가 없다. 끓어오르는 분노로 버럭 소리를 지른 도준은 명기의 입가에 번지는 미소를 발견하고 좌절하고 말았다.

이 새끼, 날 가지고 놀려 하고 있어.

초반 기 싸움에서 졌다는 걸 알게 된 도준은 다시 마음을 가다듬었다.

"너 롤리타 콤플렉스지? 그래서 나경이까지 납치하려던 것 아니야? 너 같은 정신병자 새끼가 어떻게 사람 마음을 치료하는 의사야?"

"정말 이해 못 할 말만 하시네요. 내가 나경이를 왜 납치하려 해요? 그날 전 그저 일이 있어서 그 근처에 갔다가 나경이 맛있는 거나 사줄까 해서 찾아간 거라니까요. 제가 나경이 납치하려 했다는 증거 있으세요? 내가 나경이를 억지로 차에 태우기라도 했나요? 만약 내가 그런 거면 납치 미수 인정할게요. 하지만 난 그런 적 없어요."

예상은 했지만 역시이다. 도준은 기가 막혀 하하 웃음을 터뜨리고 말았다.

"그럼 증거 있는 것부터 하자? 송윤석은 어떻게 끌어들인 거야? 어떻게 송윤석을 네 마음대로 조종할 수 있었는지, 난 그게 정말 궁금한데,

이참에 그 비법 좀 알려주지?"

"아까 민승후 씨에게도 말했지만, 난 헤드가 아니라니까요? 도대체 왜, 블랙팀이 헤드 죄까지 나에게 뒤집어씌우려고 하는지, 난 이해가 안 되네?"

"송윤석이 자백했어. 이렇게 된 이상 순순히 죄를 인정하는 게 이득이지 않을까? 버틴다고 너한테 이로울 것 없다는 거 알잖아."

"윤석이는 참 착한 아이였어요. 그 착했던 아이가 왜 그랬을까? 난 그 아이가 그렇게 아프게 변했다는 게 마음이 아프네요. 하지만 윤석이가 저질렀다는 그 사건과 난 아무 관련이 없어요. 형사님께서는 윤석이가 죄를 나에게 뒤집어씌웠다고는 생각 안 하시나 봐요?"

인간이길 포기한 자의 뻔뻔함. 도준은 명기에게서 뻔뻔함의 끝을 보았다.

"민승후 사건을 겪고도, 아직도 그 아이를 그렇게 몰라요? 난 단번에 알 수 있었는데."

"버티기 작전인가 보지?"

"아니죠. 진실을 말하는 거죠. 윤석이가 살해한 그 아이들, 그 시체에서 내가 범인이라는 증거가 하나라도 나왔나요? 그랬다면, 형사님께서는 증거 먼저 내밀고 시작했겠죠. 이 책상에 아무것도 없다는 것은, 내놓을 게 없다는 뜻인데, 심증만으로 사람에게 죄를 씌우면 안 되죠."

어떤 짐승이 인간의 탈을 쓰면 이리되는 걸까?

송윤석에게 모든 죄를 뒤집어씌우면서 명기는 얼굴빛 하나 안 변하고 태연했다.

"블랙팀인데, 대한민국 최고 엘리트 형사들만 모아둔 바로 그 블랙팀. 그 블랙팀에서 억울한 사람을 만들면 안 되잖아요? 그러면 이 사회가 어떻게 되겠어요?"

꽉 움켜쥔 도준의 주먹이 바르르 떨린다. 더 있으면 한 대 팰 것 같은 기분 나쁜 느낌에 도준은 자리에서 일어나 그대로 조사실을 나와 버렸다.

병원, 신예린이 입원해 있는 병실.
주치의로부터 예린이 어느 정도 안정됐다는 소식을 들은 유하는 그녀
가 좋아할 만한 간식거리와 과일 주스 선물 세트 그리고 작은 곰 인형
을 사 들고 병원을 찾았다.
"자, 언니가 주는 선물."
예린은 선물 받은 곰 인형이 마음에 드는지 품에 꼭 안으며 빙긋 미
소를 머금었다.
"마음에 들어요. 감사합니다."
"예린이가 기특해서 주는 선물이야. 힘들었을 텐데 잘 견뎌서 대견하
고, 이렇게 빨리 기운을 차려줘서 고맙다는 뜻으로."
"감사합니다, 형사님."
"언니! 언니라고 불러. 언니는 형사님보다 언니라고 불릴 때가 더 좋
아."
"네, 언니."
예린은 언니라 부르면서 부끄러운지 배시시 웃었다.
"할머니는 어디 가셨어?"
유하는 근처에 있는 의자를 끌어다가 앉으며 물었다.
"집에 가셨어요. 이것저것 챙겨 오신다고. 밖에 경찰 아저씨도 계시니
까……."
"하긴, 급하게 오셨을 테니까."
유하는 생긋 웃으며 주스 선물 세트 중에서 오렌지 두 개를 꺼내 뚜
껑을 딴 다음 예린에게 내밀이었다.
"감사합니다."
예린은 주스를 받아 한 모금 마셨다.
"나경이는요? 괜찮아요?"

예린이가 나경이 안부를 묻자 유하의 얼굴에는 긴장감이 떠올랐다.

"응, 나경이는 잘 지내고 있어. 걱정 마. 그런데 예린아, 언니가 질문할 게 있는데⋯⋯."

"네, 물어보세요."

"다른 건 정식으로 조사할 때 그때 대답해주면 돼. 지금은 나경이 언니로 물어보는 거야. 범인이 우리 나경이에 관해 무슨 말을 했는지 말해줄 수 있어?"

서명기를 입에 올리면 별장에 갇혔던 끔찍한 기억이 떠오를 수 있기에, 유하는 예린의 얼굴빛을 살피며 조심스럽게 물었다.

"마음에 든다고. 꼭 데리고 오겠다고 했어요."

"아! 그랬구나? 그리고 다른 말은 없었어?"

"언니가 나경이를 데리고 가서 일이 어렵게 됐다고 했어요."

이 말뜻은 서명기가 처음부터 나경이를 찍었다는 뜻이었다. 서명기는 나경이가 어떤 아이인지 눈으로 직접 확인하고 싶어서 블랙팀의 협조 요청을 받아들인 것이었다.

"언니가 블랙팀 형사라서 어려울 수도 있다고 했어요. 그래도 꼭 데리고 올 거라고, 데리고 오면 사이좋게 잘 지내라고 했어요."

예린은 기억을 떠올리는 게 두렵고 무서운지 인형을 꼭 끌어안으며 몸을 바들바들 떨었다.

"괜찮아. 범인은 감옥에 들어갔으니까, 이제 안심해도 돼."

"네. 알고 있어요. 언니가 잡았잖아요. 나경이를 괴롭혔던 나쁜 아저씨 잡아서 감옥에 넣은 것처럼, 그 사람도 그렇게 잡은 거잖아요."

"나경이에 대해 많은 걸 알고 있구나? 누가 말해줬어?"

"윤석이 오빠가요."

"아! 그랬구나."

"그래서 매일 밤 빌었어요. 언니가 나경이 구해준 것처럼 나도 구하게 해달라고. 그런데 진짜로 언니가 왔어요."

목소리가 떨리더니 이내 예린의 눈엔 눈물이 고였다.

"감사합니다."

"감사하면, 할머니랑 씩씩하게 잘 살아. 끔찍했던 기억은 툭툭 털어버리고. 예린이 씩씩하잖아. 그렇게 씩씩하게 사는 거야. 알았지?"

"네."

"지금부터 난 예린이 언니도 되니까, 어려운 일이 있으면 전화하고? 아무 일 없어도 전화해. 언니가 같이 조잘조잘 떠드는 능력은 없는데, 듣는 능력은 탁월하거든."

"네, 언니."

떨어지는 눈물을 빠르게 닦아낸 예린은 유하를 보며 밝게 생긋 웃었다. 그런 예린의 모습에 유하의 얼굴에도 미소가 번졌다.

며칠 후.

"열받아!"

며칠 동안 서명기와 기 싸움 중인 탓에 온몸의 힘이 다 빠진 유하는 머리를 거칠게 헝클며 힘든 마음을 온몸으로 표현 중이었다.

지금 현재, 블랙팀에게 서명기는 분노, 아니, 증오 유발자였다.

송윤석 사건은, 송윤석이 자신에게 살인죄를 뒤집어씌워 형량을 줄이려고 하는 것이라고 주장하고, 신예린 사건은 사랑하는 사이인데, 예린이가 위험한 사건에 연루된 것 같아서 보호하느라 그랬다며 궤변을 늘어놓고 있었다. 그리고 나경이 납치 미수는 절대로 그런 적 없다고 잡아뗐다.

"결국, 감금만 인정하시겠다는 거네? 그것도 보호하려 했다는 방패를 치고? 헤드, 대단한 놈이긴 해?"

주영은 의자에 털썩 주저앉으며 어이없어 허허 웃음을 터뜨렸다.

"오늘은 일단 다 들어가. 들어가서 좀 쉬어."

태석의 명령에도 블랙팀은 아무도 움직이지 않았다.

"명령이다. 당장 들어가. 저 새끼 하루 이틀 안에 해결 볼 녀석 아니야. 길게 갈 생각하고 여유 좀 가져. 퇴근해."

태석이 사라지고, 블랙팀 입에서는 동시에 긴 한숨이 터졌다.

승후의 아파트.

"헤드가 강적이긴 강적인가 보다? 내 애인이 이렇게 힘들어하는 것 보면?"

서명기를 잡은 것으로 모든 게 끝난 건 아니다. 유하를 통해 블랙팀을 가까이서 지켜본 승후는 이들이 진술을 받기 위해 얼마나 엄청난 노력을 하는지 잘 알게 되었다.

"우리 뭐 할까? 말만 해. 이 민승후가 무엇을 원하든 다 들어주겠습니다."

힘없이 소파에 늘어져 있는 유하에게 다가오며 승후가 밝게 말했다.

"음, 바람?"

"아! 바람을 쐬고 싶다고요? 좋아. 내가 시원한 바람 빵빵하게 쐬게 해줄게."

승후가 손을 뻗자 유하는 그 손을 잡고 일어나다가, 끌어당기는 힘에 의해 그의 품속으로 넘어지듯 들어가 안겼다.

"내 여자 이렇게 안고 있으니까 엄청 좋다."

"나도 내 남자 이렇게 안고 있으니까 엄청 좋아."

유하는 승후의 허리에 팔을 두르며 꽉 끌어안았다.

"이봐요, 나 허리 부러지면 네가 제일 피해 보는 거야. 그거 알고 이러는 거면 기쁘게 부려져 주고."

서둘러 감았던 팔을 푼 유하는 뒤로 몇 걸음 물러서며 절대로 그럴 생각 아니라는 얼굴로 고개를 저었다.

"그래도 나 허리 부러지는 건 싫은가 보네?"

"난 행복한 밤 생활을 원하거든."

"행복한 밤 생활이 아니라 외로운 밤 생활이겠지."

유하의 볼을 살짝 잡아 늘린 승후는 곧 킥 웃으며 놓아주었다.

"애인이 있으면 뭐 해? 매일 독수공방인데?"

"며칠 노나 보다? 바쁠 땐 그 목소리조차도 안 들려주던 사람이?"

"그때그때 상황에 따라 변하는 게 사람 마음이니까?"

승후는 싱긋 웃고는 잠깐만 기다리라고 말한 뒤, 유하 혼자 남겨두고 옷 방으로 향했다. 그리고 잠시 후, 큰 가방을 들고 나와 유하의 어깨에 팔을 둘렀다.

"가실까요? 시원한 바람 쐬러?"

"그러죠. 그런데 우리 어디 가는데?"

둘이 함께 나란히 걷는 길. 유하는 승후의 허리에 팔을 두르며 말했다.

"시원한 곳."

"시원한 곳 어디?"

"조용히 따라오세요."

"뭐, 그러죠. 난 민승후만 믿고 따라가는 민승후 여자니까."

"어우, 날이 갈수록 예쁜 말이 느는 것 같아."

"그래서 싫은가?"

"아니지. 좋지. 아주 좋지."

승후는 화사하게 웃으며 고개를 숙였다. 그리고 유하의 입술에 짧게 입을 맞췄다.

승후가 유하를 데리고 온 곳은 커다란 냉동 창고가 있는 장소였다. 그는 집에서부터 챙겨온 가방에서 두툼한 겨울 점퍼를 꺼내, 이곳에 왜 온 건지 몰라 갸우뚱하는 유하에게 입혔다. 그리고 손을 잡고 그 창고 안으로 들어갔다.

"와!"

창고 안에 들어간 순간, 유하의 입에 감탄사가 터져 나왔다. 창고 안에는 근사함을 넘어 웅장하기까지 한 얼음 조각 완성품들과, 현재 진행 중인 작업물들이 전시되어 있었다.

"바쁘네?"

"오! 우리 스타님 오래간만이다?"

한창 조각 중이던 남자가 승후를 발견하고 반가운지 활짝 웃었다.

"적당히 해. 어차피 녹으면 없어질 건데, 뭘 그렇게 기 쓰고 해?"

승후의 농담에 남자는 주먹으로 그의 배를 가볍게 톡 쳤다. 그러고는 유하를 향해 고개를 숙이며 인사했다. 남자와 똑같이 인사한 유하는 눈빛으로 누구냐고 물으며 승후를 보았다.

"친구 놈. 내 친구들이 직업이 참 다양해. 똑같은 직업이 하나도 없지. 똑같은 건 나랑 정훈이뿐이거든. 이 녀석은 안창운, 얼음조각가야. 지금 전시회 때문에 한창 작업 중이고."

"말씀 많이 들었어요. 블랙팀 조유하 형사님이시죠?"

"네. 만나서 반가워요. 사실 얼음 조각품은 처음 보는데, 진짜 멋있어요. 이런 근사한 작품이 결국에는 녹는다고 생각하니 많이 아까운 것 같아요."

"한순간에 사라지니까 더 소중해 보이고 애틋한 거죠. 안 그래도 형사님 언제 한번 보게 될까 궁금했었는데, 이렇게 뵙게 되니 영광입니다. 제가 블랙팀 광팬이에요. 블랙팀 진짜 멋있어요."

"아! 감사합니다."

유하는 기분 좋게 웃음을 터뜨리며 승후를 보았다.

"좋아? 그렇게 좋아?"

"응."

빠르게 고개를 끄덕이는 유하 때문에 웃음이 터진 승후는 그녀의 머리를 살짝 헝클었다.

"난 좀 쉬어야겠다. 온 김에 작은 녀석이라도 하나 만들어놓고 가. 민승후 이름 팔아서 이번 전시회 성공해 보자?"

"내 이름 안 팔아도 매년 성공하면서?"

"더 성공하려고. 명예도 얻고 명성도 얻고. 따뜻한 차 한 잔 줄게. 우리 조 형사님 추우니까?"

"우리는 붙이지 말지? 우리는 유하와 나만 우리야. 신성한 우리 안에 딴 놈 끼는 거, 용서 못 해! 그놈이 내 친구라도!"

친구에게 심각하게 우리의 범위에 관해 설명하는 승후를 보며 유하는 저도 모르게 고개를 절레절레 흔들었다. 민승후 저 정도로 모자라는 거 제발 팬들은 모르게 해주세요. 유하는 간절한 마음으로 하늘에 빌었다.

"으이구, 가만 보면 어디 모자라는 것 같아. 아닌가? 병적으로 넘치나? 천하의 민승후가 사실 이렇게 한심하다는 걸 팬들은 아나 모르겠다!"

"걱정 마. 너희만 입 다물면 돼."

"앞으로 입이 다물어지려나 모르겠어? 사실은 지금까지 버틴 것도 용하거든."

승후가 주먹으로 어깨를 툭 치자, 창운의 입에서 크게 웃음이 터졌다.

"이곳에서 즐거우셨으면 좋겠어요? 저는 두 사람의 오붓한 데이트를 위해 이만 빠져 드리겠습니다."

이렇게 말한 뒤에 창운이 문을 향해 걸어가자, 승후도 잠깐만 있으라고 말한 뒤에 그를 따라 사라졌다. 그렇게 혼자 남게 된 유하는 승후가 돌아올 때까지 천천히 걸어 다니며 작품을 하나하나 자세히 감상했다. 가끔 감탄사처럼 휙 휘파람을 불어가면서.

그렇게 한 1~2분 정도 혼자 있으려니, 승후가 보온 텀블러를 두 개 들고 와 하나를 유하에게 내밀었다.

"마셔. 따뜻해."

"오, 유자차네?"

차를 한 모금 마신 유하는 달콤한 유자의 맛에 빙긋 웃었다.

"좋지?"

"시원하고 근사한 작품도 보고. 좋아. 아주 많이."

복잡하고 뜨거웠던 머릿속이 차가워지는 느낌이었다. 머리를 아무리 굴려도 길이 보이지 않았었는데, 잠깐이겠지만, 골치 아팠던 일들이 마치 딴 세상일인 것처럼 멀게 느껴졌다.

"나 일부러 데리고 왔지? 요즘 헤드 때문에 골치 아파하니까. 그렇지?"

"천천히 가. 복잡할수록 천천히 가는 게 빠른 길인 것 같아."

"그래. 그럴게."

"속 끓이지도 말고."

"알았습니다."

유하가 힘차게 대답하자 승후의 입가에 부드러운 미소가 번졌다.

"조각 하나 할까?"

"난 미술에 영 소질 없는데?"

유하는 자신 없다는 표정으로 고개를 절레절레 흔들었다.

"진짜? 학교 다닐 때 무슨 과목을 제일 잘했어?"

승후는 익숙하게 두꺼운 장갑을 찾아서 꼈다. 그리고 한쪽 벽면에 있는 작업 테이블을 가져다 적당한 자리에 놓고는 작은 얼음덩어리 하나를 올려놓았다.

"운동?"

"체육. 그리고?"

"국어."

"그건 잘했을 것 같고."

유하는 승후가 작업할 준비를 하는 동안 뒤를 졸졸졸 따라다녔다.

"그냥 못한 걸 물어봐."

"오! 이건 거의 다 잘했다는 뜻인데? 그럼 뭘 제일 못했어?"

"음악."

"노래는 영 꽝이고."

"그리고 미술. 두 과목은 실기 점수가 바닥을 기었지."

"그러니까 머리 쓰고 몸 쓰는 건 잘했다는 거네?"

"응."

"하긴, 그럴 것 같았어. 자, 들어."

유하는 승후가 갑자기 내민 조각칼을 엉겁결에 받아들었다. 이걸로 도대체 뭘 하라는 건지 모르겠다는 그녀의 눈빛에 그는 싱긋 웃었다.

"난 못하는 과목이 없었거든."

이렇게 말한 승후는 뒤에서 유하를 끌어안고, 조각칼을 든 손도 감싸듯 잡았다. 그리고 승후가 허리를 죽이자 자신도 덩달아서 허리를 죽이는 자세가 되었다.

"컵 하나 만들자."

귀에 승후의 숨결이 닿아, 등을 타고 찌릿한 소름이 밀고 올라오자, 유하는 움찔하며 몸을 움츠렸다.

승후의 품에 폭 안겨 있는 백허그 자세는 좋지만, 어정쩡하게 허리를 숙이고 있는 이 상태는 좀 그랬다. 난감한 것도 같고, 민망한 것도 같은 것이, 유하는 얼굴이 좀 달아올랐다.

'뭐야? 이 남자는 순수하게 조각하는 데 열을 올리는데, 난 어째서 이상한 쪽으로 달아올라? 내가 그동안 일을 너무 열심히 했나?'

유하는 밀려오는 긴장감에 침을 꿀꺽 삼켜야만 했다.

"이건 이렇게."

말을 할 때마다 숨결은 목에 닿고, 움직일 때마다 승후의 몸이 유하의 몸에 위에서 움직였다.

생각하지 마. 상상하지 마.

유하가 두꺼운 점퍼의 옷감이 스치면서 내는 소리를 에로틱한 음악으로 듣는 괴현상까지 경험할 때쯤 승후의 음성이 귀를 자극했다.

"얼음 조각하다 말고 무슨 생각해?"

얼음 칼로 열심히 얼음을 쳐 내던 승후는 유하의 허리를 감싸며 손을 바짝 끌어당겨 안았다.

"그, 그냥 좀 춥다는 생각."

"당연히 춥지. 여기 냉동고야. 그러고 보니 귀가 빨개졌네. 귀마개를 생각 못 했어. 귀 얼겠다."

승후는 유하의 귀에 "후." 하고 따뜻한 입김을 불어 넣었다.

"괜찮아."

승후의 행동에 화들짝 놀란 유하는, 조각칼을 그에게 넘겨주며 서둘러 품에서 빠져나왔다. 그리고 손으로 귀를 막았다.

"이렇게 있으면 돼. 조각해. 만들던 것 만들어. 보고 있을게."

"너 하라고 가지고 온 거야. 이거 재미있어. 열심히 하다 보면 복잡했던 머릿속도 정리가 되고."

이 맑은 남자를 어쩌면 좋지? 아니, 내가 음탕한 거야? 사람 잔뜩 자극해 놓고 저 인간은 어떻게 저렇게 맑아?

슬쩍 기분이 나빠진 유하는 자신도 모르게 미간을 찌푸렸다.

"뭐가 마음에 안 드나 보네."

"아니야. 마음에 들어. 줘, 나 혼자 해볼게. 할 수 있을 것 같아."

유하가 조각칼을 가지고 가려고 하자 승후는 그걸 뒤로 빼며 넘겨주지 않았다.

"왜?"

"같이 해야지. 아주 오붓하게. 난 그러고 싶은데."

"그냥 혼자 할게. 그게 더 편할 것 같아."

"그럼 재미가 없잖아."

"무슨 재미?"

승후는 기분 나쁠 정도로 화사하게 웃었다.

"내가 너 자극하는 재미. 이곳에서 얼굴이 새빨개지면, 그건 추워서일까, 열이 끓어서일까?"

그제야 조각을 핑계로 일부러 그랬다는 것을 알게 된 유하는 주먹으로 승후의 가슴을 힘껏 쳤다.

"아주 매를 벌어라!"

맞은 곳을 매만지며 크게 하하 웃음을 터뜨린 승후는 손가락으로 뒤에 문을 가리켰다.

"우리 집에 갈까? 시원한 바람이 더 필요하면 계속 있고."

"이걸로 충분해. 더는 필요 없어."

유하의 대답에 조각칼을 테이블에 내려놓은 승후는 그녀의 얼굴을 손으로 감쌌다.

"얼었구나? 일단 얼었던 몸부터 녹여야겠다."

승후는 이렇게 속삭이며 유하의 입술에 입을 맞췄다.

집 안에 들어서자마자 승후와 유하는 서로를 끌어당겼다.

입을 맞추며 부드러운 숨결을 느끼고, 호흡을 나누며 사랑하는 연인의 향기에 취하고, 서로의 따스한 체온에 불안한 모든 걱정이 멀어졌다. 추운 곳에 있었다는 게 믿어지지 않을 만큼 피부에 닿는 손길이 뜨겁다. 유하는 승후의 손길을 느끼며 눈을 감았다.

셔츠 단추가 하나씩 풀렸다. 그리고 몸에서 미끄러져 가볍게 움직이는 유하의 몸짓에 걸리는 곳 하나 없이 부드럽게 바닥에 떨어졌다.

승후의 손길이 머리를 쓸다가 목으로 내려가더니 어깨에서 잠시 머문 뒤에는 등을 지나 허리에 멈췄다.

승후의 손길에 유하는 그의 가슴에 더 가까이 붙었다.

다정함을 품고 있는 키스와 거추장스러운 옷을 유하의 몸에서 서두르지 않고 천천히 벗겨내는 손길. 그리고 아주 잠깐 떨어진 입술에서 달콤하게 흐른 유하의 이름.

이 모든 것이 유하에겐 행복이었다. 사랑하는 사람, 사랑하는 승후와 함께 느끼는 행복.

벨트가 풀리면서 바지가 아래로 떨어지고, 유하는 자연스럽게 옷을 벗어 뒤로 밀었다. 그리고 승후의 얇은 티 안으로 손을 넣어 늘씬한 허리를 감싸며 손을 천천히 위로 올렸다.

"하……."

따뜻하고 촉촉한 입술을 빨다 아주 잠깐 떨어진 틈에 승후의 거친 숨소리가 들렸다. 아니다. 조금씩 빨라지는 심장 소리가 먼저 들렸다.

어느 한 사람이 아닌 두 사람이 똑같이 느끼는 감정. 사랑하는 사람의 손길에 몸이 뜨거워지고, 사랑하는 사람의 손길에 숨이 거칠어지며, 사랑하는 사람의 손길에 설레는 이 순간, 지금 유하는 행복했다. 그리고 자신이 느끼는 감정을 승후도 똑같이 느끼고 있다는 것도 알고 있다.

유하의 손에 걸려 가슴 부근까지 옷이 올라가자, 승후는 자연스럽게 윗옷을 벗어 바닥에 떨어뜨렸다.

"휙!"

그 순간 유하의 입에선 휘파람이 흘렀다.

우스갯소리로 드라마에서 승후가 상의를 탈의하는 횟수만큼 시청률이 올라간다는 말이 있었다.

티 없이 맑고 밝아 유약해 보이는 남자의 섹시한 반전.

언젠가 이런 제목으로 된 기사를 본 기억이 났다. 기사는 마른 듯한 몸 위에 예쁘게 자리 잡은 근육들이 소년이 남자가 되는 순간을 가장 잘 표현한다고 쓰여 있었다. 또한, 순수와 섹시함을 동시에 보여주는 몇 안 되는 모델 중 단연코 톱이라는 내용도 본 것 같았다.

"늘 느끼는 거지만, 내가 손대면 안 될 영역을 건드리는 기분이야."

유하는 장난스럽게 웃으며 승후의 가슴에 손을 올렸다. 그리고 손가락 끝으로 귀엽게 일어나 있는 가슴을 살살 매만졌다.

"그러니까 책임져야지. 책임 안 지고 도망가면 TV에 나가서 울 거야. 블랙팀 조유하 형사가 민승후 먹고 튀었다고."

"말하는 것 하고는. 본인이 먹을 거야? 먹고 튀긴 뭘 먹고 튀어?"

몇 번의 움직임으로 유하의 속옷까지 벗겨낸 그는 손가락으로 그녀 입술을 매만졌다.

"요점은 도망가면 죽는다는 거잖아."

"나 죽이기 쉽지 않을 텐데? 내가 그리 쉬운 사람이 아니에요."

유하는 씩 웃으며 승후의 바지 벨트에 손을 올렸다. 그리고 벨트를 풀고 지퍼를 내렸다.

"사람을 죽이는 데 꼭 직접 살해하는 방법만 있는 게 아니야."

유하의 손에 바지가 아래로 떨어지자 승후는 그녀의 허리를 감싸며 끌어당겨 안았다.

"인격 살인이 더 무서운 법이거든. 민승후가 팬클럽을 등에 업고 뭘 할 것 같아? 딱 1주일 안에 조유하가 집 밖으로 단 한 발도 나갈 수 없 게 만든다는 것에 내 전 재산 건다."

"이런 무서운 사람을 봤나?"

살짝 미간을 일그러뜨린 유하는 승후의 목에 팔을 둘렀다.

"그러니까 버리지 마. 나 같은 사람 버려봤자 좋을 거 없어."

"이래서 힘과 돈 그리고 두뇌까지 있는 남자는 싫은데."

"포기해. 그대가 만나는 남자가 그 셋 모두 가지고 있으니까."

유하는 아주 잠깐 생각하는 척하다가 곧 생긋 웃었다.

"걱정 마. 나 내 물건 잘 안 버려. 끝까지 가지고 있지. 더군다나 민승 후는 내가 제일 소중하게 생각하니까, 평생 버릴 생각 없어."

"그거 마음에 드네."

승후는 빙긋 웃으며 유하의 입술에 입을 맞췄다. 농담으로 가라앉고 있던 열기가 다시 끓어올랐다. 호흡이 거칠어지고, 맨살과 맨살이 닿는 느낌이 강하게 서로를 자극했다.

"사랑해."

달콤한 속삭임이 유하의 귀를 간질였다.

"조유하, 사랑해."

유하를 품에 안고 올리며 승후는 다시 달콤한 고백을 속삭였다.

"나도."

유하가 귓가에 부드럽게 속삭이자 승후의 얼굴에 행복한 미소가 가득 피었다.

다음 날, 아침.

맨살에 닿는 이불의 부드러운 감촉, 향긋한 커피 향기, 얼굴에 닿는 햇볕의 따스함, 행복이 가득한 완벽한 아침.

유하는 전쟁 같은 하루를 시작하는데 지나치게 달콤하다는 생각을 하며 눈을 떴다.

서명기와 기 싸움을 할 생각을 하니 벌써 기운이 빠진다. 밀려오는 답답함에 깊은 한숨을 내쉰 유하는 몸을 덮고 있는 부드러운 이불을 꽉 끌어안으며 몸을 일으켰다.

"나와 있을 땐 나만 생각해 주면 안 될까요? 내 애인이 딴 남자 생각하면 나 삐치는데."

유하는 목소리가 들리는 쪽을 보았다. 그리고 문에 기대 화사한 미소를 머금고 있는 승후와 시선을 맞췄다.

"민 스타님 왜 이렇게 일찍 일어났어?"

"와이프 출근시키려면 근사한 아침이 필요하잖아. 난 사랑스러운 현모양부니까."

승후는 검지로 자기 볼을 콕 찌르며 예쁘게 눈을 깜박였다.

"나 출근시키려고 아침 했다고? 그 고운 손으로 직접?"

유하는 놀라 눈이 휘둥그레졌다.

집 괜찮은 거야? 설마 홀랑 다 태워 먹은 거 아니야?

유하는 재빨리 냄새를 맡아보았다. 향긋한 냄새에 다행히 주방에서 뭘 한 건 아니구나 하는 생각이 들자 확 안심되었다.

"당연히 이 고운 손으로 직접 하고 싶었으나, 먹을 거 가지고 장난치면 천벌받는다고 해서 차마 그러지 못하고, 이 고운 손이 직접 사 왔지. 집 근처 맛집에서."

그럼 그렇지. 유하는 자신도 모르게 비웃듯 킥 웃고 말았다.

"뭐지? 그 기분 나쁜 웃음은?"

승후는 유하에게 다가와 침대에 걸터앉았다. 그리고 잔뜩 못마땅한 표정으로 사랑하는 애인을 매섭게 노려보았다.

"애인님, 그대 지금 무슨 생각 하셨습니까?"

"애인님, 나는 지금 아무 생각도 안 했습니다."

유하는 뻔뻔하게 일단 발뺌을 했다. 원래 모든 범인은 일단 부인부터 하고 보는 거니까. 그녀는 철저하게 그 규칙을 따를 생각이었다.

"정의 사회 구현이 의무인 조 형사님이 거짓말을 하면 선량한 시민은 난 누굴 믿어야 하지?"

승후는 엉덩이만 살짝 들어 유하를 향해 바짝 다가왔다. 그리고 손을 올려 그녀의 팔을 약하게 잡았다.

"최연소 연기 대상에 빛나는 민 스타님 앞에서 내가 어떻게 거짓말을 하겠어. 절대 그런 일 없어."

유하를 생긋 웃는 것으로 불리한 상황을 넘기려 했다. 하지만 승후에게는 별 효과가 없었다. 아니, 오히려 더 화를 불태우는 결과는 낳고야 말았다.

"애인님?"

승후는 불안할 정도로 밝게 웃었다.

"왜요?"

승후의 손이 팔을 타고 천천히 위로 올라가 유하의 어깨에서 멈췄다.

"내가 사랑하는 건 알지?"

"모를 리가 있겠습니까? 그런데 그건 왜……."

"사랑하는 마음을 꾹꾹 눌러 담아서 요리 해주면 먹을 거야?"

"아니, 괜찮아. 맛집에서 사 온 아침만으로 충분할 것 같아."

승후의 요리 대장정은 굳이 지후까지 거슬러 올라가지 않아도, 유하가 겪은 사건들만으로 충분했다.

우선 간단하게 계란프라이 하라고 시켜놓았더니 검은 물체가 떡하니 온 건 서막에 불과했었다. 라면은 끓이겠거니 하고 시켜놓고 샤워하러 들어갔더니, 나중에 팅팅 불은 라볶이가 나온 것도 그럴 수 있다고 생각했었다. 즉석식품 하나 간단하게 전자레인지에 넣고 5분만 돌리라고 했더니, 어디서 폭탄 터지는 줄 알고 기겁했던 그날은 평생 잊기 힘든 기억으로 남았다.

그 후로 유하는 절대로 승후를 주방에 밀어 넣지 않았다. 차라리 돈을 들고 나가서 음식을 사 오는 걸 택하지, 승후를 주방에 넣은 후에 느낄 불안감과 상상할 수 없을 정도로 커지는 사고를 또 겪고 싶진 않았다.

"뭐야? 너 나 못 믿는 거지?"

"민승후는 믿지. 주방에 들어가 있는 민승후를 못 믿는 거지."

내가 너무 솔직했나 하는 생각이 떠오른 그 순간 유하는 "꺅!" 하고 소리를 지르며 뒤로 넘어가고 말았다.

"왜? 내가 없는 말을 한 건 아니잖아?"

일어난 지 몇 분 만에 다시 누워버린 유하는 위에서 저를 내려다보고 있는 승후를 보며 물었다.

"그렇다고 아무것도 안 가르치면 나중에 네가 힘들어지지 않을까?"

"소질 없으면 차선을 택하는 게 현명한 거니까. 돈으로 사 먹으려고. 나도 요리와 안 친하니까 그냥 사 먹자고. 아니면 샐러드 위주의 식단도 괜찮은 거 같아. 걱정 마. 전자레인지 돌리는 법은 알려줄게. 그것만 배우면 어느 정도는 먹고살 거야. 요즘 냉동식품 종류도 다양하고 좋아."

"그래도 나랑 살고 싶긴 한가 보다?"

"민승후 버리면 TV 나와서 운다며? 나 얼굴 팔리면 안 되는 사람이라."

"이유가 그것 하나야?"

"당연히 또 있지. 지후 선배가 은근히 무섭거든. 민지현 울렸다가 꿈에 나타나면 자다 오줌 쌀 수도 있어."

"그리고?"

"그리고 또 뭐가 있을까?"

유하는 일부러 생각하는 척하며 아주 잠깐 시간을 끌었다.

"더 없다고 그러면 보복이 있을 거야, 난 열받으면 못 참는 성격이거든."

승후의 눈매가 살짝 일그러졌다.

"더 없을 뻔했는데 지금 막 하나 생겼어. 제일 중요한 걸 까먹었더라고."

"그게 뭔데?"

유하는 씩 미소를 머금었다.

"민승후."

"뭐?"

"이유가 민승후라고. 이렇게 사랑스러운 남자를 안 데리고 살면 누굴 데리고 살겠어?"

"그렇지? 내가 좀 사랑스럽긴 하지? 내가 봐도 난 사랑스러워."

기가 막히고 어이없는 말을 당황스러울 정도로 당당하게 한다. 승후 스타일을 누구보다 잘 아는 유하지만, 간혹 스타는 TV로만 봐야지 TV 밖으로 튀어나오면 안 된다는 생각을 하곤 했다.

"내 애인, 내가 지금보다 더 사랑스러워지면 거부감 들라나?"

승후는 느끼하게 웃으며 내려와 유하의 목덜미에 짧게 입을 맞췄다.

"어떤 사랑스러움이냐에 따라 다르겠지?"

유하의 대답에 승후의 입술이 위로 올라왔다. 그리고 그녀의 입술에 다시 짧게 입을 맞췄다.

"어떤 선택을 하느냐에 따라 다르겠지?"

"누가?"

"조유하가."

"내가 무슨 선택을 해야 하는데?"

승후는 씩 웃으며 유하의 볼에 입을 맞췄다.

"15세 관람가의 순수 멜로."

"그건 별로……."

유하는 생각하는 척하다가 고개를 흔들었다.

"19세 미만 관람 불가의 격정 멜로."

유하의 몸을 가리고 있는 이불을 끌어내린 승후는 봉긋한 가슴에 손을 올렸다.

"그건 좀 마음에 들어."

유하는 승후의 목에 팔을 감았다. 그리고 끌어당겼다.

"배우님, 시작해 보실까요? 준비되셨습니까?"

"나야 언제나 완벽하게 준비되어 있지."

승후는 달콤하게 웃으며 유하의 입술에 입을 맞췄다.

민승후 소속사 앞 카페에 캡 모자를 깊게 눌러쓴 여자가 앉아서 건물을 응시하고 있었다.

얼마 뒤, 밴이 건물 앞에 서고 승후가 차에서 내려 소속사 건물로 걸어 들어가는 모습이 보였다.

"그러게 이재수 사건 때 죽었으면 좋았잖아. 아니면 일 년이 사건이든지."

여자는 덤덤하게 말하면서 앞에 놓인 아이스커피를 들어 마셨다.

"괜찮아. 이제 곧 갈 테니까. 내가 잘 보내줄게. 기다려. 알았지?"

여자의 입술에 서늘한 미소가 번졌다.

그렇게 또 며칠이 흘렀다.

서명기는 여전히 자신은 절대로 헤드가 아니라고 딱 잡아떼고 있고, 블랙팀은 명기가 신예린 납치 감금 사건 말고 송윤석 토막살인사건의 배후인 헤드라는 증거를 찾지 못했다.

블랙팀 조사실에서는 여전히 똑같은 말을 반복하는 명기와 똑같은 질문을 여러 형태로 바꿔서 질문하던 태석이 어느 순간부터는 한 치의 양보도 없는 눈싸움을 하고 있었다.

"블랙팀은 더 냉철하고 이성적인 줄 알았더니, 물적 증거 하나 없는데도 감만 믿고 의심할 줄은 몰랐어요. 실망이에요. 블랙팀이라 하면 모든 사람이 엄청난 기대를 품고 있는데, 다른 형사들과 똑같다면, 그들도 역시 실망할 것 같아요."

"물적 증거가 없다고 죄가 사라지는 건 아니지. 송윤석에게 모두 뒤집어씌우고 넌 빠져나갈 생각인 것 같은데, 그렇게는 안 돼. 나충식 사건부터 송윤석 사건까지, 네가 뒤에서 그들을 조종했다는 증거 찾아서, 꼭 사형받게 할 거다. 너 살아 숨 쉬는 상태로 저 바깥세상으로 나가게 하지 않아. 절대로."

"글쎄요. 과연 뜻대로 될까요? 죄는 증거가 있어야 입증되죠. 하지만 지금 블랙팀 손에는 아무것도 없잖아요?"

점점 더 험악하게 일그러지는 태석과 달리 명기의 입가에는 짙은 미소가 떠올랐다.

"꺅! 오빠 사랑해요!"

드라마가 처음 방송될 때 승후가 내건 공약이 있었다. 드라마 시청률이 이십오 프로를 넘으면 명동에서 프리허그를 하기로. 그리고 오늘 승후가 그 공약을 이행하는 날이었다.

승후는 몰려든 팬들에게 손을 흔들어주었다. 드라마 잘 끝나서 다행이고, 많은 사랑과 응원해 주셔서 감사하다는 말을 한 뒤에 한 명씩 팬들을 안아주기 시작했다.

승후가 팬들을 한 명씩 안을 때마다 여기저기서 "꺅!" 하는 비명과 부럽다는 소리도 함께 들렸고, 그의 품에 안긴 이들은 방방 뛰며 좋아했다.

"드라마 잘 봤어요. 그리고 건강 되찾아서 다행이에요."

"이름이?"

"다빈이요. 우다빈."

"우다빈 씨, 감사합니다."

승후는 빙긋 웃으며 자신의 품으로 다가와 안기는 다빈을 꼭 안아주었다.

"윽."

그 순간 날카로운 금속이 승후의 몸을 가르고 들어왔다.

"진짜 다시 건강해져서 다행이야. 죽었으면 이런 재미도 없었을 것 아니야?"

다빈은 승후의 귀에 작게 속삭이며 낄낄낄 음산한 웃음을 흘렸다.

"너…… 뭐야?"

"그러게 왜 그렇게 설쳤어? 예전처럼 팬들의 사랑만 받으며 밝게 살 것이지."

금속이 몸에서 빠져나가고, 승후는 또다시 신음을 흘렸다.

"널 이렇게 만든 건 바로 너야. 분수도 모르고 까분 바로 너."

승후는 뒤로 물러나는 다빈의 팔을 움켜잡았다.

"너 누구야?"

승후의 배에서 흐르는 피를 본 팬들이 여기저기 비명을 지르고, 뒤늦게 상황을 파악한 매니저와 경호원들이 달려와 다빈을 잡았다. 아니다. 다빈이 잡혀주었다고 해야 옳았다.

"너…… 누구냐니까?"

뚝뚝뚝, 칼에 찔린 배에서부터 피가 흘러 바닥에 떨어지자, 팬들의 비명은 더욱더 날카로워져 갔다.

"헤드. 나 만나고 싶어 했잖아. 그래서 왔어. 내가 바로 그 헤드야."

제18장.
연쇄살인마 헤드

대학병원 앞.

내가 죽을 때 심장 찢어질 사람은 부모님이면 충분하다. 그냥 계속 이렇게 생각하면서 승후를 멀리해야 했다. 자신이 속한 세계가 얼마나 위험한지 알면서, 매일매일 삶과 죽음을 오가는 기분이 얼마나 피 말리는 고통인지 알면서. 유하는 역시 승후를 끌어들이면 안 되는 거였다고 생각했다.

"승후 오빠!"

팬들이 병원 안으로 들어가지도 못하고 바닥에 쪼그리고 앉아 울고 있었다.

"제발 오빠 살려주세요."

신에게 기도로 애원하는 팬들도 있었다.

"그 미친년 죽어버려!"

승후를 찌른 다빈을 향해 저주를 퍼붓는 팬들도 있었다.

정신없이 승후에게 향하던 유하는 그대로 우뚝 멈춰 섰다.

저들이 사랑하는 오빠, 동경하는 스타를 수술대 위에 몇 번씩 올린 사람이 바로 난데, 그런 내가 승후에게 갈 자격이 있는 걸까?

유하는 차마 발이 떨어지지 않았다.

시간을 돌릴 수만 있다면, 촬영장에서 만났던 그때로, 아니, 처음 만났던 그날로 돌리고 싶다. 그리고 영원히 인연이 없는 사람으로, 만난다 해도 형이 사랑하는 여자 나인후로 처음 만나고 싶다. 그렇다면 자신 때문에 몇 번이나 수술대 위에 오르는 지금과 같은 일은 일어나지 않았을지도 모르는데…….

'잘 견디고 있는 거지? 나 승후 씨 믿어도 되는 거지?'

잠깐 병원 건물을 올려다보던 유하는 그대로 뒤돌았다. 그리고 자신의 차가 있을 곳을 향해 뛰었다.

경찰청.

"야! 유하 잡아!"

처음부터 민승후 사건은 블랙팀이 맡았기 때문이기도 했고, 현장에서 범인이 자신이 헤드라고 말했기 때문이기도 해서, 승후를 찌른 우다빈은 현장에서 체포되어 곧장 블랙팀으로 이송됐다.

블랙팀 조사실. 우다빈이 있는 방.

유하가 무섭게 문을 차고 들어가자 태석이 다급하게 소리쳤다.

"너 진술도 필요 없어! 그냥 죽어! 내 손에 죽어!"

유하 다빈이 앉은 의자를 걷어차고 바닥에 쓰러진 그녀의 위에 올라앉았다. 그리고 높게 주먹을 쳐들었다.

"유하야, 조유하!"

때마침 달려온 주영과 찬우가 막 다빈에게 주먹을 휘두르려는 유하를 막았다.

"놔! 저년 죽일 거야! 저년 내 손으로 죽여 버릴 거야!"

이미 생각할 수 있는 기능 자체가 망가져 버린 유하는 주영과 찬우

둘이 힘껏 잡고 있는데도 감당이 안 될 정도로 폭주하고 있었다.

"저년이 헤드건 헤드 꼭두각시건 상관없어! 저년 죽여 버릴 거야! 꼭 내 손으로 죽여 버릴 거라고!"

"그만해! 그만하라고! 너 이러다 진짜 사람 죽여!"

"진짜 죽여 버릴 거야!"

유하의 분노에서 살기가 느껴지자 주영과 찬우는 더 필사적으로 그녀를 잡았다.

"승후 수술 끝났다!"

좀처럼 멎을 것 같지 않았던 유하의 분노가 태석의 이 얘기에 거짓말처럼 멈췄다. 유하는 분노에 부들부들 떨면서 태석이 서 있는 곳으로 고개를 돌렸다.

"잘 끝났대. 다행히 칼이 짧아서 상처가 깊지 않대. 곧 깨어날 거래. 그러니까 가. 가서 승후 만나. 깨어날 때 네가 있어야지. 널 제일 많이 보고 싶어 할 텐데."

"그래, 가자. 승후 보러 가야지. 너 여기서 우다빈 죽이면, 승후 마음이 얼마나 아프겠냐? 가자. 내가 데려다줄게."

찬우는 주영과 함께 진정은 됐으나 나가지 않겠다고 버티는 유하를 억지로 끌고 조사실을 벗어났다.

"나 때문이야."

복도를 몇 걸음 걷던 유하는 우뚝 멈추고 그 자리에 털썩 주저앉았다.

"나랑 엮였기 때문이야. 다른 꼭두각시가 있을지도 모른다고 생각은 했었어. 스치듯 생각한 거지만, 분명히 생각했었다고! 서명기가 협박하는 것도 다 듣고 있었어. 그걸 다 알고 있었으면서도 승후 씨가 위험해질 수 있다고는 생각 못 했어. 이러고도 내가 어떻게 형사일 수 있어? 이러고도 내가 어떻게 민승후를 사랑한다 말할 수 있냐고!"

다리 사이에 얼굴을 묻은 유하는 머리를 한 움큼 쥐어뜯었다. 소리조차도 낼 수 없는 절규. 유하는 지금 자신을 책망하며 소리 없는 절규를 터뜨리는 중이었다.

"민승후 씨? 민승후 씨 정신 드십니까?"

먼 곳에서 누군가 부르는 소리가 들리는 것 같다. 이 목소리 분명히 의사다. 이렇게 다정하게 자신을 깨울 사람은 의사밖에 없으니까.

"민승후, 일어나! 야 이 새끼야, 빨리 안 일어나?"

이 거친 음성. 이 사람은 병주다. 오랜 친구.

"의사 선생, 얘 왜 안 깨어나는 거야? 곧 깨어난다면서?"

의사를 상대로 있는 성질 없는 성질 다 부리고 있다. 하긴 이게 이놈이다. 이 녀석은 걱정이 되면 목소리부터 커진다. 그러니까 지금 병주는 친구가 다쳐서 아주 많이 걱정하고 있었다.

"의사 선생, 수술 잘못한 거 아니야?"

더 있으면, 이 자식이 밑에 있는 사람들 풀어서 난리를 칠지도 모른다는 생각이 들자, 승후는 있는 힘을 모두 짜내 어렵게 눈을 떴다.

머리가 멍하니 어지럽다. 그리고 눈앞도 흐리다. 승후는 머리만 돌려 주위를 살폈다.

"깨어났냐?"

"응."

"너는 진짜 사람 심장을 몇 번을 떨어지게 해야 직성이 풀리냐? 이걸 팰 수도 없고."

눈 앞이 흐릿해 사람은 확실하게 보이지 않지만, 목소리는 똑똑하게 들린다. 걱정이 지나쳐 화를 내는 병주의 목소리를 듣고 있자니, 진짜 살았다는 생각이 든다. 승후는 힘없이 하하 웃음을 터뜨렸다. 하지만 곧 수술한 부위가 너무 아파 인상을 찌푸렸다.

"조 형사 아직 안 오네. 너 수술 무사히 잘 끝났다고 전화했으니까 곧 도착할 거야."

오랜 친구라 그런지 승후가 누굴 제일 많이 보고 싶어 할지 잘 안다. 승후는 빙긋 웃으며 병주를 보았다.

"나 부탁이 있어."

"뭔데? 진짜 미운데, 그래도 무사히 깨어났으니까, 상으로 들어줄 수 있는 부탁이면 들어줄게."

"유하에게 가줘. 가서 유하 탓 아니라고, 내가 운이 나빴던 거라고, 그렇게 위로해 줘. 네가 하는 것처럼 하고."

"넌 이 상황에 조 형사 위로가 그렇게 급해?"

"유하, 못 오고 있을 거야. 그러니까 네가 가서, 나 괜찮다고 말하고, 위로도 해줘."

"징글징글하다."

"부탁 들어줘서 고마워."

"얼빠진 놈."

"그래, 하루라도 빨리 낫도록 노력할게."

"맛이 갔구나?"

"나도 너 좋아해."

"아무래도 피를 너무 많이 흘렸나 봐. 제정신이 아닌 것 같다."

"알았어. 다 나으면 내가 한턱 쏠게."

"의사 선생!"

결국, 병실을 나가려는 담당 주치의를 다시 부른 병주는 손가락으로 승후를 가리키며 말했다.

"수술한 교수한테 말해. 이 새끼 아무래도 배가 아니라 머리를 다친 것 같다고."

병주의 말에 승후의 입에선 큰 웃음소리가 터졌지만, 그 웃음은 곧 밀려오는 고통으로 인해 신음으로 바뀌고 말았다.

"민승후한테 안 가?"

당연히 승후에게 달려가야 할 때, 유하는 블랙팀 자기 자리에 앉아 헤드 파일을 들여다보고 있었다.

"민승후 너 기다릴 텐데, 안 가볼 거야?"

찬우는 답답해 미치겠다는 얼굴로 유하를 내려다보았다.

"일해요. 우다빈이 헤드 꼭두각시라는 증거 찾아야죠."

"민승후한테 가라고. 깨어났을 거잖아!"

"가 봤자 정신없을 텐데요. 사람도 많을 테고. 나중에 갈게요. 한가해지면. 걱정 말고 일해요."

"아! 나 속 터져. 선배, 얘 왜 이래요?"

속 시원하게 무슨 말이라도 해주길 바라면서 주영에게 질문했지만, 주영 또한 현장 사진과 사건 파일만 볼 뿐 아무런 대답도 하지 않았다.

"여기에 지금 이 상황이 이해 안 되는 건 나밖에 없는 거야?"

이곳에 무려 세 명이나 있건만, 들리는 건 찬우의 목소리뿐이다. 답답함에 속 터지기 직전에 이른 찬우는 주먹으로 자기 가슴을 퍽퍽 때렸다.

따르릉, 블랙팀 전화가 울리고, 찬우는 한숨을 토해내며 전화를 받았다.

"블랙팀 한찬우입니다. 네? 아! 네. 누구요? 네, 알겠습니다."

짧게 통화를 끝낸 찬우는 양손 한가득 머리를 움켜쥐고 사건 파일에 얼굴을 박고 있는 유하를 향해 소리쳤다.

"로비에 너 찾는 사람 왔대! 빨리 나가!"

"누구?"

"오병주래."

상대 이름을 듣고 유하는 몇 초간 움직임을 멈췄다. 만나기 힘든 사람이다. 아니, 만나기 두려운 사람이다. 유하는 깊게 한숨을 푹 내쉬었다.

"왜? 만나기 싫어? 내가 대신 나가?"

"아니에요. 내가 가요."

마음을 잡은 듯 유하는 곧 일어나 밖으로 나갔다.

유하가 사라진 블랙팀. 주영은 한숨을 내쉬며 보고 있던 파일을 덮었다.

"큰일 났네."

"왜요? 오병주, 그 사람 선배도 아는 사람이에요?"

"그 큰일 아니라, 유하 저 녀석 지금 생각하고 있는 거잖아. 승후와 헤어지는 게 옳은지 그냥 이렇게 만나는 게 옳은 일인지."

"미쳤어요? 사랑하는데 왜 헤어져?"

"지금 유하는 머릿속으로 어느 쪽이 민승후에게 이득일지 계산 중이야."

"뭐든 머리로 분석하고 계산하는 그 버릇 나쁜 거예요. 이런 일은 감정이 시키는 대로 하는 거지, 머리가 시키는 대로 하는 건 아니죠. 저 녀석은 다른 때는 머리와 심장, 둘 중 어느 쪽인지 구분이 안 되는데, 왜 이럴 땐 머리로 생각하는지 도통 모르겠단 말이야."

"잘 결정하겠지. 유하는 언제나 현명한 선택을 하니까."

찬우는 "헤드 이 자식 죽일 수도 없고……."라는 말을 흘리며 크게 한숨을 내뱉었다.

블랙팀 조사실. 우다빈.

한바탕 폭풍이 휩쓸고 간 후, 한참 뒤에 조사실 안으로 들어온 도준은 고개를 갸웃하며 의자에 앉았다.

"우다빈. 이게 네 이름 맞아?"

"맞아요."

"신분증은 가짜. 지문은 당연히 등록 안 됐고. 외국인도 아닌데, 이 대한민국 땅에서, 이게 가능한가?"

"내가 이렇게 살고 있으니 가능하겠죠?"

기막힐 정도로 밝은 음성이다. 지금 자신이 뭔 짓을 했는지 다 알 텐데, 어떻게 이렇게 밝을 수 있는 건지, 도준은 다빈의 행동이 도통 이해가 되지 않았다.

"아! 가능하구나. 가능한 거였어. 그걸 몰랐네. 그런데 네가 대한민국 국민인 이상 흔적이 남기 마련이거든. 실종자 명단에 등록된 우다빈은 한 명 있네. 신분증은 가짜지만, 이름만큼은 진짜였나 봐?"

도준은 교복을 입은 여학생 사진을 다빈의 앞에 던지듯 내려놓았다.

"실종 당시 나이 열여섯 살, 현재 나이 스물세 살. 친구 만나러 나간다고 한 뒤 사라졌으며, 현재까지 실종 상태. 여기 이 어린 여학생하고 너, 많이 닮았네?"

"그러네요."

다빈은 사진을 한 번 힐끔 보더니 남 얘기하듯 말하고는 생긋 웃었다.

"뭐, DNA 결과 나오면 알겠지. 그럼 그때까지 우린 할 일 하자. 민승후 왜 찔렀어?"

"너무 설치잖아요. 경찰도 아닌 놈이. 분명히 경고했었는데, 그 경고 무시했으니까, 벌을 줘야죠."

"경고라니?"

"편지 보냈는데. 내 편이 되라고. 그런데 블랙팀이랑 손잡았으니까, 난 내가 경고한 대로 처리한 것뿐이에요."

"넌 지금 네가 헤드라 주장하고 있어. 맞아?"

"네."

"그럼 나충식 사건도 알겠네?"

"당연히 알죠. 그때 나충식이 날 도와준 거예요. 시체 처리하는 방법은 내가 가르쳐 줬고."

"그 일이 일어났을 때, 너 십대였어. 그런데도 그 사건을 네가 저질렀다고? 나충식과 함께?"

"나이가 뭐가 중요해요. 나이는 숫자에 불과한데."

"네가 헤드라는 증거 있어? 있으면 줘봐."

다빈은 경쾌하게 하하하 웃음을 터뜨렸다.

"내 자백이면 됐지 뭐가 더 필요하지? 난 이해가 안 되는데?"

"거짓 자백이라는 것도 있으니까."

"내가 왜 거짓 자백을 하겠어요? 나한테 무슨 이득이라고?"

"그러니까. 왜 거짓 자백을 했을까? 너한테 무슨 이득이 있다고? 오늘은 그만하자. 더 해봤자 너한테는 나올 게 없을 것 같으니까."

도준은 자리에서 일어났다.

"민승후 사건은 끝이에요? 원래 이렇게 간단한가? 아무리 현장에서 잡혔다 해도 살인죄인데 너무 간단한 거 아니에요?"

"살인미수지. 살인죄는 죽어야 하는데, 민승후는 멀쩡하게 살아 있거든."

"살아 있다고요?"

당황한 듯, 다빈의 눈이 약간 커졌다. 그런 다빈의 신체변화를 정확하게 읽은 도준은 다시 자리에 앉으며 빙긋 미소를 머금었다.

"너 진짜 헤드 맞아?"

"그렇다고 했잖아요."

"헤드가 사람이 죽을지 안 죽을지도 모른다고? 우다빈, 너 헤드 아니야."

"내가 헤드라고 하는데, 왜 자꾸 의심해요?"

도준은 크게 하하 웃으며 여유롭게 다리를 꼬았다.

"너 사람 한 번도 안 죽여봤어. 사람을 죽여봤더라면, 단번에 알았을 거야. 네가 찌른 그 자리가 분명히 중상을 입히는 부위이긴 하지만, 치명상을 입을 만한 곳은 아니라는 걸. 네가 찌른 칼도 치명상을 입힐 정도의 길이는 아니고."

"그, 그게 무슨……."

"게다가 민승후처럼 꾸준히 운동해서 복부에 단단한 근육이 있는 경우는 더욱더 치명상으로 가긴 힘들지. 네가 헤드와 어떤 관계인지, 어째서 죄를 뒤집어쓰려는지 모르겠지만, 네가 나타난 덕분에 한 가지 알게 됐거든. 헤드 그 새끼가 왜 어린 여학생들을 납치하려 했는지 그 이유 말이야."

도준은 씩 웃으며 다시 일어났다.

"우다빈, 곧 어머니께서 오실 거야. 지난 세월 널 한순간도 잊지 않았던 그 어머니, 널 찾겠다고 매일 새벽부터 밤늦게까지 길거리를 헤매던 그 어머니가 널 만나러 오고 있으니까, 기대해."

"거짓말. 그 여자가 날 찾았다고? 웃기지 마. 짐짝 같았던 전 남편의 딸이잖아. 피도 안 섞인 남. 내가 사라진 후 좋아서 덩실덩실 춤췄겠지."

"그건 네 눈으로 직접 확인해 봐. 그런 다음에 우리 다시 얘기하자고. 진짜 대화는 그때부터일 테니까?"

도준은 다빈을 혼자 두고 조사실을 나왔다. 그리고 하프 미러를 통해 안을 보고 있는 태석을 보았다.

"박우주가 헤드에 관해 한 말 중에, 오랫동안 공들인 수족이 있다, 그들이라면 제이, 제삼의 일 년이가 될 수도 있다, 라고 했던 말 기억해?"

"네. 그런 말 했었죠."

"그때 난 나충식과 송윤석만 생각했어. 그런데 그게 함정이었던 거야. 박우주가 헤드와 연락한 게 나충식 사건이 일어난 다음이라는 걸 생각 못 했어."

도준은 그제야 뭘 놓친 건지 깨닫고는 신경질적으로 머리를 헝클었다.

"우리가 그걸 조금만 더 빨리 인지했어도, 민승후의 이번 사건은 막을 수 있었을 거다."

맞다. 분명히 서명기는 민승후에게 죽이겠다고 경고했고, 그걸 모두

들었다. 둘 중 한 사람이라도 다른 꼭두각시가 있을지도 모른다는 의심만 했었더라도, 송윤석에게 그걸 물었을 것이고, 그랬으면 우다빈의 존재가 좀 더 일찍 드러났을 가능성이 높았다.

"롤리타 콤플렉스도 아니고 단순히 살인만을 위해서도 아니었다. 예린이와 나경이가 선택된 다른 이유는 바로 저거, 보호받아야 할 약자의 모습을 한 완벽한 꼭두각시를 만들기 위함이었다. 바로 우다빈 저 여자처럼."

다빈은 보이지도 않으면서 이쪽을 계속 쳐다보고 있었다. 마치 검은 유리 건너편에 있는 태석과 도준이 보이는 것처럼, 빙긋 미소까지 머금으면서…….

승후가 입원한 병원.

"제가…… 요? 정말 제가 담당해도 돼요?"

하정은 자신이 승후의 담당 간호사라는 소식을 접하자마자 혹시 잘못 들었나 하고 다시 물었다.

"그래. 바로 하하정 선생이 민승후 담당이야."

수간호사는 이렇게 말하며 빙그레 웃었다.

승후가 다시 입원했을 때 하정은 분노했었다. 또다시 그 여자 때문에 승후가 다쳤다는 사실에 화나 미칠 것만 같았다. 그런데 그건 하정에게 뜻밖의 행운을 가져다주었다.

"하 간호사 정도면 괜찮지. 진 간호사가 바쁘니까, 하 간호사가 승후 씨 맡아. 이거 특별히 배려한 거 알지? 팬이라 그래서 생각해서 배정해준거야."

"감사합니다."

하정은 수간호사에게 꾸벅 인사를 했다.

"잘해봐."

수간호사가 가고, 동료들은 모두 진심으로 축하해 주었다.

'승후 씨, 이제 몰래 안 만나도 돼. 우리 이제 당당히 만날 수 있어.'

하정의 심장이 거칠게 뛰었다. 사람들 눈 피해가며 몰래 만나러 갔었는데, 이젠 당당하게 승후를 만나러 간다는 사실이 지금 당장 미쳐 돌아도 좋을 만큼 설렜다.

"저, 그럼 민승후 환자에게 가보겠습니다."

하정은 승후에게 투여할 약을 챙겨 떨리는 마음으로 그에게로 향했다. 한 걸음씩 승후와 가까워질수록 하정의 심장은 더 거칠게 뛰었다.

얼마나 놀랄까? 많이 좋아하겠지?

승후에겐 생각지도 못한 등장일 테니 당황할 것이다. 하지만 좋아하는 마음을 숨기지 않을 건 알고 있었다. 승후가 얼마나 솔직한 사람인지는 하정이 가장 잘 알고 있기 때문이었다.

똑, 똑, 똑.

조심스럽게 병실 문을 열고 들어선 하정은 자신을 보며 눈이 휘둥그레지는 승후를 보게 되었다.

"안녕하세요, 민승후 씨. 담당 간호사 하하정입니다."

옆에 경호원이 있어 일단 자기소개를 한 하정은 조심스럽게 승후에게로 다가갔다.

"약 들어가겠습니다."

하정이 승후에게 약을 투여하려 하자 경호원이 빠르게 다가와 그녀의 팔을 잡았다.

"네?"

"무슨 약입니까?"

"그게 무슨……."

"무슨 약을 왜 놓느냔 말입니다."

딱딱한 경호원의 반응에 당황한 하정은 승후를 보았다.

설마 나 못 믿는 거냐고, 어째서 이 사람이 자신을 의심하는 거냐는 질문이 승후를 보는 하정의 눈빛에 고스란히 담겼다.

"주치의가 말했잖아. 항생제는 들어가야 하고 아플 테니 진통제도 함께 주겠다고. 간호사께서 그걸 주시는 거지."

승후가 부드럽게 하정의 편을 들어줬지만, 경호원의 의심은 풀리지 않았다.

"뭐가 항생제고 뭐가 진통제입니까? 환자나 보호자가 물어보면 투약하는 약물에 대한 자세한 정보 알려줄 의무 있는 것 아닙니까?"

"아! 항생제는 병으로 되어 있는 약으로 30분 정도 맞으실 거고, 진통제는 이 주사입니다."

하정의 설명에 경호원은 잡았던 팔을 놓아주었다. 그리고 뒤로 물러나 그녀가 승후에게 약을 투여하는 장면을 하나도 놓치지 않고 자세히 보았다.

"감사합니다. 경호원의 무례는 용서하세요. 저에게 사건이 많아 지금 예민한 상태입니다."

"아! 네."

승후는 눈으로 미안하다고 나를 위한 것이니 상처받지 말라고 말하고 있었다. 그런 그의 마음을 알기에 하정은 괜찮다는 뜻을 담아 빙긋 웃었다. 경호원은 경호원의 일을 한 것이니 괜찮아야 했다. 머리는 분명히 이해하려고 애썼다. 하지만 서운한 마음이 드는 건 어쩔 도리가 없었다.

'어떻게 날 의심해? 내가 승후 씨를 얼마나 사랑하는데, 내가 승후 씨를 지키기 위해 얼마나 노력하는데, 어째서 날 의심하는 거냐고!'

병실은 나온 하정은 고개를 돌려 닫힌 병실 문을 매섭게 노려보았다. 아니, 병실 안에 있는 경호원을 노려보았다고 하는 게 옳았다.

'너도 그 여자가 붙인 거지? 그래서 승후와 날 떨어뜨리려는 거지? 두고 봐. 제일 먼저 너부터 처리해 줄게. 더는 승후 씨를 감시할 수 없게.'

경호원에 대한 분노로 하정의 두 손은 부르르 떨었다.

유하가 경찰청 로비로 내려갔을 때 병주는 한 손에 서류 파일 같은 걸 들고 그녀를 기다리고 있었다.

"오셨어요? 병원에서 오시는 거죠?"

"네. 승후 녀석 깨어났다는 것도 알리고, 줄 것도 있고. 그래서 왔어요."

"어때요? 많…… 이 다쳤나요?"

"살아서 깨어날 정도까지만 다쳤겠죠?"

"……네."

이 대화를 끝으로 병주와 유하는 잠깐 동안 말이 없었다. 유하는 병주의 시선을 피해 아래만 내려다보았고, 병주는 그런 유하를 가만히 보고 있었다. 그렇게 몇 분의 시간이 흐르고 무거운 침묵을 깬 것은 그녀였다.

"줄 게 있다고……."

"아! 이거요."

병주는 서류 파일을 유하에게 내밀었다.

"서명기에 관해 조사한 자료입니다. 가족들이 다 호주에 있어서 물 건너서 갔다 오느라 시간이 좀 걸렸어요."

"이렇게 또 신세를 지네요. 감사합니다."

유하는 서류 파일을 받아들면서 꾸벅 인사를 했다.

"도움이 될 만한 것이 있었으면 좋겠네요. 나는 봐도 뭐가 도움이 될 자료인지 몰라서."

"저번 송윤석 자료도 많이 도움이 됐어요. 송윤석과 서명기 연결고리를 거기서 찾았거든요."

"다행이네요. 도움이 됐다니."

받아든 서류 파일로 손바닥을 톡톡 치고 있는 유하를 잠깐 보던 병주는 결심을 한 듯 입을 열었다.

"승후, 유하 씨 많이 걱정합니다."

승후의 부탁 때문만이 아니었다. 병주 자신이 승후의 성격을 너무 잘 알기 때문이었다.

민승후, 아니, 민지현, 우리의 친구는 목표가 있어야 사는 그런 놈이었다. 자라면서는 지후 형이 사는 목표였고, 지후 형이 죽은 다음부터는 일 년을 잡는 걸 보는 게 사는 목표였다. 그리고 지금 승후의 목표는 조유하, 이 사람이다. 그러니 자신이 선택할 길은 하나였다. 민승후 옆에 조유하를 데려다놓는 것. 그게 친구로서 자신이 해야 할 일이었다.

"네. 알아요. 갈 거예요. 지금은 너무 바쁘고, 그 얼굴 보는 것도 창피하기도 하고……."

"승후는 자기가 바깥세상으로 나오게 되면 얼마나 위험할지 아주 잘 알고 있었습니다. 그걸 알면서도 모습을 드러낸 건 더는 그림자로 살기 싫었기 때문이에요."

"그림자요?"

"네, 그림자요. 민승후의 모습으로 사는 것은 물론 화려하죠. 하지만 진짜는 아니잖아요. 진짜는 유하 씨 옆에서 작은 도움을 주는 지금이라 생각합니다. 걱정 마세요. 승후는 스스로 강해질 겁니다. 지금은 그 길로 가는 중간이고요."

"병주 씨는 내가 싫죠? 승후 씨, 나랑 만난 후에 아주 많이 다쳤잖아요."

"조금만 더 평범한 여자면 좋겠다는 생각은 했지만, 싫지는 않아요. 어쩌면 이렇게 살았어야 하는 녀석이 아니었나 하는 생각도 했습니다. 블랙팀은 지후 형이 아니라 승후였어야 했다는 생각도 했고."

병주의 이 말에 유하는 사람 눈은 다 비슷한 것 같다는 생각을 했다. 사실 그가 한 이 생각을 유하도 했었기 때문이었다.

"며칠 녀석 옆에 있었잖아요. 지금까지 본 녀석 얼굴 중에 제일 행복해 보였습니다. 그리고 나는 친구의 선택을 존중합니다."

병주가 싱긋 웃자, 어두웠던 유하의 얼굴에도 미소가 번졌다.

"헤드 꼭 잡아넣으세요. 승후 복수는 완벽하게 해주셔야죠. 내가 나서면 그건 범죄라."

"네. 지금 헤드 증거 찾고 있어요. 절대로 바깥세상에 살아서 나가게는 하지 않겠습니다."

"믿을게요."

병주는 한 번 더 밝게 웃어주고는 뒤돌아 천천히 멀어져 갔다.

"위로 감사합니다."

병주가 완전히 시야에서 사라진 다음, 유하의 입에서는 이런 말이 흘러나왔다.

"그래서 안 헤어져?"

뒤에서 불쑥 튀어나온 찬우 때문에 소스라치게 놀란 유하는, 자신도 모르게 주먹을 들어 올리다가 엄청난 인내심을 발휘해서 내려놓았다.

'이 인간을 그냥 죽일까?'

"미쳤어요? 내가 민승후랑 왜 헤어져?"

"주영 선배가 그랬단 말이야. 네가 헤어지는 걸 깊이 고민 중이라고. 그게 사실이면, 완전히 먹튀지. 그건 진짜 양심도 없는 거다?"

"먹튀 같은 소리 하고 있어."

상대하기 싫다. 유하는 고개를 흔들며 블랙팀을 향해 걸어갔다.

"천하의 민승후를 꿀꺽 삼키고 단물 다 빼먹은 다음에 버리는 거잖아. 그건 비열의 끝이라 생각해."

"먹고 안 튄다고! 됐죠!"

"한 남자를 그 정도까지 고생시켰으면 책임을 져야 해. 잘 생각했어. 내가 가르친 후배답다! 난 역시 뭘 해도 이렇게 완벽해. 기특하다, 한찬우!"

엄청나게 대견하다는 표정으로 자기 머리를 쓰다듬는 찬우를 본 순간 유하는 고개를 절레절레 흔들며 빠르게 걸어갔다.

"드디어 미쳤나 봐. 제정신 차리게 하려면 어디로 보내야 하는 거지?"

유하가 작게 중얼거린 이 말을 용케도 들은 찬우는 그녀를 향해 날카롭게 소리쳤다.

"야! 너 그거 진심이지? 그거 진심이 듬뿍 담긴 목소리처럼 들린다?"

블랙팀 회의실.

"서명기가 꼭두각시로 만들기 위해 선택한 아이들은 공통점이 있다. 다 가족이나 사회로부터 상처받은 아이들이라는 것이다. 하지만 이번 우다빈의 체포로 인해 우리는 또 하나의 공통점이 더 있다는 사실을 알았다. 꼭두각시들이 영특하고 순종적인 성격이라는 거다."

태석은 말하는 중간, 노트북과 연결된 대형 TV 화면에 송윤석과 우다빈의 사진을 띄웠다.

"헤드는 여러 사람들 중 조건에 만족하는 아이를 찾아서 그들을 꼭두각시로 키우기 위해 온갖 방법을 동원했을 것이다."

스톡홀름 증후군.

태석의 말에 블랙팀은 모두 똑같은 생각을 했다. 서명기가 아이들을 꼭두각시로 키우면서 어떤 생각을 집어넣었을지는 불 보듯 뻔했다. 문제는 그걸 어떻게 깨느냐인데, 이런 경우 세뇌당한 꼭두각시들은 절대적인 복종을 바탕에 깔고 있다고 봐야 했다. 다시 말해, 그걸 깨는 건 쉽지 않아, 아니, 가능하지 않다는 뜻도 되었다.

"우다빈은 가족을 만나면 흔들릴 것 같습니다. 서명기가 오랜 시간 공을 들여 만든 꼭두각시라 하더라도, 가족에 관한 기억까지 없어지는 못한 것 같아요. 잠시지만 어머니가 온다는 말에 흔들리는 모습이었습니다."

도준의 말에 태석은 가능성이 있다는 표정으로 고개를 끄덕였다.

"송윤석은 서명기가 많은 부분을 차지하고 있는 건 사실이지만, 민승후에 대한 마음도 만만치 않은 것 같습니다. 서명기는 서명기 자신만을 위해 송윤석을 이용했다면, 민승후는 인간 송윤석에게 다가간 유일한 사람입니다. 그 부분을 짚고 넘어가면, 분명히 서명기가 헤드라는 사실을 입증할 증거를 말할 가능성이 높습니다."

"문제는 서명기입니다. 좀처럼 틈이 없어요. 어떻게 접근해야 하는지 판단 안 섭니다."

찬우의 말이 끝나자 주영이 무겁게 한숨을 내쉬며 말했다.

톡, 톡, 톡, 도준의 카운트다운이 시작되고, 블랙팀은 모두 생각에 잠겼다.

"서명기가 고등학교 3학년 때, 가족들이 모두 호주에 이민을 갔다고 합니다. 그때 서명기의 부친은 서명기 몫으로 엄청난 재산을 남겼습니다. 그리고 인연을 끊다시피 했죠. 여기엔 분명히 이유가 있을 겁니다."

"부모가 자식을 그렇게 떨어뜨릴 땐 분명히 이유가 있긴 하겠지."

태석은 고개를 끄덕이며 이렇게 중얼거렸다.

"그리고 우리는 이미 서명기가 흔들리는 모습을 한 번 봤습니다. 민승후가 서명기를 만났을 때, 분명히 서명기는 흔들렸습니다. 민승후가 그때 서명기의 약점을 건드린 게 확실합니다."

"그럼 뭐야? 서명기도 가족들에게 버림받은 상처로 그렇게 됐다는 거야?"

유하의 이 말에 찬우는 절대로 동의할 수 없다는 표정이었다.

톡, 톡, 톡, 느릿한 속도로 책상을 두드리던 손가락이 멈추고, 도준은 피식 웃으며 의자에 등을 기댔다.

"감정, 서명기의 약점은 바로 그거였어. 어떤 감정도 느끼지 못한다는 것. 그걸 배울 기회가 없었다는 것. 가족이 이곳에 있었을 때도 서명기는 그 사이에 잘 섞이지 못했을 거야. 가족은 그런 서명기를 괴물 보듯 했을 거고. 그게 출발점이 돼서, 서명기는 자신을 우월하고 아주 특별한 존재로 생각하게 되었을 가능성이 높다."

"가족과 무슨 일이 있었던 걸까? 고3이면 아주 예민한 시기였을 텐데, 그 시기에 어째서 아들을 버리고 호주까지 가야 했을까?"

태석의 질문에 블랙팀 모두의 머리가 아플 정도로 생각에 잠겼다.

모두가 한숨만 푹푹 내쉬는 무거운 침묵이 몇 분간 이어지고, 뭐가 없을까 하고 병주가 준 서류를 넘기며 들여다보고 있던 유하가 갑자기 "어?" 하고 비명에 가까운 소리를 내질렀다.

"이 서류는 승후 씨 친구인 오병주 씨가 준 서류입니다."

"아! 그 조폭 두목 아……."

자신도 모르게 말을 툭 터뜨리던 찬우는, 거기서 더 나가면 죽일 수도 있다는 경고가 담긴 유하의 사늘한 시선에 말을 꿀꺽 삼켰다.

"보고서 중 호주로 가서 가족을 만난 부분이 흥미롭습니다. 자신을 기자라 소개하고 서명기가 한국에서 좋은 일을 많이 하니까, 어떤 가정 환경에서 자랐는지 취재하러 왔다고 했답니다. 그런데 가족들 대답이 참 웃긴 것 같습니다. 어머니 대답인데, '그 애 스스로 컸지 우리가 해준 일은 없습니다. 그래서 명기에 관해서는 딱히 해줄 말이 없습니다.'라고 했답니다."

"해줄 말이 없다? 이 말은 해서는 안 될 말이 있다는 것으로 해석이 가능할 것 같은데요?"

유하와 주영의 말을 차례대로 들은 태석이 이내 빙긋 웃으며 의자에 등을 기댔다.

"서명기 가족이 이민 가기 전 의무 기록을 요청해야겠다. 부모가 자식과 인연을 끊었을 정도면 분명히 그에 합당한 이유가 있겠지. 그건 내가 하지."

회의가 끝날 무렵 태석부터 할 일을 말하기 시작했다.

"서명기 학창 시절도 조사해야 한다고 봅니다. 철저하게 가면을 쓰고 살았어도 분명히 허점을 드러냈을 겁니다. 그 허점을 기억하는 사람이 있을 겁니다. 그건 제가 하겠습니다."

찬우가 그다음을 이었다.

"송윤석은 제가 맡겠습니다. 지금까지 무섭게 협박했으니 이제는 어르고 달래야죠. 자신 있습니다."

유하는 싱긋 웃으며 자신감을 내비쳤다.

"우다빈은 내가 맡죠. 우다빈은 꼭두각시이기 전에 피해자이기도 합니다. 접근하는 방법 파악했습니다."

도준까지 자기가 할 일을 결정하자 주영은 미간을 일그러뜨리며 앓는 소리를 냈다.

"그럼 이번에는 내가 나머지를 다 떠안는 거네? 이건 불공평한 것 같아."

"내가 빨리 끝내고 지원해 줄게. 됐냐?"

태석의 말에 주영은 빠르게 고개를 끄덕였다.

"자, 정리하자. 가족 의무기록 조사는 내가, 학창 시절 조사는 찬우가, 송윤석은 유하가, 우다빈은 도준이가, 그리고 현장, 증거, 사건 파일 등 사건 전반에 걸친 재조사는 주영이 맡고 내가 지원한다."

"네!"

"길게 끌면 끌수록 우리가 불리하다. 서명기는 어떤 방법을 쓰던 빠져나갈 녀석이니까. 그러니까 지금부터 우리는 빠르고 정확하게 사건을 해결한다. 자, 빨리 움직여!"

"네!"

태석의 명령에 블랙팀은 모두 똑같이 대답하고 동시에 움직였다.

똑, 똑, 똑. 노크 소리 후에 유하는 승후 앞에 모습을 드러냈다. 늦게 와서 미안하다는 사과도, 일이 바빠서 그랬다는 변명도 하지 않았다. 그저 빙긋 웃고만 있을 뿐이었다. 그런 그녀의 모습을 잠깐 보고 있던 승후가 아무 말 없이 팔을 벌렸다. 그리고 유하도 아무 말이 그의 품에 가서 안겼다.

"또 다쳐서 미안해."

승후의 사과에 유하는 여전히 말을 하지 않은 채, 품에서 벗어나 걱정스럽다는 표정으로 그를 보았다.

"진짜 미안해."

"나랑 만난 후 집보다 병원에 있는 시간이 더 많아졌어."

"그건 내 탓이야. 유하 넌 잘못 없어. 다음부터는 더 조심할게."

"이게 끝이 아닌 것 같아 무서워."

"미안해. 무섭게 해서."

"아주 잠깐 헤어져야 하는 건 아닌가 갈등했었어."

유하가 이런 생각을 했을 거라는 건 승후도 이미 짐작했다. 얼마나 심각하게 고민했는지도. 그래서 더 미안했다. 자신이 자기 몸 하나 지키지 못한 못난 남자라서…….

"알아."

"그래도 헤어지는 건 싫더라."

"당연하지. 우리가 왜 헤어져?"

유하는 다시 빙긋 웃으며 승후의 손을 꼭 잡았다.

"대신 내가 지킬 거야. 지금보다도 더 열심히 뛰어서 승후 씨 위협하는 나쁜 새끼를 다 잡아서 처넣을게. 우선 헤드부터."

"잡을 수 있어?"

"잡아야지. 그리고 다시는 바깥세상 빛 못 보게 해야지. 그래서 말인데, 우리 헤드 잡은 다음에 여행하자. 이번에는 진짜로 가자. 우리 둘만 있을 수 있는 곳으로. OK?"

"OK."

승후의 얼굴에 화사한 미소가 번지자, 유하는 다시 그의 품에 안겼다.

"빨리 나으세요. 여행가게."

"헤드 빨리 잡을 자신 있나 보지?"

"곧 잡을 거야. 거의 다 왔어. 거의 다. 그러니까 승후 씨는 어디로 여행 갈지 고르기나 하세요."

"알았어. 할 일도 없는데 잘됐네. 병원에서 여행지 검색이나 해볼까? 어디가 좋아?"

승후는 달콤하게 말하며 유하의 머리를 부드럽게 쓸어내렸다.

"승후 씨랑 둘만 있으면 다 좋아. 어디든지 다."

"OK. 접수했습니다."

승후는 나지막하게 웃음을 흘리며 유하의 이마에 입을 맞췄다.

유하가 승후의 병실로 향하자 하정의 눈동자는 불안하게 흔들렸다.

'저 여자가 왜 왔지? 또 무슨 짓을 하려고?'

어떻게 하나 잠시 망설이던 하정은 재빨리 승후의 병실로 향했다.

병실 안에서 웃는 소리가 들렸다. 조유하, 그 여자 웃음소리와 승후의 웃음소리가 함께 들렸다.

하정은 심호흡을 한 후 노크했다.

똑, 똑, 똑.

"들어오세요."

승후의 목소리가 들리고 하정은 문을 열어보았다.

"바이털 체크 좀 하겠습니다."

하정은 유하를 응시하며 기계를 밀며 병실로 들어왔다.

"고생이 많으시네요. 승후 씨가 계속 입원해서 힘드시죠?"

웃으며 인사하는 것 같지만, 하정의 눈에는 조유하가 경고하고 있는 것처럼 보였다.

'네가 민승후 여자인 거 다 안다. 승후는 이제 내 것이 되었으니 다치고 싶지 않으면 물러나라.'

밝게 웃으며 인사하는 유하의 표정엔 분명히 그런 뜻이 담겨 있는 듯했다. 아니, 하정의 눈엔 그렇게 보였다.

"아니에요."

하정은 어색하게 웃으며 승후에게로 다가갔다.

"뭡니까?"

하정이 승후 가까이 다가갔을 때 경호원이 들어오며 날카롭게 물었다.

"바이털 체크한대."

승후의 말에도 경호원은 무섭게 다가와 승후의 앞을 막았다. 그리고 하정을 노려보았다.

"바이털 체크한 지 한 시간도 안 됐습니다. 뭘 또 체크한다는 겁니까?"

"자주 체크해 달라는 주치의 선생님의 부탁이 있었습니다."

하정은 이렇게 말하며 다시 승후에게 가려 했다. 하지만 경호원은 보내 줄 생각이 없는지 하정이 움직일 때마다 그녀의 앞을 막았다.

"주치의 오라고 하세요. 직접 듣겠습니다."

"제가 지금 거짓말을 한다는 거예요?"

순간적으로 끓어오른 감정에 하정은 자신도 모르게 목소리를 높였다. 하지만 곧 마음을 가다듬고 억지로 미소를 머금었다.

"분명히 오더를 내리셨고, 지금 그 오더에 따라 바이털을 체크하는 겁니다."

"주치의 말을 들……."

"괜찮을 것 같은데요? 자주 체크해 주면 고맙죠."

사납게 몰아세우는 경호원을 막은 건 유하였다.

그 순간 하정은 알았다. 조유하가 자신을 비웃고 있다는 사실을.

네가 할 수 있는 건 이게 다야. 그러니까 쓸데없는 짓 했다가는 가만 안 둬.

조유하의 미소는 이 말을 하고 있었다. 아니, 하정은 그녀의 미소에서 그걸 느꼈다.

"승후 씨, 나 갈게."

"그래, 가. 할 일 많을 텐데, 파이팅!"

"그래, 파이팅!"

승후가 주먹을 불끈 쥐자 유하도 똑같이 주먹을 불끈 쥐며 힘을 불어넣었다.

"예준 씨 또 고생하시겠어요. 계속 고생하셔서 어쩌죠?"

"저는 괜찮습니다."

지금까지 사나웠던 경호원은 거짓말처럼 유하에겐 부드러웠다.

"간호사님 감사합니다."

하정은 친근하게 미소를 건네는 유하에게 어색한 미소로 답했다. 그리고 그녀가 나가는 모습을 곁눈질로 힐끔 보았다.

"바이탈 체크하겠습니다, 승후 씨."

그렇게 승후와 자신의 공간에 유하가 사라지고, 숨길 수 없는 안도감에 하정의 얼굴에 화사한 미소가 번졌다.

블랙팀 조사실. 송윤석.

승후를 만난 후 유하는 곧장 윤석을 조사하기 시작했다. 서명기를 잡아넣으려면 윤석의 협조가 절실하게 필요하다는 걸 알기 때문이었다.

"우다빈이라고 알지? 잡혔어. 민승후를 칼로 찔렀거든."

유하의 말에 윤석은 놀라기는커녕 오히려 빙긋 웃음을 머금었다.

"알고 있었던 모양이네? 우다빈이 민승후 죽이려 할 걸?"

"선생님은 언제나 만일의 경우를 대비하니까요."

"그래서 우다빈이 헤드라고 자백한 거구나? 자기 대신 죄를 뒤집어쓸 꼭두각시가 바로 우다빈이었어. 그렇지?"

"최악의 경우는 그렇죠."

"그래서 신나? 재미있나 봐?"

"형님은 무사하죠? 좀 다쳤을 수도 있겠네요."

터지면 안 된다. 유하는 부글부글 끓는 속을 꾹꾹 누르며 여유롭게 빙긋 미소를 머금었다.

"지금까지 이해가 안 됐어. 우다빈이 헤드의 죄를 뒤집어쓰는 게 목적이라면, 꼭 민승후가 아니어도 상관없었을 텐데, 어째서 실패할 위험을 감수하면서까지 민승후여야 했는지, 내 머리로는 도통 알 수가 없었지. 그런데 나충식 사건과 네 사건을 비교하면서 파다 보니 이해가 갔다."

"뭘 알았다는 거죠?"

"처음 선배들이 추측한 헤드와 송윤석, 바로 네 사건은 전혀 다른 사건이야. 성질이 다른 두 사건이 한 사람에 의해 만들어졌다고 누가 상상이나 하겠어?"

"재미있네요. 계속해 보세요."

"우선 나충식 사건만 해도 전시를 했단 말이야. 엄청난 자신감, 자아도취, 자기 우월의식이 강하니까, 전시하고 잡을 수 있으면 잡아보라며 경찰들을 조롱했어. 하지만 이번에는 어떤 낌새도 없었다. 일 년이가 안 잡혔으면 진짜 헤드가 있는지도 몰랐을 거야."

"듣고 보니 그러네요."

"너희 처음부터 민승후 죽일 생각이었지? 헤드가 원하는 전시물이 바로 민승후였어. 그렇지? 너 그래서 민승후 옆에 간 거잖아?"

윤석의 얼굴에 아주 잠깐 놀라움이 스쳤다. 하지만 그 얼굴빛은 곧 사라졌고 그저 덤덤한 표정이 떠올랐다.

"맞아요. 처음부터 민승후를 죽이는 게 목표였어요. 형님이 우리 편에 설 확률은 없었으니까. 그걸 선생님도 알고 있었어요."

"왜 안 죽였어? 기회는 많았을 텐데?"

유하의 질문에 윤석의 눈동자가 가늘게 떨렸다.

"네가 왜 민승후 옆에 있었을까를 생각하다 보니 이해가 안 되는 부분이 한둘이 아니었어. 왜야? 왜 안 죽였어? 너 지금까지 기회는 엄청 많았어. 그런데 왜 우리가 민승후 옆에 붙은 지금에서야 죽이겠다고 나선 거야?"

유하의 질문에 윤석은 아주 잠깐 빙긋 웃지만, 곧 덤덤한 표정으로 그녀를 응시했다. 말 안 할 생각이다. 어차피 쉽게 입을 열거라고는 생각 안 했다. 유하는 한번 해 보자는 표정으로 의자에 등을 기댔다.

"넌 어차피 배신자야. 입 열어 예린이를 구하도록 도왔으니까. 이제 와 입 다문다 해서 저들이 의리 지켰다고 생각할까? 아니야. 저들은 끊임없이 널 의심할 거야. 그리고 말을 맞추겠지. 너에게 모든 죄를 뒤집어씌우려고. 그러니까 말해. 너 나에게 할 말 있잖아."

"형님 얼마나 다쳤어요?"

네놈이 알아서 뭐 하게? 라는 이 말이 목까지 찼지만, 엄청난 노력으로 하고 싶은 말을 꾹꾹 누르는 데 성공한 유하는 빙긋 웃기까지 하며 노력의 끝을 보였다.

"수술했는데, 괜찮아졌어."

윤석은 고개를 끄덕이며 수갑 찬 양손을 책상에 올렸다.

"다빈이 잡혔다고요?"

"그래. 다빈이 잡혔어. 현장에서."

"잡혔다니 다행이네요."

승후를 걱정해서 이런 말을 하는 건 아닐 텐데. 유하는 말 속에 담긴 의미를 찾기 위해, 윤석의 표정을 자세히 살폈다.

"믿을지는 모르겠지만, 진짜 다빈이가 어디에 있는지 몰랐습니다. 선생님은 우리에게 모든 걸 알려주지는 않으니까요. 형님이 공약대로 프리허그를 하든 사인회를 하든, 팬들을 만나야 했고, 그러기 위해서는 외부행사를 나가야 했습니다."

"일부러 말 안 했다는 거야?"

"네, 일부러 말 안 했습니다. 그래야 다빈이가 나타날 테고, 나타나야 잡힐 테니까. 그리고 다빈이가 블랙팀 얼굴을 다 알고 있기도 해서 경호가 붙게 할 수는 없었어요."

"왜 다빈이가 잡히길 바랐지?"

"그 애가 증거를 가지고 있으니까요."

편안하게 말을 듣던 유하는 윤석의 입에서 상상도 못 한 대답이 흘러나오자 놀라서 눈이 휘둥그레졌다.

"조 형사님 말처럼 선생님은 전시하는 걸 좋아합니다. 하지만 나충식 사건을 겪으면서 그게 얼마나 위험한 줄도 아셨죠. 그때 나충식이 생포됐었다면, 선생님은 잡혔을 겁니다. 나충식은 가장 다루기 쉬운 꼭두각시면서 가장 믿을 수 없는 꼭두각시였거든요."

"그 사건을 통해 헤드도 학습한 거네?"

"네. 맞아요. 그 뒤부터 선생님은 시체를 숨겼죠. 대신 자신이 죽였다는 증거를 남기기 시작했습니다. 더 정확하게 말해서, 아이들을 죽이는 장면을 찍은 동영상이 있습니다. 그리고 그걸 우다빈이 가지고 있어요."

"그걸 왜 우다빈이 가지고 있지?"

"선생님이 잡히면, 경찰은 가장 먼저 선생님의 모든 걸 털 테니까요. 그리고 선생님은 절 믿지 않았습니다. 조 형사님 말이 맞습니다. 저는 이미 여러 차례 명령을 어겼습니다. 결국 죽여야 한다는 걸 알면서도 죽일 수 없는 변명거리를 만들었죠."

윤석은 모든 걸 내려놓은 듯 편안하게 미소를 머금었다.

"신예린에게 나경이 얘기해준 게 너라며? 처음에는 나경이를 납치할 계획이라 말해준 거라 생각했었다."

"맞습니다. 나경이가 왜 선택된 건지 예린이도 알아야 할 것 같아서 말한 것뿐입니다."

"그 이유 외에 다른 이유가 있었을 거야. 말해 봐. 예린이에게 왜 나경이 이야기를 했지?"

유하의 질문에 윤석은 답이 없었다. 그저 가만히 그녀의 얼굴을 보고 있을 뿐이었다.

"내가 얘기할까? 너 예린이에게 희망을 심어주고 싶었지? 실제로 예린이는 너에게서 그 말을 들은 후에 희망을 품었어. 내가 나경이를 구한 것처럼 저도 구해주길 간절하게 빌었다고 하더라. 송윤석, 너 처음부터 민승후를 죽일 생각 없었어. 잡혀서 신예린을 구하는 게 목적이었지. 어때? 내 생각이 맞지?"

"아닙니다. 저는 처음부터 민승후를 죽일 목적이었고, 블랙팀의 끈질긴 조사에 어쩔 수 없이 예린이가 갇혀 있는 곳을 말한 것뿐입니다."

"송윤석!"

"저는 사이코패스 살인범입니다. 살인범으로 재판받고 벌받아야 합니다. 그게 진실입니다."

"윤석아……."

유하의 눈엔 윤석의 미소가 아프게 느껴졌다.

가정환경이 조금만 괜찮았어도, 아니, 적어도 서명기만 만나지 않았더라면, 지금 송윤석은 다른 모습으로 살고 있었을 것이기 때문이었다.

송윤석의 부모와 서명기가, 아니, 이 사회가, 송윤석에게서 평범한 삶을 빼앗아간 건 아닌가 하는 생각에, 유하의 심장은 송곳으로 쿡쿡 찌르는 것같이 아팠다.

"저는 살인마로 죽겠지만, 다빈이는 아닙니다. 다빈이는 민승후가 처음이에요. 그러니까 다빈이만은 살인마가 아닌 인간으로 살게 해주세요. 부탁입니다, 조유하 형사님."

"그래. 알았어. 그렇게 할게."

"명심하세요. 다빈이는 쉽게 입을 열지 않을 겁니다. 저는 실패한 꼭두각시지만, 다빈이는 이제 막 꺼낸 새것이거든요. 선생님을 배신하는 게 쉽지 않을 겁니다. 그래도 잘하실 거라 믿습니다. 블랙팀이잖아요."

수갑 찬 손을 아래로 내리고 의자에 등을 기댄 윤석은 유하가 기억하는 한 가장 밝게 웃으며 마지막 말을 했다.

"형님께 죄송하고 고마웠었다고 전해주세요."

수소문 끝에 서명기의 중학교 동창을 만나러 온 찬우는 어느 정도 예상했던 말을 듣게 되었다.

"그 사건이 있었을 때 저는 지나가는 길이었어요. 옆 반이었거든요. 소리가 나서 우연히 교실 안을 보았는데, 서명기가 그 친구를 밀었어요."

"그 친구는 어떤 자세였습니까?"

"창문에 걸터앉아 있었는데, 서명기를 보고 있었습니다. 뭐가 그렇게 재미있는지 웃고 있었죠."

"사고가 아니라 진짜로 밀어버린 게 맞습니까? 우연히 일어난 사고일 수도 있어요. 그런 사고는 충분히 일어날 수 있습니다."

"분명히 고의였습니다. 내가 똑똑히 봤어요. 그 친구를 2층 창문에서 밀 때 빙긋 웃던 서명기의 얼굴을. 그런데 사고로 결론이 났죠."

"그 뒤 어떻게 됐습니까?"

"2층이라 다행히 죽진 않았지만, 엄청 다쳤다고 들었어요. 팔하고 다리도 부러지고. 한참을 입원했던 것 같아요. 그리고 둘 다 전학 갔죠. 뒤에 소문이 돌았어요. 서명기 부모님 쪽에서 엄청난 합의금을 줬다고."

"네. 감사합니다. 말씀해 주셔서."

중학교의 이 사건이 처음이자 마지막이었다. 찬우가 들은 사건은 진실은 이러했다.

서명기가 중학교 1학년 때, 같은 반에 서명기만 보면 자꾸 시비를 거는 친구가 있었다고 한다. 서명기와 정반대의 가정환경을 가진 이 친구는 반에서 가장 잘살고 공부 잘하는 모범생인 서명기가 싫었던 모양이다. 그래서 일부러 더 시비를 걸었고, 처음 몇 달은 서명기도 당해줬다고 한다. 아마 그런 일이 자꾸 반복되었기 때문에 시비를 거는 친구는 문제아로 낙인 찍혔고, 서명기는 착한 모범생이 될 수 있었을 것이다.

그러던 어느 날, 서명기는 주번이었고, 괴롭히는 친구는 청소 당번이었던 바로 그날 일이 벌어진 것이다. 아마 그 친구는 창문에 걸터앉아 있었을 것이다. 어떤 과정에서 시비가 붙었는지는 모르겠지만, 서명기가 괴롭히던 그 친구를 창밖으로 밀어버리는 사건이 벌어진 것이다.

교실에는 딱 두 사람뿐이었고, 당연히 서명기는 고의로 밀었던 게 아니라고, 그건 사고라고 주장했을 가능성이 높았다. 주위 사람들은 평소의 행동대로 그 친구가 서명기를 괴롭히는 과정에서 벌어진 일이라 생각하고 사고로 넘겼겠지만, 사실은 치밀한 계산이 동반된 계획적인 범죄였다. 어쩌면 그때 서명기는 친구를 죽이려 했을지도 모른다. 그리고 그게 서명기의 첫 번째 범행 시도였을 가능성이 높았다.

어떻게 됐는지 좀 더 자세한 이야기가 듣고 싶었던 찬우는 그 친구를 찾았다. 하지만 그 친구에게서 자세한 이야기는 듣지 못했다. 스물한 살, 취직하기 위해 알아보던 중, 아주 좋은 조건의 일자리가 있다면서 집을 나간 뒤에, 다시는 돌아오지 않았다고 한다. 그러므로 현재 그 친구는 실종 상태였다.

"서명기가 죽였을 가능성 오십 퍼센트 이상. 그리고 서명기의 첫 번째 살인일 가능성도 있다."

마지막으로 결론을 내리면서 찬우의 입에서 무거운 한숨이 터졌다.

"제길. 이렇게 오랫동안 미친놈이 설치는데, 아무도 몰랐다니……."

블랙팀, 조사실. 우다빈.

"우다빈 손에 서명기가 헤드라는 증거가 있다는 거지?"

도준은 팔짱을 끼며 유리 너머 평온하게 앉아 있는 다빈을 응시했다.

"일단 내가 송윤석에게서 얻은 정보는 그겁니다. 송윤석도 그거 외에 다른 증거는 없다고 생각하는 것 같아요. 우다빈 어머니는요? 아직 안 오셨습니까?"

"지방에 계시는 모양이야. 부산에서 다빈이와 비슷한 애를 봤다는 제보를 받고 그리로 갔다는 거야. 지금 올라오는 중이니까, 조금만 더 기다리면 도착하실 거야."

"다빈이는 어머니를 뵌 이후나 조사할 수 있겠죠?"

"그러겠지? 그때까지 좀 두고 보자고. 문제는 서명기야. 과연 우리가 서명기를 흔들 수 있을까? 그게 걱정이긴 한데……."

블랙팀이 서명기의 자백을 못 받으면 검사도 못 받는다고 봐야 옳았다. 우다빈이 증거를 내놓는다 해도 서명기가 죄를 인정 안 하고 조작된 증거라고 우기기 시작한다면, 지루한 법정 싸움이 벌어질 테고, 그 과정에 어떤 변수가 생길지 아무도 모르기에, 여기서 서명기를 무너뜨려 자백을 받는 게 그만큼 중요했다.

"승후 씨에게 가서 물어볼게요. 서명기는 승후 씨가 가장 잘 알고 있을 테니까."

유하의 입에서 생각도 못 한 말이 흐르자 도준은 놀란 마음에 눈이 커졌다.

"그거 우리에게는 좋은 방법일지 모르지만, 민승후에게는 상처가 될 거야. 내 여자가 자기를 사이코패스들과 비슷하게 생각하고 있다는 거니까. 차라리 내가 박우주를 만날게. 그게 나아."

"승후 씨가 더 정확해요. 이미 서명기를 한 번 상대해 봤잖아요."

"설마 너, 승후를 다른 쪽으로 의심하는 건 아니지?"

"설마요. 하지만 인정할 건 인정하려고요. 우리가 사이코패스라고 말하는 그들을 가장 잘 아는 사람은 민승후일 수도 있다는 것을. 다만 비슷한 성향이라 해도 가는 길은 확실히 다릅니다. 민승후는 우리 사람이에요. 바로 이 블랙팀의 숨겨진 여섯 번째 팀원이죠. 그러니 상의해 보겠습니다. 서명기를 어떻게 무너뜨려야 하는 건지."

"그러고 보니 그러네. 그래. 협조 좀 구해봐라. 블랙팀 여섯 번째 팀원인 민승후에게."

"넵, 선배!"

유하는 힘찬 목소리로 대답하며 장난스럽게 거수경례를 했다. 그리고 우다빈이 있는 조사실에서 나왔다.

병원에서 간단하게 병실을 돌아다니는 것으로 운동하던 승후는 유하가 들어오자 빙긋 웃었다.

"어째 불안해. 바쁜 거 내가 더 잘 아는데, 너무 자주 얼굴을 보여주는데?"

승후는 침대에 걸터앉으며 빙긋 웃었다.

"애인 조유하로 있는 게 아니니까. 나 지금 형사로 왔어. 블랙팀 조유하 형사로, 민승후에게 협조를 구하러 왔다고 해야 옳겠지?"

"말해. 뭐? 무엇을 원하듯 그 이상을 드릴 테니까, 원하는 건 뭐든 말만 하세요."

"서명기 상대할 방법."

장난스럽게 웃던 승후는 유하의 이 질문에 순간적으로 표정이 굳었다. 하지만 곧 다시 빙긋 미소가 떠올랐다.

"그렇지. 블랙팀의 조유하 형사라면, 그런 일을 해결할 때 날 찾는 건 당연한 거야. 지금 이 순간 서명기를 상대할 방법을 가장 잘 아는 사람은 나일 테니까?"

"나 변명을 해야 하는데……."

"변명 같은 거 안 해도 돼. 괜찮아. 조유하가 나를 믿어서 그런 질문도 한다는 걸 아주 잘 아니까."

"고마워. 이해해 줘서. 하지만 믿어서만은 아니야."

"그럼 뭔데?"

"내 파트너잖아. 예전 지후 선배의 파트너가 나인 것과 동시에 민승후, 아니, 민지현이었던 것처럼, 내 파트너는 도준 선배인 것과 동시에 민승후, 바로 내 앞에 있는 내 사람이잖아. 나 내 파트너에게 의견을 구하는 거야. 사건을 해결하기 위해서."

승후는 잠깐 읽을 수 없을 정도의 모호한 표정으로 유하를 물끄러미 보았다. 그렇게 얼마간의 시간이 흐르고, 승후는 소리 없이 빙긋 미소를 머금으며 입을 열었다.

"듣기 좋은 소리만 쏙쏙 골라서 하고. 도대체 누구 애인이지?"

"민승후 애인. 민승후의 사랑. 민승후의 영혼의 짝."

유하의 이 대답에 승후의 입에서는 큰 웃음이 터졌다.

얼마 후에 다빈의 모친이 블랙팀 조사실을 찾았다. 그리고 다빈의 모친은 딸의 옷을 움켜잡고 한참 동안 울부짖었다.

모두가 죽었다며 이젠 포기하라고 했던 딸이었다. 그런 딸을 찾으러 전국 방방곡곡 안 다닌 곳이 없었다. 딸이 죽어 시체가 눈앞에 있다 해도 받아들일 수 없는 게 부모인데, 시체조차 보지 못했는데, 어떻게 죽었다고 생각하고 포기할까. 딸이 사라진 그날부터 오늘까지 모친에게 다빈은 살아 있는 자식이었다. 그래서 꼭 찾고 싶은 자식이었다.

"날 왜 찾아요? 친엄마도 아닌데 왜 찾아? 내가 없으면 더 좋은 거 아니야?"

다빈은 이해할 수 없다는 얼굴이다.

다빈이 기억하는 어머니는 하얗고 부드러운 피부에 예쁜 얼굴 그리고 붉은 입술을 가진 여자였다. 가까이 가면 좋은 향기도 풍기는 그런 어머니였다. 하지만 지금의 그녀는 검게 그을리고 거친 피부에 화장은 하지도 않았으며 앙상하게 마른 몸까지, 나이보다 훨씬 더 늙어 보였다.

어머니를 이렇게 변하게 한 사람이 자신이라는 사실을 다빈은 이해할 수 없었다.

블랙팀, 조사실에서 어머니와의 짧은 만남 이후, 다빈은 다시 도준과 마주했다.

"자기는 굶어 죽는다 해도 아이 입에 먹을 것을 넣어주는 사람이 엄마다. 자기 몸은 으스러져도 아이가 아프면 밤새도록 간호하는 사람 또한 엄마라는 존재야. 낳았다고 다 엄마가 아닌 것처럼, 낳지 않았다고 해서 엄마가 아닌 것 또한 아니야."

도준은 아주 잠깐 말을 끊었다. 다빈에게 생각할 시간을 줘서 마음을 흔들려는 의도였다.

"……."

"우다빈, 넌 엄청난 행운아야. 널 위해서 자기 삶을 모두 포기해 버린 엄마가 있다는 건 엄청난 행운이니까. 긴 시간 동안 딸을 찾으러 전국을 돌아다닌 네 엄마에게 딸의 사형선고라는 엄청난 절망을 안겨 드릴 거냐?"

"날 찾아 전국을 돌아다녀요? 엄마가?"

"그래, 그랬다고 들었다. 우리가 연락드렸을 때도 지방에 계셨다. 널 봤다는 제보에 밤에 떨리는 마음으로 내려갔었대. 네가 아니라는 걸 확인했으면서도, 혹시나 그곳에 있지 않을까 하는 기대감에 올라오지도 못하고 전단지를 돌리고 다니셨다고 하더라. 네가 헤드라고 계속 우긴다면, 그래서 네가 재판을 받고 사형선고를 받는다면, 넌 네 엄마 가슴에 또 하나의 큰 대못을 박게 되는 거다."

"왜…… 어째서……."

"엄마니까. 넌 네 엄마의 자식이니까. 다빈아, 지금의 네 엄마가 과연 그 충격을 감당할 수 있을 거라 생각해? 내 눈에는 감당 못 하실 것 같은데, 넌 어떤데?"

다빈은 말이 없었다. 아니, 적당한 말을 찾지 못한다고 봐야 옳았다. 아마 예상 못 한 상황일 것이다. 서명기가 이런 상황까지 알려주지는 않았을 테니까. 서명기가 꼭두각시의 정신까지 지배하려 들었다면, 그래서 우다빈을 딱 그렇게 만들었다면, 지금 다빈은 패닉 상태일 게 뻔했다. 그러면 가능성이 있다. 서명기와 어떤 접촉도 할 수 없는 지금, 다빈은 엄청난 혼란에 빠질 테고, 더 나아가 크게 흔들릴 수도 있으니까.

도준은 다빈을 혼자 두고 밖으로 나갔다. 그리고 하프 미러를 통해 그녀의 작은 움직임까지 세밀하게 관찰하기 시작했다.

"네? 호주요?"

팀장의 갑작스러운 호주 출장 조식에 주영은 당황했다.

[서명기에게 동생이 한 명 있잖아. 그 동생이 몇 번 다쳐서 응급실에 온 기록이 있더라고. 기록에는 평범해. 계단에서 넘어지거나 자전거 타다가 다쳤다거나.]

"그럼 팀장은 동생을 다치게 한 게 서명기라고 생각하는 거죠?"

[그러면 그 어머니 반응도 이해가 돼. 서명기만 두고 가족이 모두 떠난 것도 이해되고.]

"하지만 팀장이 간다고 자세한 이야기를 해줄 리가 없잖아요. 그래도 아들인데 불리한 이야기를 해줄까요? 헛걸음만 할 수도 있어요."

[그러니까 직접 가야 해. 가서 설득해야지. 일단 유하가 가지고 온 자료에 의하면, 서명기 어머니가 무언가를 알고 있을 가능성이 높아. 아무것도 모르고 가는 것보다는 대충 알고 가는 거니까, 나머지는 내 능력이겠지? 빨리 갔다 올 테니까, 일 잘해?]

태석과 통화를 끝낸 주영은 헤드와 연결된 사건 파일들을 쭉 살피며 한숨을 푹 내쉬었다.

"그러니까 결국 이거 다 내 것이라는 거지?"

주영은 머리를 한 움큼 움켜쥐고는 책상에 머리를 쾅 소리가 날 정도로 세게 박았다.

"어머니."

승후는 세워져 있는 침대의 각도를 낮추고 이불을 덮어주는 어머니를 부드럽게 불렀다.

"왜?"

"저 키우는 거 많이 힘드셨죠? 아버지도 없이 나 같은 자식 키우는 거 쉽지 않았을 텐데, 어떻게 견디셨어요?"

"그게 무슨 소리야? 넌 늘 내 자랑이었어. 남들 다 하는 반항 한 번

안 하고, 내가 하라는 대로 말 잘 듣고, 내가 미안할 정도로 아주 잘 커 준 내 자랑스러운 아들. 넌 나에게 그런 아들이야."

"자라면서 전 제가 다르다는 걸 단 한 번도 느끼지 못했어요. 감사합니다. 저를 그렇게 키워주셔서."

"지현아. 사람들은 다 다른 거야. 똑같은 사람은 없거든. 잘하는 게 있으면 조금 못하는 게 있는 건 당연하고, 쉽게 받아들일 수 있는 게 있는가 하면 몇 번을 반복해야만 이해하는 것도 있는 법이거든."

어머니는 승후의 손을 꼭 잡았다.

"넌 머리는 참 좋은데, 그래서 공부는 참 잘했는데, 다른 건 다 느렸어. 그래서 그 느린 걸 내가, 그리고 지후가 하나씩 알려준 것뿐이야. 오랜 시간이 걸렸지만 넌 다 배웠고, 지금은 다른 이들을 행복하게 해주는 사람이 됐잖아. 밝게 자라는 널 보며 지후는 아주 많이 뿌듯해했어. 그리고 나도 그렇고."

"불안하지 않으셨어요? 제가 언제 변할지 모르는 거니까."

"화를 내다가도 지후가 웃으라면 웃고, 울다가도 지후가 그만 울고 웃으라고 하면 눈물 그렁그렁한 눈으로 또 웃고, 찡그리고 있다가도 지후가 '내 동생 웃어야지? 아주 밝게 웃는 거야.' 하고 말하면, 정말 환하게 웃었지. 넌 절대로 나쁜 마음을 먹을 수 없어. 넌 세상 누구보다 착하고 밝은 사람이니까."

"감사합니다. 저를 끝까지 지켜주셔서."

어머니의 애정이 가득 담긴 다정한 미소에 승후의 얼굴에도 미소가 번졌다.

며칠이 흘렀다. 그사이 다빈의 어머니는 매일 면회를 왔었다. 어머니께서 싸가지고 온 음식을 먹고, 어머니의 손길을 느끼며, 다빈은 조금씩 변해가고 있었다. 도준의 예상대로 혼란을 겪게 된 것이다.

서명기의 세뇌가 아무리 강해도 어머니의 사랑만큼 단단하고 강하지는 않다. 어머니의 사랑은 때로 불가능한 걸 가능하게도 하니까.

블랙팀 조사실, 우다빈을 며칠 만에 마주한 도준은 그녀를 향해 부드러운 미소를 머금었다.

"잘 지냈어?"

"네."

하지만 다빈의 얼굴에는 미소가 사라졌다. 세뇌를 받은 감정 없는 범죄자의 얼굴에서 불안감에 흔들리는 인간의 얼굴로 변하고 있었다.

"송윤석이 진술했어. 네 손에 서명기가 헤드라는 증거가 있다고. 동영상 같은 거라던데, 맞아?"

"윤석…… 오빠가 그런 말을 했어요?"

생각지도 못한 소식이었는지 다빈의 눈이 커졌다.

"송윤석이 다빈이 너만은 살인마가 아닌, 인간으로 살게 해달라고 부탁했대."

"오…… 빠……."

다빈의 음성이 가늘게 떨었다.

"송윤석은 서명기가 얼마나 잔인하고 흉악한 범죄자인지 알고 있었어. 그리고 이젠 너도 느끼고 있을 거라 생각하는데, 내 생각이 틀렸어?"

다빈은 말이 없었다. 그냥 고개만 아래로 떨어뜨릴 뿐이었다.

"넌 피해자야. 네가 지금 어떤 결정을 하느냐에 따라 네 엄마와 네 인생이 달라져. 엄마랑 함께 살고 싶지 않아? 엄마 품에서 자고 싶잖아. 지금까지 엄마도 없이 너 혼자 얼마나 고단했니? 민승후가 네 선처를 요청하는 탄원서를 써주기로 했어. 너 엄마랑 함께 행복한 미래도 꿈꿀 수 있다는 뜻이야."

"엄마랑 함께하는 행복한 미래?"

"그래, 행복한 미래. 하지만 네가 헤드라고 계속 우기면, 절대로 행복한 미래는 없다. 판사가 너에게 내릴 선고는 사형이거든."

다빈의 손이 바들바들 떨리는 것이 보였다.

'다 왔다!'

그 순간 도준은 직감했다.

"밖에 네 엄마가 와 계셔."

"엄마가…… 요?"

"몰랐지? 너희 엄마 네가 있는 곳에 늘 계셨어. 네가 구치소에 있을 땐 구치소 앞에서, 네가 이곳에 있을 땐 여기서, 늘 널 걱정하면서 계셨어. 엄마는 그런 존재야. 너 계속 이렇게 버티면, 너희 엄마 쓰러지셔. 알잖아. 겨우겨우 버티고 계시는 거."

손에서 시작된 떨림이 몸으로 이어진다. 그러더니 다빈은 곧 뚝 눈물을 떨어뜨리고 말았다.

"나 다시 평범하게 살 수 있을까요? 엄마랑 같이?"

"치료 잘 받으면 살 수 있어. 넌 당연히 그럴 수 있어."

다빈은 수갑 찬 손을 올려 눈물을 닦아냈다.

"외장하드가 있어요. 그곳에 선생님이 애들 죽이는 과정이 다 담겨 있어요."

"그거 어디에 있어? 어디에 둔 거야?"

"예린이."

도준은 다빈의 입에서 예상치도 못한 이름이 흐르자 소스라치게 놀라며 눈이 휘둥그레졌다.

"설마…… 신예린?"

"네. 신예린이 그거 가지고 있어요. 잡히기 전날, 제가 예린이에게 맡아달라고 줬어요."

"설, 설마…… 예린이도……."

도준은 차마 말을 끝까지 하지 못했다.

"예린이는 그게 뭔지 몰라요. 그 집에 있을 때 주로 예린이를 돌본 것은 저니까, 다른 건 몰라도 내 부탁이라면 들어줄 테니까, 그래서 제가 부탁했어요. 무슨 일이 있어도 안에 뭐가 있는지는 보지 말고 맡아달라고. 작은 철제 상자에 넣어서 자물쇠로 채워놓았거든요. 그래서 보고 싶어도 보지 못할 겁니다."

"그럼 그걸 그거 누가 찾으러 가기로 했는데?"

"선⋯⋯."

다빈은 말을 중간에 침을 꿀꺽 삼켰다.

"선생님이요. 그 증거물을 찾으러 가면서 예린이도 다시 데리고 간다고⋯⋯."

그러니까 꼭두각시들에게 모든 죄를 뒤집어씌우고, 서명기 자신은 유유히 빠져나가겠다는 뜻이다.

"미친⋯⋯."

법이란 게 없으면 당장 찢어 죽여도 시원치가 않을 텐데. 꽉 쥔 도준의 두 손이 분노로 부들부들 떨렸다.

잠깐 외출하고 돌아오던 유하는 경찰청 앞에서 울리는 전화를 받았다.

"블랙팀 조유하입니다."

[언니, 저 예린이에요.]

"어? 예린이구나? 퇴원했지? 미안해. 내가 좀 바빠서 너 퇴원하는 날 못 갔어."

[아니에요. 아직 사건이 안 끝났잖아요. 저 그거 알아요.]

"고마워. 그런데 오늘 왜?"

[드릴 게 있어서요.]

"뭔데?"

[우다빈 언니 잡혔죠? 기사 보니까, 민승후 오빠 찔렀다고 하던데.]

"응. 참! 너도 우다빈 알겠구나?"

[다빈 언니가 저 돌봐줬어요. 그 집에서.]

"아! 그렇구나. 그래서 우다빈 걱정돼서 전화한 거야?"

[그것도 그렇고, 언니가 나한테 맡긴 게 있어요.]

"우다빈이 널 찾아갔었다고?"

[네. 그 집에 있을 때 언니랑 오빠는 제게 참 잘해줬어요. 노래 같은 것도 다운받아서 주고, 영화도 몰래몰래 다운받아서 주고. 오빠는 민승 후 사인도 받아줬어요. 언니랑 오빠는 나쁜 짓 안 했어요. 다 그 사람이 시켰죠.]

유하는 고개를 끄덕이며 다시 차가 주차된 곳으로 향했다.

"그랬구나. 그랬으면 걱정은 되겠다."

[다빈 언니가 저에게 맡겨두긴 했는데, 이거 아무래도 중요한 물건 같아요. 그 사람 죄를 밝힐 수 있는 증거 같은 거요.]

"왜 그렇게 생각했어?"

[다빈 언니가 저에게 부탁할 정도면 그냥 물건은 아닐 것 같아서요. 다빈 언니랑 오빠가 그 사람 대신 죄를 다 뒤집어쓸 수도 있는 거잖아요.]

"예린이 똑똑하구나. 잘했어. 역시 우리 예린이는 용감하네? 지금 곧 갈게. 그러니까 기다려."

[저. 부탁할 거 있어요. 나중에 다빈 언니랑 윤석 오빠 한 번만 만나게 해줘요.]

"그러고 싶어?"

[네.]

"알았어. 그렇게 할게."

차에 오른 유하는 통화를 끝내고 나지막하게 한숨을 토해냈다.

"진짜 등잔 밑이 어두웠네."

블랙팀 회의실.

예린이에게 가서 증거를 받아온 유하는 호주에서 돌아온 태석과 다른 블랙팀 모두가 있는 자리에서 내용을 확인하였다. 동영상을 다 본 후, 블랙팀은 모두 말이 없었다. 아니, 할 말을 잃어버렸다고 해야 옳았다. 그렇게 조금씩 시간이 흐르는 동안, 회의실 안에는 푹푹 무거운 한숨 소리만 들렸다.

"그러니까 처음부터 꼭두각시로 쓸 애와 죽일 애들을 나눈 거네요?"

긴 시간이 흐른 뒤에 겨우 머릿속을 정리한 유하가 처음으로 입을 열었다.

"선택받은 애들은 그 끔찍한 걸 다 봤고, 시간이 지나면서 그걸 일상이라 여겼겠지. 그렇게 괴물을 만들려고 했던 거야, 서명기는."

화가 끓어 머리가 터질 것 같다. 주영은 자기 머리를 거칠게 헝클었다.

"그런데 완전하지가 않았던 것 같아요. 송윤석도 그렇고 우다빈도 그렇고."

찬우의 말에 도준이 입을 열었다.

"말 잘 듣는 순종적인 꼭두각시를 찾다 보니까, 송윤석과 우다빈의 기본 마음이 여리다는 걸 생각 못 한 거야. 꽤 잘 만들어졌다고 생각했던 송윤석은 결정적인 순간에 민승후를 죽이지 못했어. 우다빈도 만족스럽지가 않았을 거고."

"그래서 예린이와 나경이었다. 예린이는 스스로 병원을 찾을 정도로 당찼고, 나경이는 어두운 과거에서 벗어나려는 의지가 강해 빠른 속도로 회복하는 중이었으니까. 서명기는 두 아이를 엄청난 괴물로 키울 수 있을 거라 생각을 한 거다. 완벽한 꼭두각시로."

태석의 말이 끝나고, 모두 기가 막혀 하하하 웃음을 터뜨리고 말았다.

"자, 이제 우리는 서명기를 상대한다."

"넵."

굳은 표정으로 태석이 말하자, 블랙팀 모두 굳은 얼굴로 대답했다.

"우리가 가진 자료를 모두 이용해서 서명기의 자백을 받아야 해. 시작은 유하가 한다."

"네."

"좋아! 가자! 서명기 이 개새끼 절대로 빠져나가게 하지 마!"

"넵!"

블랙팀은 굳게 다짐한 듯한 표정으로 힘차게 대답했다.

블랙팀 조사실. 서명기.

"오늘은 조 형사님이네요?"

명기는 여유롭게 웃으며 앞에 있는 유하를 보았다.

"나 정도면 되지. 이런 허접스러운 사건에 선배들이 나서는 건 좀 그렇지. 그냥 빨리빨리 하고 넘기려고. 다 나와 있는데 길게 갈 필요 있나?"

유하는 의자를 조금 뒤로 빼서 등을 기대고 다리를 꼬았다.

"그러죠. 저도 최대한 협조하겠습니다."

빙긋 미소 짓는 서명기의 얼굴을 보며 유하는 밝게 웃었다.

"헤드, 헤드, 하도 말이 많아서 난 또 대단한 놈이라 생각했었거든. 그런데 진실은 나설 용기도 없는, 그래서 꼭두각시나 내세우는 한심한 놈이더라고."

유하는 노트북을 꺼내 서명기가 헤드라는 증거가 담긴 바로 그 동영상을 재생했다.

"서명기를 상대하는 방법이라……."

"어떻게 하면 되는데? 알려줘."

유하의 질문에 승후의 입가에는 미소가 번졌다.

"그렇지. 모르는 게 당연해. 블랙팀 하는 일이야 늘 뒷북이잖아. 단 한 번도 앞서서 나간 적이 없지. 그런 팀이 어떻게 경찰청 내 최고야? 우리나라 경찰 수준 알 만하네."

"승후 씨, 어떻게 그런 말을 할 수 있어? 승후 씨 평소 그런 생각이었던 거야?"

유하가 발끈하자 승후의 입가에는 더 짙은 미소가 번졌다.

"서명기를 상대하려면 우선 네가 서명기보다 위라는 걸 보여줘야해. 지금처럼 헤드를 깎아내려. 하찮은 존재로 만들어."

"아! 그거?"

"자기 우월의식이 강한 서명기는 절대로 그거 못 견뎌. 견딜 수 없지. 인간 서명기도 마찬가지야. 깎아내려. 바닥까지 확실하게."

알았다는 표정으로 유하가 싱긋 웃자 승후는 그런 그녀의 머리를 살짝 헝클면서 쓸어내렸다.

"조유하 파이팅!"

마지막으로 승후의 기운을 받으며 유하는 이길 수 있다는 자신감을 내비쳤었다.

그 마음은 지금도 마찬가지였다.

'헤드 너 절대로 바깥세상에 안 보내. 넌 감옥에서 죽을 거야. 내가 꼭 그렇게 만들 거야.'

유하는 무덤덤한 표정으로 자신이 주인공인 동영상을 보는 서명기를 응시하며 마음속으로 이렇게 다짐했다.

"이런 사건을 블랙팀이 맡았다는 것 자체가 자존심이 상해."

유하는 동영상을 정지하고는 비웃음을 머금으며 서명기를 응시했다.

"화면 잘 받는 것 같아? 아니면 카메라가 좋은 건가? 이 정도면 네가 헤드라는 증거는 확실한데, 뭐 할 말 없어?"

"조작이에요. 거기에 있는 사람 나라는 증거 없잖아요. 나랑 닮은 사람일 수도 있고, 조작된 화면일 수도 있고."

"뭐, 그렇게 해. 이렇게 확실한 증거 앞에서 판사가 무죄를 때릴 리도 없고, 네가 스스로 헤드라고 자백할 리도 없으니까, 오늘 우리는 그냥 수다나 떨자."

유하는 가볍게 말하며 노트북을 덮었다.

"그런데 우리도 나름대로 조사라는 것을 해봤지. 너 참 치사한 놈이 더라? 하긴, 애들 납치할 때부터 알아봤지. 어리고 약한 애들 말고는 널 누가 상대하겠냐? 한심한데, 소심하기까지 하고, 용기도 없으면서, 꿈은 그릇에 안 맞게 더럽게 크고. 그러니까 스스로 못하고 꼭두각시를 시키는 거겠지."

"말했는데요. 난 헤드가 아니라고. 그런데 말이 좀 심하네요."

명기의 얼굴에 미소가 조금씩 사라지자 반대로 유하의 얼굴에는 더 욱더 짙은 미소가 번졌다.

"동영상 보니 기가 차서. 애들 데리고 한다는 짓이 참 한심해서 웃음 도 안 나오더라. 애들 죽이면서 힘자랑하니까 좋았어? 너 너랑 비슷한 나이 또래 성인 남자는 건들지도 못하지? 하긴 너 같은 한심한 인간이 어떻게 그들을 이기겠어? 그러니까 네 부모도 널 버린 거겠지."

시작이다. 유하는 명기의 미간이 아주 살짝 일그러지는 그 순간, 이 번엔 무조건 흔들릴 거라는 걸 확신할 수 있었다.

"동생 다치게 하면서 대단한 일이라도 한 것 같아 좋았어? 그런데 네 부모는 그런 네가 한심했어. 고작 동생 팔다리 부러뜨리며 좋아하는데, 네가 얼마나 웃겼겠어? 너같이 한심한 놈은 더 키워봤자 쓸모가 없다고 여긴 거야. 그러니 너만 두고 호주로 갔지."

"시끄러워! 네가 뭘 안다고 지껄이는 거야?"

유하의 자극에 명기는 조금씩 숨소리가 거칠어지고 목소리가 사나워 졌다.

"척 하면 착 하고 나오지. 그러니까 송윤석도 민승후에게 간 거잖아? 너와는 비교가 안 될 정도로 우월한 존재, 사람들의 선망과 동경을 한 몸에 받는, 아주 완벽한 사람이니까. 우리 블랙팀도 민승후 엄청 의지하거든. 너 같이 허접스러운 범죄자는 감히 쳐다보지도 못할 정도로 완벽하잖아.”

“날 자극한다고, 안 한 걸 했다고 하지 않아. 난 헤드가 아니야. 절대로.”

“그래. 알았다고. 계속 그러라니까?”

유하는 가볍게 말하고는 커피 한 잔만 넣어달라고 소리쳤다.

“아 참! 네 부모님 잘 계셔. 오! 동생 엄청 똑똑한가 봐. 대학교수던데? 키는 너보다 한 10cm 정도 더 큰 것 같고, 얼굴은 너와는 비교도 안 되게 엄청 잘생겼고, 성격은 끝내주게 좋다고 칭찬이 자자하더라. 역시 네 부모가 택한 사람은 뭐가 달라도 달라.”

“닥쳐!”

“하긴 객관적으로 동생 쪽이지, 넌 아니다 싶어. 사실 떡잎부터 미래가 보여. 어린아이들이나 죽이는 한심한 네놈보다는, 대학교수에 잘생기고 성격 좋은 동생 쪽이 백 배, 아니, 천 배는 나아.”

“그 입 닥치라고!”

“나 같아도 너 같은 놈이 내 몸속에 나왔으면 버리고 싶을 거야. 아니, 지우고 싶었을 거야. 아무 쓸모가 없잖아. 키워봤자 좀도둑보다 못한 허접스러운 쓰레기 범죄자일 뿐인데. 헤드? 웃기지 마. 넌 그냥 발톱의 때야. 더럽고 보기도 안 좋은, 그냥 때.”

“이년이 지금 누굴!”

매섭게 소리친 명기는 의자가 둔탁한 소리를 내며 바닥에 나가떨어지도록 거칠게 일어나 유하에게 달려들었다. 그리고 바닥에 쓰러진 그녀의 위를 올라타 목을 졸랐다.

“네가 뭘 알아? 내가 한 그 모든 것들을 너 같은 년이 뭘 안다고 비웃어? 블랙팀이 몇 년 동안이나 흔적도 못 찾은 사람이 바로 헤드야! 지금까지 내 머리카락 한 올도 못 찾았으면서, 네년이 뭘 안다고 입을 함부로 놀려!”

드디어 서명기가 헤드의 모습을 드러냈다.

주영과 찬우가 달려와 명기를 유하에게서 떨어뜨렸지만, 그는 그런 주영과 찬우 손에서 벗어나서 다시 유하에게 달려들려고 거칠게 몸을 이리저리 움직였다.

"그래. 바로 네가 헤드야. 이제야 자백하네. 자기 스스로 헤드라고."

유하는 천천히 일어나 명기 앞에 서며 차갑게 씩 미소를 지었다.

그제야 서명기는 자기가 당했다는 걸 깨달았다. 일부러 자극한 거다. 스스로 헤드임을 밝히게 하려고.

"대단하네. 이런 약은 수도 쓰고?"

"우리 블랙팀이 좀 대단해. 자, 이제부터 우리 제대로 된 조사 시작해 볼까? 서명기, 아니, 헤드!"

주영과 찬우는 서명기를 자리에 앉히고 근처 벽에 기댔다.

"첫 번째 살인, 중학교 때 너 괴롭히던 친구지?"

이런 인간은 이리저리 돌려봤자, 미꾸라지처럼 빠져나갈 구실만 만들어줄 가능성이 높다. 그리고 원하는 정보가 다 있는데, 말을 이리저리 돌릴 이유도 없었다.

"이름이 뭐였더라?"

"유성운."

명기는 서늘하게 씩 미소를 머금었다.

"그래서 어떻게 죽였어?"

"천천히 고통스럽게 죽였어. 그런 놈은 한 번에 죽이면 아깝거든."

"시체는?"

"어디 있으려나? 실망인데. 똑똑한 우리 블랙팀이라면, 이 정도는 딱 알아내야 하는 거 아니야? 아니다. 뒤에 있는 민승후가 더 똑똑한 건가?"

음산하게 낄낄 웃는 명기를 보자마자 유하의 얼굴이 험악하게 일그러졌다.

"헤드 정도면 쿨할 땐 쿨해야지. 다른 잡범들처럼 스무고개 하는 건 쪽팔린 거 아닌가?"

"블랙팀 정도면 척 하면 착 하고 나와야지. 다른 형사들처럼 말해줘야 아는 건 엄청 부끄러운 거 아닌가?"

쉽게 말할 생각은 없다는 뜻이다. 유하는 씩 웃으며 주영과 찬우를 번갈아 보았다.

"좋아. 쉽게 불든 어렵게 불든 그건 네 선택이니까."

주영은 이 말을 하면서 다가와 명기의 머리를 움켜쥐었다. 그리고 그대로 머리를 뒤로 젖혔다.

"말 안 할 거지? 그럼 하지 마. 우리도 매너 차리면서 입 터는 건 열 받아서 싫으니까. 한찬우, 나가!"

주영이 명령하듯 말하자 찬우는 한심하다는 얼굴로 명기를 잠깐 보다가 조사실을 나갔다.

"지금 뭐 하는 거야? 이거 가혹 행위야. 알지?"

"네가 모르는 거 같아서 말하는데, 여기 블랙팀이야. 우리가 상대하는 쓰레기들은, 어쩌다가 사람 죽인 그런 녀석들이 아니라 바로 너희 같은 놈이거든. 그러니까 우리가 어떤 사고를 쳐도 위에서는 적당히 넘어가. 왜냐? 너 같은 놈들보다는 우리가 이 대한민국 땅에 더 필요하고, 중요한 존재니까."

주영은 큭 웃으며 명기를 놓았다.

"공포심 조장해 진술을 받겠다. 이거 나한테 안 통해. 너희 나한테 손 끝 하나라도 대면 가혹 행위로 모두 옷 벗을 줄 알아?"

유하는 의자에 등을 기대며 다리를 꼬았다.

"네가 말했잖아. 블랙팀이라면 척 하면 착 하고 나와야 하지 않겠냐고. 넌 헤드 이름값도 못하는 놈이지만, 우리는 블랙팀 이름값은 하거든. 너한테 선물을 하나 줄게. 아주 큰 선물이 될 거야."

유하의 말이 끝나기가 무섭게 주영이 동영상 파일을 하나 재생했다.

동영상에는 잔잔한 저수지가 잠깐 비추더니 잠수부들이 부지런히 잠수하면서 물 밖으로 커다란 가방을 하나씩 건져 올리고 있었다. 그리고 태석이 가방 하나를 연 순간 보이지 않는 곳에서 비명이 터져 나왔다.

"나는 너한테 순순히 자백한 기회를 준 건데, 이런 놓쳤네? 서명기, 일명 헤드는 수사에 협조적이지도 않았고, 끝까지 반성하지도 않았음. 내 보고서의 결론인데, 어때, 마음에 들어?"

분노로 일그러진 명기의 눈가가 가늘게 떨렸다.

"저수지에서 건진 사체는 네 구였다. 이 중 한 명은 유성운이겠지. 이 사체들이 바로 범행이 익숙하지 않았던, 헤드의 초기 살인이다. 유성빈과 나머지 세 명의 피해자들이 너와 연결될 가능성, 난 백 퍼센트라고 보는데, 넌 어때?"

"질문, 저 저수지는 어떻게 알았지? 윤석이와 다빈이도 몰랐던 건데."

"네가 헤드라는 사실을 안 그때부터 우리가 제일 먼저 하는 일이 뭘까? 바로 현재의 답을 찾기 위해 네 과거를 터는 거야. 저 저수지 근처에 네 아버지 소유의 별장이 있었잖아. 지금은 다른 사람 소유지만. 네가 왜 피해자들을 택했는지, 네가 왜 저 장소를 택했는지는 설명 안 해도 알 테고, 우리도 아니까 넘어가자고."

유하는 차갑게 씩 웃었다.

"이제 술술 불어보실까? 나머지 세 명의 피해자 신원부터."

여전히 대답할 마음이 없는지 명기는 입을 꾹 다문 채로 그저 씩 웃기만 할 뿐이었다.

"여기까지 왔는데도 비겁하게 입 꾹 다물 거야? 결국 넌 역사에 길이 남을 연쇄살인마는 안 되겠다. 다 드러난 마당에 묵비권으로 도망갈 타이밍을 찾는 것 보면?"

유하는 또다시 명기의 신경을 팍팍 긁었다. 이 방법이 서명기를 상대한 유일한 방법이기 때문이었다.

"역시 연쇄살인마 라인으로는 일 년이가 최고긴 해? 걔는 시원시원했거든. 죄가 밝혀진 다음에서는 마치 자기 업적을 자랑하듯 말했어. 후대까지 살인마 일 년이란 이름이 남을 거라는 걸 걔는 아주 잘 알았던 거지."

"뭐?"

"그런데 넌 그릇이 아니다. 됐어. 지금까지 밝혀진 것만으로 충분하다. 그냥 입 다물어. 비겁한 찌질이에 소심한 겁쟁이, 용기도 없고 배짱은 더 없고, 헤드란 이름이 아깝네."

유하는 비웃듯 웃고는 자리에서 일어나려 했다.

"하민혜, 왕효빈, 김선미."

유하는 서명기가 세 명의 이름을 말하자 다시 자리에 앉았다.

"그들이 누군데?"

"저수지에서 올린 가방. 일을 줄여주는 거야. 난 마음이 넓으니까."

"그들을 왜 죽였어?"

"알잖아."

"그래도 말해. 왜 죽였어?"

"감히 날 비웃었거든."

"그런 거로 사람을 죽여?"

"그것만으로도 이유는 충분해. 멍청한 인간인 주제에 날 비웃었으니까."

너무 기가 막히니까 아무 말도 떠오르지 않는다. 유하는 잠깐 명기를 가만히 보았다.

"왜 그렇게 보지?"

"그렇게 우월한 네가 어째서 우리에게 잡혔을까 싶어서."

"온전히 블랙팀이 잡은 게 아니야. 일 년이와 민승후가 날 잡게 도운 거지. 두 사람이 없었으면, 너희는 나 못 잡았어. 내 머리카락 하나 못 찾고 헤맸을 거야. 하긴 그것도 능력이라면 능력이네. 하지만 한 가지만 알아둬. 바로 너희 때문에 민승후는 죽어."

"뭐?"

"민승후가 안전해진다면, 그건 바로 우리와 똑같아졌다는 뜻이고, 민승후가 위험해진다면, 그건 너희를 도와주고 있다는 뜻이니까. 민승후는 너희 때문에 죽어. 바로 조유하 너 때문에."

"뭐? 이 자식이!"

유하는 벌떡 일어나 명기에게 달려들려고 했다. 그걸 예측한 주영이 막지 않았더라면, 지금쯤 그녀는 명기를 패고 있을 가능성이 높았다.

"내 입 열었으니, 이태석하고 황도준 들어오라고 해. 그들이 나한테 가장 할 말이 많을 테니까?"

명기는 주영의 손에 끌려나가는 유하를 응시하며 낄낄낄 서늘한 웃음을 흘렸다.

주영의 손에 끌려 나온 유하는 끓는 속을 어쩌지 못하고 씩씩 거친 숨을 몰아쉬었다.

"무슨 뜻일까요?"

찬우는 굳은 얼굴로 태석에게 물었다.

"일 년이가 이미 말했잖아. 미친 살인마들이 서로 교류한다고. 어쩌면 헤드는 또 누군가를 알고 있을지도 몰라. 그리고 서로 정보를 교환했을 가능성도 있어. 만약 진짜 그랬다면, 그 연쇄살인마가 활동을 시작할 때, 민승후가 표적이 될 확률이 높아."

"왜 자꾸 민승후를……."

"그들의 행동 패턴을 가장 정확하게 읽을 수 있는 사람이니까. 헤드를 잡았을 때처럼."

태석의 말에, 유하는 짜증이 치밀어 머리를 신경질적으로 헝클면서 "도대체 왜!"라고 날카롭게 소리쳤다.

"일단 들어가자. 들어가서 캐보자고. 뭐가 나오는지."

태석은 도준의 어깨를 툭툭 치고는 먼저 안으로 들어갔다.

"꽤 흥미로운 얘기야."

태석은 자리에 앉으며 가볍게 말했다.

"네 말은 너랑 비슷한 쓰레기가 또 있다는 소리인데, 이왕 입 연 것, 제대로 말해봐. 우리가 알 수 있는 사건이 있을 거 아니야?"

"나야 모르지. 난 내 작품 말고는 별로 관심이 없으니까."

"그러니까 확실하지는 않다는 거네?"

"일 년이에게 물어봐. 어쩌면 일 년이는 잘 알고 있을지도 몰라. 나는 들어주는 직업이고, 일 년이는 캐내는 직업이잖아. 나보다 더 많이 알고 있을지 누가 알아?"

"그래. 그건 그렇다고 치고."

태석은 씩 웃으며 나충식과 나충식 사건의 피해자들 사진을 명기 앞에 쭉 내려놓았다.

"기억나네. 최인서, 박혜승, 박차연. 이때 꽤 재미있었는데."

"피해자들 어떻게 골랐어?"

"겉으로는 봉사 다니면서 골랐지?"

"속으로는?"

명기는 씩 웃으면서 박차연 사진을 손가락으로 톡톡 두드렸다.

"얘가 나충식 애인이야."

"애인?"

"송윤석과 우다빈은 확실한 내 꼭두각시가 맞는데, 나충식은 내가 앞에 내세울 정도는 아니었어. 그저 마음을 터놓고 나에게 의지하는 단계였거든. 내가 금전적으로 많은 도움을 줬으니까."

"그렇다고 해도, 내 나충식이 스스로 꼭두각시가 된 게 이상한데?"

"결론만 말하자면, 박차연 얘가 잘 사귀다가 어떤 남자와 바람이 나서 충식이를 버렸는데, 그 남자를 봉사 다니다가 만났다고 하더라고. 하긴 나 같아도 그놈에게 더 눈이 갔을 거야. 자기보다 아홉 살이나 많은 나충식보다는. 뭐 어쨌든, 박차연을 죽이기 위해 공통점을 만들어야 했고, 비슷한 취미가 있는 여자들을 택한 거야."

"여자가 배신했다고 사람들을 죽여? 내 머리로는 이해가 안 되는데, 넌 그게 이해가 되나 보지?"

"당연히 그것만으로는 이유가 안 되지. 정승중. 박차연과 사귄 남자 이름이야. 나충식이 성질이 좀 욱한 면이 있잖아. 그 남자와 만나서 박차연과 만나지 말라고 말하다가, 자기 성질에 못 이겨서 죽였다고 하더라고. 그래서 그 뒤처리 내가 해줬어."

이걸 계기로 나충식을 꼭두각시로 내세울 수 있게 되었다. 태석은 이제야 꼭두각시가 어떻게 탄생했는지 이해가 갔다. 명기는 나충식을 통해, 자기 대신 앞뒤를 처리해 주는 꼭두각시의 편리함을 깨닫게 되었다. 하지만 나충식은 영 믿음직스럽지가 못했을 것이다. 자기 입맛에 꼭 맞는 꼭두각시가 있었으면 좋겠다는 생각을 했을 가능성이 높았다.

"왜 내 형을, 그리고 황 형사 아내를 납치하라고 시켰어?"

"그래야 너희가 나충식을 죽일 테니까. 일거양득이잖아. 너희가 자꾸 다른 헤드가 있을 거라 주장하니까 불안하기도 하고, 나충식은 잡히면 내 이름을 바로 불어버릴 테니까 더 불안하고. 그래서 나충식에게 그렇게 지시한 거야. 가족이 눈앞에서 죽으면, 아무리 이성적인 사람이라 해도 눈이 뒤집히거든."

그 순간 근처에서 조용히 이 상황을 지켜보던 도준이 명기를 걷어찼다. 그리고 그의 멱살을 잡고 억지로 일으켜 세워 주먹으로 있는 힘껏 내려쳤다.

"그래서 아무 죄도 없는 내 아내를 죽였다고!"

퍽 소리가 들리고 명기는 바닥에 내동댕이쳐졌다.

"네놈이 숨기 위해 내 아내를 이용한 거라고?"

두어 번 퍽퍽 소리가 들리고 그때마다 명기는 바닥에 쓰러졌다가 일으켜 세워지길 반복했다.

"죽어! 죽어, 이 새끼야!"

"선배!"

도준이 다시 주먹을 치켜들자 주영과 찬우가 달려와 그의 팔을 하나씩 잡아서 막았다.

"저 새끼는 그냥 죽이는 것도 아까워! 놔! 나, 저 새끼, 죽을 때까지 팰 거야! 감옥에 들어가서 평생 살게 돼도, 저 새끼 천천히 고통스럽게 죽여 버릴 거라고!"

도준이 거칠게 몸부림치자, 주영과 찬우가 필사적으로 그의 팔을 꽉 잡았다. 지금 놓으면 진짜 사고 칠 거라는 걸 알고 있었기 때문이었다.

"도준이 데리고 나가."

도준이 주영과 찬우 손에 이끌려 나가고 난 뒤, 조사실 안은 다시 조용해졌다.

"뜻밖이네. 황도준이 저렇게 감정적으로 변하다니."

명기는 씩 웃으며 손을 올려 입가에 흐르는 피를 닦아냈다.

"긴 시간 바라고 바랐던 순간인데, 한 대 안 패고 넘어가면 사람이 아니지."

"그럼 너도 패고 싶은가 보지?"

"넌 사실 때려죽이는 것도 아깝지. 내 힘 낭비거든. 구치소에 가봐. 거기 가면 재미있는 사람들 많아."

씩 웃는 태석의 미소 속에 서늘함이 서렸다.

"무슨 뜻이지?"

태석은 일어나 천천히 다가와 명기의 귀에 속삭였다.

"내가 잡아넣은 쓰레기도 많지만, 위험에서 구해준 쓰레기도 참 많거든."

"이거 협박이야. 알지?"

명기는 당황해 떨리는 음성을 숨기지 못했다.

"그러게 왜 가족을 건드려? 블랙팀은 가족 건드리는 걸 가장 싫어해.

그리고 난 내 가족을 건드린 널 곱게 죽게 둘만큼 마음이 넓지도 않고."

"협박이 너무 유치하네."

"내가 블랙팀 팀장이 된 이후부터 지금까지, 블랙팀 가족을 건드려 살아남은 쓰레기는 없다."

"재미있네. 아주 웃겨."

명기는 동요하는 마음을 감추려고 일부러 크게 하하 웃음을 터뜨렸다. 하지만 태석의 다음 말 때문에 더 웃지 못하고 그대로 굳어버렸다.

"난 우리 블랙팀을 건드리는 건 참을 수 있어. 우리는 매 순간 목숨을 내놓고 일하는 사람들이니까. 하지만 우리 가족을 건드리는 건 못 참는다. 아니, 참지 않는다. 더군다나 넌 블랙팀 가족을 세 명이나 건드렸어. 내 형, 황도준 아내, 그리고 민승후까지. 기대해. 네 지옥은 지금 이 순간 이후부터니까."

태석은 명기의 귓가에서 큭큭 낮은 웃음을 웃었다.

제19장.
스토킹은 사랑이 아니다!

○○ 놀이동산 입구.

"사람들이 오빠 알아보면 어떻게 해요?"

나경이는 주위를 두리번거리며 걱정스럽게 물었다.

"그건 좋은 방법이 있지."

유하는 나경이 어깨에 손을 턱 올리며 기분이 나쁠 정도로 화사하게 웃었다.

"사람들이 알아보고 달려들면, 우리는 모르는 척하는 거야. 미끼를 던져 놓고 튀는 거지. 어때 좋은 방법이지?"

"그게 좋은 방법이에요?"

"유명한 한 사람만 당하면 되지, 그 사람 때문에 우리까지 피해를 볼 필요는 없잖아."

아무리 고민해도 더 좋은 방법은 없다. 유하는 스스로 생각해도 아주 기발한 방법 같아서 흡족해하는 표정으로 고개를 끄덕였다.

"그러니까 결론은 내 희생을 바탕으로 네 안전만 챙기겠다는 거지?"

유하는 서늘한 음성에 화들짝 놀라며 뒤를 돌았다. 그리고 서늘한 시선과 눈이 딱 마주치자 안전하게 나경이의 뒤에 숨었다.

"유명한 쪽은 당하는 게 당연하지만, 난 억울하지."

"이래서 은혜를 원수로 갚는다는 속담이 나오는 거구나? 와! 이런 거였어. 믿는 도끼에 발등 찍히는 느낌이."

승후는 빠른 속도로 주위를 훑고는 모자를 푹 눌러썼다.

"괜찮아. 어차피 계속 믿을 거잖아. 그리고 쫓기는 건 혼자 하면 되는 거 아니야? 나랑 나경이는 덩달아서 같이 쫓길 이유 없지. 안 그래?"

"진짜 서운해지려 하네. 그럼 두 분만 오시죠. 나는 왜 불렀습니까?"

"말은 바로 하시죠. 나랑 나경이가 놀이동산 간다고 하니까 따라오신 거죠. 난 같이 가자는 소리 안 했습니다. 나도 가면 안 되냐고 하기에 마음대로 하라는 말만 했을 뿐이죠."

승후는 못마땅한 마음을 가득 담아 비아냥거리듯 목소리를 높였다. 그러자 유하도 얄밉게 오리발을 내밀며 말을 높였다.

"그럼 차라리 오지 말라고……."

"저기……."

저러다 진짜 싸우는 건 아닐까 하는 생각이 들 때쯤 나경이가 불안한 듯한 표정으로 입을 열었다.

"우리 둘이 싸우는 것 같아서 걱정했구나? 괜찮아. 안 싸워."

유하는 빙긋 웃으며 나경이의 머리를 쓰다듬었다.

"그게 아니라."

나경이는 옆으로 살짝 비켜나며 빙긋 웃었다.

"시빈이가 왔어요."

나경이 손으로 가리킨 쪽으로 고개를 돌린 유하는 꾸벅 인사하는 시빈을 보게 되었다.

"시빈이가 온다는 말 없었잖아."

"언니가 오빠 불러서 나도 시빈이 오라고 했어요. 언니는 오빠랑 데이트하고, 난 시빈이랑 놀고."

"그러니까 날 여기 있는 유명한 사람한테 넘기고, 넌 데이트하시겠다
고?"

"네."

나경이 당당하게 대답하자 유하는 어이가 없어서 하하 웃음을 터뜨
렸다.

"안 되셨습니다. 여차하면 나 버리고 갈 생각이었을 텐데?"

킥킥 웃는 소리가 귀에 상당히 거슬린다. 유하는 승후를 노려보며 미
간을 일그러뜨렸다.

"점심시간에 만나요. 전화할게요. 언니, 오빠, 재미있게 노세요!"

나경이는 손을 양쪽으로 흔들고는 시빈과 바람처럼 사라졌다. 소리
없이 입만 벙긋했지만, 승후의 입은 분명히 '거참, 고소하다.' 이 말을 했
다.

"역시 나경이는 똑똑해. 우리 데이트하라고 일부러 자리도 비켜주고."

나경과 시빈이 사라지고, 승후와 유하는 놀이동산 여기저기를 한가
롭게 돌아다니는 중이었다. 말을 하면서 힐끔거리는 주위 시선을 느낀
승후는 주머니에서 도수 없는 뿔테안경을 꺼내 썼다.

"어차피 자유롭게 놀지도 못할 거면서 왜 따라왔대?"

승후 때문에 덩달아서 주변을 힐끔거리게 된 유하는 지금 상황이 마
음에 안 들어 투덜거렸다.

"우리 서로 구박하지 말자. 생각해 보니 이런 데이트는 처음인 것 같
은데, 구박으로 시간 보내는 건 아깝지 않겠어?"

하긴, 처음으로 사건 없이 한가하게 승후와 만나게 된 건데, 투덜거리
면서 이 아까운 시간을 보낼 수는 없다. 유하는 빙긋 웃으며 그의 말에
동의한다는 뜻으로 고개를 끄덕였다.

"진짜 꿈만 같아. 우리에게 이런 날이 있을 거라고는 생각도 못 했었

어. 아니다. 내 삶에서 이런 순간이 있을 거라고는 생각 못 했어. 내가 애인과 놀이동산에서 한가하게 걷고 있다니, 작년까지만 해도 생각 못한 일이었는데?"

촬영장에서 유하를 다시 만나기 전까지 승후의 머릿속에는 온통 일 년이뿐이었다. 일 년이를 잡은 이후는 생각하지 않았었다.

"그러네. 나도 이런 한가함은 생각 못 했었어. TV 속에서나 볼 수 있었던 민승후와 데이트하고 있는 지금 이 모습은 감히 상상도 할 수 없었지. 올해 감당하기에 버거운 사건들이 많았지만, 그래도 좋은 것 하나 있어. 민승후를 만난 것."

"꼭 이러지."

승후는 히죽 웃으며 몸으로 유하를 툭 쳤다.

"누구 애인인지 모르겠지만, 밉게 말하다가도 꼭 끝에는 예쁜 소리만 골라서 해?"

"민승후 애인."

유하의 대답에 승후의 입에서는 기분 좋은 웃음이 터졌다. 그런 그의 모습을 보는 그녀의 얼굴에도 화사한 미소가 떠올랐다.

"헤드까지 잡아넣으니까 이제는 할 일이 끝난 것 같아. 좀 풀어지는 느낌이야."

"지난 몇 년 동안 블랙팀 고생이 많았지. 내가 그건 아주 잘 알아. 고생했다. 조유하, 아니, 나인후 형사."

승후는 다정하게 미소를 머금으며 손을 올려 유하의 머리를 부드럽게 쓸어내렸다.

"그런데 어떻게 됐어? 죽은 애들 말이야."

"송윤석이 애들 신원을 말했어. 다 가족 찾아줬고."

승후는 그나마 다행이라는 표정으로 고개를 끄덕였다.

"문제는 헤드가 한 그 말인데, 진짜 다른 놈이 승후 씨 노리고 있으면 어쩌지?"

"너 아니라도 나는 그놈들에게는 아주 좋은 먹잇감이야. 내가 블랙팀이랑 연결이 안 됐어도, 아마 다른 이유를 대서 죽이려고 할 거야. 날 죽여서 그놈들이 얻는 게 아주 많거든. 하지만 그런 일을 하나씩 겪으면서 나도 배우는 게 있어. 걱정 마."

승후는 자신만만한 표정으로 말하고는 유하의 어깨를 감싸 안으며 끌어당겼다.

"우리 쓸데없는 걱정은 하지 말고, 미래에 대해서 생각해 보자."

"미래? 무슨 미래?"

"나 결혼할 사람 있다고 확 고백해 버릴까? 그럼 우리 만나는 게 편할 텐데."

"결혼? 승후 씨 결혼해? 언제? 누구랑?"

모르겠다는 얼굴로 눈을 두어 번 깜박이는 유하를 보고 있자니, 승후는 슬쩍 부아가 치밀어 올라왔다.

"진짜 이러기야? 나 삐치면 감당 안 될 텐데?"

"민승후쯤이야."

유하는 가소롭다는 듯 하하하 웃었다.

"그래? 진짜 민승후쯤인지 두고 볼까?"

"내가 지금까지 경험한 바로는 두고 보자는 사람은 안 무섭더라."

"조유하가 아직 나에 대해 모르네."

승후는 안경을 벗으면서 음산하게 씩 웃었다. 그리고 갑자기 모자를 확 벗어서 유하에게 자기 모자를 씌웠다.

"뭐 하려고?"

연예인 생활이 어떻다는 걸 조금이라도 알면, 승후의 이 행동이 무엇을 뜻하는지 알았을 텐데, 유하는 앞으로 어떤 일이 벌어질지 몰랐다. 그의 행동이 이해가 안 돼, 그저 고개만 갸우뚱할 뿐이었다.

"내 애인 공개하려고. 안 되겠어. 민승후는 품절남이라고 온 천하에 광고할 거야. 병원에서처럼 이상한 여자가 침 흘리지 않게."

유하의 머릿속에 '설마……'라는 생각이 떠오른 것과 동시에, 승후가 점퍼를 벗어서 그녀의 머리 위에 씌워 얼굴을 완벽하게 가렸다.

"꺅! 민승후다!"

잠시 후, 여기저기서 이런 고함이 들리고, 근처에 있는 젊은 여성들이 몰려왔다.

1주일 전, 승후가 입원한 병원.

바로 어제, 헤드 사건을 해결한 상으로 윗선에서 블랙팀 전원 휴가를 명령했다. 그리고 지금 유하는 경호원인 예준을 대신해 승후의 병실을 지키는 중이었다.

"애인이 병간호도 해주고, 이런 걸 행복이라 하는 거구나."

"내 황금 같은 휴가를 민승후 병간호에 다 쓰다니. 민승후 팬으로서는 행운이고, 형사 조유하로서는 이보다 더 큰 불행은 없는 것 같아."

유하는 한숨을 푹 내쉬며 불만 많다는 표정으로 승후를 노려보았다.

"이왕 이렇게 된 거 좋은 마음으로 간호하는 게 어떨까? 그럼 내가 엄청 행복해할 텐데."

"내가 나쁜 마음으로 해도 엄청 좋아하실 거잖아. 나 여기 잡아둔 분이시니까."

어제 오후, 휴가 명령을 받은 후 일찍 퇴근한 유하는 기쁜 마음을 부둥켜안고 승후를 만나러 왔었다.

"우리 예준이는 내 경호원으로 들어온 후 하루도 제대로 못 쉬었는데……."

이렇게 말하며 한숨을 여러 번 내쉬는 승후 때문에 결국 유하는 알았다고, 오늘은 내가 있겠다고 말할 수밖에 없었다. 그렇게 하룻밤을 보낸 오늘 아침, 승후는 또다시 풀죽은 얼굴로 그녀를 자극했다.

"사랑하는 애인이 내 병간호해 주는 게 오랜 로망인데. 오늘만이라도 병간호해 주면 기쁜 마음으로 남은 병원 생활 즐겁게 할 수 있을 것 같은데."

"알았다. 알았어. 오늘도 내가 있을게. 됐지?"

어쩔 수 없이 이렇게 말한 유하는 그로부터 한 시간 후 순간적으로 엄청난 살인 충동에 시달려야만 했다. 승후가 바로 내일이 퇴원하는 날이라는 걸 숨겼기 때문이었다.

"그건 그래. 그래도 행복하잖아. 그러면 된 거 아니야?"

과하게 당당하니 오히려 진짜 그런가 싶다. 모든 걸 체념한 듯 유하는 고개를 끄덕였다. 이젠 승후가 뭐라 해도 다 그런가 싶었다. 자신과 블랙팀 일에 엮여서 세 번이나 죽을 뻔했으면, 승후가 어떤 말을 해도 다 믿고 무슨 짓을 하든 다 용서해야 한다는 게 그녀의 생각이었다.

"내일 퇴원인데, 우리 어디 갈까?"

승후는 눈을 반짝반짝 빛내며 물었다.

"그 몸으로 어딜 가시려고. 그냥 나랑 집에 있자."

달콤하게 씩 웃음을 흘린 유하는 손가락으로 승후의 팔을 콕콕 질렀다.

똑, 똑, 똑.

노크 소리가 들린 후 문이 열렸다. 그리고 하정이 승후 바이털을 체크하러 들어왔다.

"또 며칠 내리 잠만 주무시려고?"

날카롭게 버럭거리던 승후는 하정의 등장에 억지웃음을 지었다.

"너 진짜 심해."

승후는 눈을 유하를 고정한 채 하정이 혈압하고 맥박을 잴 수 있게 팔을 내주었다.

"그때 자는 그 상태로 죽은 건 아닌가 하는 마음에 코에 손까지 대봤어. 죽었을 수도 있겠다는 생각이 드니까 심장이 쿵 내려앉더라니까."

"내 꿈이야. 자다가 곱게 죽는 거."

"꿈이라고 하는 것 보니까 이룰 가능성이 없구나? 하긴, 자다 곱게 죽기엔 우리 조 형사님이 너무 바쁘다."

"내가 지나치게 활동적이긴 하지."

유하의 말에 승후는 재미있다는 듯 깔깔깔 이상한 웃음소리를 흘렸다.

"승후 씨?"

유하와 계속 대화를 이어가던 승후는 하정이 부르는 소리에 고개를 돌려 그녀를 보았다.

"바이털 모두 정상입니다."

"네. 감사합니다."

짧게 인사한 후 승후의 시선이 다시 유하에게로 돌아갔다. 아니, 돌아가려 했다.

"승후 씨, 내일 퇴원하신다면서요?"

승후의 시선이 유하에게 닿기 전에 하정이 다시 그에게 말을 걸어왔다.

"네. 그동안 하 선생님께서 고생 많으셨어요. 각별히 신경 써주신 거 압니다. 감사합니다."

하정을 보며 짧게 싱긋 웃어준 승후는 다시 고개를 돌려 유하를 보았다.

"내일 내 매니저 겸 경호원인가?"

"영화 한 편 찍을까? 나 힘 좋아. 민 스타 안고 뛸 수 있어."

유하는 가볍게 장난치며 힐끔 하정을 살폈다.

상처받은 표정이다. 아니다. 저건 배신당한 표정이었다. 사랑하는 남자에게 배신당해 분노하는 여자. 하정의 표정은 딱 그러했다.

"간호사님, 하실 말씀 있으세요?"

유하는 친절하게 말을 걸어보았다. 하정이 어떤 반응을 할지 궁금해서였다.

"없습니다. 그럼 나가보겠습니다."

표정이 사늘하게 바뀌는데 1초도 안 걸렸다. 그런 하정의 모습에 유하의 입가엔 짙은 미소가 번졌다.

"하하정 선생님?"

유하는 하정이 나가려 하자 그녀를 불러 세웠다.

"네?"

"우리 승후 씨가 착한 환자는 아니었을 텐데, 신경 많이 써주셨다는 말은 많이 들었습니다. 감사합니다."

"아닙니다. 당연히 제가 할 일인데요. 그럼."

하정은 꾸벅 인사하고 병실 문을 향해 걸어갔다.

'나에 대한 적개심이 대단하네.'

유하는 하정의 마음을 떠보기 위해 일부러 자극해 보았다. 그리고 순간 일그러진 표정에서 엄청난 분노와 적개심을 느꼈다.

안심할 단계, 주의해야 할 단계, 위험 단계.

하정을 이 세 단계 중 하나에 넣는다면 단연코 위험 단계였다.

"저 여자, 소름 돋아."

하정이 병실을 나가자마자 승후의 입에서 이 말이 튀어나왔다.

"나 보는 눈빛이 기분 나빠. 게다가 너무 자주 들어와. 바이털 체크한다니까 뭐라 말은 못 했지만, 편히 쉬지도 못하고 엄청 불편했다니까."

"팬이라잖아."

"저 여잔 팬이 스타를 보는 눈빛이 아니야. 내 팬들 중에 저런 눈빛으로 나 보는 애들은 한 명도 없어. 어쨌거나 쟤는 많이 무서워."

승후는 생각만 해도 싫은지 몸을 부르르 떨었다. 그런 그의 모습에 유하의 입에는 낮은 웃음이 터졌다.

병실에서 나온 하정은 밀려오는 분노에 몸을 부들부들 떨었다.

"괜찮아. 오늘만 참으면 돼. 오늘만 견디면 우린 함께야. 그러니까 승후 씨, 힘들더라도 조금만 참아. 지금처럼 그 여자 기분 맞춰주면서 그렇게 있어. 알았지?"

혼잣말로 이렇게 중얼거린 하정은 안에서 고통받고 있을 승후를 생각하며 안타까움에 깊은 한숨을 토해냈다.

모두가 잠이 든 새벽.

하정은 음산함마저 감도는 병동 복도를 조심스럽게 걸어서 승후의 병실로 향했다. 그리고 병실 문을 열고 안으로 들어섰다.

옆으로 누워 이불을 귀까지 올려 덮은 승후는 편안한 표정으로 잠이 들어 있었다.

오늘이 무슨 날인지 알기에 이리 편히 잠이 든 거겠지? 이 생각에 하정의 입가엔 빙긋 미소가 빈졌다.

"이제 다 괜찮아질 거야. 겨우 우리 둘 함께 있게 된 거야."

하정은 아주 작게 이렇게 속삭이며 주머니에서 주사기를 꺼냈다. 그리고 혈관에 연결된 수액 줄을 통해 주사기 안에 있던 약을 밀어 넣었다.

"이제 가자. 내가 다 준비해 뒀어."

하정은 승후의 머리를 쓰다듬고는 병실 구석에 세워둔 휠체어를 가지고 왔다. 그리고 그를 덮고 있던 이불을 걷었다.

"진짜 잠들 뻔했네."

그 순간 침대에 누워 있던 승후가 크게 하품을 하면서 일어섰다.

"빨리 들어와서 불 켜!"

승후가 이렇게 말하자 병실 문이 벌컥 열리고 사람들이 들어왔다. 그리고 곧 사방이 환해졌다.

"승후……"

주위가 환해지자 아주 잠깐 눈을 찌푸렸던 하정은 빛에 어느 정도 익숙해졌을 때 승후를 자세히 보았다.

승후가 아니다. 침대에는 승후가 아닌 다른 남자가 누워 있었다.

당황한 하정은 방금 병실로 들어온 사람들 쪽으로 시선을 돌렸다. 그곳엔 유하와 예준 그리고 남자 몇 명과 승후가 있었다.

"승후 씨, 승후 씨가 나한테 지켜달라고 했잖아. 저 여자 때문에 무섭다고 힘들다고 도망가고 싶다고 했잖아! 내가 도와줄게. 지켜줄게. 저 여자가 승후 씨 못 괴롭게 내가 다 막아줄게."

하정이 승후에게로 가려 하자 예준이 그 앞을 막아섰다.

"당신들 다 저 여자 편이지? 우리 승후 씨에게 왜 이래? 승후 씨가 나와 함께하고 싶다고 하잖아!"

하정이 히스테릭하게 소리치자 승후가 입을 열었다.

"하하정, 처음부터 날 보는 당신 눈빛이 마음에 안 들었어. 그건 팬이 동경하는 스타를 보는 눈빛이 아니었거든. 그런데 지난 2년간 날 스토킹하는 스토커 중 한 명이었다니. 당신은 사랑한 게 아니야. 범죄를 저지른 거지. 절대 용서 못 해. 당신이 나에게 한 모든 짓들을!"

"승후 씨, 왜 이래? 나야! 나 하정이라고! 우리가 함께 지낸 밤을 생각해 봐! 날 사랑한다고 했잖아!"

하정이 달려오려 하자 승후 대신 침대에 누워 있었던 찬우가 그녀를 잡았다.

"선처는 없습니다. 무조건 고소합니다. 범인이 나에게 저질렀던 범행, 남기지 말고 모두 다 밝혀주세요."

승후는 차갑게 말하고는 휙 돌아 병실을 나갔다. 그리고 그 뒤를 예준이 따라 나갔다.

"뭐 해? 범인 연행해!"

태석의 명령에 찬우가 주머니에서 수갑을 꺼내 하정의 손목에 수갑을 채웠다.

블랙팀이 병실에서 하정을 체포해 데리고 나오자 병동에는 의사와 간호사들은 물론 환자와 보호자들까지 나와 있었다.

"하하정이 프로포폴 훔친 범인이었어?"

"그걸 승후 씨에게 투약했다고 하잖아요. 승후 씨가 간혹 머리 아프고 몸도 무겁고 속도 안 좋다고 그러더니 그게 바로 프로포폴 부작용이었던 모양이에요. 그때 너무 다쳐서 그 후유증 때문에 그렇다고 생각했지, 누가 그런 거라 상상이나 했겠어요."

"그런데 납치까지 하려고 했어. 제정신이 아닌 거지. 어떻게 저게 제정신이야?"

여기저기서 속닥이는 소리가 하정의 귀에 정확하게 들어왔다.

"너희들이 뭘 알아? 민승후와 난 사랑하는 사이야! 조유하 저 여자기 민승후를 협박해서 날 범인으로 만든 거라고! 민승후가 나에게 도와달라고 했어! 저 여자 손에서 지켜달라고 했단 말이야!"

하정이 날카롭게 소리치며 몸부림치자 찬우 혼자 안 된다는 생각에 주영도 그녀의 팔을 움켜잡았다.

"미쳐도 곱게 미쳐야지, 저게 뭐야?"

"몇 년간 스토킹까지 했다면서? 소름 끼쳐!"

함께 일했던 동료들은 물론 병동에 있던 모든 사람이 이해 못 하겠다는 표정으로 고개를 절레절레 흔들었다.

"아무것도 모르면서 함부로 지껄이지 마! 네년들이 뭘 알아? 우리는 사랑하는 사이였다고! 승후 씨! 승후 씨 힘든 거 알아! 마음 아파하지 마! 진실은 밝혀질 거야! 꼭 승후 씨 곁으로 돌아올게! 기다려! 내가 꼭 승후 씨 옆으로 올게!"

하정은 승후가 들을 수 있도록 고래고래 소리를 질러댔다.

"시끄러워!"

조용히 뒤에 있던 유하가 앞으로 와 그녀의 멱살을 잡은 건 바로 그

때였다.

"사랑? 네가 한 건 범죄야! 넌 민승후에게 지독하게 끔찍한 기억을 심어준 거라고! 그러니까 아가리 닥치고 조용히 가. 여기서 더 소란피우면, 나도 내가 뭔 짓 할지 모르겠으니까."

유하의 무서운 기세 때문일까. 하정은 노려보기만 할 뿐 더는 말하지 않았다. 그렇다고 생각이 바뀌거나 반성하는 건 아니었다. 아니, 어쩌면 유하를 더 원망할 수도 있었다. 계속 노려보는 시선이 분명히 유하에 대한 마음이 분노를 넘어 증오하고 있음을 알 수 있었기 때문이었다. 그리고 하정의 그 표정은 유하가 보이지 않을 때까지 유지되었다.

블랙팀이 하정을 경찰청으로 연행해 가고 유하는 다시 승후에게로 돌아갔다. 블랙팀으로 가기 전 일단 그의 얼굴을 봐야 했기 때문이었다.

"괜찮아?"

병실을 옮겨 안정을 취하고 있던 승후는 유하가 병실로 들어오자 빙긋 미소를 지어 보였다.

"간혹 집착을 사랑이라 착각하는 사람들이 있어. 그건 그들 잘못이야. 그러니까 이상한 생각은 하지 마."

"걱정하지 마. 모든 걸 내 잘못으로 돌릴 정도로 그렇게 순진하지 않아."

"그럼 다행이고."

"그런데 화가 나는 건 어쩔 도리가 없다. 눈으로 직접 보니까 더 화나. 생각해 보니 끔찍하네. 만약 그 여자가 날 죽이고 싶었다면, 나 벌써 죽었을 거잖아. 이젠 병원도 못 믿을 것 같아."

"진짜 굿이라도 한 번 해야 하나? 요즘 나쁜 놈들이 많이 붙는 것 같아."

유하의 농담에 승후는 하하 웃음을 터뜨렸다. 하지만 곧 밀려오는 답답함에 한숨을 푹 내쉬고 말았다.

"그래도 블랙팀이 미리 그걸 인지해서 다행이지."

"승후 씨와 예준 씨가 이상함을 느끼고 있어서 더 다행이었지. 계속 그 여자를 주시했잖아."

"엄청 수상한 여자가 여기저기 이상함을 뿌리고 다니는데 모르는 게 더 이상한 거지. 그런데 넌 어떻게 안 거야?"

"저번에 괴담 사건 수사할 때 승후 씨 경찰청으로 와서 간식 줬잖아. 사실 그때 하하정을 봤었어. 계속 승후 씨와 날 지켜보는 것 같아서 근처 차량 블랙박스를 확인했는데, 나중에 보니 병원 간호사더라고. 그때부터 이것저것 알아봤지."

"헐, 소름 돋아. 경찰청까지 찾아갔다면 지금까지 계속 나 미행했다는 뜻이잖아?"

"사실 처음엔 집착이 좀 강한 단순 팬이라 생각했었어. 그런데 승후 씨가 전에 자고 일어났는데 몸이 더 안 좋다고 그랬던 적이 몇 번 있어서 혹시 몰라 살펴봤었거든."

유하가 형사가 아니었다면 그냥 넘겼을 것이고, 그대로 쭉 하하정의 존재를 모른 채 지냈다면, 생각만 해도 아찔해지는 기분이었다. 순간 훅 들어오는 한기에 승후는 부르르 몸을 떨었다.

"찬우 선배랑 병원에 협조 요청해서, 병동 CCTV 훑어봤는데, 화면에 이상한 게 잡혀서, 혹시 없어진 약물 없는지 조사해 달라고 부탁했더니, 프로포폴이 몇 개 없어졌다는 말을 들었지. 그래서 알게 됐어. 그 여자가 승후 씨에게 무슨 짓을 했는지."

경찰청 주차장에서 하하정을 본 후, 혹시 몰라 그녀가 서 있던 부근 차량 블랙박스를 확인한 유하는 어디서 본 듯하단 생각에 기억을 더듬어보았다. 하지만 하하정이 인상을 강하게 남기는 스타일이 아니라서 그 당시에는 좀처럼 떠오르지 않았다. 그러다 승후가 다시 입원했고, 그때 병원에서 간호사 옷을 입고 있는 하하정을 보게 된 것이었다.

확실한 증거 없이 한 사람을 스토커로 몰아선 안 된다는 걸 누구보다 잘 아는 유하이기에 하정을 계속 지켜보며 조사만 했었다. 사실 모든 행동이 조심스러울 수밖에 없었다. 자칫 잘못하면 승후에게 해가 될 수 있기 때문이었다.

"병원은 워낙 새벽에도 간호사들이 이것저것 체크한다고 들락거려서 누가 들어온 기척이 들려도 그런 거라고 생각하고 마음 놓고 잤던 것 같아. 좀 더 조심했어야 했는데, 어이가 없네. 예준이가 아니었다면 아직도 아무 생각 없었을 거잖아."

송윤석 사건 이후 다시 입원한 승후에게 예준이 이상한 말을 했었다.

"담당 간호사 외에 다른 간호사가 병실을 살피고 있습니다. 그 간호사 느낌이 안 좋습니다."
"누군데?"

승후는 운동하는 척하며 예준과 간호사들을 살폈다. 그리고 예준이 말한 그 간호사가 하하정이라는 걸 알게 되었다.

"저 간호사 음산한 기운을 폴폴 풍기는 게 진짜 기분 나쁩니다."

그래서 예준은 하정이 승후 가까이 오려 하면 극도로 예민하게 굴었다. 예민하게 굴지 말라고 예준을 질책하는 척했지만, 사실은 승후 역시 밤낮으로 병실에 누군가 들어오면 깨서 얼굴을 확인하면서 바짝 신경을 쓰고 있었다. 차라리 피하고 보자는 생각으로 일찍 퇴원한 것도 바로 그 때문이었다.

우다빈 때문에 다시 입원하게 되었을 때, 사실은 다른 병원으로 가야 하나 고민했었다. 그걸 막은 게 바로 유하였다. 그제야 승후는 유하도 하하정을 의심하고 있었다는 사실을 알게 됐다.

유하는 하하정의 행동을 관찰하려고, 아침 7시 30분부터 오후 4시까지 하정이 근무하는 시간에 맞춰 일부러 그녀를 승후의 담당으로 붙였다. 그리고 예준으로 하여금 승후에게서 한순간도 시선을 돌리지 말라고 한 뒤 그의 허락을 받아 카메라를 설치해 병실을 지켜보았다.

유하는 수간호사에게 부탁해 VIP라는 이유로 대부분 수간호사가 직접 약을 투약하고, 가끔 유하가 지시할 때만 하정에게 맡겨 달라고 했다. 그리고 예준에겐 승후가 투약받을 약에 대한 지료를 받아서, 하정이 투약할 때 진짜로 그 약이 맞는지 거듭 확인하도록 당부했다.

물론 하정이 승후를 해치지 않을 거란 확신도 있었다. 하정의 목적은 승후를 죽여 소유하는 게 아니었다. 승후를 사랑하고 있고, 승후도 자신을 사랑한다고 믿고 있는 듯 보여, 살아 있는 그와 함께하고 싶어 할 거라 생각했다.

그렇게 하정이 약을 투여할 때면 예준이 엄청나게 날카롭게 군 덕분에 별다른 짓을 하시 못했다. 그렇다고 끝나는 건 아니었다. 병원으로부터 또다시 프로포폴이 없어졌다는 소리를 들은 유하가 하정이 움직일 날이 얼마 남지 않았음을 알게 되었고, 일부러 틈을 줘 그녀가 승후에게 접근할 시간을 벌어주었다. 함정을 파 하정이 본 모습을 드러낼 수 있게. 그렇게 유하의 예상대로 하정은 스스로 함정에 걸어 들어왔다.

"난 괜찮아. 워낙 어마어마한 일 많이 겪었잖아. 이 정도쯤이야."

승후는 모든 걸 초월한 듯한 표정으로 가볍게 말했다. 그리고 유하는 그런 승후의 모습에 안쓰러운 마음과 걱정스러운 마음이 함께 들어 낮은 한숨만 푹 내쉬었다.

현재, 놀이동산.

이런 미친 짓 하려면 상의라는 걸 좀 하면 안 되는 걸까?

"미쳤나 봐."

뒤늦게 상황 판단을 한 유하는 당황한 나머지 서둘러 도망가려고 했다. 하지만 어깨를 감싸며 끌어당겨 안는 승후 때문에 도망도 못 가고 몰려든 인파 속에 꼼짝없이 갇힌 꼴이 되고야 말았다.

사람들은 짜기라도 한 듯 일제히 휴대폰을 꺼내 들고 사진을 찍기 시작하고, 유하는 옛날 여자들이 쓰개치마로 얼굴을 가리듯, 승후의 점퍼로 얼굴을 완벽하게 가리며 고개를 푹 숙였다.

"죄송합니다. 일반 여성이라, 사진은 찍지 않았으면 해요. 제가 사랑하는 여자라 해서 일반인의 얼굴이 공개되는 건 부당하잖아요."

이렇게 말하면서 승후는 유하의 몸을 자기 쪽으로 살짝 틀어 더욱 바짝 끌어당겼다. 그 덕에 그의 품에 반쯤 안긴 꼴이 된 유하는 여기저기서 터져 나오는 비명을 듣게 되었다.

"일부러 이런 것 맞지?"

유하는 이를 바드득 갈며 승후에게만 들리게 나지막하게 속삭였다.

"난 숨어서 몰래 만나는 것 딱 질색이거든. 이제 해결할 것 다 해결했으니까, 남들처럼 데이트 좀 해야지?"

"나 얼굴 팔리면 안 돼."

승후의 귀에 들리게 나지막하게 잇새로 말한 유하는 끓는 화를 참지 못하고 이를 바드득 갈았다.

"방금 그 말 안 먹히는 거 알지? 내가 알기로는 이미 얼굴 팔릴 대로 팔린 것으로 기억하는데, 아니야?"

맞다. 민승후 납치 사건 이후, 블랙팀을 찍은 사진들이 여기저기서 올라왔었다. 대부분 멀리서 찍은 거지만, 여러 사진 중에 분명히 유하도 있었다.

"하지만……."

"걱정 마. 네 얼굴을 까겠다는 게 아니라, 내가 연애 중이라는 걸 까겠다는 거니까."

승후가 친 사고에 유하뿐만 아니라 그의 매니저들과 경호원들도 당황하긴 마찬가지였다. 갑자기 놀이동산에 놀러 가겠다고 우기더니, 놀이동산에서 대대적으로 자기 연애 중이라고 공개해 버렸으니, 이건 거의 핵폭탄을 터뜨린 것과 비슷한 사건이었다.

"죄송합니다. 죄송합니다."

매니저들과 경호원은 사람들을 헤치고 들어와 승후와 유하 주위를 감쌌다. 그리고 조금씩 움직여서 두 사람을 이 소란에서 빼내기 위해 노력했다.

"유하만 부탁합니다."

경호원들에게 유하를 부탁한 승후는 먼저 앞으로 나가, 사진도 찍어 주고, 사인도 해주면서 사람들이 자신에게 집중할 수 있도록 유도했다. 그러는 사이 경호원들은 유하를 데리고 인파를 뚫고 나왔다.

"저는 됐으니까, 맛이 살짝 간 연예인이나 챙겨주세요. 동생 찾아서 놀고 있겠다고 전하시면 돼요."

사람늘이 몰려 있는 곳에서 조금 멀어졌을 때, 유하는 옷을 벗어서 경호원들에게 줬다. 그러고는 조금이라도 여기서 빨리 벗어나기 위해 뛰기 시작했다.

1주일 전, 블랙팀. 하하정 조사실.

조사실로 들어온 유하는 커피가 담긴 종이컵 두 잔을 가지고 와 하정 앞에 놓고는 마주 보는 자리에 앉았다.

"하하정 씨, 죄를 인정하십니까?"

"무슨 죄? 승후 씨와 난 사랑하는 사이야! 우리 사이에 끼어든 건 너잖아! 승후 씨 내 옆에 못 오게 협박한 것도 너고! 이곳에서 조사받아야 할 사람은 내가 아니고 너야!"

하정은 유하를 노려보며 매섭게 소리 질렀다.

"민승후 씨 납치 미수, 인정하십니까?"

"납치라니! 우린 데이트를 하려던 것뿐이야. 민승후는 톱스타니 당연히 사람들 많은 곳에서 당당하게 데이트할 순 없잖아. 그래서 우린 주로 새벽에 데이트했어. 사람들 눈 피해 만났다고 해서 범죄는 아니잖아?"

"그렇죠. 사람들 눈 피해 새벽에 만나는 건 범죄는 아니죠. 그럼 다음 질문, 민승후 씨 스토킹한 건 인정하십니까?"

"아니! 안정 안 해! 내가 왜 승후 씰 스토킹하겠어? 우린 사랑하는 사이야. 서로 집에도 오간다고! 이런 내가 왜 승후 씰 스토킹하겠어? 스토킹은 당신이 하잖아. 승후 씨 없는 집에 불법으로 문 열고 들어가 마치 제집처럼 굴던데, 그 집에서 당신 뭐 했어? 승후 씨 침실에서 당신 뭐 했냐고? 설마 변태 짓 했어?"

조사하는 게 아니라 오히려 조사받는 느낌이다. 유하는 우습다는 생각에 픽 웃음을 터뜨렸다.

"다음 질문, 민승후 씨에게 불법으로 프로포폴 투여한 건 인정하십니까? 왜요? 그것도 민승후 씨가 원했다고 말할 생각입니까?"

유하는 부드러움을 유지하기 위해 애쓰고 있었다. 감정에 흔들리는 모습을 조금이라도 보였다가는 하정과의 기 싸움에서 이길 가능성이 없다는 걸 누구보다 잘 알고 있기 때문이었다.

"처방전대로 투여한 것뿐입니다."

빳빳하게 고개 들고 꼬박꼬박 반말로 답하던 하정이 말을 높인 건, 민승후에게 프로포폴을 불법으로 투약한 혐의를 받았을 때였다.

"처방전 어디에도 프로포폴을 투여하란 글은 없는데요?"

"처방전을 잘못 봤습니다. 그러니 고의는 아니었어요. 난 진짜로 승후 씨에게 프로포폴이 처방됐다고 생각했어요!"

"수면 마취제가 왜 회복 중인 환자에게 처방되었을까? 의사가 약한 운동을 처방한 그때, 불면증을 앓는 것도 아니고 아주 잘 자는 민승후를 마취 상태로 푹 재워서 뭐 하려고?"

"그러니까 내가 처방전을 잘못 봤다고 그랬잖아요!"

유하의 비아냥거리는 말투에 하정은 사납게 소리 질렀다.

"처방전을 잘못 봤다. 참 편하네. 사람 죽여놓고 처방전 잘못 봤다고 하면 다 끝나는 건가?"

여기까지 대화했으면 대충 답은 나왔다. 몇 가지 질문으로 원하는 답을 얻은 유하는 갑자기 표정이 확 바뀌어 서늘한 얼굴로 하정을 노려보았다.

"하하정, 우선 민승후 납치 미수. 그건 현장에서 잡혔으니 더 할 말 없지? 그래도 증거를 원한다면."

유하는 노트북에 있는 음성 파일을 재생했다.

[이제 다 괜찮아질 거야. 겨우 우리 둘 함께 있게 된 거야. 이제 가자. 내가 다 준비해 뒀어.]

이건 승후를 납치하려고 할 때 하정이 한 말이었다.

"피해자 민승후가 허락하지도 않았는데 강제로 데리고 가는 게 납치야. 사랑하는 사이? 하늘이 무너져 내려도 절대 그럴 일 없겠지만, 만약 그렇다 해도, 민승후 뜻이 아니면 그건 납치다. 그럼 물을게. 민승후가 너랑 간다고 말했어?"

"나한테 도와달라고, 너한테서 지켜달라고 했다고!"

냉정한 유하와 달리 하정의 목소리는 조금 커졌다.

"다시 질문, 민승후가 너에게 자신을 데리고 가달라고 직접 말했어?"

"도와달라고 했어! 네가 무서워서 억지로 만나는 거라고 데리고 가서 숨겨달라고 했다고!"

"머리가 나쁜 거야, 귀가 막힌 거야? 민승후가 너에게 직접 말로 데리고 가달라고 했냐고 물었잖아?"

"말은 안 했지만, 승후 씨와 난 눈빛만 봐도 알아! 꼭 말로 하지 않아도 안다고! 승후 씨가 도와달라고 자신을 좀 빼내달라고 부탁했어! 눈으로 나에게 그 말을 했다고!"

하정이 히스테릭하게 이렇게 소리친 순간 유하의 입가에 차가운 미소가 번졌다.

"그러니까 그런 말 안 했다는 거지? 입으로 직접 듣진 않은 거구나?"

"우린 눈빛만 봐도 통⋯⋯."

"개소리!"

유하는 하정의 말을 중간에 잘랐다.

"민승후에게 초능력이 있다는 말은 못 들었어. 너 또한 초능력 같은 건 없고. 그러니 넌 네 납치 미수를 합리화하기 위해 거짓말을 하는 거야. 그리고 너 스스로 그걸 자백했고. 말했잖아. 네 입으로 직접. 민승후 입에서 그 말은 들은 적은 없다고."

"나와 승후 씬 사랑⋯⋯."

"다음 민승후 스토킹."

유하는 하정의 말을 다시 중간에 잘랐다. 쓸데없는 궤변을 듣고 있을 만큼 유하 자신은 시간이 그렇게 많이 남아도는 사람이 아니었다.

"지난 네가 민승후 씨 주위를 맴돌았다는 증거."

유하는 하정이 승후 주위를 맴돌았다는 증거가 담긴 사진을 하나씩 툭툭 그녀 앞으로 던졌다.

"집, 촬영장, 경찰청도 있네? 그리고 병실까지. 이 정도는 뭐 그림자라고 해도 되겠어?"

"나와 승후 씨는 사⋯⋯."

"입 닥쳐! 스토킹 당하는 게 얼마나 고통스러운지 너 모르지? 사람이 사람을 정신적으로나 육체적으로 엄청난 고통에 빠뜨리는 게 바로 스토킹이야. 피해자는 제대로 된 삶을 살 수 없어. 세상 어디에 있어도 그 시선이 느껴지거든. 그렇게 피해자는 서서히 고통 속에서 망가지지. 그래서 스토킹이 아주 큰 범죄라는 거다."

"난 민승후와 사랑했다고! 사랑해서 함께한 게 어떻게 그게 어떻게 스토킹이야?"

"민승후가 널 원하지 않으면 그게 스토킹이다."

"민승후도 날 원해! 분명 나와 함께 있고 싶다고 했어! 네가 그걸 못하게 했잖아! 네가 승후를 협박해서 그걸 막았잖아!"

"너 민승후 집 현관 비밀번호 알아? 내가 알기론 한 달에 한 번씩 바뀌는데 뭐였어? 아니면 민승후 세컨하우스가 어디 있는지는 알아? 민승후 휴대폰 패턴은? 민승후에게 친한 친구가 몇 명 있는데, 그들 이름과 하는 일은? 승후 씨가 어렸을 때 강아지를 키웠어. 그 강아지 이름은 알고 있어?"

하정은 유하의 질문 어떤 것에도 대답을 못 했다. 그저 입을 꾹 다문 채 분노로 부들부들 떨고만 있을 뿐이었다.

"너랑 승후 씨 서로 사랑한다며? 그런 네가 승후 씨에 대해 아는 게 뭐야? 그런 개인적인 것조차 모르면서, 그 사람 뒤만 병적으로 따라다니며 괴롭히는 게 사랑이야? 여보세요, 하하정 씨, 그건 범죄입니다. 그런 범죄를 저지르는 넌 스토커라고. 알아?"

"아니야. 나와 승후 씬 사……."

"시끄러워. 미친 스토커야!"

유하는 하정의 말을 또 자르고는 서류 하나를 앞으로 던졌다.

"너희 병원에서 프로포폴이 없어졌다고 추정되는 날짜야. 그런데 차트에 민승후 씨가 두통과 나른함 그리고 메스꺼움을 호소한 날과 묘하게 일치하지?"

"……."

하정은 입술을 깨물며 부들부들 몸을 떨었다. 하지만 그녀의 떨림은 두려움 때문이 아니었다. 몸이 타오르는 분노를 감당할 수 없어서였다.

"너 이 약 민승후에게 투약하고 뭔 짓 했어? 대수술까지 받고 누워 있는 환자에게 너 뭐 했냐? 야, 이 미친년아! 너 민승후 프로포폴로 재우고 성추행했지? 사람을 저항 불능 상태로 만든 다음 무슨 짓 했냐고!"

"웃기지 마! 난 아니야! 내가 했다는 증거 있어? 있으면 말해!"

"증거?"

유하는 빙긋 웃으며 사진 한 장을 하정의 앞으로 툭 던졌다.

"이건 민승후 씨가 입원한 병실 복도 CCTV야. VIP 병동이라 잘 되어 있더라고. 화질도 좋고. 경찰 기술력으로 확대해서 화질을 좀 더 선명하게 해봤더니, 우와! 네가 손에 쥐고 있는 게 뭘까? 주사기네? 그리고 네가 문을 열고 들어가는 이곳은 바로 민승후 병실이고. 너 여기 왜 들어갔어?"

"간호사가 왜 들어갔겠어? 약 투약하는 시간이라 그랬겠지!"

"민승후, 내 기억으로는 다른 간호사가 담당했는데? 위에 연차 세 분이 삼교대로 담당했을 텐데? 아! 부탁했다는 말은 하지 마. 금방 탄로 날 거짓말이야. 그런 사실 없대. 그리고 담당 간호사는 의사가 오더 내린 대로 정확하게 약 들어가는 시간에 왔어. 그 병실에서 초대받지 않는 손님은 바로 너 한 명뿐이야."

하정의 표정이 사납게 일그러졌다. 모든 죄가 드러나 어떤 변명을 해도 빠져나갈 구멍은 없다는 걸 알고 있는 표정이었다.

"하하정 씨, 사랑하는 마음이 나쁜 건 아닙니다. 하지만 하하정 씨처럼 상대를 고통에 몰아넣으면서 품은 마음이라면 그건 사랑이 될 수 없습니다. 잘 돌아보세요. 하하정 씨가 진짜 민승후 씨를 사랑한 건지, 아니면 사랑하고 싶은 당신의 욕구를 충족시킬 대상이 필요했던 건지."

유하의 마지막 말에 하정은 그녀를 노려보며 말했다. 그리고 뒤이어 하정이 내뱉은 그 말에 유하는 어이없는 웃음만 터뜨리고 말았다.

"난 민승후를 사랑해. 승후 씨가 당신을 사랑하는 건 인정할게. 그렇다고 우리 사랑이 거짓이 되는 건 아니야. 우린 병원이라는 특수한 공간에서 사랑을 시작했어. 승후 씨가 힘들 때 내가 지켰고 그 사람도 그런 나에게 사랑을 느꼈어. 당신과 승후 씨의 사랑이 진짜고 나와 승후 씨 사랑이 가짜라고 말하지 마. 우리의 사랑 또한 진짜니까."

다시 현재, 놀이동산.

"우와! 대박! 실시간으로 뜨고 있어."

시빈은 휴대폰으로 검색하면서 계속 감탄사를 내뱉었다.

"언니는 왜 안 와?"

휴대폰을 꼭 쥔 채 불안한 듯 발을 동동 구르던 나경은 유하가 눈에 보이자 안도의 한숨을 토해냈다.

"미안. 많이 기다렸지?"

싱긋 웃으며 나경의 앞에 선 유하는 "잘 놀고 있었어?" 하고 말하며 시빈의 머리를 헝클었다.

"누나, 난리 났어요. 민승후 형 사진이 계속 올라와요."

시빈은 휴대폰으로 사진을 보여주었다.

"내 얼굴이 찍힌 건 없지?"

"일단 누나 얼굴은 없어요. 가려서 안 보여요."

"다행이네."

"오빠는요? 오빠는 괜찮을까요?"

나경이 걱정스럽게 묻자 유하는 짜증을 잔뜩 드러내며 얼굴을 일그러뜨렸다.

"그 인간 걱정은 하지 마. 거기서 살아 돌아와도 내 손에 죽을 거니까. 내가 이번에 아주 땅 파고 묻어버릴 거야!"

유하가 이를 바드득 갈자, 순간 움찔한 나경은 시빈의 뒤로 몸을 숨기면서 작게 말했다.

"시빈아, 오빠한테 문자 보내. 빨리 도망가라고."

유하는 허락도 안 받고 대형 사고를 터뜨린 인간은 신경 쓰지 말고 신나게 놀자, 이렇게 생각하며 놀이기구에 오르는 나경과 시빈을 향해 손을 흔들었다.

"잘 놀고 있었어?"

그 순간 귓가에 들리는 승후의 목소리에 화들짝 놀란 유하는 뒤돌아서 그를 보았다.

"나 없이 재미있게 노는 건 반칙이지."

승후는 마스크를 하나 꺼내 유하의 얼굴 반을 가리고, 모자를 더 깊이 푹 씌웠다.

"언제 왔어?"

머리끝부터 발끝까지 다른 모습이었다. 짙은 선글라스에, 옷과 신발이 완전히 다른 것으로 바뀌어 있었다.

"아니, 왜 왔어?"

유하는 서둘러 주위를 살폈다.

사람들이 승후를 보며 수군거렸지만, 아까처럼 달려들지는 않았다. 아니, 그럴 수 없다고 해야 옳을 것이다. 승후와 조금 떨어진 곳에서 경호원들과 매니저들이 그에게 다가오는 팬들을 막고 있었기 때문이었다.

"놀러 왔어. 놀이동산에 내 애인과 또 언제 와보겠어? 애인님이 불철주야 나쁜 놈 잡느라 너무 바쁘잖아. 놀 수 있을 때 많이 놀아야지. 나 예쁘지? 이렇게 기특한 남자가 다 있나 싶지?"

사고를 거하게 치고 나니 무서울 게 없나 보다. 당당하다 못해 자신감이 하늘을 찌르는 승후를 보고 있자니, 유하는 속에서 욱하고 무언가 치밀고 오르는 것만 같았다.

"이왕 이렇게 된 거 다 포기하고 푸닥거리 딱 한 번만 하자? 스타님, 아주 죽고 싶어서 작정했지?"

유하는 사납게 얼굴을 일그러뜨리며 한발 다가갔다.

"그만큼 사랑한다는 증거잖아. 감동해야 하는 거야."

승후는 한발 뒤로 물러나며 뻔뻔스럽게 싱긋 웃었다.

"민승후 씨, 그대가 지금 무슨 짓을 했는지 알고 계십니까? 얼마나 많은 여자를 울렸는지 아시냐고요?"

"많은 여자의 눈물보다는 내 옆의 있는 단 한 여자의 미소가 더 절실하거든."

"그 여자의 주먹이 절실한 거겠지."

유하가 주먹을 꽉 움켜쥐는 것을 본 승후는 어색하게 하하하 웃음을 흘리면서 두어 걸음 더 물러났다.

"데이트 폭력? 설마 형사가?"

"참고 넘기기엔 누구 씨가 너무 큰 사고를 치셔서. 죽을 각오는 되어 있겠지?"

유하는 승후가 벌린 거리만큼 좁혔다.

"그래. 때리고 싶다고 하는데 맞아줘야지. 사랑하는데 뭔들 못 해주겠냐? 하지만 얼굴은 피하자. 당분간 스케줄이 없긴 한데, 여기 보이지 않는 수많은 카메라가 있잖아. 멍이 들어서 팅팅 부어 있는 게 찍히면, 내 애인이 욕을 먹는단 말이야. 내가 그건 또 못 보거든."

"얼굴만 아니면 되지?"

주먹으로 승후의 팔을 조금 감정을 담아 툭 때린 유하는 그가 아프다며 오두방정을 떨자 흠칫 놀라며 주위를 살폈다.

"미쳤어?"

사람들이 이쪽을 보며 웅성거리자, 유하는 승후의 입을 막으며 잇새로 말했다.

"멍든 것 같아. 조 형사님, 나처럼 연약한 남자를 너무 거칠게 다루는 거 아니야?"

"세게 맞은 것도 아닌데, 누가 배우 아니랄까 봐!"

유하는 혀를 쯧쯧 차며 고개를 절레절레 흔들었다.

"사실이든 아니든 우리 둘 사이에서 약자는 나거든. 남들은 다 그렇게 생각해. 그러니까 조 형사님, 조심하는 게 좋지 않을까요? 내가 말이죠, 연기가 좀이 아니라 아주 많이 되는 사람이라, 붙으면 백 퍼센트 조 형사님이 불리할 텐데? 나 엄살 엄청 부릴 거거든. 여차하면 병원에 입원도 할 거야. 근사하게 기절도 하고."

협박을 화사하게 웃으면서 하니까 더 무서운 것 같다.

유하는 상대하지 말아야지 하고 생각하며 뒤돌아 나경과 시빈이 타고 있는 놀이기구를 쳐다보았다. 그 순간, 쪽 하는 소리와 함께 부드럽고 따뜻한 입술의 감촉이 볼에 느껴지자, 유하는 화들짝 놀라며 빠르게 승후에게서 멀어졌다. 그 순간 그가 민승후라는 걸 알아차린 팬들이 "꺅!" 하고 비명을 질렀다.

"뭐 하십니까?"

"뽀뽀. 사랑을 가득 담은 애정표현. 우리 한 번 더 할까?"

"정말 미쳤구나?"

"제정신은 아니지. 사랑에 빠진 남자가 어떻게 제정신이야? 반쯤 미쳐 있는 건 당연한 거 아니겠어?"

승후는 방실방실 웃으며 엉덩이로 유하를 가볍게 툭 쳤다.

"원래 사랑을 미친 짓이잖아요. 안 그래요, 우리 조 형사님?"

승후가 콧소리를 내며 몸을 살랑거리고 흔들자, 유하는 기가 막히고 어이없어서 하하 웃음을 터뜨리고 말았다.

"내가 전생에 나라를 팔아먹은 모양이야."

"그 반대겠지. 전생에 나라를 구했으니까 나 같은 남자를 만난 거 아닐까?"

"스타님은 이 현실이 행운으로 보이세요?"

"그럼 뭐야?"

"어느 부분에서 이게 행운인데?"

"첫 번째, 잘생겼지. 난 아직도 거울 속 잘생긴 내 모습에 놀라. 두 번째, 돈이 많아. 지난 시간 내가 소처럼 일한 덕분에 통장에 돈이 빵빵하게 들어 있거든. 세 번째, 성격이 엄청 좋지. 난 아직도 나보다 더 좋은 성격은 보질 못했어."

더 상대했다가는 살짝 미치고 말 것 같다.

나경과 시빈이 놀이기구에서 내려 이쪽으로 뛰어오자, 유하는 서둘러 나경이에게 전화를 걸었다.

[언니?]

"오지 마."

[왜요? 아! 오빠 왔네요?]

승후를 발견하고 나경의 입에 화사한 미소가 번졌다.

"오지 말고 그냥 가."

[왜요? 오빠가 모른 척하래요?]

"아니."

[그런데요?]

"사람들이 민승후인 것 알아봤어. 괜히 너희까지 사진 찍혀. 오지 마."

[같이 놀고 싶은데. 나도 언니처럼 마스크 하면 얼굴은 안 나오잖아요. 안 돼요?]

"아니야. 절대로 오지 마. 아무래도 이 남자 제정신이 아닌 것 같아. 사람을 미치게 하는 바이러스에 걸린 모양이야. 병 옮을 수도 있으니까, 근처에도 오지 마. 알았지?"

유하가 심각한 표정으로 한 이 말에 나경과 시빈은 동시에 풋 웃음을 터뜨리고 말았다.

유하와 승후가 놀이동산에서 열심히 놀고 있을 그 시간, 태석은 서명기를 만나러 그가 수감되어 있는 구치소에 와 있었다.

"조사할 게 있으면 부르지 이렇게 직접 찾아왔네요?"

서명기는 장난치듯 가볍게 말하며 의자에 앉았다.

"물어볼 게 있어서. 블랙팀 안에서는 물을 수 없는 거니까."

"뭔데요?"

"민승후, 어떻게 알았어?"

"민승후를 모르는 게 말이 되나? 대한민국 톱스타를?"

"민지현을 어떻게 알았냐고!"

태석이 사납게 목소리를 높이자 명기는 빙긋 미소를 머금었다.

"너 처음부터 민승후에 대해 모든 걸 알고 있었어. 어떻게 알았어? 민승후를 어떻게 알고 송윤석을 붙인 거냐고!"

"들었으니까."

"누구한테서?"

"민지후. 바로 민승후 형한테서."

"뭐?"

놀란 태석과 달리 명기는 느긋하게 웃으며 의자에 등을 기댔다.

"민지후가 나한테 상담을 요청했어요. 비공식적으로."

"뭐라고?"

"민승후가 지금은 백 퍼센트 다른 모습으로 살고 있다고는 하나, 민지후로서는 불안감이 있었습니다. 진짜로 달라진 건지, 아니면 그런 척하는 건지. 그때 알았어요. 민승후, 아니, 진짜 민지현을."

동생을 걱정하는 형의 마음이 위험을 불러들였다. 순간 태석은 지후는 죽어서도 괴롭겠다는 생각을 했다. 일 년이에 이어 헤드까지, 동생 옆에 두 살인마를 붙였으니까.

"민지후가 죽고 난 후, 난 송윤석으로 하여금 관찰하게 했습니다. 가족의 노력으로 잘 숨기고 살았다 해도, 민지후의 죽음이 터닝 포인트가 돼서, 잠자고 있던 민지현의 본성이 드러날 수도 있으니까요."

"그런데?"

"팔 대 이. 본성이 완벽하게 죽었을 가능성이 더 높았죠. 그래서 자꾸 자극을 해봤던 겁니다. 나머지 이 퍼센트에 기대를 걸고."

"만약 민지현의 본성이 깨어났으면 어쩌려고 했어? 너한테 이득 될 게 없을 텐데?"

"모르나 보네. 민지현은 블랙팀을 아주 잘 알죠. 블랙팀 개개인의 성향부터 일하는 스타일까지 모두 다. 내가 헤드로 잡혔다 해도, 민지현이라면, 아니, 민승후라면 뭐든 가능하니까. 날 해외로 도피시켜 줄 수도 있고, 증거 불충분으로 무죄를 만들 수도 있고."

생각도 못 한 명기의 대답에 당황한 나머지 태석의 눈가가 가늘게 떨렸다.

"너 어떤 놈한테 민승후를 넘긴 거야?"

"내가 넘기지 않아도 이미 민승후 스스로 존재를 드러냈잖아요. 다른 형사들은 몰라도 블랙팀은 알 텐데? 가족, 친구, 동료, 지인, 아니 주위 모두가, 어쩌면 또 다른 일 년이고, 또 다른 헤드일 수도 있다는 걸. 그래서 블랙팀의 기본 방침은 '나를 포함한 모두를 의심한다.'잖아요?"

명기는 웃긴다는 표정으로 큭 웃음을 흘렸다.

"블랙팀으로 사는 건 정말 힘들겠어요. 블랙팀은 자신을 포함한 세상 모든 이를 악으로 간주하고 조사해야 하니까. 그런데 더 웃긴 건, 그게 정답이라는 거지."

자리에서 일어난 명기는 여전히 웃는 얼굴로 태석을 내려다보았다.

"내가 끝일 수도 있고 아닐 수도 있어요. 블랙팀 주위에 나 같은 사람이 또 있을 수도, 아니면 이젠 없을 수도 있는 거니까. 불안해할지 아니면 안심할지는 블랙팀이 알아서 결정하세요."

"우리를 마지막까지 흔들 속셈인 모양인데, 잘 들어. 승후가 네놈 같은 개자식들에게 당할 리 없지만, 너희와 비슷해질 가능성은 더더욱 없다. 그러니까 그놈들에게 전해. 어떤 놈이 덤벼도 겁 안 나니까, 마음대로 하라고."

"행운을 빌게요. 지켜보는 재미도 꽤 될 테니까."

명기는 큭큭 기분 나쁜 웃음을 남기고 사라졌다.

"승후는 절대 변하지 않아. 사랑하는 그들이 있는 한 절대!"

☾

블랙팀, 태석이 호주에서 돌아온 그날. 서명기 조사 전.
[아드님에 대해 알고 계시리라 생각합니다.]

블랙팀은 모두 태석과 서명기의 모친의 대화 녹음 파일을 듣고 있었다.

[난 할 말이 없어요. 명기와 연락 안 하고 산 지 오래됐습니다.]

[아드님이 납치해 지하에 가둔 이 아이를 저희가 구출했습니다. 그리고 이 두 사람은 아드님이 살인마로 키웠고요. 더는 죄를 짓지 않게 어머니께서 막아주셔야 하지 않겠습니까?]

[저는 몰라요. 아는 게 없어요.]

이 말에 서명기의 일에 관여하고 싶지 않다는 뜻이 강하게 들어 있었다.

[서명기가 동생에게 무슨 짓을 했는지 알고 있습니다. 오기 전 이미 의료기록도 확인했고요. 어머니께서는 그때 어떤 조치라도 취하셨어야 했습니다. 이렇게 도망오실 게 아니라.]

[내가 뭘 할 수 있었겠어요? 그 아이는 어렸을 때부터 달랐어요. 사람들을 다치게 하고, 동물을 죽이는데 눈도 깜짝 안 했죠. 무서웠어요. 내가 낳은 내 자식이지만, 난 그 애가 무서웠다고요. 그런데 어떤 일을 할 수 있었겠어요? 내가, 어떻게, 그 애를 감당할 수 있었을까요? 아무도 감당 못 해요. 아무도.]

서명기 모친의 음성이 떨고 있었다.

[한 아이가 있었습니다. 동물들을 죽기 직전까지 몰아가도 아무런 감정을 느끼지 못했죠. 그나마 다행인 것은, 가족이 아이가 다르다는 걸, 그 아이 스스로 인지하기 훨씬 전부터 눈치챘다는 겁니다. 그래서 그 아이가 누군가를 다치게 하거나 동물을 죽게 하기 전에 막을 수 있었죠.]

[무슨…….]

[그때 그 아이에게 사이코패스 검사를 했더라면, 아마 꽤 높은 수치가 나왔을 겁니다. 그런데 그 아이에게 그 가족이 어떻게 했는지 아십니까?]

서명기 모친은 대답이 없었다. 그냥 조용히 침묵할 뿐이었다.

[감정을 말로 가르치기 시작했습니다. 하나씩 알아들을 때까지 반복해서. 꽤 오랜 시간이 걸렸고, 그동안 그 아이는 늘 가족과 함께 있었습니다. 밖에서 화가 나면 꾹 참고 집으로 오라고, 귀에 못이 박히도록 얘기하고 또 얘기했다고 해요.]

[그 가족은 그 애가 안 무서웠다고 해요?]

[무서웠답니다. 아주 많이.]

[그런데 어떻게……]

[포기하는 게 더 무서웠답니다. 내 아들이, 내 동생이, TV에 나오는 사이코패스 범죄자가 되는 게 더 무섭고 두려웠답니다.]

[그래서 그 애는 어떻게 됐나요?]

[아주 밝게 자랐고, 모두의 사랑을 받는 이로 성장했죠. 그리고 저희와 일합니다. 저희 편에서 서명기처럼 사이코패스 기질이 있는 범죄자들을 가려내죠. 그 때문에 끊임없이 사이코패스 범죄자들에게 살해 협박을 당하고 있어요. 아드님도 몇 번 죽이려 했고.]

[그게 가능하대요? 어떻게 그게 가능했죠?]

[가족들의 엄청난 희생이었죠. 그 희생을 바탕으로 그 아이는 감정을 배웠고. 지금은 자기와 비슷한 성향의 범죄자들을 찍어내는 데 그 능력을 쓰죠.]

태석이 말한 그 아이가 바로 승후라는 걸 블랙팀은 모두 알고 있었다. 그리고 태석이 서명기 어머니에게 왜 승후의 이야기를 꺼냈는지도 알고 있었다.

[그러니까 형사님은 제가 잘못했다고 말하고 싶으신 거군요?]

[저는 지금 어머니를 탓하기 위해 이 자리에 있는 게 아닙니다. 그때는 못 하셨으니까, 지금이라도 어머니의 역할을 하시라는 겁니다. 서명기를 막으려면 증거가 있어야 합니다. 공범이 아닌 서명기 혼자서 저지른 사건을 찾아야 해요.]

[제가 뭘 하면 되는 거죠?]

[서명기가 시체를 숨길만 한 장소. 첫 살인이니 미숙했을 겁니다. 그건 대부분 익숙한 곳에 숨기죠. 그곳을 말해달라는 겁니다.]

서명기 모친은 잠시 말이 없었다. 그리고 얼마 후, 긴 한숨을 내쉬더니 입을 열었다.

[저수지요. 옛날 우리 별장이 있었던 곳 근처에 있는 저수지. 명기가 강아지를 죽여 그곳에 빠뜨리는 걸 명기 동생이 봤어요. 우리는 그때 명기가 많이 다른 아이라는 걸 알았죠. 명기가 무언가를 숨겼다면, 그 저수지일 거예요. 제가 기억하는 한 다른 곳은 없습니다.]

[감사합니다. 진짜 감사합니다.]

[저기……, 그 아이는 지금 어떻게 살고 있나요? 행복한가요?]

사람의 악한 본성은 달라질 수 없다. 서명기 모친은 그렇게 생각했을 것이다.

[사랑하고 있습니다. 아주 예쁘게. 자기가 사랑하는 여자를 위해 몇 번이나 목숨을 내놓았었죠.]

[불안하지 않으세요? 그런 사람이 옆에 있는 거요. 언제 변할지 모르잖아요.]

[그 형이 자기 평생을 걸고서 동생을 만들고 지켰습니다. 그 형의 희생과 사랑이 얼마나 거대한지 아는 한, 그 아이는 절대로 변하지 않을 겁니다. 저는 그 아이를 믿습니다. 아니, 저희 팀 모두 그 아이를 믿고 있습니다.]

녹음은 이게 끝이었다.

"팀장, 서명기 가족이 승후 씨 가족과 똑같은 선택을 했다면 어떻게 됐을까요?"

유하의 질문에 태석은 빙긋 미소를 머금었다.

"어쩌면 우리가 아는 헤드는 탄생하지 않았을 수도 있겠지. 하지만 그것 또한 가능성은 반반이야. 민승후이기 때문에 변화가 가능했던 걸 수도 있어. 승후 어머니 말씀대로, 승후는 배우는 게 아주 느린 아이일 수도 있는 거니까."

"배움이 느리다. 승후 씨 어머니께서 그런 말씀을 하셨어요?"

"호주로 가기 전에 승후 어머님을 찾아뵙고 물었어. 그때 승후는 아주 많이 느린 아이라고 말씀하셨지. 아이가 걸음마를 배우듯 자꾸 넘어지면서 그렇게 천천히 배우다 보면, 언젠가는 다 배울 수 있을 거라 믿었다고 하시더라."

태석의 말에 블랙팀은 모두 고개를 끄덕였다.

☾

승후가 놀이동산에서 사고를 친 이후, 매니저가 먼저 나경과 시빈를 만나서 모자랑 마스크를 씌워주었다. 그리고 네 사람은 사람들이 보든 말든 즐겁게 보내고, 나경이와 함께 집으로 돌아온 유하는 바로 인터넷을 검색해 보았다.

-민승후 열애. 일반인 여성과 놀이동산 데이트!

인터넷 연예란은 온통 민승후로 도배가 되어 있었다. 연예계가 거의 핵폭탄을 얻어맞은 꼴이었다.

〈지금 어디야?〉

대형사고를 쳤으니 소속사에서 가만둘 리가 없다. 유하는 걱정스러운 마음에 승후에게 문자를 보냈다.

〈회사에 왔어.〉

〈괜찮아? 야단 안 맞았어? 혹…… 벌받는 중이야?〉

〈ㅋㅋ 벌받을 나이는 지났지. 일단 돌아다니는 사진에는 너하고 애들 얼굴은 안 나왔어. 그래도 혹시 모르니까, 회사에서 잘 살필 거야. 걱정 마.〉

〈그 정도는 나도 해결할 수 있어. 민승후 씨, 본인이 친 사고에 정신없어서 살짝 까먹은 것 같은데, 내가 블랙팀 형사입니다. 그리고 나 사이버팀하고도 엄청 친해.〉

〈아! 맞다. 그랬지? 역시 내 애인은 든든하다니까! ♡♡♡〉

〈회사 사장님 화내셨을 텐데, 어떻게 해?〉

〈괜찮아. 내가 꼴통 짓을 하도 많이 해서, 이젠 그러려니 해. 집에 가면 전화할게.〉

〈알았어.〉

마지막 문자를 보낸 후, 유하는 긴 한숨을 내쉬며 침대에 걸터앉았다. 어떻게 해야 할지 몰라 고민하는 것도 잠시, "에이 될 대로 되라!" 하고 외친 그녀는 그대로 침대에 몸을 던졌다.

"그래도 다행이야. 지가 꼴통 짓을 한 건 알아."

승후가 문자 찍는 걸 본 사장은 매섭게 눈을 흘겼다.

"모르는 게 이상한 거죠. 계획할 때부터 다 예상했을 겁니다. 저 자식이 충동적으로 이런 대형 사고를 쳤을 리가 없으니까요."

사건이 터지자마자 소속사로 달려온 병주는 옆에 앉은 승후를 매섭게 노려보았다. 사장과 병주의 구박에도 승후는 뭐가 그리 재미있는지, 허파에 바람 든 사람처럼 계속 낄낄낄 웃고 있었다.

"공개 연애가 좋은 건 내 사랑을 숨기지 않아도 된다는 거지만, 나쁜 점은 쏟아지는 관심에 사랑이 힘들어질 수 있다는 거야. 너 그거 다 감당할 수 있어?"

"당연하지."

병주의 걱정에 승후는 1초의 망설임도 없이 가볍게 대답했다.

"네가 사랑하는 여자는 블랙팀 형사야. 블랙팀은 대한민국 경찰 중 가장 적이 많은 팀으로 유명해. 곧 사람들은 조 형사에 대해 알아낼 거고, 그렇게 되면 넌 위험해질 수도 있어. 그 각오도 되어 있는 거지?"

"그건 예전에 이미 각오한 거고."

"너 때문에 조 형사도 활동하는 게 힘들 수도 있어."

"그것도 알아. 하지만 얼굴이 알려졌기 때문에 위험한 잠입수사 같은 건 할 수 없을 거야. 그거 하나면 돼."

"너 일부러 그런 거구나?"

"나인후 형사와 민지후의 동생으로 만나지 않은 게 천만다행이라 생각해. 나인후 형사로 만났으면, 난 평생 유하를 형의 여자로만 만났을 거니까. 하지만 유하가 칼에 찔렸기 때문에 촬영장에서 만날 수 있었다는 건 마음에 안 들어. 그게 잠입수사 중에 일어났던 사건이라는 게 더 마음에 안 들고."

얼굴에 웃음기가 사라진 승후는 긴 다리를 꼬며 소파에 등을 기댔다.

"내가 위험해지는 건 괜찮아. 그건 몇 번이고 당할 수 있지만, 유하가 현장에서 잘못되는 것은 보고 싶지 않아. 잠입은 나를 지켜줄 최소한의 안전장치도 못 할 때가 많잖아. 그건 안 돼. 절대로."

"너 지후 형처럼 조 형사도 잘못될까 봐 무서운 거구나?"

"아니."

승후는 굳은 얼굴로 병주를 보았다.

"유하가 잘못된 뒤에 내가 변하는 게 더 무서워."

밤 12시가 다가오는 시간.

따라오는 기자들을 겨우 따돌린 후 지친 몸을 이끌고 집으로 들어온 승후는 아무 생각 없이 전등을 켰다.

"뭐지? 다른 사람의 손길이 닿은 듯한 이 낯선 느낌은?"

컴컴했던 주위가 밝아지고, 승후는 주위를 쭉 둘러보며 살짝 눈을 찌푸렸다.

"설마 몰래 집 안까지 들어온 거야? 그럼 곤란한데."

승후는 느릿하게 말하면서 천천히 걸었다.

"이왕 이렇게 된 거 사랑스러운 여자면 좋겠다."

우뚝 멈춰선 승후는 킥 웃음을 흘리고는 장식장 옆에 쪼그리고 앉아 숨어 있는 유하를 내려다보았다.

"여자면 뭐 하게?"

너무 쉽게 들켜 버린 게 못마땅한 듯 유하는 얼굴을 찌푸리며 일어나 승후에게 다가왔다.

"음…… 사랑?"

"이 남자 좀 위험한데?"

승후는 유하가 손 뻗으면 닿을 수 있을 정도의 거리까지 다가오자 그녀의 팔을 움켜쥐고 끌어당겼다.

"집에 간 거 아니었어?"

"누구 씨가 사고를 거하게 치셨잖아. 야단맞고 들어오면 위로해 주려고. 내가 의리 빼면 시체거든."

"나 때문에 내 애인이 야단맞는 거 아니야? 이태석 팀장이 가만 안 둘 텐데?"

"민승후 납치 사건 때, 블랙팀 모조리 다 얼굴 팔렸잖아. 크게 신경 안 써. 게다가 우리가 민승후 성격을 몰라? 우리끼리 있을 때, 민승후는 비밀 연애 같은 건 안 할 것 같다는 예상은 했었어."

"당해낼 수가 없네."

승후는 유하의 허리에 팔을 두르고 바짝 끌어당겼다.

"대스타 민승후를 가진 기분이 어때? 다른 여자들은 꿈조차도 못 꾸는 일이야."

"내가 다른 여자는 아니잖아. 앞에 계신 분이 대스타면 난 대한민국 경찰의 자존심이거든. 무거운 것으로 치면 내가 더하지 않을까?"

"오! 그럼 내가 좋아해야 하는 거네? 대한민국 경찰의 자존심이 내 것이니까?"

"그렇지."

승후는 킥킥 웃으며 유하를 끌어당겨 안았다.

"아! 좋다. 이젠 조유하는 공식적으로 내 여자다. 어떤 놈도 침 못 바르게 단단히 지켜야지."

승후는 유하의 목에 키스를 퍼부었다.

"간지러워."

유하의 웃음소리가 기분 좋게 방 안을 채웠다.

OO교도소.

승후는 보고 싶지 않지만, 그렇다고 무시하고 살 수도 없는 한 사람을 만나러 왔다.

면회실로 들어선 우주는 생각도 못 한 사람이었는지 잠시 놀란 얼굴을 하더니 곧 빙긋 웃었다.

"잘 지냈어?"

우주의 질문에 승후는 아무 대답도 하지 않았다.

"일이 있었다고 들었어. 몸은 괜찮아?"

"왜 보자고 했어? 한 번 면회 와달라고 했다면서?"

승후는 사나운 목소리와 눈빛으로 우주를 보았다. 하긴 상대는 형을 죽인 원수였다. 승후는 우주와 이렇게 마주 보기까지 엄청난 인내심과 용기가 필요했다.

"딱 한 번만 보고 싶었어."

"왜?"

"마지막이니까."

"봤으니까 됐지? 갈게."

"헤드 잡혔다고?"

승후가 일어나려 하자 우주는 서둘러 헤드의 이름을 입에 올렸다.

"완전히 미친놈이었어. 하긴 그 누구도 둘째라면 서러울 정도로 미치긴 했지."

승후는 우주를 응시하며 비웃음을 흘렸다.

"네가 부러웠어. 아마 헤드도 마찬가지일 거야."

"뭔 소리야?"

"똑같이 태어났는데 결과는 다르지. 계속 생각했어. 나한테도 끝까지 날 감쌌던 엄마가 있었다면, 나한테도 눈을 맞추며 하나하나 알려주던 형이 있었다면, 나한테도 포기하지 않고 끝까지 옆에 있어주는 가족이 있었다면, 어쩌면 지금과는 많이 다른 삶을 살지 않았을까?"

"끝까지 남 탓이지? 선택은 스스로 한 거야. 너와 헤드 둘 다, 스스로 선택한 삶이라고!"

"너와 다르게, 우리는 길을 알려주는 사람이 없었어. 자, 너도 이제 앞에서 이끌어 주던 지후가 없어. 헤드를 통해 네 본성도 알았지. 이젠 선택만 남았어. 민지현, 너 어떻게 살 거니? 어떤 얼굴로 살 거야?"

"뭐?"

"널 위험하게 만드는 가장 큰 적은 바로 너야. 세상 속에 숨어 있는 사이코패스 범죄자들이 아니라, 바로 너. 기억해. 네가 널 다스리지 못하면, 너 스스로 우리와 똑같은 선택을 하게 될 거라는 것을."

크게 하하 웃음을 터뜨린 승후는 자리에서 일어났다.

"헤드가 경고했다는 말을 듣고 단번에 알아차렸지. 미친 살인마 새끼들이 날 끝까지 흔들 생각이구나. 형은 아버지 뒤를 이어 경찰이 됐어. 그리고 난 늘 형의 뒤를 따랐어. 형이 하는 행동을 그대로 하면서, 형처럼 생각하고, 형이 되기 위해 애썼지."

"그래서?"

"내 본성이 너희와 같다고? 그럼 내가 너희를 가장 잘 알고 있다는 것도 알겠네. 형은 죽었지만, 난 여전히 형 뒤를 따르며, 형처럼 행동하고, 형처럼 생각하면서, 형이 될 거야. 난 미친 살인마 새끼들이 서로서로 연결되어 있다는 거 알아. 잘 들어. 그리고 잘 전해. 난 절대로 안 흔들려. 그러니까 각오해. 내가 너희 다 쓸어서 잡아 처넣을 테니까."

승후는 경고하듯 사납게 말하고는 면회실을 나가려고 문손잡이를 잡았다.

"그래. 그렇게 지후를 떠올리면서 살아."

승후가 손잡이를 돌려 문을 조금 열었을 때 우주가 말했다.

"무슨 뜻으로 하는 말이야?"

우주는 승후를 보며 밝게 싱긋 웃었다.

"이젠 안심이야. 영 불안했는데. 서명기가 많이 흔들었을 텐데도 잘 버텨서 자랑스러웠어. 그렇게 네 갈 길을 가. 그게 널 지키는 가장 안전한 방법이니까."

☾

에메랄드빛 바다가 반짝이는 바닷가에서 승후는 주머니에 손을 찔러 넣고는 그 바다를 하염없이 보고 있었다.

"지현아, 바다야. 느낌이 어때?"

어렸을 때 어머니와 형 그리고 승후, 이렇게 셋이서 이곳에 놀러 왔던 적이 있었다.

"넓다."

지후는, 무뚝뚝한 표정을 지은 채 딱 한 마디로 바다를 정의하는 승후를 다정하게 내려다보며 빙긋 웃었다. 그리고 부드럽게 머리를 쓰다듬었다.

"저건 예쁜 거야."

"꽃이 예쁜 거잖아. 바다는 넓은 거고."

"느낌은 여러 말로 표현할 수 있어. 형 눈엔 반짝반짝 빛나는 바다가 예뻐. 꼭 바다에 보석을 빠뜨린 것 같아."

"예쁘다. 멋있다. 근사하다."

"오! 내 동생 똑똑한데?"

지후가 기뻐하며 머리를 헝클자 승후의 입가에 빙긋 미소가 떠올랐다.

"그리고 너랑 나랑 이렇게 바다를 보고 있는 지금은 즐거운 거야."

"형이랑 내가 바다를 보고 있는 지금은……."

승후는 말을 중간에 끊고 생각에 잠겼다. 그리고 잠시 후, 승후가 한 말에 지후의 얼굴에는 환한 미소가 번졌다.

"지금은…… 음…… 행복한 거다. 맞지?"

똑똑한 우리 지현이, 기특한 우리 지현이, 대견한 우리 지현이를 번갈아 말하면서 지후는 기쁜 마음을 온몸으로 표현했다.

"예쁘다. 즐겁다. 행복하다."

나지막하게 중얼거린 승후는 픽 가벼운 웃음을 흘렸다.

"형, 불과 2년 전인데 다 꿈 같아. 형 잃고, 형 동료들한테 온갖 원망 다 쏟았을 때가 바로 어제 같은데, 유하를 만나고 일 년도 잡고, 형하고 추억이 깃든 이곳으로 놀러 오게 됐네? 그 모든 게 겨우 몇 달 안에 일어났다는 게 믿어지지 않을 만큼 정말 다사다난했어."

승후는 바다를 죽은 지후 보듯 그렇게 슬픈 눈으로 응시했다.

☾

2년 전. 민지후 장례식, 화장터.

"형!"

활활 타는 불 속에 지후를 밀어 넣은 지금, 승후가 할 수 있는 행동이라고는 고작 이렇게 애타게 형을 부르는 것뿐이었다.

"형! 형!"

민지후. 세 살 많은 형, 지후는 승후에게는 아버지였고, 스승이었고, 형이었고, 친구였다. 그런데 지금 그 형을 잃었다. 누군지도 모르고, 얼굴은 더더욱 모르는 연쇄살인범에게…….

승후는 뒤에서 가만히 머리만 숙이고 있는 태석의 멱살을 움켜잡았다.

"당신들 뭐 했어? 형이 죽는데, 당신들 어디서 뭐 했어?"

태석은 눈을 감았다. 이윽고 그의 눈에서 눈물이 뚝 하고 떨어졌다.

"아무도 형이 죽는 걸 보지 못했다는 게 말이 돼? 형이 그 미친놈에게 당하는데, 아무도 몰랐다는 게 말이 되냐고! 당신들 뭐야? 당신들이 그러고도 형사야? 당신 같은 무능한 인간들이 어째서 경찰이냐고! 형 살려내! 살려내라고!"

오늘로 딱 1주일 전이다. 승후가 형의 전화를 받은 것이.

"언제 들어오는데? 언제 들어와?"

형 목소리에서 가는 떨림 같은 게 느껴졌다.

"뭐야? 뭔데?"

[너에게 소개해 주고 싶은 사람이 있어.]

"오호! 누구? 여자?"

[응, 사랑하는 사람.]

"진짜? 멋대가리 없는 우리 형에게 드디어 여자가 생겼어? 누구야? 어떤 여자야? 몇 살이야? 직업은? 같은 경찰이야?"

[하나씩 물어. 숨 안 넘어가.]

형이 기분 좋은 듯 킥킥 웃는다. 그 웃음소리에 승후의 얼굴에도 미소가 번졌다.

[어제 고백했어. 아직 녀석의 답은 못 들었지만.]

"녀석…… 누구? 혹시 설마…….”

[그래. 그 녀석. 나인후.]

"인후 씨? 형 파트너? 그 후배?"

[응.]

"오호! 이거 이거 안 되겠는데. 범인 잡으라고 했더니 여자를 잡았네. 이래서 나라 꼴이 남아나겠어?"

동생의 놀림에도 형은 계속 웃기만 했다. 그리고 승후는 그런 형에게 허파에 바람 들었냐고 놀렸었다.

"며칠 시간 내서 들어갈게. 형수님에게 마음 단단히 먹고 딱 기다리라고 해. 미래의 시동생이 얼마나 멋있는지 보여주려 가겠다고.”

그 통화가 마지막이었다. 이후 승후가 받은 연락은 형이 죽었다며 빨리 들어오라는 어머니의 전화였다.

"나인후 형사는요? 여기 왜 나인후 형사는 안 보이는데! 형이 죽었는데, 왜 그 여자는 안 보이는데!"

"그 녀석도 지금 병원에 있어. 네 형 죽기 하루 전날, 교통사고를 당했다. 누가 트럭으로 그 녀석 차를 들이박았는데, 그 트럭이 도난 트럭이라 그쪽 범인도 못 잡았다. 네 형 죽은 거 지금 그 녀석 몰라. 아니, 알려줄 수가 없지. 의식불명이니까.”

"……뭐?"

"우린 두 사건 모두 그 연쇄살인범 소행이라 생각해. 아무래도 네 형이 연쇄살인범에게 가장 가까이 갔던 것 같아. 나인후 그 녀석이 깨어나야지, 두 사람이 어떤 수사를 했는지 알 수 있을 것 같아.”

승후는 그 자리에 털썩 주저앉았다.

"뭐야…… 그 형사 깨어나지 못하면…… 지후 형 죽인 범인은 못 잡는다는 뜻이야? 당신들이 지금까지 못 잡았던 것처럼?"

태석이 아무 대답도 못 하고 고개만 숙이자, 승후는 주먹으로 자기 가슴만 퍽퍽 쳐 댔다.

"아……, 아……, 아……, 형…… 아…… 형……."

형이 죽었다. 아버지였고, 스승이었고, 형이었고, 친구였던 형이 죽었다. 승후는 자기 가슴을 치며 한참을 울고 또 울었다.

C

바람이 불어와 머리를 날리자 승후는 눈을 감고 그 바람을 느꼈다. 형이 잘했다고, 힘든 거 다 이겨내 장하다고 칭찬하는 것 같았기 때문이었다.

"지현아, 바람이야. 바람이 몸에 닿으니까 시원하지? 기분이 좋다. 이건 좋은 거야."

"기분이 좋다."

그렇게 눈을 감고 형이 알려준 느낌대로 기분 좋은 바람을 몸으로 느끼고 있으려니 뒤에서 살금살금 다가오는 발소리가 들렸다.

승후는 그 발소리의 주인공이 누군지 알고 있었다. 유하다. 사랑하는 여인, 조유하. 유하가 조금씩 가까워지자 그의 입가에 빙긋 미소가 떠올랐다.

"애인님, 뭐 하세요?"

유하는 뒤에서 승후를 끌어안으며 밝게 물었다.

"형이 와서 알려주고 갔어."

"지후 선배가 뭘 알려주고 갔는데?"

"행복하다."

승후는 제 허리에 감긴 유하의 팔을 풀고는 뒤돌아 그녀를 내려다보았다.

"응?"

"형이 이러네. 지현아, 지금 네가 느끼는 감정은 가슴 벅차게 행복한 거야."

승후의 말에 유하는 하하 웃음을 터뜨렸다.

"안 믿는 건가?"

"선배가 좋은 거 가르쳐 줬구나 싶어서."

"우리 형은 나쁜 건 안 가르쳐 줘. 나쁜 건 나랑 안 어울리거든."

"참 잘 배웠어요."

유하는 그의 머리를 부드럽게 쓰다듬었다.

"언젠가 될지 모르겠지만, 아니, 그런 날은 오면 안 되겠지만, 만약 내가 흔들린다면……."

"왜 그런 생각을 해?"

"그냥 갑자기 그런 생각이 들어서. 만약 내가 흔들린다면 꼭 잡아줘. 난 박우주나 서명기 같은 사람은 되고 싶지 않으니까."

"박우주가 그랬다며? 승후 씨 갈 길을 가라고. 그게 승후 씨를 지키는 가장 안전한 방법이라고. 그러니까 지금처럼 승후 길을 가면 돼. 내가 있잖아. 내가 민승후 지켜줄게. 나 꽤 능력 있는 형사거든."

승후는 고개를 끄덕이며 유하를 꼭 끌어안았다.

"사랑해."

"나도."

생긋 웃으며 승후를 꼭 끌어안은 유하는 그의 귓가에 속삭였다.

"나도 엄청 사랑해. 하늘만큼 땅만큼. 아주 많이."

짧은 여행을 끝내고 돌아오자마자 승후는 정신없이 계약서 하나를 검토해 도장을 찍었다. 추진력 좋은 사장이 승후가 또 은퇴를 입에 올릴까 봐, 계약서 하나를 들이민 것이었다. 그리고 그에게 준비하는 과정 중 하나로 엄청난 숙제가 떨어졌다.

조민석 액션 아카데미.

"네?"

승후는 민석이 하는 말에 그만 새파랗게 질리고 말았다.

"지금부터 몇 달 죽었다 생각하면 가능하지 않을까?"

"죽었다 생각하고요?"

"하인수 감독하고 이형 시나리오 작가가 콘셉트 잡아서 대본 작업 들어갈 동안 넌 지금부터 열심히 기술을 습득하는 거야. 간단하지?"

"가, 간단하다고요? 이게요?"

기가 막히면 웃음이 터진 말이 딱 이 상황을 두고 하는 말인가 보다. 너무 당황한 나머지 승후는 자신도 모르게 크게 하하 웃고 말았다.

"네가 한다고 했잖아. 각오 된 것 아니었어?"

"그건 그렇지만……."

"내 딸이 좀 거칠게 자랐다. 그래서 승후랑 우리 무술팀, 오늘부터 몇 달 동안 죽었다 생각해라. 이왕 이렇게 된 거, 우리 사고 제대로 쳐보자! 파이팅!"

민석은 강하게 파이팅을 불어넣으면서 굳게 다짐했다.

세상 끝에 선 사람처럼 밀려오는 절망으로 고개를 아래로 뚝 떨어뜨린 승후는 사람들이 없는 구석으로 향했다. 그리고 휴대폰을 꺼내 전화를 걸었다.

[어, 승후 씨.]

"혹 뭐 들은 거 없어? 드라마 같은……."

[지금 막 들었어.]

유하는 뭐가 재미있는지 킥킥 웃음을 흘렸다.

[감독하고 시나리오 작가가 취재 부탁해서 우리는 최대한 협조하겠다는 약속을 했다네.]

"드라마 내용에 대해서 들은 건 없고?"

[경찰 수사물이라고 하더라. 블랙팀이 모델이고 제목이 파트너이며, 블랙팀의 성격을 가능한 한 그대로 가져다 쓰겠다고 하고, 내 남자가 남자주인공을 한다는 이 정도?]

"네가 남자주인공 모델이라는 건 아는 거지?"

[응. 왜?]

"왜? 내 앞에 지옥문이 활짝 열렸는데, 왜, 라고?"

앞날을 대충 예상할 수 있어서일까, 승후의 입에서는 원망의 말이 터져 나왔다.

[그러게 왜 그걸 한다고 그랬어?]

"형이 너 분명히 두뇌라 그랬단 말이야. 머리가 좋아서 자료 정리 요약에 탁월하다고."

[블랙팀에 순수 두뇌형이 어디 있어? 블랙팀 잠입수사, 함정수사 이런 게 특기야. 그런 팀이 누가 머리만 쓴대? 선배가 그런 말 할 리가 없을 텐데, 본인이 그냥 그렇게 생각한 건 아니세요?]

"이건 누가 들어도 말도 안 되지. 도대체 할 수 있는 운동이 몇 개야? 너 어떻게 그걸 다 배웠어? 아니 그게 가능하다는 게 더 이상해!"

승후 자신은 딱 죽기 직전인데 유하는 뭐가 그리 재미있는지 너무 해맑게 까르르 웃었다. 그는 갑자기 뒷목이 뻐근해지는 것 같아 스트레칭하듯 목을 양옆으로 움직였다.

[택견하고 검도는 유치원 들어가기도 전에 시작해서 고등학교 때까지 번갈아 가면서 배웠고, 주짓수와 파쿠르는 경찰대 다닐 때 주말에 외출할 수 있었거든. 그때부터 배워서 아주 조금 할 수 있는 정도고, 종합격투기는 찬우 선배 특기거든. 그 선배한테 잠깐 배운 게 다여서 잘하지는 못해.]

이 여자 참 쉽게도 말한다. 승후는 어이가 없어 하하하 헛웃음을 흘렸다.

[알았어. 알았어. 내가 도와줄게. 일 없는 날, 내가 확실하게 가르쳐

줄게. 민승후를 완벽한 경찰로 만들어서 연기 대상 또 타게 해줄게. 그거면 됐지? 나 바빠. 끊는다?]

유하가 자기 할 말만 하고 전화를 끊어버리자, 승후는 다급하게 그녀를 불렀다. 하지만 아무리 불러도 대답은 없었다.

"위로해 달라는 거지! 누가 너보고 가르쳐 달래? 나 완벽한 경찰 싫어! 연기 대상 안 받아도 돼!"

휴대폰에 대고 버럭 소리를 지른 승후는 밀려오는 괴로움에 몸부림을 쳤다.

"그러게 왜 걔한테 전화 걸어서 징징거려?"

뒤에서 통화를 다 들은 민석은 승후를 보며 한심스럽다는 얼굴로 혀를 쯧쯧 찼다.

"차라리 나에게 배우는 게 낫지, 걘 실전 무술이야! 걔가 체포를 핑계로 병원에 보낸 놈들이 한둘인 줄 아?"

"서, 설마……."

승후는 거짓말이라고 해달라는 듯한 표정으로 어색하게 하하 웃었다.

"그래도 위로를 해주자면, 지금까지 하늘로 보낸 놈은 없다는 거지. 잘해봐."

'하늘로 보낸 놈 한 명 있어요. 이재수.'

이 말이 목 끝까지 찼지만 승후는 차마 말할 수가 없었다. 이재수는 유하에게 가장 아픈 상처라는 걸 아주 잘 알고 있기 때문이었다.

민석은 마지막으로 명복을 빈다고 말하고는 승후의 어깨를 툭툭 두드려 주었다.

택견 도장.

시간이 날 때마다 승후를 가르쳐 주겠다던 유하는 진짜로 그 약속을 지켜, 틈틈이 나경이가 다니는 택견 도장에서 밤늦게까지 그가 연기할 액션 기술들을 봐주었다.

"쿵!"

몇 번째인지 모른다. 기술 배우기 전에 어디 한 군데 부러지면 어쩌지 하는 생각이 들 때쯤, 승후는 또다시 "쿵!" 하고 엄청난 소리를 내며 넘어지고 말았다.

"아이고, 민승후 죽네!"

"그렇게 둔해서는 진짜로 죽을 수도 있겠어."

유하는 바닥에 널브러진 승후를 한심하다는 표정으로 내려다보았다.

"이건 처음부터 안 되는 일이야. 포기! 나 포기할래!"

승후는 양팔을 위로 뻗어서 포기 선언을 했다.

"이렇게 나약해서 블랙팀 되시겠어요? 빨리 안 일어나?"

피도 눈물도 없는 인간. 매정한 애인!

승후는 속으로 투덜거리며 불만이 가득한 눈으로 유하를 올려다보았다.

"지금 안 일어나면 내 손에 죽는다?"

"너 평소 나한테 불만 많았지? 이건 죽이려는 거지!"

유하가 주먹을 내보이자 어쩔 수 없이 몸을 일으키던 승후는 곧 비명에 가까운 신음을 터뜨리며 허리를 감쌌다. 그리고 다시 벌렁 드러누웠다.

"아무래도 허리 나간 것 같아."

"어휴, 이렇게 부실해서야."

유하는 혀를 쯧쯧 차며 고개를 흔들었다.

"빨리 일어나! 지금 상태로는 블랙팀 못 해!"

유하는 발로 승후를 톡톡 건드리며 일어나라고 재촉했다.

"누가 진짜 블랙팀 한대? 내가 맡은 배역이 그런 거잖아! 다 연기야, 연기!"

"내가 모델이잖아! 난 허접한 액션만 하는 거 못 봐. 빨리 일어나!"

어쩔 수 없이 일어나 앉긴 했지만, 승후의 얼굴에는 하기 싫다는 표정이 강하게 떠올랐다.

"우리 사랑하는 사이 맞아? 거친 풍파를 다 헤치고 왔으면 사랑만 속삭여야 하는 거 아니야? 우리 사이에 사이코패스 미친놈들이 사라져서 이젠 달콤해지겠구나 하고 기대했었는데, 왜 뜬금없이 액션 스쿨이냐고!"

"이 드라마 본인 때문에 하는 거라고 하던데? 그냥 장난으로 떠들던 걸 실체화한 것이 승후 씨라며?"

유하 말이 맞다. 다 이 입이 방정이다. 시놉시스조차 안 나왔고, 드라마인지 영화인지도 확실치 않은 상태에서 민승후가 주인공이라는 것 하나 때문에 투자자가 붙었고, 광고 문의가 쇄도했었다. 그래서 하인수 감독이 떠밀리듯 준비를 시작했던 거다. 그런데 처음에는 영화였다. 이렇게 급하게 준비할 계획도 없었고, 천천히 느긋하게 해나갈 생각이었는데, 갑자기 영화에서 드라마로 장르가 바뀐 거다. 영화만 전문적으로 하던 제작사가 무슨 생각인지 드라마로 만들어보자고 감독을 날날 볶았고, 결국 시놉시스도 안 잡힌 작품으로 영화감독이 드라마를 찍게 된 것이다.

"그거야 그렇지만……."

"본인이 친 사고니까 투정부리지 마라?"

"그러지 말고……."

승후는 유하의 팔목을 잡고 그녀가 준비하기도 전에 확 끌어당겼다. 갑자기 몸이 아래로 쏠리는 바람에, 덮치듯 승후의 위로 쓰러져 버린 유하는 서둘러 일어나려 했다. 하지만 그녀를 받아 안으며 바닥에 누워버린 승후가 일어나지 못하게 꽉 끌어안고 있어서 그럴 수가 없었다.

"우리 잠깐만 진하게 서로의 체온을 느껴보자."

"어떻게 진하면 되는데?"

유하는 땀에 젖어 축축해진 승후의 면티 안으로 손을 집어넣었다.

"이렇게 진하면 돼?"

손이 천천히 옆구리를 타고 움직이면서 면티도 덩달아서 올라가자 조금씩 하얀 승후의 속살이 모습을 드러냈다.

"갑자기 이렇게 진도를 빼면 내가 많이 수줍잖아. 나 부끄럼 많이 타는 남잔 거 알면서."

"우리 민승후는 내숭 떨 때가 가장 매력적이긴 하지?"

"아니지. 나 자체가 매력 덩어리지. 매력이 뚝뚝 떨어지니 무슨 짓을 해도 예쁘고."

승후는 감싸 안았던 팔을 풀어서, 베개처럼 자기 머리를 받쳤다.

"볼수록 빠져드는 늪 같은 남자. 그게 나니까."

"그래. 맞아. 그런데 남들 앞에서는 이러지 마."

"왜? 사람들이 더 반할까 봐? 하긴, 여기서 인기가 더 올라가면 골치 아프긴 해?"

이 왕자병, 아니, 황제병은 어떤 짓을 해도 안 고쳐지는 모양이다. 유하는 기가 막혀서 픽 웃고는 몸을 일으켜 승후를 깔고 앉았다.

"아니. 바로 주먹 날아오니까. 민승후 씨, 그대 어느 순간부터 주먹을 부르는 매력이 철철 넘쳐 나는 거 모르죠?"

"그건 인정 못 하겠는데? 난 사랑을 부르는 남자지. 주먹 같은 건 부르지도 않고, 불러봤자 통하지도 않아."

"민승후 맛 간 거 팬들은 모르게 하자?"

"원래 이런 은밀한 건 둘만 아는 거야."

승후는 몸을 조금 들어서 휙 돌려 유하와 자신의 위치를 바꿨다. 그리고 그녀를 위에서 아래로 내려다보았다.

"역시 내 여자는 이렇게 눕혀놓았을 때가 제일 예뻐."

"자고 있을 때가 아니고?"

"그런가? 생각해 보니 그러네? 자고 있을 때가 제일 예쁘네."

"벌써 권태기인가? 애인 재워놓고 그걸 예쁘다고 하는 것 보니까?"

"에이, 그건 아니지."

승후의 손이 유하의 볼을 쓸어내리더니 귀를 살살 매만졌다.

"잔다는 말을 뜻 그대로 자는 거로 받아들일 만큼 우리 조유하가 그렇게 순수한가?"

승후의 손이 귀에서 목을 타고 천천히 아래로 내려갔다.

"순수하려고."

"그런 막말은 하는 거 아니야. 죽었다 깨어나도 내 애인은 순수한 거랑 거리가 멀어."

"죽었다 깨어나도? 도대체 이 인간은 날 어떻게 보는 거야?"

유하가 몸을 일으키려고 하자 승후는 그런 그녀의 양어깨를 힘으로 눌러 일어나지 못하게 했다.

"난 깨끗한 조유하에게 하나하나 가르칠 만큼 인내심이 깊지 못해. 그러니까 죽었다 깨어나도 지금 이 모습 이대로, 부탁해요?"

"난 연약한 여자 코스프레 해보고 싶은데. 아무것도 몰라요, 이렇게 말하며 눈을 깜박이는 것도 해보고 싶고."

"그러지 마."

승후는 고개를 강하게 흔들었다.

"그거 내 취향 아니야."

"하긴. 우리 민승후 취향은 '아무것도 몰라요.'가 아닌 '무엇을 원하십니까?'지?"

유하는 손을 들어 승후의 가슴을 살살 매만졌다.

"역시 내 여자는 날 너무 잘 알아."

"그래서 싫어?"

"당연히 좋지."

승후는 빙긋 웃으며 얼굴을 아래로 내렸다.

"문제, 내가 지금 뭘 하려는 걸까요?"

"키스?"

"너무 한 번에 맞혔잖아. 두어 번 빙글빙글 돌려도 되는데."

"아는 답을 일부러 틀린 적은 없어서. 미안해. 재미없었지?"

"괜찮아. 그만큼 빨리하고 길게 하면 돼."

"설마 키스를?"

"아니. 사랑을."

이렇게 속삭인 승후는 유하의 입술에 입을 맞췄다.

입술을 빨고, 열린 입술 사이로 호흡과 호흡이 오갔다. 승후가 소유권을 주장하듯 유하의 입안을 헤집다가 다시 입술을 빨더니, 그녀의 면티 안으로 손을 집어넣어 봉긋 솟은 가슴을 움켜쥐고 조몰락거렸다.

서로를 느끼며 안고 싶어 하는 마음들이 심장을 뛰게 하고, 호흡을 거칠게 만들었으며, 몸을 열로 끓게 했다.

"하……."

승후의 입술이 목에 키스를 남기며 아래로 내려가자 유하의 입에서 뜨거운 숨이 터졌다.

"승후 씨?"

유하는 손을 올려 승후의 머리를 부드럽게 쓸어내렸다.

"응?"

"우리……."

"우리 뭐?"

승후는 짧은 키스를 몇 번 하며 유하와 시선을 맞췄다.

"휴식 시간 끝났어."

유하의 입가에 짙은 미소가 떠올랐다. 그리고 곧 쿵 하는 둔탁한 소리와 함께 승후가 옆으로 나가떨어졌다.

"야!"

승후는 정말 진심으로 버럭 소리를 질렀다.

"이 기술 완벽하게 습득하시면 상 줄게."

그대로 자세를 바로 한 유하는 승후에게도 어서 일어나라고 손짓했다.

"됐어! 그 상 안 받아!"

화가 머리끝까지 끓었다는 걸 보여주려는 듯 승후는 유하를 사납게 노려보았다.

"그래? 난 원하는 거 다 들어줄 생각이었는데."

"됐어! 네가 뭘 주든 단 하나도 안 받아! 관심 없어! 내일 아버님께 배울 거야. 너한텐 다시는 안 배워!"

벌떡 일어선 승후는 퉁명스럽게 말하고는 휙 뒤돌았다.

"머리끝부터 발끝까지."

기세 좋게 문을 향해 걷던 승후는 유하의 이 말에 우뚝 멈춰 섰다.

"무엇을 상상하든 그 이상을 해줄 텐데."

"뭘 해줄 건데?"

어떤 미끼를 내걸어도 흔들리지 말아야 하는데, 승후는 유하가 던진 미끼를 1초의 고민도 없이 덥석 물어버렸다.

"키스?"

"키, 키스? 설마 내가 상상하는 그 키스?"

"응. 키스."

"오늘?"

"기술 습득하면."

"OK. 내 오늘 기필코 하고 만다!"

승후는 이렇게 유하의 작전에 완벽하게 낚여 버렸다.

"유하야, 아니, 스승님, 빨리 수업 시작하시죠?"

주먹을 불끈 쥐며 하고야 말겠다는 의지를 활활 불태운 승후는 얼마 안 가 어렵다고 징징거리던 그 기술을 결국엔 성공하고야 말았다.

마지막 장.
여성 연쇄 염산 테러 사건

-특종! 민승후의 사랑, 일반인 여성이 사실은 블랙팀 형사!

드라마 촬영 준비에 바쁜 시간을 보내던 어느 날, 드라마 블랙팀인 민승후와 현실의 블랙팀인 조유하의 스캔들이 터져 버렸다. 그리고 TV 연예 정보 프로그램은 물론 각종 기사는 민승후와 조유하의 열애 기사만 쏟아냈다.

-민승후의 연인 블랙팀 형사, 그녀는 누구인가!
-민승후의 연인! 일반인 여성인가? 아니면 진짜 블랙팀 형사인가?

언론에 사진과 이름 둘 다 언급되지 않게 하라는 경찰의 경고로, 기사에는 블랙팀 형사라는 단어만 올라왔고, 그 때문에 대중들의 궁금증은 극에 달했다. 물론 이미 한차례 블랙팀 얼굴이 공개된 적이 있었지만, 모두 멀리서 찍은 사진이라 얼굴이 제대로 나온 것들이 없었기 때문에 팬들은 민승후와 연애 중인 그 형사의 실물을 무척 궁금해했다.

"와! 우리 유하 완전히 우주 대스타다?"

기사 검색하던 찬우는 휙 휘파람을 불고는, 잔뜩 미간을 일그러뜨린 상태로 자기 자리에 앉아 의자에 등을 기대고 있는 유하를 보았다.

"우리 막내 당분간 밖에 나가기 힘들겠네. 어쩌냐?"

찬우는 안타깝다는 듯 혀까지 차며 고개를 절레절레 흔들었다.

"어쩌긴! 집에 가면 되지! 오늘은 일단 다들 퇴근해! 지금 같은 상황에서는 움직여 봤자 기자들밖에 안 쫓아올 테니까, 며칠 쉰다 생각하고 일찍 퇴근해!"

태석은 퇴근을 지시하고 도준과 함께 블랙팀에서 사라졌다. 다음으로 주영이 잘 쉬라고 말하고는 사라지고, 찬우가 고맙다고 약 올리며 사라지자, 유하는 책상 위에 펴져 있던 파일을 덮으며 길게 한숨을 토해냈다.

"바꿀 수 없으면 즐기면 되지. 내가 또 언제 이런 관심을 받아보겠어?"

유하는 책상 유리 안에 끼워져 있는 승후 사진을 내려다보았다.

"민승후 덕분에 당분간 손발이 묶여 버렸네?"

승후의 얼굴을 손가락으로 톡톡 두드린 유하는 짧게 큭 웃음을 터뜨렸다.

"안녕하세요, 스타와의 데이트, 오늘은 민승후 씨입니다."

스캔들이 터지고 소속사 관계자는 '민승후가 직접 입을 열 테니, 그때까지는 추측성 기사는 쓰지 않길 바란다.'는 말만 되풀이했다. 그리고 얼마 후, 승후는 평소 잘 알고 지내는 예능 PD가 연출하는 토크쇼에 출연했다.

"요즘 우리 승후 씨 얘기로 대한민국이 떠들썩합니다. 알고 계세요?"

"하루에 수십 개씩 저에 대한 가사가 쏟아져 나오는 건 알고 있습니다."

승후는 생긋 웃으며 여자 진행자를 응시했다.

"오, 팬들이 왜 승후 씨께 환호하는지 알겠어요. 웃는 얼굴에서 꿀 떨어진다더니, 진짜 그러네요."

진행자의 말에 승후는 하하 낮은 웃음을 터뜨렸다.

"돌리지 않고 묻겠습니다. 민승후 씨께서 사랑하시는 분이 바로 그분 맞습니까?"

질문에 승후는 빙긋 미소를 머금었다.

"다시 묻겠습니다. 바로 그분이 예전에 놀이동산에서 함께 계셨던 그 일반인 연인이 맞습니까?"

"네. 맞습니다. 제가 사랑하는 연인이 바로 기사에 나온 그 친구입니다. 그때는 일반인 여성이라고 했는데, 사실은 평범함과는 거리가 좀 먼, 이름만 들으면 대체로 다 아는 그런 팀에 소속되어 있는 형사입니다."

승후의 고백에 진행자는 잠시 흥분을 감추지 못했다. 하지만 곧 자신의 본분을 기억해 내고 냉정함을 되찾았다.

"그런데 어떻게 공개하실 생각을 하셨어요? 계속 일반인 여성이라고 하셨어도 됐을 것 같은데요."

"처음에는 부인하려고 했어요. 형사는 친구일 뿐이다. 사랑하는 연인은 그냥 일반인 여성이다. 이렇게요. 그게 그 친구에게 더 좋지 않을까 하는 생각을 했죠. 그런데 어느 순간부터 저를 취재하시는 기자님들이 경찰청에 상주하고 계신다고 들었어요. 역으로 그 친구를 취재하고 제 꼬리를 잡으려는 생각이신 것 같더라고요."

"그분께서 힘들었겠어요."

"네. 기자들이 그 친구를 따라다니다 보니까 보안이어야 할 사항들이 자꾸 밖으로 새어 나갔어요. 그 친구 행적이 직접 그쪽으로 연결되잖아요. 연예부 기자님들께서 어쩌다 보니까 사회부 기자님들이 쓰셔야 할 기사를 쓰시는데, 걸러지지 않고 계속 실시간으로 나가니까, 그걸 보고 범인들이 도망가는 일이 최근에 생겼었다는 말을 들었습니다."

"어머나, 안 되는데."

"안 되는 그 일이 생겨 버려서 저도 정말 미안하더라고요. 그 친구에게도 그렇고, 사건 피해자 가족들에게도 그렇고, 너무 미안해서 얼굴을 들 수가 없었죠."

"정말 그런 마음이었겠어요."

승후의 시선이 아래로 떨어지자 진행자의 입에선 한숨이 터졌다. 하지만 이대로는 안 되겠다고 느꼈는지, 진행자는 곧 분위기를 바꿨다.

"그럼 우선 만남부터 이야기를 나눠볼까요? 어떻게 만나셨어요?"

"솔직하게 고백하러 나온 거니까 고백하겠습니다. 형이 있어요. 죽었죠. 형사였는데, 사건 수사를 하다가 그렇게 됐습니다. 그런데 그 형이 블랙팀이었어요. 그리고 그 사람은 바로 그 형의 파트너였습니다."

"형의 파트너였다고요?"

"네. 형이 살아 있을 땐 단 한 번도 본 적이 없어요. 그런데 아주 많은 이야기를 들었죠. 작은 버릇부터 위험했던 순간, 기뻐하는 모습, 슬퍼도 절대 울지 않는다는 것까지. 형이 파트너 이야기를 할 때마다 심장이 두근두근 뛰었어요. 엄청 멋있는 사람이라 저도 모르게 동경하고 있었던 것 같아요."

"우와! 동경하던 사람을 처음 만난 날 사랑에 빠진 건가요?"

"처음 봤을 땐 형사인지 몰랐어요. 당연히 형 파트너인지도 몰랐죠. 분명히 어려운 상황인데, 남자들도 여러 번 눈물 흘렸을 그런 상황인데, 단 한 번도 안 울더라고요. 오히려 더 당당했어요. 그래서 생각했죠, 저 사람 멋있다. 그게 사랑을 느낀 순간이었던 것 같아요."

"멋있는 분이네요."

"저도 그렇게 생각합니다."

승후는 저가 칭찬받은 것처럼 좋아하며 하하 웃음을 흘렸다.

"형의 파트너를 통해 막연하게 멋있는 여자에 대한 환상을 품고 있었던 것 같아요. 그런데 비슷한 사람이 딱 나타나니까 저도 모르게 빠져들었어요. 나중에 기절할 뻔했죠. 내가 사랑하는 사람이 내가 동경하는 그 사람과 동일인물이라서."

"내가 사랑하는 사람과 내가 동경하는 사람은 같은 인물이다. 엄청 멋있는 것 같으면서 낭만적이에요. 그럼 고백은 어떻게 했어요. 승후 씨가 먼저 하신 건가요?"

"물론 제가 고백했습니다."

"뭐라고 고백했어요?"

"내가 많이 좋아한다. 거절은 안 들을 거니까 오래오래 생각하고 결국에는 받아들이는 것으로 합의 보자."

"네? 진짜 그렇게 말했다고요?"

승후의 대답에 진행자는 당황한 마음을 고스란히 드러냈다.

"그건 무조건 OK 해라. 이런 뜻이네요?"

"네, 맞아요."

"그래서 무조건 OK 했어요?"

"아니요. 거절했어요."

"민승후를 거절했다고요?"

"나중에 알았죠. 그게 평범한 사람을 만나 평범한 사랑을 하게 하려는 배려였다는 것을."

민승후를 거절했다는 말에 놀라 눈이 휘둥그레졌던 진행자가 그 이유를 알고 난 후 안타까워하는 마음을 얼굴에 그대로 드러냈다.

"그런데 어떻게 마음을 돌렸죠?"

"소원을 썼어요."

"네?"

"그 친구가 저에게 어떤 걸 부탁했고 그 조건으로 소원 세 가지를 들어주기로 했죠. 그래서 그 소원을 써서 사귀자고 했어요."

"그럼 그 소원 때문에 사귄 거예요?"

"네."

"진짜, 승후 씨가 소원까지 써서 잡았단 말이죠?"

"그게 아니면 그 친구는 저에게 오지 않았을 거예요. 그 친구는 형사로 살다가 형사로 죽길 원했거든요."

"일하고 결혼한 사람이었네요."

승후는 대답 대신 빙긋 웃었다. 그렇다는 뜻이었다.

"최근에 승후 씨 주변에 많은 일이 벌어졌잖아요. 힘드셨을 것 같은데, 어떠셨어요?"

"음……."

갑자기 표정이 굳어버린 승후는 나지막한 한숨을 내쉰 후에 입을 열었다.

"그 친구가 아니었으면 저는 이 자리에 없었을 겁니다. 이미 예전에 죽었든가 아니면 감옥에 있었겠죠. 그런 일을 겪으면서 인간에 대한 불신이 커진 건 사실이에요. 그런데 제가 믿고 의지해야 할 사람들이 누군지도 아는 계기가 됐어요."

"믿고 의지해야 할 사람들이요?"

"모든 증거가 절 가리켰을 때 믿어준 분들입니다. 저보다 더 절 걱정했고, 아파했고, 힘들어했어요. 그걸 알게 됐다는 사실만 기억하려 합니다. 절 구하기 위해 목숨을 던졌던 그 친구의 눈빛이 마음 깊이 새겨져 있어요. 그러니 더 잘 살아야겠죠. 지금까지보다 더 힘차게."

"그분의 매력이 뭔지 말씀해 주실 수 있으세요?"

더 깊이 들어가지 않겠다는 듯 진행자는 서둘러 화제를 유하에게로 다시 돌렸다.

"사랑스러움? 귀여움?"

"네?"

승후의 예상외의 대답에 당황했던 진행자는 곧 호호 웃고 말았다.

"형사로서 멋있었던 부분은 내려놓으시나 봐요?"

"사생활까지 형사이진 않죠. 블랙팀 자체가 막 무게를 잡고 있는 팀이 아니에요. 블랙팀을 사석에서 만나면 엄청 유쾌하거든요. 짓궂은 농담도 잘해요. 블랙팀 모두가 일할 때와 사생활이 차이가 커요."

"그래요?"

소문만 무성하지 블랙팀이 정확하게 어떤 사람들인지 알 수 없었던 터라 진행자의 눈이 오늘 승후가 본 이후로 가장 반짝반짝 빛났다.

"저희 형도 그랬어요. 일할 때 날카로울 수밖에 없으니까 상대적으로 좀 풀어져 있을 땐 가벼워지려고 노력하는 것 같더라고요."

"아! 그렇구나."

진행자는 과하게 반응하며 고개를 끄덕였다.

"이 친구도 마찬가지예요. 둘이 있으면 농담 잘하고, 장난도 잘 치고, 가끔 제가 삐쳐 있으면 풀어주려고 애교도 부리고 그래요. 그런데 워낙 멋있는 것에 익숙한 친구라 안 어울리더라고요."

승후의 말에 진행자의 입에선 또다시 웃음이 터졌다.

"그런데 그런 말씀 하셔도 돼요? 나갈 텐데요?"

"그렇다고 거짓말할 수는 없으니까."

"거짓말을 안 하기로 약속하셨나 봐요?"

"그게 아니라, 연기하면 금방 들켜요."

"네? 승후 씨가 연기로 들킨다고요?"

진행자는 이해할 수 없다는 듯 고개를 갸웃했다.

"제가 연기로 어쩌지 못하는 유일한 사람입니다."

승후는 이 말을 하면서 행복한 미소를 머금었다.

"끝으로 하실 말씀 있으세요?"

"제가 사랑하는 사람이지만, 그 친구의 직업은 대한민국에서 가장 잔인한 범죄자들만 상대하는 형사입니다. 그렇기 때문에 여러분들의 관심이 독이 될 수도 있거든요."

승후는 말하던 중간에 잠깐 멈추고 몇 초 숨을 고른 다음에 다시 입을 열었다.

"관심이 가셔도 모른 척하셨으면 좋겠습니다. 그 친구 사진이 인터넷을 돌아다니는 것도 위험해요. 관심은 모두 저에게만 주시고, 그 친구는 지켜주셨으면 좋겠습니다. 이건 인간 민승후가 여러분께 드리는 부탁입니다."

진행자는 아주 잠깐 말이 없었다. 승후의 불안함 마음이 고스란히 전해졌기 때문이었다.

"알 권리라는 이유로 기자들이 경찰청에서 많이 소란스럽게 했다는 소문은 들었어요."

진행자는 심각한 표정과 말투로 정확하게 카메라를 응시하며 입을 열었다.

"한 기자님께서 그 기자님들을 상대로 쓴소리를 하셨는데, 색깔팀은 경찰 내에서도 대체 불가능한 분들만 모아놓은 팀이기 때문에, 알 권리라는 이름으로 신상이 드러나 생명의 위협을 받게 되면, 결국엔 그 위험이 우리에게로 돌아올 것이라고 하셨다 들었습니다."

진행자는 잠시 말을 멈췄다. 긴장감을 주기 위해 계산된 장치였다.

"보호해야 마땅하면 힘을 보태야죠. 우리가 보호하지 않아서 생긴 부작용은 결국 우리에게 돌아오는 거니까요."

진행자의 마지막 멘트에 승후는 고개를 끄덕이며 짧고 나지막하게 "네." 하고 대답했다.

"승후 씨 드라마 들어가신다고 들었어요. 잘 찍으시고, 그 드라마로 다시 한번 저희 스타와의 데이트에 찾아주세요."

"네, 꼭 다시 오겠습니다."

이렇게 해서 침묵하던 승후가 입을 열었다. 그리고 대한민국은 민승후와 블랙팀 형사의 열애로 뜨겁게 타올랐다.

"이제 슬슬 정리되어 가는구나."

승후가 토크쇼에 출연한 후 경찰청까지 가서 민승후의 연인인 블랙팀 형사를 취재한 기사가 나오면 그 기자는 여론의 몰매를 맞았다.

〈또 기레기짓 한다. 연쇄 살인범 도망하면 너희들이 잡아라?〉

〈헐, 정신 나간 기자 여기 또 있네. 연쇄 살인범에게 당해봐야 뜨거운 줄 알지.〉

〈블랙팀 형사가 저 기레기도 좀 체포해 갔으면. 미친 살인마에 미친 기자. 오~~ 어울려.〉

이런 댓글이 수백 개가 쫙 달리자 차츰 민승후 연인을 찾아온 연예부 기자는 줄어들었고, 그의 연인을 사진으로 찍으려는 사람도 없어졌다.

다만 유하에게 관심이 멀어지는 부작용으로 승후에게는 엄청난 관심이 쏟아졌다. 오히려 승후에게 블랙팀에 관해 묻는 기현상까지 일어나 어쩔 땐 그가 블랙팀 대변인이 아닌가 하는 착각까지 드는 지경에 이르렀다.

"요기 기사 하나 떴다. 무슨 행사장 같은데, 승후가 하늘 보는 사진이야. 와! 기사 제목 죽인다. '하늘에 기도하는 민승후?'가 제목이야."

찬우는 포털 사이트를 확인하다가 우연히 본 승후 기사에 푸하하 웃음을 터뜨렸다.

"댓글이 재미있어. '애인의 무사 귀환을 염원하는 중.' 그리고 '애인 보기가 하늘의 별 따기?'래. 오! 이건 맞는 것 같은데?"

현장 사진을 보고 있던 유하는 도대체 뭐기에 이러나 싶어 휴대폰으로 기사를 검색해 보았다. 그냥 어쩌다 하늘을 올려다본 사진 같은데, 댓글이 웃기게 달려 있었다.

"댓글이 재미있네."

"일 안 하냐? 범인 안 잡아?"

승후 사진 한 장에 편안해졌던 분위기가 태석의 등장에 다시 긴장감이 감돌았다. 그 뒤, 그들은 한참을 사건 자료들에 파묻혀 있어야만 했다.

몇 달의 시간이 흐르고, 떠들썩했던 스캔들도 어느 정도 잠잠해졌다. 그리고 드라마 파트너 촬영도 시작되었다.

"고생하셨어요. 푹 쉬세요, 형."

"너도. 잘 가!"

촬영이 끝나고 매니저가 아파트 입구까지 데려다주자 승후는 대본을 보며 엘리베이터를 기다렸다.

그때 조심스럽게 살금살금 다가오는 발소리가 들리더니 순간 서늘한 기운이 승후를 스치고 지나갔다. 자신 쪽으로 다가오는 검은 그림자를 느낀 승후는 대본을 보는 척하며 신경을 온통 상대에게 집중했다. 상대가 승후를 향해 손을 뻗자, 그는 검은 그림자 손목을 움켜잡으며 동시에 팔을 비틀어 버렸다.

"아! 승후 씨, 나야 나! 아파! 아파! 나 팔 빠져!"

유하다. 흠칫 놀란 승후 서둘러 놓아줬다.

"야! 다칠 뻔했잖아! 괜찮아?"

"괜찮아. 괜찮아."

엘리베이터의 문이 열리고, 승후는 탈 생각도 하지 않고 속상하고 미안한 마음에 유하의 팔만 살폈다.

"일단 타."

승후는 엘리베이터에 오른 후 매섭게 유하를 노려보았다.

"그런 장난 또 할래? 놀랐잖아!"

"미안."

유하는 히히 웃으면서 승후의 어깨에 잠깐 머리를 기댔다가 바로 섰다.

"승후 씨가 얼마나 주위를 경계하는지 알고 싶어서 그랬지."

"그래서?"

"합격. 하지만 꼭 기억해. 조금이라도 미심쩍으면 일단 의심부터 해."

"또 불쑥불쑥 이렇게 테스트할 거야?"

"절대 안 해. 그러니까 이다음은 진짜 나쁜 놈이야. 맞서 싸우지 말고 무조건 도망가. 알았지?"

"네, 네, 알았습니다."

유하의 머리를 가볍게 헝큰 승후는 벽에 등을 기대며 대본을 동그랗게 말아 쥐었다.

"오늘 어떤 장면이 찍었어?"

유하는 승후와 똑같이 엘리베이터 벽에 등을 기대며 물었다.

"좋은 장면."

"어떤 좋은 장면? 설마 19금?"

유하가 눈을 게슴츠레 뜨자 승후는 몸을 살짝 틀어 그녀가 귀엽다는 표정으로 배시시 웃었다.

"나름 19금이지. 하인수 감독님이 19금 참 근사하게 찍는 거로 유명하시니까."

"진짜 베드신이 있다고? 드라마에?"

놀라 눈이 휘둥그레진다. 유하의 반응에 꽤 기분이 좋아진 승후는 킥킥 낮은 웃음을 터뜨렸다.

"글쎄요. 확인은 TV로 하세요. 난 말해줄 수 없으니까."

엘리베이터가 멈추자 승후는 약 올리듯 말하고 먼저 걸어갔다. 그리고 아파트 문을 열고 들어와 뒤따라서 들어오는 유하의 허리를 감싸며 끌어당겨 안았다.

"내가 베드신 찍으면 싫어?"

"키스신까지는 어떻게 보겠는데, 베드신은 안 내켜. 민승후의 섹시한 몸은 나만 봤으면 좋겠거든."

"이러니까 내가 내 여자를 좋아하지."

승후는 유하의 이마에 키스하려고 했다. 하지만 바로 "잠깐!" 하고 외치며 품에서 빠져나가는 그녀 때문에 그럴 수가 없었다.

"엄청 더러워. 씻고 올게."

후다닥 욕실로 뛰어가는 유하를 보며 픽 웃음을 흘린 승후는 그녀가 씻고 나올 때까지 소파에 앉아 대본을 읽기 시작했다.

"시원하다. 승후 씨 맥주 한잔할래?"

"아니. 오늘은 별로."

샤워를 마친 유하는 승후 옆에 앉으며 그가 들고 있는 대본을 보았다.

"무슨 장면이야?"

"사건 분석하는 장면. 너희 말 참 많이 하는 것 같아. 머리가 뱅글뱅글 돌아."

"원래 그래. 내 의견 내고 상대 의견 듣고, 다시 종합해서 분석하고. 몇 번씩 그 작업을 반복해야 불필요한 자료들은 걸러지고 핵심이 딱 추려지지."

대본에서 눈을 돌린 승후는 유하 쪽으로 몸을 틀었다.

"난 잠깐 블랙팀이 되는데도 이렇게 골치가 아픈데, 넌 어떻게 매일 이러냐?"

"일상이니까. 꼭 필요한 작업이자 그게 우리 블랙팀 핵심이고 특기이기도 하잖아. 그런데 골치 많이 아파?"

"좀 아파. 대사가 너무 많아. 몸도 엄청 쓰는데 대사도 겁나 많아."

승후는 대본을 덮어 테이블에 던지듯 툭 내려놓았다.

"그런데 우리 애인님께서는 나한테 할 말 없어? 난 할 말 많은데."

갑자기 분위기가 사늘해지자, 유하는 자신이 뭘 잘못했는지 찬찬히 기억을 더듬어보았다. 딱히 없다. 아니, 잘못할 시간이 없었다. 스캔들 터진 이후로 자주 만나지 못해서 무언가를 잘못했다면 분명히 기억에 있어야 옳은데, 그녀의 머릿속에는 잘못한 기억이 없었다.

"저번 주에 나 토크쇼 나갔었는데, 봤어?"

"응, 봤어. 오! TV로 보니까 내 남자 잘생겼던데. 외모로 사람들 다 죽었어. 짱!"

유하는 엄지손가락을 쳐들었다.

"그것 봤는데도 아무 말 없네?"

승후의 말에 잠깐 생각에 잠겼던 유하는 모르겠다는 표정으로 살짝 미간을 찌푸렸다.

"그 토크쇼 어느 부분을 말해야 하는 건데?"

기가 막힌다. 아니, 어이없다. 승후는 마음을 가라앉히듯 길게 한숨을 토해냈다. 그리고 억지 미소를 머금으며 입을 열었다.

"결혼에 관한 질문."

"지금은 드라마 촬영에만 집중하고 싶다고 그랬잖아. 그게 왜?"

"넌 네 애인이 공식 석상에서 너보다 일을 택했는데 아무 생각도 안 들어?"

"맞는 말 아니야? 그럼 드라마에 집중해야지, 뭘 더 해야 하는데?"

생각이 없는 건지, 생각을 안 하는 건지 도통 이해가 안 된다. 승후는 몸을 틀어 바로 앉으며 다시 대본을 집어 들어서 읽던 부분을 폈다.

"왜? 우리 승후님께서 왜 기분이 나쁘지?"

유하는 승후가 대본을 못 보게 손을 턱 올렸다.

"우리 결혼하자."

생각지도 못한 프러포즈인지 유하는 말이 없었다. 그저 승후의 얼굴만 물끄러미 볼 뿐이었다.

"무슨 말이든 해야 하는 것 아닐까?"

다시 몸을 틀어 유하를 본 승후는 대본을 테이블에 툭 내려놓았다.

"지금도 알콩달콩 재미있잖아. 뭐가 그렇게 급해? 남자 연예인들 보니까 삼십대 후반에 많이들 결혼하던데. 승후 씨, 한창 일할 나이인데, 결혼은 좀 그렇지."

"네가 결혼이 그런 게 아니라?"

유하에게 결혼은 큰 의미가 없다는 걸 알면서도 괜히 속이 상한다. 승후는 밀려오는 짜증에 목소리가 커지는 걸 막을 수가 없었다.

"됐어. 하나 마나 한 말은 뭐 하러 해? 가서 자. 피곤하겠다."

포기다. 승후는 다시 대본을 집어 들었지만 역시나 글자가 눈에 안 들어왔다.

"알았어. 일 열심히 해."

그런 승후의 마음도 모른 채 유하는 벌떡 일어나 침대로 향했다.

"아참! 승후 씨 내 점퍼 주머니 좀 살펴봐. 아까 잠복 나갔다가, 엄청 웃긴 거 하나 있어서 샀어. 봐봐. 진짜 웃겨."

참 밝고 해맑다. 승후는 유하가 저 눈치로 어떻게 형사는 하는지 이해할 수가 없었다.

생각을 말자. 내 속만 쓰리니.

다시 대본을 보던 승후, 몇 초 뒤에 슬쩍 유하가 소파에 던져 놓은 점퍼를 보았다. 결국 승후는 손을 뻗어 점퍼 주머니를 살핀다. 엄청 웃긴 게 뭔지 궁금하니까.

작은 상자였다. 상자를 열어본 승후는 깜짝 놀라고 말았다. 그리고 곧 하하 웃음이 터졌다.

"야! 조유하!"

목소리 높게 내지른 승후는 곧장 침대로 갔다. 그리고 침대 헤드에 기대 휴대폰을 살피는 유하를 보았다.

"이거 뭐야?"

승후는 기분 좋아 생글거리며 작은 상자를 흔들었다.

"수갑."

"수갑?"

"민승후는 내가 잡았다는 표식. 다시 말해, 주인 있으니까 건들면 죽인다는 뜻이지."

"결혼 안 한다며?"

"결혼은 때 되면, 시간 되면 그때 대충 하면 되는 거고. 민승후에 대한 소유권은 확실하게 해둬야지. 대한민국 경찰이 내 것도 못 지키면서 어떻게 국민들 안전을 지키나?"

"너 날 가지고 놀아? 조유하 오늘 죽었어!"

승후는 침대로 몸을 날렸다. 그리고 곧 유하의 입에서는 "꺅!" 하고 기분 좋은 소리가 터져 나왔다.

블랙팀.

감독님과 시나리오 작가, 그리고 배우들은 지금 경찰청에 와 있었다. 모두 블랙팀을 만나 조사 겸 블랙팀 형사에 대해 직접 배워볼 시간을 갖기로 했기 때문이었다.

긴장해서 블랙팀 안으로 들어선 승후 일행은 팀장인 태석을 중심으로 도준과 찬우, 그리고 주영이 보이자 떨리는 마음에 히죽 웃음을 흘렸다.

"잘 오셨습니다. 저는 블랙팀 팀장 이태석입니다."

태석을 시작으로 블랙팀이 한 명씩 소개했지만 유하는 보이지 않았다. 승후는 혹시 숨어 있나 싶어 주위를 두리번거렸다.

"조 형사는 곧 도착한다고 하니까 기다려."

승후가 누구를 찾는지 알아차린 태석이 그의 궁금증을 풀어주었다.

"민 스타, 유하는 몰라. 알면 도망갈 것 같아서 말 안 했어."

찬우는 중요한 말을 하듯 목소리까지 낮춰서 심각하게 말했다. 얼마 후, 유하가 블랙팀 안으로 들어오고, 승후를 중심으로 유명한 연예인들이 쭉 서 있는 모습에 그녀는 움찔거리며 놀라고 말았다.

"뭐, 뭐야? 뭔 일이야?"

분위기가 심상치가 않다. 유하는 잔뜩 긴장하며 태석을 보았다. 그 뒤 팀장이 간단하게 이야기를 하고, 가만히 듣고 있던 유하는 못마땅한지 미간을 찌푸렸다.

"그래서 지금 바빠 죽겠는데, 유치원 선생 노릇까지 하라고요?"

유하가 이렇게 나올지 몰랐던 승후는 당황하고 말았다. 그리고 조금 서운하기도 했다.

"야, 그래도 그렇지 유치원 선생은 좀……."

주영이 단어 선택 좀 잘하라는 뜻에서 유하를 툭 쳤다.

"그래서 짝짓기는 했어요?"

찬우는 아직이라고 대답하며 고개를 저었다.

"그럼 답은 나왔네. 나는 내 것 챙기고 다른 분들은 적당히 짝짓기하고. 난 짝짓기 할 필요 없으니까 회의 끝나면 바로 데리고 나가도 되죠?"

"너 민승후 데리고 진짜 모텔 가려고?"

찬우는 느끼하게 웃으며 몸으로 유하를 툭 쳤다.

"시간도 없는데 당연히 가야죠. 민승후를 어떻게 어디로 데리고 가야 데미지가 좀 약할까? 변장한다고 감출 수 있는 비주얼은 아닌데, 그냥 확 다 까서 데리고 다닐까?"

승후 일행은 유하의 말에 당황한 빛이 역력했지만 그녀는 그런 신경 안 쓴다는 표정으로 아주 심각하게 고민했다.

"그러다가 일 터지면 어떻게 해? 가능하겠어?"

승후 일행과 달리 블랙팀은 그저 덤덤했다.

"도준 선배, 어차피 배우면서 크는 겁니다. 그렇게 부딪치면서 배우다 보면 생각도 몸도 훌쩍 커 있겠죠."

"하긴 입을 아무리 정교하게 놀려도 한 번 들이박는 것보다는 못 하니까? 그래. 그렇게 해."

도준이 고개를 끄덕이는 그 순간 무슨 뜻인지 파악한 승후는 빙긋 미소를 머금었다. 하지만 이 상황이 익숙하지 않은 감독님과 작가님 그리고 동료 연예인들은 번갈아 가면서 승후 귀에 대고 속삭였다.

"승후야, 애인 스케일이 다르긴 다르다."

"너 오늘 몸조심 좀 해야 할 것 같아."

"민승후, 행운을 빌어줄게."

대부분 이런 뜻으로 위로했다.

"자! 블랙팀!"

태석이 입을 열자 서로 쿡쿡 찌르며 장난을 치던 블랙팀들이 자세를 고쳐 잡았다.

"회의 시작한다. 그리고 드라마팀은 명심하시기 바랍니다. 지금부터 듣는 모든 말은 보안입니다. 블랙팀 입에서 나온 말은 숨소리 하나까지 모두 비밀엄수 계약서에 포함된 사항이니 명심해 주시기 바랍니다."

태석은 감독과 작가 그리고 배우들을 드라마팀으로 부르기로 한 모양이었다. 하긴 일일이 이름을 부르는 것도 번거로울 테니, 드라마팀으로 묶는 게 어쩌면 효율적일 수 있었다.

"네."

태석의 딱딱한 말투에 드라마팀은 모두 굳은 표정으로 짧게 대답했다.

"황도준 시작해."

도준은 이동식 대형 화이트보드 앞에 섰다. 그곳에는 '여성 연쇄 염산 테러 사건'이라는 제목으로 사진과 이것저것 수사와 관계된 것들이 적혀 있었다.

"지난 2일에 인천에서 발생한 여성 염산 테러 사건입니다. 모자와 마스크로 얼굴을 가린 남자가 지나가는 이십대 여성의 몸에 염산을 뿌린 사건으로, 피해자는 가슴과 팔·다리에 3도 화상을 입었고 현재 치료 중입니다."

도준이 사건 설명을 시작하자 드라마팀 모두 바짝 긴장했다. 그리고 형사들이 하는 말이나 행동들을 하나도 놓치지 않으려 눈을 크게 떴다.

"이 사건이 우리에게 넘어온 경위는 이게 연쇄 염산 테러이기 때문입니다. 사건이 일어나기 한 달 전, 똑같은 날짜에 서울 강남에서 똑같은 염산 테러가 있었고, 피해자의 연령 또한 이십대로 두 피해자가 스타일이 비슷합니다."

"두 사건이 같은 범인이라는 증거는 있는 거야?"

"얼굴은 가렸지만, 범인의 외향은 비슷합니다. 목격자들 진술에 의하면 키는 180cm 정도에 건장한 체구였다고 합니다."

"염산 테러는 간단한 행위 하나로 상대에겐 극한의 고통을 주는 범행 수법입니다. 염산 테러를 당한 피해자는 생명을 건졌다 해도 엄청난 흔적이 남게 되죠. 이 범인은 행위 자체보다는 결과에 희열을 느낄 가능성이 큽니다."

계속 도준에게 시선이 고정되어 있던 드라마팀이 찬우가 입을 열자 그에게로 시선이 돌아갔다.

"일반적으로 사이코패스는 가학적인 방법으로 피해자가 서서히 죽어가는 모습을 보며 쾌감을 느낍니다. 하지만 범인은 던지는 행위, 즉 가장 일반적인 방법으로 피해자에게 엄청난 고통을 줬고, 그걸 멀리서 지켜보았을 겁니다. 이는 평소에는 소심하고 조용한 성격일 가능성이 높다는 걸 의미합니다. 어떠한 사건이 방아쇠가 돼서 범인을 소시오패스로 만들었을 겁니다."

유하의 입이 열리고 드라마팀의 시선도 그녀에게로 옮겨졌다.

"특정한 연령층에 특정한 스타일의 여성을 택했다는 건, 범인이 그런 스타일의 여성에게서 배신을 당했을 확률이 높습니다. 사랑했던 사람의 배신으로 잠자고 있던 미친 성향이 툭 튀어나온 거죠. 이런 경우엔 배신이 트리거가 됐을 겁니다. 하지만 배신 자체가 범인을 변하게 한 건 아닐 겁니다. 아마 어렸을 적에 지독한 학대를 당했을 겁니다. 그 기억으로 인해 범인은 조용하고 소심한 어른으로 자라났을 테고, 자라는 동안 받은 엄청난 고통을 차곡차곡 내면에 쌓아뒀던 겁니다. 사랑하는 사람의 배신으로 빵 터진 거죠."

다음으로 주영이 말을 하자 드라마팀의 시선이 이번에는 그에게로 쏠렸다. 그리고 입을 반쯤 벌리고는 무의식적으로 고개를 끄덕였다.

"그래서 어떻게 하기로 했어?

주영의 말이 끝난 뒤 태석은 다시 도준을 보며 물었다.

"일단 인천 사건 당시 가장 가까이서 목격한 목격자를 만나려고 합니다. 엄청난 사건을 직접 목격해서 극도로 예민한 상태라 오늘은 저 혼자 움직여야 할 것 같습니다."

"알았어. 황도준은 그렇게 하고. 유하는?"

유하는 화이트보드 앞으로 다가가 남자 사진 한 장을 첫 번째 피해자 밑에 붙였다.

"서울에 있는 첫 번째 사건 때 현장에 있었던 소매치기입니다. CCTV를 확인해 보니까 범인하고 부딪친 남자가 있어서 근처를 다 뒤져서 얼굴을 확인해 봤더니, 알고 있는 녀석이 나왔습니다."

"누군데?"

"우리는 이 녀석을 본명 대신 다른 이름으로 기억합니다. 킹콩. 얼굴이 킹콩을 참 많이 닮아서 붙여진 별명 같은데, 얼굴과 별명이 모두 특이해서 한 번 보면 절대 안 까먹는 엄청난 능력을 갖춘 놈입니다. 이놈이 특별한 거주지가 없고 모텔과 여관을 전전하고 있는 녀석이라 어쩔 수 없이 그쪽으로 돌고 있습니다."

"그럼 용의자 만날 확률도 높은 것 아니야? 지원 붙여?"

"아닙니다. 민승후도 운동 꽤 하니까, 오늘 파트너라고 생각하고 실제 형사처럼 빡세게 굴려보려고요. 말로 백날을 떠들어봤자, 한 번 구르는 것만 못 하니까요. 그놈이 손버릇이 좀 안 좋다 뿐이지 과격한 애가 아니니까, 간단하게 혹 하나 달고 있어도 괜찮을 것 같습니다."

승후를 제외한 다른 배우들은 그제야 유하가 왜 모텔을 입에 올렸는지 깨닫고 쑥스러움에 헤헤 웃음을 흘렸다.

"조심해. 민승후 씬 민간인이니까 특별히 더 신경 쓰고?"

"넵."

"주영이 하고 찬우는?"

"국과수에 잠깐 들렀다가 피해자들 주변 인물을 만나볼 생각입니다. 혹시나 특이사항이 있을까 해서요."

"그렇게 해. 유하는 오늘 많이 돌아다녀야 하니까 빨리 나가고, 다들 역할에 맞는 분들 모시고 나가."

"넵!"

"감독님과 작가님, 그리고 황도준 형사 역할과 비슷한 배우님은 저와 함께 다니면 됩니다."

"네."

주영과 찬우가 자기와 비슷한 역할의 배우와 인사를 나눌 동안 유하는 손짓으로 승후에게 따라오라고 한 뒤 먼저 자리를 떴다.

유하의 차 안.

차가 경찰청에서 막 나왔을 때 승후는 크게 하하 웃어댔다.

"왜 웃어?"

"너 모텔 얘기할 때 우리 쪽 얼굴 못 봤지? 얼마나 웃기던지."

승후는 다시 생각해도 웃기는지 웃음을 멈추지 못했다.

"모텔이라 그래서 19금 상상했구나."

"응."

그럴 만도 하다고 생각하면서도 웃긴 건 웃긴 거다. 유하의 입에서도 큭큭큭 웃음소리가 터졌다.

"우리 뭐부터 하는 거야? 나 진짜 블랙팀 형사 업무 하는 거야? 머리로 생각하는 것하고 실제는 다르잖아. 내가 방해되면 어떻게 하지?"

"그냥 따라다녀. 그럼 자연스럽게 보이겠지."

"하긴 유하가 옆에 있으니까. 느긋하게 따라다니다 보면 배우겠지."

승후는 해맑게 웃으며 편안하게 등을 기댔다.

"내 생각에는 긴장 좀 해야 할 것 같은데."

"왜?"

유하가 음산하게 씩 웃으며 말하자 승후는 바짝 긴장하며 조수석 문에 바짝 몸을 붙였다.

"19금이 차라리 낫다는 말이 나올걸? 오늘 본인은 진짜 형사 체험을 하게 될 테니까. 내가 무슨 짓을 해서든 그놈을 잡을 거거든. 그렇게 되면 연기가 아닌 실제로 추격전을 할 수도 있어요."

"나…… 불안해해야 하는 거야?"

"엄청!"

짧고 강한 유하의 대답에 승후의 머릿속에는 이 생각이 떠올랐다.

'다른 형사 따라갈걸.'

"아니, 이런 사람 못 봤는데요. 저희도 달방이 있긴 한데, 이 사람은 못 봤어요."

모텔과 여관 수십 군데는 갔었던 것 같다. 처음엔 숫자를 셌던 것 같은데, 어느 순간부터 기계적으로 가다 서기를 반복하고 있었고, 유하가 모텔 주인을 상대로 뭘 물어보았지만, 아무것도 들리지 않았다. 아니, 들렸지만, 무슨 내용인지 파악이 되지 않았다.

"아이고, 민승후 죽네."

다리가 아프다가 경직되고 그걸 지나 마비가 되는 듯한 느낌이 들자 승후의 입에서 죽겠다는 소리가 계속 터져 나왔다.

승후는 발에 땀이 날 정도로, 아니, 발이 퉁퉁 부을 정도로 돌아다니는 게 어떤 건지 알 것 같았다. 그나마 다행인 것은 지금까지 유하가 찾은 그 소매치기가 보이지 않았다는 것이다. 만약 추격전까지 했으면,

그건 상상하는 것만으로도 끔찍한 일이기 때문이었다.

"밥도 먹고 좀 쉬기도 하고 그럽시다."

그렇게 몇 시간을 돌아다닌 그들은 쉴 겸 해서 제일 먼저 보이는 음식점인 설렁탕 집에 들어갔다.

"어머! 민승후야!"

민승후의 등장에 설렁탕 집은 대혼란에 접어들었는데, 그는 그걸 신경 쓸 여력이 전혀 없었다.

"아이고, 이건 사람이 할 짓이 아니야."

승후는 자기 다리를 툭툭 때리며 앓는 소리를 했다.

"조 형사 체력 짱! 다리에 그 근육이 이래서 생긴 거구나? 난 무슨 운동을 하면 그렇게 탄탄해지나 궁금했었지."

"이 남자 이렇게 약했나? 고작 그거 걷고 죽는소리야?"

유하는 한심스럽다는 듯 혀를 쯧쯧 찼다.

"내 다리는 곱게 컸거든요. 강하게 큰 형사님 다리와는 자란 환경이 다릅니다."

"곱게 큰 그 다리로 그만 따라다니고 이만 가실래요? 가셔도 돼요."

승후는 입을 삐죽이며 때마침 음식점 직원이 물을 가지고 오자 그걸 따라 벌컥벌컥 마셨다. 그리고 유하의 컵에 물을 따라주었다.

"설렁탕 두 개 주세요."

유하가 주문하자, 이십대 초반으로 보이는 여자 직원은 "네." 하고 대답하면서도 시선은 승후에게 딱 고정이 되어 있었다.

"승후 씨 잘생겼어요."

직원의 표정엔 '나 당신 엄청 좋아해요.'라는 말이 고스란히 담겨 있었다.

"감사합니다."

승후는 인사할 때 아주 짧게 직원과 눈을 맞추고는 다시 유하를 응시했다.

"이건 그냥 직업이 아니라, 극, 극, 극, 극, 극한 직업……."

극을 몇 번이나 강조하며 자신이 지금 얼마나 힘든지 강하게 말하던 승후는 음식점 직원이 계속 옆에서 자신을 보고 있자 어색하게 웃으며 그녀를 보았다.

"저희가 주문 안 했나요?"

"아! 아니에요. 주문하셨어요. 설렁탕 두 개."

"그럼 부탁합니다."

"네."

이제 가라는 말이었다. 그것도 아주 정중하게.

직원은 꾸벅 인사한 후에 후다닥 주방 쪽으로 향했다.

"승후 씨 좋아하는 것 같은데, 팬 같아."

유하는 빙긋 웃으며 승후가 따라준 물컵을 들고 물을 한 모금 마셨다.

"알아. 내가 지금 저 직원 챙기면 엄청난 사태가 벌어져. 그러니까 애초에 안 하는 게 맞아."

손님들 모두 승후에게 시선이 고정되어 있었다. 한 명에게라도 사인을 해주면 곧 모두 달려들 것 같은 분위기라, 서로 눈치 보기 바쁜 게 표정에 모두 드러나 있었다.

음식점 안을 쭉 둘러본 유하는 무슨 말인지 알겠다는 표정으로 고개를 끄덕였다.

"하던 이야기나 마저 하자. 이걸 계속하는 거지? 범인 잡힐 때까지."

"우리가 포기하지 않는 한 계속하겠지? 범인이 하늘에서 뚝 떨어지면 모를까."

"형사는 할 짓이 아니야."

"너무 징징거린다. 이런 건 그냥 산책이야. 이 정도로 퍼져서 어떻게 블랙팀 형사를 해?"

유하의 말에 승후는 생각했다.

'나 블랙팀 형사 아니잖아. 그냥 블랙팀 형사 역할을 하는 배우일 뿐이잖아. 그런데 왜 자꾸 날 형사 취급해? 경찰이 꿈이었다는 거 취소! 이렇게 힘든 줄 알았더라면, 처음부터 꿈도 안 꿨을 거라고!'

"어? 예준 씨!"

승후가 마음으로 엄청난 불만을 터뜨리고 있을 때였다. 힐끔힐끔 창밖을 살피던 유하가 후다닥 뛰어나가며 다른 테이블에서 승후의 매니저와 함께 있는 예준을 불러 승후를 가리켰다.

"뭐지? 예준은 따라오고 매니저는 여기 있어. 무슨 일 있으면 전화할게."

무슨 일인지 모르겠지만, 일이 터진 것만은 확실하다.

승후는 예준과 함께 곧장 유하의 뒤를 따라갔다. 그렇게 예상치도 못한 한낮의 추격 신이 시작되었다.

골목 여기저기를 헤치며 도망가는 소매치기 범인이자 목격자인 킹콩을 유하는 무서운 속도로 따라갔다. 킹콩은 도망가는 중간중간 손에 잡히는 건 무엇이든 던지고 넘어뜨리며 잡히지 않으려고 발버둥을 쳤다. 하지만 무섭게 따라오는 유하를 막을 순 없었다.

"아이 씨, 블랙팀에서 날 왜 잡는데?"

킹콩은 도망가는 도중 뒤를 향해 날카롭게 소리쳤다.

"블랙팀이 널 잡는 덴 다 이유가 있지 않을까?"

"그러니까 난 블랙팀이 왜 잡는지 모른다니까!"

"예쁘게 잡혀. 그럼 블랙팀이 왜 잡는지 친절히 알려줄게!"

유하는 장애물이 앞을 가로막을 때마다 휙 날듯 그걸 뛰어넘었다. 하지만 킹콩은 장애물을 일일이 피해야만 했기에 그만큼 거리가 가까워질 수밖에 없었다.

"왜 하필 조 형사냐고!"

"그러게 왜 하필 너냐고!"

기 쓰고 도망치던 킹콩은 더는 안 되겠다는 생각이 들자 우뚝 멈춰서 칼을 빼들었다. 그리고 유하를 사납게 노려보았다.

"오지 마! 나 이번에는 안 참아?"

"너 그러다가 살인미수야."

유하는 싸우자 덤비는 킹콩과 대치하면서 가볍게 킥킥 웃음을 흘렸다.

"쌍! 이게 어떻게 살인미수야?"

"난 아무것도 없어. 내가 총을 빼들었어 뭘 했어? 난 그저 널 잡겠다고 맨손으로 뛰어온 것뿐이야. 그런데 그런 나에게 다짜고짜 칼을 빼든 건 너잖아. 게다가 이런 음침한 곳으로 날 유인했고. 이건 살인을 계획한 거거든. 그리고 내 손에 잡히면 살인미수고."

"씨! 난 도망치는 거고, 지금은 저항한 거지! 조 형사는 그 몸 자체가 무기잖아! 난 살기 위해 이러는 거라고!"

"내가? 나처럼 선량한 형사가 어디 있다고?"

"말이야, 망아지야?"

킹콩은 기가 막힌다는 표정으로 코웃음을 쳤다.

"그래서 여기서 한 판 해? 원하면 해주고."

"우 씨! 그러니까 블랙팀에서 날 왜 찾는데? 나 블랙팀에 불려갔다 나오면 사람들이 이상한 눈으로 본단 말이야!"

"너 한 달 전에 남자가 여자 몸에 염산 뿌리는 장면 목격했지?"

"한 달 전? 그건 왜?"

깊게 생각하지 않아도 알고 있는 사건인 듯, 킹콩은 오히려 유하를 이상하다는 눈으로 보았다.

"그 사건에 대해 기억나는 거 있어? 그때 너랑 부딪쳤던 남자 있는데, 검은색 모자에 마스크 같은 거 썼잖아. 그 남자 기억나?"

"당연히 기억나지. 그런데 그걸 왜 블랙팀에서 수사해? 연쇄 살인도 아니고 인신매매는 더더욱 아니고. 아! 장기인가? 염산 뿌려서 병원에 가는 척하고 납치해, 장기 내다 팔아?"

상상력 한번 끝내주게 잔인하다. 순간적으로 짜증이 치밀어 오른 유하는 미간을 일그러뜨리며 킹콩을 매섭게 노려보았다.

"그거 우리가 맡았어. 그러니까 대답해. 그 남자랑 부딪쳤을 때 너 지갑 털었지? 아니란 말 하지 마. 거짓말하면 진실을 고할 때까지 맞는다?"

"진짜? 진짜 그거 블랙이 맡았어요? 대박! 사람이 죽은 것도 아닌데, 그걸로 블랙팀이 떴다고?"

킹콩은 믿어지지 않는다는 표정으로 연달아서 몇 번 "우와! 대박!"을 외쳤다.

"놀라는 건 나중에 하고, 대답 안 해?"

"당연히 털었죠."

지금까지 반말을 툭툭 내뱉던 킹콩은 갑자기 태도를 싹 바꿔 공손해졌다. 물론 칼은 여전히 손에 쥔 채였지만.

"그 당연한 거 말하라고. 그 남자 기억나?"

"당연히 기억나요."

"어떻게 그게 당연해? 설마 너 훔친 지갑 주인 기억하는 게 취미야?"

"당연히 아니죠."

"그런데 어제도 아니고 그제도 아닌 한 달 전 걸 기억한다고?"

"왜 이러세요, 아마추어같이. 내가 지갑을 훔친 이후에 그런 일이 벌어졌는데, 설마 그 지갑을 버렸겠습니까?"

"가지고 있다고? 그 지갑을?"

"네. 내가 사람에게 해코지하면서 먹고 사는 직업이긴 하지만, 사람에게 그런 몹쓸 짓을 하는 건 아니죠. 그때 그 여자 비명이 처절하더라고요."

킹콩은 진저리를 치며 몸을 부르르 떨었다.

"그럼 그때 바로 경찰에게 넘겼어야지!"

"뭘 믿고 경찰에게 그걸 넘깁니까? 오히려 내가 그 염산 뿌린 놈이 됐을 거예요. 저요, 이 바닥에 구를 대로 구른 놈입니다. 경찰들 머릿속은 나도 잘 안다고요."

킹콩은 칼을 접어 주머니에 집어넣었다.

"경찰이 미쳤냐? CCTV 자료 버젓이 있는데 널 염산 테러범으로 만들게?"

"헐! 우리 조 형사님이 이렇게 순진하시다. 형사님, 모든 경찰들이 다 블랙팀 같지 않아요. 이 세상에 왜 사이코들이 넘치는데? 경찰이 못 잡아서? 아니죠. 경찰이 안 잡아서죠. 당장 보세요. 이렇게 조 형사님이 내 얼굴 딱 알아보고 왔잖아. 그런데 왜 전에 담당했던 경찰들은 날 안 찾았을까요? 찾을 줄 몰라서? 아니에요. 찾지 않아서죠."

"너 헛소리 찍찍 하다가 도망갈 생각이면 죽는다?"

유하가 한발 다가서자 킹콩은 반대로 한발 뒤로 물러났다.

"제가 지갑을 준다고 해도 블랙팀에서 건질 거 없어요. 그 지갑 안에 신분증 같은 건 없어요. 신용카드도 없고, 현금밖에 없었거든요. 그런데……"

"그런데?"

"사진이 한 장 들어 있어요. 남자와 여자. 남자는 범인이 확실해요. 얼굴을 봐서 알죠."

킹콩을 자신하듯 말했다. 자기는 작은 거짓말도 하지 않는다는 표정이었다.

"그 사진 속 남자가 범인인 거 정말 확실해?"

"확실해요. 얼굴 똑똑하게 봤다니까요. 그런데 첫 번째 사건 피해자 좀 이상한데, 형사님들 아직 거기까지 못 갔죠?"

"킹콩, 너 자꾸 헛소리할래?"

유하가 사납게 미간을 일그러뜨리자 킹콩은 아니라는 듯 강하게 고개를 저었다.

"첫 번째 사건 피해자 뭐 하는 여잔지 알아요?"

"알아도 너에게 피해자 신상까지 말하진 않겠지? 너도 그걸 알 필요 없고."

"그 여자 대학생으로 알고 있죠? 관할 담당 형사는 대학생으로 표시했을 거고."

"그런데?"

"에이, 걔 콜걸이에요."

"뭐?"

"아는 인간 몇 명 없을 텐데? 관할 경찰서 서장은 알려나? 아니면 그 밑에 있는 형사들은 모를까요?"

"그게 무슨 소리야?"

킹콩은 킥킥 웃으며 유하에게로 두어 걸음 다가왔다.

"제가 또 발이 넓잖아요. 위에 계신 분들만 연결하는 중간 브로커가 있는데, 첫 번째 피해자인 그 여자, 분명히 그자랑 일했었어요. 거금 받고 브로커 갈아탔다는 말을 들었거든요. 그쪽을 파보면 생각보다 더 쉽게 범인이 튀어나올 수도 있어요."

"헛소리하면 죽는다?"

"범인을 알고 싶으면 피해자가 정확하게 무슨 일을 하고 다녔는지 파악하세요. 이건 제 생각인데, 아무 여자나 고른 묻지 마 범행 아닙니다. 그런 다음에 나 찾아요. 그럼 범인 지갑 줄 테니까."

"이게 지금 나랑 놀자는 거지?"

얄밉게 헤실헤실 웃는 킹콩 때문에 열이 치민 유하는 버럭 소리를 지르며 주먹을 올렸다. 하지만 저항하지도 않는 놈에게 이러면 안 되지 싶어 주먹을 다시 내렸다.

"하! 관할에서 이걸 왜 블랙팀에 넘겼을 거라 생각해요? 알기론 사람 안 죽었던데? 이게 골치가 아파서거든요. 묻어버리자니 뉴스나 SNS로 떠들썩했던 거라 그럴 수도 없고, 계속 수사하자니 관할에서는 절대로 건들 수 없기 때문이죠."

"킹콩 너 알고 있는 게 뭐야?"

"알고 있는 건 있으나 친절하게 협조할 생각은 없어요. 나 경찰 엄청 싫거든."

킹콩이 약 올리듯 차갑게 씩 웃는 그때 유하의 휴대폰이 울렸다. 유하는 킹콩에게 시선을 응시한 채 전화를 받았다.

"네, 선배."

[첫 번째 피해자 이송하, 아무래도 일반 대학원생은 아닌 것 같아. 대출을 받으며 겨우 대학을 졸업했는데, 취직 안 하고 대학원을 다닌다고 했다는 거야. 그런데 이상한 건 올 초부터 돈을 물 쓰듯 했대. 마치 어디서 돈이 나오는 것처럼.]

"설마…… 성매매……."

[아무래도 그런 쪽으로 엮여 있는 것 같아. 은행 거래 내역 요청해서 받았는데, 현금으로 한 달에 천 대가 넘는 돈이 들어왔어. 그런데 정작 이송하 부모님은 시골에서 조그마한 밭이나 일구는 농사꾼이라는 거지. 도저히 이런 돈을 딸에게 줄 만큼 능력이 안 돼.]

"네. 알겠어요."

주영과 잠깐 통화를 한 유하는 휴대폰을 주머니에 집어넣으며 킹콩에서 한 걸음 다가갔다.

"기분 더럽지만, 네 말이 맞는 것 같다. 지갑 넘겨. 범인 상판대기 좀 봐야겠어."

"지금 없어요. 안 잡는다고 약속하면 지갑 드리죠."

"좋아. 지금 당장 지갑 가지러 가자."

"안 되죠. 내가 있는 곳에 범죄자들 수두룩한데, 형사님과 함께 가면 나 죽어요. 경찰서로 찾아갈게요. 경찰서에서 봐요. 아니, 경찰청."

"내가 널 뭘 믿고?"

"저도 형사 안 믿어요. 서로 안 믿으니까, 비긴 거잖아요."

"너 나랑 말장난하는 거냐?"

유하가 짜증 부리듯 말하자 킹콩은 손까지 흔들며 아니라고 말했다.

"진짜 지금 없어요. 아는 동생에게 맡겨놓았단 말이에요. 가져다드리겠습니다."

"내가 널 믿고 맡기는 게 더 이상한 건 알지?"

"내가 형사님과 함께 나타나는 순간 증거는 사라지고 그 동생도 사라집니다. 예민한 동생이라 형사님들 그림자만 봐도 안다니까요? 그러니까 믿고 맡기세요. 지갑은 꼭 보내 드리겠습니다."

유하는 영 믿지 못하겠다는 표정으로 킹콩을 보다가 주머니에서 명함을 하나 꺼내 내밀었다.

"내 휴대폰 번호야. 무슨 일 있으면 전화해."

"오! 대박! 나 블랙팀 형사 명함 받았어!"

명함을 받아든 킹콩은 어울리지 않게 해맑게 방긋 웃었다.

"가! 마음 바뀌어서 너 경찰청에 데리고 가겠다고 길길이 뛰기 전에 빨리 도망가."

짜증스럽게 한숨을 푹 내쉰 유하는 고개를 흔들며 뒤돌았다. 그리고 지금까지 뛰어왔던 곳을 거슬러서 터덜터덜 걸어갔다.

큰길 쪽으로 씩씩하게 걷던 유하는 자신의 뒤를 따라온 승후와 눈이 마주쳤다.

"가자. 밥 먹고 들어가면 돼."

"설마 따라갔던 게 목격자야? 그 소매치기?"

유하가 옆을 스치며 지나가자 승후는 다다다 뛰어와 그녀와 나란히 걷기 시작했다. 그리고 예준은 조금 떨어져서 그들의 뒤를 따랐다.

"그런데 왜 혼자 와?"

승후는 고개만 돌려 뒤에 누가 있나 살폈지만, 예준 외엔 아무도 없었다.

"알아낼 거 다 알아내서."

"순순히 그걸 말해?"

"뭐, 대충."

"그래도 잡아야 하는 거 아니야? 죄지었잖아."

유하는 어떤 대답도 없이 그저 하하 웃음만 흘렸다. 말할 수 없다는 뜻이다. 말할 수 없는 것은 들어서도 안 된다는 걸 알기에 승후는 빠르게 화제를 다른 쪽으로 돌렸다.

"그런데 우리 진짜 지금 들어가야 하는 거야?"

"더 할 일 없는데 뭐 하려고?"

"왜 할 일이 없어? 생각해 봐. 할 일 많아."

승후는 느끼하게 웃으며 몸으로 툭 쳤다. 생각하는 걸 숨기지 않는다. 아니, 숨길 필요성을 못 느끼는 얼굴이었다. 느끼하고 음흉한 승후의 표정에 유하는 진저리를 치며 조금 떨어졌다. 그리고 그와 부딪쳤던 부분을 손으로 툭툭 털어냈다.

"난 할 거 없어."

"난 할 거 많아. 우리가 온종일 돌아다닌 곳 말이야. 난 그 안이 어떻게 생겼을지 너무 궁금해."

"승후 씨 호텔 자주 가잖아. 걔랑 비슷하게 생겼어."

진짜 못 알아들은 걸까, 아니면 알아들었는데 못 알아들은 척하는 걸까?

표정 하나 변하지 않는 유하가 못마땅한 나머지 승후의 미간을 살짝 찌푸려졌다.

"애인님, 이건 아니지 않을까? 아무리 일이라지만, 자기 애인하고 오해받기 딱 좋은 곳을 돌아다니고 있으면, 아무 생각이 없다가도 느낌이 와야 하는 게 정상 아닌가? 난 모텔에 들어갈 때마다 엘리베이터가 계속 눈에 밟히던데. 저것만 타면 둘만 있을 수 있을 텐데 하고."

"좋지. 둘만 있는 거 나도 좋아해. 그런데 그게 왜 모텔 방하고 연결

돼? 아니지. 설마 우리 민 스타께서 모텔 방 판타지가 있나? 도대체 어느 부분이 판타지인 거야?"

"모텔 방 판타지가 아니라, 둘만 있을 수 있는 곳이 좋다는 거잖아! 머리 좋은 거 맞아? 두뇌형이라며? 진짜 두뇌형 맞아?"

승후는 유하는 매섭게 노려보고는 뚱한 표정으로 빠르게 걸어갔다.

"민승후랑 모텔에? 아무도 없고 우리 둘만 있을 수 있는 곳?"

유하가 빠르게 다가와 귓가에 속삭이자, 언제 뚱했냐는 듯 승후의 얼굴엔 금세 미소가 떠올랐다.

"응. 나랑 모텔에. 재미있을 것 같지?"

승후는 씩 웃으며 유하를 팔꿈치로 가볍게 툭 쳤다.

"진짜 그러면 오늘 실시간 검색어에 오를 거야. 민승후 모텔. 이렇게. 난 그렇게 오르내리고 싶진 않아요."

"온종일 이 지역 모텔 다 뒤지고 있다. 실검에 오를 거면 진즉에 올랐거든."

"그건 일이니까 그렇고. 모텔에 들어갔는데, 한참 후에 나오면 뭐라 생각하겠어?"

"일 봤나 보다 하겠지. 개인적인 일. 너랑 내가 애인 사이인 거 모르는 것도 아니고, 청춘 남녀가 모텔 들어갔으면 당연히 일이 있어서 들어간 거지."

"오! 우리 민 스타 대범한데? 짱!"

유하는 장난치듯 가볍게 양쪽 엄지를 내보였다.

단 일 퍼센트도 진지함이라곤 찾아볼 수가 없었다. 아니, 처음부터 진지할 생각이 없었나 보다. 진짜 삐친 듯 승후는 유하와 조금 떨어져 걷기 시작했다.

"오! 우리 민 스타 진짜 화났나 보네?"

유하는 통통통 뛰어와 손가락으로 승후의 팔을 콕콕 찔렀다.

"화났어? 진짜 화났어?"

"하지 마."

승후는 입을 삐죽 내밀며 사선으로 걸어가 다시 유하와 멀어졌다.

"민 스타님?"

유하는 빠르게 걸어가 폴짝 뛰어 승후의 목에 헤드록을 걸었다. 그리고 아래로 끌어내렸다.

"그런 이상한 연기 하시면 죽습니다. 그대의 애인님이 진실과 거짓은 참 잘 가려낸다는 걸 명심하시기 바랍니다."

유하가 팔에 힘을 조금 줘 목을 살짝 조르자 승후의 입에선 엄청난 호들갑이 터졌다.

숨을 못 쉬겠다는 말을 시작으로 목이 아프다, 숨 막혀 죽을 것 같다, 허리를 삐끗했다, 등등.

승후 특유의 호들갑에 유하는 웃음보가 터졌다. 그리고 그 순간 팔이 느슨하게 풀렸다.

"조 형사, 이제 그대가 당할 차례야!"

승후는 이렇게 말하며 유하를 안아 올렸다.

"애인님, 이러고 음식점까지 갈까? 그럼 진짜 실검 1위에 오를 텐데. 며칠 동안 실검 순위에서 안 내려갈 수도 있어."

"내려줘. 사람들 보잖아."

큰길에 가까워지자 유하는 주위를 살피며 얼굴을 가렸다. 부끄러워서가 아니라 승후가 자신을 안고 있는 사진을 찍히면 곤란하기 때문이었다.

"안 내려주려고 했는데……."

승후는 이렇게 말하며 유하의 입술에 입을 맞췄다. 그리고 서둘러 그녀를 내려주었다.

"밥 먹읍시다. 애정 행각은 둘이 있을 때 하고."

"지금까지 한 것만으로 충분하지 않을까요? 예준 씨 속 엄청 뒤집어졌을 텐데?"

맞다. 뒤에 있는 예준을 생각 못 했다. 승후는 고개를 돌려 예준을 보았다. 그리고 아주 해맑게 히죽 웃었다. 뭘 봐도 못 본 것으로 해달라는 부탁을 담아서.

"걱정 마십시오. 아이큐가 낮아서 뭘 봐도 금방 까먹습니다. 머리 좋은 두 분과는 다른 종자라."

"우리 예준이는 센스가 있어."

승후의 이 말에 무뚝뚝한 표정으로 뒤를 지키던 예준의 입에서 풋 웃음이 터졌다. 그리고 그런 그의 모습에 승후와 유하도 큰 웃음을 터 뜨렸다.

사람들이 바쁘게 오가는 길.

모자를 푹 눌러쓴 남자가 그런 그 길가에 서서 사람들을 가만히 응시하고 있었다. 그곳을 지나는 사람들은 저마다 갈 길이 바빠 수상함을 폴폴 풍기는 이 남자를 의심하지 않았다. 간혹 시선이 마주치더라도 고개만 갸웃할 뿐 한 명도 자세히 살펴보려는 사람은 없었다.

"더러운 것들은 다 태워 버려야 해. 더러운 것들은 다 태워 버려야 해."

남자는 입술을 거의 움직이지 않고 입안에서만 소리를 웅얼거리며 주위를 살폈다. 그리고 남자의 시선은 짧은 미니스커트에 화려한 옷차림을 한 여자에게 고정되어 있었다.

늘씬한 몸매를 확실하게 드러낸 여자는 남자들이 힐끔거리는 것엔 익숙한지 누가 자신을 보고 있어도 신경도 쓰지 않았다. 그저 자기가 가야 할 곳을 향해 열심히 걷기만 할 뿐이었다.

"더러운 것들은 다 태워 버려야 해. 더러운 것들은 다 태워 버려야 해."

남자는 웅얼거리며 여자에게로 걸어갔다. 조금씩 여자와 가까워져 손을 뻗으면 닿을 정도로 가까워졌을 때, 주머니에서 하얀색 통 하나를 꺼냈다. 그리고 뚜껑을 열고 통 안에 든 걸 여자에게 뿌렸다.

날카로운 비명이 하늘을 찌르고, 여자는 그대로 쓰러져 고통에 몸부림쳤다.

"다행이야. 이젠 깨끗해졌어."

바닥에 널브러진 여자를 지나치며 남자는 낄낄낄 낮은 웃음을 흘렸다.

[오늘 오후 3시, 또다시 염산 테러 사건이 벌어졌습니다. 용의자는 검은색 모자를 눌러쓴 남자로, 한참 동안 한자리에 서서 피해자를 기다린 것으로 추정됩니다. 사건이 연쇄로 발전하자, 경찰은 이 사건을 블랙팀으로 넘겼으며……]

더 들을 필요도 없는 내용이다. 어두운 표정으로 뉴스를 보던 블랙팀은 유하가 TV를 끄자 긴 한숨을 토해냈다.

"첫 번째와 두 번째는 한 달이란 간격을 두고 범행을 저질렀습니다. 그런데 두 번째와 세 번째 범행 간격이 2주밖에 안 돼요. 범행 간격은 중요하지 않다는 뜻일까요?"

유하의 질문에 도준이 입을 열었다.

"범행 간격보다 범행 자체에 의미를 부여하는 건지도 모르지. 첫 번째 사건 목격자가 범인이 하는 말은 들었다고 했어. 더러운 것들은 다 태워 버려야 한다. 이 말처럼 만약 범인의 목적이 사회 정화라면, 더 많은 걸 태우려 하지 않을까?"

"그러면 염산을 범행 도구로 선택한 건 태우는 형태와 비슷하기 때문이겠네요?"

찬우의 이 질문에는 주영이 입을 열었다.

"그렇게 생각할 수도 있겠지. 하지만 중요한 건, 한 인간이 깨끗함과 더러움을 구별해서 스스로 심판해 처형을 감행하는 건 있을 수 없다는 거야. 범인이 무슨 생각이든 간에 이건 범죄야. 범죄는 법의 심판을 받아야 하고."

"블랙팀."

조용히 팀원의 대화를 듣고 있던 태석이 입을 열었다. 태석이 입을 연다는 건 마지막 정리와 명령을 뜻하기에 블랙팀은 모두 입을 다문 채 팀장을 보았다.

"지금까지 세 명이 당했다. 피해자는 치료한다고 해도 정상적인 삶을 살 수 없을 거야. 그리고 몸에 남은 끔찍한 흉터를 평생 가지고 살아야 하고. 하루라도 빨리 이 새끼는 잡는다. 무조건 잡아내. 여자에게 이런 몹쓸 짓을 하는 놈, 그 낯짝 좀 보자."

태석의 명령에 블랙팀은 동시에 대답하고는 각자 보던 자료들을 다시 한번 더 훑기 시작했다.

"진짜 어떤 놈이냐?"

현장 첫 번째 사건 현장 CCTV를 확인하던 유하는 답답한 마음에 나지막하게 한숨을 토해냈다.

킹콩 이 자식은 줄 생각이 없는지 아무 연락이 없고, 혹시나 하는 마음으로 사건 현장 CCTV를 다 뒤졌지만, 범인의 얼굴이 제대로 나온 건 전혀 없었다. 다시 킹콩을 잡아다가 몽타주라도 그려야 하나 하는 생각이 들 때쯤 휴대폰이 문자 알림음이 딩동 하고 울렸다.

〈조 형사님, 차마 제 발로 경찰청까지 갈 용기는 없고 택배로 보냈습니다. 그래도 혹시 몰라 범인 지갑에 있는 사진 찍어 문자로 먼저 보냅니다. 이 지갑 덕에 범인 체포하면 나중에 밥 한 끼 사주세요.^^〉

이 문자와 함께 사진 한 장이 뜨자 유하의 미간이 사납게 일그러졌다.

"네놈이로구나. 이번 사건 범인이."

가려져 있던 범인의 얼굴이 밝혀진 순간, 유하는 환하게 웃고 있는 사진 속 범인을 한참 동안 노려보았다.

밤늦은 시간에 승후의 아파트 문을 열고 들어온 유하는 어깨를 주무르며 거실로 향했다. 그리고 소파에 길게 누워 눈을 감았다.

너무 피곤하면 몸이 이상 신호를 보내곤 한다. 가령 몸은 피곤해 죽겠다고 아우성치는데, 오히려 정신은 갈수록 더 또렷해지는 지금의 경우가 그랬다.

킹콩이 준 범인의 사진은 공식적인 증거는 아니었다. 킹콩이 소매치기 전과범이라 증거로서 신빙성이 없다고 봐야 했다. 지금 블랙팀은 공식적으로 배포할 사진 한 장이 필요했다. 다만 목격자가 사진을 보고 범인을 지목해준다면 그건 가능했다. 도준이 목격자를 만나 확인하는 과정을 거치겠지만, 그의 반응이 시원치 않은 것으로 봐서 목격자는 범인의 얼굴을 제대로 보지 못 한 게 분명했다.

범인의 얼굴을 제대로 본 게 하필 소매치기 범이라니. 이건 범인에게는 행운이겠지만, 형사들과 피해자들에겐 아주 큰 불행이었다.

"아이고……."

유하는 신음을 흘리며 팔을 들어 눈을 가렸다. 아니, 눈 위에 얹었다고 해야 옳았다. 억지로라도 잠이 들길 바라는 마음이기도 했고, 골이 지근거리고 아파서이기도 했다.

"잘 안 풀려?"

승후의 목소리가 들렸지만 유하의 자세는 변함이 없었다. 지금 그녀는 손끝 하나 움직일 힘도 남아 있지 않았기 때문이었다.

"우리 애인 피곤한가 보네."

가까이 다가와 바닥에 앉는 소리가 들리고 이내 머리를 쓸어내리는 승후의 손길이 느껴졌다.

"쉬러 왔으면 침대로 와야지, 소파에서 자면 어떻게 해?"

"침실까지 갈 힘도 없어. 그냥 여기서 잘래."

유하가 옆으로 몸을 틀어 눕자, 승후 두어 번 더 그녀의 머리를 쓸어내렸다. 그리고 일어나 어딘가로 사라졌다. 이렇게 몇 분이 흘렀을까 사라졌던 승후가 다시 그녀에게로 다가와 머리를 살며시 들어 베개를 베게 하고 그녀의 몸에 이불을 덮어주었다.

"이럴 땐 안아서 침대로 옮겨야 하는 거 아닐까?"

"자리 옮기면 깰 것 같아서. 나도 침대보다 소파가 더 편할 때가 있거든."

유하는 몸을 소파 등받이에 붙이고 앞을 툭툭 쳤다.

"이리 와. 같이 눕자."

"명령대로 하죠."

승후는 유하와 나란히 누우며 그녀에게 팔베개를 했다. 그리고 그녀를 품에 꼭 끌어안았다.

"음, 민승후 냄새."

승후 가슴에 얼굴을 묻은 유하는 깊게 그의 향기를 들이마셨다.

"음, 조유하 냄새."

유하를 꼭 끌어안은 승후가 똑같이 냄새를 맡자 그녀의 입에서 킥 웃음이 터졌다. 그리고 눈을 떠 그를 올려다보았다.

"이러고 민승후랑 며칠 신나게 놀면 소원이 없겠다."

"그럴까? 나도 스케줄 다 빼먹고 너랑 놀면 진짜 좋을 것 같은데."

승후는 유하의 입술에 짧게 몇 번 입을 맞추며 킥킥 웃음을 터뜨렸다.

"우리 이러다가 결별 기사 터지는 거 아닐까? 서로 너무 바쁘잖아."

"안 그래도 소속사로 하루에 몇 번씩 기자들이 전화한대. 민승후 형사 애인님과 잘 만나고 계시냐고."

잘 땐 편안한 차림이 제일이란 생각에 승후는 집에서는 주로 가벼운 면티에 파자마 바지를 즐겨 입었다. 그리고 유하는 그런 승후의 편안한 모습이 좋았다. 스타가 아닌 평범한 사람 같은 느낌이기 때문이었다.

"그래서?"

유하는 면티 속으로 손을 집어넣어 늘씬한 승후의 허리선을 타고 천천히 위로 올렸다.

"당연히 애정 전선에 아무 이상 없다고 말했지."

"그게 다야?"

유하의 손이 등으로 향하자 승후의 미간이 살짝 일그러졌다.

"내가 드라마에 들어가면서 서로 너무 바빠 만나는 시간이 줄어들었다고 했어."

"우리가 헤어지길 바라는 사람들이 꽤 있던데, 이 소식 들으면 좋아하겠네. 잘 하면 결별로 연결하는 사람도 있겠어?"

"걱정 마. 그런 일은 없어. 우리가 모텔 돈 거 이미 팬들 사이에 쫙 퍼졌어. 밖은 조용한데 팬 카페는 난리 났더라."

"오! 어떻게 됐는데?"

씩 웃으며 몸을 일으킨 승후는 옆으로 누워 있는 유하의 몸을 돌려 똑바로 눕혔다. 단숨에 면티를 벗어버리고는 그녀의 목에 입술을 묻었다.

"설전이 있었지. 일만 했느냐 19금도 했느냐. 그중 댓글 하나가 가장 재미있었어."

"댓글?"

"19금은 집에서 많이 했겠지. 승후 오빠 혼자 살잖아."

목에 키스를 퍼부으며 승후가 이 말을 했다. 순간 유하의 입에선 킥킥 낮은 웃음이 터졌다. 그 이유가 팬들이 쓴 글 때문인지 아니면, 간지럼 때문인지 알 수는 없지만, 유하의 웃음은 그가 입술을 막을 때까지 잠시 동안 계속되었다.

"첫 번째 피해자 이송아와 두 번째 피해자 박예주, 최근에 발생한 세 번째 피해자 마지영, 이 셋 모두 룸살롱이나 비슷한 업종에 일한 경험이 있습니다. 그리고 모두 겉으로는 평범한 대학생이나 직장인으로 생활했다는 공통점도 가지고 있습니다."

유하의 발표에 태석은 미간을 일그러뜨리며, 킹콩이 범인의 것이라고 택배로 보낸 지갑 속 사진을 보았다.

"그 미친놈이 어떻게 피해자들을 안 거야? 겉으로는 아무도 몰랐어. 가까운 사람들조차도 이들이 정확하게 어떤 일을 하는지 몰랐다는 건, 피해자들이 철저하게 비밀을 지켰다는 거잖아. 그런데 범인은 어떻게 알았냐고?"

태석의 질문에 블랙팀은 모두 입을 열지 못했다. 그저 머리만 긁적일 뿐이었다.

"목격자가 뭐라 그랬어?"

모두의 시선이 도준에게로 향하자 그는 낮은 한숨을 내쉬며 고개를 저었다. 목격자에게서 단서가 될 답을 못 들었다는 뜻이었다.

"최근 피해자 마지영은 대화 불가능이라 하더라도, 이송아와 박예주는 가능할 거다. 가서 알아봐. 다들 저 사진 속 남자를 알고 있는지 직접 물어봐. 범행 주기가 불규칙적이다. 당장 오늘 무슨 일이 일어날 수도 있다는 뜻이야. 그러니까 서둘러. 나중에 어떻게 되든 일단 이놈부터 잡아들여!"

태석의 명령에 블랙팀은 동시에 대답하며 자리에서 일어났다. 그리고 거의 뛰다시피 하며 사무실을 빠져나갔다.

"모르겠어요. 이런 남자 본 적 없어요."

주영과 찬우가 만난 박예주는 얼굴 붕대로 칭칭 감은 채 초점이 잘 안 맞는지 한참 동안 사진을 보다 고개를 저었다.

"분명히 박예주 씨를 가까이서 지켜봤을 겁니다. 단 한 번도 본 적이 없습니까?"

"없어요. 기억이 잘 안 나요. 그런데 이 남자가 저를 이렇게 만든 놈인가요?"

"아직 모릅니다. 누가 잘못 알고 제보한 것일 수 있어서 확인하는 겁니다."

박예주에게서 별 소득이 없었던 주영과 찬우는 제발 이송아 쪽에서 뭔가 얻기를 아주 간절하게 빌었다.

"힘드신 거 압니다. 하지만 범인을 잡지 못하면 계속 피해자가 나타날 거예요. 그러니 자세히 봐주세요."

송아는 몸과 마음 모두 고통스러운 상태로 보였다. 범인을 확인하기 위해 그날 일을 떠올리는 것 자체만으로 끔찍한 고통이 밀려오는 듯했다.

"줘보세요. 그 사진."

송아가 손을 내밀자 유하는 휴대폰에 사진을 띄워서 내밀었다.

알아볼 수 없는 걸까? 아니면 어디선가 본 듯해서 생각하는 걸까?

송아는 사진을 가만히 내려다보며 거칠게 숨을 내쉬었다.

"송아 씨?"

유하가 이름을 부르자 송아는 휴대폰을 다시 그녀에게 주었다.

"모르는 사람입니까?"

"모르는 남자예요."

어느 정도 예상했던 말이 송아의 입에서 흘러나오자 유하와 도준은 동시에 깊은 한숨을 내쉬었다.

"여자는 아는 사람이네요."

"여자…… 를요?"

생각도 못 한 말이 송아의 입에서 흘러나오자 유하와 도준은 놀란 마음에 눈이 휘둥그레졌다.

"새얀이네요. 이새얀. 새롭고 하얗다는 뜻의 순우리말 이름이라는데, 아마 본명은 아닐 거예요."

"그렇다면 이 여자분……."

"저랑 같은 일을 했어요. 전화받고 약속 장소 잡으면 저희에게 연락이 와요."

킹콩의 말이 맞았다. 이송아는 콜걸이었다. 그리고 용의자의 애인도 콜걸이다.

그런데 킹콩은 그걸 어떻게 알았던 걸까?

순간 유하의 머릿속엔 이런 의문이 강하게 들었다.

"그럼 중간 브로커도 있겠네요?"

송아는 유하가 들고 있는 경찰수첩을 가리키며 손을 내밀었다. 달라는 뜻이라는 걸 알기에 그녀는 아무것도 쓰여 있지 않은 곳을 펴서 내밀었다. 갈겨쓰듯 전화번호 하나를 적은 송아는 수첩을 유하에게 주고는 바로 침대에 누웠다.

"감사합니다."

힘든 기색이 역력했기에 더는 송아를 붙잡으면 안 된다는 걸 느낀 유하는 도준과 함께 병실을 빠져나왔다.

"범인을 변하게 한 스위치가 뭔지 알겠네."

도준은 나지막하게 중얼거리고는 긴 한숨을 토해냈다.

범인은 사귀는 여자의 진짜 직업을 알게 됐을 것이다. 당연히 이해 못 했을 테고 둘은 헤어졌을 가능성이 높았다. 그리고 남자는 끔찍한 범죄를 저지른 것이다. 그렇다면 송아가 첫 번째 표적이 된 이유는 하나였다. 애인과 함께 일한 사람이었기 때문이다. 문제는 두 번째 피해자인 박예주와 세 번째 피해자인 마지영을 범인이 알게 된 경로였다.

설마 박예주와 마지영 모두 송아와 함께 일한 적이 있나?

갑자기 이런 생각이 든 유하는 뒤돌아 다시 병실로 들어갔다.

"하나만 더 물어도 되겠습니까?"

유하가 경직된 표정으로 다시 들어오자 송아는 어렵게 몸을 일으켰다.

"네."

"이 사진을 좀 더 봐주시겠습니까?"

유하는 송아에게 두 피해자 사진을 차례대로 보여주었다.

"아는 얼굴이 있습니까?"

"아니요. 없어요."

"죄송합니다. 힘드신데 더 힘들게 해드려서. 쉬세요."

유하는 꾸벅 인사를 하고 뒤돌아 병실을 나가려 했다.

"브로커 잡아서 물어보세요. 명단이 있을 거예요. 그 사람이 항상 가지고 다니고 다니는 수첩이 있는데, 그 안에 사진과 함께 자세한 신상 정보가 있어요. 손님이 그 사진을 보고 선택하거든요."

송아의 말에 유하는 놀란 표정으로 다시 뒤돌아 그녀를 보았다.

"수…… 첩이요?"

범인이 피해자를 선택한 이유가 그 수첩에 있기 때문에?

박예주와 마지영까지 그 브로커와 일했다면 가능성이 없지 않았다.

꾸벅 인사하고 병실을 나온 유하는 급하게 뛰어가며 휴대폰을 꺼내 전화를 걸었다.

"팀장! 지금 불러주는 휴대폰, 위치 추적 좀 해주세요!"

경찰청 블랙팀 조사실.

불법 성매매 브로커 김정태.

"블랙팀 대단하다고 야단법석이더니, 이젠 그 대단한 실력을 성매매 단속에 쓰시나 봐요? 블랙팀 할 일 더럽게 없……."

정태가 비웃듯 비아냥거리자, 유하는 0.1초의 망설임 없이 앞에 놓아 둔 서류 파일을 집어 들어 그의 머리를 강하게 내려쳤다.

"할 일 많은 블랙팀이 몸소 잡아줬으니 고맙게 생각해!"

퍽 하는 소리가 조사실 안을 경쾌하게 울렸다.

"씨……."

엄청난 충격에 거친 욕설을 내뱉으려던 정태는 유하의 매서운 시선에 금세 꼬리를 내렸다. 다른 경찰이 아닌 블랙팀이 자신을 잡아들였으니, 자칫 잘못하면 자신이 사이코패스 연쇄살인마로 둔갑할 수도 있겠다는 생각이 들었기 때문이었다.

"나 사람 안 죽였어요. 나 진짜 결백한 사람이에요."

"쓰레기. 사람이 아니라 쓰레기겠지. 어디를 봐서 네가 사람이야?"

"저는 그저 직업일 뿐입니다. 사는 사람과 파는 사람을 연결하고 약간의 수고비를 챙기는 것뿐이에요. 중간 유통 업자라고 하면 이해되죠? 제가 싫다는 여자 강제로 성매매를 시켰습니까, 폭행에 협박하면서 일하게 했습니까? 저요, 그 정도로 막 나가진 않습니다."

"직업 같은 소리 하네!"

유하가 사납게 말하며 다시 서류파일을 집어 들자 정태는 움찔하며 의자를 조금 뒤로 뺐다.

"여자 어떻게 모집해?"

"텐 프로 애들이나 몇 다리 거쳐 연결해 찾아온 애들이죠. 그 애들이 다 나랑 일할 수 있는 게 아니라, 철저하게 조사하고 고르고 골라 엄선해서 받습니다. 제 손님들 다 명망 높으신 분들이라, 아무나 못 내밀어요."

"명망이 지난겨울에 다 얼어 죽었나 보다. 너 찾는 그 인간들이 명망이 높은 것처럼 보이니?"

유하가 비꼬며 말하자, 정태는 의자 등받이에 기대며 거만하게 다리를 꼬았다.

"왜 이러실까? 형사님, 내가 입만 뻥긋하면 대한민국이 휘청거려요. 이름만 대면 다 아는 높으신 분들이 모두 내 손님이라니까?"

"네 입에서 나온 그 인간들 흥미 없고, 사진이나 잘 봐."

유하는 송아와 예주 그리고 지영의 사진을 쭉 나열했다.

"우리 로즈, 세리, 옐로우네. 아니다. 이름으로 불러야지? 이송아, 박예주, 마지영이 왜요?"

정태는 이 애들이 뭘 잘못했냐는 표정으로 유하를 보았다. 그도 그럴 것이 성매매 단속하는 형사도 아니고, 블랙팀에서 이 세 명을 안다는 게 이상했기 때문이었다.

"다 네가 관리했어?"

"네. 그런데 이 애들이 왜요?"

"뉴스에서 못 봤어? 연쇄 염산 테러."

"설마…… 그 뉴스 피해자들이 애들입니까?"

"그래."

"쌍! 어떤 새끼……."

"아가리 안 닥쳐?"

돈과 직접 연결이 되자 정태는 참지 못하고 욕설을 내뱉으려 했다. 하지만 유하가 사납게 노려보자 말을 끝까지 잇지 못하고 그냥 삼켜야만 했다.

"새얀이라고 알지?"

"새얀이요? 알죠. 이새얀이."

유하는 체포 과정에서 수거한 증거 중, 정태가 소중히 품고 있던 다이어리를 들어 앞으로 살짝 밀었다.

"누구야?"

정태는 얕은 한숨을 내쉬며 다이어리를 넘기기 시작했다. 그리고 열몇 장 정도를 넘긴 후, 한쪽을 펴서 유하 쪽으로 밀었다.

"오른 페이지 위에서 두 번째가 이새얀이에요."

유하는 정태가 알려주는 사진을 보았다. 맞다. 범인과 함께 찍은 여자가 확실했다. 용의자 애인으로 추정되는 여성의 이름은 성다인으로 나이는 스물셋. 사진과 이름 옆에는 휴대폰 번호와 주소가 적혀 있었다.

"얘 아직도 너랑 일해?"

"두 달 전부터 연락이 안 돼요. 애인에게 들켰나? 당분간 일 안 한다고 하더니, 계속 휴대폰이 꺼져 있어요."

"왜 연락이 안 되는지 알아봤어?"

"걔 말고도 애들은 많아요. 그리고 모을 만큼 모으면 바로 은밀한 과 거는 청산하는 게 여기 있는 애들이고. 저도 떠나는 애들 잡지 않습니 다."

수첩에는 본명, 휴대폰 번호, 그리고 집 주소가 적혀 있었다.

"이거 맞아? 확실해?"

"그건 모르죠. 집 주소 정확하게 적는 애들이 몇이나 있겠습니까? 휴 대폰 번호는 애 명의로 된 거 맞아요. 내가 또 그런 건 확실하게 조사하 죠. 말했지만, 내 고객이 어마어마한 분들이 많아서."

"얘 애인은 본 적 있어?"

"내가 얘 애인을 왜 봅니까? 봐서 뭐 한다고?"

"그럼 한 번도 못 봤다는 거야? 진짜야?"

의심 가득한 유하의 질문에 정태는 믿어달라는 표정으로 대답 없이 빠르게 고개를 끄덕였다.

"그리고 이 다이어리, 분실했던 적 있어? 아니면 다른 다이어리가 더 있나?"

"다른 다이어리는 없고요, 분실도 안 했……, 아!"

절대로 그런 일 없다고 말하려던 성태는 순간 스치는 생각에 수갑 낀 그 손으로 책상을 '탁' 쳤다.

"했었어?"

"분실까지는 아니고, 커피숍 화장실에 갔다가 아주 잠깐 두고 나온 적은 있어요. 소변 누고 손 씻다가 깜빡 잊고 나왔죠. 한 1분에서 2분 정도? 생각나서 바로 화장실에 갔었는데, 놓아뒀던 곳에 그대로 있었어 요."

"너 들어가기 전후로 화장실에 들어온 사람 없었어?"

"있었어요. 소변 누는데 어떤 남자가 들어와 큰 거 싸는지 후다닥 들 어가더라고요. 그리고 난 나왔어요. 내가 다시 들어갈 때도 그 남자는 안 나왔었는데, 다이어리 찾아서 나올 때쯤 물 내리는 소리가 들리더라고요. 나이는 한 이십대 후반에서 삼십대 초반?"

1분에서 2분. 이 정도면 충분히 다이어리 안을 살필 수 있는 시간이었다. 빠르게 후다닥 살폈으면 사진 몇 장 정도는 남길 수 있었을 테고, 동영상으로 찍으며 빠르게 넘겼다면 더 많은 정보를 알아낼 수도 있었을 것이다.

문제는 그놈이 누구냐는 것이다.

"이새얀과 가장 친했던 애가 누구야?"

정태는 다시 다이어리를 가지고 와 한 장씩 넘겼다. 그리고 똑같이 한 부분을 펴서 유하 앞으로 밀었다.

"이새봄이고 나이는 새얀이랑 똑같이 스물셋이에요. 진짜 이름은 양유빈. 원래 새봄이가 먼저 나랑 일했고, 새얀이는 새봄이 소개로 뒤에 들어왔어요."

"양유빈과 연락 돼?"

"나흘 전에 일한 게 마지……."

정태의 말이 채 끝나지 않았지만, 유하는 곧장 조사실을 뛰어나와야만 했다. 순간 불안한 예감이 스친다. 그건 다른 블랙팀원들도 마찬가지였다. 이런 경우 제일 위험한 건, 사건의 가장 근본적인 원인이 되는 사람이라는 걸 누구보다도 잘 알기에, 모두 한 마음으로 양유빈이 무사하길 바라면서 급하게 차를 몰았다.

대방동, 양유빈이 사는 빌라.

사람들이 모여 굳은 표정으로 보고 있는 곳은, 경찰과 과학수사대가 바쁘게 들어갔다 나오는 한 집이었다.

"사이버팀에서 연락이 왔습니다. 양유빈과 성다인 SNS를 털어서 저희가 찾는 용의자 신상을 알아냈답니다."

한쪽 구석에서 전화를 받던 유하가 참혹한 현장을 살피는 태석에게 말했다.

"그 새끼가 누구야?"

"이름 홍재근. 나이 스물여덟. 대학 졸업 후 현재 취업을 준비하는 취준생입니다. 공무원 시험 준비 중이라고 합니다."

"그런데?"

"잠깐 알아본 바로는, 대학은 좋은 곳을 나왔는데 어찌 된 일인지, 취업 문턱에서 번번이 미끄러졌다고 합니다."

"왜? 뭐가 문제여서?"

유하는 대답 대신 경찰수첩으로 자신의 머리를 긁적였다.

"안 들어도 알 만하네."

좋은 대학에 성적도 좋으나 배경이 시원치 않아서 매번 미끄러졌을 것이다. 요즘은 배경이 좋은 것도 능력에 속하는 시대니까.

"부모는 뭐 하는 사람이야?"

"아버지는 돌아가신지 5년 정도 됐고, 지금은 어머니와 두 명의 여동생과 함께 살고 있습니다. 거주지로 등록된 집 주소로 보아, 가정 형편이 몹시 어려운 것 같습니다."

"썩을 새끼. 그러면 더 잘 살아야지. 이런 일을 벌여?"

"번번이 앞에서 막혔을 테니, 절망감과 분노가 극에 달했을 겁니다. 자존감도 바닥이었을 거고."

"일단 유하 넌 홍재근에 대해 더 자세히 알아봐. 이런 일을 저질렀을 땐 분명히 원인이 되는 무언가가 있을 거야. 애인의 다른 모습을 봤다고 이렇게까지 하는 게 이해가 안 돼."

"네."

유하는 태석의 명령에 짧게 대답하고는 양유빈의 시신을 보며 미간을 일그러뜨렸다. 인간이 인간에게 할 수 있는 짓은 아니었기 때문이었다.

"팀장, 옆집과 통화됐는데, 삼 일 전에 가족이 모두 일본으로 여행을 갔다고 합니다."

유하의 말이 끝날 때쯤 옆집과 윗집 그리고 아랫집 이웃을 만나러 갔던 찬우가 돌아왔다.

"다른 집들은?"

"이틀 전 초저녁에 쿵쿵 소리가 들렸고 TV 음량이 평소보다 컸지만, 별다르게 생각 안 했답니다. 양유빈은 빌라 이웃들과는 교류가 없었던 모양이에요. 이사 온 지도 얼마 안 됐고, 양유빈 성격이 그다지 사교적이지 않았던 터라, 초저녁이라 어떤 소리가 들려도 그런가 보다 했다고 해요."

"비명 같은 건?"

"못 들었답니다."

찬우의 말에 현장을 살피던 주영이 입을 열었다.

"평소에도 친하게 지낸 모양입니다. 아무 의심 없이 문을 열어줬어요. 아니면 현관 비밀번호를 안 경우인데, 비명이 조금도 안 들렸다는 건, 침입자를 보고 놀라는 순간이 없었다는 뜻입니다. 아주 자연스럽게 범인을 집에 들였고, 전혀 의심도 안 했을 겁니다. 그러다가 갑자기 당한 거죠."

주영의 말이 같은 생각인 듯 태석은 말없이 고개를 끄덕였다.

"아주 치밀한 성격입니다. 피해자를 기절시킨 후 입을 막고 손발을 묶었어요. 그리고 일부러 피해자가 깨어날 때까지 기다렸을 겁니다. 그리고 피해자가 몸부림칠 때를 대비해 주변 물건까지 싹 치운 다음에 깨어난 피해자 몸에 염산을 들이부은 겁니다. 그리고 아주 한참 동안 피해자가 고통에 몸부림치는 걸 지켜봤어요."

도준의 말에 태석은 시신이 있는 쪽으로 시선을 돌렸다.

"범인의 목적은 단순히 죽이는 게 아니었어. 얼마나 고통스럽게 죽게 하느냐지."

태석의 말에 블랙팀은 아무 말 없이 시신을 보며 깊은 한숨을 토해냈다. 블랙팀은 누구 한 명 먼저 자리를 뜨는 이 없이 한참을 그렇게 서 있었다.

또 사건이 터졌다.

촬영 중간 인터넷으로 여성 연쇄 염산 테러 사건을 검색하던 승후는 새롭게 뜬 기사에 미간을 일그러뜨렸다.

"블랙팀 사건이야?"

액션팀 조민석 감독이 승후가 심각한 표정으로 휴대폰을 보자 가까이 다가오며 걱정스럽게 물었다.

"네. 피해자가 또 나왔나 봐요."

"어떤 인두겁을 쓰면 인간이 인간에게 그렇게까지 잔인할 수 있는 건지."

"인간이기에 그런 거라 생각은 하면서도, 이런 기사가 뜰 때마다 현실 같지 않고 영화 스토리 같단 생각이 들어요."

"영화도 다 현실에서 따온 거야. 그러니 영화보다 현실이 더 잔인한 거지."

민석의 말에 승후는 깊은 한숨을 내쉬었다.

"난 지켜보는 것도 이렇게 끔찍한데, 유하는 얼마나 끔찍하겠어요?"

"그 단계 지난 지 한참 됐다. 내 딸이라서가 아니라, 유하 걘 어디를 내놓아도 적응력은 갑이거든."

그건 그렇다. 승후는 유하가 조명팀에 있었던 때를 기억해 내고는 자신도 모르게 킥 웃음을 터뜨렸다.

"어? 나경아? 우리 나경이 아빠 보러 왔어?"

여기저기서 반가워하는 소리가 들리고 촬영장에 교복을 입은 나경과 시빈이 함께 나타났다.

"아빠! 엄마께서 옷 가져다 드리라고 했어요."

나경은 시빈이 손에 있는 가방을 가리키며 밝게 방긋 웃었다.

"시험공부 해야 하는데 심부름 온 거 아니야?"

민석은 시빈에게서 가방을 받아들며 걱정스럽게 물었다.

"시험은 평소 실력으로 보는 거죠."

시빈이 자신만만하게 말하자, 승후는 "오~" 하는 소리를 내며 시빈의 팔을 가볍게 툭 쳤다.

"아빠, 오늘 멋있는 장면 찍는다고 하던데, 구경해도 돼요?"

나경이 애교를 가득 담아 민석을 보며 눈을 반짝이자, 딸 바보 아빠인 그의 입에선 기분 좋은 웃음이 터졌다.

"우리 나경이는 이렇게 애교가 많아요. 조나경, 그 애교 네 언니한테 좀 전수해 주면 안 돼?"

"우리 언니는 뻣있는 게 매력이에요."

"헉! 네가 네 언니 진짜 모습을 몰라 그래. 요즘 얼마나 폭력적인지 너 모르지?"

"오빠, 우리 언니 험담하면 나 가만히 안 있어요? 내가 나서서 오빠 반대하면, 아무리 승후 오빠라도 우리 집에 장가 못 와요."

"역시 내 딸이야!"

민석이 엄지를 내보이자 나경의 얼굴에 자신만만한 표정이 떠올랐다.

"네, 네, 알았습니다. 처제가 이렇게 무서운 거구나?"

"당연하죠. 난요, 우리 언니 세상에서 제일 멋진 남자와 결혼시킬 거예요. 승후 오빠는 유력한 후보일 뿐이에요."

얼마 전 나경은 완벽하게 법적으로 조민석과 김미수의 딸이 되었다. 장나경에서 조나경으로 바뀐 날, 민석과 미수는 나경을 데리고 나경이 친모의 봉안당으로 갔다. 그리고 진심을 담아 말했다.

"나경이는 가족 품에서 행복하게 잘 지낼 테니 걱정 마세요. 최선을 다해 좋은 부모가 되겠습니다."

나경이는 앞으로 조나경으로, 민석과 미수의 막내딸로, 그리고 유하

의 하나밖에 없는 동생으로 행복하게 살게 될 것이다. 이제 나경에게
는, 세상에서 가장 강한 아빠와 자식을 위해서라면 얼마나 사나워질지
알지 못하는 다정한 엄마, 그리고 어느 누구와 싸워도 절대로 지지 않
는 착한 언니의 보호를 받으며 행복하게 지낼 일만 남아 있었다. 그리고
옆을 지키는 시빈까지. 승후는 편안하게 웃는 나경을 보며 흐뭇한 미소
를 머금었다.

"그런데 나경이 너 검사가 꿈이라며?"

"꿈은 좀 크게 꾸려고요. 머리가 따라줄지 어떨지는 모르겠지만."

"우리 나경이야 뭐든 가능하지. 그런데 왜 검사야? 어머님은 너까지
나쁜 놈 잡겠다고 하면 그다지 안 좋아하실 텐데?"

"경찰대 생각하다가 그래서 검사로 바꾼 거예요. 저도 언니처럼 멋있
는 형사는 자신 없었고. 그런데 아직 모르죠. 엄마가 계속 옆에서 세뇌
하듯 말씀하세요. 경찰, 검사, 이딴 거 안 된다고. 수현 언니처럼 스튜어
디스 하든가, 할 거 없으면 집 가까이 커피숍 하나 차려줄 테니까 그거
하래요."

"나도 네 엄마 생각에 동의해. 딸 둘 다 위험한 공무원 시키는 건 별
로 안 내켜. 하나 공무원 만든 것도 지금 엄청 후회하고 있다는 것만 알
아주세요, 둘째 따님?"

"그래서 제가 틈만 나면 중얼거리고 있어요. 저랑 같이 의대 가자고."

민석은 그거 좋은 생각이라는 뜻으로 빠르게 고개를 끄덕이며 시빈
의 머리를 쓸어내렸다.

"어차피 공부 못 따라가면 그냥 꿈이라고요. 친구 중에는 벌써 수능
준비하는 애들 많아요."

나경이 어깨를 축 늘어뜨리며 한 이 말에 승후는 민석을 보며 나지막
하게 물었다.

"아버님, 나경이 중학생 아니에요? 저 모르는 사이에 고등학교 들어
갔어요?"

"그러게나 말이다. 우리 따님이 언제 고등학생이 됐나? 갑자기 무슨 수능?"

"요즘은 초등학교 때부터 수능 대비해요. 적어도 3~4년 정도 선행 학습한다고요. 우리 반 애 중에 고등학교 과정 끝낸 애들도 몇 명 있어요."

민석과 승후는 놀라 입을 딱 벌리며 시빈을 보았다. 저 말이 맞느냐는 뜻이었다.

"네. 그런 애들은 거의 공부하는 기계라 할 수 있죠."

"그렇게 기 쓰고 대학 가면 행복해? 남는 건 공부한 기억밖에 없을 거 아니야. 예쁜 딸! 넌 절대 따라 하지 마. 난 공부하는 기계 필요 없어. 인생은 즐겨야 해. 공부가 인생의 목표가 되는 건 바람직하지 않아."

"네."

나경이 경쾌하게 대답하자 민석은 몹시 대견해하며 아이의 머리를 부드럽게 쓰다듬었다.

"촬영 들어갑니다."

잠시 멈췄던 촬영 소식이 전해지고, 조민석은 나경과 시빈을 촬영하는 모습이 제일 잘 보이는 곳으로 데리고 갔다.

"신15! 승후 씨 준비됐습니까?"

승후는 팔을 들어 올려 크게 동그라미를 그려 보이고는 나경을 향해 화사하게 웃었다. 그런 승후의 미소에 나경이 입만 벙긋하며 응원했다.

"오빠, 파이팅!"

홍재근의 동네.

"홍재근이? 아! 죽은 홍병석이 아들 재근이?"

아침부터 홍재근이 사는 동네로 온 유하는 동네 슈퍼에 들어가 모르는 척하고 재근의 집을 물었다.

"그 집 지금 아무도 없을 텐데? 다들 일 나갔고 학교 갔고 그랬지."

"아! 그래요? 그럼 저녁에 오면 재근이 만날 수 있어요?"

"재근이는 여기 없어. 여긴 재근이 엄마랑 여동생들이 살지. 그런데 재근이는 왜?"

성격 좋아 보이는 슈퍼 할머니는 모르는 여자가 홍재근을 찾자 이상하다는 눈으로 그녀를 보았다.

"제 동생이 고등학교 동창인데 유학 가 있거든요. 그런데 며칠 전에 전화 와서 요즘 친구랑 연락이 안 된다며 무슨 일 있나 알아보라고 해서요."

"아! 걔 고시원에 들어간 지 꽤 됐어. 집은 좁지 여동생들은 다 컸지, 함께 살 상황이 아니니까, 고시원 얻어 나갔다고 하더라고."

"가정 형편이 많이 안 좋았나 보네. 그래서 동생이 무슨 일인지 알아보고 도울 수 있으면 도우라고 했구나."

유하는 슈퍼 할머니 귀에 들어갈 수 있는 정도의 목소리 크기로 마치 혼잣말하듯 중얼거렸다.

"동생이 재근이랑 친했나 보네."

"네. 몇 해 전에 재근이 아버님께서 돌아가셨잖아요. 학기 중이라 들어올 수도 없고 해서 참 미안해하더라고요. 힘들 때 옆에 있어주는 게 친구인데, 그럴 수 없었다고."

"내 죽은 사람 두고 이런 말 하는 건 좀 그렇지만, 잘 죽었지. 진상 짓만 보자면 내가 아는 사람 중 제일이었다니까!"

"경찰이 몇 번 집으로 왔었다는 건 들어 알고 있어요."

"몇 번? 사고란 사고는 다 쳤지. 술에, 도박에, 폭력에, 하다못해 여자까지 있었지. 재근이 걔가 엄청 깔끔 떠는 놈이야. 교복도 지가 빨고 다려서 구겨진 거 하나 없이 깨끗하게 입고 다녔다고. 그런 놈이 철들기도 전부터 병석이 쫓아다니며 그 진상을 다 봤으니, 아비 장례식장에서 눈물 한 방울 안 흘리더라니까. 오죽했으면 다들 그건 그럴 만하다고 했을까."

"재근이가 힘들겠네요."

"불쌍한 녀석. 재근이 아비가 입에 걸레를 물고 산 위인이야. 말을 하면 욕이 절반이 넘으니, 욕 빼면 말이 안 돼. 그것도 아비라고 오라면 오고 가라면 가고, 재근이 그 녀석이 말은 참 잘 들었어. 엄청 순하고 착했다고. 그런 녀석이 장례식장에서 눈물 한 방울 안 흘렸으니, 다들 그럴 만하다고 하면서 욕 한마디도 한 했어. 제 아비 살아 있을 때 할 만큼 다 했거든."

더 알아볼 필요도 없다. 유하는 음료수 하나를 사 들고 슈퍼를 나왔다.

"죽은 아버지 때문에 그런 성향이 더 강해졌을지도 모르겠네."

어느 정도 예상은 했지만, 참 답답했다. 조금 더 괜찮은 부모를 만났더라면, 가난해도 사랑이 넘치는 부모 밑에서 자랐더라면, 어쩌면 홍재근은 다른 길을 걸었을 수도 있었다. 물론 홍재근이 지은 죄를 불행했던 과거 탓이라고 단정할 순 없었다. 하지만 적어도 그 불행한 과거만 없었더라면 다른 선택을 했을 수도 있지 않을까 하는 생각이 드니, 안타까운 마음이 슬쩍 자리 잡는 건 어쩔 도리가 없었다.

"오늘따라 우리 엄마, 아빠가 엄청 보고 싶다."

유하는 하늘을 올려다보며 긴 한숨을 내뱉었다.

홍재근의 고시원이 보이는 골목.

빌라 입구에 달린 CCTV로 홍재근이 양유빈의 사망한 날로 추정되는 그때 그녀의 집에 방문한 사실을 알아낸 블랙팀은 본격적으로 그를 체포하기 위해 잠복에 들어갔다.

[여기서 놓치면 더 많은 피해자가 생길 거다. 반드시 잡아라.]

태석의 무전을 들으며 블랙팀은 각자 맡은 곳에서 신경을 곤두세울 수밖에 없었다. 태석의 말대로 놓치면 얼마나 많은 피해자가 생겨날지 알 수 없기 때문이었다.

"이미 알고 튀었으면 어쩌죠?"

유하의 걱정에 도준은 재근이 사는 고시원을 뚫어지게 응시한 채 미간을 일그러뜨렸다.

"절대 안 되지. 하늘이 그 정도로 무심하진 않을 거라 믿어보는 수밖에."

하늘을 믿어서가 아니었다. 신이 있다고 생각해서도 아니었다. 만약 신이 있고 하늘이 있다면, 수많은 미제 사건이 생길 리도 없을 테고, 불쌍한 사람 등쳐서 잘 먹고 잘사는 그런 놈들이 생길 일도 없을 테니까. 그래도 사건 때마다 하늘과 신을 찾게 되는 건, 혹시 생길지도 모르는 희망과 기적을 바라는 마음 때문이었다.

[홍재근의 집 쪽으로 누군가 접근한다. 형태는 홍재근 같지만, 멀고 어두워서 정확한 건 확인할 수 없다.]

찬우의 무전에 유하와 도준은 숨을 죽였다. 만약 다가오는 사람이 홍재근이면 제일 먼저 얼굴을 확인할 수 있는 사람이 유하와 도준이기 때문이었다.

"조금만 더, 조금만 더, 조금만 더."

유하는 입안에서만 웅얼거리면서 '조금만 더'를 주문처럼 외웠다.

숨이 턱턱 막히는 긴장감이 이어지고, 식별 가능한 거리까지 좁혀졌을 때, 유하와 도준은 동시에 입을 열어 아주 작게 말했다.

"홍재근 확인."

유하와 도준은 자연스럽게 걸어가 홍재근에게 접근했다. 그리고 주영과 찬우도 홍재근을 향해 걸어왔다.

죄지은 범인은 그 죄 때문인지 형사를 귀신같이 알아보는 법이다. 그건 홍재근도 마찬가지였다. 재근은 유하와 도준을 보자마자 움찔하며 뒷걸음질 쳤다. 자신을 잡으러 왔다는 걸 느꼈기 때문이었다.

"쌍!"

홍재근은 낮은 욕설을 내뱉으며 뒤돌아 뛰기 시작했다.

"거기 서!"
유하와 도준도 그런 재근의 뒤를 따랐다.
"홍재근!"
블랙팀 중 가장 제일 달리기를 잘하는 유하가 제일 먼저 재근을 쫓았다. 장애물을 가뿐히 뛰어넘고, 사람들을 이리저리 잘도 피하면서 조금씩 재근과 거리를 좁혀가던 유하는 모퉁이 담 옆에 트럭이 주차되어 있자 트럭 위로 잽싸게 올라가 담을 타고 앞으로 나아갔다.
"우 씨! 뭐야?"
재근의 눈에는 위에서 뚝 떨어져 앞을 막은 격이었다. 놀라 눈이 휘둥그레진 재근은 유하와 그녀가 방금 떨어진 담을 번갈아 가면서 보았다.
"조용히 가자! 쳐 맞고 가면 아프잖아!"
유하는 재근에게로 한 걸음씩 다가가며 바지 뒷주머니에 있던 수갑을 꺼내 들었다.
"비켜!"
재근이 품에서 염산이 든 통을 꺼내든 건, 유하와의 거리가 채 1m도 안 떨어졌을 때였다.
"홍재근, 그거 내려놔. 나 경찰이야. 경찰에게 위해를 가하면 어떻게 되는지 너 잘 알잖아?"
"다가오자 마!"
재근이 염산이 든 통 뚜껑을 열자 유하는 순순히 뒤로 물러났다.
"알았어. 더는 가까이 안 갈 테니까 진정해."
수갑을 엄지에 끼운 유하는 손바닥을 재근에게 보이며 팔을 양옆으로 들었다.
두 사람이 대치하는 사이 뒤따라온 도준과 주영 그리고 찬우는 재근의 손에 든 염산 통을 발견하고는 바로 총을 빼들었다.
"홍재근 그거 내려놔!"

도준은 총구를 정확하게 재근을 겨누며 사납게 소리쳤다.

"조유하, 뒤로 물러나! 홍재근에게서 떨어져! 이건 명령이다!"

그리고 유하가 재근이 염산을 뿌리면 닿을 수 있는 거리에 있자 시선은 재근에게 고정한 채 명령했다.

도준의 그 말이 여차하면 발포하겠다는 뜻이라는 걸 알기에 유하는 조금씩 뒤로 물러났다. 하지만 끝까지 아무것도 안 하고 있을 순 없다. 홍재근이 때려죽여도 시원치 않을 죄를 지었다고 해도, 간단하게 죽음으로 죄를 씻게 할 순 없었다. 죽을 때 죽더라도, 그에 상응하는 대가를 치르게 해야 피해자 가슴에 박힌 원한이 조금이라도 줄어들 것 같아서였다.

"홍재근, 생각 잘 해. 우리는 경찰청 블랙팀이다. 우리 팀으로 넘어온 이상, 네 생사는 우리게 별 의미 없어. 우린 널 살려서 체포할 수도 죽여서 쓰레기처럼 수거할 수도 있어. 하지만 넌 아니잖아. 넌 살아야 하잖아. 건물 청소하시면서 어렵게 네 뒷바라지한 어머니를 생각해 봐. 너 이렇게 죽으면 어머니께서 얼마나 가슴 아프시겠냐?"

재근은 손을 바들바들 떨면서 앞에 있는 유하와 뒤에 있는 도준과 주영 그리고 찬우를 번갈아 가면서 보았다.

"좋은 말로 할 때 천천히 그거 내려놔. 여기서 내가 조금이라도 다치면, 뒤에 있는 내 선배들은 망설이지도 않고 방아쇠를 당길 거다."

"보내줘. 나 할 일 많아. 아직 세상에는 더러운 인간들이 많단 말이야. 세상이 깨끗해지려면 그것들 다 태워 버려야 해. 그러니까 나 보내줘."

"그 방법은 아니야. 네 방법은 범죄야. 세상 정화는 우리 경찰이 할게. 그러니까 넌 그만 그거 내려놔. 알았지?"

유하가 다시 한 걸음 앞으로 다가가려 하자 재근은 "오지 마!"라고 소리치며 염산을 뿌리겠다는 듯 손에 든 통을 고쳐 잡았다.

그런 재근의 행동에 놀란 블랙팀 형사들은 총을 정확하게 그의 머리에 겨누었다. 재근이 어떤 반항도 하지 못하게 단번에 목숨을 끊기 위해서였다.

"다인이는 순진했어. 세상이 온통 핑크빛이라 믿었다고!"

재근의 눈에 눈물이 고였다.

"알아. 그랬을 거야. 그래서 네가 사랑했을 테니까."

"양유빈 그년이 다인이를 쓰레기 소굴로 데리고 갔어! 다인이는 그곳에서 모르는 놈들에게 철저하게 짓밟히고 유린당했다고!"

"다인 씨 어디 있어? 다인 씨 집에 경찰이 갔었는데, 아무도 없다고 하던데, 너 다인이 보호하고 있는 거지? 네 말대로라면 다인 씬 죄 없잖아. 그러니까 다인 씨 무사한 거야. 그렇지?"

손이 더 강하게 떨리는 모습이 엄청난 불행을 뜻하는 것 같다. 유하는 차갑게 미간을 일그러뜨리며 재근을 노려보았다.

"설마 성다인 씨도 죽였어? 양유빈에게 했던 것처럼?"

"양유빈 그년은 악취 풍기는 쓰레기여서 소각한 거고!"

"다인 씬? 다인 씬 어떻게 됐는데?"

"자살했어. 괴로워하다가 결국 못 견디고 목을 맸다고!"

다인의 죽음이 방아쇠가 된 모양이다. 유하는 들고 있던 팔을 뚝 아래로 떨어뜨리며 한심하다는 듯 재근을 보았다.

"그래서 피해자들에게 그런 몹쓸 짓을 한 거야?"

"그것들이 잘못한 거야. 그것들이 더러운 짓을 해……."

"아니!"

유하는 감정이 격해져서 재근의 말을 중간에 잘랐다.

"그 어떤 잘못도 인간이 인간을 해칠 수 있는 이유가 되지는 않는다! 법을 집행하는 우리도 너 같은 쓰레기를 죽이면 죄책감에 시달려! 네가 해친 피해자들은 아주 잠깐 잘못된 선택을 한 것뿐이야! 그런데 넌 그들의 목숨을 빼앗았고 인생을 망쳤어! 넌 그저 미친 새끼야! 콤플렉스로 똘똘 뭉친 겁쟁이 패배자 새끼가 비겁한 방법으로 여자들을 해친 거라고!”

"누가 겁쟁이 패배자야?”

재근은 살기가 담긴 눈빛을 빛내며 유하를 향해 달려들었다.

"유하야!”

도준과 주영 그리고 찬우의 비명에 가까운 날카로운 목소리가 들렸다.

탕! 탕! 탕!

엄청난 굉음을 내뿜은 총소리가 귓가에 들린 후, 유하의 눈에는 자신을 향해 날아오는 염산 통이 보였다.

'아! 또 입원하게 생겼다.'

OO 병원 응급실 새벽.

"민승후 아니야? 민승후 맞지?”

뒤에서 조명이라도 비치고 있는 듯 환한 빛을 내뿜는 듯한 착각이 드는 남자가 응급실을 들어오자 병원 관계자들부터 환자와 보호자들까지 웅성대기 시작했다.

"어디 있어?”

새벽의 종합 병원 응급실은 여러 증세로 급하게 응급실을 찾은 환자와 보호자들이 꽤 많은 탓에 승후가 애타게 찾는 사람은 좀처럼 보이지 않았다. 그는 주위를 두리번거리다가 곧장 근처 간호사에게로 걸어갔다.

"실례합니다. 여기 환자 중 조유하라고 있습니까?”

승후가 말을 걸자 금세 볼이 발갛게 달아오른 간호사는 말없이 손으로 구석에 있는 병상을 가리켰다.

"감사합니다.”

급한 마음에 먼저 걸음을 옮기면서도 인사하는 걸 잊지 않은 승후는 간호사가 알려준 병상으로 가 가려놓은 커튼을 걷었다.

"승후 씨 여긴 어떻게……."

머리 뒤쪽을 만지며 미간을 일그러뜨리고 있던 유하는 가린 커튼을 걷고 승후가 나타나자 흠칫 놀라 눈이 휘둥그레졌다.

"뭘 얼마나 다친 거야?"

"별로 다치진 않았……, 그런데 여기 어떻게 알고 왔어?"

"팀장이 병원에 혼자 있다며 가보라고 전화했어. 그러니까 말해. 어디를 얼마나 다친 거야?"

승후는 유하에게 가까이 다가가 이곳저곳을 살피기 시작했다.

팔과 다리는 괜찮았다. 눈에 보이는 상처가 없는 걸 보니 팔다리 때문에 병원에 온 건 아닌 듯 보였다. 멀쩡하게 앉아 있는 걸 보니 몸이나 장기를 다친 것 같지도 않았다. 그렇다면 조금 전까지 손이 닿아 있던 부분, 바로 머리가 오늘 이곳에 온 이유가 분명했다.

"머리는 왜?"

승후는 손을 뻗어 유하가 만지고 있던 부분을 약하게 매만져 보았다. 좀 부어 있는 것 같은 느낌에 승후의 미간이 저절로 일그러졌다.

"범인을 어떻게 잡으면 뒤로 넘어져 머리가 깨지지?"

"깨지진 않았고. 염산 쓰는 놈이라 그거 피하려다 보니 뒤로 넘어졌어."

"그놈은?"

"수술실. 팔하고 다리에 총알이 많이 박혔거든. 주영 선배랑 찬우 선배가 수술실 앞에 있고 도준 선배는 팀장하고 같이 경찰청에 들어갔어. 윗분들이 잠 안 주무시고 설명 듣겠다고 나오셨대."

"괜찮은 거야? 검사 안 해봐도 돼?"

"CT 찍었지. 아직 결과는 안 나왔는데, 괜찮을 거야. 바닥에 조금 부딪친 건데, 이번 연도에 병원 갈 일이 많아서 그런가, 팀장이 검사해보라고 응급실에 집어넣었거든."

그제야 안심이 되는지 승후는 깊은 한숨을 토해내며 근처에 있는 의자에 털썩 주저앉았다.

"팀장이 갑자기 전화해서 조유하가 병원 응급실에 있으니까 빨리 가서 옆을 지키라는데, 염산 뿌리는 놈 잡으러 가서 그렇게 됐으니, 혹 심하게 다친 건 아닌가 하고 얼마나 걱정했는데!"

"일부러 전화한 모양이네. 주영 선배나 찬우 선배 둘 중 한 사람 불러도 되고, 별로 다치지 않아서 의사만 만나고 바로 가면 돼서, 승후 씨까지 올 거라 생각 못 했는데, 그래도 이리 얼굴 보니 좋다."

유하가 해맑게 생긋 웃자 어두웠던 승후의 얼굴에도 미소가 번졌다.

"정말 괜찮은 거야?"

"조유하가 그걸 못 피하면 죽을 때가 다 됐다는 뜻이거든. 나 아직 죽고 싶지 않아."

"다행이네. 애인이 운동 신경이 뛰어난 건 이래서 좋은 거구나. 크게 다칠 확률이 적어서 좋아."

아주 잠깐 칭찬을 가장해 야단치는 건 아닐까 하고 의심한 유하는 눈을 게슴츠레 뜨며 승후를 보았다.

"조유하 환자분?"

CT 결과가 나왔는지 의사는 그녀의 이름을 부르며 다가왔다.

"결과 나왔습니까? 어떻습니까? 괜찮은 겁니까?"

유하가 입을 열기도 전에 승후는 벌떡 일어나 의사를 향해 다가가며 다급한 목소리로 물었다. 그녀의 앞에선 침착하게 행동했지만, 속으로는 엄청나게 마음을 졸이고 있었다는 게 겉으로 드러난 순간이기도 했다.

민승후가 왔다는 소문은 들었지만, 눈앞에 대스타가 있으니 움찔 놀라는 건 당했다. 그런데 그런 승후가 무섭게 다가오며 질문을 쏟아내자, 의사는 저 자신도 모르게 두어 걸음 뒷걸음질 치며 물러났다.

"왜 도망가시죠? 내가 무섭게 생겼나?"

의사의 반응에 승후는 어색하게 웃으며 머리를 긁적였다. 그도 그럴 것이 평정심을 잃은 건 사실이어서 의사가 당황해 물러나는 건 당연했기 때문이었다.

"아, 아닙니다. 조유하 환자분은 괜찮습니다. 넘어지면서 머리를 강하게 부딪쳤다고 하셨는데, CT상으로는 깨끗해요. 걱정 안 하셔도 됩니다."

"그럼 퇴원해도 되는 겁니까?"

"큰일 하시는 분이잖아요. 내일까지 병원에 잡아둔다 해도 얌전히 계신단 보장도 없고. 퇴원하셔도 됩니다. 단 머리가 아프면 응급실로 뛰어오셔야 합니다. 지금은 드러나지 않지만, 미세하게 출혈이 발생하는 경우도 있으니까요."

"네. 감사합니다."

10분만 계시다가 퇴원 수속 밟으시란 말을 끝으로 의사는 사라졌다.

"오늘까지 병원에 입원했으면, 계속 경찰 시켜도 되나 심각하게 고민했을 거야."

정말 안심이다. 승후는 편안한 미소를 머금으며 유하의 볼을 살짝 잡아당겼다.

"안 다치는 건 바라지도 않으니까 다쳐도 살짝만 다쳐. 다리나 팔 쪽으로다. 머리는 진짜 아니다."

볼을 세게 잡아당긴 것도 아니면서 승후는 자신이 잡았던 볼을 살살 매만진 후 주머니에서 지갑을 꺼냈다.

"아니야. 범인 검거하다 다친 거라 내가……."

"됐어! 내 여자 병원비는 돈 많은 내가 낼 테니까, 여기에 줄 세금으로 블랙팀 지원이나 더 빵빵하게 붙여달라고 해. 나 갔다 올게. 기다려!"

승후는 지갑으로 유하의 팔을 푹 치고는 아주 화사하게 생긋 웃으며 멋진 윙크를 날렸다.

"어머!"

순간 그의 윙크를 본 사람들의 탄성이 터졌다.

"망했다."

그제야 이곳이 병원이라는 걸 깨달은 유하는 슬쩍 주위를 살피며 얼굴을 가릴 수밖에 없었다. 그리고 그런 상태는 그가 의사를 만나 수납하고 돌아올 때까지 계속되었다.

경기도 인근 야산. 블랙팀 태석과 주영 그리고 찬우와 경찰들이 대대적인 수색 작업을 하는 곳.

수술에서 깨어난 재근에게 주영과 찬우는 다인의 시신이 어디 있는지 물었다. 그리고 이곳은 재근이 알려준 시체 유기 장소였다.

"여깁니다. 여기에 시신이 있습니다."

블랙팀은 서둘러 소리가 들리는 쪽으로 뛰어갔다. 그리고 얼마 후, 성다인의 시신이 모습을 드러냈다.

"두 달이나 됐는데, 나올 게 있을까요?"

태석의 질문에 부검의는 낮은 한숨을 내쉬었다.

"뭐라도 좀 부탁합니다."

"뭐가 나오는지 일단 봐야죠."

"부탁합니다."

"부탁은 내가 합시다. 나 좀 현장에 부르지 마. 나 헤드 사건 이후로 블랙팀에 부르면 심장이 덜컥 내려앉는다니까?"

부검의의 투정에 태석은 대답 없이 하하 웃기만 했다.

"양유빈 사체도 아직 손 못 댔는데……."

부검의는 원망 가득한 표정으로 태석을 노려보다 성다인 사체나 빨리 보내달라는 말을 남기고 현장에서 사라졌다.

"설마 사랑하는 여자까지 죽이진 않았겠죠?"

과학수사대가 현장 감식을 하는 모습을 가만히 지켜보던 찬우는 어두운 표정으로 물었다.

"알아봐야지. 죽인 건지 죽은 건지."

죽인 게 아니길 바랄 뿐이다. 다인이 사랑하는 사람 손에 죽는 끔찍한 일만은 겪지 않았기를…….

주영은 성다인의 사체를 보며 깊고 긴 한숨을 토해냈다.

C

OO 병원, 홍재근 병실.

"난 환자입니다. 나도 인권이라는 게 있는데, 큰 수술받고 깨어난 지 얼마 안 되는 환자에게 이러는 건 좀 아니지 않아요?"

"쓰레기 새끼에겐 인권 같은 건 없어."

재근의 말에 사납게 반응한 유하는 재근과 마주 보는 자리에 의자를 가져다 놓고 앉았다.

"선배 시작하죠?"

유하의 말에 카메라를 살피고 있던 도준이 녹화 버튼을 눌렀다.

"이름?"

"앞에 이름 있잖아요."

"이름!"

유하가 이를 바드득 갈며 잇새로 말하자 재근은 크게 헛기침하며 자기 이름을 말했다.

"이송하, 박예주, 마지영에게 염산 뿌린 거 맞아?"

"난 사회 정화를 위해……."

"쓸데없는 얘기는 하지 말고 묻는 말에 대답해. 이송하, 박예주, 마지영에게 염산 뿌렸어?"

"네. 내가 그랬어요. 더러운 건 태워 소각해야 하는 거니까."

"양유빈은 왜 그렇게 잔인하게 죽였어?"

"내 다인이를 죽였으니까."

"자살이라며? 네 입으로 분명히 말했어. 자살이라고. 그런데 오늘은 양유빈이 죽었다?"

"그런 곳에 끌고 갔잖아! 다인이가 얼마나 순수했는데? 다인이를 그런 곳에 끌고 가 인생을 망쳤으니까! 다인이 몹쓸 짓 당하고 난 다음에 자살한 거야! 그 일만 아니었으면 우리는 행복했을 거라고!"

"그래서 그런 일이 있었다는 걸 안 다음에 너 성다인에게 무슨 짓 했어?"

"다 눈감아주려 했어요. 내가 용서해 준다고 했단 말이에요! 그런데 아침에 일어나보니 목을 맸더라고요. 난 다 눈 감고 용서까지 해줬는데!"

"용서?"

유하는 어이없다는 듯 픽 비웃음을 흘렸다.

"용서했던 인간이 성다인에게 주먹을 휘둘렀어? 너와 성다인이 마지막으로 목격된 날 112로 열 통이 넘는 신고 전화가 들어왔어. 남자가 여자를 때리고 있는 것 같다는 내용이었지. 112는 지구대로 연결을 했고, 경찰이 바로 성다인 집으로 갔어. 그런데 집엔 아무도 없었던 거야. 네가 안 간다는 성다인을 억지로 차에 태워 어디론가 데려갔기 때문이거든."

유하는 파일을 들어 재근에게 보여줬다.

"여기엔 그날 성다인의 마지막 목소리를 들은 목격자들의 진술이 있다. 목격자가 많으면 서로 안 맞는 진술이 있을 수 있는데, 성다인 사건만은 이상하게 모두 한 사람이 진술한 것처럼 똑같아."

자리에서 일어선 유하는 파일을 펴 재근의 앞에 놓아주고 다시 원래 있었던 자리로 돌아가 앉았다.

"너랑 끝이야. 구질구질해서 싫어. 너 같은 놈에게 내 인생을 맡기느니 차라리 그들이 나아. 그때 성다인이 얼마나 사납게 소리쳤는지, 사람들이 그녀가 한 말을 똑똑히 들었더라고."

재근의 몸이 바들바들 떨린다. 저건 분노였다. 믿었던 사람에게서 배신당했을 때의 분노, 바로 그런 분노였다.

"말해! 성다인을 어디로 끌고 갔어? 사랑하던 여자로 어디로 가서 죽인 거냐고!"

"내가 안 죽였어! 난 용서하려 했단 말이야! 더러워진 건 깨끗해질 때까지 씻으면 되는 거니까, 그렇게 깨끗해지면 용서하겠다고, 안 버리겠다고 약속했단 말이야! 씻으러 들어간 화장실에서 목매달아 죽은 건 다인이라고! 괴로워서 자살한 거야! 여러 남자에게 당한 그 치욕이 자꾸 떠올라서 자살한 거란 말이야! 그러니까 다인이를 죽인 건 양유빈 그년이라고!"

이성을 잃은 재근이 얼굴까지 벌겋게 달아오르며 고래고래 소리친 이 말로 유하는 다인이 어떻게 죽었는지 알아차렸다.

다인은 자살밖에 선택할 게 없어서 그걸 선택한 것이었다. 그 길이 아니면 벗어날 수 없을 것 같았을 테니까.

"아니! 성다인을 죽인 건 너야. 차라리 헤어지지 그랬어? 차라리 이별을 택했어야지. 네 그 미친 행동들은 성다인이 자살을 선택할 수밖에 없게 만들었어. 절망했을 거야. 네가 휘두르는 엄청난 폭력에서 벗어날 수 없다는 걸 깨달았을 때. 그래서 그런 선택을 할 수밖에 없었던 거야."

"난 다인이를 사랑해."

"아니, 너는 너를 사랑해. 너 성다인에 관해 얼마나 알았냐? 성다인이 무슨 생각으로 하루하루를 사는지 알고 있었어? 불확실한 희망을 믿고 쫓아갈 만큼 성다인은 여유롭지 못했어. 성다인은 당장 돈이 필요했고, 넌 성다인이 그런 고민을 털어놓을 만큼 믿음직스럽지 못했어!"

"아니야!"

"너 성다인에게 단 한 번이라도 이유를 들어볼 생각은 해본 적 있어?

화를 낼 것이 아니라 질문을 해야 할 순간에 넌 네 감정에 취해 폭력을 썼어! 성다인과 양유빈 그리고 이송아, 박예주, 마지영 모두, 그들의 선택이 이해받을 수는 없겠지만, 그렇다고 목숨과 인생을 빼앗길 만큼 잘못한 건 아니야."

"더러운 건 치워야 해! 더러운 건 소각해야 한다고!"

"닥쳐! 이 미친 새끼야! 사회 정화? 정작 이 사회를 더럽히고 있는 건 너 같은 새끼야! 인간의 삶을 그리고 그들의 목숨을 하찮게 여긴 바로 너 같은 놈이 소각해야 할 쓰레기란 말이야! 알아!"

☾

이미 모든 죄는 드러났다. 빠져나갈 방법 따윈 없다는 뜻이었다.

양유빈의 빌라 CCTV와 집에서 나온 지문들로 양유빈 살인사건은 입증이 되었고, 이송아와 박예주 그리고 마지영은 범행을 자백했으니, 이것으로 여성 연쇄 염산 테러 사건은 끝이 났다. 하지만 사건을 해결했다고 해서 좋아할 수는 없었다. 두 명이 죽었고, 살아남은 세 명의 피해자는 평생 엄청난 고통과 함께해야 할 테니까.

부당한 사회에서 꽉 막힌 현실을 살면서 우린 여러 잘못된 선택을 하게 된다. 그리고 그중에는 홍재근처럼 극단적인 방법을 선택하는 사람도 있을 것이다.

가정환경이 불행했어도 취업이라도 잘 됐으면 어떻게 되었을까?

성다인 눈에 홍재근이 조금만 더 믿고 의지할 수 있는 사람이었으면 어떻게 됐을까?

모든 불행이 겹쳐 옳지 못한 선택을 한 그들. 어떻게 보면 홍재근은 이 사회가 만든 소시오패스일지도 모른다는 생각이 들자, 유하의 입에선 답답한 마음에 깊은 한숨이 터졌다.

사건 해결 후 홀가분한 마음으로 퇴근한 유하는 자연스럽게 승후의 집으로 향했다.

"내가 보고 싶어서 온 거면 정말 좋겠는데, 어째 등줄기가 서늘한 게 졸려서 온 느낌이다?"

유하 방의 문을 열어준 승후는 그녀에게 이런 말을 하며 빙긋 웃었다.

"힘들어 죽을 것만 같아."

유하는 곧장 침실로 향하면서 하나씩 옷을 벗어 던지기 시작했다. 입고 있던 점퍼를 벗어 던지고, 바지와 상의까지 모두 벗어 던져서 속옷만 걸친 아주 편안한 상태가 되자, 그녀는 만족스럽다는 얼굴로 씩 웃었다. 그리고 혼잣말하듯 "시원하다."라고 중얼거리며 그대로 침대에 몸을 던졌다.

"몸에서 힘이 모두 빠져나간 기분이야."

베개에 얼굴을 묻으며 깊게 한숨을 내쉰 유하는 고개를 돌려 침대 옆에서 안쓰럽다는 듯 내려다보고 있는 승후를 보았다.

"이리 와."

유하가 옆자리를 톡톡 두드리자 승후는 빙긋 웃으며 고개를 저었다.

"자. 방해 안 할게."

"와라. 안고 자게. 민승후 품이 그리웠어."

"거짓말인 걸 알면서도 기분은 좋네."

승후는 킥 웃음을 흘리고는 유하가 누우라고 한 그 자리에 누웠다. 그리고 그녀에게 팔베개를 하며 끌어당겨 꼭 안았다.

"민승후 냄새 좋다."

"좋은 냄새 마음껏 맡으며 코 자. 잘 때까지 옆에 있을게."

"자도 가지 마. 계속 있어. 알았지?"

"원하는 만큼 계속 옆에 있을 테니까 푹 주무시기나 하세요."

유하는 원하는 대답을 들어 안심이라는 듯 승후의 품에 더 깊이 파고들며 눈을 감았다. 그리고 이내 새근새근 고른 숨을 내쉬며 잠이 들었다.

"내 애인, 사랑해."

달콤한 승후의 고백이 들린 걸까. 유하의 입가엔 행복한 미소가 번졌다.

에필로그

현재 예매율 1위를 달리는 한국 영화를 보기 위해 관객들이 즐거운 마음으로 기다리고 있는 서울의 한 영화관. 선글라스를 쓴 승후가 한 손에 모자를 들고 주위를 두리번거렸다.

"대체 언제 오는 거야?"

주위는 승후를 알아본 사람들로 인산인해였고, 여기저기서 눈앞에 나타난 스타님을 찍느라 정신없던 그때, 어딘가를 응시하던 그는 선글라스를 벗고 뭐가 그리 못마땅한지 잔뜩 미간을 일그러뜨리며 막힌 속을 뚫듯 크게 숨을 토해냈다.

"좀 일찍 오시면 안 됩니까?"

승후가 시계를 가리키며 목소리는 높였으나 짜증 섞인 말투는 아니었다. 불안감이 안도감과 반가움으로 바뀌는 그런 말투와 함께 떠오른 화사한 미소에 근처에 여자 팬들의 입에선 저도 모르게 탄성이 흘러나왔다.

"스타님, 스타님 정도면 시사회 때 엄청 초대되지 않아? 왜 꼭 이 정

신없는 상황에서 영화 보겠다고 이 난리인데? 이 영화관에도 민폐란 생
각은 안 들어?"

유하는 승후를 한심하다는 표정으로 보며 혀를 쯧쯧 찼다.

"데이트의 꽃은 영화 관람이야. 그리고 나 이 영화 엄청 보고 싶었단
말이야. 이 시나리오 봤었거든. 진짜 재미있어."

"시나리오 봤는데 왜 안 했어? 진짜 재미있었다면서?"

"내 것이 있고 남의 것이 있지. 이건 내 작품이 아니야."

유하가 가까이 다가오자 승후는 그녀에게 모자와 선글라스를 씌우고
는 자연스럽게 손을 잡았다.

"어머!"

"어떡해! 어떡해!"

여기저기서 비명에 가까운 소리가 터져 나왔지만, 승후는 자신은 그
런 소리와는 전혀 상관없다는 듯 오직 유하 한 명만 응시했다. 그리고
곧장 팝콘 파는 매장으로 향했다.

"우리 커플 세트로 먹자. 팝콘 큰 거 하나에 음료수 두 개 있는 것."

"각자 먹자. 팝콘 작은 거 두 개에 음료수 두 개, 저게 괜찮네."

"안 돼."

승후는 유하의 의견은 매정할 정도로 단칼에 자르고는 자기가 원하
는 커플 세트를 구매했다. 그리고 흐뭇한 표정으로 팝콘은 유하의 품에
안기고 음료수를 들고 막 입장이 시작된 영화 상영관을 향해 걸어갔다.

"왜 꼭 이렇게 먹어야 하는데?"

"나 그거 해보고 싶거든."

"뭐?"

"팝콘 집어 먹다가 손잡는 것. 손끝이 살짝 놀라서 확 뺐다가 손을
덥석 잡는 거야. 어때? 설렐 것 같지?"

팝콘을 집어서 몇 개씩 입안으로 던지던 유하는 어이없다는 표정으
로 승후의 얼굴을 올려다보았다.

"드라마 너무 많이 찍었다? 요즘엔 그런 거로 설레지 않아요."

"하긴 우리가 손잡는 거로 설렐 시기는 아니다? 좀 더 진하게 키……."

더 말하게 했다가는 인터넷이 민승후로 뜨거워지겠다는 생각에 유하는 될 수 있으면 그와 멀어질 생각으로 빠르게 앞으로 걸어 나갔다. 그리고 재빨리 상영관 안으로 들어갔다.

팝콘을 통째로 꼭 끌어안고 입안으로 몇 개씩 던지며 먹으면서 유하는 힐끔힐끔 승후를 보았다. 한 시도 가만 못 있고 장난을 칠 거라 생각했었는데, 예상했던 것과는 반대로 진지한 표정으로 영화를 보는 승후의 모습에 그녀는 저도 모르게 소리 없는 웃음을 흘렸다.

"왜?"

완전히 넋이 나가서 보고 있는 거라 생각했던 유하는 승후의 목소리가 귓가에 들리자 움찔 놀라며 그를 보았다.

"왜 웃는 건데?"

승후는 다시 유하의 귀 가까이 입술을 대고 작게 속삭였다.

"그냥 신기해서. 승후 씨 이렇게 진지한 거 어색해."

승후는 빙긋 웃으며 유하의 손을 잡았다. 그리고 자연스럽게 깍지를 꼈다.

"영화가 재미있잖아."

어느 정도는 인정한다는 듯 유하가 고개를 끄덕이자 승후는 다시 스크린에 집중했다. 그리고 곧 두 사람은 영화에 빠져들었다.

그렇게 시간이 흐르고 해피엔딩으로 영화가 끝이 났다.

승후는 질서를 지키며 천천히 걸어가는 관객들 속에 자신이 끼어 있다는 게 재미있다며 킥킥거렸고, 유하는 그런 그가 우스워 기분 좋은 웃음을 흘렸다.

"우리 뭐 할까? 밥 먹으러 갈까? 나 월급 들어왔어. 맛난 거 사줄게."

귓가에 여러 소리가 들려왔다.

"우리가 민승후랑 같이 영화 봤어?"

"뭘 먹으면 저렇게 잘생길 수 있는 거지?"

"우와! 대단하다. 이젠 대놓고 데이트하는 거야?"

"대박! 저 여자가 그 형사라는 거잖아?"

기타 등등. 승후와 함께라면 당연히 따라오는 소란이기에 유하는 가볍게 그 소리를 한 귀로 듣고 한 귀로 흘렸다. 저리 말은 해도 사진을 찍는 이들은 몇 안 되고, 사진을 찍어서 승후를 봤다고 올린다고 해도 그녀의 얼굴은 가려주는 센스를 발휘하기 때문에 크게 걱정은 하지 않았다.

"비싼 거 먹어도 돼. 이번 달 월급 꽤 돼."

유하는 깍지 낀 손을 기분 좋게 살살 흔들었다.

"진짜? 진짜 비싼 거 먹는다?"

"응. 엄청 비싼 거 골라?"

"능력 있는 애인이 좋긴 좋네?"

승후는 화사하게 웃으며 깍지 낀 손을 올려 유하의 손등에 입을 맞췄다.

"꺅!"

여기저기서 비명이 터졌다. 그리고 그 비명은 승후가 유하의 입술에 짧게 입을 맞추자 더 커지고 더 길어졌다.

☾

겉으로 보기엔 버려진 창고. 하지만 문만 열고 들어가면 병원 수술실과 중환자실을 통째로 옮겨놓은 듯한 모습이었다.

"살려주세요. 집에 어린아이들이 있어요. 제가 잘못되면 아이들을 돌볼 사람이 없어요. 제발 살려주세요."

한 남성의 애원이 창고를 울리고 이를 시작으로 이곳에 끌려온 사람들은 일제히 무서움에 흐느끼기 시작했다.

"쌍, 그렇게 왜 능력도 안 되면서 돈을 쓰래?"

팔 한가득 용 문신을 한 남성이 매달리는 남자를 바닥에 내동댕이치 더니 매섭게 발로 걷어찼다.

"고작 몇 백 빌려주고 몇 천을 갚으라는 게 말이 돼? 인두겁을 쓰고 어떻게 이런 짓을 해?"

"우리가 이런 사람들인 거 알고 돈 가져다 쓴 거잖아!"

용 문신의 남자는 애원하는 남자의 머리를 움켜잡았다. 그리고 주먹 으로 얼굴을 몇 대 내려쳤다.

퍽퍽 소리가 들리고, 애원하던 남자는 곧 짧은 신음을 토해내며 바닥 에 쓰러졌다.

"불만 있는 놈들은 지금 말해. 이놈처럼 해줄 테니까!"

"저는 신장 하나만 판다고 했어요. 정말 신장 하나만 떼어내는 거 맞 죠? 설마……."

사람들 속에서 눈 한가득 두려움을 가득 담은 젊은 남자가 걸어 나 왔다.

"받은 돈 만큼 남는 장기로 갚으라는 거지. 우리 살인자 아니야. 사업 가일 뿐이야. 장기 받고 돈 주고. 공정하고 깔끔한 거래잖아?"

"불법 장기 매매가 언제부터 공정하고 깔끔한 거래가 된 거야? 사업 가? 웃기지 마. 너희는 쓰레기들이야. 살인자라는 말도 아까운 쓰레기. 살인자는 어쨌거나 사람이라는 뜻이니까."

언제 두려움에 떨었나 싶게 젊은 남자는 씩 차가운 미소를 머금었다.

"이 새끼가 죽으려고!"

용 문신의 남자가 욕을 쏟아내며 젊은 남자에게 다가오던 그 순간, 창고 문이 거칠게 열리면서 총을 든 경특대와 경찰들이 밀고 들어왔다.

"뭐야?"

정확하게 무슨 일이 벌어졌는지 파악이 안 돼 사람들이 당황한 사이,

젊은 남자 딱 한 명만이 짙은 미소를 머금었다.

"난 경찰청 블랙팀 민지후다! 순순히 항복하면 조금만 처맞는다. 하지만 끝까지 발악하면 죽도록 처맞는다! 알겠냐?"

"이 새끼, 너 경찰이었어?"

"축하해. 함정이었어."

비웃음이 지후의 입가에 떠오르자 용 문신의 남자가 품에서 칼을 빼들었다.

"내가 잡히더라도 네놈은 꼭 내 손으로 죽여야겠어."

잠깐이었다. 용 문신의 남자가 달려들고 지후의 입에서 짧은 신음이 터진 건 아주 잠깐, 몇 초에 불과했다.

"지후야! 민지후!"

동료들이 달려와 용 문신의 범인을 제압한 그 순간, 지후는 그대로 바닥에 쓰러지고 말았다.

"컷. OK!"

감독의 OK 사인에 숨죽이고 있던 스태프들이 모두 안도의 한숨을 내쉬었다.

"아이고."

바닥에 쓰러져 있던 승후는 몸을 일으키면서 앓는 소리 먼저 내뱉었다.

"우리 승후, 이번에 대상 타겠는데?"

자동차가 시동을 걸듯 한동안 가벼운 장면들만 찍던 승후는 며칠 전부터 본격적으로 경찰로 활약하는 신을 촬영하고 있었다. 그리고 지금 그는 잠입해서 현장을 급습하는 장면을 찍었다.

"잘했어!"

촬영을 지켜보던 민석이 승후에게 다가왔다.

"벌써 대박 조짐이 보여. 내 장담하지. 너 진짜 대상 받을 수 있어."

파트너는 칠십 퍼센트 사전 제작을 목표로 촬영하고 있었고, 드라마의 화제성은 그야말로 초대박 상태인지라 몇 개의 현장 사진만으로 기사가 쏟아질 만큼 엄청난 관심이 쏠려 있었다.

"아버님, 이 장면 실제로 있었던 장면이라면서요?"

파트너 등장인물들을 설정할 때 승후가 주인공 이름을 형 이름으로 해달라고 요청했었다. 그리고 지금 승후는 형의 이름으로 블랙팀 형사 역할을 연기하고 있었다.

"조유하, 이 여자는 그동안 무슨 짓을 하고 다녔던 거야?"

분장팀에서 승후가 칼에 찔린 걸 표현하기 위해 가짜 피를 뿌려댔다. 가짜 피라는 걸 알면서도 꼭 아픈 느낌이다. 승후는 바닥에 뚝뚝 떨어지는 가짜 피를 보며 미간을 일그러뜨렸다.

"유하가 칼 맞은 장면이잖아. 이 부상 덕분에 너희가 만날 수 있었어."

민석도 승후 몸을 타고 흐르는 가짜 피를 보며 얼굴을 찌푸렸다. 실제 장면과 한 팔십 퍼센트 일치한다는 걸 알기 때문에 진짜 딸이 다치는 장면을 보고 있는 느낌이었다.

"유하의 과거 속으로 들어간 것 같은 느낌이에요. 이런 장면 찍을 때마다, 꼭 유하가 위험해진 것 같아, 머리가 곤두서는 것 같아요."

"딸이 얼마나 위험했었는지 눈으로 직접 보고 있는 난 어떻겠냐?"

"하긴."

승후는 가볍게 픽 웃었다.

"오빠, 문자 왔어요."

그때 코디가 다다다 달려와 승후에게 휴대폰을 건네주었다.

"누굴까? 유하면 좋겠는데."

승후는 장난치듯 말하면서 문자를 확인했다.

〈블랙팀에게.〉

이런 제목으로 온 동영상 파일이었다. 누가 장난쳤나 하고 생각하면서 동영상을 확인한 승후는 곧 소스라치게 놀라고 말았다.

　블랙팀 회의실.
　승후가 동영상 파일을 문자로 받은 그 시간, 블랙팀도 모두 똑같은 문자를 받았다. 그리고 지금 블랙팀은 모두 모인 곳에서 그 동영상 파일을 보고 있었다.
　동영상은 내용은 이러했다. 복면을 쓴 범인이, 가는 노끈으로 한 여자를 뒤에서 목 졸라 죽이는 장면이었다. 여자는 고통에 몸부림을 치다가 이내 축 늘어졌다. 동영상은 그렇게 끝이 났다.
　"잡을 수 있으면 잡아보라는데요?"
　치미는 분노를 꾹꾹 누르는 듯 찬우는 말끝에 가늘고 긴 한숨을 내쉬었다.
　"빨리 피해자의 신원을 밝혀야 합니다. 하지만 동영상 상으로는 단서가 하나도 없어요."
　"피해자의 시체가 발견돼야겠지."
　유하와 주영이 차례대로 말했다.
　"일단 번호 추적은 해보겠는데, 예상대로 나오는 건 별로 없을 겁니다. 이런 새끼들은 이런 쪽으로 머리가 잘 돌아가니까."
　도준은 답답하다는 얼굴로 한숨을 푹 내쉬었다.
　〈나에게 동영상 하나가 왔어. 사람을 목 졸라 죽이는 동영상이야. 블랙팀도 받은 거지? 제목을 보니까, 블랙팀에게 보내는 동영상이었거든.〉
　분위기가 안 좋아 몰래 승후에게 온 문자를 확인한 유하는 휴대폰을 책상 위에 올리고 그에게 전화를 걸었다.
　"그 동영상이 승후 씨한테도 갔다고?"
　[응. 그런데 왜 나한테까지 왔지? 난 블랙팀도 아니잖아.]
　생각에 잠겨 습관대로 손가락으로 톡톡 책상을 두드리고 있던 도준은 움직임을 우뚝 멈추고 입을 열었다.

"이 범인은 승후 너도 블랙팀 멤버라고 생각하는 거야. 널 우리와 한 세트로 여기고 있는 거지. 문제는 이 범인 왜 이런 동영상을 보냈느냐는 거야. 도전인가?"

[도전장을 내민 진짜 목적이 블랙팀이 아니라 일 년이와 헤드일 수 있어요. 블랙팀의 최근 업적이 바로 일 년이와 헤드잖아요. 저까지 블랙팀으로 묶었으면, 일 년이와 헤드일 가능성이 크지 않을까요?]

승후의 말에 블랙팀은 그럴 수도 있다는 표정으로 고개를 끄덕였다.

"승후 너 촬영 중이냐?"

[네. 팀장.]

"촬영 언제 끝나?"

[한 두세 시간 찍으면 끝날 거예요.]

"끝나면 바로 블랙팀으로 튀어 와."

[팀장, 나 며칠 동안 잠도 제대로 못 잤단 말이에요!]

"죽을래? 사람들이 죽어 나가는데, 지금 네놈 잠이 문제야? 빨리 튀어 와!"

태석은 버럭 소리를 지르고 유하에게 끊으라고 명령했다. 유하는 태석의 눈치를 보며 열심히 항의하고 있는 승후를 뒤로하고 통화를 끝냈다.

"승후 올 때까지 우리는 우리 할 일을 하자. 도준과 유하는 전국을 다 뒤져서 교살당한 시체가 발견됐는지 알아보고, 주영과 찬우는 문자 보낸 놈 신상 알아내. 빨리 움직여!"

"넵."

동시에 대답한 블랙팀은 각자 맡은 일을 하기 위해 자리에서 일어났다.

"팀장! 팀장! 야! 이태석!"

한편 일방적으로 통화가 끊긴 뒤, 승후는 휴대폰에 대고 화풀이 중이었다.

"나 진짜 블랙팀 아니잖아! 나 그냥 배우라고!"

휴대폰에 대고 버럭질을 해대던 승후는 괴로움에 근처 벽에 머리를 쿵 박았다.

"이젠 하다 하다 자해까지 하냐?"

생각보다 더 세게 박아버린 탓에 머리를 움켜잡고 밀려오는 아픔을 온몸으로 표현하고 있던 그때 한심스럽다는 뜻을 가득 담은 정훈의 목소리가 들렸다.

전생에 얼마나 큰 잘못을 하면 이 녀석과 또 같은 드라마인 걸까?

승후는 히죽거리며 기분 나쁘게 웃는 정훈을 사납게 노려보았다.

"건들지 마. 화났어."

"그렇게 발광해 봤자 어차피 블랙팀으로 출근할 거잖아."

"그러니까 내가 왜 블랙팀으로 출근해야 하는 건데? 경찰도 아닌데?"

"너만 그렇게 생각하지. 블랙팀은 너 그냥 경찰로 생각하는 것 같은데?"

"복수할 거야! 이태석, 내가 꼭 복수하고야 말 거야!"

승후는 두 주먹을 꽉 움켜쥐고 부들부들 떨었다.

"거기 가면 네 애인 있어."

"아! 맞다! 거기 우리 유하 있지?"

복수를 다짐하던 게 바로 몇 초전인데, 금붕어도 아닌 인간이 몇 초 만에 그걸 다 까먹고 방실방실 웃는다. 정훈은 이 상황을 이해가 안 됐다. 아니, 살짝 정신이 나간 듯 보이는 친구 녀석이 이해가 안 됐다.

"내가 이 말 했던가? 너 미친놈이야."

"내가 이 말 했던가? 나도 알아."

승후는 정훈을 보며 아주 해맑게 생긋 웃었다.

새벽 1시. 블랙팀.

"난 가끔 내 정체성이 궁금해. 난 경찰일까, 배우일까?"

블랙팀과 함께 몇 번이나 같은 동영상을 반복해서 보고 있던 승후는 이 새벽에 잠도 안 자고 이곳에 불려온 것에 대해 불만을 터뜨렸다.

"찬우 형, 지금 블랙팀에 내가 있는 게 바른 거야? 이게 맞는 그림이냐고!"

승후의 질문에 찬우는 대답 대신 풋 웃음을 터뜨렸다.

"주영이 형, 나 며칠 촬영하느라 제대로 못 잤어. 왜 나까지 여기에 와서 이 짓을 해야 하는데?"

주영의 반응도 찬우와 별반 다르지 않았다.

"내 애인님, 그대는 나한테 어떤 이야기든 해줄 수 있을 것 같은데, 나 여기 왜 와 있을까요? 팀장은 진짜로 날 경찰로 생각하는 걸까요?"

"깍두기로 생각하겠지. 낮에는 배우 밤에는 경찰. 아니다. 일하는 날에는 배우, 쉬는 날에는 경찰. 좋네."

유하는 동영상에 시선을 고정한 채 덤덤하게 말했다.

"일 시켜 먹는 건 좋다 이거야. 그럼 나도 월급 주나? 안 주잖아! 여기 있는 형사님들 월급에 수당이란 수당은 다 타는데, 난 무보수잖아!"

생각해 보니 억울하다. 고급 인력을 돈도 안 주고 부려먹다니. 이건 분명한 노동 착취였다.

"데이트라 생각해."

"그렇구나!"

유하가 간단하게 정리하자, 승후는 지금까지 툴툴거렸다는 것도 잊고 해맑게 방긋 웃었다.

"그렇게 생각하면 되는 거였어. 그럼 우리 지금 데이트하는 거야? 블랙팀에서?"

"응. 그러니까 승후 씨도 이 순간을 즐겨."

"알았어. 데이트라 생각하고 이 순간을 즐길게."

승후는 느끼하게 흐흐 웃음을 흘렸다.

"저 둘, 아무래도 제정신은 아닌 것 같아."

주영은 찬우의 귀에 심각하게 속삭였다.

"그러니까 파트너지. 한쪽이 살짝 맛 갔는데, 다른 한쪽이 멀쩡하면 같이 파트너 못 하잖아요. 저 둘은 똑같이 맛이 가서 파트너로 묶여 있어도 이상이 없는 거예요. 우리만 피해 안 보면 돼. 그냥 내버려 둬."

찬우도 주영과 똑같이 귓가에 속삭였다. 아주 심각한 목소리로.

새벽 2시. 블랙팀.

깜박 잠이 들었던 승후는 누군가 앞머리를 만지는 느낌에 눈을 떴다. 그리고 자신을 보며 빙긋 웃고 있는 유하를 발견했다.

"그 뜨거운 시선은 뭐지? 심장 떨리게."

"집에 가서 자자."

"팀장이 퇴근하래?"

"잠깐 들어가서 눈 붙이고 나오래."

승후는 자리에 앉고는 잔뜩 기지개를 켰다.

"다른 사람들은?"

승후는 텅 빈 사무실을 이리저리 두리번거렸다.

"가라는 말이 떨어지기가 무섭게 날아갔어. 지금쯤 주차장에 도착해 있을 거야."

"그래?"

순간 승후의 얼굴이 음흉한 미소가 떠올랐다.

"사내 연애는 이런 느낌이구나?"

승후는 유하의 허리에 팔을 두르고 끌어당겼다.

"텅 빈 사무실에 둘만 있는 거 꽤 자극적이야."

"어떻게 자극적인데?"

"스릴 있잖아. 누가 들어올지 모르니까. 내가 지금 옷 속으로 손을 집어넣으면 어떻게 될까?"

승후는 바지에 집어넣은 유하의 셔츠를 빼서, 진짜 옷 속으로 손을 집어넣었다. 따뜻한 맨살에 손이 닿자 유하는 픽 웃으며 그의 가슴을 톡 때렸다.

"우리 오피스 에로물 한 번 찍어볼까?"

"난 상관없는데, 스타님은 괜찮으시겠어요?"

"안 괜찮을 게 뭐 있어?"

"여기 블랙팀에는 저런 게 달려 있거든."

유하는 손가락을 들어 구석을 가리켰다. 승후는 구석에 있는 카메라를 보며 낮은 한숨을 내쉬었다.

"바람직하지 않아."

승후는 아쉽다는 표정으로 고개를 절레절레 흔들며 유하에게서 손을 뗐다.

"우리 집에 갑시다. 거긴 바람직하잖아."

유하는 승후의 귀에 작게 속삭였다.

"아! 그렇지? 거긴 바람직하지?"

승후는 큭 웃음을 흘리며 유하의 이마에 가볍게 머리를 박았다. 그리고 그녀의 머리를 쓸어 넘겼다. 그 순간 그의 손에 낀 반지가 빛을 받아 반짝반짝 빛났다.

"조유하 형사님, 이번 드라마 끝나면 나랑 결혼해 주겠습니까?"

프러포즈가 달콤하게 귀를 간질인다. 유하는 빙긋 웃으며 승후의 입술에 짧게 가볍게 입을 맞췄다.

"네. 그렇게 하겠습니다."

"무르기 없기야. 딴소리하면 나 울 거야?"

"딴소리 안 해. 대신 가까운 사람만 초대해서 스몰 웨딩으로 하는 거야. 어때?"

"좋아. 역시 탁월해. 내 애인 멋지다."

승후는 유하의 볼을 감싸며 끌어당겼다. 그리고 입술에 입을 맞췄다.

"내가 이 말 했던가? 조유하, 사랑해."

"나도 민승후 아니, 민지현을 사랑합니다."

유하의 고백에 승후는 그녀를 품에 꼭 끌어안았다. 그 순간 두 사람의 얼굴에 행복한 미소가 화사하게 번졌다.

파트너, 동반자를 가리키기도 하고 배우자를 지칭하기도 하는 말.

민승후와 조유하, 그들은 연쇄살인마들을 잡아들이는 영혼의 동반자이고, 내 남은 시간 모두 바쳐도 좋을 만큼 서로 사랑하는 연인이었다.

조유하와 민승후, 그들은 일과 사랑 모두에서 영원한 파트너였다.

完.

외전.
파트너 : 블랙 1

블랙팀 회의실.

"연쇄살인마 한살이는 1년 전 부산에서 첫 살인을 시작했습니다. 피해자 김성진은 나이 스무 살의 남성으로 부산 금정구 구서동에 살며 발견된 장소는 부산 기장군 기장읍의 한 아파트였습니다. 당시 시신은 여행용 가방 안에 있었으며, 아파트 경비원이 발견했습니다."

첫 번째 피해자만 했는데도 벌써 숨이 차는 듯하다. 유하는 말하다 말고 몇 초 쉬었다가 다시 입을 열었다.

"한살이의 두 번째 살인은 첫 사건이 벌어진 지 석 달 뒤에 일어났습니다. 피해자는 인천 남동구 논현동에 사는 스물세 살의 여성인 노현미로, 시신이 발견된 장소는 서울 노원구 노원 지하철역이었습니다. 역시 여행용 가방 안에 시신이 들어 있었습니다. 그리고 노현미는 지하철역 직원이 발견했습니다."

또다시 몇 초 숨 쉬는 시간을 가진 유하는 시작하기 전 숨을 크게 들이마셨다.

"한살이의 세 번째 피해자는 강원도 동해시 대구동에 사는 도미령으로 여성이며 나이는 스물여덟입니다. 역시 여행용 가방 안에 시신이 있었고, 발견 장소는 강원도 동해시 대진동 대진항입니다. 도미령의 사체를 발견한 사람은 그날 친구들과 낚시하러 온 낚시꾼이라 합니다."

"조유하 파이팅!"

찬우의 응원을 들으며 유하는 모든 기합을 불어넣어 마지막을 향해 달렸다.

"네 번째 피해자는 서울 용산구 용문동에 사는 라은수이며 성별은 남, 나이는 열아홉입니다. 발견 장소는 예천군 예천읍에 있는 군청 앞입니다."

말하는 사람이나 듣는 사람이나 머릿속이 이리저리 엉키는 기분이다.

피해자 이름과 사는 곳 그리고 시체가 발견된 곳을 쭉 나열하던 유하는 피해자 설명이 끝나자마자 깊게 한숨을 내뱉었다.

"한살이는 아마 학구파일 가능성이 높겠네? 저거 맞추느라 지도 공부 좀 했을 거잖아?"

생각만 해도 골치가 아픈 듯 주영은 혀를 쯧쯧 차며 고개를 절레절레 저었다.

"룡산에 례천이란 말이지? 저거 맞추기 위해 용산구 용문동에서 피해자를 납치해 죽인 다음 예천까지 시체를 옮겼을 거고?"

찬우는 "아이고."라는 신음을 흘리며 무거운 한숨을 내쉬었다.

"저기, 잠깐만요. 질문 있습니다."

유하의 브리핑에 제일 끝에 앉은 사람이 손을 들었다. 자유롭게 의견을 내놓는 블랙팀 분위기와 달랐지만, 유하는 당황한 기색 없이 입을 열었다.

"질문해요, 민승후 씨."

유하는 승후를 보며 빙긋 미소를 머금었다.

"첫 번째 질문."

"질문이 꽤 여러 개인 모양이네?"

"한살이가 설마 한글 살인을 뜻하는 건 아니죠?"

"왜 아니야? 맞아. 한글 살인. 줄여서 한살이. 뭐가 잘못됐어?"

주영이 당연하다는 듯한 말에 승후는 재미있는 농담이라도 들은 사람처럼 크게 하하 웃음을 터뜨렸다.

"진짜 한글 살인을 줄여서 한살이라고 하는 거라고요? 대박! 블랙팀 작명 센스 진짜 웃겨!"

"이름은 쉽고 편해야 해. 어려우면 기억하기 힘들어."

찬우의 설명에 이번에도 승후는 이해했다는 듯 고개를 끄덕였다.

"두 번째 질문. 한살이 혹시 한글 자음 순서대로 살해해야 한다는 강박에 시달리는 거 아니에요? 첫 번째 살인은 다 기역, 두 번째 살인은 다 니은, 세 번째는 다 디귿, 네 번째는 다 리을이잖아요."

첫 번째 피해자를 살펴보면 김성진의 기역, 사는 곳 금정구 구서동의 모두 기역, 발견된 곳 기장군 기장읍의 기역.

여기서 부산, 인천, 서울, 이런 지역은 큰 의미가 없다. 한살이는 피해자의 이름 첫 글자, 다시 말해 김 씨, 노 씨, 도 씨, 라 씨, 바로 이 성이 기역, 니은, 디귿, 리을로 시작하고, 그 자음에 맞춰, 사는 곳과 발견된 곳의 첫 글자 자음을 맞춘다고 해서, 블랙팀이 이 연쇄살인마를 한살이 즉 한글 살인마라고 별명을 붙인 것이다.

"맞습니다. 현재 한살이의 살인은 리을까지 진행됐고, 리을 살인이 일어난 이후 우리에게 사건이 넘어왔습니다. 문제는 보시다시피 사건 모두 관할이 달라요. 그래서 이 사건들을 하나로 연결하기까지 시간이 걸렸다는 겁니다. 초동에서 이걸 연쇄 살인이 아닌 원한에 의한 일반 살인으로 보고 수사한 탓에, 우리 팀에서 얻을 수 있는 증거는 별로 없습니다."

"마지막 질문, 나 여기 왜 있는 겁니까?"

승후의 이번 질문에 블랙팀은 동시에 풋 짧은 웃음을 터뜨렸다. 태석만 빼고.

"그건 내가 아니라 팀장이 해야 할 답인 것 같은데요."

유하는 대답을 팀장에게 밀었다. 회의 시간에 맞춰 유하가 승후에게 연락한 것이긴 해도, 그를 부르라고 한 건 팀장이기 때문이었다.

"어차피 유하에게 다 들을 거잖아. 조유하 일 두 번 하게 하지 말고 여기 와서 직접 들으라고."

태석이 웃지도 않고 무뚝뚝하게 말한 답에 승후는 이해했다는 표정으로 고개를 끄덕였다.

"블랙팀, 장난치지 말고 사건에 집중해! 승후는 당연한 질문을 한 거야! 그 질문이 웃겨?"

태석의 질책에 유하는 물론 주영과 찬우는 동시에 고개를 아래로 떨어뜨렸다.

"다음은 미음이니 미음으로 시작되는 지역에 미음으로 시작되는 성을 가진 사람이 미음으로 시작된 곳에 버려지겠네. 삼 개월에서 사 개월 간격으로 살인을 하니, 남은 건 한 달에서 두 달."

도준은 이렇게 중얼거리며 손가락으로 책상을 카운트하듯 톡톡톡 두드렸다.

"살인마가 피해자 가까이에 있을 확률 백 퍼센트입니다. 이름, 사는 곳, 시체를 버리는 장소까지 한글 자음에 정확하게 맞춰야 직성이 풀리는 놈이니, 정보 수집을 철저하게 했을 겁니다. 그리고 피해자를 가까이서 지켜보며 때를 노렸을 테니, 비교적 움직임이 자유로운 직업을 가졌을 겁니다."

주영의 의견에 블랙팀 모두 고개를 끄덕였다. 동의한다는 뜻이었다. 딱 한 사람, 승후만은 도통 이해 안 된다는 표정으로 블랙팀 팀원들 얼굴을 한 명씩 번갈아 가며 응시할 뿐이었다.

"용의자는 프리랜서나 개인 사업가 그리고 무직도 해당합니다. 여기

저기 다녀도 의심 안 받는 직업이든지 아니면 주위 사람들은 여행을 좋
아한다고 여길 가능성도 있습니다."

찬우가 용의자의 직업을 추측하며 블랙팀은 조금씩 용의자 가까이
접근해 갔다.

"그 지역을 완벽하게 조사한 다음 범행을 계획할 겁니다. CCTV 위치
부터 그 시간대에 주위를 지나는 차량 블랙박스까지, 하나도 놓치지 않
고 꼼꼼하게 조사한 이후에나 움직이는 거죠. 그렇다면 살인 주기가 정
확하게 안 떨어지는 것도 이해가 됩니다. 조사가 미숙하다는 결론이 나
면 피해자가 눈앞에 있어도 죽이지 않는 겁니다."

찬우 다음으로 유하까지 자기 의견을 내놓은 후, 계속 손가락으로 카
운트를 하던 도운이 행동을 멈추고 입을 열었다.

"범인이 중요하게 여기는 건 살인 주기가 아니라 자음을 맞추는 걸
겁니다. 이는 어린 시절 어떤 경험 때문에 만들어진 패턴일 가능성이
높습니다."

도준의 말에 태석을 제외한 블랙팀 주영과 찬우 그리고 유하의 입에
선 무거운 한숨이 터졌다.

그런 살인마는 대체로 자신이 정해놓은 규칙이 깨지면 견디지 못한
다. 터지기 직전의 시한폭탄을 품고 있는 것처럼, 외부적인 요인으로 자
기가 정해놓은 패턴이 깨졌다는 판단이 들었을 때 무슨 짓을 저지를지
알 수 없는 놈이라, 특히 더 위험했다.

"하지만 모방범죄일 가능성도 배제해선 안 됩니다. 1970년에 미국에
서 발생했던 범죄로 현재까지 미제로 남은 사건이 있습니다. 그 사건이
이것과 비슷합니다."

도준의 말에 블랙팀은 그게 무슨 사건인지 알고 있다는 표정으로 고
개를 끄덕였다. 하지만 아무리 굴려도 도준이 말한 그 사건이 뭔지 알지
못한 승후는 휴대폰을 꺼내 검색할 수밖에 없었다. 그러나 도준이 말한
1970년대 미국 미제사건으로는 한살이 사건과 비슷한 사건은 찾을 수

없었다.

"여기서 혼자 바보가 된 듯한 묘한 느낌은 뭐지? 나 여기 왜 와서 바보처럼 눈만 깜빡이고 있는 거냐고."

혼잣말을 너무 크게 했다. 승후는 블랙팀 시선이 모두 자신에게 향하자 밀려오는 어색함에 히죽 웃음만 흘렸다.

"민승후."

"네?"

태석이 이름을 부르자 승후는 해맑게 대답했다. 그리고 눈을 깜박이며 태석과 블랙팀원들을 차례대로 보았다.

"불렀으면 말을 하셔야지……."

승후의 해맑음에 태석을 제외한 블랙팀 모두 풋 웃음을 터뜨렸다.

"네 생각을 묻는 거잖아."

태석은 억지 미소를 머금으며 차분하게 말했다.

"아! 그거요? 생각 없어요. 저 아무 생각 안 했는데요? 아니다! 했다. 다들 말 진짜 잘하시네요? 짱!"

당당함의 끝을 보여주기라도 하듯 밝게 대답한 승후는 태석을 보며 화사하게 웃었다.

푸하하!

블랙팀원들은 동시에 웃음을 터뜨렸다. 하지만 속이 부글부글 끓는 태석은 치밀어 올라오는 감정을 엄청난 인내심으로 누르는 사람처럼 길고 긴 한숨을 내뱉었다.

"우리가 말하기 연습한 거 아니잖아. 사건 보며 무슨 생각 안 들었어?"

기어코 감정을 누르는 데 성공한 태석은 다시 차분한 목소리로 승후에게 물었다.

"저는 경찰이 아니라 배웁니다. 무슨 생각을 하는 게 이상한 거 아닌가요?"

맞는 말이다. 저 말이 민승후 입에서 나온 것만 빼면.

"민승후, 장난은 회의실 밖에서……."

"그런데 꼭 생각하라면 해보죠."

지금까지 장난스럽게 생글거리기만 하던 승후는 갑자기 표정이 확 바꾸더니 태석의 말을 중간에 잘랐다.

"내가 범인이라면, 수사 방향을 흔들기 위해서 저런 방법을 썼을 것 같거든요."

별 기대 없이 승후가 하는 말을 듣고 있던 블랙팀들은 모두 굳어버렸다. 모두 범인이 남긴 증거들로 분석하려고만 했지, 그런 게 다 일부러 꾸며놓은 거짓 정보일 가능성은 생각 못 했기 때문이었다.

"강박이나 패턴에 집착하는 행위는 사실 일부러 꾸미기 쉽습니다. 연쇄 살인으로 넘어가면 블랙팀이 맡는다는 건 다 알고 있는 상식이니, 블랙팀이 좋아할 만한 패턴을 만들어 수사에 혼선을 줄 수도 있어요."

여기까지 웃지도 않고 말한 승후는 이내 언제 심각했냐는 듯 화사하게 미소를 머금었다.

"내가 범인이라면 그렇게 한다고요."

얕봤다가 뒤통수 맞았다.

태석이 '너희는 이 생각 못 하고 뭐 했냐?'라는 뜻이 담긴 날카로운 눈빛으로 팀원들을 한 명씩 둘러보자 블랙팀은 모두 팀장의 시선을 동시에 피했다.

"한살이 사건을 처음부터 다시 판다. 난 피해자들 사이의 연관성을 조사할 테니, 주영은 첫 번째 피해자, 찬우는 두 번째 피해자, 도준이는 세 번째 피해자, 유하는 네 번째 피해자를 조사한다. 그리고 승후는……."

경찰도 아닌 배우에게 뭘 시키려고?

태석의 입에서 제 이름이 흘러나오자 승후는 바짝 긴장한 표정으로 그를 보았다.

"열심히 드라마 찍고."

"아! 네."

"드라마 찍는 중간중간 생각나는 거 있으면 유하나 나에게 전화하고."

"네."

"자! 이제 모두 각자 할 일 하러 가!"

태석의 명령에 블랙팀과 승후는 소지품들을 챙겨 회의실을 나왔다.

"아이고, 지옥문이 활짝 열렸구나!"

주영은 회의실 문을 나서자마자 긴 한숨을 토해냈다.

"집에 당분간 못 들어간다고 전화해야겠네. 우리 어머니 또 아들 얼굴 잊겠다고 투덜거리시겠다."

찬우는 들고 있던 수첩으로 자기 머리를 약하게 통통통 때렸다.

"나 데이트 좀 합시다! 이러다 도망가겠어요."

유하가 우는 소리로 징징거리자 주영과 찬우가 뒤돌아 승후를 보았다.

"민 스타, 한눈파는 건 좋은 데 걸리지만 마. 조유하 눈 돌아가면 우리도 어쩔 수 없어."

"네."

승후가 밝게 대답하자 이번에는 유하가 뒤돌았다. 그리고 그를 서늘한 눈빛으로 노려보았다.

"진짜 걸리지 않는 게 좋을 거야. 하나뿐인 목 그 자리에 잘 붙어 있길 원하면?"

유하의 말에 움찔하며 몸을 움츠린 승후는 슬쩍 도준의 뒤에 숨으며 다짐하듯 주먹까지 불끈 쥐었다. 그리고 나지막하게 중얼거렸다.

"절대 걸리지 말아야지."

바람 같은 거 절대 안 핀다고 해야 정상인데 걸리지 않겠다는 말이 나온다. 유하는 한심스럽다는 눈으로 고개를 절레절레 흔들며 승후를 보았다.

"민 스타님? 그대가 굳게 결심할 동안 그 앞에서 그걸 다 지켜본 사람이 바로 스타님의 애인이라는 걸 명심하셔야 할 것 같은데요?"

"어……, 그러니까……, 제가 뭐 잘못한 건가요?"

승후는 정말 모르겠다는 표정이다. 좀, 아니, 많이 모자란 인간이다. 그게 아니면 설명이 안 된다. 유하는 쟤는 저렇게 해맑게 살게 두는 게 낫겠다고 생각하고 휙 돌아 다시 앞으로 걸어갔다.

"우리 오늘 진하게 바람 한번 피워볼까?"

다다다 뛰어와 유하의 어깨를 감싸 안은 승후는 그녀의 귀에 달콤하게 속삭였다.

"내가 너 데리고 놀러 가면 팀장이 나 가만 안 두겠지?"

"괜찮아. 팀장이 너한테 뭐라 할 일은 없을 거야."

"진짜요?"

찬우가 당연하다는 듯한 표정으로 한 이 말에 승후는 눈을 반짝반짝 빛냈다.

"대신 조유하를 잡겠지. 너한테 못 한 화풀이까지 더해서."

순간 움찔하며 팔을 내린 승후는 두 주먹을 불끈 쥐며 유하를 향해 외쳤다.

"일 열심히 해. 내 애인 파이팅!"

소리가 음산하게 울리는 어두운 공간.

남자는 책상에 앉아 유일한 불빛인 노트북 화면을 보며 즐겁다는 듯 낄낄낄 웃었다.

"걱정하지 마. 난 너희가 안 미워. 오히려 아주 좋아. 너희가 날 재미있게 해주거든."

남자의 서늘한 음성은 어둠과 어울려 더욱더 음산하게 울렸다.

"우리 블랙팀, 쉬는 날엔 뭐 하고 노나 볼까?"

남자의 클릭 몇 번에 노트북 화면엔 블랙팀을 찍은 사진이 일정한 간격을 두고 하나씩 떠올랐다.

　"이태석, 안녕? 우리 블랙팀의 보스. 검은 선글라스가 멋있네? 차갑고 냉정한 줄만 알았더니 그렇게 웃기까지 하고, 좋아. 아주 좋아."

　화면에 태석의 얼굴이 떠오르자 남자는 양손을 흔들며 밝게 인사했다. 태석은 검은색 선글라스를 쓰고 있는데, 어딘가를 보며 편안하게 웃는 표정이었다.

　"오! 황도준, 제발 커피 좀 줄여. 네 손에 늘 커피가 들려 있는 거 알아?"

　화면이 바뀌고 커피숍에서 커피를 마시고 있는 도준의 모습이 떠올랐다.

　"우리 김주영은 밤낮없이 나쁜 놈 잡느라 집에도 못 들어가고. 그래도 아내가 그걸 다 이해해 줘서 다행이다. 그렇지?"

　주영의 사진은 아내와 함께 손잡고 걷는 사진이었다.

　"우리 해피 바이러스 한찬우, 너 드론 날릴 때 보면 진짜 애기 같아. 귀여워."

　찬우의 사진은 드론을 날리는 중인 듯 하늘을 보며 활짝 웃는 모습이었다.

　"귀여운 막내 조유하, 사랑에 빠진 여자는 아름답대. 지금의 너처럼."

　유하는 어딘가를 보며 흐뭇하게 웃고 있었다. 그리고 그녀가 어디를 보고 있었는지는 다음 사진에서 드러났다. 유하와 같은 곳에 있지만, 팬들에게 둘러싸여 사인을 해주고 있는 남자의 사진, 그 사람은 바로 승후였다.

　"블랙팀 조커 민승후 아니, 민지현, 긴 잠은 몸에 해로워. 기다려. 내가 깨워줄게."

　남자는 승후의 얼굴을 매만지며 애인에게 속삭이듯 부드럽게 말했다.

"일 년이와 헤드는 널 죽이려 했지만, 난 아니야. 우리는 함께하는 거야. 영원히."

낄낄낄, 소름 돋게 음산한 웃음소리가 남자의 입에서 흘러나오고, 그 소리는 곧 남자가 있는 공간을 가득 채웠다.

라은수, 부모님과 함께 용산구 용문동에 거주. 학원에 갔다가 밤늦게 택시 타고 집에 돌아오는 중에 실종.

예천군 예천읍에 위치한 군청 직원이 아침에 출근하다가 커다란 여행용 가방을 발견했고, 지역 주민이 깜빡 잊고 갔겠거니 생각한 직원이 가방을 열어 안을 확인하는 과정에서 신고됨.

용산구 용문동, 라은수의 집.

"우리 은수 죽인 그 새끼 잡을 수 있는 거죠? 우리 은수 사건 블랙팀이 맡았다면서요? 그럼 잡는 거죠?"

금쪽같은 자식이 실종돼 시신으로 돌아왔으니 평화로웠던 가정이 박살난 건 당연한 결과였다. 놀라고 당황했던 감정이 공포로 바뀌더니 절망이 되었다. 품었던 한 줄기 희망이 산산조각이 난 그날, 은수 부모님의 심장도 갈기갈기 찢겼을 것이다. 그리고 지금 부모는 아들을 지키지 못했다는 자책과 함께 엄청난 분노로 일상생활도 할 수 없을 만큼 망가져 있는 것처럼 보였다.

"은수가 이상한 말을 한 적이 없나요? 누가 자신을 지켜보는 것 같다는 말이요."

유하의 질문에 은수 엄마는 고개를 저었다.

"그런 말 없었어요. 그냥 시험이 다가와서 힘들다 해서 좋아하는 갈비찜……."

울컥 목이 멘 은수 엄마는 말을 끝까지 하지도 못하고 눈물을 흘리며 가슴을 퍽퍽 때렸다.

"어머니, 진정하시고, 천천히 생각해 보세요. 은수가 평소와 다른 말을 한 적이 있습니까?"

"평소와 다른 말은 없……, 아! 있었어요."

은수 엄마는 갑자기 머릿속을 스친 무언가가 있는 듯 눈이 휘둥그레졌다.

"사진!"

"네? 사진이라니요?"

"어떤 사람이 길도 찍고 건물도 찍고 사람들도 찍는다고, 자기도 찍혔다고……."

"그런데요? 그게 왜 이상하다 하던가요?"

"분명히 외모는 우리와 비슷한데 영어를 쓰고 있어서 다가가 물어봤대요. 왜 사진을 찍고 있냐고. 그랬더니 그 남자가 자기는 한국에서 외국으로 입양된 사람인데, 여행 온 거라고, 한국 사람들의 평범한 모습들을 많이 찍고 돌아가고 싶다고 그랬대요."

"뭐 다른 건 생각나는 거 없어요? 가령 그 남자가 자신을 뭐라 소개했는지……."

"그런 건 잘……, 분명히 뭐라고 했는데 기억이……."

은수 엄마는 중요한 단서가 될 수도 있는데 그걸 기억 못 하는 자신을 책망했다. 그런 은수 엄마에게 유하는 고개를 끄덕이며 괜찮다고 말하고는 은수의 방으로 향했다. 책장에 각종 참고서들이 깔끔하게 정리되어 있는 모습에서 대한민국 수험생의 방이라는 분위기 팍팍 풍겼다.

유하는 은수의 공간을 샅샅이 조사하기 시작했다. 예상 못 한 곳에 단서를 남겼을 가능성이 있기 때문이었다. 그렇게 한 시간 정도 방을 조사한 유하는 별 소득 없이 집을 나와야만 했다.

어느 정도 예상은 했지만 정말 하나도 안 나오자 기운이 쭉 빠진다. 어두운 표정으로 깊은 한숨을 토해낸 유하는 은수가 마지막으로 목격된 학원으로 향하면서 마음으로 간절히 빌었다. 제발 한 명 정도는 은수가 마지막에 누굴 만났는지 본 사람이 나오길…….

라은수가 다닌 학원.

"학원 끝나고 은수가 택시 있는 쪽으로 가기에 물었죠. 왜 택시 타냐고. 오늘 일찍 가야 한댔어요. 엄마가 갈비찜 해놓고 기다린다고. 그게 마지막이었어요. 바로 택시 타고 갔거든요."

유하는 은수와 같은 학원에 다니는 친구를 만나 마지막 행적을 물었다.

"그럼 너도 사진 찍고 있는 남자를 봤어?"

"아! 해외로 입양됐다는 남자요? 봤어요. 우리 사진도 찍어줬는걸요."

"사진을 찍어줬다고?"

"네. 찍어서 문자로 보내줬어요. 이거예요."

은수 친구는 사진 휴대폰으로 사진을 찾아 유하에게 보여줬다. 사진은 총 네 명의 아이들이 생긋 웃는 모습이었다.

"이걸 누가 제일 먼저 받았어?"

"은수가요. 은수가 받아서 우리한테 보내줬어요."

"그래? 이 사진 누나한테 보내줄 수 있을까?"

"당연하죠."

"그런데 그 남자 이름 들은 적 있어?"

"엄청 흔한 이름이었는데……, 아! 피터. 피터라고 했던 것 같아요."

피터란다. 피터. 만약 이 남자가 진짜 해외 입양아라면, 전 세계에 엄청나게 많은 피터가 살 테고, 그중 여러 이유로 한국에 들어와 있는 피터도 많을 것으로 추정할 수 있었다. 그렇게 많은 피터 중 은수와 아이들의 사진을 찍었다는 피터를 찾기란, 사막에서 바늘 찾기 내지는 서울에서 김 서방 찾기 정도가 아닐까. 그리고 만약 그 피터가 한살이라면 본명일 가능성 제로에 가까웠다. 다시 말해 이 이름만으로는 절대 찾을 수 없었다.

은수 친구는 그 자리에서 사진을 유하에게 보내줬다. 그렇게 사진을 받은 유하는 은수 친구와 헤어지고 곧장 태석에게로 전화를 걸어 은수 휴대폰 통화 기록 좀 요청해 달라고 부탁했다. 그리고 남자가 사진을 찍고 있었다는 학원 앞 거리에 서서 주위를 살폈다.

"그 남자가 살인범?"

유하의 입에서 이 말이 흐른 건 주위를 둘러보고 CCTV 위치를 확인한 다음이었다.

드라마 촬영이 이루어지고 있는 서울의 한 거리.

전날 저녁부터 이어진 촬영이 다음 날 아침까지 이어지고, 승후는 피곤함에 자꾸 하품이 터져 나오자 정신 차리는 데 도움이 될까 싶어 계속 커피를 마셔대고 있었다. 마지막 한 모금 남은 커피를 마신 승후는 매니저에게 커피 심부름을 시킨 후 대본을 폈다.

"꺅! 오빠!"

견딜 수 없는 피로감 때문인지 대본이 눈에 안 들어온다. 승후는 눈을 감고 긴 한숨을 내뱉었다. 그러자 그를 보기 위해 몰려든 팬들이 높은 비명을 터뜨렸다.

"민승후 잘생겼다!"

"오빠 멋있어요!"

"사랑해요, 승후 오빠!"

팬들의 폭풍 칭찬과 고백이 이어지고 그만 웃음이 터진 피곤함도 잊고 팬들을 향해 손을 흔들었다. 그리고 또다시 팬들의 비명이 터졌다.

"형님."

예준은 병주가 경호원으로 옆에 있게 한 친구로 승후가 겪은 일련의 사건들로 지나칠 정도로 경계가 심해 팬들 사이에 원성이 자자한 인물이었다.

"응?"

"조 형사님 전화입니다."

촬영 중이라 휴대폰을 예준에게 맡긴 승후는 예준이 대신 받아서 넘겨주자 자연스럽게 그 휴대폰을 받았다.

"어이, 애인 안 바쁜가 봐? 황송하게 전화도 다 주고?"

유하와 통화한다는 것만으로도 기분이 좋아진다. 피곤함에 지친 몸과 언제 끝날지 몰라 슬쩍 짜증이 치밀던 마음이 일순간에 눈 녹듯 사라져 버리는 것 보면.

승후는 오늘 이 촬영장에서 보여줬던 미소 중 가장 화사한 미소를 머금었다. 그리고 때마침 매니저가 커피를 가지고 오자 그걸 받아들고 향기를 맡은 뒤 한 모금 머금었다.

"아직 청이지? 어제 보니 퇴근할 사이즈가 아니던데?"

[한살이 이 새끼, 어떤 놈인지 감도 안 잡혀.]

유하는 앓는 소리를 내며 짧은 한숨을 내쉬었다.

[촬영은 끝날 때 안 됐어?]

"몇 장면 남았어. 촬영 분량이 많아 두어 시간만 자고 다시 찍어야 해서, 그냥 차에서 자려고. 집에 가는 것도 귀찮다."

[청에 올래? 블랙팀 소파 빌려줄 수 있는데. 알잖아. 우리 블랙 소파 넓고 길어.]

블랙팀 소파는 팀원들이 누워 쉴 수 있게 소파보다는 침대로 쓸 수 있는 것으로 선택되었다 해도 과언이 아니었다. 저번에 승후도 잠깐 누워 잔 적이 있는데, 30분에서 1시간 정도 푹 휴식하기에 딱 좋을 만큼 폭신하고 편안해, 집에도 이런 거 하나 들여다 놓을까 하는 고민을 아주 잠깐 했었을 정도로 괜찮았다.

"되셨거든요! 팀장에게 잡혀 사건 파일 들여다보느니 그냥 쪼그리고 앉아 잘래."

유하의 유쾌한 웃음소리가 귀를 간질이자 반대로 승후의 입에선 안타까운 신음이 흘렀다.

"보고 싶어. 보고 싶어, 죽을 것만 같아."

[스타님, 옆에서 사랑한다고 고백하는 소리 엄청 많이 들리는데? 그

많은 사랑 두고 왜 이쪽이 보고 싶대?]

"그 사랑과 이 사랑은 다르지 않을까?"

[글쎄요. 나는 그다지 다른 거 못 느끼겠는데?]

"질툽니까? 날 독점하고 싶은 소유욕이 담긴 질투? 이러면 나 엄청 부담스러운데? 여자의 질투는 공포와 연결될 때가 많잖아."

승후는 목소리에 슬쩍 장난을 담았다.

[그런가? 그러네. 그런 거네. 내 남자 옆에 예쁜 여자들이 너무 많아서 아주 조금 질투가 나는 거었어.]

"어떻게 할까? 촬영 접고 달려갈까? 그럼 조금 소란스럽겠지만, 내 애인을 위한 일이니 그 정도의 희생은 감수할게."

[재미를 위해서는 용기 있으면 그렇게 보라고 할 텐데, 이 남자 그러면 진짜 촬영 접고 뛰어올 것 같으니까, 촬영 열심히 하시고 어디서 주무실 건지만 문자로 남겨주세요. 탐문 가다가 잠깐 들를 수도 있으니까.]

"진짜지? 진짜 올 거지?"

[가능성이 있다는 거지 진짜 그럴지는 모르는 거야.]

"오는 걸로 믿는다?"

[믿는 건 내 애인 자유고, 갈지 말지는 내 자유고.]

"아! 이렇게 삐딱하게 나오면 나 삐치는데?"

[헐, 이 정도로 삐딱해? 내가 진짜 삐딱해지면 어떻게 되는지 보여줄까?]

작정하고 놀리는 걸 보니 뭐가 잘 안 풀리는 모양이다. 승후는 생긋 웃으며 마시고 있던 커피를 예준에게 넘겨주었다. 곧 촬영이 시작되기 때문이었다.

"사랑하는 애인님, 삐딱해져도 상관없으니까, 제발 예쁜 얼굴 좀 보여주세요? 너무 보고 싶어서 눈이 다 짓무를 것 같으니까!"

[오글거려서 소름이 돋았지만, 기분은 좋네. 탐문 나가게 되면 들를

게. 지금 보고 있는 자료 다 검토한 후에. 내가 알아서 갈 테니까 기다리지 말고 푹 자고 있어요. 알았죠?]

유하의 대답에 승후의 입에선 웃음이 터졌다.

"촬영 들어갑니다! 조용히 해주세요!"

조감독의 외침이 들리고 승후는 마지막 말을 하려 살짝 고개를 돌려 아주 작은 소리로 속삭였다.

"꼭 와. 기다리고 있을게. 사랑해."

서울 마포구 마포동.

찰칵, 찰칵, 찰칵.

카메라 셔터 소리가 연속으로 들리자 민하은은 소리가 들리는 쪽으로 시선을 돌렸다.

"뭐죠? 허락도 없이 왜 사진을 찍죠?"

"어? 죄송합니다."

이상할 정도로 어눌한 발음에 하은의 눈매가 의심하는 마음으로 가늘어졌다.

"외국인이에요?"

"음…… 어릴 때 입양됐어요. 미국에. 한국에 여행 왔어요. 찍고 싶어요. 거리, 사람들, 다. 집에 가서 보려고."

손짓과 함께 더듬더듬 말한 남자는 밝게 히죽 웃으며 사진기를 들었다.

"아! 해외 입양?"

하은은 어색하게 웃으며 고개를 끄덕였다. 간혹 TV로 본 적이 있었다. 해외로 입양된 아이가 낳아준 부모를 찾는다는 내용의 프로그램을.

"사진 찍어요?"

남자는 웃으며 들고 있던 사진기를 흔들었다.

"미안해요. 저는 별로 관심 없어요. 여기 말고 다른 좋은 곳 많아요.

그런 거 찍어가요."

하은은 꾸벅 인사하고 서둘러 사라졌다.

"경계가 심하네? 그러면 다른 방법을 써야 하나?"

하은이 멀어지자 지금까지 어눌하게 말했던 남자의 입에서 정확한 한국어가 흘러나왔다.

라은수 통화기록을 확인한 유하는 실종 당일과 아이들이 은수에게서 사진을 받은 그날에 같은 번호로 은수에게 걸려온 전화가 있음을 확인했다.

하지만 문제는 라은수에게 전화를 건 휴대폰 주인이 팔십칠 세 노인이라는 것이다. 살아 계신다면 그렇다는 것이다. 이미 2년 전에 돌아가신 분인데, 그런 분이 어떻게 라은수에게 전화를 걸 수 있는 건지. 이건 자세히 알아보지 않아도 대충 답이 나왔다.

"대포폰을 써야만 하는 피터란 자가 라은수에게 접근해 납치했을 가능성이 높은데……."

그런데 알 수 없는 건 실종 당일 라은수 행적이었다.

라은수는 분명히 집에 간다고 하며 택시를 탔다. 피터가 라은수에게 전화를 건 시각은 학원에 있었던 때였으니, 결론을 내리자면 라은수가 택시를 타고 집으로 간다고 해놓고 딴 곳으로 향했을 가능성이 높다는 것이다.

그렇다면 왜라는 의문점이 생겨난다.

그 늦은 시간에 은수는 왜 피터를 만나러 갔을까?

피터는 어떤 방법으로 은수를 불러들일 수 있었던 거지?

그리고 진짜 피터란 인물이 정말 한살이가 맞는 걸까?

의문점은 자꾸자꾸 생겨났지만, 답은 보이지 않는다. 유하는 낮은 한숨을 내쉬며 머리를 헝클었다. 짜증이 끓어오른다는 뜻이었다.

"아! 짜증 나!"

여기저기서 이 소리가 들리는 걸 보니 선배들도 마찬가지인 모양이다. 유하는 도준과 주영 그리고 찬우 한 번씩 둘러보며 자신도 모르게 픽 웃음을 흘리고 말았다.

"웃는 걸 보니 넌 뭐 발견했나 보다?"

얼굴에 기분 나쁘다는 말을 가득 담은 찬우는 유하를 보며 사납게 물었다.

"선배들 반응과 내 반응이 너무 똑같아서 웃는 겁니다."

"그러니까 이 사건은 한살이가 피해자들을 어떻게 납치했는지 그 의문점을 풀어야 한다는 뜻인데……."

주영은 혼잣말하듯 중얼거리고는 괴로움에 몸부림치며 자기 머리를 쥐어뜯었다.

"라은수에게 전화한 피터란 인물이 한살일 경우 어떤 식으로든 연결되는 지점이 있어야 하는데, 다른 피해자는 같은 휴대폰으로 전화받은 내역 없잖아요?"

유하의 말에 모두 라은수 휴대폰 통화내역과 자기가 맡은 한살이 피해자 통화내역을 양손에 들고 번갈아 가면서 살폈다.

"전화가 아닐 수도 있지. 다른 연락 수단을 이용했을 가능성도 높아."

도준의 말에 찬우의 얼굴이 더 사납게 일그러졌다.

"메일을 사용했던 것 같지는 않던데요? 노현미 메일 기록을 살펴봤는데, 별다른 거 없어요."

"문제는 한살이가 피해자에게 어떤 식으로 접근했는지 그걸 모르겠다는 겁니다. 분명히 낯선 사람이 접근했을 땐 거부감이 들었을 텐데, 실종 전으로 누가 자신을 지켜보는 것 같다는 말을 한 적이 없어요. 피해자들이 모두 여자들이면 한살이가 호남형이라 접근하기 쉬웠을 거라는 추측이라도 할 텐데, 남녀가 섞였으니 그것도 아닐 테고. 조직인가? 남자랑 여자 다 있는?"

주영의 말에 유하가 입을 열었다.

"만약 피해자가 어떤 감정을 자극했다면 가능하죠. 가령 해외 입양아 니 한국에 대해 알려달라는 부탁을 하게 된다면, 동정이나 연민 그리고 미안한 감정을 자극할 수 있지 않을까요? 우리도 아동 수출국 이런 말 많이 듣고 자랐잖아요."

"그럼 진짜 한국계 미국인 가능성도 있습니다. 피터라는 인물이 진짜 미국 국적을 가졌을 확률 말이죠."

유하의 말을 듣던 찬우가 미간을 일그러뜨리며 입을 열었다. 그렇다 면 문제가 심각해지기 때문이었다.

"일단 잡고 봐야지. 잡으면 어떤 놈인지 알게 되겠지. 하여튼 보통 놈 은 아니야. 머리 좋고 치밀한 성격인 건 틀림없어."

도준의 말에 주영과 찬우 그리고 유하의 입에선 동시에 "아이고!"라 는 신음이 터졌다.

경찰청 주차장.

촬영을 끝낸 승후는 차에 오르자마자 곧장 잠이 들었고, 예준은 매 니저에게 말해 원래 가기로 했던 곳이 아닌 경찰청 주차장으로 향하게 했다. 물론 출발하기 전에 유하에게 전화를 걸어서 경찰청 주차장으로 가도 되는 거냐고 묻는 것 또한 잊지 않았다.

"저희 잠깐 쉬고 와도 됩니까? 한 한 시간 정도 걸릴 것 같은데."

"네, 한 시간 정도는 지킬 수 있어요. 푹 쉬다가 오세요."

유하가 내려오자 예준은 그녀에게 승후를 맡기고 매니저와 헤어, 그 리고 코디를 끌고 사라졌다. 그렇게 승후와 둘이 남은 유하는 승후 옆 자리에 앉아서 가만히 그의 얼굴을 들여다보았다.

엄청 피곤했는지 입가에 물집이 잡혀 있었고, 피부는 거칠어졌다. 물 론 거칠어진 승후의 피부가 유하의 피부보다 더 좋긴 하지만. 막 촬영이 끝난 데다, 다음 촬영까지 두어 시간밖에 쉴 시간이 없어서, 머리부터 발끝까지 완벽하게 세팅된 모습인지라, 유하의 입에서는 자신도 모르게 낮은 휘파람이 흘러나왔다. 스타 민승후의 모습은 언제 봐도 거부감이 들 정도로 멋있었다. 물론 일상 속의 평범한 차림의 민승후도 입 벌리고 볼 만큼 잘생겼지만, 스타 민승후는 잘생김이 몇 단계 업그레이드된 듯한 모습이었다.

"봐도, 또 봐도, 다시 봐도 멋있지?"

깊게 잠들었을 거라 생각했었는데, 이미 유하가 온 걸 알고 있었는지 승후는 감고 있던 눈을 뜨며 빙긋 미소를 머금었다.

"대단한 자뻑인 건 알지?"

"그거 빼면 시체라."

승후는 손을 올려 유하의 볼을 감쌌다.

"바쁜데 나 때문에 내려온 거 아니야?"

"바빠도 내려와서 옆을 지켜야죠. 더 바쁜 애인님이 이렇게 직접 보러 와줬으니."

"누구 애인이 이렇게 예쁜 말만 골라서 할까?"

"민승후 애인?"

"역시 난 눈이 높아."

몸을 일으킨 승후는 유하를 끌어당겼다.

"안 그러는 게 좋을 텐데? 나 며칠 샤워도 못 했어. 냄새 엄청날걸?"

유하의 장난스러운 말투에 승후는 짧게 픽 웃음을 흘렸다. 그러고는 "괜찮아. 사랑으로 극복할 수 있어."라고 농담하며 입술을 겹쳤다.

부드럽고 촉촉한 입술의 감촉에 승후는 눈을 감았다. 어떤 방해도 없이 유하만 온전하게 느끼고 싶었기 때문이었다. 이리 함께 있으면 골치 아픈 모든 일이 다 꿈같았다. 이 상태 이대로 영원히 시간이 멈춰 버렸으면 좋을 만큼. 승후는 달콤하게 입술을 빨며 열린 입술 사이로 흐르는 숨결을 삼켰다.

승후는 자신을 감싸 안는 유하의 손길을 느끼고는, 여기가 경찰청 주차장이라는 사실도 잠시 잊은 채 더 깊이 그리고 더 간절하게 그녀를 원했다.

"좀 자둬야 하는 거 아니야?"

고개를 돌리며 입술이 잠시 떨어지자 유하는 하하 거친 숨을 내쉬며 물었다.

"괜찮아. 충분히 쉬고 있어."

승후는 장난치듯 짧게 입을 맞췄다.

"민 스타 과로로 쓰러지면 내가 욕먹을 텐데? 경찰청에 폭탄 떨어질지도 몰라."

"그럼 내 여자 욕 안 먹게 쉴게. 단, 키스하면서."

승후는 다시 유하에게 키스를 했다. 하지만 이번에는 장난이 더해져 키스가 조금 거칠어지고 집요해졌다. 입술을 빨아 당기고 열린 입안을 헤집으며 모든 걸 삼킬 기세로 그녀를 원했다. 볼을 감쌌던 손이 팔을 타고 아래로 내려와 허리를 감쌌다. 그리고 의자에 몸을 붙이며 힘으로 그녀를 들어서 무릎에 앉혔다.

"이 자세 꽤 섹시하다? 아주 많은 게 생각나는 자세야."

승후의 짓궂은 농담에 유하는 살짝 노려보다 주먹으로 그의 가슴을 톡 쳤다. 그리고 원래 앉았던 자리로 내려가려 했다. 하지만 유하를 이대로 놓아줄 생각이 없었던 승후는 도망갈 수 없게 그녀의 허리를 단단히 감싸고는 가는 목에 키스를 퍼부었다.

"하지 마."

아픈 건 참아도 간지러운 건 참지 못하는 유하인지라, 그녀는 까르르 높은 웃음을 터뜨리며 승후의 품에서 벗어나기 위해 몸부림쳤다. 그리고 잠시 후, 사랑이 넘치는 장난에서 달콤한 입맞춤으로 넘어가, 둘은 누가 먼저랄 것도 서로를 원하는 마음을 그대로 드러냈다.

"아쉽다."

이곳에 경찰청 주차장이라는 사실을 뒤늦게 인지한 그들은 끓었던 마음을 애써 누르며 떨어져야만 했다. 그리고 나란히 앉아서 손을 잡았다.

"드라마 언제 끝나지? 그거 끝나면 조유하 옆에 꼭 붙어 있을 거야."

"그러세요. 드라마 빨리 끝내고 블랙팀으로 출근하면 내가 계속 붙어 있어줄게. 그러니까 지금은 주무세요. 진짜 과로로 쓰러지기 전에."

유하는 억지로 승후의 머리를 자기 어깨에 기대게 했다. 그리고 손으로 눈을 가렸다.

"이러고 있으니까 진짜 졸려."

"그러니까 주무세요!"

유하가 눈을 가리고 몇 분 후, 고른 숨소리가 들리고 이내 승후는 깊은 잠에 빠져들었다.

"잘 자."

승후의 귀에 작게 속삭인 유하는 그의 개인 스태프들이 돌아올 때까지 한참 동안 움직이지 않고 가만히 있어주었다.

구경하는 사람은 물론 지나가는 이들까지 모두 통제된 한강 공원.

"안녕하세요, 한현수입니다."

촬영 준비 중이던 승후는 감독이 데리고 온 프리랜서 기자를 향해 소리 없이 꾸벅 인사를 했다.

"미국 잡지사와 일해. 작년에 한국 K팝에 대한 기획 기사를 써서 큰 호평을 받았던 그 기자야."

"아! 그분이시구나? 그 기사 덕분에 우리나라 아티스트에 대한 관심이 높아졌다고 들었어요. 대한민국의 한 사람으로 진심으로 감사합니다."

"톱스타님께 이런 말 들으니 기분은 좋네요."

"그런데 재미교포이신가 봐요? 아니면 유학 가셨다가 취업도 한 케이스인가요?"

"양부모께서 제 이름을 그대로 간직해 주셨어요. 이름이 바뀌면 정체성도 바뀐다고 생각하셨는지, 한국에서 쓰던 이름을 그대로 지켜주셨죠."

"양…… 부모요?"

당황한 승후와 달리 현수의 얼굴엔 밝은 미소가 떠올랐다.

"입양아입니다. 미국인 양부모께서 저를 입양하셨죠. 다섯 살 때 한국을 떠났어요."

"……네."

승후는 당황한 표정으로 감독을 보았다.

"입양아라는 사실이 동정받아야 할 건 아니잖아요. 좋은 부모 만나 잘 컸고, 기자라는 직업 덕분에 이렇게 내가 태어난 나라를 소개할 수 있어서 좋습니다."

"이 땅에서 사는 우리도 하기 힘든 일인데, 감사하고, 면목도 없고 그러네요. 아! 맞다. 소개한다는 걸 잊었네요. 저는 민승후입니다."

승후가 손을 내밀자 현수는 그 손을 잡았다. 그리고 더 밝게 웃었다.

"대한민국 톱 배우를 이렇게 가까이서 보게 되니 영광입니다. 팬이에요."

"감사합니다."

승후는 잡았던 손을 놓으면서 꾸벅 인사를 했다.

"한 기자님이 승후 씨 기획 기사를 쓰고 싶다고 해서 허락도 없이 모시고 왔어. 승후 씨를 위해서도 좋은 기회인 것 같고, 드라마를 위해서는 더 좋은 기회인 듯싶고 해서. 물론 소속사와 상의해야 한다는 거 알아. 오늘은 그냥 인사만 하게 하는 거야. 한 기자님이 어떤 분인지 알면 소속사와 좋은 방향으로 결론을 낼 수 있지 않을까 해서."

"제가 감독님께 우겼어요. 소개해 주면 설득은 알아서 하겠다고. 심층 취재해야 하는 거니까, 승후 씨가 좀 힘들어하실 수도 있는데, 저를 믿어주시면 후회는 없게 해드리겠습니다."

"상의는 해보겠습니다."

감독의 부탁이라 차갑게 거절할 수 없었던 승후는 최대한 예의를 지키며 대답했다.

"좋은 방향으로 부탁합니다."

승후는 대답 대신 빙긋 웃었다. 알았다는 식으로 대답을 하면 기대를 하게 될 것이고, 부정적으로 반응하면 안 좋은 인상을 심어주는 꼴이 될 수도 있어서, 그저 아무 말도 하지 않고 웃는 쪽을 택한 것이었다.

"그런데 한국말을 아주 잘 하시네요? 다섯 살 때 미국으로 가셨다면서 여기에서 쭉 살았던 사람처럼 정확하세요."

"옆집에 한국인 가족이 살았습니다. 주로 그 집에서 놀면서 그 집 아이들과 어울려서, 학교에선 영어를 썼지만 집에 와서는 거의 한국말을 썼어요. 물론 양부모께서도 한국말을 꽤 잘하세요. 집 안에서 영어와 한국말을 함께 썼죠."

"아! 그렇구나. 대단하세요. 쉽지 않았을 텐데."

"기획 기사 허락해 주면 더 힘이 날 텐데요."

현수의 장난스러운 말투에 승후는 크게 하하 웃음을 터뜨렸다.

현수는 그 후로 승후가 촬영하는 모습은 한동안 지켜보았다. 승후는 촬영 중간중간 그와 시선을 맞추며 빙긋 웃었고, 현수도 그런 승후와 눈이 마주칠 때마다 밝게 웃었다.

"한현수에 대해 알아봐."

몇 시간이 흐르고, 현수가 이만 가보겠다며 촬영장에서 사라지자 승후는 예준에게 나지막하게 속삭였다.

"뭐가 느낌이 안 좋으십니까?"

"자꾸 뒷골이 당겨. 분명히 내 앞에 나타난 이유가 있어."

"기획 기사를 쓴다고……."

"그거면 좋지만, 느낌으로는 그게 다가 아니야. 한현수, 연기자 앞에서 연기하고 있었어. 기획 기사가 목적이 아니야. 목적을 이루기 위한 수단일 뿐이지."

승후는 목 운동을 하는 척하며 고개를 돌려 예준을 보았다. 그리고 차갑게 미간을 일그러뜨렸다.

"유하는 절대 모르게 하고."

"네. 그렇게 하겠습니다."

"지금 당장."

예준은 승후에게 꾸벅 인사한 후 빠르게 촬영장에서 나갔다.

"한현수, 도대체 너 누구야?"

예준이 사라진 후, 스태프들을 보며 다시 화사한 미소를 머금은 승후는 혼자만 들리는 아주 작은 소리로 중얼거렸다.

"너무 애쓰지 마. 어차피 우린 함께하게 되어 있어."

서늘한 표정의 한 남자가 멀리서 승후를 응시하며 음산한 웃음을 흘렸다. 종족끼리는 첫눈에 알아보는 법. 남자는 TV에서 민승후가 처음 나왔을 때부터 알아보았었다.

밝은 미소 속에 잔인한 아름다움을 숨기고 있는 사람. 선명한 붉은색이 누구보다 잘 어울리는 인간.

TV 속 승후는 누구보다 핏빛 아름다움을 갈망하고 있었다.

"우리 잠자는 공주님, 내가 꼭 깨워줄게?"

마치 연인에게 사랑을 속삭이듯 남자는 승후를 향해 부드럽게 중얼거렸다.

일 년이와 헤드, 대한민국에선 피의 예술가로 손꼽히는 그들이 못한 그 일, 처음부터 남자의 목표는 민승후였다. 몇 명을 죽이든, 아니, 몇십 명을 죽이든, 그건 모두 민승후를 깨우기 위한 작은 몸짓일 뿐이니까.

"잠자는 공주님을 깨우는데 쓸모없는 목숨 몇 개 정도는 희생해야겠지?"

남자에게 승후는 다듬지 않아도 빛나는 보석이었다. 지금은 흙 속에 있어 저가 얼마나 귀한 보석인지 모르겠지만, 민승후가 긴 잠에서 깨어나면 누구보다도 아름답게 빛나게 될 거라는 걸 확신했다.

"걱정하지 마. 처음만 힘들지 곧 즐거워질 테니까."

촬영에 들어가는 듯 이리저리 스트레칭하며 몸을 푸는 승후를 남자는 손을 올려 토닥거리듯 매만졌다.

"기대하고 있어. 우리가 영원히 함께할 그날을."

박우주, 아니, 일 년이가 수감되어 있는 교도소.

우주는 내리쬐는 햇볕 아래에 앉아 꽤 두꺼운 책을 읽어 내려갔다. 그렇게 5분, 아니, 어쩌면 10분 정도가 흘렀을지도 모르는 시간, 누군가 지나가면서 그의 책 위에 툭 쪽지를 던지고 갔다.

-일 년이와 헤드가 못 끝낸 숙제, 제가 하려 합니다. 응원해 주세요. -H-

우주는 서둘러 그 쪽지를 손안에 넣고는 꽉 움켜쥐었다.

"우리 블랙팀 눈엔 새로운 사이코의 등장이겠네."

느릿하게 숨을 내뱉은 우주는 고개를 들어 하늘을 보았다. 새 한 마리가 힘차게 날갯짓하며 지나간다. 우주는 눈으로 그 새를 따라가며 희미하게 빙긋 미소를 머금었다.

"우리 지현이가 이번 사이코는 어떻게 상대하려나?"

새가 시야에서 사라지고, 재미있지도 않은 그 모습에 우주는 끄윽끄윽 소름 돋는 웃음을 흘렸다.

서명기, 헤드가 수감되어 있는 교도소.

-일 년이와 헤드가 못 끝낸 숙제, 제가 하려 합니다. 응원해 주세요. -H-

우주가 쪽지를 받은 그 시간, 서명기도 같은 것을 받고 내용을 확인했다.

"미친."

서명기는 그 쪽지를 갈기갈기 찢어 쓰레기통에 버린 후 픽 비웃음을 흘렸다.

"일 년이와 내가 못 한 걸 할 수 있다 여기다니. 그래, 응원은 해주지. 이룬다는 보장은 없겠지만, 꿈은 야무지게 꾸는 것 같아서 대견하네."

서명기는 혀를 쯧쯧 차며 고개를 저었다. 하지만 곧 서늘하게 일그러진 얼굴로 쓰레기통 안에 있는 찢어진 쪽지를 가만히 내려다보았다.

"그래도 재미는 있겠네. 우리 스타님께서 어떻게 나올지? 아쉽다. 자신만만하던 그 표정이 조금이라도 일그러지면 볼만할 텐데. 아! 그러면 되겠구나. 그러면."

서명기의 얼굴에 차가운 미소가 번진 건 이 말을 한 다음이었다.

촬영한 장면을 모니터로 확인한 승후는 어느 정도 만족스러운 결과물이 나오자 코디에게서 휴대폰을 받아 문자나 부재중 전화가 왔었는지를 확인했다. 그리고 몇 초 후, 승후의 표정이 사늘하게 굳어 버렸다.

-일 년이와 헤드가 못 끝낸 숙제, 제가 하려 합니다. 응원해 주세요. -H-

일 년이와 헤드가 못 끝낸 숙제라는 건 승후를 죽이는 일이니, 이건 분석할 것도 없이 살인 예고장이었다.

"서명기가 말한 미친놈 중 한 놈이겠지? 이젠 놀랍지도 않네."

승후는 픽 웃으며 코디에게 휴대폰을 다시 맡겼다. 아무렇지 않게 넘겼지만, 결코 가볍게 생각하는 건 아니었다. 또다시 주위에 미친놈이 알짱거린다고 생각하니 당연히 신경 썼다. 그렇다고 그런 미친놈을 신경 쓰느라 아깝게 시간을 투자하는 건 싫었다. 사랑하는 그의 애인, 유하 생각만으로도 시간을 턱없이 부족하니까.

"이번 촬영 끝나고 다른 촬영장으로 이동해야 하니까 가는 길에 잠깐 유하에게 들러야지. 맛난 간식도 사주고."

유하를 만날 수 있다는 기쁨에 승후는 생글거리며 흥얼흥얼 콧노래를 불렀다.

라은수 학원 인근 모든 CCTV를 털어서 블랙팀으로 가지고 온 유하는 은수가 피터라는 사람을 만났을 것으로 추정되는 시기에 찍힌 영상을 모두 확인하기 시작했었다.

그렇게 딱 미치기 좋을 만큼 지루한 싸움이 시작된 것이다. 눈은 노트북 화면에 고정되어 있으면서 시간마다 고통에 가득 찬 신음을 흘리던 유하는 딱 죽을 만큼 힘들다는 생각이 들 때쯤 시선을 다른 곳으로 돌렸다.

"돌겠다."

머리, 어깨, 허리, 그리고 다리까지 안 아픈 곳이 없는 것 같다. 유하는 어깨와 허리를 주먹으로 툭툭 때리며 무거운 한숨을 길게 토해냈다.

"피터가 본명은 아닐 테니, 도대체 어떻게 생긴 놈이냐?"

유하는 튀어나올 것 같은 눈을 잠깐이라도 쉬게 할 요량으로 눈을 감고 머리를 뒤로 젖혔다.

이대로 푹 자면 딱 좋을 것 같다는 생각이 들자 유하는 안 되겠다는 생각에 머리를 가볍게 퍽퍽 때리며 일어났다. 그리고 곧장 블랙팀 밖으로 나갔다.

커피 한 잔을 들고 복도 구석, 통행에 방해가 되지 않는 곳에 쪼그리고 앉아서 홀짝이며 마시기 시작한 유하는 종이컵에 담긴 커피가 반쯤 남았을 때 정말 살짝 맛이 간 건 아닐까 하는 생각이 들게 하는 그 상태 그대로 멍하니 넋을 놓아버렸다.

"유하야?"

저 멀리서 누군가 부르는 소리 같은 게 들린다.

꿈인가?

유하는 종이컵을 입가에 댄 채로 눈을 몇 번 깜박여 보았다. 자는 건 아닌 모양이다. 그녀는 종이컵에서 입을 떼고 고개를 들었다.

"조유하 형사님, 뭐 하세요?"

그리고 눈앞에 짠하고 나타난 승후를 올려다보았다.

애인이 살짝 맛이 간 걸 느낀 걸까. 승후는 네다섯 걸음 떨어진 곳에서 더 다가오지 않은 채 유하를 한심스럽다는 눈빛으로 내려다보았다.

"우리 민 스타께서 여기 웬일이야? 열심히 촬영할 시간인데?"

승후의 갑작스러운 등장에 유하는 경계하고 의심하는 눈빛으로 그를 보았다.

"촬영장 이동 중에 잠깐 들렀지. 그러는 조 형사는 여기 왜 이러고 있어?"

"머리 비우는 중."

유하는 벽에 몸을 딱 붙인 채 편안한 자세로 바닥에 털썩 주저앉았다.

"머리를 이런 곳에서 그러고 비워? 왜?"

승후는 전혀 이해 안 된다는 표정으로 고개를 갸웃했다.

"지나다니는 사람들도 보고, 등도 차갑고, 머리 자극도 되고."

유하는 자기 머리를 벽에 일정한 속도로 콩콩콩 박았다.

"유하야, 이거 몇 개인지 알겠어?"

승후는 손가락 하나를 펴들었다.

"세 개."

"이게? 왜?"

승후는 자기가 손가락을 잘못 폈나 확인했다. 하지만 역시 펴져 있는 손가락은 검지 딱 한 개뿐이었다. 아니다. 접힌 손가락을 세어본다고 해도 넷이라 해야 옳은데, 셋이란 숫자는 어떻게 나오게 된 것인지, 아무리 생각해도 유하를 이해할 수가 없었다.

"내 눈에 손톱이 보이는 손가락은 세 개."

유하의 대답에 승후는 손을 뒤집어 유하가 보고 있었던 손을 살폈다. 중지, 약지, 새끼손가락 밑으로 들어간 엄지손가락을 빼면, 손톱이 보이는 건 세 개가 맞았다. 하지만 그렇다고 이 대답이 맞는 건 아니었다. 대체로 이런 질문은 펴져 있는 손가락이나 접힌 손가락, 둘 중 하나를 택하기 때문이었다.

"너 열 있어?"

승후의 질문에 유하는 손을 올려 자기 이마에 올렸다.

"있나? 아니, 없나? 에이, 몰라!"

유하는 입을 삐죽 내밀며 이마에 있던 손을 아래로 툭 떨어뜨렸다.

"드디어 미친 건가?"

승후는 이렇게 중얼거리며 유하에게로 다가왔다. 그리고 이마에 손을 올려 체온을 확인해 보았다.

"열은 없는데? 그럼 진짜 미친 거야?"

쪼그리고 앉아 유하와 시선을 같게 한 승후는 그녀의 얼굴을 자세히 살폈다. 잔뜩 충혈된 눈, 점점 아래로 내려오고 있는 다크서클, 그리고 퉁퉁 부어 있는 얼굴까지. 누가 봐도 정상적인 모습은 아니었다.

"왜? 뭣 때문에?"

"한살이 때문에 짜증 나."

"그래서 이렇게 나와 열 식히고 있는 거야?"

유하는 대답 없이 고개를 끄덕였다.

"아직 조금 더 식혀야지?"

승후의 질문에 유하는 더 크게 고개를 끄덕였다.

"그럼 열심히 식혀. 이거는 간식이니까 열 다 식히면 선배들과 같이 먹어?"

들고 있던 쇼핑백을 옆에 둔 승후는 손을 올려 유하의 머리를 쓰다듬
었다. 그리고 아주 달콤하게 웃으며 그녀의 입술에 짧게 입을 맞췄다.

"갈게. 촬영 잘 끝내고 내일 아침에 올게?"

"내일 봐, 내 애인!"

웃지도 않고 힘없이 손을 흔드는 유하의 모습에 픽 웃음을 흘린 승
후는 일어나 또다시 그녀의 머리를 쓸어내렸다.

"조 형사님, 행운을 빕니다. 힘내! 아자!"

그리고 마지막으로 강한 힘을 유하에게 불어 넣어주고는 엘리베이터
에 몸을 싣고 사라졌다.

"그래, 힘내자! 아자!"

두 주먹을 불끈 쥐며 다시 전의를 불태운 유하는 벌떡 일어났다. 그
리고 승후가 놓고 간 쇼핑백을 들고 아주 밝게 말했다.

"일단 간식부터 먹자."

길고 지루한 드라마를 보고 있는 기분이었다. 등장인물이 가장 많은
드라마. 설상가상으로 등장인물은 말조차 하지 않는다. 그저 열심히 걷
고 또 걸을 뿐이었다.

이대로 내가 미치고 마는 걸까?

이런 생각이 들 때쯤 카메라로 여기저기 찍는 남자가 짠하고 등장했
다.

"주인공 등장이요!"

언제 미치지 직전이었냐는 듯 유하는 다시 생생해졌다. 그리고 화면
을 보며 눈까지 반짝였다.

"자, 이제 다른 주인공만 등장하면 되는 거지?"

얼마 후 피터라 추정되는 인물이 나타나고, 여기저기 카메라 셔터 누
르기 바쁜 남자는 특히 지나다니는 교복 입은 아이들에게 관심이 많은

듯 보였다. 그렇게 시간이 흐르고 은수와 그 친구들이 등장했다. 학원에서 나온 듯 보였지만, CCTV가 학원 입구에서 조금 떨어진 곳을 비추고 있어서 정확한 건 확인할 수 없었다.

"은수! 라은수!"

유하의 날카로운 외침에 블랙팀들 모두 그녀에게로 다가와 다 함께 은수와 피터라 추정되는 남자가 뭘 하는지 지켜보았다.

CCTV에는 은수와 친구들이 지나가는데 남자가 사진을 찍는 모습이 보였다. 그걸 이상하게 느낀 건지 은수는 남자에게 다가갔고, 둘은 잠깐 이야기를 나누었다. 그러다 곧 은수와 친구들이 사진을 찍으라는 듯 포즈를 취했고, 남자의 사진 찍기는 계속되었다. 그리고 은수가 또다시 남자와 이야기는 나누는 게 은수의 등장하는 장면의 끝이었다.

이것만으로 남자의 얼굴을 확인하긴 힘들었다. 은수의 얼굴은 겨우 알아볼 수 있었지만, 남자는 CCTV를 등지고 있어서 얼굴까지 확인하는 건 힘들었다.

"이날 이 시간에 다른 곳에 찍은 CCTV가 있을 텐데……."

유하는 CCTV에 찍힌 건물들을 자세히 살폈다. CCTV가 있을 만한 상가를 확인하기 위함이었다.

"아무래도 안 되겠어요. 직접 가서 털어올게요. 남자가 사라진 쪽이 지하철 방향이니까, 흔적을 찾다 보면 어딘가에는 얼굴이 찍혔을 겁니다."

그렇게 외친 유하는 벌떡 일어나 그대로 블랙팀을 뛰쳐나갔다.

촬영은 밤새 계속되었다. 정신 줄을 살짝 풀어놓은 애인님이 지금 어쩌고 있는지 알아볼 시간조차 없을 만큼. 그렇게 겨우 촬영을 끝낸 승후는 함께 고생한 스태프들에게 인사한 후 촬영장을 나왔다. 그리고 주차장 밴 옆에 예쁘게 서 있는 자기 차를 보게 되었다.

"이게 왜 여기 있어?"

"제가 가지고 왔습니다. 오늘 청으로 가실 것 같아서요."

예준은 밝게 웃으며 열쇠를 주머니에서 꺼내 흔들었다. 승후의 표정이 조금 굳었다. 얼마 전 폐차한 차가 헤드의 꼭두각시인 송윤석에 의해 범행에 이용되었던 그 기억이 강하게 자리 잡았기 때문이었다.

"그리고 드릴 말씀도 있습니다."

"아! 응."

예준은 다르다. 예준은 오랜 친구인 병주가 붙여준 사람이니까. 그리고 병주는 그가 이 세상에서 가장 믿는 사람이니 안심해도 된다. 그런 마음으로 미소를 보였던 승후는 순간 '우주 형도 그렇게 믿었는데…….' 라는 생각에 또다시 표정이 굳었다.

"승후 형님?"

예준은 표정을 살피며 조심스럽게 승후를 불렀다. 그렇게 겨우 정신을 차린 승후는 애써 미소를 머금었다.

"타자."

승후가 열쇠를 달라며 손을 내밀자 예준은 고개를 저으며 조수석 문을 열었다.

"타십시오. 제가 운전합니다."

"……그래. 그러자."

일 년이와 헤드가 승후에게 남겨준 건 불신이었다. 승후는 자신과 함께 일하는 모두를 믿지 않고 있었다. 아니다. 함께 일하는 사람뿐만이 아니었다. 어쩌면 개인적으로 알고 지냈던 사람들도 의심하고 있는지도 모른다. 일 년이 박우주가 그리고 헤드의 꼭두각시 송윤석이 바로 그가 믿고 의지했던 사람들이니까.

차에 오른 승후는 안전벨트를 매고 긴 한숨을 내쉬었다.

"불안하십니까? 제가 제2의 송윤석일까 봐?"

차가 주차장을 빠져나와 도로로 들어섰을 때 예준이 밝게 물었다.

"아니…… 아닌 게 아니다. 맞아. 아직 나에게 일 년이와 송윤석은 현실이니까."

승후가 순순히 인정하자 예준의 입에선 경쾌한 웃음이 터졌다.

"네가 서운해할 수 있다는 거 알아. 그래서 미안해."

"서운하지 않습니다."

마음을 편하게 하려는 의도일까. 예준은 목소리 하나 변하지 않고 밝게 말했다.

"미안해. 진짜."

"진짜 서운하지 않습니다. 오히려 그런 불안감 느끼지 않으시면 화가 났었을 겁니다."

예준의 생각지도 못한 말에 승후는 놀라 눈이 휘둥그레졌다.

"저는 인간을 믿지 않습니다. 지금까지 전 그런 사람들 속에서 살았어요."

"병주가 네 목숨을 구했었다는 말은 들었어."

"그냥 구한 게 아닙니다. 형님의 목숨을 내놓고 구해줬습니다. 그날 밑에 애들이 단 1분이라도 늦었더라면, 형님은 죽었을 겁니다. 저는 형님을 죽이고 살아남은 놈이 되었겠죠. 사람에 대한 불신에 누구도 믿지 않았던 제게, 병주 형님은 그렇게 믿음을 보여줬습니다."

"병주 그 녀석의 사랑법은 늘 극단적이지. 그리고 밑바닥까지 싹싹 긁어주고. 그건 내가 아주 잘 알아."

승후의 얼굴에 편안한 미소가 떠오른 건 과거의 한 자락이 떠오른 그때였다.

"고등학교 때 병주가 나 괴롭히던 애들 죽도록 때려준 적이 있어."

"어떤 새끼든 지현이 건드리면 죽어!"

고등학교 때 아주 잠깐 괴롭힘을 당했던 적이 있었다. 민지후의 동생 민지현, 그리고 든든한 배경까지. 승후의 조건은 시비 걸기 좋아하는 아이들에겐 아주 좋은 빌미가 되어 그들은 틈만 나면 시비를 걸어왔다. 일종에 괴롭힘이었다. 절대 터지면 안 된다는 걸 알기에 지현은 참고 넘기려 했다. 하지만 비슷한 상황이 거듭될수록 지현의 인내심을 바닥을 향해 달렸다. 참을 수 없는 상황까지 가버린 것이었다.

"죽여 버릴 거야. 아니, 죽어! 내 손에!"

그때 승후는 자신이 뭘 집어 든 건지도 몰랐었다. 그게 칼이었다는 건 나중에 알았다. 괴롭히는 아이들이 평소 들고 다니던 칼로 그의 가방을 찢었고, 승후가 저항하면서 그 칼이 바닥에 떨어졌었다. 그걸 그가 집어 든 것이었다. 그리고 그때 병주가 정훈이와 함께 달려왔다.

"지현아, 안 돼!"

지현을 막은 건 병주였다. 그러던 중 병주는 승후가 휘두른 칼에 몇 군데 상처를 입었었다. 승후는 그걸 한참 후 정신을 차린 뒤에나 알게 되었다.

"그날 난 비 오는 날 먼지 나도록 맞는 게 어떤 건지 똑똑히 봤어."

승후의 말에 예준은 대충 상황이 짐작이 간다는 표정으로 큭 웃음을 흘렸다.

"모든 걸 병주가 책임졌어. 사건은 병주와 그 자식들 간의 단순 싸움으로 포장이 되었고, 내 이름은 쏙 빠졌지. 모두가 나는 병주와 그 자식들을 말리기 위해 그 자리에 있었던 것뿐이라고 그렇게 진술했다는 거야. 나 몰래 병주와 그 자식들이 말을 맞췄던 거지."

"그러는 편이 승후 형님께 더 좋을 테니까요."

"그 덕에 그 자식들만 좋았지. 지속적인 괴롭힘보다는 한 번 치고받고 싸웠다는 게 더 이득이니까. 그리고 그들이 더 다쳤으니, 정상참작도 됐고. 그 뒤 그 자식들은 전학 갔어. 경찰들은 몰랐지만, 선생들은 그 게 어떻게 벌어진 일인지 알고 있었거든."

"병주 형님은 그런 성격이죠. 놀랍지도 않아요. 그래서 더 걱정되었을 겁니다. 친구가 너무 걱정돼서 저를 옆에 붙이신 거예요."

"그게 무슨……."

"제게 그러더군요. 다시 해맑아지면 네가 일깨워 주라고. 세상이 얼마 나 무서운지. 그리고 세상이 얼마나 잔인한지. 그리고 그걸 일깨우기에 저만큼 적당한 인물은 없습니다."

무슨 말인지 모르겠다. 승후는 아무 말도 못 하고 그저 가만히 예준 의 얼굴만 보았다.

"저는 형님의 믿음을 얻기 위해 옆에 있는 사람이 아닙니다. 형님의 불안을 자극하기 위해 있는 사람이지."

"왜……."

"병주 형님이 그러더군요. 밝은 면만 보고 살기엔 어둠 쪽에 너무 많 이 발을 들여놓았다고. 적당히 모두를 의심하면서 살아야 살아남을 수 있을 거라고."

"병주가 그런 말을 했다고?"

"승후 형님 주위로 계속 이상한 분위기가 감지되고 있습니다. 몇 명 의 일 년이가 있을지, 또 몇 명의 헤드가 존재할지 파악이 안 되고 있 죠. 지금은 조심하는 것 외엔 방법이 없어요. 제가 무엇을 들고 와도 일 단 의심하세요. 제 옆에 있는 누가 그들과 한패일 수 있습니다."

승후는 대답 없이 고개를 끄덕였다. 예준의 말뜻이, 아니, 병주의 생 각이 무얼 의미하는지 알기 때문이었다.

"그리고 한현수, 형님 예상대로 석연치가 않습니다. 5년 전에 갑자기 나타났어요. 그전 흔적이 없어요."

"그게 무슨 말이야? 어떻게 그게 가능해?"

"미국입니다. 마음만 먹으면 불가능한 것도 아니죠. 분명히 흔적을 지웠을 겁니다. 하지만 걱정 마세요. 찾아낼 수 있어요. 시간이 좀 필요할 뿐이죠. 그때까지는 늘 조심하십시오."

"알았어."

"그리고 눈에 띄는 몇몇 인간들이 보입니다. 그들이 단순히 연예인 민승후를 좋아하는 인물인지 아니면 다른 어떤 의도가 있어서 지켜보는지 조사 중입니다. 절대로 개인행동 하지 마세요. 제가 없을 땐 그냥 블랙팀에 계세요. 혼자 돌아다니지 말고."

지금까지 무게 잡고 이런 말 저런 말 했던 게 다 이 이야기를 하려고 그랬던 거구나.

"내가 네다섯 살 유치원생 꼬마도 아니고, 혼자 못 다니는 게 말이돼?"

승후가 뚱한 표정으로 노려보자, 예준의 얼굴에 짙은 미소가 떠올랐다.

"조 형사님이 계신 블랙팀에 계시라고 하는데, 그게 불만입니까?"

"아! 맞다! 거기에 우리 유하가 있지?"

단순함의 절정을 보여주려는 듯 승후는 금세 해맑아졌다. 그리고 신난다는 듯 콧노래까지 불러댔다.

"왜 우리 형님께서 모두를 의심해야 살아남을 거라고 말했는지 알겠네요. 형님은 참 중간이 없으십니다. 너무 어둡다가도 금세 너무 밝아지세요. 그거 엄청 이상해 보여요. 알고는 계세요?"

"걱정 마! 다 작전이야. 모두를 안심시키는 작전!"

"설마 진짜 그걸까요?"

당당하게 작전이라고 말하던 승후는 힐끔 보는 예준의 차가운 시선에 움찔했다. 순간 심장이 콕 찔렸기 때문이었다.

"조 형사님께 전화하세요. 곧 도착한다고."

뚱한 표정으로 시선을 떨구던 승후는 예준이 유하를 입에 올리자 곧 밝아졌다. 그리고 휴대폰을 꺼내며 다시 밝게 말했다.

"내 애인 보러 간당!"

블랙팀 회의실.

"아니…… 나는…… 어째서…… 오자마자…… 이리로 끌려와야 하는데?"

이태석이 없는 회의실.

승후의 울먹임에 블랙팀 형사들은 동시에 풋 웃음을 터뜨렸다.

"애인님, 팀장이 진짜 나 오면 회의하자고 했어?"

승후의 질문에 유하는 크게 고개를 끄덕였다.

"아니…… 회의는…… 미리 좀…… 하면 큰일 나? 왜…… 날 꼭 끼워야 하는데?"

승후는 도준과 주영 그리고 찬우를 차례대로 보며 누가 좀 설명을 해 달라는 눈빛으로 보았지만, 모두 웃기만 할 뿐 대답해 줄 생각은 조금도 없는 듯 보였다.

"저기요, 나 지금 막 촬영 끝내고 왔어요. 내 애인 보러 달려왔단 말이에요. 그런데 어째서 내 애인 얼굴도 제대로 못 보고 이 무서운 회의실에 갇혀야 하느냐고요?"

"자꾸 투덜거리면 그 입 확 찢어버린다?"

회의실을 들어오면서 태석이 무섭게 경고한 이 말에 승후는 입을 꾹 다물었다. 회의실에 갇힌 것도 억울한데 입까지 찢겨질 순 없기 때문이었다.

"자, 발표해. 알아낸 게 뭐야?"

태석의 명령에 주영이 입을 열었다.

"한살이 사건의 첫 번째 피해자 김성진은 호텔 관광과 1학년에 재학 중이었습니다. 친구들 말로는 실종 한 달 전부터 아르바이트를 했다고 하는데, 외국인 개인 가이드였다고 합니다. 실종 당일도 아르바이트가 있다고 나갔고, 그렇게 사라진 거죠."

"그 외국인 신상에 대해선 알아냈어?"

태석의 질문에 주영은 "미국인이라는 것 외에 정보가 전혀 없습니다."라고 답하며 고개를 저었다.

"중요한 걸 알아보러 다닌다고 했다는데, 외국인이라는 것과 무언가를 찾아다닌다는 말 외에는 다른 이야기는 하지 않았답니다."

"그럼 어떻게 연락한 거죠? 한 달 전부터 아르바이트했다면서요? 서로 연락해야 만나는 거 아닌가요?"

"친구들이 기억하는 건 미리 약속을 하고 만난다는 겁니다. 그러니까 전에 만날 때 다음 약속을 잡는 거죠."

유하의 질문에 주영은 태석을 응시하며 대답했다.

"이미 1년이나 된 사건이라 증거 찾는 게 힘듭니다. 게다가 실종 신고도 4일 후에나 접수되었다고 합니다."

"왜? 왜 실종 신고가 늦은 건데?"

이번에는 태석이 무뚝뚝하게 질문했다.

"며칠 다른 지역에 여행 갔다 온다고 하며 나가서, 가족들은 여행 중이라 연락이 안 되는 거라 생각했답니다. 4일째 되는 날 휴대폰도 꺼져 있고 너무 연락이 안 돼서 신고한 거죠."

"이미 골든타임이 지난 후에 실종 신고가 들어갔으니 찾는 게 불가능했을 겁니다. 증거가 될 만한 것들이 훼손됐거나 오염된 뒤라, 김성진의 마지막 흔적을 찾기도 힘들었을 테고요."

"찬우가 한 말이 맞아요. 게다가 당시 경찰도 처음엔 이걸 깊게 생각 안 한 모양입니다. 젊은 사람이 여행 간다고 하고 나가서 연락 안 되는 거니까, 어디 휴대폰이 안 터지는 곳에 간 거 아니겠냐며 기다려 보란 말만 했답니다."

"그럼 김성진이 집에서 나가서 어디로 갔는지 그 동선도 전혀 파악이 안 된 거야?"

"네. 지하철을 탄 것까지만 파악이 됐습니다. 그 이후는……."

도준의 질문에 주영은 낮은 한숨을 내쉬며 고개를 저었다.

"다음, 찬우."

태석이 그 옆에 앉아 있는 찬우에게로 시선을 돌렸다.

"노현미는 연극영화과에서 공부하다가 휴학하고 뮤지컬 배우를 목표로 학원에 다니다가 실종됐습니다. 실종 전 특이점은, 노현미가 어떤 사람을 만났는데 그 사람이 자기 동아줄이 될 수도 있겠다는 말을 했다는 겁니다."

"동아줄이요? 설마 내가 생각하는 그 동아줄?"

유하는 설마 하는 표정으로 조심스럽게 물었다.

"아마도? 실종 당일 날 노현미는 어떤 오디션을 보기로 했다며 한껏 차려입고 나갔고, 집 앞 도로에서 검은색 차에 올라탄 게 마지막 모습입니다. 노현미 사건을 담당했던 형사가 차량 번호판이 찍힌 CCTV를 확보해서 추적했는데, 이게 노현미가 직접 빌린 차량이라 합니다."

"그럼 노현미가 말한 그 동아줄이 누군지는 모르는 거야?"

"친구들은 돈이 많고 연예계를 아주 잘 아는 남자일 거라 추측했지만, 노현미에게 자세히 묻지는 않았답니다. 안 좋은 상상을 했을 테니, 자세히 듣고 싶진 않았을 겁니다."

태석의 질문에 대답한 찬우는 계속 말을 이어갔다.

"노현미가 사체로 발견되고, 담당 형사는 노현미가 마지막으로 탄 차를 가져다 샅샅이 뒤졌지만, 지문은 고사하고 먼저 한 톨 못 찾았답니다. 이미 여러 사람 손을 탄 뒤라 증거물로 기능을 상실한 이후이기도 했지만, 피해자 노현미의 흔적이 아예 없었답니다. 범인이 싹 치운 거죠. 완벽하게."

"엄청 꼼꼼한 성격이란 뜻이네? 치밀하게 계획을 짠 후 뒤처리까지 확실하게 했어."

도준의 말에 찬우는 "네."라고 짧게 대답하며 고개를 끄덕였다.

"다음, 도준."

"도미령은 강원도에서 작은 찻집을 운영해서 동선이 단조로울 수밖에 없습니다. 그래서 그 동선 안에서 의심되는 사람은 없는 것으로 판단, 범인이 도미령에게 접근한 다른 장소가 있을지도 모른다는 생각을 하고 조사를 시작했습니다. 그러던 중, 그 지역에서 한 시간 정도 거리에 있는 보육원에 도미령이 가끔 찾아가 봉사했다는 사실을 알아냈습니다."

"이젠 봉사란 말만 들어도 심장이 벌렁거리는 것 같아."

주영은 미간을 일그러뜨리며 혼잣말처럼 중얼거렸다.

도준은 회의실 화면에 사진 하나를 띄웠다.

"보육원 내 CCTV에 찍힌 남자 사진입니다. 도미령이 봉사 온 그날 접촉했고, 봉사하는 내내 도미령과 함께였습니다."

화면에는 도미령과 함께 짐을 옮기는 남자가 선명하게 찍혔다.

"저 남자 신원은?"

"근처 가전제품 대리점 직원 윤승대입니다. 담당 형사도 윤승대를 용의 선상에 올려 수사를 했답니다. 하지만 곧 수사는 원점으로 돌아갔습니다."

도준은 이렇게 말하며 화면을 바꿨다.

"윤승대, 나이 삼십사 세, 도미령이 실종되기 이틀 전 회사 회식 후 집에 돌아가는 도중 퍽치기를 당했고, 이상한 소리에 밖을 살핀 동네 주민에 의해 발견되어 곧장 병원으로 옮겼지만, 현재 식물인간 상태입니다."

"퍽치기요? 그것도 도미령 실종 이틀 전에? 우연치곤 너무 절묘한데요?"

"제 생각도 유하와 같습니다. 우연이라 하기엔 이상한 게 너무 많습니다. 퍽치기를 당한 곳이 CCTV가 없는 골목이고, 검은 후드티를 입은 남자의 뒷모습만 봤다는 목격자의 진술이 있었습니다."

"도미령 사건과 윤승대 사건의 연관성은?"

"글쎄요. 지금은 어떤 것도 확실하지 않습니다. 겉으로 보기엔 두 사건은 완전히 달라서 연관성을 찾는 게 쉽지 않은 건 사실입니다. 하지만 두 사건을 완전히 갈라놓고 생각할 수도 없을 것 같습니다."

태석은 도미령 사진과 윤승대 사진을 번갈아 보다가 도저히 감이 잡히지 않는지 미간을 잔뜩 일그러뜨렸다.

"일단 도준이 넌 도미령에 집중하면서 윤승대 사건도 체크해. 담당 형사에게 뭔가 나오면 바로바로 연락 달라고 부탁하는 거 잊지 말고."

"네."

"다음, 유하!"

"라은수는 수험생이라 하루 일과가 거의 일정하고 정확했기 때문에 이런 반복되는 행동 패턴이 한살이의 눈에 들어갔을 확률이 높습니다. 그런데 어느 날 라은수의 반복되는 생활 속에 뜬금없는 남자가 끼어듭니다."

유하는 TV에 사진 한 장을 띄웠다.

"아이들이 피터라 알고 있는 이 남자는 자신을 해외 입양아라고 소개합니다. 그리고 사진을 찍는 거죠. 은수는 해외 입양아란 단어에 안쓰럽거나 미안한 마음을 품었을 겁니다. 왜냐? 은수의 부모님께서 은수가 어릴 때부터 함께 보육원에 봉사를 다녔답니다."

"여기도 봉사야?"

봉사 노이로제가 걸린 듯 주영은 봉사란 단어에 몸을 부르르 떨었다.

"그렇게 봉사를 다니면서 은수의 머릿속에는 해외 입양아에 관한 인식이 강하게 자리 잡혔을 가능성이 높습니다. 그래서 피터라는 남자에게 최대한 잘해주려고 했을 테고요. 하지만 이 남자가 진짜 해외 입양아인지는 확실치 않습니다. 한살이가 목표가 되는 피해자들에게 더 쉽게 접근하기 위한 방식으로 택했을 것으로 보입니다."

"사람들의 측은지심을 이용했다는 거네? 이거 대국민 브리핑이라도 해야 하는 거 아니야? 봉사 다니지 마라. 측은지심 같은 거 품지 마라. 불쌍한 사람은 무조건 외면해라. 세상이 어찌 되려는지."

도준은 이렇게 중얼거리며 길게 한탄스러워했다.

"이걸 바탕으로 추리를 해본다면, 한살이는 적어도 영어만큼은 완벽하게 구사할 수 있을 거라는 겁니다. 제 생각인데, 한살이는 재미교포이거나 최소 십년 이상 유학 갔다 온 사람일 가능성이 높다는 겁니다."

"왜 그렇게 생각하지?"

태석의 질문에 유하는 다시 입을 열었다.

"김성진은 앞서 주영 선배가 발표했던 것처럼 개인 가이드를 할 정도였습니다. 그리고 라은수는 어렸을 때부터 지금까지 방학이면 어학연수 겸해서 미국으로 건너갔어요. 그곳에 이모 가족이 사는데, 사촌들과 영어로 자유롭게 소통이 가능할 정도라 합니다. 그런 김성진과 라은수가 목표였으니, 완벽하게 영어를 구사하지 않으면 이들을 속일 수 없었을 겁니다."

유하의 생각에 블랙팀 모두 동의한다는 표정으로 고개를 끄덕였다.

"그리고……."

유하가 끝나고 태석의 시선이 승후에게로 향했다.

"네?"

단 한 번의 막힘없이 술술술 말하는 블랙팀을 존경의 눈빛으로 넋 놓고 보던 승후는 블랙팀 모두의 시선이 제게로 향하자 몸을 움츠리며 의자를 조금 뒤로 뺐다.

"넌 뭐 할 말 없냐고?"

"없는데요?"

"민승후! 너 자꾸 생각 없이 올래?"

"애인 만나러 오는데 무슨 생각을 해야 하는데요? 아! 야한 생각?"

승후의 장난에 동시에 웃음을 터뜨린 블랙팀은 태석의 날카로운 눈빛에 움찔하며 시선을 피했다.

"아무 거나 지금 하는 생각을 말씀하시라고!"

"아무 거나 지금 하는 생각을 말하라면, 당연히……."

"단, 한살이 사건에 관한 것만."

또 슬쩍 장난치려 했던 승후는 경고가 담긴 태석의 눈빛에 어색하게 히죽 웃었다.

"없다고 말할 생각이면 일단 죽이고 시작하는 방법도 있어."

승후는 의자를 또다시 뒤로 조금 뺐다. 여차하면 빠르게 도망쳐야 하기 때문이었다.

"없어요. 열심히 연기했어요. 당연히 있을 턱이 없죠."

죽이고 시작하겠다는데 당당하게 없단다. 블랙팀들은 이 상황이 흥미진진해 눈까지 반짝이며 지켜보았다.

"그래. 하나라도 생각나면 말해. 쓸모가 있고 없고는 내가 판단할 테니까."

"네."

너무 쉽게 넘어간다. 한바탕 으르렁거릴 거라 생각했던 블랙팀들은 태석이 부드럽게 넘어가자 눈이 휘둥그레졌다.

"저 대답을 우리가 했다면 난리 났을 텐데……."

찬우는 불쑥 튀어나온 속마음을 숨길 수 없었다. 아니, 숨기지 않았다.

"당연하지. 승후는 도와주러 온 거지만, 너희는 이 사건을 해결해야 할 형사들이잖아!"

태석이 버럭 소리를 지르자 찬우와 유하는 이해했다는 듯 "아!" 하고 감탄사를 내뱉었다.

"블랙팀, 좀 더 힘을 내자! 한살이 그놈이 인간인 이상 허점은 있다. 우리는 잡을 수 없을 것만 같았던 일 년이를 잡았다. 그리고 흔적도 없이 숨어 있던 헤드도 잡았고. 우리에겐 잡지 못한 살인범은 없다. 그러니 이번에도 잡는다. 반드시."

"네!"

"일해!"

잔뜩 긴장하고 있던 블랙팀은 태석이 회의실에서 나가자 일제히 깊은 안도의 한숨을 내쉬었다. 정신없이 깨질 거라 예상했었는데, 생각보다 쉽게 잘 넘어갔기 때문이었다.

"신이시여, 나는 왜 블랙인가요? 핑크도 있고 그린도 있는데, 어째서 블랙인가요?"

"와! 경찰 중에 핑크팀도 있고 그린팀도 있어요? 대박! 그 팀들은 전공이 뭐예요? 핑크팀은 여성 범죄 전문 수사팀인가? 가만, 그럼 그린팀은 방화? 아니면 환경? 이건 아닌가?"

찬우가 자기 머리를 괴롭히며 중얼거린 말을 받아 장난으로 해맑게 반응한 승후 덕분에, 유하를 비롯해 회의실에 있는 모두가 하하 웃음을 터뜨렸다.

외전.
파트너 : 블랙 2

꾸벅, 꾸벅, 꾸벅 그리고 쾅.

졸던 승후가 책상에 머리를 박으면서 조용했던 블랙팀에 요란한 소리가 울려 퍼졌다.

"집에 가서 자라니까?"

사건 파일을 보고 있던 유하는 고개를 오른쪽으로 돌려 옆자리에 있는 승후에게로 시선을 돌렸다.

"회의만 들으면 된 거야. 승후 씨까지 여기 지키고 있을 필요 없어."

승후가 비공식적으로 블랙팀과 함께 일하기 시작하면서 팀원들은 사무실 자리 배치를 다시하게 되었다.

우선 문을 열고 안으로 들어와 왼쪽으로 90도 정도 돌면 제일 먼저 보이는 게 찬우와 주영의 책상이었다. 그리고 ㄱ자로 도준과 유하의 자리가 있고 맨 끝이 승후의 책상이었다.

책상에 앉아서 앞을 보면 ㄱ자 안쪽에 커다란 3인용 소파 두 개가 테이블을 사이에 두고 마주 보는 상태로 놓여 있는데, 이곳은 손님을 위해서라기보다는 블랙팀 팀원들이 집에 못 들어갈 때, 잠깐이라도 편히 쉬는 용도였다.

"싫어. 혼자서는 집에 안 가."

승후는 양쪽 볼을 가볍게 때리며 가출하려는 정신을 잡아보려고 애썼다.

"그러지 말고 가. 승후 너 그러고 있으니까 더 불안해. 우리가 엄청 부려먹는 것 같단 말이야."

주영까지 가라고 하자 승후는 고개를 저으면서 일어났다. 그리고 비틀거리며 앞에 놓은 소파로 걸어가 털썩 앉았다.

"졸려서 못 가요. 운전하면 안 되니까 그냥 여기서 잘래요. 딱 두 시간만 잘게요."

신발을 벗고 소파 위로 올라간 승후는 소파에 등을 대고 천장을 보며 길게 누웠다. 그리고 눈을 감았다.

"유하야, 승후 머리에 쿠션이라도 베게 해줘. 저렇게 자면 목 아파."

도준의 말에 유하는 자기 등에 있던 쿠션을 들고 승후에게로 갔다. 그리고 그의 머리를 살짝 들어 쿠션을 베게 하고는 다시 자리로 돌아왔다.

"땡큐, 애인."

잠에 취한 상태에서 비몽사몽간에 말한 승후는 이내 잠이 들어버렸다.

"저 팔자도 힘들다. 빡세게 촬영하고 왔더니 또 빡세게 연쇄살인범 잡아야 하잖아."

목을 쭉 빼고 잠든 승후를 보던 찬우는 혀를 쯧쯧 차며 고개를 절레절레 흔들었다.

"참 편히도 잔다. 경찰 빼고 경찰청에서 이리 편하게 잠드는 사람은 얘가 유일하지 싶어."

도준이 장난스럽게 한 이 말에 주영과 찬우 그리고 유하는 작게 웃음을 터뜨렸다.

"꽃 같은 민승후 그만 쳐다보고, 선배들은 빨리 한살이를 어떻게 잡을지를 생각하세요."

"웬일이냐? 침 질질 흘리며 넋 빼고 있어야 할 놈이?"

"날 어떻게 보고?"

찬우의 장난에 유하는 험악하게 인상을 구기며 버럭 소리를 질렀다.

"자꾸 쳐다보면 예쁜 얼굴 닮는단 말이에요."

유하가 사뭇 진지한 표정으로 한 이 말에 도준과 주영 그리고 찬우의 입에선 푸하하 웃음이 터지고야 말았다.

서울 마포구 마포동, 카페.

"아이스 아메리카도 한 잔 주세요."

하은은 주문을 하고 핸드백에서 지갑을 꺼내 계산을 했다. 그리고 옆으로 빠지며 몇 발 옮기는 과정에 근처에 있는 남자와 부딪쳐 지갑을 떨어뜨리고 말았다.

"죄송합니다."

하은이 부딪친 건데도 남자는 먼저 사과를 하며 지갑을 주워 그녀에게 내밀었다.

"어머!"

억양이 이상하다고 느끼면서 지갑을 받아든 하은은 곧 빙긋 미소를 머금었다. 며칠 전에 길에서 자신을 찍던 바로 그 사람, 저를 해외 입양아로 소개한 그 남자였기 때문이었다.

"죄송합니다."

하은과 반대로 남자는 그녀를 못 알아보는 듯했다. 남자는 다시 한번 더 사과하고는 주문했던 커피가 나오자 그걸 가지고 밖으로 나가려 했다.

"안녕하세요?"

그런 남자에게 먼저 인사를 건넨 건 바로 하은이었다.

"저를 아세요?"

"며칠 전에 저 찍으셨는데. 그걸로."

하은은 빙긋 웃으며 남자의 목에 걸린 카메라를 가리켰다.

"아! 그래요? 죄송합니다. 제가 무…… 례를 했습니다."

단어가 생각이 안 난 듯 아주 잠깐 고민하던 남자는 말을 최대한 또박또박하려 애쓰며 쑥스러운지 배시시 웃었다.

"맞나요?"

"네. 맞아요. 한국말 잘하시네요."

"감사합니다. 하지만 우리말 어려워요. 진짜 어려워요."

남자가 우리말이라고 하자 하은은 흐뭇해하는 표정으로 그를 보았다. 남자에겐 자신을 버린 나라일 텐데, 그런 나라를 우리라는 단어 안에 넣는 모습이 좋아 보였기 때문이었다.

"아이스 아메리카노 한 잔 나왔습니다."

하은은 자신이 주문한 커피가 나오자 그걸 받아들었다.

"여기에 계시나 봐요?"

"이곳 호텔에 있습니다."

"어딘지 알겠어요. 거기 계시는구나."

알겠다는 듯 고개를 끄덕인 하은은 주위를 어색한 표정으로 두리번거렸다.

"가야 하는데……."

"아! 나도 가야 합니다. 아니, 저……도?"

남자의 귀여운 모습에 하은은 하하 웃음을 터뜨리며 문으로 걸어갔다.

"저는 지하철 갑니다. 음……, 경복궁 갑니다."

남자는 이렇게 말하며 먼저 앞으로 나가 문을 열고는 매너 좋게 먼저 나가라고 손짓을 했다.

"저도 지하철 타러 가야 해요. 방향은 다르지만."

"지하철까지 안내? 아니, 뭐지…… 에스코트……."

남자가 에스코트를 한국말로 뭐라 하는지 몰라 고개를 갸웃하자 하은은 '그 정도는 알아들어요.'라고 말하며 빙긋 웃었다. 그렇게 카페를 나온 하은은 남자와 자연스럽게 어깨를 나란히 하며 길을 걷게 되었다.

"혼자서 여행 오셨어요? 일행은 없으신 것 같아요."

"형하고 같이 오기로 했습니다. 그런데 형이 못 왔습니다."

"왜요?"

"여행 오기 삼 일 전, 형이 다쳤습니다. 다리가 부러졌습니다. 그래서 나 혼자 왔습니다. 형이 사진 많이 찍어오라고 했습니다. 동생이 태어난 나라가 궁금하다고 했습니다."

"형하고 같이 못 와서 아쉬웠겠어요?"

"괜찮습니다. 매일 전화합니다. 좋은 거 많이 보라고 했습니다."

"그래서 오늘은 경복궁 보러 가는 거예요?"

"네. 우리나라 옛날 집 예쁩니다. 우리나라 불고기, 갈비 맛있습니다. 비빔밥도 맛있습니다."

"다행이네요. 여행 가서 음식이 안 맞으면 힘든데."

"우리나라 음식 정말 좋아요."

"음식 말고, 여행하면서 뭐가 제일 좋았어요?"

하은의 질문에 남자는 한국에 온 첫 느낌부터 가장 좋았던 곳과 그 이유들을 말했고, 그녀는 그가 하는 이야기들을 가만히 들어주었다.

사실 첫날 차갑게 대한 후에 마음이 불편했었다. 부모에게 버림받고 낯선 나라로 입양된 사람이, 기대감을 품고 고국이라고 다시 찾았는데, 사람들이 불친절하면 얼마나 실망할까 싶어 걱정되었다. 낯선 사람에게 사진을 찍히면 모두 자신과 똑같은 반응을 할 거라는 걸 알면서도, 하은은 남자를 만난 후 계속 괜히 신경이 쓰였었다.

"지하철 다 왔네요."

그렇게 남자의 이야기를 가만히 듣다 보니 어느새 지하철에 도착했다. 그리고 그들의 만남도 끝을 향해 가고 있었다.

"이름이 뭐예요?"

헤어지기 직전 남자는 하은의 이름을 물었다.

"하은, 민하은. 이름이 뭐예요?"

"피터. 피터 한 스미스입니다. 그리고 저는 포토그래퍼입니다."

피터는 명함을 꺼내 하은에게 내밀었다.

"사진 찍으시는구나."

하은은 피터가 내민 명함을 받아 잠시 읽었다.

"근사한 일 하시네요?"

"전에 찍은 사진 보여줘도 돼요?"

"저요? 아! 그렇지? 그랬지? 네. 보여주세요."

피터는 카메라에서 저장된 사진을 찾아 이리저리 넘겼다.

카메라 세상 속에는 하은이 일상 속에서 볼 수 있는 모든 것이 담겨 있었다.

아이들이 유치원 버스를 타는 모습, 지붕 위에 앉아 있는 비둘기, 도로변에 심어놓은 나무, 이른 아침 바쁘게 걷는 사람들의 뒷모습 등, 하은이 무심코 지나간 일상들이 사진에 담기니 왠지 특별하게 느껴졌다.

피터가 하은의 사진을 찾을 동안 옆에서 카메라 속 다른 작업물들을 본 그녀는 그가 얼마나 재능 있는 포토그래퍼인지 느끼고는 저절로 고개를 끄덕였다.

"여기 있다."

피터는 하은의 사진을 한 장 찾아 보여주었다.

"우와!"

그냥 길을 걸어간 것뿐인데, 사진은 무척 신비롭게 나왔다. 자신도 모르게 감탄사를 내뱉은 하은은 이 사진이 갖고 싶다는 생각에 피터를 보며 카메라를 가리켰다.

"사진 줄 수 있어요?"

"인화? 맞아요?"

"네."

"인화하면 전화하겠습니다. 음…… 전화번호 주세요."

"아! 네."

하은은 핸드백에서 수첩을 꺼내 휴대폰 번호를 적은 후 찢어 피터에게 건넸다.

"전화 주세요?"

"네. 전화하겠습니다."

"그럼 전 진짜 가봐야 해서. 그럼 다음에 뵙겠습니다."

하은은 꾸벅 인사를 한 후 서둘러 지하철을 타러 사라졌다. 그렇게 그녀가 사라진 후, 피터의 입가엔 서늘한 미소가 번졌다.

"아주 예쁘게 해드릴게요. 그게 사진이든 다른 무언가든."

경찰청 블랙팀.

"여보세요."

깊게 잠이 든 승후는 휴대폰이 울리자 잠결에 전화를 받았다.

"네? 퀵이요?"

[네. 경찰청 로비에서 전화하면 민승후 씨가 내려올 거라 해서요.]

"네. 알겠습니다. 지금 내려갈게요."

잠이 확 달아난다.

집에서 잠든 것처럼, 블랙팀 소파에서 편안하게 잠이 들었던 승후는 머리를 벅벅 긁으며 몸을 일으켰다.

"퀵? 무슨 퀵?"

승후가 전화를 받기 전까지 블랙팀 안에는 형사들이 가끔 내쉬는 한숨 외엔 다른 어떤 소리도 들리지 않았었다. 그 탓에 승후의 통화소리는 평소보다 더 크게 느껴졌고, 통화 내용은 형사들의 궁금증을 불러 일으켰다.

"민 스타, 퀵을 여기로 배달해? 이젠 진짜 여기가 민스타 직장 같다?"

찬우는 장난스럽게 놀리며 터지기 직전의 두뇌를 잠깐 쉬게 했다.

"저도 지금 그렇게 생각하고 있어요. 퀵이 오는 거 보니까, 이젠 여기가 내 직장인가 보다."

승후는 낄낄 웃으며 소파에서 일어났다. 그리고 손가락으로 대충 머리 정리를 했다.

"누가 보냈어?"

"몰라. 내가 여기 있는 건 예준이만 알고 있으니까, 병주가 너한테 뭐 전해주라는 거겠지."

유하의 질문에 대수롭지 않게 대답한 승후는 문 쪽으로 걸어갔다.

"병주 씨가 나한테 보내는 거면 내 이름으로 보냈을 텐데? 왜 하필 승후 씨야?"

맞다. 그렇다. 승후의 친구 오병주가 유하에게 어떤 자료를 주려 했으면, 퀵이 아닌 밑에 있는 수하를 시켰을 것이다. 만약 여의치가 않아 퀵을 이용했다 해도, 유하 앞으로 직접 보냈을 텐데, 수신자를 민승후로 보냈다는 게 아주 많이 이상했다.

"장난이겠지. 갔다 올게."

말은 대수롭지 않게 했지만, '뭐지?' 하고 생각한 승후는 퀵을 받기 위해 경찰청 로비로 내려갔다. 그리고 퀵을 받아 다시 블랙팀으로 돌아왔다.

"뭔데?"

며칠째 CCTV의 늪에서 벗어나지 못한 유하는, 승후가 가까이 오자 의자에 등을 기대며 그를 올려다보았다.

"보낸 사람이 누구야?"

"몰라."

승후는 고개를 저으며 상자를 귀에 대고 흔들어보았다. 가벼운 데다 달각달각 소리가 들리지만, 내용물이 뭔지는 도통 모르겠다.

"배달 온 사람은 뭐라는데?"

"전화만 받았는데, 자기가 급해서 우편함 위에 상자 하나를 올려다 놓았으니, 그거 가져다 경찰청 로비에서 전화하면 내려올 거라고 했대. 상자 위에 돈도 같이 있었다던데? 아! 민승후가 연예인 민승후인 줄 모르고 온 모양이야. 퀵 기사, 나 보자마자 소스라치게 놀라던데?"

"어디 우편함?"

"내가 주소 받아왔어."

승후는 퀵 기사에게 전송받은 문자를 유하에게 그대로 다시 전달했다.

"병주가 놀리는 건가?"

승후는 상자를 다시 귀에 대고 흔들어보았다.

"혹시 폭탄 아니야? 열면 '펑' 하고 터지는 거지."

찬우의 장난에 유하는 조심스럽게 의자를 굴려 승후와 멀어졌다.

"뭐야? 그거 도망이야? 폭탄이면 나 혼자 가라는 거지?"

승후의 얼굴에 서늘한 표정이 떠올랐다. 유하 네가 어떻게 그럴 수 있느냐는 뜻이었다.

"꼭 그런 건 아닌데……, 모두 죽는 건 인력 낭비인 것 같아서. 남은 세월 승후 씰 위해 살게."

"그래, 그래, 원래 당하는 건 딱 한 명이면 돼. 영화나 드라마에 많이 나오잖아. 죽은 동료의 복수를 위해 인생을 바치는 이야기. 걱정 마. 우리가 복수 확실하게 해줄게. 상자 오픈!"

찬우가 이렇게 외치며 의자를 조금 뒤로 빼자 도준과 유하도 슬쩍 의자를 밀어 승후와 조금 멀어졌다.

"옆으로."

승후의 입에서 나온 단 한 마디의 단어에 유하는 빠르게 고개를 흔들었다.

"이거 들고 그리로 간다? 블랙팀 다 구석에 밀어 넣고 거기서 터뜨릴 거야?"

승후의 협박에 찬우는 벌떡 일어나 유하에게로 갔다. 그리고 그녀가 앉아 있는 의자를 힘껏 승후 쪽으로 밀었다.

"유하 네 몫까지 두 배로 복수해 줄게."

"치사한 찬우 선배!"

"네 희생으로 블랙팀 모두가 살 테니, 미리 감사 인사한다. 고맙다, 막내야."

유하가 의자를 타고 쭉 밀려오자 승후의 얼굴에 만족한다는 듯한 미소가 떠올랐다.

"자, 이제 오픈해 볼까?"

그리고 유하의 책상에 상자를 올려놓고 단단하게 붙여진 테이프를 떼어냈다.

누구도 이 상자 안에 진짜 폭탄이 들어 있을 거라고는 생각하지 않았다. 간혹 장난으로 이상한 걸 선물하는 팬들처럼, 이번에도 그런 거라 생각한 승후는 안에서 뭐가 튀어나와도 절대로 놀라지 않겠다는 마음으로 상자를 열었다.

"사진? 이거 그건가?"

승후는 미간을 일그러뜨리며 사진을 집어 들었다.

"뭐? 야한 사진?"

유하는 장난으로 한 말인데, 승후는 진심으로 고개를 끄덕였다.

"진짜? 대박! 요즘도 그런 거 보낸단 말이야?"

"말 마. 내가 입만 뻥긋하면 하얀 병원에 들어갈 인물 꽤 될 거야. 멀쩡한 얼굴로 미친 짓 하는 인간 엄청 많아."

발신인도 없으니 백 퍼센트 그런 거라 생각한 승후는 깊게 한숨을 내쉬며 사진을 빠르게 두어 장 넘겼다. 몇 초는 멍한 상태였다. 지금 자신이 뭘 봤는지 몰랐기 때문이었다.

"으악!"

승후는 비명을 지르며 들고 있던 사진을 던지듯 떨어뜨렸다. 그리고 뒤로 후다닥 물러나며 떨리는 손으로 방금 자신이 떨어뜨린 사진을 가리켰다.

"한살이……."

"뭐?"

승후의 말에 장난스럽게 그를 지켜보던 블랙팀 형사들이 빠르게 뛰어왔고, 유하는 사진들을 집어 들고는 한 장씩 보며 선배들에게 넘겼다.

사진을 보는 동안, 유하의 얼굴은 점점 분노로 일그러졌다.

"한살이 이 새끼 도대체 얼마나 미친 거야?"

사진마다 새겨져 있는 문구에 유하의 입에선 날카로운 고함이 터져 블랙팀 안으로 울렸다.

뜻하지 않게 다시 회의실에 모이게 된 블랙팀은 태석이 사진을 다 볼 때까지 조용히 눈치만 살피고 있었다.

"일 년이와 헤드가 못 끝낸 숙제, 제가 하려 합니다. 기다려 주세요. H가 한살이의 이니셜인가 보네."

모두 한살이가 피해자를 찍은 것으로, 기록 사진 같은 것들이었다. 살아 있는 모습, 죽어가는 모습, 그리고 죽은 직후의 모습까지. 이 사진으로 알 수 있는 건 살해 장소가 창고나 지하실 같다는 사실뿐이었다. 사진 속에는 장소를 유추할 어떤 것도 없어서, 블랙팀이 알 수 있는 건 한살이가 피해자를 어떻게 죽였는지, 살인 과정뿐이었다.

사진을 모두 본 태석은 사진에 쓰인 글귀를 읽으며 들고 있던 사진을 책상에 던지듯 툭 내려놓았다.

"문자가 왔었다며? 왜 말 안 했냐?"

태석의 사나운 눈빛에 움찔한 승후는 옆에 앉은 찬우를 방패로 삼아 자신을 최대한 가렸다.

"살인마 새끼가 죽인다고 협박하는데 우리한테 말 안 하고 혼자만 알고 있어? 민승후! 진짜로 죽고 싶어?"

태석이 매섭게 소리치자, 블랙팀 전체의 시선이 동시에 승후에게로 향했다. 말은 안 하지만 눈빛에 담긴 메시지는 모두 똑같았다.

넌 더 혼나야 해.

태석을 중심으로 승후의 애인 유하까지 포함해 블랙팀 모두 그의 경솔함을 질책하고 있었다.

"죄송합니다. 다시는 안 그러겠습니다. 절대로! 맹세해요!"

잘못했으니 사과는 신속 정확하게 그리고 확실하게 하는 게 옳았다. 그래야 덜 혼나는 법이니까.

승후의 맹세까지 들은 후, 태석의 시선은 블랙팀으로 향했다.

"또다시 승후가 살인마의 표적이 되었다. 우리는 이번에도 동료를 지키겠지만, 느긋하게 살인마를 쫓긴 힘들어졌어. 우린 시간이 없다. 무조건 빨리 잡아라."

잡고 싶은 마음은 블랙팀 모두가 같았다. 하지만 미친놈인 것만은 사실인데, 구체적으로 어떻게 미친놈인지 몰라서 문제였다. 어떻게 미친놈인지 알면 범인의 정확한 직업부터 나이 그리고 성격까지 세밀하게 유추해 볼 텐데, 남녀 상관없고, 피해자를 고를 때 고집하는 취향도 없는 것 같고, 주기도 일정치가 않은 탓에, 블랙팀이 예상할 수 있는 것들은 많지 않았다. 지금 블랙팀의 마음은 뿌연 안갯길을 달리는 것처럼 답답했다.

"살인마 새끼들은 대체 어디서 정보를 공유하는 건지 모르겠습니다. 한 달에 한 번씩 계모임 있는 것도 아닐 텐데, 일 년이에 이어 헤드 그리고 한살이까지 다들 어떤 방법으로 정보를 주고받는지, 귀신이 곡하겠어요."

찬우가 짜증을 담아 한 이 말에 도준이 입을 열었다.

"박우주나 서명기가 이미 우리에게 경고했었다. 세상에는 수많은 일년이가 있고, 수많은 헤드가 있다고. 민승후는 그들에겐 포기할 수 없는 먹잇감이야. 잡으면 머리부터 발끝까지 버릴 게 없으니까. 그러니 그들에게 정확하게 알려줘야지. 어떤 새끼든 민승후를 건드리면 죽는다고."

"박우주를 한 번 찾아가 보는 건 어떨까요? 한살이에 관해선 우리보다 박우주가 더 잘 파악하고 있을 겁니다."

주영의 말에 회의실 안은 긴장감이 감돌았다. 블랙팀은 물론 승후까지 박우주의 이름이 주영의 입에서 흘러나오자 표정이 딱딱하게 굳어버렸기 때문이었다.

"박우주가 형사였다 해도 지금은 그저 살인마다. 우리가 살인마에게 도움을 청하는 건 있을 수 없다."

"꼭 그렇게 답을 정할 필욘 없다 봅니다."

태석의 말에 유하가 입을 열었다.

"그의 말을 백 퍼센트 믿는 건 위험하겠지만, 한 번 들어는 볼 수 있다 봅니다. 미친 살인마들 사이에 어떤 연결고리가 있다면, 우리 편에서 우리에게 도움을 줄 가능성이 있는 건 서명기보단 박우주가 더 크니까요. 살인마 새끼들만 잡을 수 있다면 가능한 건 뭐든 이용해야 한다고 생각합니다."

"저도 유하 말에 동감입니다. 박우주가 살인마인 건 사실이나 오랫동안 경찰로 살았습니다. 그러니 박우주에게 도움을 청해보는 것도 좋은 방법의 하나일 수 있습니다."

유하와 승후, 박우주에게 가장 원한이 깊은 두 사람이 모두 찬성하고 나섰다. 태석 역시 박우주에게 협조를 구하는 방법도 생각해 봐야했다. 경찰인 그에겐 사람들이 살인마로부터 안전해지는 게 최우선이니까.

"박우주를 찾아가 보는 건 내가 고민 좀 해볼 테니, 블랙팀은 한살이에 관해 최대한 빨리 알아내. 승후 너도 촬영 없는 날엔 무조건 여기 와서 사건 파일을 좀 들여다보고."

"네!"

"한살이는 사진을 승후에게만 보낸 게 아니다. 승후가 있는 이곳 블랙팀에 보낸 거야. 바로 우리 전체를 비웃고 있다는 뜻이야. 그 비웃음에 답을 해줘야지. 1주일! 1주일 안에 한살이 머리카락이라도 찾아내! 못 찾으면 모두 접시 물에 코 박고 죽는다 생각해!"

"넵!"

태석의 명령에 블랙팀과 승후는 동시에 대답하고는 곧장 일어나 회의실을 나섰다.

지나치게 밝은 집 안. 소파에 앉아 아무런 표정 없이 TV를 보고 있던 남자는 화면에 승후의 얼굴이 나오자 희미한 미소를 머금었다.

"어때? 짜릿하지 않아?"

민승후, 아시아의 톱스타.

먼 미국 땅에서 혼자 생활할 때, 남자의 유일한 취미는 저가 태어난 나라인 대한민국을 검색해 보는 거였다.

[안녕하세요, 배우 민승후입니다.]

자기소개를 하며 밝게 웃는 승후의 모습은 남자의 눈엔 마치 하늘 어디쯤 어디는 태양처럼 느껴졌다. 그런 승후가 자신과 똑같은 사람이라는 걸 확신한 그날, 남자는 세상을 다 얻는 것 같이 기뻤다. 꼭 한국으로 날아가 민승후를 만나겠노라 생각했었다.

그런데 그 민승후가 경찰과 함께 일하는 것도 모자라, 형사를 사랑한단다. 그때 남자가 느낀 감정은 배신이었다. 승후는 사랑이라는 하찮은 감정 때문에 동료를 모두 적으로 돌려 버린 것이었다.

"잊었다면 다시 기억나게 해줄게. 네가 누군지, 네가 있어야 할 곳이 어디인지."

일 년이가 못 했다던 그것, 헤드가 포기해 버린 그 일, 민승후에게 진짜 있어야 할 자리를 알려주는 그 중요한 일, 이제 남자가 할 생각이었다. 그리고 꼭 성공할 것이다. 그게 운명이니까.

"곧 우린 함께하겠지? 그럼 우리 더는 외롭지 않을 거야. 난 벌써 그날이 기대돼. 너도 그렇지?"

TV 화면 가득 승후의 웃는 모습이 뜨자 그런 그의 모습 흐뭇한 듯, 남자의 얼굴엔 조금 더 짙은 미소가 떠올랐다.

[너 나 좀 보자.]

다음 날, 집에 잠깐 들러서 옷을 갈아입고 촬영장으로 향하던 승후는 병주의 전화를 받고 곧장 그가 일하는 클럽으로 향했다.

"무슨 일이야?"

병주가 있는 클럽에 도착한 승후는 앉을 생각도 하지 않고 다급하게 물었다. 친구가 이곳으로 승후를 직접 부른 정도면, 아주 중요한 일이기 때문이었다.

"앉아."

먼저 소파에 앉은 병주는 승후와 함께 온 예준에게 문을 단단히 지키라고 이른 후, 승후를 보며 자기 앞자리를 가리켰다.

"너 이러면 불안해. 계속 그렇게 무게 잡으면 안 듣고 도망가는 수가 있어?"

"선택은 네 자유인데, 안 들으면 뒷일은 내 책임 아니다? 네가 선택한 거니까 모두 네 책임이야."

"뭐? 왜?

병주의 협박에 승후는 입을 삐죽이며 그가 가리킨 자리에 앉았다. 그리고 퉁명스럽게 물었다.

"내가 박우주와 서명기가 있는 교도소 두 곳에 사람을 심었었어."

"부지런도 해라. 언제 그 엄청난 걸 또 했어?"

해맑게 툭 말을 내뱉던 승후는 친구의 사나운 눈빛에 움찔하며 입술을 깨물었다. 한마디 더 했다간 성격 급한 친구 녀석이 주먹으로 머리통을 한 대 칠 것 같았기 때문이었다.

"박우주와 서명기에게 네가 받은 문자와 똑같은 글이 쓰인 쪽지가 왔었대."

입을 꾹 다문 채 장난으로 픽픽 웃음을 흘리던 승후가 갑자기 차갑게 얼굴을 일그러뜨린 건 친구에게 이 말을 들은 직후였다.

"박우주 쪽은 별다른 반응이 없는데, 서명기 쪽에서 무슨 일을 벌이는 모양이야."

"무슨 일?"

조금 떠 있던 승후의 목소리가 순식간에 낮게 깔린다. 목소리에서 감정이 사라지고 입에서 거친 숨소리가 흘러나오면, 속에선 화가 끓고 있다는 뜻이었다. 그걸 잘 알기에 병주는 몇 초간 말없이 입을 다물었다. 승후가 스스로 감정을 조절하도록 시간을 주는 것이었다.

"말해. 무슨 일?"

목소리에 감정이 사라진 건 여전하지만, 거칠어지고 있던 숨소리가 어느 정도 가라앉자 승후는 다시 물었다.

"그건 모르지. 너도 알겠지만, 헤드 추종자들이 많아. 서명기가 그 추종자 중 한 놈에게 어떤 메시지를 전했다면, 그건 네겐 엄청난 위험을 뜻하는 걸 거야. 한살이와 헤드가 손을 잡는다고 생각해 봐. 아무리 블랙팀이라 해도 완벽하게 막을 순 없어. 어디 한 곳은 허점이 드러날 테고, 그건 곧 네가 죽을 수도 있다는 뜻이 돼."

"죽는 건 무섭지 않아. 다만 그들이 날 직접 노리지는 않을 거라는 거야. 그들이 원하는 게 내 목숨은 아닐 거야. 내가 그들과 같아지는 거지. 그렇다면 노릴 사람은 내가 아니야. 날 제일 많이 흔들 수 있는 사람. 바로 유하를 노리겠지."

"조 형사라면 좀 안심해도 되는 거 아니야? 호락호락하게 당할 사람이 아니잖아."

"그들의 목표가 조유하의 제거라면 쉽고 빠르고 간단한 방법을 택할
거야. 살 확률보다 죽을 확률이 더 높은 방법 말이야."

"그게 뭔데?"

"총. 간단하게 총으로 쏴서 죽이는 방법. 그게 그들 입장에서 보면 안
전하게 유하를 죽이는 방법이 될 거야."

승후의 덤덤한 말투에 오히려 놀라 표정이 굳은 건 병주였다.

"그렇게까지 해서 그들이 얻는 게 뭐야? 네 눈이 뒤집히면, 제일 먼
저 그들을 죽이려 할 텐데?"

"날 일깨우는 게 사명이라도 되는가 보지. 아니면 내가 그들처럼 사
이코패스가 되면 동질감을 느낀다고 착각하든지."

유하을 잃고 미쳐 버리든 아니면 계속되는 자극에 혼자 살짝 돌아버
리든, 그 어떤 것도 상관없이 승후는 그들과 함께할 생각이 없었다. 서
로 정보를 공유하면서 뭐라도 되는 것처럼 우쭐하는 모습, 승후에겐 그
저 우습기만 했다. 이왕 미쳐 버릴 거 철저하게 혼자 살아남는다. 승후
의 스타일은 바로 이거였다.

"내가 그 새끼들과 똑같이 미쳐 버리면, 내 목표는 서로 살인 정보를
공유하는 그 새끼들이야. 연쇄살인마 죽이는 연쇄살인마. 생각만 해도
짜릿하고 좋잖아."

승후의 입가에 떠오른 서늘한 미소에 병주는 움찔했다.

친구가 조금씩 변해가고 있다. 그 이유가 계속 목숨을 노리는 미친놈
들 때문인지, 아니면 자기 때문에 사랑하는 여자가 위험에 빠지고 있다
는 걸 느꼈기 때문인지 모르겠지만, 승후는 가끔 그들과 가까워지곤 했
다. 유하의 안전이 위태로울 땐 특히 더 그랬다.

"그래서 어떻게 할 거야?"

"찾아야지."

"어떻게?"

"그 새끼들 생각은 뻔해. 내가 알아봐 주길 바라니 가까이 있을 거야. 내 시선이 닿는 곳에 있는 놈 중 한살이 그 새끼가 있어. 느낌이 와. 그 새끼가 날 보고 있다는 느낌이."

승후는 자리에서 일어났다.

"관음증 있는 놈들은 그냥 그대로 지켜보게 해. 자꾸 지켜보게 하면 저 혼자 몸 달아 튀어나올 거야. 그때 생각하면 돼. 살려서 죗값을 치르게 할지 아니면 죽일지."

"살려. 조 형사 손에 너든 나든 수갑 차는 건 하지 말자? 아니다. 조 형사 성격이라면 수갑 채우기 전에 죽기 직전까지 패겠다. 절대 싫어, 난 아픈 건 딱 질색이거든."

병주의 장난에 언제 서늘했었나 싶게 승후는 밝은 모습으로 돌아와 생긋 웃었다.

"친구님, 서명기 쪽은 신경 끄고 한현수 그 인간 뒷조사 좀 빨리 부탁해용."

친구의 코맹맹이 소리를 들은 병주는 밀려오는 소름에 몸을 부르르 떨었다.

"가! 빨리 가!"

이제 적응할 만도 한데, 병주는 승후가 콧바람을 잔뜩 넣으면 늘 이렇게 예민하게 반응한다. 승후는 장난을 조금도 안 받아주는 병주를 퉁퉁한 부은 표정으로 노려보았다.

"나 삐친다?"

"응, 삐쳐! 괜찮아. 삐쳐도 돼! 그러니까 제발 그 짓은 조 형사에게만 해. 여자가 그래도 소름 돋을 판에 커다란 사내 녀석이 뭐 하는 짓이야?"

자리에서 일어선 병주는 책상으로 옮겨 앉으며 버럭 소리를 질렀다.

"웬만한 여자보다 내가 더 예쁘잖아."

승후가 자기 얼굴이 꽃받침을 하자 병주는 의자를 돌리며 외쳤다.

"이예준, 이 새끼 빨리 끌고 나가!"

어둠 속에 갇힌 공간.

바로 코앞도 보이지 않은 곳에서 가는 울음소리가 들렸다.

"하은아, 어둠은 참 편한 거야. 아무것도 안 보이잖아. 너도 그리고 나도."

입이 막힌 듯 우는 소리밖에 못 내는 하은에게 남자는 부드러운 목소리로 말했다.

"하은아?"

불빛이 번쩍하자, 입이 막히고 손발이 묶인 하은이 구석에서 바들바들 떠는 모습이 잠깐 보였다가 사라졌다.

"부모님은 아주 엄한 분들이셨어. 잘못하면 항상 이렇게 어두운 곳에 이렇게 가두셨지. 꺼내달라고 애원해도 소용없었어. 잘못했다고 빌어도 듣지 않으셨지."

다시 불이 번쩍이고 눈물과 콧물로 범벅이 된 하은의 공포에 가득한 얼굴이 잠깐 보였다가 사라졌다.

"그때 내가 무슨 잘못을 했는지는 기억이 안 나. 울고 또 울고 계속 운 기억밖에 없거든. 한참을 울고 또 울고 울다가 울음소리조차도 나오지 않게 되었을 때, 비로소 주위가 조용해지면 웃음소리가 들리는 거야. 부모님의 웃음소리, 헤버트의 웃음소리. 아! 헤버트 스미스. 내 형이야. 부모님이 낳은."

턱, 턱, 턱, 걷는 소리가 들리고 다시 불이 번쩍했다. 그리고 이번에는 하은과 거리가 조금 가까워져 있었다.

"그렇게 한 번 두 번 세 번, 이렇게 갇히는 날이 많아졌고, 비로소 난 어둠이 주는 편안함을 느낄 수게 됐지. 아무것도 안 보인다는 건 아주 좋은 거야. 내 앞에 뭐가 있든 보이지 않으니까 무서워할 필요가 없거든."

번쩍하고 다시 불이 반짝이고, 바로 눈앞에 있는 한살이의 모습에 하은의 입에서는 날카로운 비명이 터졌다. 물론 입이 막혀 주위를 울릴 정도로 소리가 들리진 않았지만, 공포에 물든 눈동자가 하은이 얼마나 매서운 비명을 질렀는지 느끼게 해주었다.

"우리 하은이, 기뻐해야 해. 가장 아름다운 모습으로 남는 거야. 이 어둠과 잘 어울리는 작품으로 영원히 남을 테니까."

칠흑 같은 어둠 속. 부드러운 음성이 기괴하게 주위를 울렸다.

경찰청 블랙팀.

밤늦은 시간, 팀장실에 연결된 전화기가 울리고, 태석은 어디서 온 건지는 모르는 그 전화를 받아 한참을 통화했다. 그리고 노트북으로 무언가를 살피던 팀장은 보고 있던 걸 프린트 해 가지고 나와 팀원들에게 하나씩 나눠주었다.

"한살이 사건으로 추정되는 실종자가 나타났다."

태석의 말에 팀원들의 시선이 방금 나눠준 서류로 옮겨졌다.

"이름은 민하은, 나이는 스물여섯이다. 사는 곳은 서울 마포구 마포동이며, 직업은 사립 유치원 교사로 어제 저녁 퇴근 후에 잠깐 누굴 만나 뭐 좀 받고 오겠다는 전화를 한 게 마지막이었다."

모두 미음이다. 또다시 한살이 사건이 터졌다는 걸 확인한 순간, 블랙팀 모두의 입에선 무거운 한숨이 터졌다.

"누굴 만나 뭘 받아요?"

유하의 질문에 태석이 시선이 그녀에게로 옮겨졌다.

"그건 모른다. 가족도 정확한 건 모른다고 했다."

"그럼 민하은이 마지막으로 발견된 건 어제 아침인가요?"

찬우의 질문에 태석의 시선이 이번에는 그에게로 향했다.

"가족은 아침에 출근하러 나간 게 마지막이라 했다."

"사건이 우리에게 빨리 넘어왔네요? 어제 퇴근 후면 오늘 6시 이후에

나 실종 신고가 접수 됐을 테고, 시간 상 이렇게 빨리 우리에게 넘어올 리가 없는데?"

이번에는 주영이 입을 열었고, 태석의 시선도 따라서 그에게로 옮겨갔다.

"미음으로 시작되는 이름을 가졌고 미음으로 시작되는 동네에 사는 사람이 실종되었다는 신고가 들어오면, 곧장 우리에게로 사건을 보내달라는 부탁을 했었다."

"일단 어제 민하은 행적을 파야겠군요. 민하은의 행적 속에 한살이가 있을 테니까."

도준이 말할 때 잠깐 그를 봤던 태석이 굳은 표정으로 팀원들을 한 명씩 모두 둘러보았다.

"우리는 서둘러 민하은의 행적을 쫓는다. 지금 당장 나가! 나가서 민하은 아침부터 밤까지 모조리 다 털어!"

태석의 명령에 블랙팀원들은 대답도 없이 곧장 밖으로 뛰어나갔다.

유하는 민하은 집, 도준은 민하은이 집에서 지하철까지 출퇴근하는 길, 주영은 지하철에서 직장까지 길, 그리고 찬우는 사이버팀에서 민하은의 SNS를 탈탈 털기 시작했다.

일단 하은의 집으로 온 유하는 그녀의 부모님께 이런저런 질문을 하면서 방을 샅샅이 살폈다.

"누가 지켜본다든가 그런 말은 들어 본 적 없어요."

하은의 어머니는 그녀의 방문 앞에 서서 오직 유하만 보고 있었다. 형사가 이곳에서 작은 단서라도 찾길 바라는 마음일 터였다.

"최근에 누굴 만났다는 말도 없었습니까? 해외 입양아라든지."

"아니요, 그런 말 들은 적 없어요."

혹시 다이어리나 일기장 같은 게 있지 않을까 하는 마음으로 책장을 살피던 유하는 아무것도 나오지 않자 낮은 한숨을 내쉬었다.

"무슨 일인가요? 브, 블랙팀은 살인 같은 거 일어났을 때나 수사하잖아요. 혹시 우리 애가 죽은 건가요?"

하은의 어머니는 엄청난 불안감을 느꼈는지 몸을 바들바들 떨고 있었다.

"아닙니다. 따님이 실종되었다 해서 저희가 나온 겁니다, 아직 어떤 것도 모릅니다."

"실종 신고하고 바로 블랙팀이 나온 거 보면 뭔가 있기 때문이잖습니까? 블랙팀은 연쇄살인마만 잡는 팀이잖아요! 실종 사건이 왜 블랙팀에 갔는지 그걸 설명해 줘야 하는 거 아닙니까?"

뒤에서 조용히 지켜보던 하은의 아버지까지 나서자 유하는 어쩔 수 없다는 표정으로 거실 소파를 가리켰다. 서 있는 상태에서 충격으로 쓰러지면 큰일이 터질 수 있기에 일단 부모님을 앉혀야 했다.

하은의 부모님이 모두 소파에 앉자, 마주 보는 위치에 선 유하는 몇 초 생각에 잠겼다가 결정했다는 표정으로 입을 열었다.

"현재 블랙팀에서 수사하는 피해자의 조건이 민하은 씨와 일치하기 때문에 저희가 민하은 씨 실종 사건을 맡게 된 겁니다."

"무슨 조건인데요?"

하은의 어머닌 아무것도 듣지 않았으면서 벌써 눈물을 흘리고 있었다.

"저희가 수사하는 범인이 한글 자음 순서대로 피해자를 고릅니다. 예를 들어, 기역으로 시작되는 이름에 기역으로 시작되는 지역에 사는 사람을 범행 대상으로 선택하죠."

"살인사건입니까?"

하은의 아버지 질문에 유하는 나지막하게 "네." 하고 대답했다.

"시, 시신은 발견됐습니까?"

"기역으로 시작되는 지역에서 시신이 발견됐습니다."

"우리 하은이는 미음이니까……."

"이름이 민하은이고 마포구 마포동에 사니까, 일단 저희가 나온 겁니다. 물론 이건 저희 추측일 뿐, 민하은 씨 다른 사건일 가능성도 있습니다."

"다른 사람들은 실종되고 시체가 발견될 때까지 얼마나 걸렸습니까?"

하은의 아버지 목소리가 가늘게 떨렸다. 끔찍한 공포가 눈앞에 다가왔다는 걸 느낀 것 같았다.

"이틀 정도입니다."

"그, 그럼…… 우리 하은이 이미 죽은…… 겁니까?"

"다시 말씀드리지만, 이건 저희 추측일 뿐입니다."

"혹…… 시 우리 하은이…… 살아 있을까요?"

"최선을 다하겠습니다. 죄송합니다. 이런 말밖에 드릴 수 없어서."

"네. 부탁합니다. 우리 하은이 꼭 찾아주세요."

하은의 어머닌 그대로 무너져 울음을 터뜨렸지만, 아버진 두 눈을 꼭 감으며 유하에게 부탁의 말을 전했다.

유하는 꾸벅 인사를 하고 다시 하은의 방으로 들어갔다. 그리고 제발 민하은이 뭐라도 남겼길 바라는 마음에서 다시 방을 조사하기 시작했다.

황도준, 집에서 지하철까지 민하은이 출퇴근하는 길.

도준은 집에서 지하철까지 민하은이 다니는 길을 여러 번 오가며, 길에 있는 CCTV와 편의점이나 커피숍에 있는 CCTV, 그리고 차들을 유심히 살피며 다녔다.

모든 차 블랙박스를 확인할 수 없으니, 모두가 집에 있는 이 시간에 세워진 차들을 확인하고, 내일 민하은이 출근하는 시간에 세워져 있는 차들은 확인하면, 남은 그 차들 블랙박스를 수거해 조사하는 게 첫 번째로 그가 할 일이었기 때문이었다.

CCTV가 있긴 있지만 제대로 찍히진 않았을 것이다. 모자 같은 걸로 대충 얼굴을 가렸으면 CCTV에서 뭔가를 건질 확률은 없기 때문이었다.

"블랙박스가 제일 믿을 만하긴 한데……."

길 한복판, 도준은 주위를 쭉 둘러보며 길고 긴 한숨을 내쉬었다.

답답한 건 지하철에서 민하은이 다니는 유치원까지 살피고 있던 주영도 마찬가지였다. 지하철에 CCTV가 보였고 중간에 두 개 정도 더 있지만, 한살이를 찍었다 해도 얼굴까지 가려내기엔 힘들 것으로 보였다. 지금 블랙팀에게 필요한 건 선명하게 얼굴이 찍힌 사진 한 장이었다.

거리에 엄청난 카메라들이 돌아다니고 있는데, 한살이 얼굴을 찍은 딱 한 장의 사진을 못 찾는다는 게 속 터지게 답답할 뿐이었다.

"찬우야, 제발 뭐라도 찾아내라."

주영은 목덜미를 살살 주무르며 다른 팀원들에게 모든 희망을 걸어보았다.

사이버팀, 한찬우.

도준과 유하 그리고 주영이 허탕을 치고 있을 때 찬우는 몇 살 위인 사이버팀 베테랑 형사와 민하은 SNS를 뒤지고 있었다.

"다 친구, 친구, 친구, 같은 직장 동료, 새로운 사람은 없는데?"

사이버팀 형사의 말에 찬우는 고통스러운 신음을 흘리며 자기 머리를 움켜쥐었다.

"찾아야 해요. 지금 못 찾으며 시간이 흐를수록 찾은 확률은 팍팍 줄어듭니다."

"찾고 싶지. 찾고는 싶은데……."

사이버팀 형사는 머리를 긁적이고는 다시 컴퓨터를 두드렸다.

"최근에 새로 누군가를 사귄 흔적은 없어. 댓글도 모두 지인들뿐이고."

"혹시 누군가와 만나기로 했다는 글은 없나요? 요 며칠만 거슬러 올라가면 되는데요."

사이버팀 형사는 "아이고." 하고 소리를 내며 바쁘게 손을 움직였다.

"없어. 만약 급하게 생긴 약속이라면 SNS가 아니라 친구들한테 전화하지 않았을까?"

"친하지 않고, 단순하게 무언가를 받기로 한 거면, 급하게 약속을 잡았을 테고, 그랬다면 SNS보다는 친구들에게 무언가를 말했을 확률이 높겠죠. 그럼 SNS로 보면 알죠? 누가 제일 친한지?"

"잠깐만, 한 명이 유독 눈에 띄네. SNS 사진 올린 건 살펴보면 민하은과 함께 찍은 사진이 제일 많아. 이름이 목서연이네."

사이버팀 형사의 말을 듣자마자 찬우는 지금 하은의 부모님과 함께 있는 유하에게로 전화를 걸었다.

[네, 선배.]

"목서연, 민하은과 절친이 맞느냐고 물어봐."

유하는 찬우의 시키는 대로 물었고, 하은의 부모님께서 맞다며 서연이의 제일 친한 친구라고 급하게 말하는 소리가 찬우에게까지 들려왔다.

"목서연 휴대폰 번호 좀 부탁해요."

사이버팀 형사는 모든 걸 초월한 듯 "네, 네, 네. 블랙팀 명령이니 분부대로 해야죠." 하고 대답하며 빠르게 목서연에 관해 알아보기 시작했다. 그리고 얼마 후 목서연의 휴대폰 번호를 불러주었다.

[아! 진짜! 이 밤중에 누구야?]

자고 있다가 전화를 받은 듯, 목서연의 목소리엔 짜증이 가득 묻어 있었다.

"목서연 씨, 저는 경찰청 특수사건전담반 블랙팀 한찬우 형사입니다."

밤늦게 전화했으니 신경질을 부리는 건 당연하기에 찬우는 침착하게 자기소개를 했다.

[네?]

찬우의 소개에 놀란 듯 서연은 비명에 가까운 목소리를 터뜨렸다.

"민하은 씨 친구죠?"

[네. 그런데 하은이가 왜요?]

"몇 가지 물어볼 것들이 있는데, 실례해도 되겠습니까?"

[무슨…….]

"하은 씨와 언제 통화하셨습니까?"

[어제 퇴근 시간에요.]

"왜 통화하셨습니까?"

[왜 블랙팀에서 하은이에 관해 물어보죠? 아니지. 그쪽이 블랙팀 형사라는 걸 내가 어떻게 믿죠?]

놀란 것도 잠시 서연의 목소리는 다시 사나워졌다. 찬우가 진짜 블랙팀 형사인지 확신하지 못하겠다는 뜻이었다.

"그럼 지금 당장 경찰청으로 와주셔도 되고요. 오시겠습니까?"

[그런 건 아니지만…….]

"그럼 민하은 씨 자택으로 전화를 한번 해보시죠. 민하은 씨 부모님은 민하은 씨 친구들 전화번호를 몰라서 못 했다고 했으니, 부모님과 통화해 보시는 것도 좋을 것 같습니다만."

[우리 하은이에게 무슨 일 있나요? 말해주세요. 하은이가 왜요?]

그제야 목서연은 불길한 사건이 터진 걸 짐작하고 다급하게 물었다.

"질문에 대답 먼저 해주시겠습니까? 민하은 씨와 왜 통화하셨습니까?"

[어떤 사람이 포토그래퍼인데 하은이 사진을 찍었다고 하더라고요. 사진 봤는데, 진짜 잘 나왔다고 했어요. 그거 인화해서 주기로 했다며 받으러 간다고. 그게 마지막 통화였어요.]

포토그래퍼라는 말에 찬우의 미간이 일그러졌다.

"다른 건 없습니까?"

[아! 그 사람이 입양아라고 했어요. 우리나라에서 미국으로 입양 갔다고. 안 그래도 사진 찍히던 날 엄청 사납게 말해서 줄곧 미안했다

고 하더라고요.]

"이름 같은 건 모릅니까?"

[이름이라…… 피터! 피터 한 스미스. 맞아요. 그 이름이었어요. 그런데 하은이가 왜요?]

"실종된 상태입니다. 블랙팀 사건이라 목서연 씬 저와 통화한 사실 자체도 보안입니다. 다만 민하은 씨 부모님께서 충격을 받은 상태라 목서연 씨가 힘이 돼주실 수도 있을 것 같은데요."

[네, 알겠습니다. 그렇게 할게요.]

이렇게 목서연과 통화를 끝낸 찬우는 머리를 긁적이며 사이버팀 형사에게 물었다.

"혹시 피터 한 스미스라고 털 수 있을까요?"

"잠깐만 기다려."

이렇게 말한 사이버팀 형사는 폭풍 검색을 시작했다. 그리고 얼마 후 고개를 갸웃했다.

"왜요?"

"그 사람이 찍은 사진은 있는데, 이 사람이 우리가 찾는 범인인지는 모르겠어. 아무리 찾아도 얼굴이 안 나와."

"이 사람에 관해 더 알아낼 방법은 없습니까?"

"우리나라 사람이 아니라서 시간이 좀 필요해."

"될 수 있으면 빨리요. 선배 사이버팀 에이스잖아요."

"칭찬이 어째 칭찬 같지 않다?"

"선배님 존경하는 후배의 마음입니다. 선배님, 사랑합니다."

찬우가 손 하트까지 보이며 아부를 하자 사이버팀 형사의 입에선 큭 웃음이 터졌다.

"그 사랑, 블랙팀 선배들까지만 줘. 나까지는 안 챙겨도 돼."

사이버팀 형사는 찬우의 사랑을 거부하며 진저리를 쳤다. 그리고 뭐라도 찾으면 연락해 줄 테니 가라며 그를 내쫓았다.

"진짜 제발 빨리 좀 찾아주십시오. 선배의 능력을 믿습니다."

사이버팀에서 내쫓긴 찬우는 혼잣말로 이렇게 중얼거리며 터덜터덜 블랙팀으로 향했다.

승용차 안, 민승후.

"형님, 주무십니까?"

승후는 뒷정리하는 매니저와 개인 스태프들을 밴 타고 나중에 오라고 한 뒤, 예준과 함께 먼저 다른 촬영장으로 이동했다.

스케줄이 밀린 지금, 밤을 꼴딱 새우며 촬영을 한 승후에게는 다른 촬영 장소로 이동하는 지금이 쉴 수 있는 유일한 시간이었다. 물론 쪽 잠이지만, 모자란 잠을 청하기에도 이 시간은 아주 중요했다. 그런데 그런 중요한 시간을 예준이 방해한 것이다.

"말해. 들을게."

뒷좌석에서 잠을 자고 있던 승후는 눈을 감은 그대로 예준이 하는 말을 들었다.

"한현수 말입니다."

절대로 눈을 안뜰 것 같은 승후가 한현수라는 이름에 눈을 뜨고 앞에서 운전하고 있는 예준을 응시했다.

"왜?"

"실제 이름은 피터 H 스미스라고 합니다.

"피터 H 스미스?"

"해외 입양아 맞습니다. 양부모가 그를 다섯 살 때 입양한 것도 맞고요. 양부모가 부유한 편이었던 것 같습니다. 불우이웃 돕기도 많이 하고 근방에서는 엄청 좋은 사람들로 소문이 자자하답니다."

"그럼 겉으로 한현수는 아무 문제가 없다는 건가?"

"겉으로 보기엔 그렇습니다. 그런데 원래 사람이라는 게 겉 다르고 속 다른 게 많지 않습니까? 한현수 고등학교 졸업한 이후 독립해서 단

한 번도 집을 찾지 않았습니다. 이름도 피터 H 스미스에서 원래 이름인 한현수로 바꿨고 지금까지 쭉 한현수로 살았습니다."

"그럼 양부모가 한현수를 학대했다는 거야?"

"그런 소문은 없습니다. 독립하기 전까지 한현수는 아주 모범생이었다고 합니다. 겉으로 보기엔 가족과도 사이가 좋았고."

"그런데 뭐가 문제야? 무슨 문제가 있으니까 겉 다르고 속 다르다고 한 거잖아?"

"한현수가 어렸을 때 가르친 선생님이 같은 동네에 사는데, 한현수가 유독 어두운 걸 무서워했답니다."

"어린아이들 다 어두운 거 싫어하잖아?"

"싫어한 정도가 아니라 두려워한 것 같습니다. 선생은 한국에 있을 때 기억 때문이라고 생각했고, 양부모도 아이가 보육원에서 몹쓸 일을 당한 것 같다며 걱정했답니다."

예준의 말에 승후의 입에선 픽 비웃음이 흘렀다.

"왜 웃으십니까?"

"아이를 학대하고 입을 막아버리는 건 이쪽이나 저쪽이나 비슷한 것 같아서."

"단정할 순 없지만, 형님 생각이 맞는 것 같습니다. 한현수, 이곳 보육원에 있을 땐, 친구들과 불 끄고 귀신 놀이 같은 걸 즐겼다고 하니까, 어둠을 무서워하게 된 시기는 바로 양부모 집으로 간 이후일 겁니다."

"원망이 컸겠네. 이 나라가 자기를 지옥으로 보냈으니까."

만약 예상한 게 맞는다면, 모르긴 해도 한현수 가슴엔 커다란 원망 덩어리가 있을 것이다. 그냥 내버려 뒀으면 보육원에서 편안하게 컸을 아이를 굳이 미국 땅까지 보내 끔찍한 일을 당하게 했으니까.

"좋은 부모 만나 잘 컸고, 기자라는 직업 덕분에 이렇게 내가 태어난 나라를 소개할 수 있어서 좋습니다."

이 말이 거짓이면 한국에 대해 좋은 기사를 쓰는 것도 진심은 아닐 것이다.

도대체 속셈이 뭐지? 나에게 접근한 이유가 뭐야?

혹시 서명기가 말하는 미친놈 중 한 놈이야?

한현수에 관해 알면 알수록 승후는 점점 더 의심하는 마음이 커져만 갔다.

"다른 건?"

"의심 없이 겉모습만 보자면, 일단 잘 자랐습니다. 한국에 대한 애정도 깊고. 그런데 이상한 점이 있습니다."

"뭐?"

"특별이 친하게 지내는 친구가 없었답니다."

"옆집에 한국인 가족이 살아서 그 집 아이들과 늘 함께였다고 했잖아."

"저도 그걸 들어서 더 자세히 알아보라고 했더니, 그 동네에 한국인은 없었답니다. 한현수 딱 한 명뿐이었습니다."

"그것 또한 거짓말이다?"

참 알면 알수록 모를 놈이다.

승후는 어이없다는 듯 픽 웃음을 흘리며 고개를 절레절레 흔들었다.

"아! 그리고 그 형이 2년 전에 죽었습니다. 교통사고라 하는데, 약에 취한 상태였다고 합니다."

승후는 아무 말이 없었다. 그저 무표정으로 가만히 앞만 가만히 볼 뿐이었다.

"한현수 형 이름은 헤버트 스미스이고 1주일 정도 뉴욕에 있는 친구집에 갔다 온다고 나갔는데, 사흘 후에 코네티컷주의 하트퍼드에서 교통사고로 즉사했다며 연락이 왔답니다. 그래서 부검을 해보니 혈액 속에서 마약이 검출됐다고 합니다."

"원래 약쟁이였던 거야?"

"글쎄요. 그런 것까지는 잘······."

"헤버트, 하트퍼드, 한현수, 우연의 일치인가?"

엄청나게 피곤한데 신경까지 바짝 쓰니 승후는 골치가 지근거렸다.

신경 쓰지 말자. 한현수 형이 어떻게 죽었든 그건 나랑 상관없는 거니까.

"잘게. 도착해도 깨우지 말고 촬영 들어갈 때나 깨워."

승후는 짧게 한숨을 내쉬며 다시 눈을 감았다. 그리고 곧 다시 깊은 잠에 빠져들었다.

다음 날.

도준은 피해자 민하은의 동네로 탐문을 나갔고, 주영과 찬우도 각각 다른 곳으로 나간 후, 블랙팀에 혼자 남은 유하는 아직도 라은수가 평소 지나다니는 길 위에서 긁어모은 CCTV 자료들, 그리고 어마어마한 양의 차량 블랙박스와 씨름 중이었다.

내가 동영상을 보고 있는 건지 동영상이 내 눈앞에서 무한 재생되고 있는 건지 모를 시간이 지나갈 때쯤, 이른 아침에 외출해 외부 일을 보고 들어온 태석이 유하의 책상에 막 내린 따끈따끈한 커피를 올려놓고 그녀의 등을 토닥였다. 아무 말도 안 했지만, 힘든 거 다 알고 있으니 조금만 더 애쓰라는 뜻이 담긴 행동이라는 걸 알기에, 유하도 아무 말 없이 고개를 끄덕였다.

팀장이 팀장실에 들어가고 유하의 재미없고 지루하며 괴로운 영화 관람은 계속되었다.

반은 감긴 눈으로 노트북 화면을 응시하는 모습이, 저 상태로 굳어 혹시 자는 게 아닐까 하는 생각이 들 정도로 조금의 움직임도 없었다.

이제는 깨워야 하는 않을까 생각이 들 때쯤 힘차게 동영상을 멈춘 유하는 팔을 쭉 올려 힘차게 기지개를 켰다.

"아! 이대로 돌 되는 줄 알았네."

목 운동하듯 느리게 고개를 돌린 유하는 씩 웃으며 손가락으로 노트북 화면을 톡톡 쳤다.

"안녕? 피터? 많이 찾았잖아. 너무 잘 숨어서 포기할 뻔했다니까?"

유하가 달콤하게 웃으며 말을 건 노트북 화면엔 피해자 라은수가 있었고 은수의 시선이 닿는 곳에 그녀가 그렇게나 애타게 찾던 바로 해외 입양아라고 자신을 소개한 피터의 옆모습이 보였다.

"자, 우리 이제 깊은 대화 좀 해볼까? 너 진짜 이름이 뭐야? 지금 알려주면 죽기 직전까지만 팰게. 죽도록 패지는 않을 테니까 안심하고, 말 좀 해볼래?"

불안할 정도로 밝게 웃으며 노트북 화면과 대화를 나누는 모습이다. 모르는 사람이 봤다면 살짝 맛이 간 건 아닐까 하는 생각을 했을 것이다. 하지만 유하의 이런 모습이 무얼 뜻하는지 아주 잘 알고 있었던 태석은 팀장실에서 나와 그녀에게로 걸어왔다.

"뭐야? 뭐 찾은 거야?"

"우리의 피터님을 찾았어요. 라은수에게 사진을 전해준 해외 입양아 피터의 옆모습입니다."

유하가 화면을 돌려서 보여주자 태석의 미간이 사납게 일그러졌다.

"이게 한살이 사건의 유력한 용의자라는 거지?"

"넵."

"너 지금 당장 이 사진 도준이와 주영이 그리고 찬우에게 보내줘. 기역, 니은, 디귿 피해자들 주위에서 이놈이 나오면 당장 언론에 때릴 테니까. 오늘 밤을 꼴딱 새우더라도 꼭 알아내서 오라고 해."

태석은 빠르게 명령한 뒤 휴대폰을 꺼내 어딘가로 전화를 걸며 블랙팀에서 사라졌다.

"기다려. 내가 곧 갈게."

유하는 화면에 있는 피터를 보며 아주 화사하게 방긋 웃었다.

전라북도 무주군 무풍면의 한 고등학교.

이른 아침. 등교하기엔 이른 시간이라 교문 주변은 아직 한산했다. 이 학교의 선생인 남궁규진은 학교 주변을 살피다가 교문 바로 옆에 있는 여행용 가방을 발견하고는 고개를 갸웃했다.

이 아침에 여행용 가방이 왜 이곳에 있는 걸까?

가방 크기로 보아 깜박 잊고 가는 것도 불가능한 것 같은데, 누가 저기다 둔 걸까?

흠집 하나 없는 가방은 얼핏 봐도 새 가방처럼 보였다. 낡은 거라면 신고하면 돈 내고 버려야 하니까 이곳에 슬쩍 두고 갔나 보다 할 텐데, 그렇게 생각할 수 없을 만큼 가방은 새것이었다.

규진은 머리를 긁적이며 가방 쪽으로 다가가 조금 움직여 보았다. 묵직하다. 안에 무언가 잔뜩 들어 있는 느낌이다.

"뭐지? 도대체 뭐냐? 이 커다란 걸 잊어버릴 정도로 정신이 없다면 그건 병에 가까울 텐데."

혼잣말로 이렇게 중얼거린 규진은 안에 주인을 추측할 만한 무언가 있길 바라며 가방을 열었다.

"으악!"

비명을 지르며 뒷걸음으로 빠르게 물러난 규진은 후들후들 떨다가 그만 바닥에 주저앉아 버렸다.

"남궁 선생님, 무슨 일이에요?"

규진의 비명에 마침 출근하던 동료 선생이 달려왔다. 그리고 또 한 번의 비명이 주위를 울렸다.

얼마 후, 급히 무주군 무평면으로 내려간 블랙팀은 가방 안에서 발견된 피해자 민하은을 보고는 고개를 아래로 떨어뜨렸다.

결국 미음 희생자가 나왔다. 막고 싶었으나 막지 못해 죽은 피해자.

블랙팀은 아무 말도 못 하고 그저 하염없이 민하은을 보고 또 보았다.

"뭐 해? 빨리빨리 들어가!"

등교하던 학생들이 모두 이 끔찍한 장면을 보았다.

"수업 안 해? 안 들어가고 뭐 하는 거야?"

"나온 놈들 누구야?"

"이 자식들이 정신이 나갔나? 빨리 안 들어가!"

선생들이 날카롭게 소리 지르며 학생들을 안으로 들여보내려 했지만, 오히려 점점 더 많이 몰려들 뿐이었다.

'한살이 이 개새끼! 너 일부러 이곳에서 놔둔 거지?'

몰려드는 학생들을 보며 유하는 한살이가 왜 이곳을 선택했는지 알게 되었다. 이곳뿐만 아니었다. 시신을 버린 곳이 모두 그 지역에서 사람들이 많이 오가는 곳이었다. 첫 번째 피해자 김성진이 발견된 아파트, 두 번째 피해자 노현미가 발견된 지하철역, 세 번째 피해자 도미령이 발견된 항구, 네 번째 피해자 라은수가 발견된 군청, 그리고 민하은이 발견된 고등학교.

모두 사람들이 많이 다니는 곳이었다.

"이제야 알겠네요. 한살이가 사체 버리는 곳을 택하는 기준."

유하의 나지막한 중얼거림에 블랙팀의 시선이 모두 그녀에게로 향했다.

"사람들이 많이 오가는 곳. 사건을 기억하는 사람들은 사체가 발견된 장소를 지날 때마다 계속 떠올릴 겁니다. 사람을 죽여 여행용 가방에 넣어 버리는 한살이라는 살인마를."

"많은 사람이 오가는 곳이니 지워지기까지 시간이 꽤 오래 걸릴 테고, 기억이 희미해지는 시간보다 소문이 퍼지는 시간이 더 빠를 테니, 영원히 입에서 입으로 오르내릴 겁니다. 미친놈."

찬우는 짜증스럽게 머리를 헝클며 낮은 욕설을 내뱉었다.

"왜 한글 자음에 맞춰 살인하는지도 알겠어. 한글은 우리가 늘 쓰는 거니까, 우리의 일상이 공포로 바뀌는 거지. 이건 지독한 원망입니다. 한살이 이놈 단순한 사이코패스가 아니야."

주영의 말에 도준이 입을 열었다.

"어째서 전국을 무대로 범행을 벌이나 했더니, 이런 깊은 뜻이 있을 줄이야. 한살이 이 새끼, 이 대한민국을 증오하는 녀석이다."

도준의 정확하게 핵심을 정리하자 가만히 민하은의 사체를 보고 있던 태석이 입을 열었다.

"1주일 안에 잡아와. 무조건."

태석의 명령에 블랙팀 모두 두 주먹을 꽉 움켜쥐었다. 그건 무조건 잡겠다는 나짐이었다.

외전.
파트너 : 블랙 3

민승후 자택.

소파에 앉아 느긋하게 대본을 읽고 있던 승후는 예준과 함께 현수가 들어오자 입가에 화사한 미소를 머금었다.

"민승후 씨, 취재를 허락해 주셔서 감사합니다."

"잘 부탁합니다. 마음에 안 드는 모습이 있어도 잘 좀 써주세요."

"민승후 씨 기획 기사를 쓸 수 있게 돼서 엄청난 영광으로 생각하고 있어요. 최선을 다하겠습니다."

자연스럽게 악수를 한 승후와 현수는 소파에 마주 보고 앉았다.

"앞으로 며칠간 저와 함께 움직이신다고요?"

"네. 그러길 바랍니다."

"그러세요. 요즘 촬영 스케줄 때문에 촬영장 아니면 집이라 재미는 없겠지만."

"대한민국에서 최고로 바쁘신 것 제가 다 알죠."

"저보다 더 바쁜 사람이 들으면 비웃어요."

본격적인 인터뷰를 하기에 앞서 가벼운 대화를 주고받을 때 예준이 차를 들고 와 승후와 현수 앞에 한 잔씩 놓았다.

"감사합니다. 그런데 보디가드라 들었는데, 개인 비서 역할도 하시나 봐요?"

예준이 승후의 뒤쪽으로 자리를 옮겨 서 있자 현수는 예준과 그를 번갈아 보며 궁금한 듯 물었다.

"단순한 보디가드가 아니에요. 친구가 제일 아끼는 동생을 제 경호원으로 붙여준 거거든요. 그래서 예준이가 공적인 부분은 물론 사적인 부분까지 모두 관리해 줘요."

"그럼 예준 씨가 승후 씨에겐 아주 특별한 사람이겠네요? 승후 씨의 모든 걸 알고 있을 테니까요?"

"예준이만 구워삶으시면 저에 관해 모르는 건 없으실 겁니다. 잘하면 제 애인에 관해서도 다 알 수 있을 것 같은데요?"

"우와! 잘 보여야겠네요?"

승후의 농담에 현수도 농담처럼 말하며 예준에게로 시선을 돌렸다. 하지만 그 시선이 다시 승후에게로 향했다.

"작품을 선택할 때 가장 중요하게 생각하시는 게 뭐예요?"

"음……, 느낌? 다들 하지 말라는 작품이 심장에 확 꽂힐 때가 있어요. 그럼 그 작품은 꼭 해요. 반대로 다들 꼭 해야 한다는 작품이 영 탐탁지 않을 땐 절대로 안 하죠. 몇 번 그런 적이 있어서 깊게 생각해 봤는데, 작품을 고를 때 느낌을 중요하게 생각하는 것 같아요."

"느낌을 중요하게 여긴다. 좋네요. 어떤 일이든 마음이 가면 모든 걸 쏟아붓는다는 뜻이잖아요."

"제 모든 걸 쏟지는 않고, 노력은 하죠. 잘 해낼 수 있게."

"혹시 애인과 만날 때도 그러셨습니까?"

"저는 한곳에 꽂히면 쭉 가야 하는 스타일이에요. 중간에 차단이 되면 다른 일을 못 할 정도로 엄청난 스트레스를 받거든요. 사람에게도 그런 것 같아요. 이 친구가 좋아서 다른 건 눈에 안 들어오라고요. 계속 나 좋아해 달라고 징징거렸어요. 지금도 그런 것 같아요. 이 친구가 나보다 일에 빠져 있으면, 징징거리며 관심 가져달라고 애원하는 것 같아요."

"블랙팀은 일이 많은 팀 아닌가요? 제가 한국 사회는 잘 모르지만, TV에 보면 큰 사건이 일어나면 대부분 블랙팀이 맡았다는 말이 들리던데?"

"네. 요즘 엄청 바빠요."

승후는 격하게 공감하며 밉지 않게 미간을 찡그렸다.

"제가 요즘 시간 날 때마다 경찰청으로 출근하고 있다니까요. 오죽했으면 경찰청에서 출근부 만들겠다고 하겠어요."

말해놓고도 쑥스러운지 승후는 크게 하하 웃고 말았다.

"승후 씨의 뜨거운 사랑을 받고 계신 분은 참 행복하겠어요."

"행복은 모르겠고 짜증은 내죠. 사생활이 일을 방해하는 건 그다지 좋아하지 않아서."

"하긴, 중요한 일 하시는 분이니까."

"그래서 참고 삽니다. 아주 중요한 일 하는 사람이라."

승후가 웃자 현수는 그를 따라 웃으며 예준을 슬쩍 보았다. 딱딱한 표정으로 승후가 인터뷰하는 모습을 지켜보던 예준은 현수와 시선이 부딪치자 아주 조금 미간을 일그러뜨렸다. 뭔가 마음에 안 든다는 뜻이었다.

잘 모르는 기자 때문에 경호에 구멍이 생겼으니 그게 마음에 안 든 것이리라.

이렇게 생각한 현수는 최대한 좋은 인상을 심어주기 위해 빙긋 미소를 머금었다. 그러자 예준은 지나치다 싶을 정도로 차갑게 시선을 돌려버렸다. 이건 누가 봐도 경계하고 거부하는 몸짓이었다.

'결국 넌 날 안 믿겠다는 거네? 그렇다면 어쩔 수 없지. 제거할 수밖

에. 나와 민승후를 위해.'

현수는 다시 승후에게로 시선을 돌리며 더 짙은 미소를 머금었다.

승후의 허락을 받은 후부터 현수는 그의 껌딱지가 되었다. 현수는 민
승후 그림자가 되어버린 것처럼 어디든 함께 갔고 무엇이든 같이하려 했
다.

"우리 승후 골치 아프겠다. 엄청 불편해 보이는데, 도마뱀처럼 꼬리
자르기는 안 돼?"

계속 꼬랑지 하나를 달고 다니는 승후를 보며 민석이 놀리듯 말했다.

"며칠 계속 함께 생활하다 보니 이젠 제 개인 스태프 같습니다. 그저
께는 셋이서 같이 우리 집에서 자기도 했어요."

승후는 장난스럽게 말하며 가까이서 자신만 응시하고 있는 현수를
힐끔 보았다.

"기자가 집에까지 갔어?"

"개인 생활도 취재 대상이라 해서요. 덩달아 예준이도 같이 자는 바
람에, 오래간만에 집이 북적거렸죠."

"우리 조 형사 바쁜 바람에 기자가 대박 터뜨렸다?"

"그러니까요. 조 형사 안 바쁘면 절대 허락 안 했을 겁니다."

"오늘 촬영 마지막 신이네. 하루 쉴 텐데 뭐 할 거야?"

"그냥 잘 생각이에요. 피곤해서 서 있을 힘도 없어요."

"그래, 푹 쉬어라."

민석이 어깨를 두드려 주자 승후는 짧게 대답하고는 오늘의 마지막
신 촬영에 들어갔다.

찰칵, 찰칵, 쉴 새 없이 셔터 누르는 소리가 들리고 현수는 촬영장을
이리저리 뛰어다니며 승후의 모습을 카메라에 담기 바빴다.

"앗!"

너무 정신없이 찍어댄 걸까, 현수는 반사판을 들고 있던 조명팀 막내

와 부딪치고 말았다.

"진짜! 적당히 좀 하죠? 기자가 눈치는 어디 똥통에 팔아먹었나? 당신 때문에 몇 사람 동선이 자꾸 꼬이는 줄 알아? 이렇게 분위기 파악 못 해 기자는 어떻게 됐나 몰라?"

조명팀 막내는 현수를 날카롭게 노려보고는 지나갔다.

"미안해, 서윤 씨. 한 기자님이 여기가 처음이라 그래. 이해해 줘요."

승후는 생긋 웃으며 현수가 뭐라 말하기도 전에 먼저 사과했다.

"당연히 이해하죠. 이해는 하는데, 마음에 안 드는 건 어쩔 수가 없네요."

서윤이 현수를 못마땅하다는 표정으로 위아래로 훑자 승후는 어색하게 히죽 웃고는 그를 데리고 반대편 구석 쪽으로 자리를 옮겼다.

"한 기자님, 이 촬영장은 지금 전쟁통이라 보시면 돼요. 오늘 촬영이 여기서 빨리 끝나야 다음 일을 진행하거든요. 다들 예민해져 있으니까 조금만 신경 써주세요?"

"아! 네. 알겠습니다. 죄송합니다."

승후가 촬영을 하러 가고, 현수는 그 자리에 서서 촬영장을 한 번 쭉 훑었다. 그리고 방금 자신에게 신경질을 부린 조명팀 막내를 응시했다.

조명팀 막내이자 홍일점 민서윤.

조명팀 내 유일한 여자여서인지 선배들이 애틋하게 챙기기 때문에 별명이 '조명팀 금지옥엽'이었다. 그래서 거만해진 탓일까. 서윤은 처음부터 현수에게 경계심이 가득했다. 조금만 앞을 가려도 그 즉시 날카롭게 신경질을 부려서 현수의 신경을 건드린 게 한두 번이 아니었다.

'애써 만든 패턴만 아니었으면 저년 먼저 죽였을 텐데.'

조명팀 남자 선배들 사이에서 화사하게 웃는 서윤을 보며 현수의 얼굴이 차갑게 일그러졌다.

그렇게 한두 시간 촬영이 이어졌고, 이윽고 모든 일정이 끝났다.

"고생하셨습니다."

고된 촬영에 탈진 직전인 스태프들을 향해 꾸벅 인사를 한 승후는 서둘러 촬영장을 빠져나왔다. 그리고 개인 승용차 차에 올라타 바로 눈을 감았다.

피곤해 손끝 하나 까딱할 힘이 없다. 그냥 이래도 푹 잤으면 좋겠다.

승후는 이런 마음으로 곧장 잠에 빠져들었다.

"내일 하루 쉬고 모레 봅시다."

의상과 소품들을 정리하는 매니저와 개인 스태프들에게 인사한 예준은 현수가 승후가 탄 차에 올라타려 하자, 자동차 리모컨으로 재빨리 문을 잠가 버렸다.

"매니저는 오늘 한 기자님 모셔다 드려."

"이건 합의된 내용입니다. 저는 민승후 씨와 함께하면서 민승후 씨 모든 걸 취재하기로 되어 있어요."

현수가 반발하고 나서자 예준은 그에게로 다가가 바로 앞에서 걸음을 멈췄다.

"소속사에 취재 계약서가 있죠? 거기에 분명히 명시되어 있을 텐데요? 취재는 드라마 촬영 스케줄이 있을 때 함께 진행한다. 드라마 촬영 스케줄이 없을 땐 취재도 중단해야 한다. 지금 이 순간부터 모레 아침 7시까지는 드라마 스케줄 없습니다. 고로 한현수 기자님과도 여기서 인사하는 게 맞죠. 지금 이후로 형님의 일과는 사생활입니다. 기자가 취재할 사항이 아닙니다."

"이쪽이 아니라 모르나 본데, 기획 취재는 사생활까지 모두 취재 대상……."

"그래서 며칠 가만두고 봤잖아!"

예준은 현수의 말을 중간에 자르며 한 발씩 앞으로 걸었다. 예준이 바짝 붙어서 계속 걸어오자, 현수는 반대로 한 발씩 뒤로 물러날 수밖에 없었다. 움직이지 않으면 손으로 밀어버렸을 거라는 걸 알았기 때문이었다.

"거머리처럼 형님에게 딱 달라붙어 피곤하게 하는데도, 취재인지 뭔지 그것 때문에 그냥 두고 봤다고. 그러니까 지금부터 모레 아침 7시까지는 꺼져. 절대로 눈에 띄지 마."

"연예인 경호원이나 되어서 언론 생리를 모르면 되겠어요? 당신이 이러면 승후 씨에게 얼마나 큰 해가 될지 생각해 봤어?"

"만만한 쪽 출신이 아니니까 행동 조심해야 할 거야. 너 지금 엄청 수상하거든."

"이 새……."

욱한 마음에 한마디 하려던 현수는 승후가 차 창문을 내리자 급하게 다시 빙긋 웃었다.

"한 기자님 어디로 가세요? 오늘 저 따라오시면 안 되는데?"

"당연히 오늘은 놓아드려야죠. 푹 쉬세요. 모레 뵙겠습니다."

"기획이라 그런가? 취재 꽤 오래 하시네요. 그래요. 모레 뵙겠습니다. 예준아, 가자!"

"네."

예준은 비웃듯 차갑게 씩 웃고는 자동차 문을 열고 운전석에 올라탔다. 그리고 곧장 시동을 걸어 출발했다.

'이 새끼! 그래. 너 먼저 처리해 줄게.'

현수는 분노로 입을 꽉 깨물고는 차가 사라진 쪽을 매섭게 노려보았다.

"저 새끼, 모르는 인간이 보면 게이인 줄 알 겁니다. 형님 보는 눈이 엄청 끈적거려서 소름 돋을 뻔했습니다."

한참 동안 가만히 눈을 감고 있던 승후는 예준의 이 말에 '풋' 웃음을 터뜨렸다.

"전 세계 모든 동성애자에게 사과해야 할 발언이다? 내가 아는 사람 중에 동성애자가 몇 명 있는데, 다들 매너 좋아. 좋아하는 사람이 동성

일 뿐 이성애자랑 다르지 않아."

"동성애자를 뭐라 하는 게 아니라 저 새끼 눈빛을 뭐라 하는 거죠. 먹잇감 앞에 두고 호시탐탐 잡아먹을 기회만 엿보는 그런 눈빛이란 말입니다."

"그 표현이 정확하네."

승후는 여전히 눈은 감은 채 낮게 큭큭 웃음을 흘렸다.

"어째서 계속 저리 붙여두는 겁니까? 저 새끼 따라붙은 후부터 꿈자리까지 사납습니다."

"기다려. 때 되면 움직이겠지."

"어디로 가십니까? 집으로 가십니까?"

"나도 꿈자리 사나워 집에 못 가."

그제야 겨우 눈을 뜬 승후는 움직임을 최소화하듯 눈동자만 살짝 돌려 창밖을 보았다.

"경찰청에서 가장 가까운 호텔로 가자. 유하 근처에 있다고 생각하면 마음이 조금은 편해지겠지."

"그놈 때문에 집에서 편히 쉬는 것도 못하고 이게 뭐 하는 짓인지 모르겠습니다."

예준에 말에 깊고 짧게 푹 한숨을 내쉰 승후는 다시 눈을 감으며, 들릴 듯 말 듯 한 작은 소리로 나지막하게 말을 흘렸다.

"내 생각도 그래. 이게 뭐 하는 짓인지."

호텔 방을 잡은 승후는 대충 씻은 후 곧장 침대에 몸을 던졌다. 그리고 언제 잠이 든 것인지도 모르게 곯아떨어졌다.

조용한 호텔 방에서 갑자기 울려 퍼지는 음악 소리. 승후는 잠결에 휴대폰을 찾아 전화를 받았다.

"어."

[문 열어주세요.]

"뭐? 뭐라고?"

잠결이라 유하가 무슨 말을 하고 있는지 이해할 수 없었던 승후는 옆으로 누워 휴대폰을 귀에다 올려놓고 다시 스르륵 잠이 들었다.

[방 앞이야. 문 열어줘.]

"번호 알잖아. 문 열고 들어와."

무의식중에 이곳이 집이라 생각한 승후는 이렇게 말하고 휴대폰을 내려놓으려 했다.

[호텔 방 앞이라고. 지금 안 열어주면 나 다시 간다?]

"뭐?"

유하의 협박에 정신이 번쩍 든 승후는 튀어오르듯 벌떡 일어나 침대에서 내려왔다. 그리고 빠르게 문으로 향했다.

"가. 지금 가."

진짜 가지는 않을 것을 알면서도 마음이 급해진다. 승후가 문을 벌컥 열자 유하는 호텔 방 안으로 들어오며 그를 와락 끌어안았다.

"어떻게 왔어? 나 여기 있는 거 어떻게 안 거야?"

"예준 씨가 알려줬지. 승후 씨 여기 있다고. 나 보고 싶어서 일부러 여기 호텔로 잡은 거지?"

"그게 아니면 내가 이 호텔에 올 이유가 없지."

승후는 유하를 품에 안으며 머리를 쓸어내렸다. 힘들고 피곤해 아래로 하염없이 가라앉던 몸과 마음이 어느새 편안해지는 느낌에 그의 입가에 미소가 떠올랐다.

"이대로 예쁘게 포장해서 내 자리에 가져다 놓을까? 보고 싶을 때마다 열어보게."

"제발 그래주라. 보고 싶은 애인 마음대로 볼 수도 없고, 이게 뭐 하는 짓인지 모르겠어."

"조금만 참아. 마음껏 볼 수 있게 해줄게."

유하는 상체를 뒤로 떨어뜨리며 고개를 들어 승후와 눈을 맞췄다. 며칠 만에 보는 건데, 얼굴이 핼쑥해졌다. 몸 고생과 마음고생이 엄청나다는 뜻이었다.

"기특하게 일 잘한 상으로 뭐 줄까? 민승후 씨 무얼 원하십니까?"

"음…… 뭐가 좋을까? 다 가지고 있어서 생각이 잘 안 나네."

처음부터 답은 정해져 있었으면서 생각한 척한 승후는 느끼하게 웃으며 유하의 입술에 입을 맞췄다.

"아! 하나 있다. 조유하."

"조유하를 어떻게 해드릴까요? 원하는 걸 말씀하시면 최선을 다해 맞춰 드리겠습니다."

유하는 장난스럽게 웃으며 그의 입술에 쪽 입을 맞췄다.

"진짜? 그런 약속 하면 어떻게 해? 내가 뭘 원할 줄 알고? 나 엄청 큰 거 달라고 할 거야."

"엄청 커봤자 조유하겠지. 조유하 정도는 내가 감당할 수 있어. 자, 조유하를 어떻게 해드릴까요?"

"그럼……."

승후는 다시 생각하는 척하다가 유하를 안은 상태 그대로 천천히 발을 움직였다. 그러자 그녀도 그의 몸짓을 따라 천천히 움직여 침대로 향했다.

"조유하 사용 시간을 좀 알아야겠는데?"

"앞으로 두 시간 정도?"

"겨우?"

"에이, 우리 민 스타님은 촬영이 끝났지만, 우리는 아직 사건 해결이 안 됐거든요. 한살이 체포라는 아주 중요한 순간을 남겨뒀어. 두 시간 뺀 것도 엄청난 거야. 민승후니까 가능했지, 다른 사람은 절대로 안 돼."

"나 조유하에게 엄청 특별한 사람인 건가?"

"아니."

"안 특별해?"

"엄청 소중한 사람이지."

유하를 밝게 씩 웃으며 승후를 뒤로 밀었다. 그녀가 시키는 대로 일부러 뒤로 넘어져 준 승후는 침대에 반쯤 누워 달콤하게 미소를 머금었다.

"오~ 나 이거 엄청 좋아해."

"나도 이거 엄청 좋아해."

유하는 침대 위로 올라가 네 발로 걸어서 승후에게로 향했다.

"이 모습 팬들이 보면 내가 민승후 잡아먹는다고 하겠지?"

"잡아먹히는 쪽이 행복하면 그걸로 된 것 아닌가?"

승후는 다가오는 유하의 볼을 감싸며 입술에 입을 맞췄다. 따뜻한 입술의 체온이 느껴지고 유하는 승후에게 자신의 몸을 실었다. 촉촉한 입술을 빨고 호흡이 섞였다.

여러 사정으로 인해 아주 오래간만에 느껴보는 연인의 체온이고 숨결이었다.

달콤한 연인의 향기에 취해 쌓이고 쌓였던 골치 아픈 엄청난 고민 따위는 아득하게 사라지고, 둘은 이 순간 함께 있다는 사실에 감사했다.

승후는 몸을 돌려 유하와 자신의 위치를 바꿨다. 침대에 누워 자신을 올려다보는 연인을 보며 달콤한 미소를 머금은 승후는 짧은 키스를 몇 번 하며 가볍게 장난을 쳤다.

유하의 입에서 킥 웃음이 터졌다. 그녀는 승후의 목에 팔을 휘둘러 끌어당겼다.

사랑하는 연인의 품에서 행복한 꿈을 꾸는 완벽한 날이었다. 누구의 방해도 없이, 오직 둘만이 존재하는 그런 날. 지금 이 순간이 승후와 유하에겐 바로 그런 날이었다.

"사랑해."

승후의 나지막한 속삭임에 유하의 입가에 행복한 미소가 번졌다.

"나도 사랑해."

경기도, 한현수 집.
"이예준 이 새끼!"
어두컴컴한 집에 들어선 현수는 들고 있던 카메라는 벽에 집어 던졌다. 퍽 하는 소리와 함께 카메라가 박살이 났지만, 그는 분이 풀리지 않는지 계속 씩씩 거친 숨을 몰아쉬었다.
"그래, 얼마 안 남았으니까 참아주자."
현수는 어둠이 익숙한 듯 불도 켜지 않은 채 저벅저벅 걸어갔다. 그리고 얼마 후 네모난 화면에서 밝은 불빛이 흘러나오더니 이내 화면 가득 집 안 풍경이 떠올랐다.
"우리 승후 어디 있나?"
현수는 흐뭇한 미소를 머금은 채 컴퓨터 화면으로 집안 여기저기를 살피기 시작했다. 하지만 아무리 뒤져 봐도 승후의 모습은 보이지 않았다.
"승후야, 너 어디 있어?"
당황한 현수는 다시 화면을 바꾸며 집 안 여기저기를 살폈지만, 역시나 지금 승후의 집에는 아무도 없었다.
"어디 간 거야? 어디 가면 간다고 말을 해야지?"
현수는 이렇게 말하며 휴대폰으로 이것저것 확인했다.
"뭐지? 왜 이래? 휴대폰은 분명히 우리 승후 집이라는데?"
현수는 놀라 휘둥그레진 눈으로 태블릿 PC와 휴대폰을 살폈다.
"안 돼! 우리 사이에 이런 비밀이 생기면 안 된다고! 그럼 내가 화나잖아!"
현수는 들고 있던 휴대폰을 어둠에 가려진 곳을 향해 던졌다.
어둠 속에 들려오는 흐느끼는 소리.
현수는 터벅터벅 걸어갔다. 그리고 이내 주위가 밝아졌다.

"배정표 씨, 승후가 나한테 이러면 안 되는 거잖아?"

손발이 묶인 채 입이 막힌 남자의 목엔, 커다랗고 단단한 목걸이가 채워져 있었고, 그 목걸인 쇠줄로 이어져 벽에 단단하게 박혀 있었다.

"내가 저를 위해 이렇게 노력하고 있는데, 어떻게 나에게 이럴 수 있어? 잘못했지? 잘못한 거지? 잘못하면 벌을 받아야 해. 그렇지?"

현수는 허리벨트를 풀어 손에 한 바퀴 감았다. 그리고 그곳엔 터지지 못하는 비명과 함께 살을 파고드는 날카로운 소리가 한참 동안 울렸다.

민승후, 지방 촬영.

꿈같은 휴식이 끝나고 다시 전쟁 같은 촬영이 시작되었다. 그리고 한현수의 공식적인 민승후 스토킹도 시작되었다.

"오래간만에 쉬는 걸 텐데, 뭐 하셨어요?"

"당연히 애인하고 즐겁게 놀았어요. 어제 같은 날 아니면 잘 만날 수 없으니까."

"그렇겠네요. 두 분 다 바쁘시니까?"

"그렇죠. 사랑도 노력이 필요하더라고요. 노력 없이는 만날 수가 없어요. 특히 저희는."

맞다. 어떤 사랑이든 노력은 꼭 필요하다. 그래서 현수는 더 화가 났다. 함께하기 위해 엄청난 위험을 감수하고 있는 자신을 배신하다니. 당장 승후를 잡고 네가 어떻게 이럴 수가 있느냐고 따지고 싶었지만, 그럴수 없는 현실이 더 화가 치밀었다.

"그런데 취재는 언제 끝나요? 소속사에서는 1주일 정도면 된다고 했었는데, 한 기자님은 정확하게 날짜를 말해주지 않으셨잖아요. 설마 드라마 촬영 끝날 때까지 함께할 건 아니죠?"

"그럴 리가요, 그전에 끝날 겁니다."

"농담입니다. 천천히 취재하세요. 전 상관없습니다. 대신 좋은 기사 부탁합니다."

"좋은 기사를 쓰지 않으려 해도 좋은 기사가 나올 겁니다. 민승후 씨 잖아요."

승후는 하하 웃으며 예준을 힐끔 봤다. 현수가 나타나면서부터 계속 예준의 분위기가 좋지 않았기 때문이었다.

딩동, 딩동. 문자 알림음이 울리고 승후는 예준에게 장난치듯 "좀 웃어라."라고 말하며 휴대폰을 꺼냈다. 그리고 승후는 휴대폰을 든 그 상태 그대로 굳어버렸다.

"무슨 문자입니까?"

승후의 반응이 이상하다는 걸 느낀 예준은 손을 뻗어 그의 휴대폰을 가져가려 했다.

"아니야, 아무 문자도 아니야."

서둘러 휴대폰을 주머니에 집어넣은 승후는 그냥 광고라고 말하며 어색하게 빙긋 웃었다.

'그래, 그거야. 우리 둘만의 비밀을 저 자식이 알 필요는 없어.'

승후가 자신이 보낸 문자를 예준에게 숨기자 현수의 입가엔 흐뭇한 미소가 떠올랐다. 승후와 자신 단둘이 공유하는 비밀이 생겼다는 게 기뻤기 때문이었다.

경기도. 블랙팀, 태석, 주영, 찬우.

도시의 모습보다는 시골 농촌의 모습이 더 강하게 남아 있는 한 마을.

마을은 집과 밭이나 논이 섞여 있는 탓에 가옥이 서너 채씩 모여 있기도 하고, 논과 밭을 사이에 두고 한 채씩 떨어져 있기도 한 그런 곳이었다.

블랙팀이 지원팀과 함께 도착해 주위를 살핀 곳은 논과 밭을 사이에 두고 한 채씩 떨어져 있었으며, 그 마을에서 가장 좋은 집이었다.

"조심해. 한살이 이 새끼가 어떤 덫을 놓았을지는 아무도 몰라. 이럴 땐 조심하는 것만이 답이다."

태석의 경고에 짧게 대답한 형사들은 일제히 총을 빼 들었다. 그리고 각자 조를 나눠 조심스럽게 집 안으로 들어갔다.

주영을 중심으로 한 형사들은 집 주변을 살폈고, 찬우를 중심으로 한 형사들은 마당을, 그리고 태석을 중심으로 한 형사들은 천천히 집 안으로 들어갔다.

[집을 둘러싸고 주위를 찍는 CCTV 발견. 이 새끼 사각지대가 조금이라도 생기는 걸 못 견뎌 한 것 같습니다. 하긴 숨길 게 많은 놈이니 그만큼 철저하게 감시해야겠지.]

태석은 주영의 짜증 섞인 빈정거림을 들으며 현관문을 열고 집 안으로 들어섰다.

거실은 밝게 웃는 한현수의 사진이 몇 개 있었고, 쓸데없는 장식품들은 일절 없이 깨끗한 인테리어였다. 그리고 온통 하얀색으로, 창문을 통해 어디서든 햇빛이 들어오도록 설계해서인지 거실은 눈이 부실 정도로 아주 밝았다.

"대충 봤으면 주영과 찬우는 빨리 들어와."

태석의 명령에 제일 먼저 찬우가 들어왔고 다음으로 주영이 들어왔다. 그리고 본격적인 집 수색에 들어갔다. 하지만 1층과 2층으로 나눠 샅샅이 뒤진 집 안에서는 아무것도 나오지 않았다.

잘못 찍은 걸까? 이곳이 아닌가?

거실에 모인 블랙팀은 미간을 일그러뜨리며 다시 주위를 두리번거렸다.

혹시나 자신들이 뭘 놓친 게 아닌가 하는 생각에서였다.

"한살이는 불행한 어린 시절을 보냈습니다. 동시에 양부모로부터 어떻게 하면 완벽하게 숨기고 가릴 수 있는지 학습했을 겁니다. 겉으로는 아주 자애롭고 인자한 부모의 역할을 하던 한살이의 양부모가 한살이를 학대한 방식을 생각해 봐야 할 겁니다."

주영은 말하던 중간에 잠깐 멈추고 주위를 두리번거렸다.

"분명히 이 집 안에 피해자들을 살해한 범행 현장이 있을 겁니다. 내가 완벽하게 통제할 수 있는 집 안에서 범행을 저질러야 가장 안전하다는 걸 경험으로 터득한 한살이가 다른 곳에 따로 장소를 만들 리가 없습니다."

주영의 말에 찬우가 주위를 살피며 입을 열었다.

"한살이가 자주 갇힌 곳은 빛 한 줌 들어오지 않는 지하실. 그럼 이집에 그런 공간을 만들었을 확률이 높습니다. 이 집에 존재하면서 눈에 잘 띄지 않는 곳. 손님이 와도 쉽게 들어갈 수 없는 방."

찬우가 이렇게 말을 하며 한현수의 침실로 짐작되는 방으로 들어가자, 태석과 주영도 그 뒤를 따라 들어갔다.

"침실 중에서 가장 개인적인 공간이라면, 욕실 그리고 드레스룸. 하지만 욕실은 손님이 올 경우 가끔 쓰기도 하니까 위험부담이 크고, 드레스룸은 옷장이나 장롱으로 허락이 있다 해도 쉽게 열어서 볼 수는 없는 공간이니, 역시 드레스룸이 가장 적당하긴 한데……."

태석은 이렇게 중얼거리며 드레스룸으로 들어갔다. 하지만 여기서 막혔다. 비밀 장소로 가는 문을 만든다면 여기가 가장 적당한데, 이곳 어디에 문이 있는지 좀처럼 알 수 없기 때문이었다.

"분명히 여기 어디쯤 비밀의 방으로 들어가는 통로가 있을 테니까 샅샅이 뒤져!"

태석의 명령에 주영과 찬우는 드레스룸을 모두 뒤지기 시작했다. 박힌 벽도 두드려 보며 혹시나 빼곡하게 걸려 있는 옷 뒤편에 숨어 있나싶어 옷을 꺼내 살폈다. 하지만 그런 노력에도 불구하고 비밀 문이라 여겨지는 어떤 것도 발견되지 않아 답답할 따름이었다.

"도대체 뭐지? 우리가 뭘 놓쳐서……."

머리를 벅벅 긁으며 벽을 위에서부터 찬찬히 살펴가며 아래로 내려오던 찬우는 고개를 갸웃하며 방과 드레스룸을 왔다 갔다 했다.

"왜? 정신없다, 왜 그러는지 말하고 움직이면 안 되겠냐?"

찬우의 이상한 행동을 아주 잠깐 지켜보던 주영이 짜증이 묻어나는 목소리로 물었다.

"카펫은 대부분 거실이나 방에 깔지 않아요?"

"어디에 깔든 그건 주인 마음이겠지."

"드레스룸이 넓다면 바닥에 까는 게 이해가 가는데, 여기 생각보다 좁잖아요. 그런데 답답하게 카펫을 깔까요? 이곳이 내 집이라면 여기까지 카펫을 깔 것 같지 않아요."

찬우는 다시 주위를 두리번거리다가, 벽 한 면을 모두 책꽂이처럼 생긴 형태로 짜서 바지나 모자 같은 것들을 정리한 곳 앞으로 갔다. 그리고 바닥에 깔린 카펫을 걷었다.

"찾았다!"

책장을 옆으로 여러 차례 밀었는지 바닥에 긁힌 자국이 드러나자 찬우의 얼굴엔 미소가 떠올랐다.

"힘껏 밀어! 하나, 둘, 셋!"

주영의 신호에 맞춰 찬우는 온 힘을 쏟아 책장을 옆으로 밀었다.

끽 하는 소리가 들리며 책상이 밀리자 가려져 있던 곳이 모습을 드러냈다.

책장 뒤에는 문이 있었다. 비밀의 방으로 들어가는 문.

찬우는 문을 열고 안으로 들어갔다. 빛 한 점 없는 캄캄한 암흑과 함께 역한 냄새가 풍겼다. 비밀의 방으로 들어선 블랙팀 형사들은 들고 있던 손전등을 켜서 여기 비춰보았다.

"팀장!"

주영의 고함에 모두 주영이 손전등으로 비춘 곳으로 시선을 돌렸다. 1초에서 2초 정도 멍한 상태로 있다가 이내 상황을 파악한 태석이 날카롭게 소리 질렀다.

"119 불러!"

촬영이 한창인 곳.

다음 촬영을 위해 상대 배우와 대사를 맞춰보고 있던 승후는 불안한 듯 안절부절못하는 현수를 보게 되었다.

이제야 뭔가 잘못되었다는 걸 눈치챘나 보다.

휴대폰과 태블릿 PC를 보며 자꾸 무언가를 확인하던 현수의 표정이 얼마 지나지 않아 완전히 굳어버리자 승후의 얼굴에 차가운 미소가 번졌다. 현수의 표정에서 지금 어떤 일이 벌어지고 있는지 느꼈기 때문이었다.

'그러게 왜 날 건드려. 주제 파악도 못 하고 덤비니까 그리되는 거잖아.'

현수를 응시하는 승후의 서늘한 눈빛엔 이 말이 담겼다.

◖

2주일 전, 유하가 한살이 얼굴을 확인한 날.

"너 지금 당장 이 사진 도준이와 주영이 그리고 찬우에게 보내줘. 기역, 니은, 디귿 피해자들 주위에서 이놈이 나오면, 당장 언론에 때릴 테니까. 오늘 밤을 꼴딱 새우더라도 꼭 알아내서 오라고 해."

유하에게 이렇게 명령하고 팀장실로 들어가려던 태석이 빠뜨린 게 있는 듯 우뚝 멈추고 마지막 명령을 했었다. 그리고 그 명령이 한살이 체포 작전에 가장 중요한 열쇠가 되었다.

"승후한테도 그 사진 보내. 비슷한 인간이라도 근처에 얼씬하면 바로 잡아 족치라고. 뒤는 내가 책임질 테니까."

태석의 명령에 유하는 도준과 주영 그리고 찬우와 승후에게 한살이로 추정되는 남자의 얼굴이 찍힌 사진을 문자로 보내주었다. 그리고 얼마 후, 촬영 하나를 끝내고 다른 촬영지로 이동하는 시간, 예준과 둘만 남았을 때 승후가 그녀에게 전화를 걸었다.

[이 사람이 진짜 한살이야?]

"일단은 용의자일 뿐이지."

[그럼 이 사람이 한살이라는 증거는 아직 없다는 거지?]

"일단은 그래."

[그럼 확인해야겠네.]

"어디 있는지 알면 확인해야겠지. 어디 있는지 몰라 못 하는 거지."

[알아, 어디 있는지. 그리고 연락도 가능하고.]

소스라치게 놀란 유하완 반대로 승후는 침착했다. 마치 짐작이라도 한 사람처럼.

"촬영 끝나면 갈게. 기다려!"

승후는 달콤하게 속삭인 후 통화를 끝냈다. 하지만 유하는 쉽사리 휴대폰을 내려놓을 수 없었다.

이재수의 악몽이 다시 시작되는 건가?

지금 이 순간, 유하는 여러 생각에 머리가 복잡했다.

경찰청, 블랙팀, 회의실.

"한현수, 원래 이름은 피터 H 스미스로 다섯 살 때 미국인 부모에게 입양되었습니다."

평소 블랙팀 회의 때와 분위기는 비슷하지만 어딘가 모르게 어색한 모습이었다. 그건 바로 브리핑을 하는 사람이 블랙팀 형사가 아니라 바로 승후였기 때문이었다.

"한현수의 양부모는 부유한 편이었습니다. 불우이웃 돕기도 많이 하고 근방에서는 엄청 좋은 사람들로 소문이 자자하답니다."

"자신들의 선량한 이미지를 극대화시켜 줄 사람이 바로 한현수였겠네."

승후의 말에 찬우가 지나가듯 툭 말을 내뱉었다.

"한찬우 형사님 말이 맞아요. 한현수의 양부모는 사람들 앞에선 친자인 헤버트 스미스보다 한현수를 더 끔찍하게 챙겼답니다. 금이야 옥이야 엄청 유난을 떨었던 거죠."

"양면이 다를 경우, 겉으로 선한 이미지가 부각이 되면 안으로 학대의 수위도 높아지죠. 참 묘하게도 중간은 잘 없더라고요."

"유하가 한 말도 맞아요. 정확하게는 모르겠지만, 한두 대 때리고 손들게 하는 수위는 아니었을 겁니다. 그 예로 한현수가 어렸을 때 어두운 걸 엄청 무서워했답니다. 아니, 두려워했답니다. 그런데 한국 보육원에 있었을 때까지만 해도 그런 증상은 전혀 없었죠. 오히려 귀신 놀이한다며 친구들을 많이도 놀렸다고 해요."

"아이를 어두운 곳에 가둔 거네?"

유하의 말에 승후는 그녀를 보며 화사하게 생긋 웃었다.

"그럴 가능성이 높은 것 같아. 독립하기 전까지 흠집 하나 없는 모범생이었다고 하니까 머리부터 발끝까지 숨 쉬는 것마저도 통제했을 가능성이 높지. 그래서 대학 입학을 빌미로 독립한 순간 집과 인연을 끊어버린 거겠지."

"원망이 컸겠네. 저를 버린 이 나라에."

주영의 말에 승후는 고개를 끄덕이며 입을 열었다.

"제 앞에서는 좋게 말했습니다. 잘 자랐고 자신이 태어난 나라를 소개할 수 있는 직업을 가져서 좋다. 그런데 그 말을 할 때 한현수는 별 감정이 없었어요. 진심이 아니라 그 말이 필요하기 때문에 했던 거죠."

"그럼 지금 당장 그놈을 잡아 족치자고요. 털다 보면 나오겠죠, 증거."

찬우의 말에 도준은 고개를 저었다.

"아니야. 우리나라에서 태어났다 하나 상대는 미국인이다. 게다가 미국 내에서도 어느 정도 인지도가 있는 기자고. 그런 기자를 뚜렷한 증거 없이 살인 용의자로 잡아들일 순 없어. 한현수를 한살이로 체포하려면 확실한 증거가 필요해."

"그래서 말인데요, 공식적으로 한현수가 저에게 취재 요청을 한 상태입니다. 그러니 거기에 맞춰 장단을 쳐 주는 게 어떨까요? 분명히 틈을 보일 겁니다."

승후의 제안에 태석은 고개를 저었다. 안 된다는 뜻이었다.

"제 경호원 예준이가 계속 붙어 있을 테고, 뭐하면 제 옆에 형사님들 붙이면 되잖아요. 형사님을 저희 팀에 슬쩍 끼워 넣어도 되고. 어차피 드라마 촬영장에서만 붙어 있을 테니, 상관없을 것 같은데요."

"한살이가 승후 씰 노린다면 촬영장은 아닐 거야. 사적인 공간일 거라고."

유하는 걱정 하며 한 말에 승후는 더욱더 밝게 생긋 웃었다.

"그래서 예준이가 24시간 붙을 거야. 한살이도 함께할 거고. 내가 한살이를 잡고 있는 사이에 주변 좀 털어봐. 괜찮아. 다 알고 있는데 당할 정도로 그렇게 바보는 아니야."

"경호원 한 명 가지고는 안 돼. 장기전으로 바뀌면 체력적으로 부담이 될 거고. 그렇다고 경호원을 늘리거나 개인 스태프가 바뀌면 의심받을 텐데……."

태석은 이렇게 중얼거리며 생각에 잠겼다. 그리고 도준도 함께 생각에 잠겼다.

톡, 톡, 톡, 습관대로 도준은 손가락으로 책상을 톡톡 두드렸고, 블랙 팀 모두 그 소리를 들으며 고민하기 시작했다.

좋은 방법이 없을까? 어떻게 해야 승후도 지키고 한살이도 잡을 수 있을까?

이런 생각에 빠져 있기를 몇 분, 이윽고 손가락 카운트가 멈추고 도준의 입가에 미소가 번졌다.

"그거 한 번 더 하자."

"그거라니요?"

유하는 도준이 무슨 말을 하는 건지 모르겠다는 표정으로 고개를 갸 웃했다.

"취업."

도준의 말에 태석의 입가에도 미소가 떠올랐다.

"그렇지. 취업. 가장 합법적이고 확실한 방법이지."

"하지만 블랙팀에서 빠져나갈 순 없어요. 한살이가 이미 우릴 조사했 을 겁니다."

찬우의 말에 이번에는 주영이 빙긋 웃으며 입을 열었다.

"우리가 가장 믿는 다른 팀에서 가면 되지. 마침 우리 옆집에서 심심 해 죽는 애 한 명 있잖아."

"우리 옆집에 심심해 죽는 애라면……, 민서윤? 화이트 민서윤 경위 요?"

찬우는 놀라 눈이 휘둥그레졌다.

경찰청 특수사건전담반에는 총 두 개의 팀이 있다. 연쇄살인 수사 전 담인 블랙, 마약 수사 전담인 화이트.

민서윤은 바로 화이트의 막내로, 사건 수사 도중 부모 없는 고아 아 이들을 데려다가 마약 운송에 이용한 놈을 거의 죽기 직전까지 패버려 서 현재 근신 중이었다.

"촬영장에서는 서윤에게 민승후 마크하라고 하고, 지금 경호원은 촬 영장 밖을 책임지라고 하면 돼. 그럼 경호원 부담이 좀 줄어들 테니까 장기전으로 넘어가도 버티는 게 가능해."

태석의 말에 승후와 블랙팀 모두 고개를 끄덕였다.

"심심해 죽는 애, 내일부터 조명팀 막내로 취직시켜. 민서윤이라면 재 미있을 거야. 엄청."

서윤은 블랙과 화이트를 통틀어, 성격 지랄 같은 걸로 톱인 인물이었 다. 한 번 시작하면 비 오는 날 먼지 나도록 패는 게 특기인지라, 블랙팀 은 서윤이 한살이를 형사로 만나는 그때가 사뭇 기대되었다.

이렇게 해서 블랙팀 사건에 화이트팀의 민서윤이 지원을 나가게 되었다. 물론 반강제였다. 본인의 의지는 1도 반영이 안 된, 팀장끼리의 거래로 성사된 블랙과 화이트의 합작이었다.

한현수가 한살이일 가능성이 높다는 걸 확인한 후 2주일이 지났다.

그동안 도준과 유하는 한살이 감시를 맡았고 주영과 찬우는 한살이의 과거부터 현재까지 탈탈 털기 시작했다. 블랙팀은 한현수가 이미 다음 범행 대상을 찍어놓았다는 것과 한살이 사건이 처음이 아니라는 걸 아주 잘 알고 있었다. 분명히 전조가 되는 살인이 있었을 것이고 한살이로 살인을 완성한 게 틀림없었다. 그렇기에 전조가 되는 사건이 미국 땅 어디쯤에서 일어났고 어떤 사건들이었는지 그리고 피해자가 누구인지 그것까지 밝혀내야 한살이의 완벽한 처벌이 가능했다.

그리고 오늘 드디어 블랙팀이 한현수 집 수색에 들어갔다. 한현수가 범행 대상을 납치하는 순간은 보지 못했지만, 한살이 범행 패턴으로 보아 지금쯤 분명히 범행 대상을 물색해 두었을 것이다. 승후만 쫓아다니는, 지나칠 정도로 여유 있는 모습으로 예상해 보건대, 어쩌면 이미 범행 대상을 납치했을 가능성이 있기 때문이었다.

"중간에 자꾸 휴대폰이나 태블릿 PC를 확인해. 분명히 카메라로 피해자를 관찰하고 있는 게 틀림없어."

승후가 해준 말이었다. 저리 확인하는 걸 보면 분명히 한현수 집에 비읍으로 시작되는 이름의 피해자가 있다고 확신한 블랙팀은 무리하면서까지 집 수색을 감행한 것이었다. 그리고 지금 한현수는 집에서 일어나고 있는 일들을 두 눈으로 확인하는 중이었다.

분위기가 수상해지자 예준은 승후 앞을 가로막았고 서윤은 현수 주위에서 그를 감시 중이었다.

"승후 씨 촬영 쉬는 중간에 잠깐 인터뷰 좀 했으면 하는데."

현수가 승후를 향해 걸어가자 민서윤도 그를 향해 움직이기 시작했다. 그 순간 현수의 미간이 사납게 일그러졌다. 뭔가 이상하다는 걸 깨달았기 때문이었다.

"너…… 뭐야?"

서윤을 보는 현수의 얼굴이 사납게 일그러졌다.

"조명팀 막내. 몰라 묻는 거야? 아니면 머리가 나쁜가? 한현수, 아니, 피터 H 스미스? 아니면 피터 한 스미스는 어때? 그냥 줄여서 H라고 해 줄까?"

서윤의 말이 끝나기 무섭게 촬영장 안으로 유하와 도준 그리고 지원팀 경찰들이 우르르 몰려들었다.

"선배님, 잠입한 것은 접니다. 저 분명히 지분 있어요. 그러니까 체포는 제 지분 다 찾아 먹은 다음에 하세요?"

도준에게 이렇게 말한 서윤은 점퍼를 벗어 바닥에 툭 던지고는 실실 쪼개며 현수에게로 다가갔다.

"그 눈깔 마음에 안 들어 뒈질 뻔했어. 일단 그 눈깔부터 처닫자?"

"민 선배, 꼭 그러고 싶어요? 이번에 또 사고 치면 근신으로 안 끝나. 몇 주 전에 나쁜 새끼 병원 보낸 거로 성에 안 차요? 또 보내려고?"

유하가 경찰대 1년 선배인 민서윤를 향해 놀리듯 장난을 걸자 그녀의 입에선 끄윽끄윽 기분 나쁜 웃음소리가 흘렀다.

"내가 왜 화이트팀에 있는데? 쓰레기 새끼 골로 보내는 맛이 쏠쏠하거든. 게다가 이번 상대는 살인마 새끼네? 때려죽여도 별 타격 안 받는 이런 엄청난 기회를 놓치면 큰일 나지."

서윤은 천천히 걸어서 현수와 거리를 조금씩 좁혔다.

"쌍!"

품에서 칼을 빼든 현수는 주위를 경계하며 뒷걸음질 쳤다. 인질로 삼을 누군가를 잡기 위해서라는 것을 알기에 형사들은 일제히 촬영장에 있는 스태프들을 몸으로 막았다.

"민승후!"

마지막 발악을 하듯 한살이의 입에서 날카롭게 승후의 이름이 터졌다. 하지만 승후는 어떤 대답도 하지 않았다. 대답할 가치가 없기 때문이었다.

"나 불러. 원하지도 않는 민승후 부르지 말고, 나 부르면 당장 달려갈게. 좋잖아. 재미있고 신나고 짜릿하고."

"스트레스도 풀리고. 역시 민 선배야. 민서윤 파이팅!"

서윤은 앞에서 현수를 압박해 나가고 유하는 옆에서 다가갔다. 이는 체포하기 위해서가 아니었다. 이 촬영장 밖으로 한현수를 내보내기 위함이었다. 그리고 그들의 의도대로 현수는 조금씩 뒤로 밀려가고 있었다.

"한현수 이 개새끼!"

조금씩 물러나 모두가 안전해지는 곳까지 왔을 때 체포하려던 유하와 서윤은 촬영 스태프 중 한 명이 갑자기 뛰어 들어오자 당황하고 말았다. 현수의 입에서 "윽!" 하는 신음이 흘러나오고 스태프의 팔을 빠르게 몇 번 더 움직였다.

"너 뭐 하는 거야?"

서윤이 버럭 소리를 지르며 스태프를 향해 뛰었고 곧 그의 팔을 꺾어 손목에 수갑을 채웠다.

"한현수 죽어!"

스태프가 떨어지면서 날카로운 소리를 냄과 동시에 칼도 바닥에 나뒹굴었다.

마치 곡을 연주하듯 뚝, 뚝, 소리를 내며 피가 떨어졌다. 그리고 이내 현수의 몸이 붉게 물들어 갔다.

"아름다운 색이네?"

현수는 픽 웃으며 승후를 응시했다.

"함께하고 싶었지만 어쩔 수 없지. 후회는 없어. 너도 곧 이 색이 얼마나 아름다운지 느낄 테니까."

현수는 큭큭큭 몇 번 웃음을 흘리더니 그대로 바닥에 쓰러져 버렸다.

"한현수! 한현수!"

서둘러 현수의 상처를 두 손으로 누른 유하는 근처에 있는 형사들을 향해 소리쳤다.

"119!"

급히 병원으로 옮겼지만 한현수는 끝내 죽고 말았다.

한실이, 아니, 한현수 손에 죽은 건 공식적으로 다섯 명. 김성진, 노현미, 도미령, 라은수, 민하은, 증거는 없지만 추정만 하는 피해자인 입양된 가정의 형, 헤버트 스미스까지 합치면 다섯이었다. 그리고 또 한 명의 피해자, 한현수에 잡혔다가 구사일생으로 생명을 구한, 부천시 범학동에 사는 배정표는 현재 병원에 입원해 신체 치료와 함께 정신 치료까지 함께 받고 있었다.

이렇게 흉악한 범죄를 저지른 한실이는 어이없게도 편안하게 죽어버렸다. 법의 심판을 받지 않고.

그리고 한실이 사건을 마무리하는 지금, 남은 건 그를 찌른 스태프뿐이었다.

경찰청 블랙팀 조사실.

"이름?"

유하의 질문에 스태프는 재미있다는 뜻 핏 웃음을 흘렸다.

"지문 돌리면 다 나와. 그러니까 힘 빼지 말고 순순히 말해. 이름?"

"여용현. 나이 스물넷. 현재 대학 휴학 중."

용현은 순순히 자기 신상을 말하고는 다시 킥 웃었다.

"왜 찔렀어? 나쁜 놈 같아서 화나서. 이딴 말 하지 말고."

"아무것도 아닌 놈이 깝죽거리는 게 열 받아서."

"너 사람 죽였어! 그런데 뭐?"

유하가 언성을 높이자 용현은 입에선 또 끌끌끌 웃음이 터졌다.

"일 년이님과 헤드님을 욕보이는 건 우릴 욕보이는 거야. 그런데 감히 일 년이님과 헤드님 명성에 먹칠해? 그런 놈은 죽어야 해. 살 가치도 없어."

"다시 말해봐."

"그 건방진 놈이 감히 일 년이님과 헤드님께 편지를 보냈더라고. 숙제 어쩌고저쩌고하면서. 그래서 알려줬지. 건방 떨면 죽는다고. 한현수 같은 놈이 또 나올 테니까, 그놈들에게 미리 경고한 것도 되고. 감히 일 년이님과 헤드님을 상대로 게임을 하면 죽어야지. 한현수처럼."

용현은 다시 큭큭큭 웃으며 의자 등받이에 몸을 기댔다.

"내가 한현수 그놈을 죽였어요. 내 죄 인정합니다. 그러니까 빨리 보내주세요. 내 우상이 있는 곳으로."

일 년이와 헤드의 추종자들이 많다는 건 알고 있었다. 그리고 그들이 일 년이와 헤드 모방범으로 발전하면 큰일이라는 생각을 했었다. 그런데 지금 유하는 알게 되었다. 용현이 나타난 이상 일 년이와 헤드의 모방범들이 나타나기까지 얼마 걸리지 않을 거라는 사실을……

호텔. 민승후 룸.

그 후 블랙팀은 승후의 집에서 한현수가 숨겨두었던 카메라들을 찾아냈다. 하지만 모든 게 찝찝했던 승후는 옷과 신발 그리고 몸에 걸치는 액세서리만 남겨둔 채 집에 있는 물건 모두를 버리고 새로 사기로 하고 그동안 호텔에서 지내기로 했다.

"돈 많은 사람은 좋겠네. 집을 통째로 들고 나갔다가 다시 통째 들고 들어오니."

놀릴 생각은 아니었다. 그저 그럴 수 있다는 게 놀라워서 감탄하던 중이었다. 하지만 유하의 이 말은 듣는 사람에 따라 감탄이 될 수도 있고 비아냥거리는 게 될 수도 있었고, 애석하게도 승후의 귀는 비꼬는 것처럼 들렸다.

"조 형사, 그대가 내 애인이면 그런 식으로 비꼬는 건 좀 아니지 않을까? 만약 찾지 못한 카메라가 있다면, 제일 큰 피해를 보는 건 바로 그대야."

승후의 사늘한 말투에 유하는 진정하라는 뜻에서 "워, 워." 거리고는 생긋 웃었다.

"난 부러워서 한 말이지. 평범한 사람들은 감히 꿈도 못 꿀 일이잖아."

유하는 승후에게 바짝 다가가 앉으며 어깨에 머리를 기댔다.

"예쁘게 부탁해욤? 침대는 폭신한 거로. 난 딱딱한 건 싫으니까."

"돌침대로 할까 보다."

삐쳤던 마음이 영 안 풀리는지 삐죽 나온 승후의 입술이 들어갈 생각을 하지 않았다.

"내가 승후 씨 엄청 사랑하거든. 잘생겨서 더 사랑하고. 그런데 오리입술은 좀 아니다. 아무리 잘생겨도 이건 아니야."

승후를 보며 딱 붙어 앉은 유하는 손으로 그의 입술을 찰싹 때렸다.

"입술은 뽀뽀할 때나 내밀면 돼."

"하면 되지. 뽀뽀."

유하의 입술에 쪽, 쪽, 쪽, 세 번 뽀뽀를 한 승후는 킥 웃음을 흘리며 그녀의 머리를 감쌌다.

"그리고 난 뽀뽀보다 키스가 좋아."

이렇게 속삭인 승후는 유하의 입술에 입을 맞췄다. 입술을 빨고 열린 입술 사이로 호흡을 공유했다. 누가 먼저랄 것도 없이 하나씩 옷을 벗어 던지며, 두 사람은 함께하는 이 순간을 즐겼다.

아무 걱정 없이 오직 서로만 생각하면 되는 이 시간.

내 피부에 닿아 있는 사랑하는 이의 손길을 느끼며, 오직 한 사람만을 원하며 퍼붓는 숨 막히는 키스. 그리고 귓가에 들리는 달콤한 숨결이 묻은 속삭임.

서로를 향해 사랑을 속삭이는 지금, 두 사람의 마음엔 행복이 가득 차올랐다.

며칠이 흐른 후, 가구가 들어왔다는 승후의 연락을 받은 유하는 퇴근 길에 그의 집으로 향했다. 그리고 집 안을 확인한 순간 쩍 벌어진 입을 다물지 못했다.

위에서 아래까지 모두 바뀌었다.

가구뿐만 아니라 벽지, 등, 바닥, 현관 키까지 모두 다른 것들로, 이곳에 전과 똑같은 것은 오직 사람뿐이었다.

"먼저 침실 보여줄게. 내가 심혈을 기울였어. 영혼을 다 쏟았다니까!"

승후는 유하의 허리에 팔을 두르며 그녀를 침실로 이끌었다. 그리고 "짠!" 하는 효과음을 내며 침실 문을 열었다. 순백색에 화사함으로 포인트를 준 침실은 모델 하우스나 TV에서 나오는 것들을 그대로 옮겨놓은 듯했다.

여기서는 부스스한 모습으로 깨어나면 큰일 터질 것 같은 느낌이다. 우아한 잠옷 차림에 흐트러지지 않은 모습으로 일어나야 할 것 같은 분위기. 침실의 분위기가 딱 그러했다.

"침대 고를 때 특히 내 영혼까지 쏟아부었어. 매트리스 짱짱해. 우리가 이 위에서 별짓을 다 해도 아무도 몰라."

승후는 은밀한 이야기 하듯 귓가에 작은 소리로 속삭이고는 유하를 침대로 이끌었다.

"고생은 한 것 같은데 너무 나랑 안 어울린다. 이건 너무 현실감이 없어."

"아직 사람의 손길이 안 묻었으니 당연히 현실감이 없지. 며칠만 지나면 옛날처럼 돼."

"옛날 모습도 현실감 없긴 매한가지였어요. 그냥 사진 속 풍경 같았지. 그런데 지금은 더하네."

"그럼 조유하가 적당히 어지럽히면 되겠네. 걱정 마. 나 청소 좋아해. 치우는 건 내가 엄청 잘하지. 청소만 잘하나? 다른 것도 잘해. 가령 이런 거."

슬금슬금 유하의 윗도리를 들춰 안으로 손을 집어넣은 승후는 그녀의 배를 매만지다가 바지 속으로 손가락만 조금 집어넣었다.

"우리 개시할까? 침대 본 김에 개시부터 하자. 응?"

귀가에서 달콤한 목소리가 울린나. 유하는 빙긋 웃으며 바지 속으로 들어가 있던 손가락을 뺐다.

"나랑 개시해도 돼?"

이번에는 승후의 손이 배를 타고 위로 올라왔다.

"그럼 누구랑 개시해야 하는데?"

"민승후. 민승후 침대니까 민승후가 혼자 개시해야 하는 거 아니야?"

맨살에 부드러운 승후의 손길이 닿자, 유하는 말하지 않아도 그가 무엇을 원하는지 확실하게 알 것 같았다. 유하는 승후를 올려다보며 짙게 미소를 머금었다.

"누가 민승후 침대래? 민승후와 조유하 침대야. 너와 나의 사랑이 가득할 침대. 그러니까 개시도 함께하는 게 맞겠지?"

승후는 유하의 몸을 조금 돌려 침대를 등지게 하고는 망설임 없이 그녀의 상의를 벗겨냈다.

"이 침대에서의 첫날밤이니 오래도록 기억될 역사를 만들어볼까?"

이리 말하며 승후는 유하를 뒤로 가볍게 톡 밀었다.

"꺅!"

짧은 비명이 기분 좋게 울린 뒤 유하는 침대 매트리스에 떨어지며 두어 번 통통 튀었다.

"긴긴밤 즐겁게 놀아볼까요?"

셔츠 단추를 하나씩 톡톡 풀어 바닥에 떨어뜨린 승후는 유하에게 다가가며 얼굴 가득 섹시한 미소를 머금었다.

즐거운 웃음이 가득 찬 곳.

바지만 걸친 승후와 그의 셔츠만 입은 유하가 소파에 나란히 앉아 한 손에 맥주 캔을 들고 계속 기분 좋은 웃음을 흘렸다.

승후와 유하는 맥주를 한 모금 마신 후 짧고 가벼운 입맞춤을 안주로 먹길 반복하며 동시에 깔깔깔 웃음을 터뜨렸다.

불과 얼마 전까지 연쇄살인마의 범행 대상이었다는 사실이 믿어지지 않을 만큼, 이 순간에도 접근하는 살인마들이 있을 거라는 것을 알고 있으면서도, 승후와 유하는 함께 있는 지금을 기뻐하고 행복해했다.

바깥세상이 얼마나 위험하든 그건 상관없었다. 지금까지 그랬던 것처럼 앞으로도 함께 이겨나갈 테니까.

자신을 제외한 모두를 의심하는 사람들, 경찰청 특수사건전담반 블랙팀 그리고 그들의 파트너 민승후.

사이코패스 연쇄살인마들이 언제 어디서 나타날지 모르겠지만, 이렇게 함께하면 그만이었다.

사랑하는 나의 연인과 함께…….

먹던 맥주 캔을 테이블 위에 내려놓은 승후는 유하의 허리에 팔을 둘렀다. 그리고 그 상태 그대로 힘으로 끌어 그녀를 자신의 무릎에 마주 보는 자세로 올려놓았다.

"아! 술 먹여줘."

승후는 두 팔로 유하를 단단히 감싸 안으며 아기 새가 엄마 새에게 밥 달라고 삐끔거리듯 입을 벌렸다.

"불편한데?"

유하는 들고 있던 맥주를 승후의 입에 부어주려 했다. 하지만 승후가 빠르게 고개를 젓자 그제야 무슨 뜻인지 알아차렸다.

"거 괜찮은 생각인데?"

유하는 맥주를 한 모금 머금은 후 승후의 입술에 입을 맞추면서 자신의 입안에 있던 맥주를 그의 입안으로 옮겼다. 꿀꺽 맥주가 넘어가는 소리가 들리고 승후는 다시 입을 벌렸다.

"역시 민승후가 먹을 줄 알아. 몇 번이든 원하는 대로 해드리죠."

여러 번 같은 방법으로 맥주를 마신 승후는 얼굴 한가득 밝은 미소를 지으며 맥주를 머금지 않은 유하의 입술에 입을 맞췄다.

"사랑해."

승후의 달콤한 속삭임에 유하의 얼굴에도 아주 밝은 미소가 번졌다.

"나도 승후 씨 사랑해."

작가 후기

안녕하세요, 송명순입니다.

파트너는 스타와 형사의 사랑을 한번 써볼까 하는 생각에서 쓴 소설로, 로망
띠끄에서 연재를 시작했습니다.

저는 파트너를 '로맨스의 가면을 쓴 추리 스릴러'라고 합니다.

그래서인지, 연재 당시 한 편 한 편이 저에게는 도전에 가까웠습니다.

나쁜 머리, 연기가 폴폴 날 정도로 굴리느라 힘들었거든요.

그저 연재할 수 있는 것에 만족하자는 생각으로 썼던 것 같아요.

맨 처음 파트너의 시놉을 짤 때, 제일 고민했던 부분이 남주의 캐릭터였습니
다.

남주가 형사이고 여주를 구해주는 상황이 아니라, 그 반대면 재미있지 않을
까 하는 생각에 둘의 역할을 바꾸었습니다. 그러다 보니 남주가 계속 위험에 빠
지게 되더라고요.

이대로 괜찮을까 하는 고민에 빠지게 됐죠.

아무리 소설이라 해도 계속 위험에 빠지면 트라우마가 남게 될 텐데, 그냥 해맑기만 한 게 가능할까? 과연 그 스토리가 이해가 될까?

그래서 남주에게 숨겨진 성향이 있는 것으로 시놉을 짠 겁니다.

이후부턴 마음 놓고 남주를 위험 속에 밀어 넣었죠. 만약 남주가 진짜로 살아 있는 사람이었다면, 욕 바가지로 먹었을 겁니다.^^

파트너는 형사인 여주가 멋지게 그려집니다. (이건 순도 백 퍼센트 제 생각일 뿐이에요.^^)

하지만 제가 열심히 고민했고 애정했던 캐릭터는 남주였습니다. 그래서 파트너를 연재하고 수정하는 내내 '이 소설은 꽃은 남주다!' 이런 생각이었습니다.

매번 사건만 터지면 위험해지는 캐릭터라 미안한 마음에 더 예뻐한 걸 수도 있어요.

그래서 그런지 끝이 보이니까 시원하고 섭섭하고 그러네요. 고민도 많이 했고, 머리도 무지 굴렸던 소설이라 더 그런 모양입니다.

책이 나올 때까지 수고해 주신 분들께 정말 감사하다는 인사를 드리고 싶습니다.

정말 감사합니다.

송명순 올림.